Kim Newman · Der rote Baron

KIM NEWMAN

Der rote Baron

ANNO DRACULA 1918

ROMAN

AUS DEM ENGLISCHEN
VON
THOMAS MOHR

HAFFMANS VERLAG

Die englische Originalausgabe
»The Bloody Red Baron – Anno Dracula 1918«
erschien 1996 bei Simon & Schuster Ltd., London

Für Paul McAuley
»Bis Weihnachten ist alles vorbei.«

Deutsche Erstausgabe

Veröffentlicht als
Haffmans-Horrorroman Nr. 114, Sommer 1999
Umschlagbild von Nikolaus Heidelbach

Gesamtherstellung: Ebner Ulm
ISBN 3 251 30114 4

»Mechanischen Erfindungen wird im Vergleich zur Infanterie viel zu große Bedeutung beigemessen. Ohne Artillerie und Kavallerie geht es nicht! . . . Jeder Krieg hat seine ureigenen Bedingungen, denen wir unseren Apparat anpassen müssen, und wenn wir dabei nach vernünftigen Prinzipien vorgehen, werden nur wenige geringfügige Änderungen nötig sein. Je länger dieser Krieg andauert, als um so tauglicher werden sich unsere Ausbildungsprinzipien erweisen.«

Field Marshal Sir Douglas Haig, 1918

»Vorliegendes Bändchen gewährt einen nützlichen Einblick in die Methoden des Feindes und nötigt dem Leser überdies ein gerüttelt Maß an Hochachtung für viele derer ab, denen wir gegenwärtig nach dem Leben trachten.«

C.G. Grey, Vorwort zur britischen Erstausgabe von Manfred von Richthofens Der rote Kampfflieger*, 1918*

Inhalt

Erster Teil: Im Westen nichts Neues

Zweiter Teil: Niemandsland

Dritter Teil: Jägerlatein

Vierter Teil: Das Ende einer langen Reise

Erster Teil

IM WESTEN NICHTS NEUES

1

Geschwader Condor

Vier Meilen hinter den Linien hörte man in einem fort das Donnern schwerer Geschütze. Harschklumpen schimmerten matt auf dem finsteren, zernarbten Feldweg. Der Schnee war bereits mehrere Tage alt. Lieutenant Edwin Winthrop saß in seinen Trenchcoat und eine nutzlose Tartandecke gehüllt im Fond, und insektengroße Hagelsplitter spickten sein Gesicht. Er hatte Angst, seine gefrorenen Schnurrbartspitzen könnten abbrechen. Der offene Daimler taugte nicht für eine eisige französische Winternacht wie diese. Sergeant Dravot war, wie alle Toten, unempfindlich gegen die Kälte. Den Nachtaugen des Fahrers entging nichts.

In Maranique kam es zu einer Verzögerung. Während Winthrop allmählich zu einem Eiszapfen gefror, überflog ein Corporal mit skeptischem Blick seine Papiere.

»Wir hatten eigentlich Captain Spenser erwartet, Sir«, erläuterte die Wache. Der Mann war doppelt so alt wie Winthrop.

»Captain Spenser ist von seinem Posten entbunden worden«, sagte Winthrop. Jede weitere Erklärung war überflüssig. Der Corporal hatte den Fehler begangen, sich an Spenser zu gewöhnen. In diesem Gewerbe ein unverzeihlicher *faux pas.* »Wir befinden uns im Krieg. Falls Ihnen das entgangen sein sollte.«

Blutrotes Mündungsfeuer färbte die tiefhängenden Wolken über dem nahen Horizont. Wenn eine Granate in einem bestimmten Winkel durch die Luft schnitt, so übertönte sie mit ihrem Pfeifen selbst das babylonischste Bombardement. Es hieß, wer dieses Schrillen im Schützengraben hörte, dem brachte das Geschoß den sicheren Tod.

Der Corporal salutierte und winkte den Stabswagen durch.

Als Flugplatz diente ein umgebauter Bauernhof. Tiefe Fahrspuren wiesen den Weg zu einem Haus.

Das Geschwader Condor war bis zum heutigen Nachmittag Spensers Truppe gewesen. Und obschon er über eine Stunde gebüffelt hatte, war es Winthrop nicht gelungen, ihr Geheimnis zu ergründen. Zwar hatte man ihn über die bevorstehende Aufgabe in groben Zügen unterrichtet, die Einzelheiten lagen jedoch nach wie vor im dunkeln.

»Viel Glück, junger Mann«, hatte Beauregard gesagt. »Sie können sich einen Stern damit verdienen.«

Er begriff nicht, wie ein Zivilist, obgleich er auf mysteriöse Weise eng mit dem Wing verbunden schien, ihm eine Beförderung in Aussicht stellen konnte, doch Charles Beauregard flößte ihm Vertrauen ein. Winthrop fragte sich, wieviel Vertrauen er dem bedauernswerten Captain Eliot Spenser hatte einflößen können.

Da Winthrop bereits seit einiger Zeit in Frankreich weilte, wußte er, daß er, um nicht zu zittern, nur die Muskeln anzuspannen brauchte. Doch die Erinnerung an Spenser, der ihn mit blutüberströmtem Gesicht anlächelte, raubte ihm jegliche Beherrschung. Seine schmerzenden Wangenmuskeln erschlafften, und er klapperte mit den Zähnen wie eine Marionette.

Obgleich das Bauernhaus verdunkelt war, ließen schwache Lichtstreifen die Umrisse der Fenster sichtbar werden. Dravot öffnete den Wagenschlag. Winthrop stieg aus, überfrorener Rasen knirschte unter seinen Sohlen, und feuchter Atemdunst benetzte seinen Schal. Dravot nahm Haltung an. Sein Blick war starr und unerschrocken, und unter seinem Schnurrbart ragten spitze Fangzähne hervor. Kein Wölkchen strömte ihm aus Mund und Nase. Der Sergeant brauchte nicht zu atmen. Er wäre selbst gegen eine Horde wilder Barbaren standhaft geblieben. Falls Dravot persönliche Ansichten und Gefühle hegte, so waren sie unergründlich.

Eine Tür ging auf. Rauchschwangeres Licht und gedämpftes Stimmengewirr drangen ins Freie.

»Hallo, Spenser«, rief jemand, »kommen Sie rein und trinken Sie einen Schluck mit uns.«

Als Winthrop das Quartier betrat, erstarben die Gespräche. Ein Grammophon kam jaulend zum Stillstand und erlöste die »Arme Butterfly« von ihrer Qual. Der niedrige Raum diente als provisorische Messe. Die Piloten spielten Karten, schrieben Briefe oder lasen.

Ihm wurde mulmig zumute. Rote Augen nahmen ihn ins Visier. Die Soldaten waren ausnahmslos Vampire.

»Ich bin Lieutenant Winthrop. Ich habe Captain Spenser abgelöst.«

»Ach, nein«, meinte ein finster dreinblickender Bursche in einer hinteren Ecke, »was Sie nicht sagen!«

Der Mann bekleidete den höchsten Rang im Raum. Major Tom Cundall. Zunächst konnte Winthrop nicht erkennen, ob der Geschwaderkommandeur warmen oder kalten Blutes war. Nach Einbruch der Dunkelheit bekamen die meisten Kriegsteilnehmer jenen raubgierigen, gehetzten Blick, den man gemeinhin mit den Nicht-Toten in Verbindung brachte.

»Ein warmblütiger Kamerad«, bemerkte Cundall und verzog höhnisch den Mund. Ein Vampir. Sein Lächeln hatte ihn verraten. »Wie ich sehe, bleibt der Diogenes Club seinen Prinzipien treu.«

Spenser war ein lebendiger Mensch. Wenigstens war er es noch gewesen, als Winthrop ihn zuletzt gesehen hatte. Gleiches galt für Beauregard. Doch das beruhte nicht auf einem strikten Reglement, sondern verdankte sich einzig und allein dem Zufall. Warmblüter wurden nicht bevorzugt. Im Gegenteil.

»Hat ein Schlitzohr heimlich ein Bombenattentat auf den Diogenes Club verübt?« fragte ein Pilot mit verstohlenem Grinsen.

»Sachte, Courtney«, sagte jemand.

Hunnen, die rückwärtige Stellungen attackierten, galten bei den Frontsoldaten als Helden. Die roten Sterne eines Stabsoffiziers kamen einem Kainsmal gleich. Die scharlachroten Flecken auf seinen Rangabzeichen riefen Spott und Hohn hervor. Winthrop hatte weder um einen sicheren Posten noch um seine Aufnahme in den Diogenes Club gebeten. Auch dies verdankte sich dem puren Zufall.

»Captain Spenser hat einen Nervenzusammenbruch erlitten«, sagte Winthrop mit geheuchelter Teilnahmslosigkeit. »Er hat sich schwere Wunden zugefügt.«

»Grundgütiger!« stieß ein Mann mit rotem Haar hervor.

»Ein Revolver ist eben kein Spielzeug«, spöttelte Courtney. Er hatte brennende, verwegene Augen, ein australisches Näseln in der Stimme und einen wie mit spitzer Feder hingetupften Schnurrbart. »Er sollte sich was schämen!«

»Captain Spenser hat sich vier Dreizollnägel in den Schädel getrieben«, erklärte Winthrop. »Er ist auf unbestimmte Zeit beurlaubt.«

»Ich wußte gleich, daß mit dem Burschen was nicht stimmt«, sagte ein Amerikaner mit hohler Stimme und blickte von seiner Pariser Zeitung auf.

»Wer dabei erwischt wird, wie er sich den Heimatschuß verpassen will, endet für gewöhnlich vor einem Exekutionskommando«, meinte Courtney.

»Captain Spenser war großen Belastungen ausgesetzt.«

»Damit steht er nicht allein«, bemerkte der Amerikaner. Ein schwarzer Hut beschattete sein hageres Gesicht, doch seine Augen glommen im Dunkel.

»Laß Winthrop in Frieden, Allard«, insistierte Cundall. »Er ist nur ein unschuldiger Bote.«

Allard steckte seine vorspringende Nase wieder in die Zeitung. Er verfolgte die Heldentaten von Judex, dem Rächer der Enterbten. Presseberichten zufolge war auch Judex ein Vampir.

Der rothaarige Blutsauger wollte noch mehr über Spenser

wissen, doch Winthrop hatte nichts weiter zu berichten. Er hatte den Offizier nur flüchtig zu Gesicht bekommen, als dieser in den Krankenwagen verladen worden war. Er wurde ins Kriegslazarett von Craiglockart bei Edinburgh verbracht, das gemeinhin als »Dottyville« bekannt war.

Es entbrannte eine hitzige Debatte über die einzigartige Methode, mittels derer Spenser sich zum Invaliden befördert hatte. Allard meinte, in manchen Regionen Rußlands gebe es Vampirmetzler, die den Blutsaugern seit alters lieber Eisendorne in den Schädel trieben, statt ihnen Holzpflöcke ins Herz zu schlagen.

»Woher kennst du eigentlich all diese Schauergeschichten?« fragte Courtney.

»Das Böse ist nun mal mein Steckenpferd«, antwortete Allard, und seine Augen brannten wie glühende Kohlen. Plötzlich fing der Amerikaner grundlos an zu kichern. Sein düsteres, kehliges Glucksen wuchs an zu freudlosem Gelächter. Nicht nur Winthrop sträubten sich die Haare.

»Reißen Sie sich zusammen, Allard«, sagte Cundall. »Da gerinnt einem ja das Blut in den Adern.«

Die Piloten waren, selbst für Vampire, furchteinflößend. Wie die französische *Groupe des Cigognes* bestand das Geschwader Condor fast ausschließlich aus Überlebenden, oftmals den einzigen Überlebenden ihrer früheren Staffel. Um hier aufgenommen zu werden, mußte man unzählige Tode gestorben sein. Unter den Männern waren einige der berühmtesten, erfolgreichsten Asse der Alliierten. Winthrop fragte sich, ob sie auch einen Einsatz fliegen würden, bei dem sich nur wenige Einzelsiege erringen ließen. Im Wing wurden Cundall's Condors als ruhmsüchtige, ordensgeschmückte Mörder verachtet. Beauregard hatte ihn ermahnt, sich von den Piloten nicht auf der Nase herumtanzen zu lassen.

Ein junger Vampir schleppte sich mit wuchtigen Tritten eine Wendeltreppe herab. Trotz seiner verrenkten Gliedmaßen wirkten seine Bewegungen wendig und geschickt. Er wischte sich den roten Mund mit einem weißen Schal. Seine rosige Gesichtsfarbe verriet, daß er sich soeben genährt hatte. Hinter der Front gab es ungewöhnlich dienstbare, wenn auch kostspielige französische Mädchen. Andernfalls blieb immer noch das liebe Vieh.

»Spenser hat versucht, seinen Kopfschmerz à la Moldau zu kurieren«, erklärte Courtney dem Krüppel. »Nägel ins Gehirn.«

Ball schwang sich an in die Balken eingelassenen Griffen wie ein Affe durch den Raum. Schließlich machte er es sich in einem Sessel neben dem Grammophon bequem, seine Augen schwammen in Blut. Wenn sie satt waren, dösten manche Vampire träge vor sich hin wie Schlangen. In früheren Zeiten, als man *nosferatu* jagte wie pestverseuchte Ratten, waren sie am schwächsten, wenn sie Nahrung aufgenommen hatten, und versteckten sich in Särgen oder Gräbern. Ball sank mit halboffenem Mund in sich zusammen, sein Kinn war blutbesudelt.

»Ich brauche einen Piloten«, sagte Winthrop leiser als geplant.

»Da sind Sie bei uns goldrichtig«, meinte Cundall.

Niemand meldete sich freiwillig.

»Nehmen Sie Bigglesworth«, sagte Courtney. »Die ›Daily Mail‹ nennt ihn einen ›Ritter der Lüfte‹.«

Ein junger Lieutenant errötete leicht, und kirschrote Flekken erschienen auf seinen kreideweißen Wangen. Courtney war offensichtlich Cundalls Zweitbesetzung für die Rolle des Stubenzynikers.

»Laß gut sein, alter Knabe.«

Unter mißbilligendem Knurren bekundeten seine Genossen ihre Unterstützung für den Lieutenant. Die Bande von Schuljungen schien Courtney kein allzugroßes Kopfzerbrechen zu bereiten.

Major Cundall dachte nach und sagte: »Reichlich trübes Wetter zum Fliegen, meinen Sie nicht auch?«

Winthrop rief sich Beauregards Unterweisung ins Gedächtnis und erklärte: »Der Diogenes Club möchte einen Blick auf etwas Bestimmtes werfen. Ein einzelner Aufklärer könnte über den Wolken hinter die feindlichen Linien gelangen und dann hinabstoßen und Photos schießen.«

»Das reinste Kinderspiel«, meinte Cundall. »Mit der Nummer werden wir am Ende noch den Krieg gewinnen.«

Winthrop ärgerte sich über den Geschwaderkommandeur. Nichts gegen ein wenig Schabernack, aber die Form mußte gewahrt bleiben. Der Diogenes Club pflegte seine Zeit nicht nutzlos zu vertändeln.

Er requirierte einen Spieltisch und breitete die Karte über den grünen Fries.

»Das ist unser Ziel«, sagte er und deutete mit dem Finger darauf. »Uns sind seltsame Gerüchte zu Ohren gekommen.«

Hellhörig geworden, traten die Piloten näher. Ball krabbelte seitwärts aus seinem Sessel und humpelte herbei. Um das Gleichgewicht nicht zu verlieren, klammerte er sich mit kalter Hand an Winthrops Schulter. Am Boden war Albert Ball ein untüchtiger Krüppel, in der Luft jedoch war er flink und behende wie kein zweiter, das As der Alliierten-Asse.

»Das Château du Malinbois«, sagte der errötende Lieutenant. »Eine Hunnenstellung.«

»Das erste Jagdgeschwader«, setzte einer seiner Kameraden hinzu, der fast ebenso rotes Haar hatte wie Albright.

»Ganz recht, Ginger. Das gute alte JG 1. Wir sind die besten Freunde.«

»Richthofens Zirkus«, sagte Allard mit düsterer Stimme. Als er den berühmten Namen hörte, spuckte Ball verächtlich aus. Die blutige Schliere verfehlte die Karte und versickerte im Fries.

»Kümmern Sie sich nicht um Ball«, bemerkte Ginger. »Seit der lumpige Lothar, der teuflische Bruder des roten Barons, ihn vom Himmel geholt hat, liegt er mit ihm in Fehde. Familienehre und so weiter.«

»Unseren Erkenntnissen zufolge ist das Château mehr als nur ein Quartier für deutsche Flieger«, sagte Winthrop. »Nachts gehen dort sonderbare Dinge vor. Es herrscht ein reges Ein und Aus von, ähem, *ungewöhnlichen* Gestalten.«

»Und der Diogenes Club will Photos? Wir haben letzte Woche einen ganzen Schlag davon geschossen.«

»Bei Tage, Sir.«

Winthrop nahm die Hände von der Karte, die sich daraufhin zu einem Rohr zusammenrollte, und legte Photographien des Château du Malinbois auf den Tisch. Flugabwehrfeuer, sogenanntes Archie, hing in schwarzen Wolken zwischen Schloß und Kamera.

Winthrop tippte auf eines der Bilder. »Diese Türme sind mit Tarnnetzen umhüllt. Als wollte uns der Boche verheimlichen, was er im Schilde führt. *Camouflage*, wie unsere französischen Verbündeten wohl sagen würden.«

»Das macht neugierig«, meinte Ginger.

Cundall runzelte die Stirn. »Reichlich dunkel zum Photographieren, wenn Sie mich fragen. Ich glaube kaum, daß die Bilder etwas werden würden.«

»Sie wären erstaunt, wenn Sie wüßten, was wir aus einem dunklen Bild ersehen können, Sir.«

»Mag sein.«

Cundall nahm die Photographien in Augenschein. Er legte die Hand auf den Tisch und trommelte mit seinen dicken, spitzen Fingernägeln.

»Der Pilot hat eine Signalpistole. Er kann eine Leuchtrakete abfeuern, um etwas Licht auf die Sache zu werfen.«

»›Eine Leuchtrakete abfeuern‹. Gar nicht dumm, bei Licht besehen«, sagte Cundall. »Ein schlechter Scherz, verzeihen Sie.«

»Das JG 1 wird über unseren Besuch entzückt sein«, meinte Courtney. »Womöglich rollt es sogar den roten Teppich für uns aus.«

Das Archie auf den Bildern schien den Streben der Maschine des Photographen bedrohlich nah.

»Die Zirkusleute werden sich mit Rheinwein und Jungfernblut zuprosten«, sagte Cundall, »und mit der Anzahl von Engländern prahlen, die sie vom Himmel geholt haben. Nur wir sind dumm genug, bei diesem Sauwetter einen Mann in die Luft zu schicken.«

»Sehr unsportlich, diese Hunnen«, bemerkte Ginger. »Sitzen hinter dem warmen Ofen.«

»Die Leuchtrakete wird sie ins Freie locken«, sagte Albright. »Mit Archie ist zu rechnen. Vielleicht steigt sogar ein Albatros auf.«

»Flügellahme Vögel, diese Albatrosse«, meinte Courtney.

Cundall schien von den Bildern wie hypnotisiert. Obgleich die Zinnen unter dem Beschuß etwas gelitten hatten, war das Schloß bei weitem imposanter (und vermutlich auch bequemer) als das Bauernhaus. Wie alle Kampftruppen war auch das Royal Flying Corps davon überzeugt, daß der Feind es besser hatte.

»Na gut, Winthrop«, sagte Cundall. »Suchen Sie sich einen aus.«

Damit hatte er nicht gerechnet. Er blickte in die Runde. Ein oder zwei Piloten wandten sich ab. Cundalls diebisches Grinsen entblößte die scharfen Spitzen seiner Zähne.

Winthrop kam sich vor wie eine Maus in einer Katzenzüchterei. Er dachte an die blutigen Nagelköpfe in Spensers Schädel.

»Am geeignetsten wäre wohl der Mann, der diese Bilder geschossen hat.«

Cundall inspizierte die Seriennummer, die an den Rand der Photographie gekritzelt war.

»Rhys Davids. Keine gute Idee. Der ist in den Dutt gegangen. Vorgestern nacht.«

»Das ist bislang nicht bestätigt«, sagte Bigglesworth. »Er könnte auch dem Feind in die Hände gefallen sein.«

»Für uns ist er auf jeden Fall verloren.«

Winthrop blickte erneut in die Runde. Niemand trat vor.

Obwohl er wußte, daß der Krieg in Frankreich mit anderen Mitteln geführt wurde als in der regierungstreuen Presse, hatte er mit einem edlen Wettstreit von Freiwilligen gerechnet.

»Hier ist eine Aufstellung aller Namen, Sie haben die Wahl.«

Cundall reichte ihm ein Schreibbrett. Winthrop warf einen Blick auf die Dienstliste des Geschwaders Condor. Mehrere Namen waren durchgestrichen, unter ihnen auch »Rhys Davids, A.«

»Albright, J.«, wählte er den ersten Namen.

»Na schön«, sagte der rothaarige Captain. Obgleich er die Uniform des RFC trug, war auch er Amerikaner. Cundalls kundiges Geschwader war ein Sammelbecken für Ausländer jeglicher Couleur.

»Wie geht's Ihrer Kiste, Red?« fragte Cundall.

Albright zuckte die Achseln. »Besser denn je. Die Kamera ist noch installiert.«

»Wie praktisch.«

Albright wirkte ruhig und gesetzt. Für einen Vampir war er von ungewöhnlich stämmiger Statur, mit kantigem Schädel und kräftigem Kiefer, wie aus massivem Stein gehauen. Er würde standhaft bleiben, komme, was da wolle.

»Ball, dann bist du unser vierter Mann beim Bridge«, rief Courtney. »Red hat versprochen, mit Brown gegen mich und Williamson anzutreten.«

Albright zuckte resigniert die Achseln, während Ball sich zu den Kartenspielern gesellte.

»Ich bin gegen Mitternacht zurück«, sagte Albright.

Alle stöhnten über diesen alten Witz.

Winthrop fühlte sich verpflichtet, eine Laterne unter die Flügel der Royal Aircraft Factory SE5a zu halten und die Kameras zu inspizieren, die anstelle von Cooper-Bombenträgern dort installiert waren. Sie wurden, wie Bomben, mit Hilfe einer Abzugsleine im Cockpit ausgelöst. Die Platten wurden eingelegt. Dies gehörte zu Dravots Aufgaben.

Mit dem unbehaglichen Gefühl, daß er der einzige war, der nicht im Dunkeln sehen konnte, löschte Winthrop das Licht.

Albright hievte sich ins Cockpit und überprüfte seine Geschütze, ein starr montiertes Vickers, das durch den sich drehenden Propeller feuerte, und ein auf der oberen Tragfläche angebrachtes schwenkbares Lewis. Auch wenn es bei Ausflügen wie diesem nur selten zu Schußgefechten kam. Zweck der Übung war es, unbemerkt hinter die Linien zu gelangen und Photos zu schießen, bevor der Feind zum Gegenschlag ausholen konnte. Deshalb war dies eine Einmannmission: Zu viele Flugzeuge hätten Malinbois in Unruhe versetzt. Der Boche stieg nur in Notfällen auf. Die Alliierten flogen unablässig Angriffsstreifen, um die Mittelmächte daran zu erinnern, wer der Herr am Himmel war.

Cundall und seine Kameraden waren aus dem Haus gekommen, um Albright starten zu sehen. Die Piloten warfen einen fachmännischen Blick auf die SE5a und inspizierten den mit geflickten Einschußlöchern übersäten Rumpf. Sie kamen überein, daß die verhältnismäßig neue Maschine in annehmbarem Zustand sei. Obgleich der Diogenes Club dem Geschwader Condor jedes gewünschte Flugzeug beschaffen konnte, hingen die Piloten sehr an ihren Mühlen.

Um Gespür in seine tauben Zehen zu befördern, stampfte Winthrop mit den Füßen. Es war stockdunkel. Das Flugzeug war ein riesiges Schattenskelett. Vampire befanden sich bei Nacht so wohl wie er zur Mittagszeit auf Brighton Pier. Aufgrund ihrer angepaßten Augen eigneten sich die Nicht-Toten zum Nachtflug, zum Nachtkampf. Ihretwegen war dies der erste Tag-und-Nacht-Krieg der Geschichte.

Ginger versetzte dem Propeller der SE5a einen kräftigen Schwung. Doch der Hispano-Suiza-Motor sprang beim ersten Mal nicht an.

»Ein bißchen mehr Schmackes«, sagte Bertie, einer der Kameraden.

Wären die Vampire nicht gewesen (insbesondere der Rohling, der sich inzwischen Graf *von* Dracula zu nennen pflegte), so wäre es natürlich gar nicht erst zum Krieg gekommen. Der jüngste Versuch des Grafen, die Macht über Europa an sich zu reißen, hatte zu einem Konflikt geführt, der sämtliche Nationen auf dem Erdball in sich zu verwickeln schien. Selbst die Amerikaner waren eingetreten. Der Kaiser meinte, der moderne Deutsche verkörpere den Geist der alten Hunnen, doch tatsächlich war es Dracula, der, voller Stolz auf seine Blutsverwandtschaft mit dem Hunnenkönig Attila, den Inbegriff der Barbarei des zwanzigsten Jahrhunderts darstellte.

Ginger drehte ein zweites Mal an dem Propeller. Der Motor knurrte, und erstickte Beifallsrufe waren zu hören. Albright salutierte und sagte: »Bis Mitternacht.« Die Maschine rollte über holprigen Rasen, tauchte in den Schatten der Bäume und schwang sich in die Luft. Als ein Windstoß sie erfaßte, wackelte sie leicht.

»Wieso Mitternacht?« erkundigte sich Winthrop.

»Weil Red immer um Mitternacht zurückkommt«, sagte Bertie. »Er macht seine Sache schnell und gründlich und kehrt dann ins Quartier zurück. Deshalb nennen wir ihn Captain Midnight.«

»Captain Midnight?«

»Ja. Klingt albern, nicht?« Der Pilot grinste. »Bisher hat es ihm Glück gebracht. Red ist ein erstklassiger Pilot. Bis sie aufgelöst wurde, war er bei der *Escadrille Lafayette*. Er ist zu uns gekommen, weil die Yankees ihn als untauglich befunden haben. Das American Air Corps ist ausschließlich warmblütigen Männern vorbehalten.«

Albrights Mühle verschwand in einer tiefhängenden Wolkenbank. Das Brummen des Motors verschmolz mit dem Pfeifen des Windes und Musikfetzen aus dem Grammophon in der Bauernstube. Die »Arme Butterfly« wartete von neuem. Sergeant Dravot starrte gebannt in den Nachthimmel.

Major Cundall sah nach seiner Uhr (einer jener neumodischen Apparate, die am Handgelenk getragen wurden, damit sie im Schützengraben nicht verlorengingen) und vermerkte die Startzeit in einem Logbuch. Winthrop warf einen Blick auf seine Taschenuhr. Halb elf am Abend des 14. Februar 1918. Valentinstag. Daheim würde Catriona zu Recht voller Sorge an ihn denken.

»Jetzt können wir nur noch warten«, sagte Cundall. »Kommen Sie rein und wärmen Sie sich auf.«

Winthrop hatte gar nicht bemerkt, wie durchgefroren er war. Er schob die Uhr in seine Westentasche und folgte den Piloten zum Bauernhaus zurück.

2

Der Alte

Während der gesamten Überfahrt sah Beauregard mit Unbehagen zu dem Verwundeten hinüber, der in einer Ecke der Kabine lag. Angesichts seiner Verfassung verhielt sich Captain Spenser ungewöhnlich ruhig.

Als ein Bursche ihn gefunden hatte, war er eben im Begriff gewesen, sich einen fünften Nagel in den Kopf zu treiben. Offenbar hatte er seinen ganzen Schädel mit Eisendornen spicken wollen. Die Diagnose lautete auf nervliches Versagen, und Beauregard schoß der Gedanke durch den Kopf, daß es vermutlich einer ruhigen Hand bedurfte, um sich solch einer Operation zu unterziehen.

Beauregard machte sich Vorwürfe, weil er die Belastungen verkannt hatte, denen Spenser auf Geheiß des Diogenes Club ausgesetzt gewesen war. Ein Mensch konnte durchaus zuviel wissen. Bisweilen wünschte Beauregard, auch sein Schädel würde sich öffnen und seine Geheimnisse entweichen lassen. Es wäre eine Wonne, unschuldig und unwissend zu sein.

Nach vielen Jahren im Dienste des Diogenes Club gehörte Beauregard nun, wie der ehrwürdige Mycroft und der exzentrische Smith-Cumming, der Herrschenden Clique, dem höchsten Stab des Secret Service, an. Er hatte sein ganzes Leben im verborgenen verbracht.

Das Wasser des Kanals war ruhig. Beauregard plauderte mit Godfrey, einem Krankenträger, der den Quäkern angehörte. Er hatte den Sanitätsdienst dem Gefängnis vorgezogen und war für seine Tapferkeit in der Schlacht um den Vimy-Rücken mit einem Orden ausgezeichnet worden. Beauregard betrachtete einen Mann, der bereit war, für sein Vaterland zu sterben, nicht aber für es zu töten, als einen besseren Menschen. Er trauerte um jeden, den er getötet hatte; und er trauerte um jenen kurzen Augenblick, in dem er sein Opfer hatte entkommen lassen. Um den Preis seines eigenen Lebens hätte er Graf Dracula ein Ende machen können. Je älter er wurde, desto öfter dachte er an jene qualvollen Sekunden.

Am Newhaven Quay wurde die kleine Schar toll gewordener Offiziere bereits von Krankenschwestern erwartet. In der Gruppe waren die Männer ruhig und fügsam. Die Schwestern trieben sie sanft, aber bestimmt zusammen. Noch vor vier Jahren hatte die Armee hinter jedem Fall von Frontneurose einen erbärmlichen Feigling vermutet. Doch nach unzähligen mörderischen Kampfeinsätzen waren Zusammenbrüche in den Reihen der höheren Offiziere nachgerade *de rigeur*. Selbst der zweite Sohn des Herzogs von Denver befand sich unter dem heutigen Haufen von Dottyville-Patienten.

Das Dock lag im Dunkeln. Deutsche U-Boote wurden im Kanal vermutet. Beauregard wünschte dem teilnahmslosen Spenser alles Gute, gab Godfrey seine Karte und überquerte dann den finsteren Bahnsteig, um den Schnellzug nach London zu besteigen.

An der Victoria Station wurde er von Ashenden, einem Jüngling, der sich in der Schweiz als äußerst kaltblütig erwiesen hatte, in Empfang genommen und durch die dunkle Stadt chauffiert. Obgleich es regnete und kein Laternenschein die Straßen erhellte, waren allenthalben tatendurstige Nachtschwärmer zu sehen. Selbst im Herzen des Empire, das nur wenige Luftangriffe erlitten hatte, war der Krieg allgegenwärtig. Theater, Restaurants und Kneipen (und zweifellos auch Lasterhöhlen und Bordelle) wimmelten von Soldaten, die verzweifelt zu vergessen suchten. Um jeden Uniformierten drängten sich Scharen begeisterter Burschen, die danach gierten, »unseren Jungs« eine Lage auszugeben, und Trauben heißblütiger junger Frauen, die den verehrten Helden ihre Liebesgunst bezeigen wollten. Plakate drohten

Drückebergern mit drakonischen Strafen. Glutäugige Vampirmädchen durchstreiften Piccadilly und Shaftesbury Avenue mit weißen Federn, um sie an ihre nicht-toten Brüder zu verteilen, die nicht im Dienst des Königs standen. Im Hyde Park hatte man den originalgetreuen Nachbau eines Schützengrabens errichtet, um der Zivilbevölkerung einen Eindruck von den Bedingungen in Frankreich zu vermitteln; seine Reinlichkeit und die zahlreichen Vergünstigungen der Heimat entlockten den beurlaubten Frontkämpfern bestenfalls ein müdes Lächeln. In der Queen's Hall dirigierte Thomas Beecham ein *No German Concert*: Bei der Auswahl von Stücken englischer, französischer und belgischer Komponisten hatte man auf die diabolische Kultur von Beethoven, Bach und Wagner ausdrücklich verzichtet. Das Scala Cinema zeigte Wochenschauen mit (größtenteils in den Shire Counties nachgestellten) Frontaufnahmen und Mary Pickford in *Die kleine Fledermaus*.

Wären auf den Straßen Londons Lichtspiele gedreht worden, so hätten Tausende und Abertausende von Einzelheiten eine Stadt im Kriegszustand erkennen lassen, von der Verkehrspolizistin bis hin zur bewaffneten Schutzwache vor einem Fleischerladen. Einen Mann im vorgerückten Alter wie Beauregard gemahnten viele dieser Dinge an die Zeit des Schreckens vor dreißig Jahren, als Britannien unter dem Joch des damaligen Prinzgemahls gelitten hatte. Kommentatoren wie H.G. Wells und Edmund Gosse vertraten die Ansicht, der Weltkrieg sei die logische Folge einer versäumten Pflicht. Denn statt den Dämonenfürsten auf einen seiner Pfähle zu hieven, hatten die Revolutionäre der neunziger Jahre Dracula gnädig des Landes verwiesen. Als König Victor im Jahre 1897 zum zweiten Mal den Thron bestieg, machte Lord Ruthven dem Blutvergießen ein Ende. Der Premierminister konnte das Parlament dazu bewegen, die Erbfolge zu bestätigen, was seinem früheren Gönner Dracula das Recht zu regieren versagte und einen neuerlichen Bürgerkrieg verhindern half.

Der junge Ashenden zeigte sich nachsichtig gegen die Menschenmassen auf der Fahrbahn. Während sie bei laufendem Motor darauf warteten, daß eine Kapelle der Heilsarmee den Weg frei machte, klopfte es plötzlich an die Fensterscheibe. Der Chauffeur hob den Blick und sah mit der seinem Berufsstand angemessenen Nervosität hinaus. Eine weiße Feder schwebte durch den Fensterspalt und flatterte zu Boden.

»Das kommt davon, wenn man im geheimen seinen Dienst verrichtet«, sagte Beauregard.

Ashenden legte die Feder in eine Blechbüchse neben den Schaltknüppel, in der sich ein Revolver sowie drei oder vier weitere Schandzeichen befanden.

»Sie werden es noch zu einem prächtigen Gefieder bringen.«

»Es gibt nicht mehr allzu viele Burschen meines Alters in Zivil. Manchmal stürzen sich die Weiber auf mich wie die Fliegen, um mir ihre Federn anzuheften.«

»Ich will sehen, ob ich Ihnen nicht ein Ordensband besorgen kann.«

»Nicht nötig, Sir.«

Die Zeit des Schreckens hatte Beauregard die aufregendsten Momente seines Lebens beschert. Die Nächte der Gefahr waren ihm in guter Erinnerung geblieben. Die längst verheilten Bißwunden an seinem Hals verursachten ihm Schmerzen. Er dachte an seine Gefährtin in jenen Nächten, eine Älteste namens Geneviève. Inzwischen war er in Gedanken jedoch immer häufiger bei seiner Gattin Pamela, die gestorben war, noch bevor Dracula seine transsylvanische Festung überhaupt verlassen hatte. Pamela war die Welt seiner Jugend, die ihm nun sonnenhell und liebreizend erschien. Eine Welt ohne Vampire. Geneviève hingegen war das Zwielicht, erregend, doch gefährlich. Sie hatte ihre Spuren bei ihm hinterlassen. Bisweilen wurde er von plötzlichen Eingebungen überfallen und *wußte*, was sie fühlte, was sie tat.

Soldaten hoben die Schranke und winkten sie in die

Downing Street. Die Leibwachen des Premierministers waren Älteste, Karpater, die sich im Zuge von Ruthvens Revolte gegen den Pfähler gewandt hatten. Sie trugen mittelalterliche Helme und Kürasse und waren mit Säbeln und Karabinern ausgerüstet. Sowie Dracula zum Angriff gegen Ruthven überging, würden diese Vampire ihrem einstigen Generalissimus mutig die Stirne bieten. Es blieb ihnen auch gar nichts anderes übrig, denn Dracula würde versuchen, sie auf der Stelle zu töten. Er kannte kein Erbarmen, wie dieser Krieg eindrucksvoll bewies.

Dracula hatte England verlassen, wie er gekommen war, als Treibgut. Als das Land sich gegen ihn stellte, gab sich der Prinzgemahl gefangen und wurde in den Tower von London gesperrt. Es war eine List: Der spinnenartige Gebieter über den Tower, Graf von Orlok, seinem Genossen Ältesten treu zu Diensten, verhalf ihm zu einer waghalsigen Flucht. Dracula trieb in einem Sarg durch das Traitor's Gate und erreichte erst die Themse, dann die offene See.

Nachdem Dracula entkommen war, bestand Geneviève darauf, an Beauregards Bett zu wachen. Sie befürchtete, der Graf könne die Gelegenheit beim Schopfe packen und sich an ihnen rächen. Sie hatten seiner Schreckensherrschaft ein Ende gesetzt. Doch der Graf hatte offensichtlich dringendere Geschäfte zu erledigen und verzichtete darauf, es ihnen heimzuzahlen. Diese Mißachtung ärgerte Geneviève. Schließlich hatten sie den Gang der Geschichte verändert. So glaubten sie zumindest. Vielleicht hatten einzelne auf die Zeitläufte doch nur geringen Einfluß.

Der Wagen hielt vor Nummer zehn. Ein Vampir-Bediener in Livree stürzte aus der Tür. Zum Schutz gegen den Nieselregen hielt er eine ›Daily Mail‹ über seine Perücke gebreitet. Beauregard wurde die Treppe zur Amtswohnung des Premierministers hinaufgeführt.

In Europa wanderte Dracula wie dereinst König Lear von Hof zu Hof, wobei er sich das Mißfallen seiner Gastgeber über Parlamente zunutze machte, die ihre Monarchen in die Wüste schickten. Sein Geblüt erstreckte sich auf Häuser, mit denen er durch seine Vermählung mit der hochseligen Königin Victoria und seine weitverstreuten sterblichen Nachkommen verbunden war. Nach Jahrhunderten zählten sämtliche gekrönten Häupter Europas Vlad Tepes zu ihren bemerkenswerten Vorfahren.

Als er dem Bedienten seinen Überzieher reichte, bemerkte Beauregard, daß noch immer reichlich französischer Schlamm an seinen Stiefeln klebte. Daß Kriege so nah der Heimat ausgefochten wurden, war ein Wunder der Moderne. Obschon seine alten Knochen sich dem mit aller Macht zu widersetzen schienen, ließ er Männer wie Ashenden und Edwin Winthrop hin- und herfliegen.

In Rußland verwandelte Dracula dünnblütige Romanows, deren Gestalt sich daraufhin katastrophal veränderte. Rasputin gelangte durch die Behauptung an die Macht, die rasende Werwolfswut, welche den Zarewitsch befallen habe, lasse sich nur durch Zauberei kurieren. Doch der heilige Scharlatan war tot, von einem *upyr*-Fürsten in Stücke gerissen. Der Zar war von den *bolsheviki* eingekerkert worden. Erkenntnissen des Diogenes Club zufolge hatte Dracula höchstselbst dafür gesorgt, daß Lenin in seinem berühmten versiegelten Zug nach Rußland hineingeschmuggelt werden konnte.

Nummer zehn war erneut umgestaltet worden. Die Empfangshalle beherbergte eine Galerie von Porträts, die von den bedeutendsten Künstlern der letzten drei Jahrzehnte stammten: Whistler, Hallward, Sickert, Jimson. Zum Leidwesen seiner Kabinettskollegen, denen alles suspekt erschien, was über ein idyllisches Landschaftsbild von Constable hinausging, bekannte Ruthven sich inzwischen voller Leidenschaft zum Vortizismus. Beauregard hielt vergeblich nach Gemälden Ausschau, die etwas anderes zum Thema hatten als den derzeitigen Premierminister. Das graue, sardonische Gesicht blickte mit kalten Augen von einem guten Dutzend Leinwänden herab. Ruthvens Selbstverliebtheit machte nicht einmal vor Werken halt, die ihn alles andere als vorteilhaft erscheinen ließen, wie Wyndham Lewis' Schilderung seiner Besuche an der Front.

Im Juli des Jahres 1905 brachte die Romanow-Yacht *Stella Polaris* Dracula in die Bucht von Björkö vor der finnischen Küste. Per Ruderboot wurde er zur *Hohenzollern*, der eleganten weißgoldenen Yacht eines seiner zahlreichen angeheirateten Großneffen, Kaiser Wilhelms II., weiterbefördert. Dem Diogenes Club war es seinerzeit gelungen, die in der für Europas Königshäuser typischen, mit verwandtschaftlich-diplomatischem Schmelz überzuckerten Sprache gegenseitigen Mißtrauens abgefaßten Communiqués des Fürsten von Bülow, dem damaligen Reichskanzler des Kaisers, an Konstantin Pobedonoszew, einem engen Berater des Zaren, auf halbem Wege abzufangen. Der Kaiser war von dem Irrglauben beseelt, der dunkle Kuß werde seinen verwelkten Arm wieder erblühen lassen. Die Russen rührten die Trommel für Draculas Geblüt und verheimlichten den Zustand des dahinsiechenden Zarewitsch, um Willi dazu zu bewegen, die Last des früheren Prinzgemahls auf sich zu nehmen.

Beauregard trug sich in die Besucherliste ein und eilte über einen Korridor zum Kabinett. Mit silberbewehrten Piken bewaffnete Karpater säumten den Flur. Kostaki, ein rehabilitierter Ältester, dessen Sturz während der Zeit des Schreckens mit einem vertrauensvollen Posten belohnt worden war, hob die Hand an seinen Helm, als Beauregard an ihm vorüberhastete.

Der Fürst, der sich nun Graf *von* Dracula zu nennen pflegte, hatte sich zu einer Zierde des kaiserlichen Hofes in Berlin gemausert. Mit großem Prunk und Pomp verwandelte er Wilhelm. Endlich konnte der Kaiser seinen verhaßten Arm strecken und eine ordentliche Faust machen. Nichts hatte Willi sich sehnlicher gewünscht, als seine neugewonnenen

Finger in das Fleisch seiner monarchischen Widersacher zu bohren, sie ihrer Herrschaft über die Ozeane und diverser Gebiete im Osten und in Afrika, im Pazifik und in Asien zu berauben. Deutschland, sagte er, müsse ein einig Volk von Vampiren werden und seinen Platz im Mondschein finden.

Britische und französische Schriftsteller verfaßten Romane nach dem Vorbild der *Schlacht von Dorking* und prophezeiten einen Krieg zwischen dem Deutschland Draculas und der zivilisierten Welt. In Vicomte Northcliffes ›Daily Mail‹ erschienen derlei Räuberpistolen in Lieferungen, und *Die Invasion von 1910* bescherte ihrem Verfasser William Le Queux beachtlichen Erfolg. Bezahlte Strategen vertraten die Ansicht, die neuen Hunnen würden Blitzattacken auf isolierte Außenposten vorziehen. Da wenig Aussicht bestand, die Auflage der ›Mail‹ in der Provinz zu erhöhen, verlangte Northcliffe, daß in der Geschichte die Invasion jeder größeren englischen Stadt vorkommen müsse. Die Einwohner von Norwich und Manchester verschlangen die schauerlichen Schilderungen ihres Schicksals unter der Belagerung nicht-toter Ulanen. Beauregard dachte an die Plakatträger der ›Mail‹, die als Vorgeschmack auf die fiktive Besatzung in deutscher Uniform durch die Stadt stolziert waren.

Der Diogenes Club erfuhr von den Bemühungen des Kaisers auf dem Gebiet der Industrialisierung und Erweiterung der Seestreitkräfte, doch hatte diese Nachricht bedauerlicherweise wenig Einfluß auf Ruthvens Bemühungen um Galerie-Eröffnungen und Gesellschaftsbälle. Deutsche Eisenbahngleise schlängelten sich quer über den Kontinent, wodurch eine rasche Mobilmachung ermöglicht wurde. Während Britanniens Dreadnoughts die Meereswellen regierten, beherrschten Willis U-Boote die Tiefen. Als der geniale englische Ingenieur Heath Robinson sich an die Entwicklung von Luftfahrzeugen machte, versicherte sich Dracula der Dienste des Holländers Anthony Fokker, der immer neue Bomber und Jagdflugzeuge konstruierte.

Der Vampirismus verbreitete sich über das gesamte Territorium der Mittelmächte. Älteste wagten sich nach Jahrhunderten des unwürdigen Nomadisierens in die Öffentlichkeit zurück und lebten auf Besitzungen in Deutschland und Österreich-Ungarn. In Britannien hatte sich der Vampirismus bislang ungehemmt ausbreiten können, doch nun bestand Dracula darauf, die Verwandlung Neugeborener zu regulieren. Ein Gesetz schloß bestimmte Klassen und Rassen von Männern und Frauen von der Verwandlung aus. Wilhelm machte sich darüber lustig, daß Britannien und Frankreich Dichter und Ballerinen in den Stand der Unsterblichkeit erhoben; unter seiner Herrschaft war dieses Vorrecht jenen vorbehalten, die bereit waren, für ihr Vaterland zu kämpfen und ihre menschliche Beute selbst zu reißen.

Nachdem er eine ganze Reihe militärischer und politischer Stellungen bekleidet hatte, übernahm Dracula im Jahre 1914 den Posten des Kanzlers und Oberbefehlshabers der Streitkräfte des Deutschen Reiches. Beauregard fragte sich, wie der frühere Vlad Tepes Bündnisse unterstützen konnte, die ihn gegen Rumänien – das Land, für das er einst in den Kampf gezogen war – und an die Seite der Türkei stellten, des Imperiums, dem er um den Preis seines warmen Blutes widerstanden hatte.

Vor dem Kabinett wurde Beauregard von Mansfield Smith-Cumming in Empfang genommen, dem monokeltragenden Meisterspion, der wie er der Herrschenden Clique angehörte. Gerüchten zufolge hatte sich der Vampir mit einem Federmesser ein Bein amputiert, um sich aus den Trümmern eines Autounfalls befreien und seinen Mantel über seinen sterbenden Sohn breiten zu können, der sich über die Kälte beklagte. Sein Bein war bis zum Kniegelenk nachgewachsen; unter einem dicken Bündel von Verbänden bildete sich ein neuer Fuß.

»Beauregard«, sagte Smith-Cumming breit grinsend, »was halten Sie von der Verkleidung?«

Smith-Cumming freute sich wie ein kleines Kind, daß sein Beruf es ihm erlaubte, sich zu verkleiden. Er trug einen übergroßen, offenkundig falschen Bart. Er verdrehte die Augen und ließ seinen Roßhaarschnauzer tanzen wie ein Komödiant der Fred-Karno-Truppe.

»Sehe ich nicht aus wie ein leibhaftiger Hunne? Können Sie sich vorstellen, wie ich einer belgischen Nonne an die Gurgel gehe?«

Er entblößte riesige falsche Hauer, dann spuckte er sie aus, und darunter kamen seine zierlichen Fangzähne zum Vorschein.

»Wo ist Mycroft?« fragte Beauregard.

Smith-Cumming blickte so ernst drein, wie es ihm in seiner Verkleidung möglich war. »Böse Neuigkeiten, fürchte ich. Ein neuerlicher Anfall.«

Mycroft Holmes hatte der Herrschenden Clique des Diogenes Club schon angehört, als Beauregard Mitglied geworden war. Seine Pläne hatten die Nation während der Zeit des Schreckens zusammengehalten. Seither hatte er alles darangesetzt, den neuen König und seinen ewigen Premierminister Ruthven in ihrer wunderlichen Schwärmerei zu mäßigen.

»Wir stehen unter Druck. Ich nehme an, Sie haben von Spenser gehört.«

Smith-Cumming nickte angewidert.

»Ich habe ihn durch Winthrop ersetzt. Er kommt zügig voran. Ich bin äußerst zuversichtlich, daß er rasch aufholen wird.«

»Greuliche Nächte, Beauregard«, meinte Smith-Cumming.

Alles hatte am Sonntag, dem 28. Juni 1914, in Sarajewo begonnen, fern der Grenzen, wo die Mächte Europas sich ankläfften wie durch einen Zaun getrennte Hunde.

Erzherzog Franz Ferdinand, der Neffe von Kaiser Franz Joseph, reiste mit seiner morganatischen Gemahlin Sophie Fürstin Hohenberg durch Bosnien. Seit dem Zusammenbruch des Osmanischen Reiches im Jahre 1877 auf sich selbst gestellt, war Bosnien schwerlich als das reizvollste Fleckchen Europas zu bezeichnen, dennoch betrachtete Österreich-Ungarn es als natürliche Ergänzung seines ohnehin aufgeblähten und unregierbaren Herrschaftsgebietes. Franz Joseph hatte die Provinz im Jahre 1908 auf geradezu betrügerische Art und Weise annektiert. Das nicht ganz zu Unrecht als Werkzeug Rußlands verschriene Serbien führte ebenfalls etwas gegen Bosnien und seine Schwesterprovinz, die Herzegowina, im Schilde.

Der Erzherzog war ein *nosferatu*, eine Provokation. Die Slawen und Muselmanen duldeten keine Vampire, schon gar nicht als Herrscher. Serbische Irredentisten machten die zahlenmäßige Überlegenheit der Nicht-Toten am kaiserlichen Hofe mit Trompetenschall bekannt, um jene aufzurühren, die Bosnien-Herzegowina von blutsaugenden Habsburgern befreien wollten. Um den schönen Schein zu wahren, entsandten die nicht-toten Berater des Zaren (ausnahmsweise ohne den fanatischen Warmblüter Rasputin) Agenten nach Sarajewo, um fackelschwingende Rotten von christlich-orthodoxen Vampirgegnern, serbischen Nationalisten und Kaffeehaus-Revoluzzern aufzuwiegeln. Pamphlete mit obszönen Darstellungen der ehelichen Beziehungen zwischen dem Erzherzog und seiner augenscheinlich warmblütigen Sophie, einer als Blutmilchkuh karikierten Tschechin, gerieten in Umlauf.

Die Mittelmächte hegten die felsenfeste Überzeugung, Zar Nikolaus höchstselbst habe einen jüngeren van Helsing namens Gavrilo Princip beauftragt, Franz Ferdinand mit Kugeln zu durchsieben, das Vampirherz der Habsburger mit Silber zu spicken und bei dieser Gelegenheit auch gleich die schorfhalsige Sophie zu ermorden. Zudem sollten alle Anhänger der Sache der Verbündeten Princip für einen Irren halten, der unabhängig von den Großmächten gehandelt hatte, wenn nicht gar für einen Agenten des kriegslüsternen Kaisers.

Beauregard hatte Mycroft einmal gefragt, ob Rußland seine

Finger im Spiel habe. Der große alte Mann räumte ein, daß dies niemand so recht sagen könne. Einerseits versorge die Ochrana Princips Gesinnungsgenossen zweifellos mit barem Geld (und wahrscheinlich auch mit Silberkugeln); andererseits wisse nicht einmal Artamanov, der Finanzattaché der Russen, ob der mysteriöse Attentäter zu seinen Kontakten zählte.

Der Kaiser witterte eine Chance, die Grenzen Europas neu zu ziehen, und drängte den asketischen Bürokraten Franz Ferdinand dazu, ein Communiqué an Serbien zu richten, das einer Kriegserklärung gleichkam. Rußland war gezwungen, Serbien gegen Österreich-Ungarn zu verteidigen; Deutschland mußte Kaiser Franz Joseph im Krieg gegen die Russen unterstützen; Frankreich war vertraglich gehalten, jegliche Nation zu attackieren, die sich mit den Romanows anlegte; Deutschland mußte erst durch Belgien marschieren, um zum Schlag gegen Frankreich ausholen zu können; und Großbritannien hatte sich verpflichtet, die Neutralität Belgiens zu bewahren. Nachdem Princips Silberkugel den Erzherzog durchbohrte, fiel das Kartenhaus in sich zusammen.

In jenem Sommer hatte Beauregard, der seinem fünfundsechzigsten Lebensjahr entgegensah, mit dem Gedanken gespielt, in den Ruhestand zu treten. Als jedoch eine Allianz nach der anderen eingefordert wurde, als ein Land nach dem anderen mobil machte, erkannte er, daß er seinen Posten unmöglich verlassen konnte. Widerstrebend sah er ein, daß es zum Krieg kommen würde.

Im Jahre 1918 war die Frage, wer Bosnien beherrschte, nebensächlich. Die Romanows blickten dem Tod durch Holzpflock und Sichel ins Auge. Franz Joseph hatte den Verstand verloren, und sein Reich wurde von einem zänkischen Pöbelhaufen österreichischer und magyarischer Ältester regiert. Der Kaiser hatte die Kriegsführung längst Graf von Dracula und seinen neugeborenen Adepten Hindenburg und Ludendorff überlassen.

Die Tür des Kabinetts ging auf, und die beiden treuen Mitglieder der Herrschenden Clique wurden zu dem Ältesten geführt, der Großbritannien unter dem Banner König Victors regierte.

»Gentlemen«, sagte Lord Ruthven, »kommen Sie herein und nehmen Sie Platz.«

Der Premierminister war von Kopf bis Fuß in Taubengrau gekleidet, von Schlafrock und Gamaschen bis hin zu gekräuselter Halsbinde und elegant geschwungenem Zylinder. Er saß an seinem nackten Schreibtisch, neckisch unter einem seiner unzähligen Porträts posierend, einer martialischen Studie Elizabeth Asquiths. Das mittelmäßige Gemälde würde es vermutlich zu einiger Berühmtheit bringen, da der Vater der Künstlerin in Ruthvens Regierung der nationalen Einheit den Posten des Innenministers bekleidete.

Andere saßen in tiefen Lehnsesseln im Raum verstreut. Lord Asquith studierte mit säuerlicher Miene Frontberichte. Field Marshal Sir Douglas Haig weilte in Frankreich, doch General Sir William Robertson und General Sir Henry Williams vom Generalstab Seiner Majestät waren zugegen, beide trugen erste Garnitur. Churchill, der milchgesichtige Rüstungsminister, hatte seinen beträchtlichen Wanst unter einem hemdähnlichen Rock versteckt und sich einen amerikanischen Gürtel mit gehalfterten Pistolen um die Hüften geschnallt. Lloyd George, der Kriegsminister, stand am Fenster und kaute auf einer kalten Pfeife. Neben dem Premierminister saß kleinlaut der geheimnisvolle Caleb Croft aus dem Innenministerium, seine blutigen Klauen steckten in wollenen Fäustlingen. Croft befaßte sich mit Dingen von unvorstellbarer Grausamkeit.

Beauregard und Smith-Cumming nahmen inmitten des kleinen Kreises Platz.

»Sagen Sie«, säuselte Ruthven, »was macht der geheime Krieg?«

3

Nach Mitternacht

Courtney zog das Grammophon auf und setzte die Nadel wieder an den Anfang. »Arme Butterfly« war die einzige Platte im Quartier. Winthrop fragte sich, ob den anderen die Arie ebenso unpassend erschien wie ihm. Die Butterfly wartete, doch Pinkerton, das Schwein, kam nicht zurück. Alle drei Minuten schwand die unglückliche Tscho-tscho-san dahin, von ihrem Vampir-Liebsten ausgeblutet und verlassen. Winthrop fand die Geschichte seit jeher enervierend, und diese auf wenige Verse eingedampfte Fassung war in höchstem Maße enervierend.

»Früher hatten wir eine tolle Sammlung«, behauptete Williamson, als Winthrop seinem Unmut über das begrenzte Repertoire Ausdruck verlieh. »*La Bohème*, *Chu Chin Chow*, ›Nimm ein rotes Augenpaar‹ . . . «

»Bei einem Saufgelage sind sie dann allesamt zu Bruch gegangen«, sagte Bertie.

»*Die Vampyre von Venedig* fehlen mir«, meinte Ginger.

»Aber was für ein grandioses Saufgelage«, schwärmte Courtney. »Das beste Saufgelage aller Zeiten. Die *demoiselles* spüren ihre Bißwunden noch heute.«

Die Platte war zu Ende, und das Grammophon begann zischend zu stottern. Courtney hob den Trichter, und die »Arme Butterfly« begann von vorn.

Die Bridge-Partie hatte sich zerschlagen. Die Piloten lungerten in der Messe herum, ohne ein Wort über Red Albright zu verlieren, und beobachteten Winthrop mit einer Mischung aus Neugier und Argwohn. Er bildete sich ein, daß ihm einige Vampire hungrige Blicke zuwarfen.

»Ist Ihr Posten hier von Dauer?« fragte Bigglesworth.

»Nichts ist von Dauer«, fuhr Courtney dazwischen. »Nicht einmal die Unsterblichkeit.«

»Man hat mir gesagt, ich sei von nun an Ihre einzige Verbindung zum Diogenes Club, als Ersatz für Captain Spenser.«

»Wie schön«, sagte Brown, ein sauertöpfischer Kanadier.

»Dann nehmen Sie den Kopf in acht«, riet Williamson.

»Ich werde mich bemühen.«

»Der Diogenes Club ist mir vollkommen rätselhaft«, meinte Courtney. »Ich kann hinter unseren Befehlen beim besten Willen kein System erkennen. Hier eine Straße photographieren, dort eine Brücke bombardieren, einen Ballon vom Himmel holen, einen stummen Passagier hinter die feindlichen Linien befördern . . . «

»›Fragt nicht die Gründe‹«, zitierte Bertie.

Courtney brummte mürrisch.

»Ich weiß auch nicht mehr als Sie«, sagte Winthrop pflichtschuldig. »Geheimdienste sind von Natur aus rätselhaft.«

»Manchmal habe ich das Gefühl, daß wir uns hier dummdreist in Gefahr begeben, nur um den Hunnen zu verwirren«, sagte Courtney, »ihm einen komplizierten Streich zu spielen.«

»Wenn es denn wenigstens komisch wäre«, meinte Williamson.

Winthrop blickte drei oder vier Mal in der Minute auf seine Taschenuhr. Mitternacht schien keine Sekunde näherzurükken. Er widerstand dem Drang, sich den Zeitmesser ans Ohr zu halten, um sich zu vergewissern, daß er noch tickte.

Die Schallplatte begann von vorn. Lacey kehrte von seinem Besuch bei »Mademoiselle« im ersten Stock zurück. Der Engländer aus dem Kreis um Bigglesworth wirkte von dem Blut des Mädchens wie beseelt, seine Augen schossen hin und her, und seine spitzen Finger fanden keine Ruhe.

Allards neuerliches Lachen klang, als würde man mit einer Scherbe einen Knochen schaben.

»Der erste Name auf der Liste«, grübelte er vor sich hin. »Letzte Woche noch hätte es mich getroffen. Und ich wäre zum Château hinausgeflogen.«

»Sie haben recht daran getan, sich zu beschweren«, sagte Cundall.

Allard schwieg. Er wankte in eine Ecke und verschwand im Schatten.

»Man hatte Allards Namen falsch geschrieben«, erklärte Cundall. »Es fehlte ein L, und er hieß A-L-A-R-D. Deshalb stand er vor Albright auf der Liste. Er beklagte sich bei Lieutenant-Colonel Raymond, und der erteilte den törichten Tippsen im Wing einen strengen Verweis. Seitdem schreiben sie seinen Namen richtig.«

»Vielleicht stehst du bald wieder an erster Stelle«, meinte Courtney. Keiner lachte.

»Sie hätten Pilot werden sollen«, sagte Cundall zu Winthrop. »Ihr Name fängt mit W an. Sie brauchten nie und nimmer aufzusteigen. Selbst Williamson müßte noch vor Ihnen in die Luft.«

Den ersten Namen auf der Liste zu wählen, war eine schwachköpfige Idee gewesen. Doch jede andere Entscheidung wäre ebenso willkürlich ausgefallen. Cundalls Sticheleien kränkten Winthrop. Der Geschwaderkommandeur trug die alleinige Verantwortung für den Entschluß, auch wenn er ihn einem anderen überlassen hatte.

Selbst die Vampire waren unruhig und nervös. Das Gespräch nahm eine lächerliche Wendung. Bertie und Lacey prahlten mit ihren exzentrischen, verrückten Tanten.

Winthrop dachte an Spenser und fragte sich, was einen Mann dazu bewegen mochte, sich Nägel ins Gehirn zu treiben. Als er fortgetragen worden war, hatte Spenser gelächelt. Er schien keine Schmerzen zu leiden.

In einer Ecke befand sich eine alte Standuhr mit gesprungenem Zifferblatt, sie war um zehn vor sieben stehengeblieben. Winthrops Blick wanderte zwischen dem zerbrochenen

Zeitanzeiger und seinem Taschenchronometer hin und her. Noch zwanzig Minuten bis Mitternacht.

Das Château du Malinbois lag etwa vierzig Meilen entfernt. Eine SE5a schaffte 120 Meilen in der Stunde, doch über den Wolken, wo er sich nur nach den Sternen richten konnte, würde Albright langsamer fliegen. Womöglich mußte er mehrmals in die Tiefe stoßen, um einen Blick auf das Gelände werfen zu können, ehe er sein Ziel gefunden hatte. Wie alle Vampire war auch Captain Midnight nur ein Mensch.

Wenn Albright bis zwölf Uhr nicht zurück war, hieß das nicht, daß er nicht kommen würde.

Die »Arme Butterfly« verlor an Tempo, und Courtney zog sie wieder auf. Nach einem drolligen, überdrehten Quieken fand sie in ihren alten Trott zurück.

Hangen und Bangen. Bangen und Hangen.

Winthrop dachte an Catriona. Er mußte ihr schreiben, daß er einen neuen Posten innehatte. Den Diogenes Club durfte er dabei natürlich nicht erwähnen. Auch würden die Zensoren jedes Wort über Spenser tilgen. Kein Wunder, daß die Armee vorgedruckte Feldpostkarten bereithielt: Fehlendes ergänzen, Unzutreffendes streichen und Bitte unterschreiben. Er wollte, er hätte sich mit Cat beraten können. Sie besaß einen scharfen Verstand und die seltene Gabe, die Dinge aus einem anderen Blickwinkel zu betrachten.

»Noch zwei Minuten«, sagte Williamson.

Winthrop sah auf seine Uhr. Die Zeit war im Nu vergangen. Nachdem eine Sekunde zunächst eine Viertelstunde gedauert hatte, war die letzte Viertelstunde in Sekundenschnelle verstrichen.

»Ich glaube, ich höre ihn«, sagte Bertie.

Blitzschnell hob Courtney die Nadel von der Platte und bewahrte die »Arme Butterfly« so vor dem sicheren Tod. Bis auf das Rauschen in seinem Kopf und das unablässige Bombardement hörte Winthrop nichts. Oder doch?

Cundall schlenderte übertrieben lässig zur Tür und riß sie

auf. In der Ferne war ohne Zweifel ein Geräusch zu hören, ein Surren oder Knattern.

»Pünktlich auf die Minute«, sagte Courtney. »Captain Midnight kehrt zurück.«

Cundall trat ins Freie, und die anderen folgten ihm, freudig erregt. Durch die offene Tür fiel Licht auf das Rollfeld. Eine hünenhafte Gestalt starrte in den Himmel. Dravot war die ganze Zeit über auf seinem Posten geblieben. Es hätte Winthrop nicht gewundert, wenn an der Nase des Sergeanten ein Eiszapfen gehangen hätte.

Da keiner der Piloten den Verdacht geäußert hatte, Albright werde nicht zurückkehren, durften sie sich nun auch nicht erleichtert zeigen.

»Keine Frage, eine SE5a«, sagte Williamson. »Unverkennbar, dieses Husten.«

Winthrop sah die schwarzen Umrisse der geballten Wolken. Er machte einen langen Hals.

»Da, seht«, rief Ball und reckte einen an Ellbogen und Handgelenk geknickten Arm.

Plötzlich brach etwas durch die Wolken. Winthrop konnte den Motor deutlich hören. Als er merkte, daß er den Atem anhielt, stieß er eine Dunstfahne hervor.

»Kann er den Flugplatz sehen?« fragte er.

»Sicher doch«, gab Cundall barsch zurück. »Er hat Augen wie ein Luchs. Trotzdem kann es nicht schaden, ihm ein wenig heimzuleuchten. Ach, Allard, seien Sie doch so gut und schießen Sie eine Leuchtrakete ab.«

Der Amerikaner zog eine Signalpistole aus seinem Umhang, hob sie über seinen Kopf und feuerte. Eine purpurfarbene Rakete explodierte hoch am Himmel, färbte die Wolkenbank von innen und tauchte den Platz in violettes Licht.

Die SE5a wendete und begann mit dem Anflug auf das Feld. Winthrop hatte Piloten Kunststücke vollführen sehen, um bei ihren Kameraden am Boden Eindruck zu schinden (so mancher Sieger eines Hahnenkampfes hatte sich bei dem törichten Versuch, vor hübschen Krankenschwestern den Helden zu markieren, den Hals gebrochen), doch Albright wußte es besser. Cundall's Condors waren durch Kunststücke nicht zu beeindrucken.

Plötzlich wußte Winthrop, warum die Presse sich so sehr für Flieger interessierte. Sie waren einsame Adler, keine anonyme Masse. Die einzigen ritterlichen Helden in der klaffenden Wunde aus blutgetränktem Schlamm, die sich von Belgien nach Norditalien quer durch Europa zog.

Das violette Licht erlosch, als die Rakete zu Boden stürzte. Allard schoß eine zweite in den Himmel.

»Was ist denn das?« fragte Winthrop.

Über der SE5a war, undeutlich in der purpurroten Wolke, ein geflügelter Schatten zu erkennen. Winthrop hörte nur Albrights Maschine. Der Schatten stieß herab, eher ein riesenhafter Vogel denn ein Flugzeug. Albright feuerte ihm von unten eine Salve in den Bauch. Vom Boden aus war das Mündungsfeuer nur eine Garbe winziger Funken. Der Schatten klammerte sich an die SE5a und riß sie mit sich in die Höhe. Engumschlungen verschwanden sie in den Wolken. Allard schoß zwei weitere Leuchtraketen ab, eine nach der anderen.

Major Cundalls von violetter Glut zerfurchte Miene war wie versteinert.

Nach wenigen Sekunden fing der Motor an zu stottern, und das Brummen verstummte. Die Wolken schienen sich zu teilen. Jaulend fiel etwas vom Himmel. Albrights Maschine trudelte mit rasender Geschwindigkeit dem Erdboden entgegen, der Wind pfiff laut durch die Verspannung. Ein Flügel riß sich los. Die SE5a bohrte sich mit der Schnauze voran in den Acker und brach in sich zusammen wie ein Kastendrachen. Winthrop wartete auf eine Explosion.

Die Piloten liefen auf das Wrack zu. Der Flackerschein der Leuchtraketen tauchte alles in ein violettes Licht. Das Leitwerk war abgebrochen, die Flügel hingen in Fetzen. Die gleichlaufenden Schlitze in der Bespannung sahen aus wie Klauenhiebe.

Winthrop erreichte die SE5a kurz nach Cundall. Ein paar Yards entfernt kamen sie schlitternd, vorsichtig, zum Stehen. Der Treibstofftank konnte jede Sekunde explodieren. Brennendes Benzin bescherte einem Vampir einen ebenso üblen Tod wie einem warmblütigen Menschen.

Die Piloten scharten sich um das zerschmetterte Flugzeug. Der qualmende Lauf der Lewis ragte zwischen verbogenem Metall und Stoff ins Leere. Dravot drängte sich vor, riß die Überreste der Maschine auseinander und durchwühlte das Wrack. Er fand eine der Kameras und inspizierte die Platte. Sie war zerbrochen.

»Wo ist er?« fragte Bigglesworth.

Das Cockpit war unbesetzt. Niemand hatte den Piloten zu Boden stürzen sehen.

Hatte Albright einen Fallschirm mitgenommen? Wenn ja, hatte er damit gegen die Vorschriften verstoßen. Es hieß, daß Fallschirme der Feigheit Vorschub leisteten. Sie wurden ausschließlich an Ballonbeobachter ausgegeben.

»Seht nur«, rief Allard.

Winthrop folgte dem Blick des Amerikaners himmelwärts. Die letzten purpurroten Funken verglommen in den Wolken. Der fliegende Schatten war nach wie vor undeutlich zu erkennen, vom Luftstrom getragen, drehte er gemächlich seine Runden. Er sah aus wie ein merkwürdiger Fledermausdrachen. Dann plötzlich war er verschwunden.

»Da fällt etwas vom Himmel«, sagte Ginger.

Ein schrilles Pfeifen war zu hören, und sie stoben auseinander. So kurz vor seiner Beförderung im Bombenhagel zu sterben, konnte auch nur ihm passieren. Er warf sich in das kalte Gras, schlug die Arme über dem Kopf zusammen und dachte kurz an Catriona.

Etwa ein Dutzend Yards vom Wrack entfernt fiel mit einem dumpfen Schlag etwas zu Boden, explodierte jedoch nicht. Winthrop nahm all seinen Mut zusammen, stand auf und wischte Gras und Eissplitter von seinem Mantel.

»Grundgütiger«, sagte Cundall. »Das ist Red.«

Die Vampire umringten den gefallenen Piloten. Winthrop schlug sich nach vorn durch.

Die nachtschwarze Fliegerkluft des verrenkten Etwas war von oben bis unten aufgerissen. Die verschrumpelte Gesichtshaut klebte am Schädel, die Augen quollen lidlos aus den Höhlen. Was sie da sahen, war eine ausgeblutete Karikatur von Albrights scharf geschnittenen Zügen. Am Hals befand sich eine ledrige Wunde von der Größe einer Orange, die den Blick freigab auf Wirbel, blasses Muskelfleisch und die Unterseite des Kieferknochens. Der Körper war verdorrt, eine klapprige, in Stoffetzen gehüllte Vogelscheuche. Albright war ausgesaugt, jeglicher Substanz beraubt worden.

Cundall und die anderen blickten in den stockfinsteren Himmel. Winthrop zerrte die Uhr aus seiner Tasche. Sie mußte kaputtgegangen sein, als er sich zu Boden geworfen hatte, denn sie war um Punkt Mitternacht stehengeblieben.

4

Graue Eminenzen

»Ich würde es außerordentlich begrüßen, wenn Sie uns über das Château du Malinbois in Kenntnis setzen könnten«, sagte Lord Ruthven und bewunderte seine rautenförmigen Fingernägel. Immer wenn er Ruthvens monotone, ausdruckslose Stimme hörte, mußte Beauregard unwillkürlich mit den Zähnen knirschen.

Smith-Cumming, der seine Verkleidung abgelegt hatte, wies auf Beauregard.

Der räusperte sich und begann: »Es hat zweifellos etwas Mysteriöses an sich, Herr Premierminister. Wir haben das Geschwader Condor auf die Sache angesetzt. Zunächst dachten wir, der Wirbel um das Schloß verdanke sich dem einfachen Umstand, daß es sich bei Richthofens Zirkus, dem Ihnen allen wohlbekannten JG1, um eine hochgeschätzte Einheit handelt. Die Deutschen lieben ihre Flieger.«

»Nicht mehr und nicht weniger als wir die unseren, Sir«, verkündete Lloyd George. »Sie sind die Ritter dieses Krieges, ohne Furcht und ohne Tadel. Sie haben die ruhmreiche Zeit der Chevalerie wiederauferstehen lassen, nicht allein durch ihre kühnen Taten, sondern durch ihr edles Gemüt.«

»Ganz recht«, pflichtete Beauregard bei, in der sicheren Annahme, daß der Minister aus einer seiner Reden zitierte. »Aber unsere Helden sind, im ganzen, bescheidene Männer. Wir brauchen keine Batterie von Reklameagenten und Porträtphotographen, wie sie das Kriegspresseamt unterhält, um für Leute wie Max Immelmann, Oswald Boelcke und Manfred von Richthofen die Trommel zu rühren.«

Der Name des roten Barons hing in der Luft.

»Es wäre äußerst vorteilhaft, wenn wir diesen Richthofen

vom Himmel holen könnten«, meinte Sir William Robertson. Der warmblütige General hielt nichts von neumodischen Erfindungen wie Flugzeugen und Panzern. »Damit wäre der Beweis erbracht, daß es im Krieg keine Richtwege gibt. Keinen Ersatz für ein gutes Pferd und einen besseren Mann.«

»Es spricht ohne Frage einiges für diesen Standpunkt«, sagte Beauregard, ohne näher zu erläutern, was tatsächlich dafür sprach. »Aber was dem Diogenes Club Sorge bereitet, ist der Umstand, daß es um den Zirkus ungewöhnlich ruhig geworden ist, seit er in Malinbois die Zelte aufgeschlagen hat. Zwar verzeichnen die Deutschen nach wie vor mit schöner Regelmäßigkeit einen Luftsieg nach dem anderen, aber die bei der Presse und in der Öffentlichkeit so beliebten sensationellen Einzelheiten sind rar geworden. Das JG1 hat ungewöhnliche Unterstützung bekommen.«

»Ungewöhnlich?« bohrte Ruthven.

»Das Château steht unter dem Befehl von General Karnstein, einem österreichischen Ältesten, der unseren Erkenntnissen zufolge zu den engsten Vertrauten des Grafen von Dracula gehört.«

Die kalten Augen Ruthvens verrieten Interesse. Der Premierminister verfolgte die Machenschaften seiner Genossen voller Neugier. Unter den Ältesten war er ein Ausgestoßener; seine Haltung gegenüber den bekannteren Blutgeschlechtern war von Neid nicht unbefleckt.

»Ich kenne den Vampir. Er ist das Oberhaupt einer weitverzweigten Sippe. Seit seine grauenhafte Tochter den wirklichen Tod gefunden hat, ist er nicht mehr der alte.«

Verstohlen zog der Rüstungsminister ein großes, bewußtloses Kaninchen aus der Tasche. Churchill war ein großer Freund des Alkohols. Seine besondere Vorliebe bestand darin, das Blut von Tieren mit Madeira anzureichern. Er setzte seine wulstigen Lippen an die Kehle des Kaninchens und begann dezent zu saugen.

»Hmmm . . . lecker«, murmelte er. Die übrigen Anwesenden enthielten sich wohlweislich eines Kommentars. Asquith, auch kein Kostverächter, sah durstig aus.

»General Karnstein gibt unweit der Front Gesellschaften und Konferenzen«, sagte Beauregard. »Neben den üblichen Namen, wie Anthony Fokker, ist uns zu Ohren gekommen, daß auch der eine oder andere Vampirälteste zugegen war. Sowie einige ungewöhnliche Neugeborene. Unter ihnen auch Geertruida Zelle.«

»Ihre große Versuchung, Beauregard«, sagte Ruthven. »Die gefährliche und geheimnisvolle Mata Hari.«

»Meine? Wohl kaum.«

»Ohne Ihre Mithilfe hätten wir sie nie gefaßt.«

Beauregard kehrte bescheiden die Handflächen nach oben. Obgleich die Presse sie groß herausgestellt hatte, war Geertruida Zelle nicht die Spionin, als die sie ausgegeben wurde. Dennoch hatte man sie gefaßt, und nun sah sie ihrer Hinrichtung entgegen. Ihre »Opfer« waren in der Hauptsache hochrangige französische Offiziere, unter ihnen auch der unselige General Mireau. Pétain bestand auf ihrer zeremoniellen Vernichtung, während Beauregard den Premierminister ersucht hatte, sie zu begnadigen. Doch das war unwahrscheinlich: Da die Deutschen Schwester Edith Clavell auf dem Scheiterhaufen verbrannt hatten, glaubte Ruthven, um die Rechnung auszugleichen, kämen die Alliierten nicht umhin, Mata Hari zu erschießen.

»Wir alle sind doch Männer von Welt«, meinte der Premierminister. »Ich für meinen Teil kann mir durchaus vorstellen, weshalb das deutsche Oberkommando die Künste einer Mata Hari auf Malinbois zum Einsatz bringt. Der Graf pflegt seine unerschrockenen Krieger reichlich zu belohnen.«

Churchill steckte das blutbesudelte Kaninchen in seine Jagdtasche zurück und brach in gurgelndes Gelächter aus. Er hatte Madeira in den Adern, und seine Augen röteten sich an den Winkeln. Bis auf das Karminrot seiner schlaffen Lippen war sein volles Gesicht puderweiß.

»Hier geht es um mehr als bloße Unzucht oder Schwelgerei«, sagte Beauregard zurückhaltend. »Wenn sie es hoch hergehen lassen wollten, würden die Deutschen daraus kein Geheimnis machen. Im Gegenteil, sie tun ihr Bestes, um den amourösen Ruhm der Flieger-Asse noch zu mehren, indem sie Romanzen mit berühmten Schönheiten erfinden, die kaum länger dauern als eine Pose für die Pressephotographen.«

Ruthven blickte in die Runde seiner Berater und tippte sich mit dem Fingernagel gegen einen Vorderzahn. Er dachte demonstrativ nach.

»Smith-Cumming«, sagte er. »Was macht unser alter Freund Graf von Dracula?«

Der Meisterspion zog ein Büchlein voller in einer persönlichen Chiffre verfaßter Notizen zu Rate.

»Er ist in Berlin gesehen worden. Er wird kommenden Monat in Brest-Litowsk mit den *bolsheviki* zusammentreffen, wo sich der Iwan aller Voraussicht nach zur Demobilisierung bereit erklären wird.«

»Jammerschade. Schließlich bin ich stets dafür gewesen, das Britische Empire bis auf den letzten Tropfen Russenblutes zu verteidigen.«

Die Generale und Minister lachten verhalten über Ruthvens Scherz. Selbst der maskenhafte Mr. Croft setzte ein gequältes Lächeln auf.

Smith-Cumming blätterte um. »Unter unseren Berliner Agenten herrscht bemerkenswerte Einigkeit darüber, daß der Graf keineswegs die Absicht hat, dem Château du Malinbois kommenden Monat einen Besuch abzustatten. In diesem Falle scheint es höchst sonderbar, daß uns diese Nachricht derart aufgedrängt wird. Schließlich nimmt sich auch niemand die Mühe, uns davon zu unterrichten, daß der Kaiser *keineswegs* die Absicht hat, seinem Barbier einen Besuch abzustatten, um sich die Schnurrbartspitzen wichsen zu lassen.«

»Kommenden Monat?« brummte Churchill.

»Wird der Graf sich nicht in Malinbois aufhalten«, bekräftigte Smith-Cumming.

»Wann hat Dracula das Château zum letzten Mal besucht?«

»Vor etwa hundert Jahren, Herr Premierminister.«

»Was schließen wir daraus?«

Smith-Cumming zuckte die Achseln. »Eine raffinierte Intrige ist im Gange, keine Frage. Wir messen uns mit Meistern ihres Faches.«

»Wenn die Russen erst einmal aus dem Spiel sind, wird der Hunne einen Großangriff auf die Westfront ansetzen«, sagte Churchill. »Graf Dragulya ist berühmt für diese Vernichtungstaktik.«

Churchill bevorzugte eine wunderliche Aussprache von »Dracula«. Doch das war nur eine seiner unzähligen Schrullen.

»Das ist doch lachhaft«, polterte General Sir Henry Wilson. »Dazu fehlen dem Kaiser die Männer und die Mittel, der Schliff und der Schneid. Haig wird Ihnen bestätigen, daß Deutschland ein ausgemachter Popanz ist. Der Hunne ist schwer getroffen, er hat den Kopf verloren. Er kann nur mehr im Staube kriechen und verbluten.«

»Es wäre mir ein Vergnügen, Ihnen zuzustimmen«, sagte Ruthven, »doch den Wilden Willi zu bekämpfen, wollen wir anderen überlassen. Winston hat ganz recht. Uns steht ein Generalangriff bevor. Ich bin mit dem transsylvanischen Rohling von alters her bekannt. Er ist so falsch wie Katzengold, er sagt Gott und meint Kattun. Er wird erst einhalten, wenn wir ihm Einhalt gebieten. Selbst dann muß er vernichtet werden. Wir dürfen Dracula kein zweites Mal das Leben schenken.«

»Ich teile die Ansicht des Premierministers«, sagte Lloyd George. »Dracula kommandiert die Mittelmächte. Wir müssen seinen Willen brechen.«

Beauregard räumte verdrossen ein, daß auch er an eine Großoffensive glaube. »Wenn die Feindseligkeiten an der Ostfront erst beendet sind, steht uns für den Kampf im Westen ein Millionenheer zur Verfügung. Im Feuer der Schlacht gehärteter Stahl, keine milchbärtigen Rekruten.«

»Und Malinbois?« fragte Ruthven. »Ob das Château Draculas Vorposten ist? Er wird gewiß ins Feld ziehen wollen. In dieser Hinsicht ist er ein eitler Barbar. Noch ist er nicht in die Schranken getreten, aber es wird ihn zweifellos danach gelüsten.«

»Das Schloß wäre ein vorzügliches Hauptquartier«, meinte Beauregard. »Um eine Bodenoffensive zum Erfolg zu führen, muß er uns in der Luft den Schneid abkaufen. Dazu braucht er das JG1 an seiner Seite.«

Erregt ließ Ruthven die Hand auf seinen Schreibtisch niedersausen. Seine monotone Stimme stieg an zu einem ohrenbetäubenden Kreischen.

»Ich hab's! Er will seine schwarzen Schwingen ausbreiten und fliegen. Er wird mit seinem Luftschiff, der *Attila*, aufsteigen. In diesem Krieg geht es allein um ihn und mich. Wir sitzen uns am Schachbrett Europa gegenüber. Für ihn bin ich das Großbritannien, das ihn erniedrigt und verspottet hat. Für mich ist er der Vampir der Vergangenheit, die es zu überwinden gilt. Es ist ein Kampf um Philosophie und Ästhetik ...«

In Churchills Bauch rumorte es, und Lloyd George inspizierte die Aufschläge seiner gestreiften Hosen. Beauregard fragte sich, ob Millionen wirklich Toter glaubten, sie seien für Philosophie und Ästhetik in den Krieg gezogen.

»Dies ist unser Duell. Mein Verstand gegen den seinen. Er ist gerissen, das muß man ihm lassen. Und mutig, zu allem bereit. Wie er sein Spielzeug liebt: seine Züge, seine Flugmaschinen, seine schweren Geschütze. Er ist wie ein monströses Kind. Wenn er seinen Willen nicht bekommt, wird er die Welt verwüsten.«

Ruthven stand auf und vollführte dramatische Gebärden, als posiere er für ein Porträt: Der Premierminister in seiner ganzen Pracht.

»Doch ich weiß, wie wir unseren bösen Feind zu Fall bringen werden. Beauregard, behalten Sie Schloß Malinbois im Auge. Ich wünsche Einzelheiten, Fakten, Zahlen. Mr. Croft, dies scheint mir ein Projekt so recht nach Ihrem Geschmack zu sein. Sie werden Beauregards Berichte entgegennehmen und in eine Ordnung bringen.«

Der Mordagent runzelte die Augenbrauen.

Ruthven fuhr fort: »Wir können Draculas Kinderstuben-Schwärmereien gegen ihn benutzen, ihn in unsere Falle lokken und unsere Hände um seine vermaledeite Kehle schließen.«

Ruthven würgte die Luft.

5

Der Prophet von Prag

Lichtdolche stachen durch die Ritzen zwischen den scharfgezackten Ziegeln, die das niedrige, abschüssige Dach bedeckten. Die kletternde Sonne raubte ihm die Kraft, doch in ihm wütete der rote Durst. Er hungerte nach Menschenblut. Edgar Poe wähnte sich, wie immer, einen armen Hund.

Er saß auf seiner Pritsche, hatte die Ellbogen auf die Knie gestützt und hielt den Kopf gesenkt, damit er nicht gegen die Decke stieß. An der gegenüberliegenden Wand ragten, zwei oder drei Reihen tief, massive Büchersäulen in die Höhe. Die dicksten, nur selten benutzten Bände bildeten einen literarischen Sims, der ihm als Tisch diente. Ein halbvoller Humpen seimigen Saftes stand in einer kreisförmigen Vertiefung im Leineneinband seines Schiller. Der Gestank von tagealtem Tierblut stach ihm in Mund und Nase. Sein Magen setzte sich zur Wehr, doch bald schon würde er trinken müssen.

Dies war nicht die erste Durststrecke seit seiner Verwandlung. Warmblütigen Menschen fraß der Hunger Löcher in den Bauch; der *nosferatu*-Schmerz hingegen war ein pulsierendes Feuer im Herzen, verbunden mit einem quälenden Verlangen im Hals und auf der Zunge. Die Nährkraft des Blutes lag im Geschmack und der Substanz sowie der geistigen Verschmelzung bei der Vampir-Kommunion.

Ihn ins Ghetto, Prags uraltes Repositorium für Ausländer und Ungeliebte, zu sperren, war von erlesener Grausamkeit. Dem von Franz Joseph und Kaiser Wilhelm erlassenen Grazer Edikt zufolge war es einem Hebräer verboten, sich zu verwandeln. Daher betrachteten die Juden den Vampir als Raubtier und hielten ihre Frauen von ihm fern. Wie bei den meisten unter dem Diktat des Grafen von Dracula erlassenen Edikten wurde jeglicher Verstoß mit standrechtlicher Pfählung geahndet.

Es war nicht leicht, seinen inneren Vampir zu nähren. Er war gezwungen, sich bei einem koscheren Fleischer Tierblut zu verschaffen. Der Israelit war ein verfluchter Halsabschneider. Der Preis für ein paar ranzige Tropfen Rinderblutes war in drei Jahren um das Zehnfache gestiegen. Manchmal trieb ihn das Verlangen nach dem süßen, wohlriechenden Blut junger Frauen an den Rand des Wahnsinns. Stark und schwach zugleich, blickte er in einen Mahlstrom. Mit einer Mischung aus Grausen und Entzücken gedachte er der Nacht, da ihn das Verlangen überkommen würde. Mit scharfen Klauenhieben würde er in eine nahegelegene Bodenkammer dringen und eine fette Ehefrau oder Tochter zwingen, sich ihm hinzugeben. Dann, gesättigt, würde er seinen poetischen Träumereien nachhängen, und die Worte würden ihm aus der Feder sprudeln wie Wasser aus einer Quelle. Die Juden würden seiner unglücklichen Laufbahn mit einem Pflock ein blutiges Ende bereiten.

Eines Abends im Mai 1917 war Poe aus seiner Lethargie erwacht und mußte feststellen, daß der kurzsichtige Feigling Wilson die Vereinigten Staaten von Amerika in den europäischen Konflikt verwickelt hatte. Mit einem Federstrich hatte Wilson aus Edgar Poe einen Feind der Mittelmächte gemacht. Damals hatte er in einem halbwegs behaglichen Logierhaus am Sladkowskyplatz gewohnt und sich als Dozent ein kümmerliches Einkommen verdient. Obgleich der Ruhm der *Schlacht von St. Petersburg* recht schnell wieder verblaßt war, hatte sein Name etwas von seinem alten Glanz behalten. Wenn alle Stricke rissen, konnte er immer noch den »Raben« rezitieren, die einzige Konstante seines Lebens, seines Ruhms. Er betrachtete das Gedicht schon lange nicht mehr als sein Werk und verabscheute das »Nimmermehr«-Geplärr von ganzem Herzen.

Heute, acht Monate später, hauste er auf einem Dachboden, kaum größer als ein Sarg. Das Ghetto war ein schmutziges Labyrinth aus engen, überdachten Gäßchen, eher Tunnel denn Straßen. Ein verseuchter Bienenstock aus Holz und Mörtel. Jedes Zimmer beherbergte unglaubliche Mengen schnatternder, schwatzender Hebräer. Europa wimmelte von Untermenschen. Wenn er sich über die Salniter Gasse hinauswagte, mußte Poe eine Armbinde tragen, die ihn als feindlichen Ausländer kenntlich machte.

Er war mit großen Erwartungen von den finsteren und chaotischen Gestaden seines vaterländischen Philistia in eine alte Welt der Kultur aufgebrochen. Doch statt der gesuchten Freiheit hatte er nur alte Feinde vorgefunden, den Neid der Geringeren und die Versuchung der Verzweiflung. Die wenigen, die sich bereit gefunden hatten, seinen Fall zu überdenken, behandelten ihn wie ein Rätsel im Gewande eines Plagegeistes, einen wundersamen Kauz, dessen nähere Betrachtung sich nicht lohnte.

Sein Zahnfleisch wich zurück, und seine spitzen Zähne schmerzten. Eine eiserne Faust schloß sich um sein Herz. Er konnte es nicht mehr ertragen. Seine Schwäche verfluchend, ergriff er den Humpen und kippte sich die klumpigen Reste in die brennende Kehle.

Unbeschreibliche Fäulnis überschwemmte seinen Mund, und schwarzer Schmerz sprengte ihm den Schädel. Es war rasch vorbei. Der rote Durst war, fürs erste wenigstens, gestillt. Es blieb ein widerlicher Nachgeschmack, als sei das Blut mit Maschinenöl versetzt gewesen.

Das Blut trübte seinen Verstand. Er dachte an blaßhäutige Frauen mit lebhaften Augen, strahlendem Lächeln und langem feinen Haar. Ligeia, Morella, Berenice, Lenore, Madeline. Ihre Gesichter verschmolzen in eins. Virginia. Seine Gemahlin war mit Blut im Mund entschlafen, ihre Kinderstimme im Gesang erstickt. Später kehrte sie zurück aus ihrem Grab und bedeckte ihn mit langzähnigen Küssen. Sie säugte ihn mit ihrem Blut und verwandelte ihn. Inzwischen war Virginia wirklich tot, mit Atlanta verbrannt, und doch war sie ihm Frau, Tochter, Schwester und Mutter zugleich. Er lebte mit ihrem Geschmack auf der Zunge und ihrem Blut in seinem unsterblichen Körper.

Plötzlich hämmerte es gegen die Tür. Erschrocken sprang er von der Pritsche. Sein schwindelnder Schädel prallte gegen einen Balken, und er stöhnte. Er riß die Tür auf, schälte den Teppich von den nackten Bodendielen. Draußen, auf dem obersten Treppenabsatz, stand ein Vampir in Uniform und funkelte ihn unter dem adlerbewehrten Schirm seines Tschakos wütend an. Seine Schnurrbartspitzen waren gezwirbelt und gewichst. Poe erkannte den Boten der Kommission für feindliche Ausländer.

»Guten Morgen, Herr Unteroffizier Paulier«, sagte Poe auf deutsch. Deutsch war die Amtssprache Österreich-Ungarns. Es gab Tschechen und Polen, die kein Wort in ihrer eigenen Zunge über die Lippen brachten. »Was verschafft Prags gefährlichstem Angehörigen einer feindlichen Macht die Ehre Ihres Besuches?«

Statt einer Antwort streckte Paulier einen hölzernen Arm aus. Ein Umschlag war mit einer Nadel an seinem Handschuh befestigt. Wie so viele Funktionäre war der Bote ein Wechselbalg des Krieges. Sein Blut war nicht kräftig genug, um ein verlorenes Glied neu zu bilden. Poe löste den Brief und schlitzte ihn mit spitzem Fingernagel auf. Paulier machte wortlos kehrt und stieg die vielen Treppen wieder hinab, seine falsche Hand klapperte gegen die Geländerstäbe.

Eine der gegenüberliegenden Türen öffnete sich einen Spaltbreit, und etwa drei Fuß über dem Boden glänzten große, feuchte Augen. Das ganze Haus schwärmte von Ratten und semitischen Kindern. Degenerierte Rassen konnten sich ungehemmmt vermehren. Dracula tat recht daran, ihnen zu verbieten, sich in Vampire zu verwandeln. Poe fletschte die Fangzähne und fauchte. Die Tür fiel ins Schloß. Er las die

Note von der Kommission. Man zitierte ihn erneut vor das Gericht am Hradschiner Platz.

Der Nachmittag schleppte sich dahin. Poe saß allein in einem kathedralenhaften Wartesaal und horchte, wie die Zeit verrann. Seit seiner Verwandlung besaß er ein so scharfes Gehör, daß er selbst das Räderwerk einer Uhr deutlich wahrzunehmen vermochte. Ein pestilenzialisches Knirschen und Klikken begleitete jede Sekunde. Noch das winzigste Geräusch hallte in seinem Schädel wider wie Regentropfen auf einem Trommelfell. Insgeheim pflegte er das Amt, in dessen Räumlichkeiten man ihn nicht zum ersten Mal zitierte, als den Palast von Vassaturgeshlage zu bezeichnen. Seine staubigen Winkel und kalten, harten Bänke waren vom Gang der Geschichte unberührt geblieben.

Vor vier Jahren, bei Kriegsausbruch, standen dem Kaiserreich genügend Mittel und Wege zur Verfügung, gegen feindliche Ausländer vorzugehen, die innerhalb seiner Grenzen gefangen waren. Es gab Internierungslager und Rückführungsprogramme. Doch die Bürokraten und Diplomaten, die sich mit derlei Feinheiten befaßten, waren in der Armee untergetaucht und aller Voraussicht nach nicht mehr am Leben. Seit dem späten Kriegseintritt der Vereinigten Staaten verschlug es nur noch wenige ihrer Bürger hinter die feindlichen Linien. Poe, der sich längst nicht mehr als Amerikaner fühlte, befand sich in einer äußerst sonderbaren Lage. Kaum einer der Passanten wußte um die tatsächliche Bedeutung seiner lachhaften Armbinde. Er wurde weitaus häufiger von vornehmen Damen angegangen, die ihm nahelegten, er möge seine Pflicht in Uniform erfüllen, als von patriotischen Seelen, die in ihm einen Todfeind der Habsburger erkannten.

Das Zifferblatt der Uhr, groß wie ein Wagenrad, war in eine klassizistische Orgie aus schmuddeligem Marmor eingelassen, welche über einer Tür befestigt hing, die selbst einen Hünen doppelt und dreifach überragte. Bei ihr dauerte die Sekunde eineinhalbmal länger als bei Poes Taschenuhr. Er verglich sein Chronometer mit der Uhr, und es schien, als hätten sich die beiden Zeitanzeiger verschworen, mit derselben Geschwindigkeit zu laufen. Als er die Uhr schließlich in seine Westentasche zurückschob, wurde der Wandzeitmesser wieder langsamer. Quälende Pausen dehnten jedes Ticken.

Er hatte keine Heimat mehr, doch was seinen Fall noch komplizierte, war *Die Schlacht von St. Petersburg.* Obgleich es allenthalben in den Schmutz gezogen wurde, bewahrte ihn das Buch vor dem leidigen Schicksal, in ein Kriegsgefangenenlager verbracht zu werden. Im Falle einer Rückführung wäre ihm in seinem Geburtsland gewiß kein freundlicher Empfang zuteil geworden. Da er im Sezessionskrieg für die Sache der Rebellen gefochten hatte, weigerte er sich, die Vereinigten Staaten mit ihrer jetzigen Verfassung anzuerkennen. Während Wilson heuchlerisch Neutralität gepredigt hatte, war er heimlich der Tripelentente zu Hilfe geeilt; Poe trat bekanntermaßen offen für den gerechten und unausweichlichen Triumph der Mittelmächte ein.

Zu Beginn des Krieges hatte er versucht, ein Offizierspatent in den Armeen Österreich-Ungarns zu erwerben. Von Neidern und Narren am Fronteinsatz gehindert, hatte er seine längst verstummte Muse zu neuen Höhenflügen angespornt. Verfaßt in einem einwöchigen, fiebrigen Anfall von Schaffenskraft, beschrieb *Die Schlacht von St. Petersburg*, wie Wilhelm und Franz Joseph binnen eines Monats Frankreich in die Knie zwangen und sich sodann der feierlichen Pflicht zuwandten, Rußland zu erobern. Eine Geschichte von wagemutigen Dampfroßattacken und kühnen, blaublütigen Helden, die den Kampfgeist großer Tage mit den Wundern der modernen Wissenschaft verband. Ganz Europa stand im Banne seiner Schilderung des von Zeppelinflotten belagerten St. Petersburg und der völligen Unterwerfung der Kosaken durch motorisierte Ulanen. Dracula zeigte sich so fasziniert von der Vorstellung eines selbstgetriebenen Molochs, der sich Schienen legte, um darauf ins Herz des Zarenreiches vorzustoßen, daß er eine Prüfung über die Möglichkeit verlangte, ein solches Gefährt nachzubauen. Dies fand die Unterstützung des Ingenieurs Robur, dem unentwegten Streiter für den Einsatz von Luftkriegsschiffen. In England und Amerika erschienen Raubdrucke »vom berühmten Verfasser des ›Raben‹«. Ein gewissenloser Belgier, der sich J. H. Rosny aîné nannte, kopierte das Buch Kapitel für Kapitel unter dem Titel *La bataille de Vienne*, wobei er aus den deutschen Figuren Franzosen machte und russische Ortsnamen durch Schauplätze in Deutschland und Österreich-Ungarn ersetzte. Poe gewann seinen Ruf als Visionär zurück, den er in seinen warmblütigen Tagen errungen hatte, und war als Redner sehr begehrt. Er besuchte Turnanstalten und teilte seine Vision mit markigen, frisch uniformierten jungen Männern, die sie in die Tat umsetzen würden. Es schien, als könne er solch infantile Plagiatoren wie Monsieur Verne und Mister Wells auf alle Zeit vergessen machen.

Ein alter Mann trappelte durch den Wartesaal. Er zog einen Schubkarren mit prallgeschnürten Bündeln vergilbten Papiers hinter sich her. Obgleich er warmen Blutes war, roch er saftlos und dürr. Ohne Poe eines Blickes zu würdigen, verschwand der Schreiber durch eine Seitentür in einem labyrinthischen Archiv. Das Hohe Gericht des Amtes war eine Festung des vergessenen Wissens, eine Alexandrinische Bibliothek der Nichtigkeiten.

Obschon die »Prophezeiungen« der *Schlacht von St. Petersburg* nunmehr von denselben Kritikern verdammt wurden, die sie einst als vorbildlich gepriesen hatten, hielt Poe seine Vision für wahrhaftiger als die der Kriegsberichterstatter. Seine Welt hätte Wirklichkeit sein sollen; nicht das schlammige, retranchierte, todbringende Patt, das ganz Europa lähmte. Die Briten hätten entweder neutral bleiben oder gegen ihren Erbfeind, den Franzos, zu Felde ziehen müssen. Wahrlich, was scherte sich ein Brite um das kleine, rotznäsige Belgien? Zeppeline würden majestätisch über den versklavten Horden der Steppe schweben. Die Großen Kaiserreiche würden sich alles Unreinen entledigen und die Geschicke des Planeten lenken.

Edgar Poe wäre der größte Prophet seiner Zeit. Es hieß, daß kein Vampir ein Werk von bleibendem ästhetischem oder intellektuellem Wert erschaffen könne. Poe gierte danach, dieses Diktum zu entkräften. Doch die Welt von Glanz und Gloria, die kurz vor der Geburt zu stehen schien, verwandelte sich mit einem Mal in einen Alb der Langeweile und des Hungers.

Die Aufschläge seiner Hosen waren ausgefranst, und er trug einen Zelluloidkragen, der mit Federharz gesäubert werden mußte. Es war eine Gnade Gottes, daß Virginia nicht mehr zu erleben brauchte, in welch jämmerlichem Zustand ihr Eddy sich befand.

Ein Bediensteter trat ein. Er trug eine bodenlange Schürze und eine übergroße Mütze mit grüner Augenblende. Er hielt ein Glöckchen in die Höhe und ließ es schellen. Das Klingeling war eine wahre Folter für Poes Ohren.

»Herr Poe, wenn Sie mir folgen möchten«, sagte der Bedienstete in schlechtem Deutsch.

Die Unterredung fand nicht in einer Stube, sondern in einem hohen Flur statt. Durch schmale Fenster fiel schmutziges Licht. Amtsdiener schoben schwere Karren über den Korridor. Poe mußte sich gegen die Wand drücken, um sie passieren zu lassen.

Poe traf nicht zum ersten Mal auf Kafka, einen scharfsinnigen Juden mit wunderlichen Segelohren und durchdringendem Blick. Da dem Schreiber die Vorstellung, daß ein Amerikaner sich im Ghetto aufhielt, nicht recht zu behagen schien, legte er bei der Lösung des Falles schwunghaften Eifer an den Tag. Bislang hatten seine Bemühungen jedoch nur zu einer wachsenden Flut von widersprüchlichen Notizen seiner Vorgesetzten geführt. Trotzdem hatte Poe ihn in sein Herz geschlossen. Er war die einzige Seele in ganz Prag, die Poe nicht allein der *Schlacht von St. Petersburg* und des »Raben« wegen kannte, und hatte ihn sogar gebeten, eine billige Ausgabe der *Tales of Mystery and Imagination* mit einer Widmung zu versehen. Zwar hatte Kafka beiläufig erwähnt, daß auch er gelegentlich zur Feder greife, doch da Poe keine nähere Bekanntschaft mit dem Juden schließen mochte, gab er sich betont gleichgültig. Poe wurde einem gewissen Hanns Heinz Ewers vorgestellt, einem überaus vornehm gekleideten Vampir, der sich offenbar auf vielerlei Gebieten für bewandert hielt. Anders als die meisten Deutschen trug er keine Uniform, sondern einen Anzug.

»Welche Ironie, Herr Poe«, sagte Ewers, »wir sind wahrhaftig Zwillinge, Spiegelbilder, Doppelgänger. Als der Krieg ausbrach, war ich in Ihrem Vaterland, in New York City . . .«

»Ich betrachte das föderalistische Amerika schon seit langem nicht mehr als *mein* Vaterland. Ich habe mein Nationalgefühl bei Appomattox verloren.«

»Wie Sie meinen. Auch ich war verzweifelt, wie Sie es jetzt sind. Auch ich war Dichter, Philosoph und Visionär, schrieb Aufsätze, Abhandlungen und Sensationsromane. Ich habe neue Gebiete der Kunst für mich erobert, einschließlich des Kinematographen. Als Vorhallen-Agitator stand ich in den Diensten meines Kaisers, aber leider reichten meine Bemühungen nicht aus, das Mißverständnis zwischen der Neuen und der Alten Welt zu klären. Ich wurde interniert und deportiert. Ich wollte Sie schon lange einmal kennenlernen, Herr Poe.«

Poe blickte Ewers in die Augen und sah, daß etwas fehlte. Ewers war eine halbfertige Imitation, die ihre inwendigen Mängel durch Übertreibung wettzumachen versuchte.

»Ich habe kurzzeitig erwogen, Sie zu verklagen, Herr Ewers«, sagte Poe geradeheraus. »*Der Student von Prag*, ein Lichtspiel, für das Sie verantwortlich zeichnen, ist ein schmähliches Plagiat meiner Erzählung ›William Wilson‹.«

Die Beschuldigung traf Ewers wie eine Ohrfeige ins Gesicht, doch er hatte sich im Nu gefaßt. »Gewiß nicht mehr und nicht weniger, als Ihr ›William Wilson‹ ein Plagiat E.T.A. Hoffmanns ist.«

»Kein Vergleich«, erwiderte Poe ungerührt.

Ewers lächelte. Der Mann erfüllte Poe mit Abscheu. Sein Betragen war ebenso töricht, ungeschlacht und fadenscheinig wie seine Romane und Erzählungen. Daß er beim Film arbeitete, stand ihm bestens zu Gesicht. Den Grimassen, Verrenkungen und Narreteien des *kinema* eignete eine Vulgarität, die an Ewers haftete wie nasser Kot.

»Der Fall Edgar Poe wäre zu prüfen«, erinnerte Kafka und hielt einen dicken Ordner voller Papiere in die Höhe.

»Nein«, sagte Ewers und ergriff den Ordner mit der ganzen Kraft eines Nicht-Toten. »Was Sie betrifft, so ist der Fall Edgar Poe hiermit erledigt. Deutschland benötigt seine Dienste, und Prag wird ihn mir als Repräsentanten von Kaiser und Krone übergeben.«

Kafka zauderte, und seine Augen flackerten. Poe war ungewiß, doch es schien, als zaudere der Schreiber aus Sorge um ihn.

Ein einbeiniger Mann mit verhülltem Gesicht humpelte vorüber. Auf dem Rücken trug er einen Korb wie eine Winzerkiepe, halbvoll mit stehengebliebenen Taschenuhren.

»Herr Poe«, sagte Ewers, »man hat Sie für eine gewisse Aufgabe von größter nationaler Bedeutung auserwählt ... «

»Der Wind hat sich gedreht, Herr Ewers. Ich blicke auf eine hervorragende Militärlaufbahn in meinem früheren Vaterland zurück, einschließlich eines Studiums an der Akademie von West Point, und doch wurden all meine Bemühungen, als Freiwilliger in die Armeen der Kaiserreiche einzutreten, schroff und verächtlich abgewiesen. Obwohl ich eine international anerkannte Autorität auf dem Gebiet der modernen Kriegsführung bin, habe ich auf meine zahlreichen brieflichen Vorschläge an die Herren Generale Moltke, Falkenhayn, Ludendorff und Hindenburg keinerlei Antwort erhalten . . . «

»Im Namen des Kaisers und des Grafen von Dracula möchte ich Ihnen das Bedauern einer ganzen Nation aussprechen«, verkündete Ewers und streckte die Hand aus, als wolle er den Segen spenden.

Kafkas Blick schnellte zwischen Poe und Ewers hin und her. Poe hatte den Eindruck, daß der Jude seine Ansichten über den Deutschen teilte, wenngleich er über einen weitaus größeren Erfahrungsschatz verfügte, um seinen Widerwillen zu rechtfertigen.

»Worauf warten Sie?« schnauzte Ewers den Schreiber an. »Herr Poe ist ein wichtiger Mann. Händigen Sie ihm seine Reisepapiere aus. Wir werden morgen in Berlin erwartet.«

Kafka schlug seinen Aktenordner auf und reichte Poe ein Dokument.

»Die benötigen Sie jetzt nicht mehr«, sagte Ewers, zerrte mit scharfen Krallen an Poes Ärmel und riß die Armbinde herunter. »Von nun an sind Sie in den Kaiserreichen so sicher, als wären Sie ein reinblütiger Deutscher.«

Mit einem Schlag fühlte sich Poe ein zweites Mal verwandelt.

6

Mata Hari

Die Gefangene war Beauregards Bitte um einen Besuch mit Freuden nachgekommen. Auch wenn er nicht in Sachen Malinbois hätte ermitteln müssen, hätte er sie vermutlich aufgesucht. Obgleich er bei ihrem Prozeß ausgesagt hatte, waren sie einander nie begegnet.

Als er den Verschlag des Stabswagens öffnete und auf den Exerzierplatz trat, war ihm, als setzte er den Fuß auf einen Friedhof. Die Verurteilte wurde in einer Kaserne bei Paris gefangengehalten, die schon lange nicht mehr ihren ursprünglichen Zwecken diente, da die Bewohner fort, vom Krieg verschlungen waren. Die leeren Fenster der langen Gänge wirkten staubig und verschmutzt. Nur ein Schlafsaal war bewohnt. Acht Männer, die von der Front abgezogen worden waren, um als Erschießungskommando zu dienen, schliefen in seliger Ruhe. Für sie war dies gewiß eine Erleichterung.

Die Nacht war pechschwarz. Die Gefangene sollte, wie ein warmblütiger Verbrecher, bei Morgengrauen erschossen werden. Der Sonnenuntergang wäre ein weitaus günstigerer Zeitpunkt zur Hinrichtung eines Vampirs gewesen.

In einer Stube brannte ein einsames Licht. Beauregard klopfte an die Tür. Lantier, ein Veteran, dem eine Gesichtshälfte fehlte, öffnete und bat ihn herein. Der Schließer gab ihm höflich, aber unmißverständlich zu verstehen, daß er sich von Besuchern, die den Gelüsten einer Feindin Frankreichs Vorschub leisteten, nur ungern in seiner Nachtruhe stören ließ.

Lantier überflog Beauregards Besuchserlaubnis und schnalzte bei jeder hochrangigen Unterschrift laut mit der

Zunge. Schließlich entschied er zu Beauregards Gunsten und ließ den Engländer in Mata Haris Zelle geleiten, nachdem er ihn in rasendem Französisch über die Verhaltensmaßregeln unterrichtet hatte, die es der Dame gegenüber zu beachten galt. Berührungen und der Austausch von Gegenständen waren strengstens untersagt.

Der Ruhm der Vampirfrau würde ihren Tod vermutlich überdauern. Solcherlei Theater befeuerte die übertriebenen Geschichten, die man sich von ihr erzählte. Die »Opfer« von Madame zeichneten sie als unwiderstehliche Verführerin, damit sie nicht in den Verdacht gerieten, an den Erfolgen der Spionin in gewissem Maße mitschuldig zu sein. Eine gewöhnliche Frau war unmöglich imstande, so vielen Großen und Guten Geheimnisse zu entlocken. Dies war ein extremes Beispiel für die Art der Bezauberung, die Vampire dem Volksglauben entsprechend über ihre wehrlose Beute auszuüben pflegten.

Die meisten der Offiziere, deren Namen im Zusammenhang mit ihrem Fall, der unter Ausschluß der Öffentlichkeit verhandelt worden war, Erwähnung gefunden hatten, standen nach wie vor im aktiven Dienst. Lediglich einige kleine Lieutenants waren mit ihr untergegangen. Der abscheuliche General Mireau plante soeben seine nächste Offensive.

Man hatte ernsthaft vorgeschlagen, diesem Kommando sollten ausschließlich im Krieg entmannte Veteranen zugeteilt werden. Während er Lantier langsam zu den Zellen folgte, fragte sich Beauregard, ob man diese schwachköpfige Idee tatsächlich verwirklicht hatte. Wenn ja, deutete dies auf eine erschreckende Unkenntnis über den physischen Akt zwischen einem Vampir und seinem Opfer hin.

Lantier öffnete eine stabile Tür und ließ ihn in die Zelle. Der kleine Raum war ungetüncht und verströmte die Atmosphäre eines Kleiderschranks.

Die Gefangene saß an einem kleinen Fenster und betrachtete den Untergang des Mondes. Mit ihrem kurzgeschnittenen Haar und dem formlosen Baumwollkleid ähnelte sie in nichts der diamantgeschmückten Verführerin, die ganz Paris verzaubert hatte.

Sie wandte sich um und war in der Tat wunderschön. Sie gab sich als Halb-Javanerin aus, doch Beauregard wußte, daß sie die Tochter eines holländischen Hutmachers aus der Provinz war. Nach der Verwandlung hatten ihre Augen sich verändert. Sie hatte geschlitzte Pupillen, wie eine Katze. Die Wirkung war überaus bemerkenswert.

»Madame Zelle?« fragte er höflich, doch ohne besonderen Nachdruck.

Anmutig stand sie auf und erwiderte seinen Gruß. »Mr. Beauregard.«

Achselzuckend betrachtete er ihre blasse, ausgestreckte Hand.

»Vorschriften«, erklärte er mit matter Stimme.

Die Gefangene versuchte ein Lächeln. »Natürlich. Wenn Sie mich berühren würden, wären Sie mein Sklave. Sie würden die Wachen überwältigen und bis aufs Messer kämpfen, um mir zur Flucht zu verhelfen.«

»So ungefähr.«

»Wie albern.«

Der Schließer brachte ihm einen Stuhl. Sie nahm wieder Platz, und er setzte sich.

»Sie sind also der raffinierte Engländer, der mich gefaßt hat?«

»Bedauerlicherweise ja.«

»Da gibt es nicht das geringste zu bedauern. Sie haben nur Ihre Pflicht erfüllt.«

Vor dem Krieg hatte er sie ihren berühmten javanischen Todestanz tanzen sehen. Zwar war sie keine Isadora und ihr unbekannter Lehrer kein Diaghilew, doch der gewaltige Eindruck, den sie bei ihrem Publikum – ob öffentlich oder privat, ob Fähnrich oder General – hinterlassen hatte, war nicht zu leugnen.

»Sie sind ein ehrbarer englischer Patriot, und ich bin eine prinzipienlose holländische Abenteurerin. Nicht wahr?«

»Dazu möchte ich mich nicht äußern, Madame.«

Ihre Augen wurden größer. In ihrem Blick lag kalte, planlose Wut. Doch das war noch nicht alles.

»Sie sind Warmblüter, nicht wahr?«

Hatte sie ihn für einen Vampir gehalten? Manche *nosferatu* glaubten, daß nur ein Blutsauger es an Verstandeskraft mit ihnen aufnehmen könne.

»Wie alt sind Sie, Mr. Beauregard?«

Eine ungewöhnliche Frage. »Vierundsechzig.«

»Ich hätte Sie für fünf oder zehn Jahre jünger gehalten. Vampirgift hat Ihr Blut befleckt und den Alterungsprozeß verzögert. Aber das spielt keine Rolle. Es ist noch nicht zu spät, sich zu verwandeln. Sie könnten ewig leben, wieder jung werden.«

»Ist das eine so angenehme Aussicht?«

Ihr Lächeln wirkte echt, nicht aufgesetzt. Ein winziger funkelnder Fangzahn lugte zwischen ihren roten Lippen hervor.

»Zum gegenwärtigen Zeitpunkt kaum, das gebe ich gern zu. Anders als Sie bin ich unsterblich, aber im Gegensatz zu mir werden Sie den morgigen Sonnenaufgang noch erleben.«

Er versuchte einen verstohlenen Blick auf seine Armbanduhr zu werfen. Noch zwei Stunden bis Tagesanbruch.

»Das Todesurteil kann immer noch aufgeschoben werden.«

»Haben Sie Dank für Ihr Mitgefühl, Engländer. Wie ich höre, sind Sie persönlich für mein Leben eingetreten. Damit haben Sie Ihren Ruf aufs Spiel gesetzt.«

Wenn sie nicht tatsächlich imstande war, ihrem Gegenüber mit einem einzigen Blick wohlgehütete Geheimnisse zu entlocken, konnte sie unmöglich wissen, daß er ihre Begnadigung empfohlen hatte.

Ihr Lächeln wurde breiter und entblößte einen Fangzahn.

»Ich habe meine Quellen. Geheimnisse lassen sich leicht entschlüsseln.«

»Wie Sie eindrucksvoll bewiesen haben.«

»Sie sollten Ihr Licht nicht unter den Scheffel stellen. Sie haben meine armseligen Geheimnisse ergründet wie ich die vieler berühmter Männer. Allein durch konzentriertes Nachdenken ist es Ihnen gelungen, meine Schleier und Intrigen zu durchschauen. Kompliment.«

Er versuchte sich ihrer Schmeicheleien zu erwehren. Sie zählten zu ihren stärksten Waffen. Alternde Offiziere waren ihre bevorzugte Beute gewesen.

»Ich habe die Kunst der Enthüllung bei Meistern ihres Faches erlernt«, erklärte Beauregard.

»Sie sind ein ranghohes Mitglied der Herrschenden Clique des Diogenes Club, der zweit- oder drittwichtigste Mann des britischen Geheimdienstes.«

Sie wußte mehr, als bei ihrem Prozeß ans Licht gekommen war.

»Keine Sorge, Charles. Ich werde Ihre wenigen mir bekannten Geheimnisse mit in mein armseliges Grab nehmen.«

Plötzlich benutzte sie seinen Vornamen.

»Es tut mir aufrichtig leid, Geertruida«, erwiderte er ihre Vertraulichkeit.

»Geertruida?« sagte sie und ließ sich den ungewohnten Namen auf der spitzen Zunge zergehen. »Geertruida«, bekannte sie schließlich. Enttäuscht ließ sie die schmalen Schultern sinken. »Wie häßlich, wie erbärmlich, wie plump. Beinahe *deutsch*. Aber es ist nun einmal der Name, mit dem ich geboren wurde, der Name, unter dem ich sterben werde.«

»Aber nicht der Name Ihrer Unsterblichkeit«, meinte er.

Mit langen Fingern umrahmte sie ihr hübsches Gesicht und ließ im Mondlicht dramatisch ihre Nägel flattern. »Nein, ich werde auf ewig *Mata Hari* sein.«

Sie parodierte die Amerikanerin Theda Bara. Falls es je einen Film über Mata Hari geben würde (und es würde gewiß viele geben), dann war Theda Bara, eine berufsmäßige Vampirfrau, deren Name ein Anagramm von »Arab Death« war, die einzige Schauspielerin für diese Rolle. Sie gehörte einem Blutgeschlecht an, das sich ohne weiteres im Bild festhalten ließ. Viele Vampire erschienen auf Zelluloid als eine Art verwischter Klecks.

»Man wird mich doch nicht vergessen, oder?« fragte sie, plötzlich verwundbar geworden. »Mein Stern wird nicht verblassen und von dem einer neuen Verführerin überstrahlt.«

Womöglich hatte diese Frau ihr Leben lang eine Rolle gespielt; ihre Schleier bargen keinerlei Realität. Oder vielleicht gab es ein geheimes Ich, das sie in ihren wirklichen Tod mitnehmen würde.

»Man wird mir kein Pardon gewähren, Charles. Keine Begnadigung in letzter Sekunde. Nicht wahr? Man wird mich töten.«

»Ich fürchte, eine gewisse Person hat darauf bestanden«, gestand er traurig.

»General Mireau«, stieß sie wütend hervor. »Sein Blut war dünn, müssen Sie wissen. Wie englische Suppe. Nichts für ungut. Aber wissen Sie, wie viele Menschen durch ihn ums Leben gekommen sind? Er hat seinen Leuten allein mehr Schaden zugefügt als unter meinem Einfluß.«

Unter den Truppen des Generals war eine Meuterei ausgebrochen. Mireau zählte zu den schlimmsten jener uniformierten Narren, die den Krieg für eine Feuergrube hielten, die mit lebenden Männern aufgeschüttet werden mußte, um die Flammen zum Erlöschen zu bringen. Der General glaubte, daß der Tod dieser Frau das Blut von seinen Händen waschen würde.

»Die andere Seite ist keinen Deut besser«, sagte sie. »Es war ebenso leicht, die Deutschen zu übertölpeln.«

Zu Beginn des Krieges hatte Geertruida Zelle für den französischen Geheimdienst gearbeitet. Obgleich es dafür keinerlei Beweise gab, wußte er, daß sie auch für die Russen, die Ungarn, die Türken und die Italiener tätig gewesen war. Sogar für die Briten.

»Bei Hofe wurde ich dem Kaiser vorgestellt. Graf von Dracula hat mich verwandelt.«

In diesem neuen, kalten Jahrhundert war der Graf um sein Geblüt besorgt wie nie zuvor. Er trug, mehr als jeder andere Vampir-Älteste, die Verantwortung dafür, daß die Seuche sich über ganz Europa ausgebreitet hatte. Nun wachte er mit strenger Hand über die Auswahl derer, die er zu verwandeln trachtete. Geertruida Zelle war auch warmen Blutes eine bemerkenswerte Frau gewesen.

»Wie ich sehe, sind Sie nicht erstaunt.«

Sie hob die Hand. Im Mondschein schimmerte sie fahl, die blauen Adern waren deutlich zu erkennen. Im Nu hatte sie sich in eine mit Flughäuten versehene Monsterklaue verwandelt, Daumen und Finger bewehrt mit dorngespickten Widerhaken. Dann war sie wieder menschlich.

»Kolossal«, sagte er. »Nur ein direkter Abkömmling seines Geblüts könnte diesen Trick vollführen.«

»Nicht unbedingt«, erwiderte sie, neckisch und geheimnisvoll. »Aber was mich betrifft, haben Sie durchaus recht. Man hat mir ebenso übel mitgespielt wie ich den Generalen Europas.«

Beauregard kam der Gedanke, daß sie sich vollkommen verwandeln konnte. Sie besaß genügend Kraft, die Mauern ihrer Zelle zu durchbrechen. Doch irgend etwas hielt sie davon ab.

»Endlich werde ich von ihm befreit.«

Das also war des Rätsels Lösung. Beauregard verspürte einen Anflug von Enttäuschung.

»Ich habe mich nicht freiwillig gestellt. Ihr Sieg gilt als veritable Heldentat. Dennoch bin ich keineswegs verzweifelt. Es gibt Schlimmeres als den Tod, so lautet eine Binsenwahrheit.«

Beauregard wußte aus Erfahrung, daß diese Ansicht unter Draculas Nachkommen weit verbreitet war.

»Er ist ein Ungeheuer. Dracula.«

Beauregard nickte. »Wir sind uns begegnet.«

»Ihr Briten«, fuhr sie fort, »ihr habt recht daran getan, ihn des Landes zu verweisen.«

»Ganz so einfach war das nicht.«

»Mag sein. Und doch hat Britannien Dracula nicht gewähren lassen, und Deutschland ist sein Paradies geworden.«

»Der Graf versteht es, sich bei Hofe Einfluß zu verschaffen. Darin übt er sich seit bald fünfhundert Jahren.«

Geertruida Zelle beugte sich vor und streckte den Arm aus. Der Schließer schrie. Die Pistole an seinem Gürtel war mit Silber geladen. Die Hand der Gefangenen erstarrte in der Luft, Zentimeter von Beauregards Arm entfernt. Sie sah ihm in die Augen.

»Er wird dieses Jahrhundert in ein Schlachtfeld verwandeln«, sagte sie mit ernster Stimme. »In seinen warmblütigen Tagen hat er ein Drittel seiner Untertanen umgebracht. Stellen Sie sich vor, was er denen antun würde, die er als seine Feinde betrachtet.«

»Deutschland steht kurz vor der Kapitulation«, zitierte er die amtlichen Verlautbarungen und wünschte, er wüßte es nicht besser.

»Es ist nicht leicht, einen Betrüger hinters Licht zu führen, Charles.«

Sie lehnte sich zurück und richtete sich auf. Ein frühmorgendlicher Lichtstrahl bekränzte ihren kurzgeschorenen Kopf mit einem Glorienschein. Sie wirkte eher wie Jeanne d'Arc denn wie eine Vampir-Spionin.

»Ihr Krieg ist vorbei«, sagte er so freundlich wie möglich.

»Sie wissen viel über uns Vampire, Charles. Sie müssen einen bemerkenswerten Lehrer gehabt haben.«

Er spürte, wie er errötete, und rückte nervös seinen Kragen zurecht.

»Wer war sie?«

»Sie haben vermutlich nie von ihr gehört.«

»War sie alt? Eine Älteste?«

Beauregard nickte. Geneviève Dieudonné war sogar noch älter als der Graf. Ein Mädchen aus dem fünfzehnten Jahrhundert.

»Lebt sie noch?«

»Soviel ich weiß, ist sie wohlauf. In Amerika, wenn mich nicht alles täuscht.«

»Keine Ausflüchte, Charles. Sie wissen genau, wo sie steckt. Schließlich ist es Ihr Beruf, den Dingen auf der Spur zu bleiben.«

Geertruida Zelle hatte ihn ertappt. Geneviève war in Kalifornien und züchtete Blutorangen.

»Es war dumm von ihr, Sie altern und sterben zu lassen, Charles. Nein, das nehme ich zurück. Das war Ihre persönliche Entscheidung. Ich an ihrer Stelle hätte dafür gesorgt, daß Sie sich danach *verzehren*, sich zu verwandeln. Ich hätte meine Kräfte benutzt.«

»Ihre ›Kräfte‹? Madame Zelle, mir scheint, Sie haben zuviel Zeitung gelesen.«

»Nein, wir besitzen duchaus gewisse Kräfte. Es ist nicht alles nur Phantasterei.«

Die Dämmerung färbte den Himmel rosa. Ihr Gesicht war blasser denn je. Ihre Schergen hatten sie ausgehungert. Sie mußte beträchtliche Qualen leiden. Viele Neugeborene hätte der rote Durst längst in den Wahnsinn getrieben.

»Daß sie es unterlassen hat, einen Mann durch Hinterlist von seinem Entschluß abzubringen, obgleich es zu seinem Besten wäre, stellt sie vermutlich über mich.«

»Ich kann Ihnen versichern, daß Geneviève sich über niemanden stellen würde.«

»Geneviève? Ein hübscher Name. Ich hasse sie schon jetzt.«

Beauregard rief sich die Schmerzen ins Gedächtnis. Und erfreulichere Dinge. Ein roter Fächer stand am Himmel.

»Uns bleibt nicht mehr viel Zeit«, sagte Geertruida Zelle nüchtern.

»Das ist bedauerlich«, räumte er ein.

»Nun gut. Ihrer Vampirdame zuliebe werde ich Ihnen verraten, wie es mir gelungen ist zu überleben. Sie haben sich als äußerst großzügig erwiesen, obwohl Sie es nicht nötig hatten, und dies ist mein Geschenk an Sie. Verfahren Sie nach Belieben damit. Gewinnen Sie den Krieg, wenn er gewonnen werden kann.«

War dies ein Trick?

»Nein, Charles«, sagte sie. Entweder hatte sie seine Gedanken gelesen, oder sein Mißtrauen war ihm deutlich anzusehen. »Ich bin nicht die Scheherazade des zwanzigsten Jahrhunderts. Ich habe keineswegs die Absicht, mein Stelldichein mit dem Tod hinauszuschieben.«

Er versuchte diesen Gedanken zu verdrängen.

»Überzeugen Sie mich, Geertruida. Überzeugen Sie mich davon, daß ich nicht Ihr letztes Opfer werden soll.«

»Ein gerechter Einwand, Charles. Ich werde Ihnen einen Ort und einen Namen nennen. Und wenn Sie interessiert sind, werde ich fortfahren.«

Beauregard nickte. Geertruida Zelle lächelte ein zweites Mal, als würde sie ein Blatt von Figurenkarten ablegen.

»Château du Malinbois«, sagte sie. »Professor ten Brincken.«

Darauf hatte er gehofft. Ein weiterer Strang des Spinnennetzes.

»Ich bin überzeugt«, sagte er und versuchte krampfhaft, seine Wißbegierde zu verbergen.

»Sehen Sie«, fuhr sie fort, und ihr Fangzahn schimmerte, »ein Vampir weiß alles. Ich will mich kurz fassen. Sie können mitschreiben, wenn Sie möchten. Die Welt hat ihr Urteil über mich gefällt, und ich will mich nicht rechtfertigen. Ich bin dem Rat meines Herzens gefolgt, selbst wenn die Richtung, die ich einschlug, oftmals die falsche war ...«

Auf dem Exerzierplatz drängte sich eine kleine Schar von Zeitungsschreibern und anderweitig Interessierten um einen Bunkerofen. Der letzte Schnee war geschmolzen, wenngleich die kiesigen Eispfützen hier und da das Exerzieren zu einem Wagnis hätten werden lassen. Beauregard blickte in die Runde. Keiner von Geertruida Zelles »Verehrern« hatte es für nötig befunden, diesem Schauspiel beizuwohnen.

Ob ihre Geschichte nur eine Abschiedsvorstellung war? Vielleicht wollte sie ihn so kurz vor ihrem Tode mit einer letzten Lüge täuschen, die ihn vom eigentlichen Vorhaben der Deutschen in Malinbois ablenkte. Er war geneigt, ihr Glauben zu schenken. Der Graf von Dracula war ein romantischer Denker, und ihre Geschichte war ein romantisches Schauermärchen mitsamt Schlössern, Gruften, Blut und dem Untergang geweihten Edelleuten. Er hatte die verbleibenden Seiten seines Notizbuchs mit Kurzschrift gefüllt.

Die Soldaten des Erschießungskommandos traten an wie zum Appell. Knaben mit uralten Augen. Nach vier Jahren sahen nicht nur die Nicht-Toten älter aus, als sie tatsächlich waren. Beauregard fragte sich, ob diese *poilus* glücklicher gewesen wären, wenn statt der Zelle Mireau am Pfahl gestanden hätte. Den gemeinen Soldaten war der General verhaßter als der Kaiser.

»Charles«, riß ihn eine Frauenstimme aus seinen Gedanken. »Wir begegnen uns an den merkwürdigsten Orten.«

Die kleine Vampirfrau trug Reithosen und eine gegürtete Jacke. Ihr rötliches Haar steckte unter einer übergroßen Stoffmütze, und ihre Augen waren hinter dicken, blaugetönten Gläsern verborgen. Die helle Stimme verriet ihre irische Herkunft.

»Kate«, sagte er, überrascht und erfreut. »Guten Morgen.«

Sie setzte ihre Brille ab und blinzelte in das verblichene Zartrot des bedeckten Himmels.

»Den Morgen will ich Ihnen zugestehen.«

Kate Reed war zehn Jahre jünger als er und hatte sich mit

fünfundzwanzig verwandelt. In den dreißig Jahren ihres Vampirlebens waren ihre Augen nicht gealtert.

Die Journalistin war während der Zeit des Schreckens zur leidlichen Heldin aufgestiegen. Der Karpatischen Garde immer zwei Schritte voraus, hatte sie eine Untergrund-Zeitschrift herausgegeben. Auch während der Regentschaft König Victors war sie der Obrigkeit mit kritischer Strenge begegnet. Als fabianische Sozialistin und Verfechterin der Autonomie Irlands schrieb sie für den ›New Statesman‹ und das ›Cambridge Magazine‹. Seit dem Beginn der Auseinandersetzungen hatte man sie zweimal aus Frankreich ausgewiesen und einmal in Irland festgesetzt.

»Ich dachte, Sie seien nach London abberufen worden«, sagte er.

Sie schenkte ihm ein knappes, verschmitztes Lächeln, und ihre Augen funkelten. »Ich habe mich von der Grub Street zurückgezogen und als Freiwillige einen Sanitätswagen chauffiert. Unsere alte Freundin Mina Harker gehört dem Auswahlkomitee an; sie ist nach wie vor darum bemüht, ihren Fehler wiedergutzumachen. Ich wurde mit dem nächsten Schiff zurückgeschafft.«

»Dann sind Sie also gar keine Reporterin?«

»Ich bin Beobachterin, wie immer. Eines der wenigen Metiers, die wir Vampire wirklich beherrschen. Kein Wunder, wir haben ein langes Leben und zuviel freie Zeit.«

Die ersten Sonnenstrahlen spießten die Wolken, und sie setzte ihre Brille wieder auf.

Er und Kate Reed hatten eine gemeinsame Vergangenheit. Sie beide waren Kinder eines anderen Jahrhunderts. Doch im Gegensatz zu ihm besaß sie das Rüstzeug, diese neue Ära zu meistern und zu überdauern.

»Ich habe Sie immer schon bewundert«, sagte er.

»Sie reden, als wollte man *Sie* erschießen.«

»Das wäre vielleicht sogar das beste. Ich bin alt und müde, Kate.«

Sie nahm seine Hand und drückte sie. Er versuchte sich nicht anmerken zu lassen, daß sie ihm weh tat. Wie viele Vampire vergleichsweise jüngerer Herkunft wußte sie ihre Kräfte nicht recht zu dosieren.

»Charles, Sie sind wahrscheinlich der letzte anständige Mensch in ganz Europa. Sie dürfen sich unter keinen Umständen entmutigen lassen. So blödsinnig Ihnen das Gerede vom ›Krieg zur Beendigung des Krieges‹ auch erscheinen mag, wir können es in die Tat umsetzen. Diese Welt gehört uns ebenso wie Ruthven oder Dracula.«

»Und ihr?«

Er wandte den Kopf und reckte das Kinn. Während die Sonne die Kaserne erhellte, wurde Geertruida Zelle vom Schließer und zwei Wachposten ins Freie geführt. Auf eigenen Wunsch trug sie einen Schleier, um ihr empfindliches Gesicht gegen das Licht zu schützen. Sie hatte die Augenbinde verweigert und auf geistigen Beistand verzichtet.

»Madame Mata Hari hat sich töricht verhalten«, sagte sie höhnisch. »Ich kann nicht allzuviel Mitleid für sie aufbringen. Mit ihren Ränken hat sie brave Männer *en gros* in den Tod getrieben.«

»Sie sind eine fabianische Patriotin.«

»In Britannien gibt es nichts, was sich durch die Pfählung des Premierministers nicht beheben ließe.«

»Jetzt klingen Sie wie Vlad Tepes.«

»Noch ein Gentleman, dem es sehr zum Vorteil gereichen würde, wenn man ihm ein gutes Stück stabilen Hagedorns hintansetzte.«

»Ich habe Ihren Artikel über den Prozeß gelesen, Kate.«

Ihre Stimme zitterte leicht, weil sie versuchte, ihre Eitelkeit zu unterdrücken. »Und . . . ?«

»Sie haben gesagt, was gesagt werden mußte.«

»Aber der warmblütige, kaltherzige General Mireau stolziert immer noch einher wie ein narbengesichtiger Pfau, klirrt bei jungen Vampirfüllen mit seinen Orden und kniet zur

Messe nieder mit einem Gewissen so rein wie das Wasser von Vichy.«

»Sie müßten eigentlich wissen, daß die Oberbefehlshaber der Streitkräfte es als Ehrensache betrachten, nicht auf den Rat einfacher Journalisten zu hören. General Pétain hat Ihre Artikel sicher mit Interesse gelesen.«

»Ich habe noch mehr zu schreiben. Mireau muß zur Rechenschaft gezogen werden.«

»Und Sir Douglas Haig?«

»Er auch, die ganze verfluchte Mischpoche.«

Geertruida Zelle wurde an den Pfahl gestellt, und ein Wachposten fesselte ihr die Hände. Sie hielt ihren verschleierten Kopf hoch erhoben, unerschrocken.

»Die Maikönigin«, bemerkte Kate.

Der Sergeant des Exekutionspelotons verlas den Richterspruch. Seine dünne Stimme verlor sich im bitterkalten Wind. Mindestens zehn Klagepunkte wurden mit dem Tod geahndet. Als er das Urteil verlesen hatte, rollte der Sergeant das Papier zusammen und steckte es in seinen Gürtel. Er zog und hob sein Schwert; acht Soldaten legten an und zielten. Sieben Kugeln aus Silber, eine aus Blei. Da niemand wußte, in wessen Lauf der Blindgänger steckte, konnte sich jeder von ihnen einreden, den tödlichen Schuß nicht abgegeben zu haben.

Das Schwert schwankte und fiel. Schüsse durchsiebten den Rumpf der Gefangenen. Eine verirrte Kugel zernarbte den Boden ein Dutzend Yards hinter dem Pfahl. Geertruida Zelles Kopf sank auf die Brust, und der Schleier glitt ihr wie ein Umhang von den Schultern und wehte mit dem Wind davon. Die Morgensonne fiel auf ihr Gesicht und bräunte es in Sekundenschnelle. Rauch strömte ihr aus Mund und Augen.

»Damit wäre der Fall erledigt«, sagte Kate. »Grausige Geschichte.«

Beauregard wußte, daß es noch nicht vorbei war. Der Sergeant schritt über den Exerzierplatz, ging neben der toten Frau in Stellung und packte das Schwert wie eine Sense.

»Grundgütiger«, stieß Kate hervor.

Mit einem Hieb versenkte der Sergeant sein Schwert in Geertruida Zelles Hals. Die Klinge blieb im Knochen stecken. Mit behandschuhten Händen umfaßte er Heft und Spitze und preßte die versilberte Stahlklinge hindurch, bis sie in das Holz des Pfahls drang. Geertruida Zelles Kopf fiel zu Boden, und der Sergeant riß ihn an den Haaren in die Höhe, damit ihn jeder sehen konnte. Das Gesicht war bis zur Unkenntlichkeit versengt, die Katzenaugen verschrumpft wie Erbsen.

7

Kate

Das Gerücht, das Kate in Paris zu Ohren gekommen war, hatte sich bestätigt: Mata Hari lehnte es ab, sich von einem Priester die letzte Beichte abnehmen zu lassen, war jedoch durchaus bereit, die Nacht vor ihrer Hinrichtung mit Charles Beauregard vom Diogenes Club zu verbringen.

Zu Beginn ihrer Journalistenlaufbahn hatte sie erkannt, daß sie Charles nur auf Schritt und Tritt zu folgen brauchte, um eine Geschichte an Land zu ziehen. Wo immer man ihn antraf, war er der stille Mittelpunkt eines Mahlstroms von Intrigen. Wenn er sein Wissen preisgab, würde die Geschichte umgeschrieben werden müssen. Regierungen würden stürzen, Kolonien revoltieren, Duelle würden ausgefochten, Ehen geschieden werden. Charles war der Achsnagel Großbritanniens; oftmals schon hatte Kate das heftige Verlangen verspürt, ihn mit einem Ruck herauszuziehen.

Was für einen Vampir hätte er abgegeben.

Sie bemühte sich, Charles nicht allzusehr zu löchern. Er war ein zu gewiefter Kunde, um sich wie ein kleiner Beamter von einem mädchenhaften Grinsen und einer beiläufigen Frage übertölpeln zu lassen. Zudem kannte er sie seit vielen Jahren. Die Masche der wirrköpfigen Närrin, ihr verläßlichstes Handwerkszeug auf dem Gebiet der Täuschung, hätte sich bei ihm nicht verfangen.

Der Sergeant des Exekutionspelotons füllte einen Sack mit der Asche des Kopfes der Spionin und posierte damit für die Photographen. Das Erschießungskommando nahm Haltung an und präsentierte das Gewehr. Bei jeder zischenden Blitzpulverexplosion schreckten die jungen Veteranen, von Erinnerungen überwältigt, zusammen.

Kate beobachtete Charles, der die Photographen beobachtete. Sein hochgeschlossener Kragen war kein Ausdruck altmodischen Temperaments, sondern diente allein dazu, die purpurrote Färbung seines Halses zu verbergen. Eine feine weinfarbene Linie umsäumte seinen Kragen. Er wirkte im Alter weitaus stattlicher als in der Jugend, sein Haar war weiß, sein Kinn war fest. Er stand aufrecht, und die Jahre hatten sein Gesicht eher geglättet denn zerfurcht.

Die Älteste Geneviève Dieudonné war während der Zeit des Schreckens Charles' Geliebte gewesen. Gewiß floß etwas von ihrem Blut in seinen Adern. Zwar hatte er sich dem dunklen Kuß verweigert, doch war es unmöglich, längere Zeit mit einer Vampirfrau zu verbringen, ohne von ihrem Blut zu kosten, und sei es nur ein kleines bißchen. So mancher warmblütige Mann erkaufte sich winzige Transfusionen, um seine Haarpracht zu behalten und seinen Bauchumfang zu schmälern. Das war eine wirksamere Verjüngungskur als Affendrüsen. Die Pharmazeuten ließen verlauten, Vampirblut sei ein geheimes Ingrediens ihrer Arzneien.

Das Erschießungskommando wurde entlassen. Reporter bedrängten die Soldaten mit Fragen. Unter ihnen war auch Sydney Horler, der Gassenprediger der ›Mail‹.

»Sie lieben den Krieg«, sagte Kate. »Er liefert ihnen schmackhaftere Geschichten als Mörder aus der Kleinstadt und Ehebrecher vom Dorf.«

»Sie haben keine allzu hohe Meinung von Ihren Kollegen.«

»Mit diesen Geiern und Schmierfinken habe ich nichts gemein.«

»Was ist es für ein Gefühl«, brüllte Horler, »eine Frau zu erschießen?«

Falls sie die Frage überhaupt verstanden hatten, enthielten sich die Soldaten einer Antwort.

»Noch dazu eine *schöne*, wollüstige Frau?« betonte der Engländer. »Würden Sie sagen, sie war ein Teufel in Menschengestalt, der nicht mehr Gnade verdiente als eine tödliche Kobra?«

Die Soldaten wandten sich um und gingen davon.

»Na gut, dann will ich das notieren. Teufel in Menschengestalt. Nicht mehr Gnade. Tödliche Kobra.«

Horler begann aufgeregt zu kritzeln.

»Ich glaube, wir haben soeben der Geburt einer Schlagzeile der heutigen Abendausgabe beigewohnt«, sagte Kate.

Charles war zu erschöpft, um ihr eine Antwort zu geben. Er sah auf seine Taschenuhr, legte den Finger an die Krempe seines Hutes und machte sich bereit zum Aufbruch.

»Seltsam. Ein warmblütiger Mann, der beim ersten Hahnenschrei ins Bett eilt. Sind Sie sicher, daß Sie sich nicht verwandelt haben?«

Charles rang sich ein Lächeln ab. »Kate, ich lebe seit vielen Jahren wie ein Vampir.«

Er ging einem nächtlichen Gewerbe nach, selbst in diesem verdrehten Jahrhundert, wo nach Einbruch der Dunkelheit Kriege ausgefochten und Friedensabkommen getroffen wurden.

»Nun, da Mata Hari nicht mehr ist, können Sie sich getrost zur Ruhe legen. Ihr Krieg ist gewonnen.«

»Sehr witzig, Kate.«

Sie stieg auf die Zehenspitzen und hauchte ihm einen Kuß auf die Wange. Sein Gesicht war eiskalt. Sie zügelte sich in ihrer Umarmung, um ihm nicht die Rippen zu brechen.

»Auf Wiedersehen, Charles.«

»Guten Tag, Kate.«

Er ging zu seinem Wagen. Sie leckte sich die Lippen und konnte ihn schmecken. Sein Blut war scharf. Die leiseste Berührung seiner Haut genügte, um ihr einen Eindruck seiner Stimmung zu vermitteln. Sie war erregt, weil sie *wußte*, daß auch Charles erregt war. Zwischen ihm und Mata Hari war etwas Wichtiges vorgefallen. Weiter konnte sie nichts erkennen, nichts Genaues wenigstens. Jammerschade. Wäre sie eine Älteste gewesen, wie Geneviève, hätte sie ihm den Verstand aussaugen können wie eine Orange und erfahren, was es zu erfahren gab.

Hätte sie diesen Kniff beherrscht, wäre sie der Versuchung zweifellos erlegen. Vampire gewannen von Jahrhundert zu Jahrhundert an Kraft und Macht. Viele Älteste wurden zu Ungeheuern. Sie konnten nach Gutdünken schalten und walten, ohne die Folgen fürchten zu müssen. Charles' Geschmack verflog, und in ihrem Herzen pochte roter Durst.

In den ersten Jahren nach ihrer Verwandlung hatte sie in einem fort ihre Grenzen ausgelotet. Unterdessen begriff sie diese, wie ihre Nicht-Toten-Bedürfnisse, als einen Teil ihres allnächtlichen Daseins. Merkwürdigerweise brauchte sie noch immer eine Brille, um die schreckliche Kurzsichtigkeit zu korrigieren, die sie in ihren warmblütigen Tagen so sehr gequält hatte. Die meisten Vampire überwanden ihre Gebrechlichkeiten mit der Verwandlung, doch bei ihr war das anders.

Als sie ihren Durst zu unterdrücken versuchte, verschwamm ihr alles vor den Augen. Das war ihre eigene Schuld. Hätte sie nicht von Charles gekostet, würde sie nun nicht solche Schmerzen leiden.

Sie zog es vor, sich nicht als Tote zu betrachten, obgleich sie wußte, daß sie sich der Selbsttäuschung hingab. Manche verwandelten sich, wie Geneviève, ohne den wirklichen Tod zu erleiden. Kate hingegen war durchaus gestorben. Mr. Frank Harris, ihr Vater in Finsternis, hatte es vorgezogen, seine Nachkommen auszusaugen, ehe er ihnen lebensspendendes Blut einflößte. Sie erinnerte sich an das Stocken ihres Herzens, die seltsame Stille in ihrem Kopf. Das war der Tod gewesen.

Ihr Herzklopfen ließ nach, und ihre Sehkraft kehrte zurück. Der Himmel war bedeckt, das spärliche Sonnenlicht konnte ihr nichts anhaben. Sie gehörte nicht zu jener Spezies von Vampiren, die bei Tagesanbruch schmorten und verdorrten. Sie war vom Geblüt der Marya Zaleska, einer aristokratischen Parasitin, die sich als uneheliche Tochter des Grafen Dracula ausgab. In Kate mischte sich der verwelkte Stammbaum der Zaleska mit Frank Harris' überaus potentem Geist. Im Jahre 1888 hatte ihr der berühmte Redakteur versichert, die körperliche Liebe sei das Tor zum Erwachsenwerden, und sie daraufhin, auf einem Diwan im Séparée des Restaurants Kettner, voller Enthusiasmus durch dieses Tor geleitet. Nachdem er sie zur Frau gemacht hatte, war er verpflichtet, sie auch zum Vampir zu machen.

Obgleich viele junge Frauen Harris' Überredungskünsten erlegen waren, hatten, außer ihr, all seine Nachkommen den Tod gefunden. Sie hatten sich als zu schwach für ein so starkes Geschlecht erwiesen. Auch Harris war nicht mehr, in der Zeit des Schreckens hatten Karpater ihn ermordet. Sie war betrübt; zwar hatte sich der liederliche Harris um seine Kinder in Finsternis wenig geschert, doch war er ein guter Zeitungsmann gewesen. Sie hatte sich nicht geschämt, ihn in der Welt der Nacht zum Gönner zu haben.

Charles' Wagen fuhr davon, seine Geheimnisse waren tief in der Polsterung der Limousine versunken. Das Erschießungskommando zerstreute sich, und die anderen Journalisten machten sich eilig daran, die Lücken in ihren bereits geschriebenen Geschichten zu füllen. Jed Leland vom ›New York Inquirer‹, einer der wenigen kompetenten Amerikaner, hob einen Bleistift an die Krempe seines Strohhutes. Sie erwiderte den Gruß, in der sicheren Annahme, er wolle sie in ein lästiges Gespräch verwickeln. Doch Leland trottete mit den anderen davon und begab sich auf die Suche nach einem *estaminet*, wo sie zwischen *anis* und Katzenblut ihren Zeitungstext zusammenschmieren konnten.

Kurz nach ihrer Verwandlung waren ihre durchstochenen Ohren verheilt, und sie hatte zu ihrem Schrecken festgestellt, daß sie wieder Jungfrau war. Doch dieser Zustand war rasch und mit bleibender Wirkung behoben worden. Damals war es eine größere Schmach, »entehrt« zu werden, als sich in einen Vampir zu verwandeln.

Der Prozeß der Anpassung, des Lernens war noch lange nicht beendet. Es war schwer zu sagen, was aus ihr werden würde. Sie hatte feierlich geschworen, sich nicht in ein Monstrum zu verwandeln.

Allein auf dem Exerzierplatz, marschierte sie zum Wachthaus, ihre scharfen Sinne waren hellwach. Sie wollte ihre Spur auf eigene Faust verfolgen. Und sie wollte sich mit niemandem über dem Rang eines Corporals einlassen. Mit ihrer Verurteilung von General Mireau hatte sie sich in der französischen Armee zahlreiche Freunde gemacht, wenn auch nur wenige unter den Offizieren. Ihre Artikel über die Affäre Dreyfus hatten die Franzosen verstimmt, und ihre jüngsten Schriften waren nicht geeignet, ihre Zuneigung zurückzugewinnen.

Durch eine kahle Hecke sah sie, daß auf der Straße ein französischer Stabswagen parkte. Seine Fenster waren verdunkelt. War eine von Mata Haris Eroberungen gekommen, um ihr heimlich Lebewohl zu sagen? Oder um sich zu vergewissern, daß sie auch wirklich tot war?

Corporal Jacques Lantier erwartete sie in seiner armseligen Stube. Sein Gesicht war ein finsterer Wirrwarr tiefer Narben. Als dem Feind binnen zwei Tagen achtzig Prozent der entblößten Franzosen anheimgefallen waren, hatte der klägliche Rest von General Mireaus Kommando seinen Befehl »bis zum letzten Mann« verweigert und den Rückzug über die hundert Yards morastigen Geländes angetreten, den sie zwar erobert, aber nicht hatten halten können. Der verstümmelte Lantier hatte Glück gehabt. Gesund und munter, wäre er womöglich unter dem Dutzend Männer gewesen, die Mireau wegen Feigheit hatte erschießen lassen. So qualifizierte er sich für einen Platz im inoffiziellen Veteranenbund aller Entstellten, der *Union des Gueules Cassées*, der Bruderschaft der Matschgesichter.

Mit der Spitze seines kleinen Fingers öffnete Lantier ein Loch in seiner unteren Gesichtshälfte und schob einen Glimmstengel hinein. Kate nahm die ihr angebotene Zigarette dankend an, und Lantier gab ihr mit einem Zündholz Feuer.

Der Korporal hustete, und Rauchwolken umhüllten sein Gesicht. Einerseits war er der Journalistin selbstverständlich dankbar, daß sie General Mireau verurteilt hatte, doch es gab triftigere Gründe. Vor dem Krieg hätte man für zwanzig Francs ein ganzes Pferd bekommen. Jetzt war dafür allenfalls ein Stückchen Pferdefleisch zu haben.

»Die beiden haben sehr leise gesprochen, Mademoiselle«, entschuldigte sich Lantier, »und ich höre nicht mehr so gut . . .«

Eines seiner Ohren fehlte ganz, das andere war ein eitriger Klumpen.

»Aber Sie haben etwas gehört.«

Sie fügte dem Geldbündel in seiner Hand immer neue Noten hinzu.

»Ein Wörtchen hier und da . . . ein paar Namen . . . Château du Malinbois, Professor ten Brincken, Baron von Richthofen, General Karnstein . . .«

Für jeden Namen gab es weitere zehn Francs.

»Das reicht«, entschied sie. »Sagen Sie mir, was Sie gehört haben.«

Lantier zuckte die Achseln und begann . . .

Als Corporal Lantier geendet hatte, war es fast Mittag. Kate hatte ein ganzes Notizbuch vollgeschrieben, wußte jedoch nicht recht, was sie von seiner Geschichte halten sollte. Sie hatte gehörige Löcher. Mit etwas Scharfsinn würde sie das eine oder andere stopfen können, die meisten aber waren echte Lücken.

Zwar hatte sie mit Neuigkeiten über die Perfidien General Mireaus gerechnet, doch dies ließ die ganze Sache in einem völlig anderen Licht erscheinen. Sie würde dringend Informationen über Richthofens Monstrositätenkabinett einholen müssen. Daß Charles eigens nach Paris gereist war, um Mata Hari anzuhören, deutete darauf hin, daß hier eine Geschichte im verborgenen lag.

Lantier geleitete sie hinaus. Ohne ihre einzige Gefangene war die Kaserne tot. Das Erschießungskommando befand sich auf Urlaub in Paris und würde bei Sonnenuntergang in die Schützengräben zurückkehren.

Sie gingen über den Exerzierplatz. Kate blieb stehen und untersuchte den Pfahl, an dem Mata Hari gestorben war.

»Nach der Enthauptung«, sagte Lantier, »standen junge Männer Schlange, um ihre Taschentücher in das Blut zu tauchen. Als Andenken.«

»Oder um davon zu kosten. Es wirkt gewiß berauschend. Das Blut von Mata Hari.«

Lantier spuckte aus und verfehlte den Pfahl.

»Vampirblut könnte helfen ...«, begann sie und deutete auf Lantiers Gesicht.

Er schüttelte den Kopf und spuckte ein zweites Mal aus. »Der Teufel soll euch holen, ihr verfluchten Blutsauger! Wozu seid ihr schon gut?«

Sie wußte keine Antwort. Viele Franzosen, besonders die aus der Provinz, dachten wie Lantier. Der Vampirismus hatte hier nicht Fuß gefaßt wie in Britannien, Deutschland und Österreich-Ungarn. Zwar hatte auch Frankreich seine Ältesten – wie zum Beispiel Geneviève – und eine wachsende Schar von Neugeborenen, häufig selbsternannte »Symbolisten« und »Moderne«, doch in den besten Kreisen waren Vampire noch immer nicht gänzlich willkommen. Alfred Dreyfus war zum Sündenbock geworden, weil er zugleich Jude und Vampir gewesen war.

Sie sagte Lantier Lebewohl und verließ den Exerzierplatz. Ihr getreues Hoopdriver-Fahrrad lehnte an einem alten Anbindepfosten der Kavallerie neben dem Haupteingang. Der Stabswagen stand noch immer auf der Straße.

Kate wußte, daß sie in Gefahr war. Diesen Spürsinn hatte sie während der Zeit des Schreckens entwickelt. Ihre Nägel schossen hervor wie Katzenkrallen.

Sie trat um die Hecke herum auf die Straße und nahm den Wagen in Augenschein. Auf dem Vordersitz saß ein Chauffeur, und der Fond stand einen Spaltbreit offen. Jemand blickte sie aus Schweinsäuglein an.

»*Ego te exorcisat*«, kreischte eine Stimme. »Leide, du gemeine Hure, leide die Qualen der Verdammten!«

Ein schwarzgekleideter Mann sprang hinter einem Zaun hervor und stürzte auf sie zu. Der wildäugige, weißhaarige Priester hatte in seinem Versteck auf sie gelauert. Sie erkannte ihn sofort, doch sie hatte keine Zeit, sich seinen Namen ins Gedächtnis zu rufen. Unter lauten Flüchen in schlechtem Latein und Gossen-Französisch schleuderte ihr der Priester eine Flüssigkeit ins Gesicht. Ihre Brille war mit trüben Tropfen übersät.

Im ersten Moment glaubte sie, der Wahnsinnige habe sie mit Vitriolöl übergossen. Säure zerfraß das Fleisch eines Vampirs bis auf die Knochen. Auch wenn sie sich davon erholte, würde sie die nächsten fünfzig Jahre aussehen wie Lantier. Doch kein Brennen war zu spüren, kein Zischen zu vernehmen.

Der Priester schwenkte seine Flasche. Ein zweiter Spritzer traf ihre Stirn und rann ihr übers Gesicht. Sie schmeckte klares Wasser. Nein, erkannte sie, nicht klares Wasser. Weihwasser.

Verblüfft lachte sie auf. Einige katholische Vampire waren durchaus empfindlich gegen derlei Dinge, doch sie war eine alte Anglikanerin. Ihre Familie war protestantisch bis ins Mark; als er von Kates Verwandlung erfuhr, meinte ihr Vater: »Wenigstens hat die kleine Närrin nicht den abscheulichen römischen Antichristen in die Arme geschlossen.«

Der Priester trat kokett zurück, um sich an der Vernichtung der verderbten Höllenkreatur zu ergötzen. Er preßte ein großes, grobgeschnitztes Kruzifix an seine Brust und reckte eine Handvoll Hostien in die Höhe.

Ihre Mütze hatte sich selbständig gemacht, und ihr Haar wehte im Wind. Sie hob die Kopfbedeckung auf und tupfte sich damit das Gesicht.

»Ich bin ganz naß, Sie Idiot«, stieß sie hervor.

Der Priester warf eine Hostie nach ihr. Er schien zu hoffen, daß sie sich in ihren Schädel bohren würde wie ein japanisches *shuriken*. Die Oblate blieb an ihrer feuchten Stirne kleben.

Erbost zermalmte sie die Hostie mit den Zähnen und spuckte die Krümel aus.

»Wo ist der Wein? In mir wütet der rote Durst. Verwandeln Sie ein Fläschchen, dann habe ich ausreichend Blut zu trinken.«

Die Attacke hatte ihre Blutgier geweckt. Sie würde schon bald frische Nahrung brauchen.

Der Priester schwenkte das Kreuz und überschüttete sie mit den Verwünschungen des Himmels. Ein Gesicht verschwand blitzschnell im Wageninnern. Sie glaubte ein französisches Képi mit einer Menge Eichenlaub daran erkannt zu haben.

»Sie sind Pater Pitaval. Sie waren bei Mata Haris Verhandlung.«

Pitaval, ein abtrünniger Jesuit, war der Beichtvater Mireaus. Und, so schien es, sein getreuer Vampirmetzler.

»Eine lächerliche Vorstellung, Pater. Kaum der Rede wert.«

Er hielt ihr das Kruzifix vor die Nase, und sie stieß es von sich.

»Befragen Sie Ihr Gewissen«, rief sie, sowohl an Mireau als auch an den Priester gewandt.

Er hob das Kruzifix wie einen Dolch und stach damit nach ihrer Brust. Die Spitze war scharf genug, um als der sprichwörtliche Pflock zu dienen, doch sie wehrte den Hieb ohne Mühe ab. Ihre Rauchglasbrille fiel herunter, und die Welt verschwamm ihr vor den Augen. Sie sah eine schwarze Gestalt auf sich zukommen und trat beiseite. Sie nahm alle Kraft zusammen, ergriff den Priester und schleuderte ihn gegen den Wagen.

Sie tastete im Kies umher, fand ihre Brille und setzte sie wieder auf. Pitaval kroch auf den Wagen zu. Die Tür knallte ins Schloß, noch ehe er ihn erreicht hatte. Rasch wurde das dunkle Fenster hochgekurbelt. Mit der Schnelligkeit eines Vampirs sprang sie über den Priester hinweg und umfaßte den Türgriff mit eiserner Faust. Sie sprengte das Schloß und freute sich, als sie den Mechanismus brechen hörte.

General Mireau saß steif im finsteren Wageninnern und starrte sie aus haßerfüllten Augen an. Er hatte eine Begleiterin, eine kleine Neugeborene im durchsichtigen weißen Leichenhemd. Die Schlunze hatte sich die Handgelenke mit *rouge* gefärbt, wo Mireau sie mit einem Rosenkranz gefesselt hatte, um ihn zu täuschen, was die Wirkung religiöser Artefakte auf Vampirfleisch anbetraf. Daß der General eine Vorliebe für nicht-tote Mädchen hegte, hatte Kate bereits geahnt. Sie hoffte, daß die Neugeborene schlau genug war, ihn nach Strich und Faden auszusaugen und zu plündern.

Sie schüttelte den Kopf. Mireau versteckte sich hinter seiner Begleiterin.

»Schwester«, sagte Kate, »dein Blutgeschmack läßt sehr zu wünschen übrig.«

Das Vampirmädchen wand und krümmte sich. Sie war vermutlich Tänzerin oder Schauspielerin. Wenn nicht gar eine Spionin.

Kate bückte sich und steckte den Kopf in den Wagen. In Mireaus kalten Augen loderten Flammen der Furcht. Er schob die Neugeborene vor, als würde er einen sich sträubenden Hund zum Kampfe hetzen. Die Vampir-Pudeldame öffnete den Mund und entblößte zögernd ihre Hauer. Sie versuchte zu fauchen.

Kate spielte mit dem Gedanken, das närrische Mädchen

ins Freie zu zerren und ihrem Hinterteil eine ordentliche Tracht Prügel zu verpassen. Eine grausame Strafe: An der Sonne würde sie zu Staub zerfallen.

Pater Pitaval war wieder auf den Beinen, er wirkte verängstigt. Der General bekam nicht allzuviel für seine Patronage.

»Mireau, haben Sie eigentlich kein Schamgefühl im Leib?« fragte Kate.

Sie drehte sich um und ging davon. Sie hörte, wie der General mit seinen Untergebenen schimpfte. Ein winziger Funke der Genugtuung wärmte ihr das Herz. Zwar hatte sie nicht viel erreicht, doch war Mireau so sehr getroffen, daß er gewiß zurückschlagen würde. Wenn sie sich in Trab hielt, konnte sie ihn besiegen.

Doch es gab wichtigere Dinge zu bedenken. Zum Beispiel das Château du Malinbois.

Sie stieg auf ihr Fahrrad und strampelte davon. Auf dem Weg zum Bahnhof pfiff sie die »Barcarole« aus *Hoffmanns Erzählungen* und dachte an Flieger und Tänzerinnen.

8

Die Festung

Im Château du Malinbois herrschte ewige Nacht. Bei Tage waren die mittelalterlichen Fensterschlitze verrammelt, die steinernen Gänge von wenigen Kerzen spärlich erhellt. Selbst ein Vampir spürte die Kälte im feuchten Bauch des Schlosses. Das Geräusch herabtropfenden Wassers war ebenso allgegenwärtig wie das granitgedämpfte Donnern der Geschütze. Nur im Arbeitsbereich der Wissenschaftler bediente man sich der Elektrizität. Im Untersuchungsraum gab es nicht einen finsteren Winkel. Alles war in grelles Licht getaucht. Man brauchte sich nur auf den Tisch zu betten, und schon lag das ganze Innenleben bloß.

Leutnant Erich von Stalhein fragte sich, ob General Karnstein Malinbois gewählt hatte, um den Fliegern das Gefühl zu geben, lebendig begraben worden zu sein, um ihren Wunsch zu fliegen anzufachen. Hoch am Himmel, beflügelt von den ungezügelten Luftströmen und der Kraft des Mondes, ließen sie die Fesseln der Erde hinter sich.

Stalhein wälzte sich auf den Bauch, während ten Brincken weitere Meßergebnisse überprüfte. Der Direktor war ein mürrischer Bär mit buschigen grauen Augenbrauen und ähnelte eher einem Hafenboxer denn einem Wissenschaftler. Womöglich rührte seine Vorliebe für die physische Vervollkommnung des Menschen von dem Wissen um sein bärenhaftes Aussehen her.

Über dem Tisch war eine Reihe drehbarer Leuchten angebracht. Stalheins Stammesgenossen erblühten im Mondschein, mit Glühdrähten in Glasbirnen wußten sie nichts anzufangen. Kaltes Kunstlicht verschaffte ihnen keinerlei Befriedigung.

Dr. Caligari, der Nervenarzt vom ersten Jagdgeschwader, war eingetreten. Stalhein hörte sein unbeholfenes Watscheln, roch seine stinkenden Kleider. Insgeheim hielt er Caligari für einen Quacksalber. Wie ten Brincken war er vom Vampirismus fasziniert. Bei ihren Zusammenkünften versuchte er Stalhein jedesmal auszuhorchen und stellte ihm Fragen über Fragen zur Blutsaugerei.

»Hals- und Brustmuskulatur sind hervorragend entwikkelt«, erklärte ten Brincken dem Arzt. »Sie sind derart ausgeprägt, daß man sie mit einer Gradeinteilung versehen könnte. Es scheint eine umfassende Veränderung einzutreten. Eine Evolution.«

Die Wissenschaftler sprachen über ihn, als sei er ein Leichnam, den sie zum Vergnügen sezierten. Stalhein war diese Art der Behandlung gewohnt. Seine Ehrerbietung gegen den Kaiser zwang ihn, solche Untersuchungen über sich ergehen zu lassen. Kein Flieger des JG1 wurde von dieser Pflicht befreit, nicht einmal der Baron.

Ten Brincken beendete die Untersuchung und schaltete die Deckenleuchten aus. Mit der Schnelligkeit eines Vampirs glitt Stalhein vom Tisch und stand auf. Caligari fuhr erschrocken zusammen, er trug einen altmodischen Frack. Stalhein kleidete sich an, stieg in Reithosen und Stiefel und schlüpfte in ein frisches Hemd. Ten Brincken, plötzlich ölig wie ein Kammerdiener, half ihm in seinen Waffenrock. Er schob die Arme hinein und knöpfte ihn von unten nach oben zu.

»Schön, schön, Herr Leutnant«, flötete ten Brincken. »Ganz vortrefflich.«

Nackt war Stalhein nichts weiter als ein Studienobjekt. In Uniform gemahnte er an einen Dämonenfürsten.

Ten Brinckens Domizil war eine Mischung aus Altem und Modernem. Die steinernen Mauern datierten aus dem vierzehnten Jahrhundert und waren mit allerlei wissenschaftlichen Urkunden geschmückt. Der Direktor kritzelte Hieroglyphen in einen messinggebundenen Band, der einem Kloster zu entstammen schien, doch eine Reihe chirurgischer Hilfsmittel in einem Gestell aus Stahl und Glas fesselten den Blick. Ten Brincken, Caligari und die anderen – Dr. Krueger, Ingenieur Rotwang, Dr. Orlof und Professor Hansen – bezeichneten sich als Wissenschaftler, wenngleich sich bisweilen mittelalterliches Alchimie-Gefasel in ihr Kauderwelsch von Evolution und Vererbung schlich.

Für die Angehörigen der Generation von Stalheins Vater war der Vampir ein Fabeltier. Binnen weniger Jahrzehnte hatte sich die altertümliche Magie zu einem respektablen Gebiet der modernen Wissenschaft gemausert. Verständlicherweise bestand zwischen den beiden eine tiefe Kluft. General Karnstein, der Bevollmächtigte des Grafen von Dracula, war ein Ältester; da er sich für eine Kreatur der Finsternis erachtete, hatte er ein Zentennium der Verfolgung hinter sich, nur um im zwanzigsten Jahrhundert ans Licht gezerrt und in seinen alten Stand zurückversetzt zu werden.

Stalhein salutierte und verließ das Laboratorium. Im Halbdunkel des schmalen Korridors, der an der Treppe zur Großen Halle endete, fand er sich besser zurecht. Musik wehte die Stufen herab. Ein Strauß-Walzer.

Mit einem dunklen Gefühl der Beunruhigung stieg er in die Halle hinauf. Obgleich ten Brinckens Untersuchungen nur selten schmerzhaft waren, stürzten sie Stalhein immer wieder in Verwirrung. Ihr geheimer Zweck wurde ihm vorenthalten. Er redete sich ein, daß seine Pflicht darin bestand zu handeln und nicht zu verstehen. Jeder Abschuß war ein kleiner Schritt auf dem Weg zum großen Sieg. Er hätte Mitleid für die kurzlebigen Warmblüter empfinden müssen; sie würden nie erfahren, was es hieß, die Lüfte zu beherrschen, das Blut eines Gegners zu kosten, das Licht des Mondes zu trinken.

Er wollte fliegen, sich auf seine Beute stürzen. Der Rückstoß sich entladender Gewehre, das Pfeifen des Windes in der Verspannung, der Anblick eines brennenden Flugzeugs, das dem Erdboden entgegentrudelte: All das gab ihm das Gefühl, am Leben zu sein. Seine Abschußbilanz lag bei respektablen neunzehn Siegen. In einer gewöhnlichen Jasta wäre dies eine beachtliche Leistung gewesen; in diesem Zirkus jedoch gehörte er zu den unbedeutenderen Jägern. Er hoffte dies zu ändern, so ihm dafür genügend Zeit blieb. Der Richtwert war Baron von Richthofens Bilanz; sie lag derzeit bei einundsiebzig Siegen.

Die verblichenen Porträts und modrigen Jagdtrophäen, mit denen die Halle einst geschmückt gewesen war, hatten Siegeszeichen des zwanzigsten Jahrhunderts Platz gemacht. Über einem Kamin von der Größe eines Eisenbahntunnels prangte wie an einem Kreuz der dreiundvierzig Fuß breite, mit Einschußlöchern gespickte Oberflügel einer RE8. Im Kamin, mit einer Ankerkette am Sims befestigt, baumelte das zum Kronleuchter umfunktionierte Vorderteil eines Motors: Die Zylinderköpfe waren mit brennenden Kerzen bestückt. Das Kurbelgehäuse bildete den Mittelpunkt eines wirren Mosaiks von Seriennummern aus der Leinwand alliierter Flugzeuge, viele von ihnen löchrig oder halb verkohlt. Das JG1 hatte Souvenirs von Bristol Fighter, Dolphin, Spad, Vickers, Tabloid, Nieuport-Delage, Bantam, Kangaroo und Caproni gesammelt. Dazu kamen erbeutete Gewehre, Kompasse und Höhenmesser, menschliche Schädel, Fliegerhauben, einzelne Stiefel, zerbrochene Kameras, Knochen, Synchronisationsvorrichtungen der Marke Constantinesco und Propeller.

Eine *Fledermaus*-Arie drang aus dem prachtvollen Trichter des nagelneuen Grammophons. Hammer, der den Pour le Mérite, den man ihm zu seinem vierzigsten Sieg verliehen hatte, an der stolzgeschwellten Brust trug, spielte Karten mit Kretschmar-Schuldorff, dem Geheimdienstoffizier, und Ernst Udet, einem hoffnungsvollen Flieger, der beinahe ebenso viele Abschüsse erzielt hatte wie Stalhein. Um eine Öllampe geschart, wirkten sie wie Zwerge in dem riesigen Gewölbe. Hammer war in einen übergroßen Kalmuckmantel gehüllt, der ihn wie ein Troll aussehen ließ. Theo paffte an einer Zigarette, deren Rauchwolke immer weiter in die Höhe stieg, die ferne Decke jedoch nie erreichen würde. Und Udet hatte sich, der neuesten Vampirmode folgend, vor kurzem ein Geweih stehen lassen. Mit Samtfetzen behängt, sproß es aus schwärenden Wunden an seiner Stirn.

Die Dunkelheit ließ auf sich warten. Stalhein war für die Nachtstreife eingeteilt. Er versuchte seine Ungeduld zu zügeln.

Die anderen Flieger im Halbdunkel der Großen Halle waren auf die Jagd nach Sonnenuntergang ebenso erpicht wie Stalhein. Zarte Sauggeräusche drangen aus einem mit Vorhängen versehenen Séparée. Der unersättliche Bruno Stachel labte sich an dem Saft einer seiner französischen Geliebten. Stalhein vertrat die Ansicht, ein *nosferatu* solle sich nicht bei Tage nähren; es mache ihn zu benommen, um auf die Jagd zu gehen. Als einer der wenigen Flieger des JG1 ohne ein »von« vor seinem Namen stand Stachel abseits von den anderen; in einem Kader von Jägern war er nichts weiter als ein Mörder. Seine Bilanz zählte einunddreißig Siege.

»Sei gegrüßt, Erich«, rief ein junger blonder Vampir und hob eine feiste Hand an den Mützenschirm. »General Karnstein läßt seinen Glückwunsch übermitteln. Wir haben Meldung erhalten, daß dein Abschuß vorgestern nacht bestätigt worden ist.«

Göring war der Registrator von Richthofens Zirkus. Er verzeichnete die Einzelsiege in einer Tabelle.

Zwei Nächte zuvor war Stalhein niedrig gekreuzt, im Schutz der Wolken, und hatte auf das Brummen von Motoren gelauscht. Unter einer Avro 504J hatte er steil nach oben gezogen und den Rumpf der Maschine mit Kugeln durchsiebt. Die Avro war ins Trudeln geraten, mit von Flammenzungen beleckten Flügeln. Er war ihr nach unten gefolgt, um neben dem Wrack zu landen und den Piloten auszusaugen, doch die Avro hatte sich mit Müh und Not hinter die Linien gerettet und war im Niemandsland zu Boden gegangen. Britisches Flugabwehrfeuer hatte ihn daran gehindert, zu landen und sein blutiges Werk zu vollenden. Laut Heeresverordnung durfte er auf keinen Fall vom Feind gesichtet werden; zumindest nicht von einem Feind, der danach noch in der Lage war, einen Bericht zu übermitteln.

»Der Engländer hieß Mosley. Offenbar aus guter Familie. Seine Laufbahn war zu Ende, bevor sie richtig begonnen hatte.«

Stalhein dachte an die gefletschten Fangzähne unter einem lächerlich schmalen britischen Schnurrbart, der Rest des Gesichts war hinter Haube und Schutzbrille verborgen. Ein mittelprächtiger Sieg.

»Freust du dich nicht, Erich?« fragte Göring. »Jetzt hast du die zwanzig voll.«

»Ich habe kein Blut getrunken«, gestand Stalhein.

»Aber du hast einen abgeschossen. Und nur darauf kommt es an.«

»Mir nicht.«

Die Enttäuschung über seinen unblutigen Sieg war fast noch größer, als wenn Mosley die Flucht gelungen wäre. Am Ende der Jagd mußte er seinen Blutdurst stillen.

Göring klopfte ihm trotzdem auf den Rücken. Er hatte den Geweih tragenden Udet überholt. Zu Beginn des Krieges hätte er für zwanzig Siege automatisch den Pour le Mérite bekommen; angesichts der großen Konkurrenz jedoch war die erforderliche Anzahl zur Erringung eines Blauen Max verdoppelt worden.

»Der Sieg des Barons ist ebenfalls bestätigt worden«, verriet Göring. »Ein Abschuß unter den Augen der Engländer. Captain James Albright, achtundzwanzig Siege. Ein echter Yankee.«

Mosley hatte vermutlich einer zweit- oder drittrangigen Streife angehört. Ein erfahrener Flieger hätte sich nicht so ohne weiteres vom Himmel holen lassen. Und doch zählte sein kümmerlicher Leichnam ebensoviel wie Richthofens

Triumph über einen ruhmreichen Ritter der Lüfte. Göring, der wie ten Brincken ein enervierendes Faible für die Statistik besaß, führte eine zweite Tabelle, welche die Flieger nicht nach Einzelsiegen, sondern nach der Anzahl der Siege ihrer Opfer auflistete. Nach dieser Rechnung besaß der Baron einen uneinholbaren Vorsprung. Zu Beginn des Krieges, vor dem Tod des großen Boelcke, hatte Richthofen hauptsächlich langsame Aufklärer und Versprengte vom Himmel geholt; nun, da sein Blut in Wallung war, ging er auf edlere Beute aus.

Stalhein war schon einmal abgeschossen worden, von dem bescheidenen britischen As James Bigglesworth, lange bevor er genügend Flugerfahrung besessen hatte, um sich für das JG 1 zu qualifizieren. Es vergingen Monate, bis die Narben im Gesicht und auf dem Rücken verheilt waren. Er hatte nur überlebt, weil er aus seiner brennenden Fokker geschleudert worden war. Wenn er diese Schuld begleichen konnte, waren ihm Ruhm und Ehre gewiß. Mit seinen zweiundzwanzig Siegen war Bigglesworth das Wagnis wert. Kretschmar-Schuldorff zufolge war der Pilot in Maranique stationiert, in derselben Einheit wie der verstorbene Captain Albright.

Ein lebendes Geschoß riß den Vorhang aus der Schiene und schleifte ihn über den Steinfußboden. Ein faßförmiges Etwas von der Größe eines Kindes hatte sich in der Stoffbahn verfangen. Es quiekte und hinterließ eine Reihe blutiger Pfützen. Lothar von Richthofen trat, mit einem Kandelaber in der Hand, aus der leeren Maueröffnung. Er grinste wie ein Hund, Gesicht und Brust waren blutverschmiert.

Wenn Lothar der Hund war, war sein Bruder der Herr.

»Manfred frönt wieder einmal den Sünden seiner Jugend«, bemerkte Göring.

Der Blutgestank brannte Stalhein in der Nase und den Augen. Alle Vampire in der Halle waren mit einem Mal hellwach. Das Quieken klang, als würden scharfe Klauen über eine Schiefertafel kratzen. Das Bündel kämpfte mit dem schweren

Vorhang und schüttelte ihn ab. Verängstigte Tieraugen glänzten.

Lothar trat zur Seite und ließ seinen Bruder vorbei. Rittmeister Manfred Freiherr von Richthofens Oberkörper war nackt, sein rötliches Fell schimmerte feucht. Er war der beste Gestaltwandler des JG1, die Hauptattraktion dieses fliegenden Monstrositätenkabinetts. Richthofen wirkte für gewöhnlich reserviert, um nicht zu sagen katatonisch, doch jetzt hatte ihn die Leidenschaft gepackt. Des Nachts Engländer zu töten, genügte ihm nicht; er mußte tagsüber Wildschweine jagen, wie er es als Kind auf den schlesischen Ländereien seiner Familie getan hatte.

Der weiß Gott wie und um welchen Preis eingeschleuste Keiler drehte sich knurrend im Kreis, und Schaum tropfte ihm vom Maul. Richthofen pirschte sich an das Tier heran. Obgleich er barfuß ging, klickten seine spitzen Dornenklauen auf den Fliesen. Der Eber wich erschrocken zurück.

Emmelmans riesige Gestalt löste sich aus dem Schatten der Mauer, stürzte sich auf den Keiler und versuchte ihm die Krallen in den Rücken zu bohren. Doch das glitschige Biest entwand sich seinen Armen, und der Flieger klatschte zu Boden und schloß seine moosbewachsene Faust um den schmierigen Schwanz des Tieres. Auf ewig zwischen Koboldform und menschlicher Gestalt gefangen, versuchte der kolossale Emmelman den Eber an sich zu ziehen, doch der Schwanz rutschte ihm durch die Finger. Richthofen sprang über seinen gestürzten Kameraden hinweg und brüllte seine Beute an.

Lothar jagte Richthofen hinterdrein, auch er wollte ein Stück vom großen Kuchen. Stalhein und Göring schlossen sich den Brüdern an. Obgleich das Blut des Schweins einen fauligen Gestank verströmte, regte sich Stalheins Vampirinstinkt. Spitze Fangzähne sprossen aus seinem Oberkiefer. Dichtes Fell kroch seinen Rücken hinauf. Das Dunkel lichtete sich.

Der Keiler rammte das Grammophon-Gestell, stürzte es um und bereitete dem Strauß-Walzer ein schnelles Ende. Das Vieh schüttelte seinen gehörnten Kopf und zerstreute die Einzelteile des zerbrochenen Apparates in alle Himmelsrichtungen. Das war eine unerträgliche Beleidigung. Diese Schuld würde der Eber bitter büßen.

Untröstlich über den Verlust der Musik und vom Geruch des Blutes angelockt, kamen die Flieger aus dem Halbdunkel hervor. Wütende rote Augen folgten dem Schwanz des Keilers, während das Tier nach einem Ausweg suchte. Die Vampire rückten ihrer Beute auf den Leib. Stalhein war Teil einer perfekten Angriffsformation. Richthofen bildete, wie in der Luft, die Pfeilspitze. Stalhein befand sich außen rechts, am Sporn des Widerhakens, während der kleine Eduard Schleich die linke Außenposition besetzte. Emmelman bildete das Schlußlicht und humpelte den anderen hinterdrein, als wate er durch dicken Matsch.

Sie trieben den Eber auf eine offene Tür zu. Der dahinterliegende Gang führte ins Freie. Richthofen war ein Sportsmann. Wenn das Wild durch das Schloßportal gelangte, war es den Spielregeln entsprechend frei und hatte den Sieg errungen.

Schritt für Schritt rückte die Formation vor. Der Eber wich zurück, seine Hufe klapperten über die Fliesen. Richthofen blickte dem Tier fest in die Augen. Er legte größten Wert darauf, daß seine Beute ihn persönlich kennenlernte, ihm mit Respekt begegnete. Während er sich langsam vorwärtsschob, verlängerten sich seine Arme, und darunter kamen die Rudimente schlaffer Hautsäcke zum Vorschein. Die Finger seiner rechten Hand verwuchsen miteinander, die Nägel bildeten eine spitze Pyramide.

Der Keiler nahm Reißaus und lief davon. Die Flieger rannten hinterdrein, fädelten sich ohne zu drängeln durch das Nadelöhr der Tür und schwärmten wieder aus, um auf dem Gang beschleunigen zu können.

Eine Seitentür ging auf. Caligari kam auf den Korridor getrappelt, sein zerbeulter Hut wackelte bei jedem Schritt. Das Tier verfing sich zwischen seinen Beinen, und er wandte sich um. Vor Schreck wäre ihm beinahe der Zwicker von der Nase gefallen, als er sah, wie sich die Jagdgesellschaft auf ihn stürzte. Richthofen stieß den Nervenarzt beiseite, doch es schien, als ob das Schwein den Sieg davontragen würde. Die Tür am Ende des Ganges stand einen Spaltbreit offen, und ein Sonnenstrahl fiel herein. Das Licht streifte den Rücken des Keilers. Das Tier witterte die kalte Luft der Freiheit.

Manfred von Richthofen nahm all seine Kräfte zusammen und ging zum Angriff über. Er sprang wohl an die sechs oder sieben Meter, die Arme ausgestreckt wie Flügelschwingen. Eine Hand krallte sich in die stacheligen Nackenhaare des Keilers. Richthofen ließ sich mit voller Wucht auf den Eber fallen. Blut rann ledrige Haut hinab. Der Jäger zerrte seine Beute in die Dunkelheit zurück, fort von der Tür.

Stalhein war von dem Tierblut wie berauscht. Er kämpfte gegen seine niedrigsten Instinkte. Zwar gab es selbstverständlich reinere Beute. Aber Sieg war Sieg.

Göring quittierte die Großtat des Barons mit begeistertem Applaus. Der dicke Hermann war ein geborener Speichellekker, ein langzüngiger Stellvertreter.

Richthofen rang mit dem Eber, dann stemmte er ihn über seinen Kopf. Einen Augenblick lang war er Herkules, der Proteus in den Himmel hob. Sein Gesicht war das eines roten Löwen, die Nase glühend, die Mähne von der Jagd zerzaust, das fangzahnbewehrte Maul weit aufgerissen. Er schleuderte das Schwein zu Boden, wo es benommen liegenblieb. Eine Steinfliese barst mit lautem Krachen. Das Tier wand sich wie ein Wurm, leistete kaum noch Gegenwehr. Wie ein geübter Matador ging Richthofen in Tötungsposition, krümmte seinen langen rechten Arm wie einen Säbel und zog seine dornbeschlagene Hand zurück. Mit lautem Triumphgeheul stieß er unterhalb des Schwanzes zu und stach das Schwein regelrecht ab. Dann rammte er den Arm tief in die Eingeweide seiner Beute. Ihre Augen erloschen, und der Kopf des Ebers schnellte aufwärts, als eine blutige Faust durch seine Kehle brach. Das Schwein steckte an Richthofens ausgestrecktem Arm wie an einem Spieß.

Der Baron machte sich los und bewunderte den rotglänzenden Ärmel, der seinen Arm umhüllte. Dann ging er neben dem toten Tier in die Knie und tauchte, sein gutes Recht in Anspruch nehmend, die Zunge zärtlich in die triefende Halswunde. Er trank nur wenig; nicht der Blutdurst, sondern die Jagdlust hatte ihn getrieben. Als er fertig war, erhob er sich und ließ seine Kameraden das Schwein in Stücke reißen. Er stand daneben wie ein Herr, der seinen Hunden dabei zusieht, wie sie über ihre Belohnung herfallen. Caligari, der noch immer zitterte, warf einen Blick auf das Gelage und watschelte davon mit den Worten, die Jäger hätten offensichtlich den Verstand verloren.

Im Gedränge erkämpfte sich Stalhein ein zerfetztes Schweineohr. Um diesen grandiosen Preis zu erringen, schlitzte er sich an Udets Geweih den Arm auf und renkte sich bei dem Versuch, Emmelman beiseite zu drängen, zu allem Überfluß auch noch die Schulter aus. Er hütete seinen Leckerbissen, kehrte den anderen Vampiren den Rücken und saugte an dem abgerissenen Hörorgan. Die Flieger ringsum schmatzten, schlangen, schlürften, würgten. Es schmeckte widerlich, doch es versetzte ihn in einen wahren Freudentaumel.

9

La morte parisienne

Als die Sonne unterging, kehrte er in einem Straßencafé am Montmartre ein. Selbst an einem eisigen Wintertag wie diesem saßen zumeist nicht-tote *habitués* an den Tischen auf dem Trottoir. Sie schwatzten und poussierten, lasen und tranken. Todgeweihte Schneeflocken schmolzen auf Hüten, Händen und Gesichtern. Winthrop entschied sich für einen Tisch am Ofen im Innern des Cafés und bat den *patron* um eine Kanne englischen Tees. Da er im Umgang mit britischen Offizieren durchaus bewandert war, wußte der Franzose, was man von ihm verlangte, und so ließ er Gewürze, Kaffee und Likör links liegen und nahm traurig und verschämt ein ordinäres Päckchen Lipton's von einem verborgenen Regal.

Binnen weniger Minuten, in denen der Tee auf Trinktemperatur abkühlte, erhielt er unsittliche Anträge von zwei *filles de joie* und einem krausköpfigen Jüngling; ein fangzahnbewehrter Zwerg erklärte sich bereit, um den Preis eines Laibes Brot sein Porträt zu zeichnen; das Gerücht, der verwegene Dieb Fantômas habe in einer nahegelegenen Straße eine reiche Witwe um ihr Smaragdcollier erleichtert, machte die Runde; ein zweiter notleidender Künstler versuchte, Karikaturen des Kaisers und des Grafen von Dracula unters Volk zu bringen; ein gutgläubiger Australier ließ sich für einen zehn Centimes teuren *anis* ganze zehn Francs abknöpfen; und es kam zu einer Messerstecherei zwischen einem nicht-toten Apachen und einem einarmigen, warmblütigen Veteranen, der den Unversehrten wider Erwarten zur Strecke brachte. Dies war vermutlich das vielgerühmte *vie parisienne*; es erschien ihm reichlich albern. Ein Haufen ungezogener Kinder.

Als es dunkel war, beglich er seine Rechnung und bahnte

sich einen Weg zwischen den dichtbesetzten Tischen hindurch zum Ausgang des *estaminet.* Amerikaner, Neulinge im Krieg und in Europa, waren besonders reich vertreten. Da sie alles und jeden bestaunten und bestarrten, waren sie unter den Pariser Taschendieben überaus beliebt. James Gatz, ein »Lootenant«, den Winthrop flüchtig kannte, grüßte ihn mit einem schnarrenden »alter Knabe«. Winthrop eilte davon, bevor Gatz ihn einholen konnte; es war Nacht, er war im Dienst. Er winkte dem Amerikaner zum Abschied und hoffte, daß der junge Mann den Abend unversehrt an Herz, Hals und Börse überstehen würde.

An der Place Pigalle wurde er von Kindern umringt, die ihn um *cadeaux* angingen. Bei näherer Betrachtung erwiesen sich die meisten dieser Kreaturen als Vampire, vermutlich älter als er. Ein goldhaariger Knabe krümmte seine Finger zu Klauen und klammerte sich an Winthrops Rock. Das seelenalte Kind versuchte ihn gurrend und fauchend zu mesmerisieren.

Sergeant Dravot, Winthrops Schatten, löste sich aus einem finsteren Winkel, befreite ihn von dem lästigen Schmarotzer und schleuderte ihn zu seinen Kameraden zurück. Die verwahrlosten Kinder liefen davon und umschwärmten die Beine erschrockener Soldaten und ihrer Liebchen.

Zum Dank nickte er Dravot zu und überprüfte die Knöpfe an seinem Rock. Noch immer spürte er die Fingerspitzen des wilden Knaben auf seiner Brust. Der Sergeant verschwand wieder in der Menge; notfalls hätte er selbst Fantômas das Lebenslicht ausgeblasen. Obgleich es ihn mit Trost erfüllte, einen Schutzengel zu haben, ärgerte es Winthrop, daß man ihm nicht zutraute, seine Geschäfte allein zu erledigen. Dravot hatte bisweilen etwas Gouvernantenhaftes.

Scheinbar ziellos mischte er sich unter das Theaterpublikum. Das Grand Guignol brachte André de Lordes berüchtigtes *Maldurêve*, das Théâtre des Vampires hingegen spielte Offenbachs Operette *La morte amoureuse* mit dem berühmten Cancan »Clarimonde«. Im Robert-Houdin bot der warmblütige Illusionist Georges Méliès sensationelle Taschenspielereien dar, von denen er behauptete, nicht einmal ein Vampir mit seinen übernatürlichen Kräften könne dergleichen vollbringen. In einer der zahlreichen Aufführungen rein weiblicher Ensembles, die gegenwärtig die Pariser Bühnen zierten, gab die Bernhardt ihren blutigen *Macbeth*. Da die meisten Mimen in den Krieg gezogen waren, verhielt es sich genau umgekehrt wie zu Shakespeares Zeiten, und viele Männerrollen wurden von Frauen *en travestie* gespielt. Falls der Krieg jemals ein Ende fand, würde eine zweite Revolution vonnöten sein, um die göttliche Sarah in einen Rock zurückzuzwingen.

Das in einer namenlosen Seitenstraße fernab der großen Häuser gelegene Théâtre Raoul Privache war weder prächtig noch berühmt. Vor Erhalt des mit »Diogenes« unterzeichneten Billets mit den Einzelheiten dieser Zusammenkunft hatte er noch nie von dem *établissement* gehört. Ein Plakat zeigte eine hagere Frau mit großen Augen in einem knappsitzenden Trikot. Die Ankündigung lautete schlicht: *Isolde – Les frissons des vampires*. Eine kleine Schar von Fanatikern forderte wütend Einlaß. Sie waren fast ausschließlich männlichen Geschlechts, trugen größtenteils Uniform und boten denselben gierigen, hohläugigen Anblick wie die Frau auf dem Plakat.

Winthrop gesellte sich unter das ins Foyer strömende Publikum und hielt nach Dravot Ausschau. Mitunter glich es einem Spiel, den Sergeant ausfindig zu machen. Obgleich er breitschultrig war und die meisten Menschen um Haupteslänge überragte, bereitete es dem Vampir keine allzu große Mühe, sich zu tarnen, da er die seltene Fähigkeit besaß, sich völlig an seine Umgebung anzupassen.

Als Winthrop dem *caissier* seinen Namen nannte, führte der ihn einen schmalen, dunklen Korridor hinab zu einer privaten Loge. Dravot folgte ihm und ging an der Tür in Stellung. Er würde auf den Genuß der Aufführung verzichten müssen. Der blättrigen Tapete und dem schwachen Modergeruch nach zu urteilen, würde der Sergeant nicht allzuviel verpassen.

Winthrop öffnete die Tür und betrat die Loge. Ein Mann saß in einem bequemen Sessel und paffte an einer Zigarre.

»Edwin! Pünktlich auf die Minute. Nehmen Sie Platz.«

Sie tauschten einen festen Händedruck, und Winthrop setzte sich. Charles Beauregard hatte volles weißes Haar und einen gestutzten grauen Schnurrbart. Sein Gesicht war faltenlos, und er wirkte hellwach und behende. Soviel Winthrop wußte, hatte Beauregard sich während der Zeit des Schreckens ausgezeichnet und einmal sogar die Ritterwürde abgelehnt.

Jenseits des Balkons begaben sich die murmelnden Zuschauer eilig auf ihre Plätze. Ein Pianist versuchte einem altersschwachen Instrument wohlklingende Laute zu entlocken.

Beauregard offerierte ihm eine Zigarre, doch Winthrop rauchte lieber seine eigene Marke. Er zündete sich eine Zigarette an und löschte die Streichholzflamme.

»Ich habe Ihren Bericht gelesen«, sagte Beauregard. »Schlimme Geschichte, neulich nachts. Sie trifft keine Schuld.«

»Ich habe Albright ausgesucht. Ich habe ihn in den Tod geschickt.«

»Und ich habe Sie ausgesucht, wie auch mich jemand ausgesucht hat. Ich habe mir Albrights Akte angesehen, und ich muß sagen, Sie hätten keine bessere Wahl treffen können.«

Ein geflügelter Schatten flatterte an Winthrops geistigem Auge vorüber.

»Die Deutschen haben den Sieg Manfred von Richthofen zuerkannt«, sagte Beauregard. »Wenn ein Flieger des Geschwaders Condor gegen den Roten Baron eine Chance hatte, dann war es Captain Albright.«

Demnach handelte es sich bei dem geheimnisvollen Schatten also um den roten Baron höchstpersönlich. Winthrop überlegte, was für eine Mühle Richthofen wohl flog. Ein neues, tödliches Modell.

»Das deutsche Oberkommando stellt seine Mordbuben in der Presse groß heraus. Wir besitzen keineswegs das Monopol auf säbelrasselnden Chauvinismus. Wenn zwanzig Fokker ein alliiertes Flugzeug abschießen, wird das Verdienst in aller Regel denen zugesprochen, die in der Publikumsgunst am höchsten stehen.«

»Es war nur eine Maschine mit Albright am Himmel.«

»Ich habe nicht behauptet, Richthofen sei ein Engel.«

Eine Untersuchung hatte ergeben, daß Albright völlig ausgetrocknet war, Venen und Arterien waren kollabiert. Thorndyke, der Spezialist, der die Autopsie vorgenommen hatte, war zu dem Schluß gelangt, der Leichnam sei nicht nur seines Blutes, sondern jeglicher Flüssigkeit beraubt worden.

»Captain Albright wurde aus seiner SE5a gezerrt und in der Luft getötet. So etwas habe ich noch nie erlebt.«

»Es geschieht nichts Neues unter dem Mond, mein lieber Edwin. Nicht einmal in diesem modernen Mörderspiel.«

Das Saallicht erlosch, und der Pianist hieb in die Tasten und schändete eine Melodie aus *Schwanensee.* Der Vorhang ging auf. Abgesehen von einem Rohrstuhl und einem offenen Schiffskoffer war die Bühne leer.

Eine Vampirfrau betrat die Szene, der durchsichtige Umhang, der in Falten über ihr Trikot fiel, gemahnte an die Schwingen einer Motte. Sie war die Isolde von den Plakaten. Sie hatte ein strenges, wenig anziehendes Gesicht. An Wangen und Schläfen traten die Schädelknochen hervor. Die Fangzähne, die ihr aus dem Mund ragten, schnitten tiefe Kerben in Kinn und Unterlippe.

Isolde schritt zu den Klängen der Musik auf der winzigen Bühne auf und ab. Das Publikum war mucksmäuschenstill.

»Unser Interesse am Château du Malinbois wächst von Tag zu Tag«, sagte Beauregard mit einem Seitenblick auf Isolde. »Seltsame Geschichten sind im Umlauf.«

Mit schwarzen Krallen teilte Isolde ihr langes, glattes Haar. Ihr Hals war schrecklich dünn, die Adern waren deutlich zu erkennen.

»Sämtliche Piloten kannten das Schloß«, sagte Winthrop.

»Sie sind von Richthofen geradezu besessen. Er ist ihr ärgster Feind.«

»Über siebzig Siege.«

»Sein Tod wäre für uns alle eine Erleichterung.«

»Seltsam: Ein Soldat, der die Abzugsleine einer Haubitze zieht oder ein Maschinengewehr bedient, tötet in wenigen Sekunden oftmals genauso viele Gegner wie unser roter Baron während des gesamten Krieges. Und doch erscheint nur der Flieger in der Presse. Rittmeister Manfred Freiherr von Richthofen. Er hat den Pour le Mérite, den Blauen Max. Das Victoria-Kreuz der Hunnen. Und so viele geringere Ehrenzeichen, daß man sie kaum zählen kann.«

Isolde löste den Kragen ihres Umhangs und ließ ihn zu Boden gleiten. Sie war furchtbar dürr. Ihre Rippen traten wie Zaunlatten hervor.

»Geben Sie gut Obacht, Edwin. Es ist ein häßliches, aber überaus lehrreiches Schauspiel.«

Der Vampir nahm feierlich ein Messer aus dem Koffer und hielt es in die Höhe. Es schien nichts Ungewöhnliches daran zu sein. Isolde bohrte die Spitze in die Vertiefung unterhalb des Adamsapfels, ritzte die Haut, ohne daß Blut floß, und schnitt ihr Trikot entzwei. Der Stoff löste sich von ihrer Haut. Ihre Brüste waren nicht weiter bemerkenswert, doch ihre Warzen waren groß und dunkel.

Winthrop hatte zwar nur wenig Erfahrung mit dem frivolen Treiben von Paris, aber die farblose Isolde schien ihm zu unterentwickelt, um als Ekdysiastin reüssieren zu können. Die beliebten Mädchen der Folies-Bergère waren wesentlich üppiger ausgestattet als diese armselige Kreatur, fette Tauben im Vergleich zu diesem mageren Spatz.

Sie zuckte die Achseln, und die obere Hälfte ihres Hemdes glitt ihr über die Schultern auf die Hüfte. Ihre Haut war makellos, bis auf die grünliche Färbung. Isolde setzte sich das Messer noch einmal an die Kehle und führte einen zweiten Schnitt vom Brustbein bis hinab zum Bauch. Es floß nur wenig Blut.

»Sie ist keine Neugeborene«, sagte Beauregard. »Isolde ist bereits seit über tausend Jahren ein Vampir.«

Winthrop sah etwas genauer hin, vermochte jedoch keinerlei Anhaltspunkt für die sagenhafte Kraft und Macht der Ältesten zu erkennen. Mit ihren starren Fangzähnen wirkte Isolde hilflos und verloren, beinahe lächerlich.

»Sie ist schon einmal guillotiniert worden.«

Isolde klemmte sich die Klinge zwischen die Lippen und nahm beide Hände zu Hilfe. Sie schob die Fingernägel unter die Ränder ihrer selbstbeigebrachten Wunde und schälte die Haut von ihrer rechten Brust. Bei jeder Bewegung spannten und entspannten sich ihre freiliegenden Muskeln. Sie glitt mit der ganzen Hand unter die Haut, lockerte die Umhüllung ihrer Schulter und streifte sie ab wie eine Chemise.

Das Publikum war hingerissen. Winthrop war angewidert, von den Zuschauern wie von der Künstlerin.

»Wir begreifen unsere Grenzen nicht«, meinte Beauregard. »Wenn wir zum Vampir werden, sind wir der Möglichkeit nach imstande, die natürliche Gestalt des menschlichen Körpers zu verändern.«

Als Isolde sich umwandte, riß die Haut an ihrem Rücken. Rotrandige Lappen hingen schlaff herunter. Allein mit den Fingernägeln und ein paar Schnitten ihres Messers zog sie sich systematisch die Haut ab.

Eine Gruppe von Amerikanern, die irrtümlich angenommen hatten, Isolde werde sich auf andere Art entblättern, stürmte unter lautem Protestgeschrei hinaus. »Ihr habt doch nicht mehr alle Tassen im Schrank«, brüllte einer.

Isolde blickte ihnen nach und zog die Haut wie einen schulterlangen *gant glacé* von ihrem rechten Arm.

»Manche Vampire, Edwin, sind ebensowenig imstande, ihre Gestalt zu wechseln wie Sie oder ich. Insbesondere die vom Geblüt Ruthvens und Chandagnacs. Andere wieder, unter ihnen die vom Geschlecht der Dracula, besitzen Fähigkeiten, die noch nicht einmal annähernd erforscht sind.«

Isolde verstümmelte sich mit steinerner Miene und wilden Gebärden. Ihre Haut hing in schlotterigen Fetzen. Winthrop wollte sich der Magen umdrehen, doch es gelang ihm, seine Übelkeit im Zaum zu halten. Das ganze Theater stank nach Blut. Ein wahrer Segen, daß nur wenige Vampire sich im Raum befanden; sie hätten vermutlich den Verstand verloren. Die Künstlerin riß ihre weiße Haut in Streifen und warf sie in die Menge.

»Sie hat treue Anhänger«, sagte Beauregard. »Des Esseintes, der Dichter, hat ihr einige Sonette zugeeignet.«

»Es ist ein Jammer, daß de Sade sich nicht verwandelt hat. Er hätte an diesem Schauspiel seine helle Freude gehabt.«

»Vielleicht hat er sie zu seiner Zeit gesehen. Sie tritt seit einer Ewigkeit mit dieser Nummer auf.«

Ihr schimmernder Torso glich einem anatomischen Präparat, fahle Knochen in feuchtem Fleisch. Sie hob ihren gehäuteten rechten Arm und leckte ihn vom Ellbogen bis zum Handgelenk, tauchte ihre Zunge in das rote Naß. Ihre Arterien waren deutlich zu erkennen, durchsichtige Röhren, in denen das Blut pochte und pulsierte.

Zahlreiche Zuschauer waren aufgesprungen und drängten sich am Bühnenrand. In den Folies hätten sie alle Fünfe gerade sein lassen und lauthals geschrien und gejohlt. Hier waren sie still und leise, starrten mit angehaltenem Atem auf die Bühne und versperrten ihren Kameraden die Sicht. Wie viele dieser Männer hätten zugegeben, daß sie das Raoul Privache besuchten?

»Hat man ihr nach der Enthauptung den Kopf wieder angenäht?«

Sie bohrte die Zähne in ihr Handgelenk, nagte die Arterie durch und begann zu saugen. Blut schoß aus der kollabierten Röhre, und sie schluckte gierig.

»Nein, man hat sie begraben«, erklärte Beauregard. »Ihr Leib verfaulte, aber ihrem Kopf wuchs ein neuer Körper. Das dauerte zehn Jahre.«

Sie holte Atem und grinste mit bluttriefendem Kinn ins Publikum, dann wiederholte sie ihre Attacke. Während sie saugte, krümmten sich ihre ausgestreckten Finger zu einer nutzlosen Faust.

»Es heißt, seitdem sei sie nicht mehr dieselbe.«

»Wie weit kann sie gehen?«

»Sie meinen, ob sie sich mit Haut und Haar verschlingen kann, so daß nichts mehr übrig ist? Ich weiß es nicht. Bislang hat sie darauf verzichtet.«

Isoldes rohes Fleisch welkte und wechselte die Farbe, während sie sich das Blut aussaugte, ihr Gesicht hingegen schwoll auf und erblühte.

»Ich glaube, wir haben genug gesehen«, sagte Beauregard und erhob sich.

Winthrop war erleichtert. Er würde niemals zu Isoldes Anhängern gehören.

Sie traten auf den Korridor hinaus. Dravot stand neben der Tür und las die neueste Ausgabe von ›Comic Cuts‹. Beauregard und der Sergeant waren alte Kameraden.

»Danny, kümmern Sie sich brav um unseren jungen Lieutenant?«

»Ich tue, was in meiner Macht steht, Sir.«

Beauregard lachte. »Das freut mich. Das Schicksal des Empire ruht auf seinen Schultern.«

Winthrop wurde den Gedanken an Isolde nicht los.

»Was halten Sie von einem Spaziergang, Edwin?«

Sie verließen das Theater. Die klare, kalte Luft war eine Wohltat. Der Schnee blieb nicht liegen, sondern überzog den Gehsteig mit schmutzigbraunem Matsch. Winthrop und Beauregard schlenderten dahin, Dravot folgte ihnen im Abstand von etwa zwanzig Schritten.

»Als ich in Ihrem Alter war«, sagte Beauregard, »glaubte ich, in einer anderen Welt als dieser alt werden zu können.«

Winthrop war im Jahre 1896, nach der Zeit des Schreckens, zur Welt gekommen. Vampire waren ihm ebenso selbstverständlich wie Hochwild oder Holländer. Von seinem Vater wußte er, was die Briten von Beauregards Generation durchgemacht hatten, all die Veränderungen, an die sie sich während der Zeit des Schreckens hatten gewöhnen müssen.

»Ich erinnere mich an eine Zeit, als Ruthven noch nicht Premierminister und Edward Albert Victor noch nicht König war. Da offensichtlich keiner der beiden Herren die Absicht hegt, das Zeitliche zu segnen, ist es gut möglich, daß sie ihr Amt selbst dann noch ausüben werden, wenn ich längst zu Staub zerfallen bin. Dasselbe gilt für Sie, es sei denn, Sie fassen die Gelegenheit beim Schopfe und verwandeln sich.«

»Ich? Mich verwandeln? In ein solches *Monstrum*?«

Winthrop deutete zum Raoul Privache und dachte an Isoldes rotunterlaufene Augen, während sie sich bis zur Besinnungslosigkeit an ihrem eigenen Blut berauschte.

»Nicht alle Vampire sind von ihrem Geblüt. Sie sind keine besondere Spezies, Edwin. Keine Ungeheuer und Dämonen. Sie sind nichts als eine Erweiterung unserer selbst. Von Geburt an verwandeln wir uns auf millionenfache Weise. Warum also nicht auch in einen Vampir?«

Winthrop hatte natürlich schon einmal daran gedacht, sich zu verwandeln. Kurz nach dem Tod seines Vaters hatte seine Mutter ihn beredet, doch den dunklen Kuß zu suchen, sich gegen die Sterblichkeit zu wappnen. Mit siebzehn war er dazu noch nicht bereit gewesen. Heute erging es ihm kaum besser. Zudem wußte er, daß dieser Entschluß wohlüberlegt sein wollte: Die Frage des Geblüts war von entscheidender Bedeutung.

»Die beste Freundin, die ich jemals hatte, war ebenso ein Vampir«, sagte Beauregard, »wie mein ärgster Feind.«

Einige Meilen entfernt ereignete sich eine Explosion. Flammen loderten gen Himmel und ließen die fischbäuchige Silhouette eines Zeppelins sichtbar werden. Seit etwa einem Monat häuften sich die Luftangriffe. Die Pariser nannten die deutschen Brandgeschosse inzwischen »Liebesgrüße des Kaisers«. Zeppeline flogen so hoch, daß sie ihre Bomben unmöglich gezielt abwerfen konnten, deshalb konnte es alles und jeden treffen. Die Angriffe erfolgten nicht aus militärischen Gründen; Dracula hatte eine Politik des »Terrors« verfügt, um die Moral der Alliierten zu brechen.

»Vor unserer nächsten Unterredung möchte ich, daß Sie dies lesen«, sagte Beauregard und reichte Winthrop einen Umschlag. »Man könnte es eine Lebensbeichte nennen. Eine Frau, die heute morgen erschossen wurde, hat mir ihre Geschichte erzählt, und ich habe mein möglichstes getan, sie in ihren Worten wiederzugeben. Sich genauestens einzuprägen, was die Leute sagen, ist eine Kunst, in der Sie sich beizeiten üben sollten. Häufig werden Sie feststellen, daß sie Ihnen Dinge verraten haben, von denen sie selbst nichts wußten.«

Winthrop schob sich den Umschlag in die Tasche. In der Ferne klangen Brandglocken. Die Reichweite des französischen Flugabwehrfeuers war zu gering, um dem Luftschiff etwas anhaben zu können. Der Zeppelin gewann an Höhe und verschwand in den Wolken. Eine Angriffsformation bestand für gewöhnlich aus fünf oder sechs Schiffen. Wenn der Hunne etwas Bestimmtes zerstören wollte, schickte er einen seiner großen Gotha-Langstreckenbomber.

»Wie gern würde ich eines dieser Biester in Flammen aufgehen sehen«, meinte Winthrop.

Beauregard richtete den Blick gen Himmel, und Schneeflocken benetzten wie Tränen seine Wimpern.

»Ich bin müde und muß gehen. Lesen Sie Madame Zelles Geständnis so aufmerksam wie irgend möglich. Vielleicht entdecken Sie etwas, das *mir* entgangen ist.«

Der Alte wandte sich um und marschierte davon, sein Stock klapperte über das Pflaster. Eine Horde betrunkener Amerikaner machte ihm höflich Platz. Zu seiner Zeit hatte Charles Beauregard gewiß eine stattliche Figur abgegeben. Auch jetzt noch war er der bei weitem beeindruckendste Mann im Dienst des Königs, dem Winthrop je begegnet war.

Winthrop hielt nach Dravot Ausschau und hatte ihn sogleich entdeckt. Der Sergeant stand regungslos im Schatten eines Baldachins. Es bereitete ihm von Mal zu Mal weniger Schwierigkeiten, Dravot ausfindig zu machen. Allmählich hatte er den Bogen heraus.

10

In gehobenen Kreisen

Trotz der prachtvoll bemalten Decken und lederbezogenen Chaiselongues war auch dies nichts weiter als ein Wartesaal. Er würde den Rest seines Lebens in derlei Räumlichkeiten verbringen, in der Hoffnung, gleichgültige Würdenträger mögen ihre geschätzten Tätigkeiten unterbrechen und sich Edgar Poes Belangen widmen. Aus seiner Zeit bei der Armee und in West Point war er mit der Parole »Gut Ding will Weile haben« wohlvertraut. Der Welt größte Militärmacht hatte dieses Diktum im Staatsrecht verankert. Prag war nichts weiter als ein Lehngut Berlins, die Hauptstadt der Wartezimmer, die *metropolis* der Pflichtvergessenheit. In Böhmen war Poe nur einer unter vielen gewesen, ein unscheinbares Gesicht in der Menge. Hier war er ein kleiner Schatten in einer Welt der Finsternis.

Die Halle wimmelte von Männern, deren Aufmachung auf Einfluß und Ansehen schließen ließ. Mit den befiederten Helmen, goldenen Quasten, schimmernden Schulterstücken, polierten Knöpfen, funkelnden Orden, weißen Umhängen, gewichsten Stiefeln, brokatbesetzten Westen und gestreiften Hosen, die sich vor Poes Augen tummelten, hätte man das komplette Ensemble einer komischen Oper ausstaffieren können. Trotzdem durchmaßen die Bittsteller gereizt den Saal oder sanken müde in sich zusammen und demonstrierten Ohnmacht und Bedeutungslosigkeit. Poe fiel unter letztere, Ewers unter erstere Kategorie. Er lief auf und ab wie ein Wachposten, die Hände hinter dem Rücken gefaltet, der Hals so steif, als habe er einen Ladestock verschluckt.

Sie hatten eine Unterredung mit Dr. Mabuse, dem Leiter des Kriegspresseamtes. Obgleich es auf Mitternacht zuging, herrschte im ganzen Haus rege Betriebsamkeit. Poe hatte bislang nichts weiter herausbekommen, als daß man ihn bitten würde, ein Buch zu schreiben. Er hatte vorsorglich verschwiegen, daß ihm in den vergangenen drei Jahren nicht einmal ein humoristisches Couplet gelungen war.

Hauptleute und Unterführer umklammerten Aktenbündel, in der Hoffnung, die schlechten Nachrichten, die sie im Gepäck hatten, so schnell wie möglich loszuwerden. Die unendlich lange Wartezeit machte die Rangunterschiede zwischen Oberst, General und Feldmarschall vergessen.

Bisweilen schoß ein Schreiber mit einem zottigen Haarnest auf dem Kopf aus einer winzigen Tür wie aus einer Kukkucksuhr und rief einen Namen auf.

»Von Bayern«, bellte er. »Hauptmann Gregor von Bayern.«

Ein Ältester in einer schmucklosen, aber adretten Uniform erhob sich, als er seinen Namen hörte, und wurde aus dem Saal geleitet. Ewers' neidischer Blick bohrte sich in von Bayerns Rücken, als dieser forschen Schrittes hinter einer Flügeltür verschwand, an der ein vergoldetes Basrelief des deutschen Kaiseradlers prangte.

»Älteste werden immer und überall bevorzugt«, sagte Ewers halblaut. »Diese jahrhundertealten Narren wissen zwar nicht, welches Jahr wir haben, dafür verfügen sie über ein Offizierspatent und die Möglichkeiten, einem tüchtigen Neugeborenen die Zukunft zu verdunkeln.«

Ewers schien von Mißgunst geradezu zerfressen. Poe lernte immer wieder etwas Neues über seinen »Doppelgänger«.

In dem Eisenbahnwaggon erster Klasse hatte Poe, ganz benommen von Ewers' endlosen Reminiszenzen, seinen Reisebegleiter nur ertragen, weil dessen Position ihm Patronage, Aufstieg oder Degradierung garantierte. Ewers' Geschichten über das Leben im Dienste des Kaisers waren gespickt mit den verdienten Niederlagen derer, die ihn enttäuscht oder betrogen hatten. Jedes Juwel der Wahrheit, mit dem er seinen autobiographischen Monolog verzierte, wurde erst auf Hochglanz poliert und dann in ein Flechtwerk heilloser Fiktion gefaßt.

Es war eine unangenehme Reise, und die zerfurchten Mienen der Soldaten, die aus dem Urlaub zurückkehrten, lauerten vor dem Abteil und in den Schatten zwischen den Waggons. Das Grau ihrer Uniformen färbte auf ihre Gesichter ab, und nur das Rot rings um die Augen verlieh ihnen einen Hauch von Frische.

Poe wurde nach wie vor von Geistern und Gespenstern heimgesucht. Auf einer Chaiselongue ganz in der Nähe saß, eingeklemmt zwischen einem aufgeblasenen Diplomaten und einem General mit Backenbart, ein Mann von der Front, ein wandelndes, wildäugiges Gerippe in einer übergroßen Uniform. Eine verschmutzte Depesche klemmte unter seinem Arm, und bei jedem Stiefeltritt, der über den marmornen Fußboden hallte, zuckte er vor Schreck zusammen. Er war ein lebender Toter, ein Warmblüter, der weitaus lebloser schien als die Vampire links und rechts von ihm. Sein zerbeulter Helm war mit französischem Schlamm besudelt. Die Vorderseite seines Rocks war von seinem Blut rosig verfärbt. Falls er jemals irgendwelche Rangabzeichen getragen hatte, waren sie entweder bis zur Unkenntlichkeit befleckt oder aber abgerissen. Sein müdes Gesicht war eine Maske des Schmerzes.

Der General aß geräuschvoll lebende Mäuse aus einer braunen Papiertüte und tat, als nähme er den Zustand seines Kameraden gar nicht wahr. Er rückte von ihm ab, um jegliche Berührung mit diesem widerwärtigen Wrack zu vermeiden. Auch der Diplomat starrte stumpfäugig ins Leere, damit er den Soldaten nicht ansehen mußte. Die Würdenträger, neugeborene Vampire höchsten Ranges, unterhielten sich über den Kopf des Schlammfritzen hinweg über den Fortgang des Krieges. Da der Deutsche der Welt bester Kämpfer sei, waren sie sich einig, daß der Sieg unmittelbar bevorstehe. Nach der Kapitulation der Rußkis gab es keinen Grund, Paris nicht noch vor der Schneeschmelze einzunehmen.

Der Soldat hielt sich den Bauch, als würde er eine Sterndistel verdauen, und warf Poe einen vernichtenden Blick zu. Einen Augenblick lang glaubte er, der Mann habe ihn als den Verfasser der *Schlacht von St. Petersburg* identifiziert, und nun müsse er sich für sein Scheitern als Prophet der modernen Kriegsführung rechtfertigen. Der Gedanke verflog, doch er kochte vor Wut über den Diplomaten und den General. Sie und nicht Edgar Poe trugen die Verantwortung dafür, daß der Krieg einen anderen Verlauf genommen hatte als in seiner Vision.

»Poelzig«, verkündete der Schreiber. »Herr Oberst Hjalmar Poelzig.«

Ein bläßlicher Offizier erhob sich und schlenderte gemächlich durch die Flügeltür. Poe vermutete, daß er Aktien einer Munitionsfabrik besaß. Nur jemand, der viel Geld verdiente, konnte derart blasiert und zufrieden wirken.

Ewers lief noch immer auf und ab; er schäumte vor Zorn. Er hatte dem Fahrer des Automobils, das sie von der Eisenbahn-Station zur Hofkanzlei befördert hatte, die Dringlichkeit ihrer Mission erklärt. Der Name Mabuse war bekannt genug, um den Mann zu einem waghalsigen Manöver anzuspornen. Ein heftiger Druck auf die Hupe hatte ein Pferd scheu gemacht. Kichernd hatte Ewers zugesehen, wie zwei Soldaten das Tier zu bändigen versuchten, und der Wagen war mit flatternden Adlerwimpeln vorbeigerast. In diesem riesenhaften Saal nun sah er sich auf sein wahres Format zurechtgestutzt, als die falkenäugigen Schreiber seine devoten Bitten entweder geflissentlich ignorierten oder unwirsch beiseite wischten. Wäre er nicht so müde und durstig gewesen, und hätte er sich seiner armseligen Kleidung nicht so sehr geschämt, hätte Poe es zweifellos genossen, wie der Prahlhans von Minute zu Minute kleiner wurde.

Ein junger Veteran, dessen zu einer Schnauze ausgestülptes Gesicht mit wundroten Narben übersät war, während sein verbrannter, zu einer Fledermausschwinge verkrümmter Arm nutzlos herunterbaumelte, kam mit einem Wagen voller Zeitungen herein, die er zum Verkauf anbot. Ein Oberst mußte von der Titelseite erfahren, daß die geheimen Informationen, die er dem Oberkommando übermitteln sollte, inzwischen allgemein bekannt waren. Poe spielte mit dem Gedanken, sich eine Zeitung zu kaufen, als er bemerkte, daß er keinen Pfennig bei sich hatte.

Ewers versuchte einen Schreiber davon zu überzeugen, daß seine Laufbahn eine fürchterliche Wende nehmen werde, wenn Dr. Mabuse erführe, daß man ihn, den großen Hanns Heinz Ewers, hatte warten lassen. Er bedeutete dem Schreiber, auf ein Wort von ihm werde er unverzüglich an die Westfront abbestellt. Der Schreiber ließ ihn gewähren, doch es passierte nichts.

Ewers war merkwürdigerweise der einzige im Saal, der sich beschwerte. Der Feldmarschall wartete geduldig. Sehr deutsch. Jeder fügte sich in seinen Rang und seine Stellung. Alles überaus beruhigend, vorausgesetzt, man hatte einen Platz in der Pyramide. Wessen Stand sich nicht auf den ersten Blick an einem Schulterstück ablesen ließ, kam einem »unberührbaren« Inder gleich und wurde aus dem Kastensystem ausgeschlossen.

Der Soldat unterdrückte ein Stöhnen und hielt sich mit beiden Händen den Bauch, als bahnte sich ein Granatsplitter einen Weg durch seinen Leib. Poe hatte den Eindruck, daß ein schmales Blutrinnsal durch den Rock des Soldaten sickerte. Sein roter Durst erwachte, doch der abgelebte, schmutzige Soldat beleidigte sein Zartgefühl. Poe hätte wirklich ausgedörrt sein müssen, um sich von solch ärmlichem Fleisch zu nähren.

Plötzlich war die Stimmung im Saal wie ausgewechselt, als habe jemand Rauch bemerkt. Die Bittsteller waren wie eine äsende Rotwildherde, die auf die Schritte eines Jägers lauscht. Säuselndes Geflüster wehte wie ein Windhauch durch den Raum, und Poe hörte nur einen Namen, immer wieder.

»Dracula ...«

Zwei Wärter hielten die Haupttür auf. Eine üble Gesellschaft kam herein. Selbst Ewers blieb stehen und nahm Haltung an.

»Dracula ...«

Graf von Dracula war der Älteste Vampir Europas, ein meisterhafter Stratege und großer Visionär, Architekt des Sieges und Verteidiger der Rasse. Allein seinen kolossalen Ränken und Intrigen war es zu verdanken, daß sich die Seuche auf der ganzen Welt hatte ausbreiten können. Als angeheirateter Onkel Kaiser Wilhelms II. hatte er auf die Kriegsführung angeblich größeren Einfluß als Hindenburg oder Ludendorff.

»Dracula ...«

Soldaten kamen mit klappernden Stiefeln und Brustharnischen in den Saal marschiert. Es waren Älteste, die der Karpatischen Garde des Grafen angehörten und seit Jahrhunderten an seiner Seite fochten. Sie brachten einen eisigen Gestank nach geronnenem Blut und Schießpulver mit sich.

»Dracula ...«

Ermutigt durch die Billigung der *Schlacht von St. Petersburg* seitens des Grafen, die dieser zwar nie zurückgezogen hatte, von der heutzutage jedoch auch niemand mehr sprach, hatte Poe dem Ältesten zu Beginn des Krieges mehrfach geschrieben. Eine Antwort war ihm nicht vergönnt gewesen.

»Dracula ...«

Die Wiederholung des Namens glich einem Schrei, einem Gebet. Ein Adjutant wurde von einem Paar wütend knurrender Wölfe in den Saal gezerrt. Beim Anblick der Tiere fuhr Ewers erschrocken zusammen. Poe hatte gehört, bei den Wölfen handele es sich um Stellvertreter Draculas aus dessen warmblütigen Tagen, die er mittels seiner ungeheuren Kraft in treue Schutzgenossen verwandelt hatte.

Ein hochgewachsener Vampir kam mit weiten Schritten durch die Flügeltür. Über seiner schlichten Uniform trug er einen grauen Mantel. Poe betrachtete das Lederhalfter an seinem Gürtel, die schwarze Mütze mit mattschimmerndem Schirm, die spitzen Enden seines Schnurrbarts. Während die meisten seiner Mitältesten ihrer Zeit verhaftet blieben, wandelte sich Dracula von Krieg zu Krieg. Während seine Generale die Strategie von Waterloo und Borodino anempfohlen, setzte der Graf Maschinengewehre gegen Kavallerieattacken ein und befahl, Europa kreuz und quer mit Schützengräben zu durchziehen. Er war ein wahrhaftes Chamäleon, ein ausgezeichneter Pragmatiker.

Eine Witwe fiel vor dem Grafen auf die Knie und küßte ihm die Hand, preßte ihre Lippen auf seine schaufelförmigen Nägel. Er ließ sich ihre Aufmerksamkeit gefallen, war jedoch in größter Eile.

Obwohl er nicht eben dazu neigte, sich vor den Großen und Vornehmen zu beugen und zu schmiegen, nahm auch Poe Haltung an. Ein Wort von Dracula würde genügen, um ihn von dem schauderhaften Ewers zu befreien und ihm eine angemessene Stellung zu verschaffen. Schon sein Großvater, General David Poe, war ein Kriegsherr gewesen, im Unabhängigkeitskrieg.

Eine Menschentraube versperrte Dracula den Weg. Der Graf konnte sich nicht unter die Leute wagen, ohne von Danksagern, Bittstellern und Opportunisten umringt zu werden.

Poe besann sich auf seine Verdienste und drängte sich nach vorn hindurch. Das Gespräch zwischen Poe und Dracula. Ein Meilenstein in der Geschichte der Imagination. Je näher er der *entourage* des Grafen kam, desto dicker wurde die Luft, schwer und gesättigt. Als Poe den Kriegsherrn fast erreicht hatte, verlangsamten sich seine Schritte wie im Traum. Die Hintergrundgeräusche erstarben, und Poe hörte das Pochen eines ungeheuren Herzens, einen Trommelschlag des Lebens, der alles andere zum Verstummen brachte.

Im Vorübergehen wandte der Graf den Kopf. Er ließ den Blick über die Menge schweifen, erkannte Poe jedoch nicht wieder. Poe kam schlitternd zum Stehen und gaffte den Ältesten fassungslos an. Dracula eilte weiter. Zwei gefiederte Karpater, eine von ihnen eine Kriegerin mit tätowiertem Gesicht, hielten ihm den Rücken frei. Ihr feindseliger Blick nahm Poe den Mut. Der Älteste schritt unbehelligt durch den Saal und ließ die Bittsteller allein zurück. Die weinende Witwe suchte in den Armen eines konsternierten Unterführers Trost.

Poe spürte, wie die außerordentlichen Bedingungen, die in unmittelbarer Umgebung des Grafen herrschten, allmählich nachließen. Die gewöhnlichen Geräusche und Gerüche kehrten zurück und betörten seine Sinne.

Die Präsenz des Kriegsherrn war überwältigend und von nachhaltiger Wirkung. Ewers war wie elektrisiert und vermochte seine nervösen Energien kaum zu bändigen. Die Zeitungen voller schlechter Neuigkeiten von der Front waren vergessen. Die Offiziere steckten die Köpfe zusammen und besprachen neue Wege zum ruhmreichen Sieg. Sie waren sich einig, daß der große Durchbruch kurz bevorstand, ein vernichtender Schlag gegen Paris, ehe die Amerikaner in großer Zahl ins Kriegsgeschehen eingriffen.

Poe konnte Draculas Augen nicht vergessen.

Die adlergeschmückte Flügeltür öffnete sich wie von Geisterhand für die *entourage* des Grafen. Die Soldaten marschierten in die Halle und erklommen eine breite Treppe. Selbst durch die geschlossene Tür hörte Poe den Klang ihrer Stiefel auf den Marmorstufen. Der Herzschlag pulsierte in seinem Hirn, gab den Takt an für die Ausweitung des Reiches.

Über drei Viertel der anwesenden Vampire waren von Draculas Geblüt. Poe kam sich fehl am Platze vor: Virginia hatte den Namen ihres Vaters in Finsternis niemals erfahren, obgleich sie die Vermutung hegte, es könne sich um einen Spanier handeln. Er nannte sich Sebastian Newcastle. Der Vampir hatte den Dichter des Unheimlichen aufsuchen wollen, jedoch nur Mrs. Poe zu Hause angetroffen und sie daraufhin aus einer jähen Laune heraus verwandelt. Da weder

Poe noch Virginia ihre Gestalt zu wandeln vermochten, stand fest, daß Newcastle nicht von Draculas Geblüt war. Dann und wann befiel Poe das heftige Verlangen, den Vampir aufzuspüren, der seine Virginia verwandelt hatte, doch seine Nachforschungen verliefen jedesmal im Sande.

Im Wartesaal kehrte wieder Ruhe ein. Selbst das Herz des Grafen, das im Einklang mit Poes Puls geschlagen hatte, war nicht mehr zu hören.

Sein Blick fiel auf den Frontsoldaten, der allein auf seiner Chaiselongue saß. Anders als der General und der Diplomat hatte er sich beim Eintreten des Grafen nicht erhoben. Sein Schoß war rotgefleckt. Blut rann seine Kniehosen hinab in seine Stiefel. Eine frische Wunde hatte sich geöffnet. Womöglich würde er hier sterben.

Sein hohler Blick war den Karpatern gefolgt und klebte nun an der adlergeschmückten Flügeltür. Mit saurer Miene wandte der Soldat sich ab und spuckte auf den Boden. Als er sich vorbeugte, um zu husten, zitterte er am ganzen Körper. Nachdem er Kehle und Nase entleert hatte, sank er langsam in die Chaiselongue zurück.

»Unverschämtheit«, sagte Ewers. »Diese Narrensposse wird nicht ohne Folgen bleiben. Das kann ich Ihnen ... «

Da erschien der Schreiber und blickte sie an.

»Ach«, Ewers war erfreut, »endlich.«

»*Baumer*«, sagte der Schreiber, und seine helle Stimme hallte von den Wänden wider. »Feldwebel Paul Baumer.«

Ewers war außer sich, weil man ihn erneut übergangen hatte. Er hielt nach dem bedauernswerten Feldwebel Ausschau, um ihm ordentlich die Meinung zu geigen.

»Paul *Baumer*«, rief der Schreiber ein zweites Mal.

Niemand trat vor. Poe blickte den Soldaten an und sah das letzte Flattern seiner bleischweren Lider.

»Ich glaube, das ist Baumer«, sagte er und blickte auf.

Mürrisch murmelnd wandte sich der Schreiber dem Boten von der Front zu.

»Feldwebel Baumer«, sagte er. »Sie können jetzt hineingehen.«

Baumer bewegte die Schultern, doch es gelang ihm nicht, sich zu erheben. Die Depesche glitt aus seiner Achselhöhle und plumpste auf den marmornen Fußboden.

»Unverschämtheit«, sagte Ewers, als verstellte Baumer persönlich ihm den Weg in Dr. Mabuses Stube.

Am veränderten Geruch von Baumers Blut erkannte Poe, daß der Mann tot war. Die Hände, mit denen er sich den Bauch gehalten hatte, erschlafften und gaben den Blick auf seine feuchte Magengrube frei. Ein Insekt landete auf seiner Hand und breitete die Schwingen aus – ein Schmetterling. Der Schreiber wischte ihn weg und fühlte dem toten Mann den Puls. Er rief die Wärter herbei und trug ihnen auf, den Leichnam fortzuschaffen. In den Vertiefungen, die Baumer in der Chaiselongue hinterlassen hatte, sammelte sich Blut. Ohne den Toten eines Blickes zu würdigen, fing der Diplomat den Schmetterling in seiner Hand, betrachtete erst seine Flügelzeichnung und schob ihn sich dann in den Mund.

Der Schreibtisch schien sich über die Breite eines Tennisplatzes zu erstrecken. Dr. Mabuses Sessel stand erhöht, so daß er über die riesige, polierte Holzfläche auf sein Gegenüber hinabblicken konnte. Der Leiter des Kriegspresseamtes legte augenscheinlich großen Wert darauf, daß andere zu ihm aufsahen. Poe bemerkte, daß der Doktor von eher schmächtiger Statur war.

Mabuse hatte wirres weißes Haar und die roten Augen eines trunksüchtigen Neugeborenen. Er trug einen weißen Chirurgenkittel und um den Hals ein Eisernes Kreuz an einem schwarzen Band. Zu Ewers' offenkundigem Verdruß zeigte sich der Chef begeistert, Herrn Edgar Allan Poe kennenzulernen.

»Ich habe den Namen meines Stiefvaters längst abgelegt, Herr Doktor. Als Edgar Poe bin ich zur Welt gekommen, und als Edgar Poe werde ich sie verlassen. Das Andenken John Allans braucht uns nimmermehr zu kümmern.«

Dr. Mabuses Augen leuchteten. »Sie haben mich ungeheuer inspiriert, Herr Poe. Ihre Geschichten ›Die Tatsachen im Falle Valdemar‹ und ›Mesmerische Offenbarung‹ haben meine Faszination für die Kunst der Hypnose geweckt.«

Vor dem Krieg, vor seiner Verwandlung war Mabuse eine Autorität auf dem Gebiet des Mesmerismus gewesen und hatte sich zu öffentlichen Schaustellungen hinreißen lassen. Kein Wunder, daß ein Mann von seinem Ansehen und Talent nun für die Propaganda zuständig war.

»Jeder Krieg braucht seine Helden, Herr Poe. Ganz besonders dieser Krieg. Da sie von Natur aus zurückhaltend sind, muß man für die meisten Helden die Trommel rühren.«

Dr. Mabuse sprach, als würde er eine Rede halten. Die Lampen auf dem Schreibtisch verschatteten sein Gesicht zu einer Maske und brachten seine Augen zum Glühen. Zu Beginn des Krieges hatte Mabuse Turnanstalten besucht und Schülern und Studenten Vorträge gehalten. Die Zuhörer hatten sich nach seinen Vorlesungen nicht selten massenhaft freiwillig gemeldet.

»Ich nehme an, Manfred von Richthofen ist Ihnen bekannt.«

»Der Flieger?«

»*Der* Flieger. Unser wichtigster Krieger der Lüfte. Zweiundsiebzig Siege.«

Auch Poe hatte den Menschheitstraum vom Fliegen geträumt. In seinen warmblütigen Tagen hatte er den *Ballon-Jux* verfaßt, und in der *Schlacht von St. Petersburg* hatte er den Kriegseinsatz von Luftschiffen und Kampfflugzeugen vorhergesagt.

»Die Alliierten brüsten sich, sie seien uns im Luftkampf an der Westfront überlegen«, sagte Dr. Mabuse und verzog die Lippen zu einem schiefen Lächeln. »Das wird sich noch vor Frühlingsanfang ändern.«

»Deutschland hat die besseren Flugzeuge«, brummte Ewers.

»Deutschland hat die besseren *Männer*. Das ist das Geheimnis unseres Sieges. Welche mechanischen Erfindungen man auch gegen uns richtet, wir Deutschen werden allein dank unseres Kampfgeistes die Oberhand gewinnen.«

Dr. Mabuse zog ein Dokument aus der Schublade und schob es Poe über den Tisch. Der betrachtete es aufmerksam.

Es war die Kopie eines Buchumschlags. *Der rote Kampfflieger* von Rittmeister Manfred Freiherr von Richthofen. Die krude Illustration zeigte einen geflügelten roten Schatten über einem abstürzenden feindlichen Flugzeug.

»Richthofen hat seine Autobiographie verfaßt?«

»Der Freiherr ist ein Krieger und kein Mann des Wortes. Seine Geschichte bedarf der Bearbeitung durch einen Meister der Erzählkunst. Durch Sie, Herr Poe.«

Allmählich begriff er, was man von ihm erwartete.

»Sie wollen, daß ich ihm anonym die Feder führe?«

»›Anonym‹? Genau. Sie werden Richthofens Anonymus.«

Ewers kauerte im Schatten. Poe fragte sich, was er in dieser Angelegenheit für eine Rolle spielen mochte. Wenn H. H. Ewers tatsächlich ein so großer Schriftsteller war, weshalb verlangte dann nicht er nach dieser Ehre?

»Da er der deutschen Sprache mächtig ist, wird Ihnen Herr Ewers als Lektor zur Seite stehen.«

Ewers' Miene verdüsterte sich zusehends. Seine vorgespiegelte Berühmtheit schwand von Sekunde zu Sekunde weiter dahin. Er glich weniger einem Doppelgänger als einem Botenjungen.

»Sie werden unverzüglich zum Château du Malinbois aufbrechen, wo Richthofen mit seinem ersten Jagdgeschwader stationiert ist. Unser bescheidener Held hat sich zu einem ausführlichen Interview bereit erklärt. Verwenden Sie, wenn möglich, seine Worte, aber machen Sie mehr daraus als eine Sammlung dröger Kriegsgeschichten. Ich spreche aus Erfahrung, wenn ich Ihnen sage, daß die meisten Helden langweilige Burschen sind. Fangen Sie die Wahrheit ein, Herr Poe, aber polieren Sie sie ein wenig auf. Hauchen Sie ihr den Geist Ihrer Erzählungen ein. Aufregende Schlachten, außergewöhnliche Figuren, die ihrem Schicksal nur mit knapper Not entrinnen. Ein Buch ist überflüssig, wenn es niemand lesen möchte.«

Die Anonymität bereitete Poe keinerlei Kopfzerbrechen. Angesichts seiner derzeitigen Zweifel war es vermutlich sogar besser, wenn seine Urheberschaft geheim blieb. Er wußte nicht recht, ob er für derlei niedrige Skribententätigkeiten überhaupt geeignet war. Andererseits war er seit jeher nicht nur Dichter, sondern auch Journalist. Vielleicht ließen sich die kläglichen Überreste seiner verhärmten Muse zu diesem Zweck wiederbeleben.

»Sie müssen rasch arbeiten. Die Ereignisse überstürzen sich, wie Sie schnell feststellen werden, wenn Sie erst einmal an der Front sind . . . «

Die Front! Das Château du Malinbois lag im Brennpunkt des Krieges. Er würde ruhmreiche Schlachten schlagen. Nicht als Soldat, sondern als Dichter würde er in den Krieg ziehen. Er bekam die einmalige Gelegenheit, das Unrecht der *Schlacht von St. Petersburg* wiedergutzumachen. Wenn die Welt ihn enttäuschte, so mußte er die Welt nach seinem Gusto umgestalten.

»Sie dürfen über Richthofens Vergangenheit jedoch keinesfalls die Gegenwart vergessen. Wenn Deutschland die Luftherrschaft zurückerobert, werden Sie zugegen sein, um die Siege für die Nachwelt festzuhalten.«

Die Stimme des Direktors klang besänftigend und überzeugend. Poe schwoll die Brust. Eine Pforte öffnete sich in seinem Geist: Bald würden die Worte wieder fließen. Er nahm Haltung an und salutierte.

»Dr. Mabuse, ich werde die mir auferlegte Pflicht nach bestem Wissen und Gewissen erfüllen, zum Ruhme des Kaisers und um die Sache der Mittelmächte zu befördern.«

»Herr Poe, mehr können wir von Ihnen nicht verlangen.«

11

Quo vadis, Kate?

Obgleich sie den warmblütigen Männern keinen Anlaß gab, sie zu beachten, vibrierten ihre *nosferatu*-Sinne. Der Luftangriff nahm ihre Aufmerksamkeit so sehr gefangen, daß Charles und sein Gefährte Edwin Winthrop sie schwerlich ertappen würden. Der hochgewachsene Vampir mit dem mächtigen Schnurrbart jedoch, der über die beiden wachte, bereitete ihr Unbehagen. Es war nicht leicht, ihrer Spur zu folgen, ohne Dravot ins Gehege zu geraten. Der Sergeant hielt sich seit jeher oftmals in Charles' Nähe auf. Nun galt sein Interesse dem jüngeren Offizier. Allein dies gab Anlaß zu allerlei Vermutungen.

Kate hatte Charles den ganzen Abend schon beschattet. Er zählte zu den aufmerksamsten Vertretern seines rauhen Gewerbes, doch ihre Nachtsinne wurden von Jahr zu Jahr feiner und schärfer. Das rege Treiben von Paris erlaubte es, bequem in der Menge unterzutauchen. Ihre geringe Körpergröße tat ein übriges. Wenn sie sich unter größere Menschen mischte, war sie eine perfekte Maus: Ein Schal verhüllte die untere Hälfte ihres Gesichts, ihre Hände steckten in ihren Mantelärmeln, und eine Strickmütze verbarg die Spitzen ihrer Ohren.

Alle anderen blickten auf, doch sie betrachtete das Pflaster, tastete sich eher hörend denn sehend voran, ganz auf Charles' Stimme konzentriert. Im Lärm des Luftangriffs gingen die meisten Worte unter, doch Charles' Timbre war leicht zu erkennen. Die Angehörigen ihres Geblüts besaßen ein ausgezeichnetes Gehör, was ihr als Reporterin trefflich zustatten kam.

Die Zeppeline befanden sich auf der anderen Seite des

Flusses. Da sie über den Wolken schwebten, waren sie zwar nicht zu sehen, doch das fortwährende Dröhnen der Motoren war deutlich zu hören. Bombenexplosionen in der Ferne wurden von Schmährufen und Flüchen übertönt. Ziellose Schüsse verpufften am Himmel. Bei jeder Detonation bebte die Erde. Brände breiteten sich ungehindert aus.

Im Vorübereilen schlug ihr jemand die Brille von der Nase und entschuldigte sich flüchtig auf französisch. Blitzschnell fischte sie die Augengläser aus der Luft und setzte sie sich blinzelnd wieder auf. Mit flatterndem rotgesäumtem Umhang verschwand das Rauhbein im Gedränge. Einen Moment lang glaubte sie ihre Jagdbeute verloren, doch da hörte sie Charles' Stimme, Gesprächsfetzen trieben durch den Lärm zu ihr heran.

Die Zeppeline näherten sich dem *quartier*, und unter den Passanten machte sich Panik breit. Pfeifend und donnernd fielen Bomben ohne Unterlaß. Heute nacht legten die Deutschen mit Brandbomben ganze Straßenzüge in Schutt und Asche. Sonst gossen Draculas Luftschiffe brennende Flüssigkeit aus, die an nacktem Fleisch haftete wie Pech. Das Zeug, das mit Wasser nicht zu löschen war, fraß sich durch bis auf die Knochen. Vampire mochten robuste Naturen sein, doch Feuer und Silber brachten auch ihnen den Tod. Da es in Europa von Nicht-Toten nur so wimmelte, hatte der Krieg zur Entwicklung grausiger Höllenmaschinen geführt, die dem seligen van Helsing diebisches Vergnügen bereitet hätten. Fabrikanten, die Anteile an Silberminen besaßen, wurden über Nacht zu Rüstungsmillionären. Lady Jennifer Buckingham von der Brigade Freiwilliger Sanitäterinnen führte eine Silbersammlung durch und überredete die Reichen, Kaffeekannen und Kerzenleuchter gegen Bomben und Bajonette einzutauschen.

Während Charles im Théâtre Raoul Privache gewesen war, hatte sie draußen gewartet und das Kommen und Gehen der Besucher aufmerksam verfolgt. Edwin war ihr sofort aufgefallen; er gemahnte sie an Charles in Whitechapel während der Zeit des Schreckens, verwirrt und doch verschwiegen. Dravot folgte Edwin auf dem Fuße, ein sicheres Zeichen. Da sie um die Besonderheit des Raoul Privache wußte, war sie nicht allzu erstaunt, als der Engländer das Theater bereits vor Ende dessen, was man als den ersten Akt hätte bezeichnen können, wieder verließ. Selbst nach dreißig Jahren des Daseins als vermeintliches Geschöpf schauriger Finsternis flößten Kate die Ältesten Entsetzen ein. Isolde, eine der ältesten der Alten, war schwerlich eine gute Reklame für das ewige Leben.

Eine kleine Schar von Amerikanern drängte sich stolpernd und strauchelnd zwischen sie und ihre Beute. Einer von ihnen war verletzt, vermutlich hatte er nach übermäßigem Champagnergenuß oder infolge des Luftangriffs den Halt verloren. Aus seiner klaffenden Kopfwunde ergoß sich reichlich frisches Blut, überströmte sein knabenhaftes Antlitz und befleckte seine Uniform. Das Blut war ein unendlich faszinierendes Gemisch aus Scharlachrot und Gold. Sie wand sich vor Verlangen. Unter wohligen Schmerzen glitten die Fangzähne aus ihren Kieferscheiden. Sie hatte sich seit Nächten nicht genährt. Bald schon würde sie dieses unschöne Geschäft in Angriff nehmen müssen. Spitze Nägel staken in ihren Fäustlingen.

Die Soldaten machten große Augen. Sie mußte aussehen wie eine Vogelscheuche. Ihr Schal löste sich und entblößte ihren Mund. Der Geruch von Blut lag in der Luft. Der verletzte Infantrist war zu Tode erschrocken. Milchbärte wie ihn gab es wie Sand am Meer: Bauernburschen, die niemals einen echten Vampir zu Gesicht bekommen hatten, den Kopf voller Gruselgeschichten. Mühsam schloß sie die Lippen über spitzen Augenzähnen. Sie versuchte ein Lächeln, und ein fürchterlicher Schmerz durchzuckte ihr Gesicht. Vielleicht verwandelte sie sich allmählich doch in ein abstoßendes Monstrum.

Nachdem sie ein letztes Mal die Köpfe zusammengesteckt hatten, gingen Charles und Edwin auseinander. Charles kehrte auf direktem Wege in seine Suite im Hôtel Transylvanie zurück. Dravot auf der anderen Straßenseite hingegen schlenderte Lieutenant Winthrop hinterdrein, als unternehme er einen nächtlichen Spaziergang. Kein Zweifel, er war das Werkzeug, das der Herrschenden Clique die Kastanien aus dem Feuer holte. Kate war sich nicht sicher, ob der Sergeant sie bemerkt hatte.

Einer plötzlichen Regung folgend, ließ sie Charles in seine verdiente Herberge zurückkehren und heftete sich an Dravots Fersen. Während der Sergeant Edwin beschattete, beschattete sie ihn. Ihre Fähigkeiten wurden von neuem auf die Probe gestellt. Auf sprichwörtlichen Samtpfoten flitzte sie von einem finsteren Hauseingang zum nächsten. Sie lauschte den zahllosen Geräuschen der Nacht und konzentrierte sich auf die schweren, unverwechselbaren Schritte des Sergeanten.

Als er aus dem Theater kam, wirkte Edwin fassungslos und aufgebracht, als habe ihn das Gesehene zutiefst verstört. Es hieß, Isolde habe einst ihren ganzen Leib regeneriert, wie ein Salamander, dem der Schwanz nachwächst. Über die Zähigkeit derer von Draculas Geblüt erzählte man sich ähnliche Geschichten. Angesichts Isoldes bedauernswerter Lage schien es Kate, als sei die völlige Unzerstörbarkeit des Körpers keineswegs ein Garant für ewige Glückseligkeit. Charles hatte ihm Isolde aus guten Gründen vorgeführt. Doch was hatte dieses sich häutende Monstrum mit Mata Hari zu schaffen? Und, Corporal Lantiers Schilderung ihres Geständnisses in Ehren, mit dem Château du Malinbois?

Da sie gescheiterte Gestaltwandler gesehen hatte, hegte Kate in dieser Richtung keine Ambitionen. Zwar kamen Zähne und Klauen ihr mitunter recht zupaß, doch verspürte sie nicht den geringsten Ehrgeiz, ihr Repertoire zu erweitern. Als sie ein warmblütiges Kind gewesen war, hatte ihre Mama sie oft ermahnt, keine Grimassen zu ziehen, denn »wenn der Wind dreht, wirst du auf alle Zeit damit geschlagen bleiben«; nun streunten gar zu viele Pseudo-Werwölfe umher, die »auf alle Zeit damit geschlagen« waren.

Edwin und Dravot steuerten auf einen von Brandbomben verwüsteten Platz zu. Eine Markthalle stand in Flammen, umringt von eimerschwingenden Löschmannschaften und wenig hilfsbereiten Gaffern. Das gußeiserne Skelett hob sich schwarz gegen die emporschlagenden Lohen ab, ächzte und quietschte in der Hitze. Der beißende Geruch von zerkochtem Gemüse stieg ihr in die Nase und verätzte ihre empfindlichen Nüstern. Nicht weit von ihr wieherte in panischem Schmerz ein Pferd. Kate sah das Tier mit der Gabel eines Spritzenwagens ringen. Ein Mann mit einer abgetragenen Mütze auf dem Kopf versuchte die hartnäckig das Fell entlangzüngelnden Flammen mit bloßen Händen zu ersticken.

Dravot blieb stehen und hob den Blick. Kate tat es ihm nach. Die Zeppeline schwebten über ihnen und vergossen ungerührt den Feuertod. Kate hörte Motoren brummen. Französische Flieger waren gestartet, um die Hauptstadt zu verteidigen. Ein Luftschiff konnte höher steigen als alle Flugmaschinen der Alliierten. Geflügelte Schatten kreisten am Himmel. Die Alliierten hielten große Stücke auf ihre vielgerühmte »Luftherrschaft« über die Mittelmächte, doch Dracula und der Kaiser gaben keine Ruhe. Der wahnsinnige Robur kämpfte unbeirrt für den Einsatz seiner »Schlachtschiffe der Lüfte«.

Die Nägel ihrer rechten Hand wurden erneut zu Klauen und durchstachen ihren wollenen Fäustling. Manchmal spürte ihr Körper die Gefahr bereits, bevor sie etwas davon ahnte. Dravot war verschwunden. Es war an der Zeit, den Rückzug anzutreten. Sie hatte andere Methoden, ihre Geschichte zu verfolgen. Trotz seiner unerschütterlichen Loyalität seinen Dienstherren gegenüber war Dravot ebenso ein Mörder wie die Männer in den Zeppelinen.

Frank Harris hatte sie gelehrt, daß ein Journalist zuerst und vor allem der Wahrheit verpflichtet sei und nicht dem Patriotismus oder der Propaganda. Leider fand diese Haltung in Kriegszeiten nicht allzu viele Anhänger.

Eine Mauer stürzte ein, und glühende Ziegel purzelten über das Pflaster und drängten die Gaffer in Gassen und Nebenstraßen zurück. Ein Schwall heißer Luft fegte über sie hinweg.

Kate erspähte Dravot hinter einem Flammenvorhang. Zum Glück waren sie durch eine Feuerschranke getrennt.

»Sie da, Miss Maus, kommen Sie her ...«

Die Stimme gehörte einem Engländer, sein Tonfall war gebieterisch. Es war Lieutenant Winthrop. Sie tat wie geheißen.

Ein dicker Brei aus brennendem Gemüse kroch auf ihre Schuhe zu wie geschmolzene Lava. Mit festem Griff umklammerte ein Warmblüter ihren Arm und zerrte sie in eine schmale Seitenstraße. Hätte sie sich zur Wehr gesetzt, sie hätte Edwin ohne weiteres in Stücke reißen können. Doch dann würde sie Dravot die Stirne bieten müssen, der ihr zweifellos denselben Dienst erweisen würde.

»Mir immer hübsch dicht auf den Fersen, was? Wie es scheint, habe ich mir eine kleine Spionin geangelt. Eine Westentaschen-Mata-Hari.«

Während sie ihre Aufmerksamkeit auf Dravot gerichtet hatte, war Edwin ein Stück zurückgeblieben, um ihr hinterrücks aufzulauern. Sie war blindlings in die Falle getappt. Es war zwecklos, sich zur Wehr zu setzen. Schließlich standen sie auf derselben Seite.

»Ich habe nicht die leisssessste Ahnung, wovon Sssie sprechen, Sssir«, fauchte sie zaghaft durch scharfgezackte Zähne.

Dies war nicht der Zeitpunkt, ihren erregten Sinnen nachzugeben. Sie hörte den schwachen Puls an seinem Hals, in seinem Herzen. Er bedachte sie mit einem Lächeln, und die blaue Vene an seiner Schläfe tickte leise.

Plötzlich lachte Edwin. »Verzeihen Sie, aber Sie hören sich schrecklich albern an.«

Sie zwang ihre Fangzähne in die Kieferscheiden zurück. Die Nägel in ihren fest geballten Fäusten schrumpften.

»Mein Name ist Kate Reed, und ich habe mich freiwillig als Fahrerin zum Sanitätsdienst gemeldet. Sie können sich bei Lady Buckingham oder Mrs. Harker nach meinen Referenzen erkundigen.«

Er schien nicht sonderlich beeindruckt.

»Ich nehme an, Sie sind mir nur gefolgt, weil Sie die Eingebung hatten, daß mir gar Schröckliches zustoßen werde und ich Ihrer engelsgleichen Zuwendung bedarf?«

Um noch dümmer zu erscheinen, als sie es ohnehin schon tat, stellte sie sich fromm wie das sprichwörtliche Lamm. Er ließ von ihr ab und musterte sie von oben bis unten. Sie wußte, wie seltsam sie in ihrer Verkleidung auf ihn wirken mußte.

»Ich wollte nur ein wenig bummeln«, behauptete sie und schlang mit erhabener Miene den Schal um ihre Schultern.

»Während eines Luftangriffs?«

Die Markthalle war ausgebrannt. Dravot war um das Feuer herumgeschlichen. Er stand am Ende der Straße, ein gutes Dutzend Yards entfernt. Sie versuchte krampfhaft, ihre Krallen einzuziehen. Der Sergeant durfte keinesfalls annehmen, daß sie seinen Schützling bedrohte.

»Ihr Gesicht ist völlig rußverschmiert«, sagte Edwin wenig charmant.

Sie rieb sich mit den Fäustlingen die Wangen. Er tippte sich auf die Stirn, und sie konzentrierte ihre Bemühungen auf diese Stelle.

»Sie machen alles nur noch schlimmer. Mit dieser Brille sehen Sie aus wie ein Maulwurf.«

Als Kind hatte man sie »Maulwürfchen« gerufen. Penelope Churchward, das Prinzeßchen ihres kleinen Kreises, hatte diesen Spitznamen sehr amüsant gefunden. Penny hatte lange nichts mehr von sich hören lassen.

»Sie sind überaus galant, Herr Stabsoffizier.«

»Lieutenant Winthrop, zu Ihren Diensten.«

Er hielt ihr die Hand hin wie eine Visitenkarte. Sie nahm seine Finger und drückte sie sanft, aber bestimmt. Er biß trotzig die Zähne zusammen und überspielte den Schmerz mit einem Lächeln.

»Sehr erfreut.« Sie machte einen Knicks und ließ ihn los.

Er krümmte die Finger, um sich zu vergewissern, daß sie noch zu gebrauchen waren.

»Sie sind die Katherine Reed, die so geistreiche Artikel für das ›Cambridge Magazine‹ verfaßt, nicht wahr? Die unerschrockene Journalistin, die verlangte, Field Marshal Haig wegen fahrlässigen Verhaltens vor Gericht zu stellen?«

Kate rutschte das Herz in die Hosen. Wenn Edwin wußte, wer sie war, würde er vermutlich darauf dringen, ihr dieselbe Behandlung angedeihen zu lassen wie Mata Hari. Sie malte sich aus, wie Dravot ihr mit stiller Befriedigung den Kopf von den Schultern riß.

»Ich hatte die Ehre, für diese Zeitschrift schreiben zu dürfen«, erwiderte sie unverbindlich.

»Wie ich höre, verehren Sie die Frontsoldaten, denen es gelungen ist, das ›Cambridge‹ an der Zensur vorbeizuschmuggeln, wie eine Heldin.«

Seine Worte klangen wie ein Kompliment.

»Und wurden Sie nach dem Osteraufstand nicht verhaftet? Ich scheine Sie mit den Gore-Booths und den Spring-Rices dieser Welt in einen Topf geworfen zu haben. Fabianerin und Fenierin.«

»Ich schreibe nur, was ich sehe.«

»Ich bin erstaunt, daß Sie durch diese Brille überhaupt etwas sehen.«

Diesmal klangen seine Worte wie ein Scherz.

»Ist Ihnen je der Gedanke gekommen, daß es als unhöflich empfunden werden könnte, andere Menschen in einem fort auf ihre Schwächen hinzuweisen?«

Edwin grinste, doch so leicht war er nicht hinters Licht zu führen. Er hatte Mumm in den Knochen. Er war kein hergelaufener, törichter Stabsoffizier. Aber das hatte sie bereits geahnt. Der Lieutenant vertändelte seine Zeit nicht mit dem Zählen von Rinderpökelfleischkonserven. Er bewegte sich im Dunstkreis des Diogenes Club.

Sie beschloß, die Reporterin zu spielen.

»Wie beurteilen Sie den derzeitigen Verlauf des Krieges? Ist die alliierte Luftherrschaft bedroht?«

Die Art, wie er die Achseln zuckte, war nicht zitierfähig.

»Da Sie zu diesem Thema nichts zu sagen haben, wird es Sie gewiß nicht stören, wenn ich Ihnen eine gute Nacht wünsche und meiner Wege gehe? Ich habe dringende Geschäfte zu erledigen.«

Er trat zurück und breitete die Arme aus.

»Ganz und gar nicht. Gute Nacht, Katherine.«

»Das ist nur mein *nom de plume*. Man nennt mich Kate.«

»Na denn. Gute Nacht, Kate.«

Sie nickte artig. »Danke, gleichfalls, Edwin.«

Er kroch ihr nicht auf den Leim. »Ich habe Ihnen meinen Namen nicht verraten.«

Sie berührte ihre Nasenspitze. »Ich habe meine Quellen, Lieutenant.«

Bevor er weiter in sie dringen konnte, machte sie sich aus dem Staub. Als sie davonging, hörte sie, wie Dravot neben Winthrop trat, um sich mit ihm zu beraten. Zu ihrer Erleichterung setzte sich der Sergeant nicht auf ihre Fährte. Mit jedem Schritt wurde ihr wohler ums Herz.

Die Zeppeline hatten sich offenbar nach Deutschland fortgestohlen. Die Spritzenleute bekamen die Brände nach und nach unter Kontrolle. Es hatte wieder zu schneien angefangen, und matschiger Schlamm schwappte im Rinnstein. Binnen Stunden würde alles Löschwasser gefrieren und das *quartier* in eine Schlittschuhbahn verwandeln.

Sie dachte nach. Nie wieder würde sie unbemerkt auf hundert Yards an Edwin Winthrop herankommen. Und er würde Charles Bericht erstatten, worauf ihr Name *erneut* die Liste unerwünschter Kriegsberichterstatter zieren würde. Sie mußte die Affaire Malinbois ganz anders angehen. Mehr denn je war sie überzeugt, daß an der Sache etwas faul war.

12

Blutgeschlechter

»Die Welt hat ihr Urteil über mich gefällt, und ich will mich nicht rechtfertigen. Ich bin dem Rat meines Herzens gefolgt, selbst wenn die Richtung, die ich einschlug, oftmals die falsche war. Obgleich man mich wegen Spionage hinrichten wird, bin ich in Wahrheit eine recht armselige Spionin. Wer wüßte das besser als Sie, mein lieber Charles? Ich bin nur eine Kurtisane. Man nennt mich nicht zu Unrecht die letzte der *grandes horizontales.* In diesem schrecklichen Jahrhundert muß ich wohl für eine Prostituierte angesehen werden, nichts weiter ...«

Bei dem Manuskript handelte es sich um das quasi mit eigener Hand verfaßte Geständnis der Geertruida Zelle, die man aus der Tagespresse nur unter ihrem Künstlernamen Mata Hari kannte. Winthrop hatte die Lektüre eigentlich verschieben wollen, doch nun saß er im Zug nach Amiens, in einem Coupé zusammengepfercht mit einem gewissen Captain Drummond, dessen Durchhalteparolen ihm die Galle schwellen ließen. Der feiste, rotgesichtige Vampir hätte eine erstklassige Bulldogge abgegeben, mit anderen Worten, er war ein hundsgemeiner Irrer. Als eifriger Verfechter der »Großoffensive« war Drummond der festen Überzeugung, der einzig sichere Weg zum Sieg führe über einen gemeinsamen Angriff aller alliierten Heere.

»Da werden die Wurstfresser die Beine in die Hand nehmen und das Weite suchen«, sagte Drummond. Sein breites Grinsen entblößte zwei Reihen ineinandergreifender Fangzähne. »Zu einer ordentlichen Klopperei fehlt dem verfluchten Hunnen doch der Schneid.«

Angesichts vier Jahre mörderischer, verlustreicher Kämpfe

um ein paar Meilen morastigen Geländes hielt er Drummond für verrückt. Zwei kaum der Akademie entwachsene Lieutenants teilten die Ansichten des Captains. Winthrop bezweifelte, daß sie an der Front auch nur eine Woche überleben würden. Der Hunne mochte dem Tommy nicht den Schneid abkaufen können, doch verfügte er zweifellos über befestigte MG-Stellungen.

»Das ist verdammt noch mal unsere einzige Chance«, meinte Drummond, ebenso dickköpfig wie ein Politiker im Wahlkampf. »Durch eine Großoffensive zum Sieg.«

Die beiden Lieutenants pflichteten begeistert bei und schworen Stein und Bein, in vorderster Front kämpfen zu wollen. Drummond hatte sie und alle ihnen unterstellten Männer soeben über die Klinge springen lassen.

»Wenn diese dämlichen Politiker uns aus den Schützengräben kommen ließen, würden wir den sächsischen Schweinen und preußischen Pantoffelhelden die Tracht Prügel verabreichen, die sie redlich verdienen. Ist der Kaiser erst einmal auf einen starken Pfahl gehievt, werden wir nach Rußland vorstoßen und die verflixten *bolsheviki* das Fürchten lehren.«

Winthrop malte sich aus, wie die Wogen des Krieges um den Erdball brausten, ganze Kontinente heimsuchten wie ein strenger Winter.

»Lassen Sie es sich gesagt sein, der wahre Feind ist jene mordgierige Bande ausländischer Juden, die schon die dünnblütigen Romanows zugrunde gerichtet hat.«

Drummond beendete seine Suada und erzählte blutrünstige Geschichten von Deutschen, die er mit bloßen Zähnen und Klauen erledigt hatte. Winthrop schob dringende Geschäfte vor und las weiter.

> »Ich bin ein direkter Abkömmling Draculas. Als der Graf sich am kaiserlichen Hofe niederließ, verwandelte er die eine oder andere von uns. Zu Lebzeiten war er ein orientalischer Potentat und unterhält seit jeher einen

Harem. Obgleich er es hartnäckig leugnen würde, sind seine Gewohnheiten durch und durch osmanisch. Zum Glück war ich für ihn nur eine flüchtige Zerstreuung. Da wir uns nicht widerspruchslos seinem Willen beugen, sind ihm die Frauen dieses Jahrhunderts unheimlich. Er bevorzugt die fügsamen, abergläubischen Närrinnen seiner Epoche. Seine Liebsten, die er Ehefrauen nennt, sind ihm seit Jahrhunderten ergeben. Sie haben das Gemüt von Kindern und den Appetit raubgieriger Bestien, kreischen immerfort ›ich will', ›geschwind‹ und ›her damit‹. Ich selbst bin von ganz anderem Schlag, und doch befürchte ich, daß eine Entartung unvermeidlich ist. Nun werde ich nie erfahren, ob auch mein Geblüt dieses Erbübel in sich trägt.

Nachdem er mich verwandelt hatte, war ich sein Eigentum. Seine Sklavin, mit der er nach Belieben umspringen konnte. Auch jetzt noch gehöre ich ganz Dracula. Die Dämmerung wird mich von ihm erlösen. Nach ein paar endlosen Monaten im Sommer 1910 lockerte der Graf die Schlinge. Zunächst trat er seine ausschließlichen Rechte ab. Fortan war ich verpflichtet, die Gelüste seiner karpatischen Kumpane zu befriedigen. Viele Älteste trinken nichts als Neugeborenenblut. Sie betrachten die Warmblüter mit Abscheu. Ich war die Gefährtin Armand Teslas. Vor seinem Tod war Dr. Tesla der Chef von Draculas Geheimpolizei. Er war für seine Grausamkeit berühmt und fand besonderes Vergnügen daran, das Fleisch von Neugeborenen mit Weihwasser zu beträufeln, was bei den Angehörigen mancher Blutgeschlechter schreckliche Entstellungen hervorruft, auch wenn es dafür keine wissenschaftliche Erklärung gibt. Es ist zwar unmodern, dies zuzugeben, doch wir sind keine Geschöpfe der Natur. Vampire sind *Ausgeburten der Hölle*. Wenn er in Wut geriet, drohte Tesla, mein Gesicht zu verstümmeln. Selbst wenn ich dies überlebt hätte, wäre mein Kurtisanendasein beendet gewesen. Aber ich errang die Wertschätzung des Doktors, und so wurde ich verschont.

Tesla bildete mich zur Spionin aus und verschaffte mir Zugang zu den diplomatischen Kreisen von London, Paris und Berlin. Nur der Graf war mächtiger und einflußreicher als er, und deshalb brachte Dracula ihn um. Sie wußten das bereits, nicht wahr? Das sehe ich Ihnen deutlich an. Eine Frau braucht keine Gedanken lesen zu können, auch wenn manche Vampire dazu durchaus in der Lage sind. Das ist seine größte Schwäche, Charles. Wer sich als zu tüchtig erweist, erregt sein Mißtrauen. Und wird von ihm vernichtet. Er ist ein stolzer Sprößling Attilas, doch ein Volk läßt sich nicht mehr regieren wie ein Barbarenstamm. Deutschland und Österreich-Ungarn *brauchen* die tüchtigen Männer, die Dracula ermordet hat. Nur Narren und die tückischsten Verräter überleben. Kein Mann allein, nicht einmal Dracula, kann dieses Reich zusammenhalten. Er ist in Großbritannien gescheitert, und er wird in Deutschland scheitern. Sie tragen die Verantwortung dafür, daß von Europa nach seinem Sturz noch genug übrig ist, um einen Neuanfang zu wagen.«

Captain Drummond kicherte noch immer über seine persönlichen Pläne für »Lenin, Trotzki und ihr ungewaschenes Pack«. Winthrop schauderte. Dracula war bei weitem nicht das letzte Monstrum in Europa.

»Nach Teslas Tod ernannte man mich zur *persona non grata*, und ich wurde nach Paris beordert. Man besorgte mir eine Wohnung, und ich arbeitete wieder als Tänzerin, wie früher. Mabuse, Teslas Nachfolger, befahl mir, so viele Würdenträger zu umgarnen, wie ich nur konnte.«

Der Frau wurde zur Last gelegt, General Mireau, einem weiteren Verfechter der Drummondschen Methode zum Massenselbstmord, die Pläne für eine Offensive der Franzosen entlockt zu haben. Aufgrund dieser Anklage sollte sie hingerichtet werden.

> »In Wahrheit wurde ich aufgehalten, so daß ich die Nachricht erst wenige Minuten vor dem Angriff weitergeben konnte. Falls mein Bericht das deutsche Oberkommando überhaupt erreicht hat, haben diese Narren vor lauter Freude über die Verluste der Franzosen wahrscheinlich nichts davon bemerkt. Mireaus kolossaler Plan bestand darin, bei Morgengrauen zu attackieren. Das war alles. Er befahl ein zwanzigminütiges Bombardement, um den Stacheldraht zu beseitigen und die deutschen Kanoniere aus dem Schlaf zu reißen, bevor er sich mit einer Flasche Cognac im sicheren Stabsquartier zum Frühstück setzte, während hunderttausend tapfere *poilus* aus den Schützengräben kletterten, um von geballtem Mörser- und MG-Feuer in Stücke gerissen zu werden. Ich bin nur eine Hure, die in der Kriegskunst ebenso bewandert ist wie eine Gans, aber selbst mir blieb nicht verborgen, daß dieser Plan leicht zu durchschauen war. Bei Morgengrauen attackieren, ich bitte Sie! Warum nicht ein markierter Scheinangriff, um den Feind aus der Reserve zu locken und seine Batterien auszukundschaften, dann gezieltes Bombardement, um die Abwehrstellungen auszuradieren, und *dann* der große Vernichtungsschlag? Ist es nicht sonderbar, daß selbst *ich* einen vernünftigeren Plan aushecken kann als der sagenhafte General Mireau? Wen wundert's, daß der Esel stur auf meiner Hinrichtung beharrt (bei Morgengrauen, versteht sich), aus Angst, Hindenburg könne meine Dienste als Strategin in Anspruch nehmen. Andererseits habe ich nicht den geringsten Zweifel, daß Deutschland

über ein Heer von Abc-Schützen verfügt, die Schlachtpläne entwerfen könnten, durch die der gute General mit Leichtigkeit zu täuschen und zu übertölpeln wäre.«

Demselben Gedanken hatte Kate Reed bereits in ihren Artikeln über die *affaire Mireau* Ausdruck verliehen.

»Immer feste druff«, rief Drummond, »bei Morgengrauen! Laßt uns die Kerls mit kaltem Silber munter machen!«

Dieser Krieg wurde von wildgewordenen Idioten geführt.

»Charles, Sie haben mich nach dem Château du Malinbois gefragt. Nun gut. Es ist das derzeitige Hauptquartier des ersten Jagdgeschwaders, das vom Baron von Richthofen befehligt wird. Die Zeitungen sind voll von seinen Heldentaten. Wegen ihrer ungeheuren Wendigkeit wird die Einheit auch ›Fliegender Zirkus‹ genannt. Die Burschen haben den Kniff los, alles im Nu auf einen Zug zu laden und zu einer neuen Stellung zu verbringen. Bei Kriegsbeginn widersetzte sich der Baron dem Befehl, sein Flugzeug *en camouflage* zu streichen, und bestand darauf, daß die Maschine grellrot anzumalen sei. Wie Ihnen jedermann, der schon einmal versucht hat, einen roten Ball auf einer grünen Wiese ausfindig zu machen, bestätigen wird, paßt sich die Farbe Rot erstaunlich gut in die Landschaft ein. Und nachts ist rot – sogar für Vampiraugen – schwarz. Sie werden überrascht sein, doch Deutschlands himmlische Helden sind bei ihren im Schlamm kriechenden Kameraden nicht allzu beliebt. Die Presse wird nicht müde, die fliegerischen Kraftstücke von Richthofens Zirkus in die Welt hinauszuplärren, während das Geschwader bei den Bodentruppen und selbst bei den Piloten anderer Staffeln nur als ›das fliegende Monstrositätenkabinett‹ bekannt ist. Eine durchaus passende Bezeichnung, wie ich finde.

Malinbois ist überdies ein Forschungszentrum, unter dem Direktorat von Professor ten Brincken. Aus meinen Nächten als Braut Draculas entsinne ich mich dieses Mannes nur als eines demütigen Bittstellers bei Hofe. Der Palast wimmelte von Spinnern jeglicher Couleur. Der Graf ist ein fanatischer Bewunderer des Modernen und von Zügen und Flugmaschinen geblendet wie ein kleiner Junge, und so lud er den Professor, eines von unzähligen Genies, zur Privataudienz. Dort sah ich ihn, einen reckenhaften, warmblütigen Rohling, mit finsterem Blick vor Draculas Amtsstube auf und ab stolzieren. Soviel ich wußte, war er kein Erfinder, sondern Naturforscher. Er war mir auf den ersten Blick zuwider. Gewitterwolken verdüsterten seine Stirn, und er hatte etwas Schauriges an sich. Damals war es unter Lebenden der letzte Modeschrei, sich extrem verdünnte Dosen Silbersalz zu injizieren. Nachdem sie auf diese Art ihr Blut besudelt hatten, wähnten sie sich vor den durstigen Nicht-Toten sicher. Selbst wenn ten Brincken keine derartigen Vorkehrungen getroffen hätte, bezweifle ich, daß ich von seinem öligen Blut auch nur einen Tropfen hätte kosten mögen.

Als ich nach Malinbois beordert wurde, nahm ich an, ich solle lediglich als Zierde dienen. Flieger sind für ihre ausschweifenden Gesellschaften berühmt. Deutschland labte sich an seinen Helden, und welche Labsal könnte größer sein als Mata Hari?

Ich traf am frühen Abend ein und wurde von ten Brincken in Empfang genommen, der mich in sein Operationszimmer führte und mir befahl, mich zu entkleiden. Er unterzog mich einer gründlichen Untersuchung, wie einen Gaul, der zur Versteigerung steht. Ja, er schaute mir sogar ins Maul. Mit allerlei Greifzirkeln und Sonden vermerkte er noch die geringsten Messungen.

Eigentlich habe ich keine Skrupel, nackt in der Öffentlichkeit aufzutreten, doch die neugierigen Finger des Professors verursachten mir Unbehagen. Er entnahm mir eine Blutprobe und stellte die Phiole in einen Kühlschrank voll mit anderen etikettierten Fläschchen. Er bat mich, die Gestalt zu wechseln und mich in einen Wolf oder eine Fledermaus zu verwandeln. Ich weigerte mich. Ich führe keine Zauberkunststücke vor. Er insistierte. Bei uns im Untersuchungszimmer befand sich ein Offizier in Uniform, ein gewisser General Karnstein. Er bedeutete mir freundlich, aber bestimmt, ten Brinckens Bitte nachzukommen.«

Das aus der Steiermark stammende Geschlecht der Karnsteins zählte zu den vornehmsten Europas. Der General, einer von Draculas treu ergebenen Verbündeten in Österreich-Ungarn, war das hochgeachtete Haupt seiner Familie in Finsternis. Seine Beteiligung wies darauf hin, daß die Mittelmächte Malinbois für eine große Sache hielten.

»Ich verwandelte mich, ganz und gar. Ich kann Ihnen das nicht *erklären*. Ich *denke* einfach an eine meiner zahlreichen Gestalten, und mein Körper wird dehnbar und geschmeidig. Ich zerfließe und nehme neue Form an. Wie die meisten von Draculas Nachkommen werde ich zu einem Riesenwolf, dem prähistorischen Schrecken Europas. Auf Java erlernte ich den Schlangentanz. Ich war die Geliebte eines malaiischen Ältesten, eines *pontianak*. Sein Blut fließt in meinen Adern. Das unterscheidet mich vom gemeinen *nosferatu*. Für ten Brincken und den General nahm ich erst Schlangengestalt an und warf die neue Haut dann ab. Ten Brincken liebkoste und streichelte den Balg, als bereite es ihm sinnliches Vergnügen, hielt ihn ans Licht und bewunderte die Schuppen, die in allen Regenbogenfarben schillerten. Man sagt, die Männer seien Wachs in meinen diamantgeschmückten Händen, Charles.«

Winthrop versuchte, sich Mata Hari als Schlange vorzustellen. Er hatte ihren berühmten javanischen Schlangentanz zwar nie gesehen, aber liebestrunkene Verehrer hatten ihm davon berichtet.

»Karnstein sagte, ich erinnere ihn an eine verlorene Tochter in Finsternis, die sich in eine große, schwarze Katze verwandeln konnte. Der Bursche hat ein Faible für neugeborene Mädchen. Ich wußte, daß ich bloß meine ganze Aufmerksamkeit auf den General zu richten brauchte, um ihn zu meinem Sklaven zu machen. Die meisten Ältesten sind leicht gewonnen. Sie mögen Kraft und Macht besitzen, doch Klügelei und Scharfsinn zählen nicht zu ihren Stärken. Ten Brincken füllte seine Tabellen aus, und ich wurde entlassen.

Ein Flügel des Schlosses war zur Gänze mir und meinesgleichen vorbehalten – Kurtisanen. In den Zimmern gab es Salben und Schminkfarben *en masse.* Überall standen Koffer und Truhen voller Trachten und Kostüme. Ein gut Teil der prachtvollen Gewänder war brüchig und vermodert. Ich wußte sofort, daß diese Orgie von Männern geplant worden war, die wenig Ahnung von, geschweige denn Interesse an Schwelgerei und Ausschweifung hatten.

Ich war nicht der einzige Glanzpunkt des Banketts. Mehrere Frauen und ein Jüngling, allesamt Vampire, waren zugegen. Im Ankleidezimmer traf ich auf Lady Marikowa, eine der monströsen Ehefrauen, die Dracula in seinem transsylvanischen Exil zu Diensten standen. Sie wurde von Lola-Lola – einer durchtriebenen, neugeborenen Vettel – bewacht, damit sie nicht im blinden Rausch der Sinne einen Verehrer niedermachte. Alte Vampirschlunzen wie sie sind leidenschaftlich, aber grausam. Des weiteren standen auf der Gästeliste: Sadie Thompson, eine amerikanische Abenteurerin mit toten schwarzen Augen; der Baron Meinster, ein goldhaariger, mädchenhafter Lebemann; Faustina, die größte Zierde eines venezianischen Bordells; sowie eine elegante Älteste namens Lemora. Wir alle waren recht gewandte und erfahrene Huren, aber wir hatten noch etwas gemein. Wir alle waren Abkömmlinge Draculas.«

Draußen brach die Dämmerung herein. Bäume säumten die Eisenbahngeleise, viele von ihnen verkrüppelt und zerschossen. Die Felder waren grau, eine dünne Schneeschicht überlagerte den Schlamm. Der Zug näherte sich Amiens. Winthrop hörte das ununterbrochene Stottern der Geschütze. Im Zwielicht zuckte Drummond kaum merklich zusammen und zog das Rouleau herunter.

Jedes Schulkind wußte, daß die Verbreitung des Vampirismus in der zivilisierten Welt fast ausschließlich auf Dracula zurückging. Bis in die achtziger Jahre hinein hatten nur ein paar versprengte, abergläubische Seelen tatsächlich an die Existenz der Nicht-Toten *geglaubt*. Dracula hatte die Karten neu gemischt. Obgleich er der Urvater des Vampirismus war, hatte er weitaus weniger direkte Nachkommen als die meisten Leute dachten. Während seiner Zeit in England hatte er lediglich drei Frauen verwandelt: Lucy Westenra, Wilhelmina Harker und Königin Victoria. Die inzwischen rehabilitierte, reuige Mrs. Harker hatte er zu seinem verlängerten Zahn gemacht, um seinen Stammbaum *en gros* zu erweitern.

Viele gaben sich als Draculas Nachkommen aus, obschon sie allenfalls seinem Geblüt angehörten und nur um sieben Ecken mit ihm verwandt waren. Wenn sich so viele seines

Schlages an einem Ort zusammenfanden, war da bestimmt etwas im Busch.

»Wenigstens Baron Meinster und Lady Lemora befanden sich gegen ihren Willen im Château. Nur einer konnte solche Macht über die Ältesten besitzen. Wie ich schon sagte, entläßt unser Vater in Finsternis seine Nachkommen nicht in die Freiheit. Wir werden auf ewig seine Sklaven sein.

Es kam mir seltsam vor, daß man uns hier versammelt hatte. Ich hatte den Eindruck, daß die meisten, wenn auch nicht alle Flieger selbst Vampire waren. Ein Viehwagen voller beherzter Bordellieren mit warmem Blut von lieblichem Aroma wäre gewiß ein angemessenerer Lohn gewesen für ihre kühnen Taten. Derlei Dirnen sind leicht zu finden. Die Alliierten nähren ihre Helden zweifelsohne nach derselben Methode ...«

Soviel Winthrop wußte, entsprach dies nicht der Wahrheit.

»Schlag Mitternacht – eine gebührend melodramatische Note – wurden wir von livrierten Dienern in die Große Halle geleitet. Die Männer des JG1 hatten, in vollem Wichs, vor dem riesigen Kamin Aufstellung genommen. Im Gegenlicht der bloßen Flammen wirkten die Flieger wie Halbgötter, genau wie die Presse sie beschrieb. Manch eine breite Brust bot kaum ausreichend Platz für die ungeheure Ansammlung von Ehrenzeichen. Hier waren Pour le Mérites ebenso häufig anzutreffen wie Messingknöpfe. Merkwürdig nur, daß der Zirkus ausstaffiert war, als ginge es zur Musterung, und nicht, wie ich, offen gesagt, erwartet hatte, zu einer Orgie.

General Karnstein stellte uns der Gesellschaft einen nach dem anderen vor. Dann trat ten Brincken zwischen uns, in der Hand ein Schreibbrett mit einer seiner infernalischen Listen. Wie ein Tanzmeister stellte er uns paarweise zusammen. Die Thompson wurde einem Gierschlund namens Bruno Stachel zugeteilt; Faustina gesellte sich zu Erich von Stalhein, Meinster zu einem schwerblütigen Flieger namens Friedrich Murnau, der die Gesellschaft von Knaben vorzog, und Lemora zu von Emmelman. Ten Brincken ging zu Werke wie ein Schweinemäster, der über ein Zuchtexperiment die Aufsicht führt.

Als ich an die Reihe kam, wurde ich Manfred von Richthofen dargeboten. Ich vermute, dies bestätigt meinen Rang als Deutschlands erste Dirne. Aber, so seltsam es auch scheinen mag, der Baron fand die Aussicht auf meine Dienste nicht sonderlich verlockend. Die anderen Piloten machten bewundernde Bemerkungen oder stießen Laute der Begeisterung hervor, als man ihnen ihre Tanzpartner zuwies. Ein oder zwei Paare – unter ihnen Meinster und sein flatterhafter Flieger – umarmten sich bereits und ließen einander sanft zur Ader. Diese unverschämte Zügellosigkeit brachte ten Brinckens Blut in Wallung, wenn auch nicht so sehr wie die kühle Abweisung des Barons. Ich muß gestehen, ich war etwas erstaunt, um nicht zu sagen gekränkt. Manch einer dieser Piloten würde den neuen Tag vielleicht nicht mehr erleben. Unter solchen Umständen hat ein Mann das Recht auf jedwede Vergnügung im Bereich seiner Gewalt.«

Winthrop dachte an Cundall's Condors und »Mademoiselle«.

»Lothar von Richthofen, der Bruder des Barons, war entzückt, als er Lady Marikowa *und* ihre Zofe Lola-Lola zugeteilt bekam, kehrte ihnen aber gleich den Rücken und versuchte den Baron durch Schmeicheleien dazu zu bewegen, doch mit mir zu kommen.

Während Lothar ihm so um den Bart ging, nahm ich den Baron von Richthofen in Augenschein. Ich hatte einen Hünen erwartet, dabei ist er allenfalls von mäßiger Statur. Seine Augen sind eisblau, und sein Blick ist leer. Wie ich höre, ist er ein begeisterter Jäger und interessiert sich kaum für andere Dinge. Die Halle ist geschmückt mit den Trophäen seiner Siege, und doch ist er längst nicht so ruhmredig wie andere mit weitaus schwächeren Bilanzen. Wie mir scheint, ist er nicht einmal ein großer Patriot, sondern lediglich ein reinrassiger Jagdhund.«

Winthrop mußte an Albrights ausgedörrten Leichnam denken und versuchte, sich das Wesen vorzustellen, das den Piloten in der Luft ausgeblutet hatte.

»Ten Brincken war ganz aufgebracht, als ihn einer seiner Mitarbeiter, ein gewisser Dr. Krueger, darauf hinwies, daß einige der Flieger überstürzt zur Tat geschritten waren. Stalhein hatte den Kopf in den Nacken geworfen und blickte mit glänzenden Augen zur Decke, während Faustina an ihm knabberte. Ein Diener zerrte das Mädchen von ihm fort und hielt es fest. Ihre Augen glommen rot, und spitze Fangzähne ragten aus ihrem Mund. Sie fauchte wie eine Katze, und ein schmales Blutrinnsal lief ihr übers Kinn.

›Ihr sollt nicht von diesen Männern trinken‹, rief ten Brincken, ›ihr sollt sie von euch trinken lassen. Das ist von entscheidender Bedeutung. Wer nicht gehorcht, wird streng bestraft.‹

Das Gewicht, das der Professor auf das Wort ›bestraft‹ legte, verursachte mir Übelkeit. Ich wollte gar nicht wissen, welche Strafe er für uns Unsterbliche ersonnen hatte.

Stalhein brachte seinen Kragen in Ordnung und

schüttelte den Kopf. Lothar versuchte nach wie vor, den Baron zu beschwatzen, doch der stand unbeweglich und mit resolut verschränkten Armen da, an seiner Brust glänzte der Blaue Max.

Wie ich schon sagte, trinken viele Älteste ausschließlich das Blut anderer Vampire. Auf diese Art und Weise nehmen sie die Kraft neuer Geblüte in sich auf. Doch diese Kost bekommt den meisten Neugeborenen schlecht. Der Zirkus besteht in der Hauptsache aus Jünglingen in Finsternis, die vor kaum ein oder zwei Jahren aus dem Grab geschlüpft sind. In Deutschland und Österreich-Ungarn werden die Söhne der Aristokratie für gewöhnlich in ihrem achtzehnten oder neunzehnten Lebensjahr verwandelt. Das Blut der direkten Nachkommen Draculas wirkt schon in geringsten Dosen. Der kleinste Nadelstich, ein Tropfen nur auf Ihrer Zunge, würde ausreichen, Sie zu verwandeln . . .«

Winthrop konnte sich des Eindrucks nicht erwehren, daß Mata Hari mit Beauregard poussierte. Er wollte, er wäre bei dem Verhör dabeigewesen; auf dem Papier stellte sich vieles anders dar.

». . . und ein Schlückchen nur würde genügen, die meisten Neugeborenen zur Raserei zu treiben. Wenn *nosferatu* den Verstand verlieren, haben sie keine Gewalt mehr über ihre gestaltwandlerischen Fähigkeiten. Und das ist wahrlich keine angenehme Art zu sterben. Ten Brincken spielte ein gewagtes Spiel. Entweder war ihm am Überleben dieser Helden nicht gelegen, oder aber er vertraute ganz auf ihre Zähigkeit. Ich habe nicht den geringsten Zweifel, daß ersteres in gewissem Sinne zutrifft: Ten Brincken scheint mir ein Warmblüter zu sein, der von Vampiren gleichermaßen angezogen wie abgestoßen wird. Ich halte es jedoch für ebenso wahrscheinlich, daß ein Flieger, der sich einen Platz im JG1 errungen hat, das rechte Zeug besitzt, das Blut von Dracula und seinen Nachkommen zu schmecken und aus der Infusion Nutzen zu ziehen.

›Trinkt ihr Blut‹, befahl ten Brincken, ›es muß sein.‹

Lothar öffnete den Mund, stülpte ihn zu einer zahnstrotzenden Schnauze aus und setzte sich an den Schwanenhals der Marikowa, kaute ihr Fleisch und schlürfte mit langer Zunge ihr hervorsprudelndes Blut. Die Wunden der Ältesten heilten im Nu, und so fiel Lothar ein zweites Mal über sie her und tauchte sein Gesicht in das köstliche Rot.

›Siehst du, Manfred‹, drang eine erstaunlich menschliche Stimme zwischen seinen Wolfslippen hervor, ›es ist gar nicht so schwer.‹

Mit scharfen Klauen zerfetzte Lothar Lady Marikowas Ballkleid und grub ihr seine Hauer in Brust und Bauch. Er stieß die Älteste auf einen Diwan und leckte ihre offenen Wunden. Lola-Lola preßte ihre Geliebte in die Kissen, flüsterte ihr besänftigende Worte ins Ohr und umfaßte ihre Hand wie eine Hebamme in der Stunde der Geburt. Das Gesicht der Marikowa war eine steinerne Maske der Entrüstung, aber sie hatte die Kraft von Jahrhunderten in sich. Ich bin mir nicht sicher, ob ich die unwürdige Behandlung, die Lothar von Richthofen Draculas Ehefrau angedeihen ließ, würde überleben können.

›Baron von Richthofen‹, wandte sich General Karnstein an den Flieger, ›es ist unumgänglich. Für den Sieg.‹

Der Baron sah mich an. Sein Blick war ohne Leidenschaft, ohne Verachtung, ohne Interesse. Mir fehlen die Worte, die Leere seiner Augen zu beschreiben. Manche *nosferatu* tragen eine Leblosigkeit im Herzen, die mit dem wirklichen Tod nicht das mindeste zu tun hat. Die Eigenschaften unserer warmblütigen Tage dauern in gesteigerter Form in uns Vampiren fort. Sie können sich gewiß vorstellen, welche Wesenszüge ich aus dem Leben in den Tod herübergebracht habe. Richthofen mußte eine Eiseskälte in sich tragen, die ihn vor körperlichen und das Gemüt erregenden Berührungen zurückschrekken ließ. Für einen Mann wie ihn kam das Dasein als Vampir, das immerwährende Verlangen nach derlei Berührungen, ohne Zweifel einer ewigen Verdammnis gleich.«

Winthrop konnte beim besten Willen kein Mitleid für den roten Baron empfinden.

»›Nun denn‹, sagte Manfred, ganz der brave, gehorsame Soldat, und trat vor mich hin. Ich bemerkte verheilte Narben in seinem kantigen und doch recht hübschen Gesicht. Eine kahle Stelle in seinem kurzgeschnittenen Haar entblößte eine kleine, blaßrote Schwiele. Er hatte unlängst einen Kopfschuß erlitten.

›Madame.‹ Er streckte die Hand aus. Ich ergriff sie. Ein eigentümlich jungenhafter Blick glitt über sein Gesicht, als wüßte er nicht, was tun. Ich glaube, er hatte mit Frauen keinerlei Erfahrung.

Ten Brincken nickte einem der Diener zu, der mir das Negligé von den Schultern streifte.

›Sie erfreuen sich allem Anschein nach bester Gesundheit‹, bemerkte er.

Die anderen Piloten folgten Lothars Beispiel. Stalhein hatte Faustina zu Boden gepreßt und labte sich an ihrer Pulsader wie an einem Brunnen. Meinster breitete seinen Schlafrock aus wie die Schwingen einer Fledermaus und stöhnte auf in sichtlicher Erregung, während Murnau vor ihm kniete und an intimen Wunden saugte.

Manfred senkte den Kopf und leckte mir mit spitzer Zunge den Hals. Und wenn ich spitz sage, meine ich das durchaus wörtlich. Manche Vampire haben mit Widerhaken versehene Dornen in der Zunge, mit denen sie die Haut ihrer Gefährten ritzen. Der Baron setzte den Mund an meine Wunde und begann gierig zu saugen. Ich fühlte Stacheln des Schmerzes und versank in einem Ozean der Lust. Ich war einer Ohnmacht nahe. Eine solch heftige Empfindung hatte ich nicht mehr verspürt, seit mich der Graf das erste Mal genommen hatte. Ich war wieder warmblütig, lebendig.

›Nicht so viel, Herr Baron‹, sagte ten Brincken und tippte Manfred auf die Schulter. ›Das kann gefährlich werden.‹

Obwohl ich ihn von mir stoßen wollte, mußte ich ihn an mich pressen. Ich fühlte, wie mir die Sinne schwanden.

›Herr Baron‹, brüllte ten Brincken. Seine Hingabe an die Wissenschaft hatte ihn alle Furcht vergessen lassen. ›Genug!‹

Ich zitterte am ganzen Leibe. Mir wurde rot vor Augen. Ich starb einen neuerlichen Tod. Wir können einander durchaus töten, Charles. Ich habe mit eigenen Augen gesehen, wie Dracula das Blut, das er eben erst getrunken hatte, voller Verachtung und in mächtigem Strahl wieder ausspie. Auf diese Weise hat er Armand Tesla ermordet. Das ist der wirkliche Tod, aus dem es kein Zurück gibt. Das ist der Tod, den ich bei Morgengrauen finden werde.

Zwei Diener packten Manfred an den Armen und zerrten ihn gewaltsam von mir fort. Seine Lippen klebten noch an meinem Hals, wie die Leimrute einer fleischfressenden Pflanze. Sie lösten sich mit einem feuchten Quatschen. Manfred schüttelte den Kopf, mein Blut tropfte von seinen Lippen. Ich brach zusammen. Ten Brincken kletterte über mich hinweg, um den Baron zu untersuchen. Da wußte ich, wie tief ich in seiner Gunst stand.

Der Professor klatschte in die Hände und befahl den Fliegern, ihr Saufgelage zu beenden. Zur Zähmung der Piloten, die jegliche Beherrschung vermissen ließen, hielten die Diener Zungenspatel mit Holzgriffen bereit. Die Berührung mit dem Silberblatt ist so schmerzhaft, daß sie einem Vampir den roten Durst schlagartig austreibt.

Kräftige Hände richteten mich auf. Ich war fügsam wie eine zerbrochene Puppe. General Karnstein hatte mich bemerkt. Mit spitzem Finger ritzte er sein Handgelenk und hob sein Blut an meine Lippen wie Wasser an den Mund eines Verwundeten. Da ich nicht schlucken konnte, flößte er mir seinen Saft behutsam ein. Sein Geblüt ist rein und stark, und doch vergingen Stunden, bis ich wieder ganz bei Kräften war.

Ich hob den Blick und betrachtete den Baron. Er kehrte mir den Rücken zu, und ich sah die Rötung meines Blutes in seinem ausrasierten Nacken. Dann verlor ich die Besinnung.

In jener Nacht fand Meinsters Flieger den Tod. Murnaus Kopf verwandelte sich in einen riesenhaften Rattenschädel. Knochen brachen durch seine Haut. Tags darauf wurden wir aus dem Château entlassen, wir hatten unsere Schuldigkeit getan. Mehr kann ich Ihnen nicht sagen. Eines dürfen Sie niemals vergessen, denn es ist der eigentliche Kern meiner Geschichte: *Er* hat sie geformt, *er* hat ihnen sein Blut vererbt, *er* hat sie zu dem gemacht, was sie sind.«

Beauregard mußte sie gebeten haben, sich präziser auszudrücken.

»Ich spreche von Dracula. Er ist der Direktor des Fliegenden Zirkus, und der rote Baron ist seine Hauptattraktion.«

13

Dr. Moreau und Mr. West

Obgleich die Grabenroste verbogen und verzogen waren, lief es sich auf ihnen besser als im Schlamm. Die oberste Schicht war gefroren, doch tiefe Fußstapfen ließen erkennen, daß andere bis zu den Knien im zähen Matsch versunken waren.

»Wir bekommen hier nicht allzu viele Zivilisten zu Gesicht«, sagte Lieutenant Templar, ein ansehnlicher Neugeborener, mit spöttisch hochgezogener Augenbraue. »Die Blaublüter ziehen es vor, ihre Kriege von bequemen Lehnsesseln im Boodle's aus zu führen.«

»Ich verkehre nicht im Boodle's Club«, gab Beauregard zurück, während er auf seine Schritte achtete.

»Nichts für ungut. Es braucht Mumm, sich aus freien Stükken so weit vorzuwagen.«

»Da haben Sie recht. Aber ich fürchte, ich muß Sie enttäuschen. Ich bin nämlich *keineswegs* aus freien Stücken hier.«

»Um so schlimmer.«

Der Versorgungsgraben war zehn Fuß tief. Die Fugen zwischen den zur Befestigung der Wände dienenden Sandsäcken waren mit gefrorenem Schlamm verputzt.

Ein Geschoß verfehlte die Linie, segelte in ziemlicher Höhe über sie hinweg und detonierte etwa hundert Yards entfernt auf einem mit Harschklumpen übersäten Feld. Erde regnete zu Boden. Templar schüttelte sich wie ein Hund und stand in eine Staubwolke gehüllt. Beauregard wischte über die Schultern seines Astrachan-Mantels.

»Ein Ratsch-Bumm«, meinte der Lieutenant. »Tückische Biester. Der Fritz deckt uns schon seit einer ganzen Woche mit den kleinen Teufeln ein. Vermutlich will er den Graben einebnen und uns so den Weg abschneiden.«

Durch den Versorgungsgraben gelangten *matériel* und Männer an die Front. Wenn er eingeschossen wurde, mußte die Blockierung umgehend beseitigt werden.

Eine zweite Granate ratschte vorüber und riß mit lautem Bumm ein Loch in das geschundene Feld.

»Dem Fritz scheint das Zielwasser ausgegangen zu sein. Zweimal geschossen, zweimal daneben.«

Beauregard hob den Blick. Der frühabendliche Himmel war grau und mit windgepeitschten Erdkrumen gefleckt, die mit dem Rauch herübertrieben. In den tiefhängenden Wolken erkannte er die undeutlichen Umrisse eines Flugzeugschwarms.

»Wenn diese Flattermaxen dem Hunnen Meldung machen, werden uns die deutschen Kanoniere im Handumdrehen mit Ratsch-Bumms den Kopf rasieren. Das wird alles andere als angenehm.«

Zu Beginn des Krieges hatte ein Reporter in der ›Times‹ eine ähnliche Situation beschrieben und die Moral an der Heimatfront mit einem Bild putzmunterer Tommies aufgebessert, die, in der Gewißheit, daß die feindlichen Kanonen durchweg ihre Stellungen verfehlten, fröhlich Kapriolen schlugen. Eifrige Leser in Berlin setzten die deutsche Artillerie davon in Kenntnis, die daraufhin ihre Zielvorrichtungen justierte – mit verheerendem Ergebnis. Inzwischen war der Journalismus strengen Regeln unterworfen. Wohlmeinende Tölpel richteten mit ihren chauvinistischen Windbeuteleien weitaus größeren Schaden an als Bilderstürmer wie Kate Reed mit ihrer schneidenden Kritik. Beauregard wäre es lieber gewesen, Kate hätte die weißen Klippen von Dover verteidigt als ein Regiment von Northcliffes fahnenschwenkenden Schmieranten.

»Hurra«, rief Templar, »die Camels kommen.«

Ein geflügelter Feuerball brach jaulend durch die Wolken und steuerte, stetig und unaufhaltsam, ins Niemandsland. Krachend bohrte sich das Flugzeug in den Boden.

Luftherrschaft bedeutete, den Feind daran zu hindern, mit seinen Flugzeugen Bildaufklärung zu betreiben und strategische Erkenntnisse zu sammeln. Die Deutschen, und bis zu einem gewissen Grade auch die Alliierten, verschwendeten tonnenweise Druckerschwärze auf die Heldentaten ihrer Ritter der Lüfte, doch es war ein schmutziges, blutiges Geschäft. Wie die Dinge lagen, besaß ein britischer Beobachter, sofern er nicht auf Richthofen stieß, bessere Chancen als sein Gegner, Einzelheiten über Truppenverteilung und Geschützstände in Erfahrung zu bringen.

Ein zweiter Deutscher ging nieder, langsam, wie im Anflug auf ein Rollfeld. Die Maschine geriet ins Trudeln und zerschellte in der Luft, als sei sie gegen eine unsichtbare Wand geprallt. Der Pilot im Cockpit war vermutlich bereits tot gewesen.

»Der Versorgungsgraben wird auch morgen noch seinen Dienst erfüllen.«

Wenn man sich umsah, so schien dies kaum der Rede wert.

Es war ein recht ruhiger Nachmittag an der Front. Zwar feuerten die beiden Parteien halbherzig aufeinander, doch ein Großangriff blieb aus. Es ging das Gerücht, daß feindliche Divisionen von der Ostfront, durch den Friedensvertrag mit dem neuen Rußland entbunden, langsam nach Europa vordrangen. Und das war mitnichten aus der Luft gegriffen. Den Berichten zufolge, die Beauregard von den Berliner Agenten des Diogenes Club erhalten hatte, rüsteten sich Hindenburg und Dracula für die Kaiserschlacht. Sie planten, die verbleibenden Truppen der Mittelmächte in einen verlustreichen Angriff auf Paris zu werfen und durch eine letzte große Offensive zum Sieg zu gelangen. Doch wenn Leute wie Mireau und Haig diese sorgfältig zusammengetragenen Informationen unbeachtet ließen, reichte selbst das aller Voraussicht nach nicht aus, dem Morden Einhalt zu gebieten.

Sie befanden sich in unmittelbarer Nähe der Front. In einem fort erschütterten Granateinschläge die Erde. Alles bebte oder klapperte: Stahlhelme, Grabenroste, Kochgeschirr, Ausrüstungsgegenstände, berstendes Eis, Zähne. Beauregards Interesse galt jedoch nicht den vorgeschobenen Stellungen, sondern einem seltsamen unterirdischen Stand direkt hinter den Linien.

Vor einigen Monaten hatte er erfahren, daß Dr. Moreau ein Frontlazarett leitete, in dem vor allem Schwerverwundete behandelt wurden. Dies war derselbe Naturforscher, der seiner Vivisektionen wegen wiederholt aus akademischen Zirkeln ausgeschlossen und von der Tagespresse angefeindet worden war. Beauregard war dem Wissenschaftler schon einmal begegnet, in den Wirren eines anderen blutigen Krieges. Er hielt es für unwahrscheinlich, daß Moreau auch nur die leiseste patriotische oder philantropische Regung verspürte. Und doch war er hier, am schlimmsten Ort der Welt, und riskierte allem Anschein nach die eigene Haut, um fürchterliches Leid zu lindern.

Beauregard wollte Dr. Moreau in Sachen Geertruida Zelle konsultieren. Wenn jemand diesseits der Linien Licht in das Dunkel des Château du Malinbois zu bringen vermochte, dann er.

Zur Front hin verengte sich der Graben. Sandsäcke explodierten. Wo man Breschen unterstützt und aufgeschüttet hatte, waren große Feldschanzen entstanden. Templar pfiff seltsam zwitschernd eine kleine Melodie. Beauregard hatte gehört, der Neugeborene sei ein braver Offizier, der um das Wohl seiner Leute sehr besorgt sei.

Drei Tommies saßen rauchend um einen wackeligen Tisch und spielten Karten. Eine Hand ragte aus der gefrorenen Wand, zwischen den starren weißen Fingern steckte ein Kartenfächer. Beauregard war so oft an der Front gewesen, daß ihn derlei schwarzer Humor nicht mehr schrecken konnte. Der unbekannte Soldat lag zu tief verschüttet, um ihn auszugraben, ohne einen Einsturz zu verursachen. Seine Befreiung würde bis Kriegsende warten müssen.

Beauregard dachte an die Karikatur zweier britischer Soldaten, die in einem Granattrichter saßen und sich unterhielten. »Ich habe mich auf fünfundzwanzig Jahre dienstverpflichtet«, sagte der eine. »Du Glückspilz«, erwiderte sein Kamerad. »Ich auf Kriegsdauer.«

»Moreau ist dort unten, Sir«, sagte Templar und hob eine steife Zelttuchklappe.

Der Eingang glich dem eines Bergwerks. Ein mit Sandsäkken versteifter Tunnel führte nach unten, der Boden war mit Brettern ausgelegt, die Decke mit Wellblech verkleidet. In etwa zwanzig Fuß Entfernung baumelte eine Glühbirne von einem Balken, jenseits davon war nichts zu sehen. Seimiger Schlamm sickerte vom Graben in den Tunnel und wurde über Rinnen abgeleitet. Beauregard überlegte, wo sich der zähflüssige Unflat sammeln mochte.

Ein schriller Schrei drang aus dem Tunnel, gefolgt von ersticktem Stöhnen und Ächzen. Die Laute schienen eher von einem Tier zu stammen denn von einem Menschen.

»So geht es tagaus, tagein«, sagte Templar stirnrunzelnd. »Dr. Moreau vertritt die Ansicht, daß körperlicher Schmerz gesund und heilsam sei. Wer Schmerzen hat, der fühlt noch etwas. Erst wenn man nichts mehr fühlt, wird es gefährlich.«

Ein zweiter Schrei wurde, wie mit einer Garotte, abgewürgt.

»Eine Klinik so nahe an der Front, ist das nicht ungewöhnlich?«

Templar nickte. »Doch. Aber praktisch. Wenn auch nicht besonders gut für die Moral der Truppe. Die Lage ist schon schlimm genug. Manchen Männern ist der gedämpfte Lärm unheimlich. Sie haben größere Angst davor, in dieses Loch hinabzuwandern, als im Kampf verwundet zu werden. Alberne Geschichten sind im Umlauf. Man erzählt sich, daß der

Doktor die Verwundeten zu Experimentierzwecken mißbraucht.«

Beauregard konnte es den Soldaten nicht verdenken. Im Hinblick auf Dr. Moreaus Vergangenheit erschienen die Geschichten nicht mehr ganz so albern.

»Als ob sich aus der Folter von Verwundeten Erkenntnisse ziehen ließen. Lächerlich.«

Für einen Vampir war Templar ein anständiger Bursche; vielleicht zu anständig. Solch heilige Einfalt trübte den Blick für die oft sinnlose Grausamkeit des Menschen.

Beauregard trat in den Tunnel. Eine seltsamer Gestank erfüllte die enge Röhre, ein durchdringender Schwefelgeruch. Der Flackerschein der Lampe tünchte die Wände rot.

Der Lieutenant blieb am Eingang stehen, wie ein Vampir des Altertums an der Schwelle zu geweihtem Boden.

»Gehen Sie ruhig ohne mich weiter, Sir. Sie können es gar nicht verfehlen.«

Beauregard fragte sich, ob Templar tatsächlich so frei von Aberglaube war, wie er behauptete. Er drückte die ruhige Hand des jungen Mannes und verschwand in der Dunkelheit jenseits des Lichts.

Der Tunnel endete an einer massiven Eisentür. Sie hier herunterzuschaffen und in die steinige Erde einzupassen, mußte eine Herkulesarbeit gewesen sein. Ein ungewöhnlicher Soldat stand Wache. In seiner gebückten Haltung reichte er Beauregard kaum bis zur Hüfte. Seine Arme waren sechs Zoll zu lang für seine Ärmel, der größte Teil seines bräunlichen Gesichts war dicht mit Haaren bewachsen, riesige Zähne stülpten die Lippen aus zu einem äffischen Grinsen, und rote Male, wie verheilte Wunden, bedeckten die schlaffen Hautfalten am Hals und an den Handgelenken. An manchen Stellen beulte sich seine Uniform, an anderen wieder spannte sie.

Beauregard hielt den Wachposten für einen Wilden, vermutlich aus einem in der Südsee gelegenen Winkel des Empire. Vielleicht ein vom Riesenwuchs befallener Pygmäe. In Kriegszeiten konnte König Victor keinen Mann entbehren.

Als er Beauregard näherkommen sah, umschloß der Posten mit langen Fingern sein Gewehr und richtete sich auf. Er entblößte bemerkenswerte Zähne, gelbliche Knochendornen, die aus einem Meer von scharlachfarbenem Zahnfleisch ragten.

»Ich möchte zu Dr. Moreau«, sagte Beauregard.

Die Knopfaugen des Wachpostens funkelten. Er schnaubte, und seine Nase wackelte, als führte sie ein Eigenleben. Hinter der Tür waren von neuem Schreie zu hören. Die Wache, die solches Getöse eigentlich hätte gewohnt sein müssen, wich erschrocken zurück und kauerte sich in eine Nische.

»Dr. Moreau«, sagte Beauregard ein zweites Mal.

Der Wachposten zog seine buschigen Brauen hoch und runzelte in äußerster Konzentration die Stirn. Er stellte sein Gewehr beiseite, ergriff einen in die Tür eingelassenen Ring und zerrte mit aller Macht daran. Ruckend und quietschend öffnete sich das eiserne Portal.

Ein Schwall blutigen Gestanks wehte in den Gang hinaus. Beauregard betrat eine aus Erde und Stein gehauene Kammer. Eine Reihe von Pritschen nahm gut die Hälfte des Gemachs in Anspruch. Auf den meisten lagen Patienten mit fürchterlichen Wunden, an blutigen Matratzen festgeschnallt. Manche starrten stumm durch den Augenspalt ihrer Gesichtsverbände, andere wanden sich schreiend im Schmerzenswahn. Eine Kiste quoll über von zerschnittenen Uniformen und zersägten Stiefeln. Elektrische Lampen pulsierten im Takt mit einem launenhaften Generator, der in einem Nebenraum vor sich hin brummte. An den Wänden glänzte frisches Blut. Alles war damit besudelt. Selbst an den Glühbirnen klebten zu braunen Malen geronnene Flecken.

Er erkannte Dr. Moreau sofort: ein alter Mann von kräftiger Statur in einem blutgetränkten Kittel, der Kopf umrahmt von einer weißen Löwenmähne. Der Arzt beugte sich über die sterblichen Überreste eines Soldaten und spreizte die freiliegenden Rippen mit einem stählernen Instrument. Der Patient war ein Skelett, umhüllt von feuchten Fleisch- und Muskelfetzen. In der roten Gesichtsruine schimmerten gebrochene Augen. Die entblößten Fangzähne krachten splitternd aufeinander und fügten sich zu einer grinsenden Teufelsfratze. Neben Moreau stand ein kleinerer Mann, der die Schultern des Patienten auf die Pritsche preßte. Als die Knochen brachen, stieß Moreau einen Triumphschrei aus. Ein Schuß purpurroten Blutes spritzte dem Assistenten ins Gesicht und befleckte seine dicke Brille.

»Sehen Sie, West«, sagte Moreau. »Das Herz schlägt noch.«

West, der Assistent, suchte nach einem sauberen Stückchen Ärmel, um seine Augengläser abzuwischen.

»Ich habe wieder einmal recht behalten, und Sie schulden mir eine halbe Krone.«

»Freilich, Doktor«, sagte West. Er sprach mit leichtem amerikanischem oder kanadischem Akzent. »Ich werde es auf die Rechnung setzen.«

»Sie sind mein Zeuge«, wandte sich Moreau an Beauregard, das erste Mal, daß er sein Eindringen zur Kenntnis nahm. »Mr. West hat gewettet, daß das Herz unter diesen Umständen unmöglich weiter schlagen könne, und doch verrichtet das wackere Organ noch immer eifrig seinen Dienst.«

Moreau hob den Arm, damit Beauregard einen Blick auf das Herz werfen konnte. Obgleich die meisten Gefäße durchtrennt waren, pumpte es wie eine geballte Faust.

»Dieser Mann könnte leben«, verkündete Moreau.

»Ausgeschlossen«, entgegnete West.

»Ihre Schulden steigen ins Unermeßliche, mein Freund. Schauen Sie nur, als wie zählebig sich diese kleinen Schlangen erweisen . . .«

Die durchtrennten Gefäße wanden und krümmten sich. Eine Arterie tastete sich vorwärts wie ein blinder Wurm, wuchs wieder an, Blut floß hindurch, und der Schnitt heilte im Nu. Wucherndes Gewebe drängte sich rings um das Herz, umschloß, umhüllte es. Die aufgestemmten Rippen klappten zu wie eine Falle und fügten sich in ihre frühere Ordnung. Eine Flut von Muskelfleisch begrub die Knochen unter sich.

»Die Zähigkeit des Vampir-*corpus* ist aller Voraussicht nach unendlich«, sagte Moreau. »Allein die menschliche Verzweiflung ermöglicht den Tod, und ein Mann, der nur noch über ein halbes Hirn verfügt, kennt keine Verzweiflung mehr. Der Instinkt ergreift von dem Tier Besitz.«

Der Hinterkopf des Patienten war nur mehr eine formlose Masse. Schwärendes Fleisch ballte sich rings um die Augen. Jede Faser des Soldaten hielt hartnäckig am Leben fest. Beauregard mußte an Isoldes traurige Vorstellung denken. In dreißig Jahren Forschungsarbeit war es Moreau und seinesgleichen nicht gelungen, die Vampire ihrer regenerativen Fähigkeiten zu berauben.

»Aber ohne das Gehirn«, sagte West und legte den Finger in die feuchte Wunde, »hat dieses Wesen weder Willen noch Zusammenhalt . . . «

Muskelstränge zerrten gierig an Wests Fingerspitze. Sofort zog er die Hand zurück und beobachtete mit ausdrucksloser Miene, wie sich ein wangengroßer Fetzen Fleisch *über* ein erschrockenes Auge legte.

»Dies ist kein lebendiger Mensch«, meinte West, »sondern nichts weiter als eine Ansammlung disparater, autonomer Gliedmaßen und Organe. Die Schablone der menschlichen Gestalt befindet sich im Gehirn. Ohne diese Schablone gleitet eine vernunftlose Kreatur wie diese orientierungslos dahin und nimmt dabei beliebige groteske Formen an.«

Über dem Mund des Patienten bildete sich Haut, die an den Zähnen in Fetzen ging und wieder heilte.

Moreaus breites Gesicht wurde rot vor Zorn. »Diesem Mann fehlt schlicht der rechte Wille, *das* ist seine Schuld. Er hat den Glauben an die menschliche Gestalt verloren.«

Enttäuscht und wütend wandte Moreau sich von der Pritsche ab. Der Kiefer des Patienten klappte herunter, seine Fangzähne stachen wie Dolchspitzen hervor und rissen die neue Haut in Stücke. Dem blutigen Loch entwich ein leises Krächzen.

»Die Stimme ist komplett dahin«, sagte Moreau. »Dies ist nichts weiter als ein Tier. Jeder Rettungsversuch wäre zwecklos.«

Er holte ein Skalpell aus seiner Kitteltasche. Die Klinge schimmerte silbern.

»Treten Sie zurück, West. Das kann blutig werden.«

Moreau kniete sich auf den Bauch des Patienten, ließ das Skalpell niedersausen und durchschnitt mit Warzen übersäte, aufgeschwollene Haut. Er vergrößerte den Schnitt, stieß das Messer zwischen die frisch verwachsenen Rippen und bohrte es ins Herz. Ein letztes Zucken ging durch den Körper des Patienten, dann war er tot. Moreaus Faust war zur Gänze in der Brusthöhle verschwunden. Er befreite seine blutverschmierte Hand und wischte sie am Bettzeug des Patienten ab.

»Es war eine Gnade«, lautete sein nichtssagender Kommentar. »Nun, Sir, mit wem habe ich das Vergnügen, und was führt Sie in mein Reich?«

Mit Mühe gelang es Beauregard, den Blick von dem zerfetzten Leichnam abzuwenden. Er verweste schnell, zerfloß zu einer zähflüssigen Masse und tropfte von der Pritsche. Die Ältesten wurden zu Staub. Der Patient war nicht einmal ein Menschenleben lang Vampir gewesen.

»Dr. Moreau, Sie werden sich vermutlich nicht an mich erinnern. Mein Name ist Charles Beauregard. Wir sind uns schon einmal begegnet, vor vielen Jahren, im Laboratorium von Dr. Henry Jekyll.«

Moreau wurde nur ungern an seinen verstorbenen Kollegen erinnert. In seinen tiefliegenden Augen kochte die Wut.

»Ich habe Verbindungen zum Geheimdienst«, sagte Beauregard.

»»Verbindungen«? Mehr nicht?«

»Ganz recht.«

»Gratuliere.«

West durchforstete die Überreste des Patienten, förderte Kugeln und Granatsplitter zutage. Er trug schwarze Gummihandschuhe.

»Ich bin noch nicht soweit, meine Erkenntnisse der Öffentlichkeit präsentieren zu können«, sagte Moreau und wies auf seine kleine Schar gefesselter Patienten. »Ich hatte nicht genügend Vampire zur Verfügung.«

»Sie mißverstehen mich, Herr Doktor. Ich bin nicht wegen Ihrer derzeitigen Arbeit hier . . . «

(worum auch immer es sich dabei handeln mochte)

» . . . sondern um Informationen zu übermitteln, die eventuell von Nutzen sind. Sie betreffen einen anderen Forscher auf Ihrem Gebiet, Professor ten Brincken.«

Als er den Namen hörte, hob Moreau wachsam den Blick.

»Ein Scharlatan«, stieß er verächtlich hervor. »Praktisch ein Alchimist.«

Beauregards Quellen zufolge waren Moreau und ten Brincken auf einem Kongreß an der Universität von Ingolstadt im Jahre 1906 handgemein geworden. Das ließ vermuten, daß der Professor ein Mann von nicht geringer Größe war.

»Wir glauben, daß ten Brincken ein Geheimprojekt leitet, dem der Feind höchste Priorität einräumt.«

»Die Deutschen lieben den Mystizismus. Romantische Schauerphantasien haben ihren Verstand verwirrt. Ich bestreite nicht, daß ten Brincken ein kühner Denker ist. Aber keines seiner Ergebnisse läßt sich beweisen. Er schwelgt in germanischen Blutritualen. Keine Kontrollgruppe, keine Hygiene, keine ordentlichen Aufzeichnungen.«

Dieser Klinik nach zu urteilen, hegte Moreau eine höchst sonderbare Vorstellung von »Hygiene«.

»Nein«, sagte Moreau mit Nachdruck. »Woran ten

Brincken auch arbeiten mag, es wird sich als wertlos erweisen.«

Der Assistent lief unruhig hin und her, fand jedoch nicht den Mut, den großen Forscher zu unterbrechen.

»Worüber hat er geforscht?« fragte Beauregard.

»Vor dem Krieg? Spinnerte Studien der Lykanthropie. Ausgemachter Unsinn. Das alte Ammenmärchen, daß Werwölfe umkehrbare Haut besitzen, mit dem Fell auf der Innenseite. Seichtes Gewäsch über Tiergeister, die sich mit denen der Menschen paaren. Er schien zu glauben, Gestaltwandler seien Opfer einer Art von dämonischer Besessenheit. Das alles im Zusammenhang mit Blutgeschlechtern. Die Deutschen sind fasziniert von Blut, von der Reinheit der Rassen, von der Kraft alter Vampirgeblüte.«

»Wie dem des Grafen Dracula?«

Moreau schnaubte. »Ein Ältester, der nichts unversucht gelassen hat, um äußerste Verwirrung zu stiften. In seinem Aberglauben ermutigt er die Narren, Vampire für übernatürliche Geschöpfe zu halten. So wiegt er sich in Finsternis.«

West beendete seine Untersuchung und streifte die feuchten Handschuhe ab.

»1909 habe ich an der Miskatonic University eine Vorlesung von Professor ten Brincken gehört«, sagte er. Hinter seiner Brille tanzten wäßrige, nervöse Augen.

»Das ist Mr. Herbert West aus Massachusetts«, stellte Moreau seinen Kollegen vor. »Er hat mir den einen oder anderen kleinen Dienst erwiesen. Mit ein wenig Glück wird noch ein richtiger Wissenschaftler aus ihm.«

»Über welches Thema hat der Professor damals referiert?«

»Die Kreuzung verschiedener Blutlinien. Wie die Viehzucht zum Ertrag von schierem, magerem Fleisch. Er behauptete, er könne selbst jene Vampire zum Gestaltwechsel bewegen, die dazu von Natur aus nicht imstande sind. Außerdem deutete er an, seine Methoden seien geeignet, viele Krankheiten und Schwächen der Nicht-Toten zu ›heilen‹.«

»Krankheiten und Schwächen?«

»Die extreme Empfindlichkeit gegen das Sonnenlicht. Die Angst vor religiösen Artefakten. Allergische Reaktionen gegen Knoblauch und andere Liliengewächse. Selbst die generelle Verwundbarkeit durch Silber.«

»Pah«, stieß Moreau verächtlich hervor. »Blut, Blut, Blut. Für die Deutschen ist das Blut der Ursprung aller Dinge. Als ob der *corpus* einzig und allein aus Blut bestünde.«

»Ist es dem Professor denn gelungen, ein solches verbessertes Exemplar zu züchten?« fragte Beauregard. »Zum Beispiel einen Vampir, der einen Silberpfeil im Herzen überleben könnte?«

West starrte achselzuckend auf das leblose Häuflein auf der Pritsche. »Es war alles reine Theorie.«

»Es ›Theorie‹ zu nennen, hieße einen Wirrkopf zum Genie zu adeln«, fuhr Moreau wütend dazwischen. »Niemand außer mir hat auf diesem Gebiet je wirklich etwas geleistet. Ten Brincken ist ein Faselhans und Einfaltspinsel.«

»Langstrom von der Gotham University soll mit ten Brinckens Methoden glänzende Resultate erzielt haben«, gab West zu bedenken, »aber seine Experimente nahmen ein schlimmes Ende. Er ist immer noch auf freiem Fuß.«

»Jetzt weiß ich wieder, wer Sie sind«, wandte Moreau sich an Beauregard. »Hatten Sie nicht diese Älteste bei sich?«

»Danke für die Auskunft«, sagte Beauregard. »Sie haben mir sehr geholfen.«

Einen Moment lang befürchtete er, Moreau könne sich nach Geneviève erkundigen. Vor dreißig Jahren hatte er wissenschaftliches Interesse an ihr genommen. Und seine wissenschaftlichen Interessen schienen sich darin zu erschöpfen, mit dem Skalpell auf seine Patienten loszufahren, um das Räderwerk des Lebens zu studieren.

»Sollten sie Ihnen in die Hände fallen, würde ich gern einen Blick auf seine Versuchsnotizen werfen«, sagte Moreau mit übertriebener Lässigkeit, die Beauregard verriet, wie ernst er die Arbeit seines Widersachers wirklich nahm. »Schwachsinniges Geschwätz, da bin ich sicher, aber ein blindes Huhn findet auch einmal ein Korn. In Deutschland gibt es nicht so viele Gesetze, die uns an unserer Forschungsarbeit hindern.«

Beauregard wandte sich zum Gehen. Der Wachposten lauerte hinter der offenen Tür, sein verzerrter Schatten fiel über die Bodendielen.

»Ouran tut niemandem etwas zuleide«, sagte Moreau. »Er ist seit vielen Jahren bei mir. Ein braver, treuer Diener.«

Beauregard fragte sich, ob es sich bei den roten Malen an Ourans Hals um Operationsnarben handeln mochte. Vor dem Krieg hatte Dr. Moreau aus England fliehen und seine Arbeit anderswo fortsetzen müssen. Doch hier, in unmittelbarer Nähe des Schlachtfelds, hatten die »Gesetze« ihre Gültigkeit verloren. In Kriegszeiten war für Menschlichkeit kein Platz.

Auf halbem Weg nach oben setzten die Schreie wieder ein; offenbar widmeten Dr. Moreau und Mr. West sich bereits dem nächsten verwundeten Vampir. Nach diesen wenigen Minuten in der Klinik hätte Beauregard sich am liebsten alle Kleider vom Leib gerissen, um sie gründlich reinigen oder, besser noch, verbrennen zu lassen.

Lieutenant Templar wartete am Tunneleingang. Er hielt eine Zigarette in der Hand und sah einem frischen Rauchring nach, der langsam in die Luft stieg, bis er schließlich zerstob. Der Abend kroch näher. Gegen den fauligen Gestank in Moreaus Sektionssaal wirkte der üble Geruch des Grabens wie eine frische Brise. Das Stakkato der MGs übertönte das dumpfe Donnern des Mörserfeuers.

»Gleich geht es los«, bemerkte Templar. »Was halten Sie von unserem Doc?«

Beauregard gab keine Antwort, doch der Lieutenant war im Bilde.

»Ich sage Ihnen, ich gebe nicht viel auf Gerüchte, aber wenn einer meiner Jungs sich eine Kugel einfängt, werde ich ihn lieber durch den Drahtverhau schleppen und in einem klapprigen Lastwagen nach Amiens schaffen lassen, als ihn in dieses Loch hinunterzubringen.«

14

Kate und Edwin

Gegenüber dem Wing-Hauptquartier in Amiens befand sich ein kleines Café, wo Kate auf ihre Beute wartete. Zufällig gab es gegenüber jedem Gebäude von militärischer Bedeutung in Frankreich solch ein kleines Café. Und Kate kannte sie alle.

Sie trank *anis* mit einem Spritzer Tierblut von ungewisser Herkunft und beobachtete das Kommen und Gehen auf der anderen Straßenseite. Es regierte hektische Betriebsamkeit; nach Einbruch der Dunkelheit herrschte im Wing noch regerer Andrang als am Nachmittag. Das Hauptquartier war ein massiver Bau, ein zweckentfremdetes Amtsgebäude.

Die Spur hatte sie hierher geführt.

»*Bone jaw, mamsek*«, sagte ein Amerikaner. »*Je m'apple Eddie Bartlett. Private, First-Class.*«

Sie blickte den Infanteristen über den Rand ihrer blaugetönten Brille hinweg an. Der kleine, grinsende, unglaublich junge Warmblüter rechnete offenbar mit einem überschwenglichen Empfang. Die Erkenntlichkeit der Mesdemoiselles war ein nicht zu unterschätzender Anreiz für die amerikanischen Rekruten.

»Jungejunge, Mr. Yank, Ihr *parley-voo* ist nicht von schlechten Eltern.«

Private Bartlett war enttäuscht. Wahrscheinlich übte er dieses Sprüchlein schon, seit sein Truppentransporter den Hafen von New York verlassen hatte. Seine Kameraden brüllten vor Lachen. Sie lächelte, und ihre Fangzähne lugten hervor. Bartlett stotterte eine Entschuldigung und kehrte an den Tisch seiner Freunde zurück. Sie hoffte, er möge eine willige Französin treffen, bevor ihn eine Kugel traf. Er sah eigentlich recht nett aus, und sie bereute ihre kühle Abweisung. Es kam nicht oft vor, daß man sie für eine verlockende französische Sirene hielt. Sie mochte den Geschmack von Amerikanern. Auch Mr. Frank Harris war Amerikaner gewesen, ein früherer Cowboy. Da sie historisch unbelastet waren, eignete ihrem Blut eine gewisse Leichtigkeit.

Sie verspürte quälenden Durst. *Anis* mit Blut tat wenig mehr, als ihren Appetit zu reizen. Bisweilen vergaß sie über ihren Kreuzzügen, ihre Bedürfnisse zu stillen. Sie ließ die Zunge über ihre spitzen Zähne gleiten. Die Front war so nah, daß ganz Amiens in einem fort zu beben schien. Der Inhalt ihres Glases drohte überzuschwappen, und sie spürte jeden Bombeneinschlag bis ins Mark.

Edwin Winthrop kam aus dem Wing-Quartier geschlendert und blieb auf der Treppe stehen, um den Gruß eines staubbedeckten Sergeants zu erwidern. Kate tat, als habe sie ihn nicht bemerkt, obgleich sie mit Bedacht einen Platz gewählt hatte, an dem Edwin sie sofort entdecken mußte. Sie hielt diese Vorgehensweise für subtiler als ihre vergeblichen Versuche, sich vor ihm zu verstecken. Von seinem eigenen Scharfsinn geblendet, würde ihm, in einem Anfall männlichen Stolzes, vielleicht ein Lapsus unterlaufen, und er würde sich verplappern. Einen Augenblick lang glaubte sie, er werde ihre Anwesenheit in seinem Bericht an Charles vermerken und dann weiter seinen Geschäften nachgehen. Also versuchte sie ihn telepathisch zu bezaubern. Das war, zumindest was ihr Geblüt betraf, kompletter Unsinn, aber es konnte auch nicht schaden.

Edwin faßte einen Entschluß. Er überquerte die Straße, wobei er einem Kradmelder auswich, und steuerte auf sie zu. Sie verzog keine Miene und unterdrückte ein blasiertes, siegesgewisses Lächeln.

»Miss Maus, nicht wahr?«

Sie machte sich einen Spaß daraus, so zu tun, als habe sie ihn gerade erst bemerkt.

»Guten Abend, Edwin. Wo haben Sie denn Ihren Wachhund gelassen?«

Er blickte sich um. Dravot war nirgends zu sehen. Selbst Edwin wußte mitunter nicht, ob sein Beschützer in der Nähe weilte.

»Vermutlich hat sich der Sergeant in einem nahe gelegenen Heuhaufen versteckt. Verkleidet, natürlich.«

»Das sollte mich nicht wundern.«

»Wie ich höre, sind Sie und er alte Freunde.«

Kate dachte an die Zeit des Schreckens. Es kursierten *Geschichten* über Daniel Dravots Rolle in Belangen von allergrößter Wichtigkeit. Geschichten, die sie nie auf ihren Wahrheitsgehalt überprüft hatte. Der Sergeant stand auf der rechten Seite, zögerte jedoch keine Sekunde, sich die Finger schmutzig zu machen, wenn es darum ging, den Karren aus dem Dreck zu ziehen.

»Ich habe außerdem gehört, daß Sie keineswegs so dumm sind, wie Sie scheinen.«

Sie überspielte ihren Ärger mit einem glockenhellen Lachen. »Niemand könnte so dumm sein, wie ich scheine, nicht wahr?«

Edwins Lachen war nicht gespielt. Sie hatte ihn verwirrt. Und das war gut so. Denn wenn er verwirrt war, war er auch interessiert. Während er versuchte, ihr Geheimnis zu ergründen, hoffte sie mehr über ihn zu erfahren.

»Verfolgen Sie einen armen General? Um den Ruf eines weiteren verdienten Soldaten in den Schmutz zu ziehen?«

»Im Gegenteil. Ich verfasse eine Lobrede auf die Standhaftigkeit unserer tapferen Offiziere.«

Er setzte sich ihr gegenüber. Die Männer an Private Bartletts Tisch machten hämische Bemerkungen.

»Paß auf, Sportsfreund«, rief Bartlett. »Sie beißt.«

»Sie haben sich eine *claque* zugelegt?«

Kate rümpfte die Nase.

»Sie erröten. Das bringt Ihre Sommersprossen zur Geltung.«

Das Bombardement kam ihr erstaunlich regelmäßig vor, bis sie bemerkte, daß sie Edwins Herzschlag lauschte und sich von seinem kräftigen Puls hatte einlullen lassen. Ihr Glas war leer.

»Darf ich Ihnen etwas zu trinken bestellen, Kate?«

»Nein, danke. Ich habe keinen Durst.«

»Ich dachte, Sie hätten immer Durst.«

Es ging ihr wie ein Stich durchs Herz. Sie hätte gern etwas getrunken, nur leider nicht das, was Edwin ihr bestellen würde.

»Auch mein Kollege Charles Beauregard spricht in den höchsten Tönen von Ihnen. Wobei er mich daran erinnerte, daß Sie alt genug sind, um meine Mutter zu sein.«

»Ich bin kaum der Wiege entwachsen. Ich bin noch keine dreißig Jahre tot.«

Er würde sie fragen, wie es war. Früher oder später taten das alle jungen Männer. Eigentlich waren es zwei Fragen: Wie ist es, ein Vampir zu sein, und wie ist es, von einem Vampir gebissen zu werden?

Der *patron* trat an ihren Tisch. Edwin bestellte Brandy und gab ihr Gelegenheit, sein Angebot zu überdenken.

»Danke für Backobst«, sagte sie, wie ein albernes Gör in einem Pariser Straßencafé. Edwin hatte diesen Ausdruck noch nie gehört. Dann besann sie sich eines Besseren und bestellte einen zweiten *anis* mit Blut.

Nach dem ersten Schluck aus seinem Glas sah er sie an und sagte: »Kate . . .«

»›Wie ist das eigentlich?‹«

Sein Erstaunen verriet ihr, daß er von ihren übernatürlichen Kräften überzeugt war. Sie war belustigt und auch ein wenig siegesfreudig.

»Das ist schwer zu erklären. Man muß es selbst erleben, wie die Liebe und den Krieg.«

Edwin dachte über ihre Antwort nach und sah ihr direkt ins Gesicht. Ihre getönte Brille bot keinen Schutz vor seinem Blick.

»Sie verfolgen mich, Kate Reed. Ich weiß zwar nicht, zu welchem Zweck, aber Sie verfolgen mich.«

Sie zuckte die Achseln. »Haben Sie eine Liebste zu Hause?«

Er wog das Für und Wider sorgsam ab und nickte. »Catriona Kaye. Wir sind verlobt. Sie ist sehr modern.«

»Im Gegensatz zu mir, einem verstaubten Relikt aus grauer Vorzeit.«

»Sie ist so alt wie das Jahrhundert. Ich nenne sie Cat.«

»Dann will auch ich sie eine Katze nennen.«

Der beißende Geruch von Edwins Brandy stach ihr in die Nase. Der *anis*-Geschmack auf ihrer Zunge konnte ihr Gefühl für ihn nicht dämpfen.

»Möchte Ihre Verlobte, daß Sie sich verwandeln?«

»Über dieses Thema haben wir noch nicht gesprochen.«

»Es wird Ihnen kaum etwas anderes übrigbleiben.«

»Mein warmes Blut ist mir sehr lieb.«

»Kein dummer Gedanke.«

»Dann sind Sie also keine bekehrungssüchtige Verfechterin des Nicht-Toten-Daseins?«

Edwins Atem kräuselte sich in der Luft. Es war ein kühler Februarabend. Die Warmblüter trugen Schal und Handschuhe.

»Danke für Backobst.«

»Wie bitte?«

»Ich habe als einzige meiner Schwestern in Finsternis überlebt. Das Nicht-Toten-Dasein ist eine heikle Sache, gänzlich unberechenbar. Dreißig Jahre sind vergangen, und noch immer steht die Ärzteschaft vor einem Rätsel. Wer sich verwandelt, setzt all seine Stärken aufs Spiel. Die meisten Neugeborenen sterben auf garstige, unschöne Weise.«

Sie hatte keinen Zweifel, daß Edwin sich prächtig verwandeln würde. Obgleich er warmen Blutes war, besaß er den Scharfsinn eines Vampirs.

»Catriona. Das ist mein Name auf schottisch. Katherine. Sind wir uns ähnlich?«

Die Frage überraschte ihn.

»Sie müssen etwas gemeinsam haben. Sie möchte Journalistin werden.«

»Werden Sie ihr denn erlauben, einen Beruf zu ergreifen?«

»Ich bestehe sogar darauf. Ihr Vater ist da anderer Ansicht. Er ist Geistlicher, sie Agnostikerin. Sie zanken sich in einem fort.«

Zu ihrem Verdruß empfand Kate Sympathie für Edwins unbequeme Liebschaft. Catriona Kaye war allem Anschein nach eine exakte Kopie ihres jüngeren, warmblütigen Ichs. Nur schöner. Kate würde ihn der anderen Frau nicht abgewinnen und ihn zu einem fügsamen Gewährsmann machen können. Ihre Karriere als zweite Mata Hari war beendet, noch ehe sie richtig begonnen hatte.

»Woher dieses Interesse an meinen persönlichen Verhältnissen? Ich dachte, Sie befaßten sich eher mit Politik und anderen wichtigen Belangen?«

»Der Journalismus braucht eine menschliche Note. Kleine Einsichten zur Erhellung trockener Fakten.«

Edwin leerte sein Glas. Der Brandy hatte sein Blut erwärmt und ihm einen kräftigen Geschmack verliehen. Die Kante eines Briefumschlags lugte aus seiner Jackentasche. Mit spitzen Fingern ließ er sie darin verschwinden.

»Versiegelte Order?«

Er grinste. »Das darf ich Ihnen nicht verraten.«

»Ich gehe jede Wette ein«, sagte sie, »daß ich weiß, wohin man Sie schicken wird.«

»Wenn das stimmt, wären Sie tatsächlich eine Hexe. Ich habe keinen Schimmer, was in dieser Order steht.«

Sein Herzschlag verriet ihr, daß er log, doch sie ließ ihn gewähren.

»Worum möchten Sie wetten?«

Sie zuckte die Achseln.

»Einen Kuß?« schlug er vor.

Ihre Augenzähne verlängerten sich um eine Winzigkeit. Sie verspürte einen leisen, nicht unangenehmen Schmerz in den Nerven ihrer Hauer.

»Nun gut«, sagte sie. »Sie werden nach London abberufen.«

Er holte den Umschlag hervor und öffnete ihn. Er las die Order, drückte sie an seine Brust und kicherte.

»Sie haben Ihre Wette verloren.«

»Muß ich mich auf Ihr Wort verlassen?«

»Als Offizier und leidlicher Gentleman?«

»Offiziere und Gentlemen geben die besten Lügner ab. Insbesondere Geheimdienstoffiziere. Ihr Beruf verpflichtet sie zur Lüge wie der meine mich zur Wahrheit.«

»Ich könnte Ihnen durchaus den einen oder anderen Journalisten nennen, dem die Fabelei nicht fremd ist.«

»*Touché*.«

»Sie gestehen mir also zu, daß Sie verloren haben?«

»Bleibt mir etwas anderes übrig?«

Sie standen linkisch auf und sahen sich an. Er war von mittlerer Statur, nur wenige Zoll größer als sie. Er küßte sie auf den Mund. Seine Wärme versetzte ihr einen Schock, und Feuer schoß durch ihre Adern. Obgleich kein Blut floß, war der Kontakt derselbe wie beim Aderlaß. Es war kein langer Kuß. Bartletts Tisch johlte und schrie. Edwins Gedanken waren nicht allzu ergiebig. Nur ein Tropfen Blut, und sie hätte erfahren, was sie wissen wollte. Edwin machte sich von ihr los. Seine Order glitt ihm durch die Finger, verfehlte den Tisch und fiel zu Boden.

»Da stehen einem ja die Haare zu Berge«, sagte er mit großen Augen.

Mit der Schnelligkeit der Nicht-Toten bückte sie sich, schnappte sich das Blatt Papier und hielt es Edwin hin. Der war in einem kurzen Traum versunken, wie betäubt von der

Berührung ihrer Lippen. Bei einem flüchtigen Blick auf das Papier hatte sie gesehen, daß Edwin nach Maranique zurückbeordert wurde, um eine zweite Streife zum Château du Malinbois zu schicken.

»Damit hatten Sie wohl nicht gerechnet?« fragte Kate.

»Das will ich meinen. Sie sind elektrisierend. Wie ein Zitteraal.«

Zweiter Teil

NIEMANDSLAND

15

Ader um Ader, Zahn um Zahn

»Da hört sich doch alles auf!« schimpfte Ewers. »Wir sollten am Bahnhof abgeholt werden. Es sollte ein Wagen für uns bereitstehen. Diese Verzögerung ist unverzeihlich.«

Poe stellte seine Reisetasche auf den Bahnsteig, während sich düster dreinblickende Soldaten um ihn scharten. Es war kurz nach Sonnenuntergang. Sein roter Durst war geweckt, eine unerträgliche Tortur.

»Diese Sache wird ein Nachspiel haben«, gelobte Ewers. »Und wenn ich eigenhändig einen Pfahl errichte, um die Gedärme des Verantwortlichen darauf zu spießen!«

Kleine Ungelegenheiten machten Hanns Heinz Ewers maßlos wütend. Ebenso übertrieben wie sein Eigendünkel war sein Zorn, wenn andere sich weigerten, die Autorität anzuerkennen, die er für sich in Anspruch nahm. Wäre er ein Verfechter der Theorien Sigmund Freuds gewesen, so hätte Poe vermutlich folgern müssen, daß Ewers' Phallus ungewöhnlich klein geraten war.

Dabei hatte der Wiener Jude ein paar recht interessante Dinge geschrieben und sich seinen Platz in der Geschichte redlich verdient. Franz Joseph war eben im Begriff gewesen, einer vom Hause Rothschild unterzeichneten Petition zuzustimmen und das Grazer Edikt aufzuheben, als Freud *Der oral-sadistische Antrieb* veröffentlichte. Am Beispiel der Nicht-Toten lieferte das Buch einen derart erschütternden Beweis für die moralische Verkommenheit und das gefährliche subversive Potential der hebräischen Rasse, daß das Edikt nicht nur in Kraft bleiben, sondern erheblich verschärft werden sollte.

»In der deutschen Seele ist kein Platz für Schlendrian und

Hudelei«, fuhr Ewers fort. »Unzulänglichkeit und Schwäche müssen mit Blut und Eisen ausgemerzt werden.«

Sie standen am Bahnhof von Péronne bei Cappy an der Somme, nur wenige Meilen von den feindlichen Linien entfernt. In Berlin hatte Poe das Bombardement als leises Echo wahrgenommen. Je weiter sich der Zug dem Kriegsschauplatz genähert hatte, desto lauter war es geworden. Selbst Ewers hatte es noch vor der französischen Grenze gehört. Der Krach zerrte an Poes schwachen Nerven; wenn er sich zu lange in Frontnähe aufhielt, würde er vermutlich den Verstand verlieren.

»Soll ich vielleicht zu Fuß gehen?«

In Ewers' Tirade war aus »wir« längst »ich« geworden. Man brauchte wahrhaftig kein Detektiv zu sein, um zu ermitteln, daß Ewers glaubte, er leite die Operation Château du Malinbois und Edgar Poe sei nichts weiter als ein Schlachtenbummler. Warum hatte man, wenn er denn tatsächlich solch ein Großmeister der spitzen Feder war, nicht gleich Ewers angeworben, dieses wunderbare Buch zu schreiben?

Im Gegensatz zu Poe, der sich mit einer kümmerlichen Leinentasche begnügte, reiste Ewers mit zwei schweren Koffern und war es nicht gewohnt, am Bahnhof einzutreffen, ohne eine Schar bunt herausgeputzter Träger aufzuscheuchen, die bereit waren, bis zum Ende seinen Zwecken zu genügen. Péronne befand sich ganz in der Hand des Militärs. Alle Franzosen, die hier als Wärter ihren Dienst verrichtet hatten, waren entweder tot oder lagen ein paar Meilen weiter im Schützengraben und richteten ihre Gewehre auf die deutschen Linien.

Die Lokomotive hatte eine neuerliche Ladung grau uniformierter Männer zum Altar des Krieges geführt und schnaubte wütend wie ein Feuerdrache. Der Schornstein der gewaltigen schwarzen Maschine hätte einem Raddampfer zur Ehre gereicht. Auf dem Langkessel prangte das goldene, mit Schlamm und Ruß befleckte Wappen Draculas.

Schon bald nach dessen Ankunft hatte der Kaiser den Grafen zum Chef der Deutschen Reichsbahnen ernannt. Für Fahrplanabweichungen von über fünf Minuten gab es drei Hiebe mit einer glühenden Schwertklinge auf den bloßen Rücken. Machte sich ein ruchloser Maschinist eines weiteren Vergehens schuldig, so wurde er bei lebendigem Leib in seinen Kessel geworfen. Die weise Voraussicht des Grafen machte sich schon in den ersten Kriegstagen bezahlt: Elftausend Züge wurden aus dem Zivilbetrieb entfernt und verbrachten mehrere Millionen Reservisten in Rekrutendepots und von dort aus weiter an die Front. Der unter der Schirmherrschaft des Grafen entworfene Schlieffen-Plan war keine Feldzugsstrategie im Sinne des neunzehnten Jahrhunderts, sondern vielmehr ein gigantischer Eisenbahnfahrplan.

»He«, rief Ewers, »mein Gepäck!«

Der Zug machte sich zur Weiterfahrt bereit, und die riesigen Räder fingen an zu mahlen. Ewers rannte auf und ab, seine Rockschöße flatterten im siedendheißen Dampf. Aus einer Waggontür flogen messingbeschlagene Koffer auf den Bahnsteig. Es ging doch nichts über gute deutsche Wertarbeit. Die stabilen Kisten bogen und verformten sich, brachen aber nicht entzwei. Ewers schrie dem abfahrenden Zug wüste Drohungen hinterher: Er habe Namen und Dienstnummern notiert und werde für prompte Entlassung und Bestrafung sorgen.

Ein übler Gestank hing in der Luft. Poe kannte ihn noch aus seinem letzten Krieg. Dem Krieg um die Unabhängigkeit der Südstaaten. Dem Krieg, den sie verloren hatten. Der Geruch stach ihm noch immer in die Nase. Schlamm, Schießpulver, menschliche Exkremente, Feuer und Blut. Zwar waren zwei neue Ingredienzen beigemischt, Petroleum und Kordit, doch der eigentliche Gestank war an der Somme derselbe wie am Antietam. Einen Augenblick lang war er überwältigt. Der Tod drängte sich in sein Gehirn, eine schwarze Flagge legte sich um seinen Kopf, blendete, erstickte, würgte ihn.

»Was stehen Sie denn da herum?« bellte Ewers. »Sie sehen aus wie eine Vogelscheuche.«

Poe spürte nichts. Das ließ tief blicken.

»Pah«, stieß Ewers verächtlich hervor und machte eine wegwerfende Handbewegung.

Poe beruhigte sich. Er würde bald neue Nahrung brauchen. Wie immer, wenn er am Rande von Hunger und Erschöpfung stand, waren seine Sinne bis zum äußersten geschärft. Wer zuviel wahrnimmt, wird verrückt.

Es war ein kleines Wunder, daß kein Wagen auf sie wartete. Jenseits des geschlossenen Fahrkartenschalters und des ausgebombten Wartesaals herrschte militärisches Chaos. In die Quartiere oder an die Front einrückende Soldaten wurden in Divisionen eingeteilt und kletterten auf Karren und Laster, die sie ins Kampfgebiet kutschierten. Sergeanten brüllten wie alle Sergeanten seit Anbeginn der Welt. Die Männer setzten sich in Bewegung, ein Knäuel aus Kluften und Gewehren.

Widerwillig entließ Ewers seine Koffer in die Obhut eines glutäugigen kleinen Gefreiten mit hauchdünnem Schnurrbart und steifarmigem Gruß. Poe erkannte auf den ersten Blick, daß der Mann das Zeug zum Zuchtmeister und Leuteschinder hatte. Sie traten auf den Bahnhofsvorplatz.

Die Wand des Fahrkartenschalters war in Brusthöhe mit Einschußlöchern gespickt. Daneben türmten sich grob behauene Holzsärge, hoch wie ein Telegraphenmast. Am Fuß des Stapels lag eine offene Totenkiste, die fast bis zum Rand mit jungfräulichem Schnee gefüllt war, als erwartete sie einen Eskimovampir, der auf einer Scholle seines Heimateises schlief. Péronne war mehrmals heftig bombardiert worden, und nur wenige Gebäude waren unversehrt. Leere Fenster, löchrige Dächer, rußgeschwärzte Türen, eingestürzte Schornsteine.

»Sie da«, herrschte Ewers einen Sergeanten an, »wo geht es zum Château du Malinbois?«

Als er den Namen hörte, zuckte der Sergeant, ein stämmiger, schnauzbärtiger Warmblüter, erschrocken zusammen und schüttelte leise murmelnd den Kopf.

»Sie sollten lieber nicht zum Schloß hinausfahren, Sir«, sagte er.

»Im Gegenteil. Wir sind im Auftrag des Kaisers unterwegs.«

Ewers war erbost, Poe hingegen zeigte sich erstaunt über die Furcht und den Abscheu des Sergeanten. Malinbois stand offenbar in keinem guten Ruf.

»Auf dem Schloß geht es nicht mit rechten Dingen zu«, erklärte der Sergeant. »Es ist von toten Kreaturen bevölkert. Kreaturen, die man am besten einmauern und vergessen sollte.«

Knurrend entblößte Ewers seine Hauer. Die Schaustellung des Deutschen ließ den Soldaten kalt. Im Château erwartete sie demnach weitaus Schlimmeres. Der Sergeant trottete davon und ließ Ewers schnaubend wie eine Lokomotive zurück.

»Abergläubischer Bauer«, stieß Ewers verächtlich hervor.

Poes Fangzähne schmerzten, und sein Herz stand in Flammen. Er brauchte dringend Nahrung. Ewers hatte von Ausschweifung und Schwelgerei auf Malinbois geschwärmt, doch das sagenhafte Schloß schien in immer weitere Ferne zu rükken. Amtliche Plakate warnten vor Krankheit und Verbrüderung. Es war bei Strafe verboten, das Blut französischer Zivilisten zu trinken. Ebensogut hätte man verbieten können, französische Luft zu atmen.

Unter einer Laterne stand ein Mädchen von elf oder zwölf Jahren und beobachtete die Soldaten. Sie trug eine saubere Kinderschürze, und ihre schneeweiße Haut schimmerte im trüben Licht. Sie war warmen Blutes. Poe hörte ihren Herzschlag, hörte noch das leiseste Rascheln ihrer Kleider. Trotz des üblen Kriegsgestanks roch er den süßen Duft ihres Atems.

Sie blickte ihn aus alten Augen an. Einen Lidschlag lang

war sie Virginia. Sie alle waren wie Virginia, ungeachtet ihrer Augenfarbe oder Frisur. Sie alle umwehte ein Hauch von Virginia. Sie schien Poe magisch anzuziehen, quer über die zerbombte Straße hinweg. Schon herrschte Einverständnis zwischen ihnen.

»Herr Poe«, rief Ewers gereizt und wie aus weiter Ferne.

Als er die Lichtinsel erreicht hatte, blieb Poe zögernd stehen. Im Gesicht des Mädchens loderte das Feuer des Lebens. Er fragte sich, ob er sie würde berühren können, ohne sich die Finger zu verbrennen. Die Vorsicht zügelte seine Begierde. Sie war nicht Virginia, sondern eine geübte französische Kokette. Er sah den Schorf an ihrem Hals, eine Reihe verheilter Bißwunden, die sich von unterhalb ihres winzigen Ohrs bis zu ihrem Kragen zog. Ihr Lächeln entblößte schlechte Zähne.

Ewers hatte Poe eingeholt und verlieh seinem Unmut wortreich Ausdruck, ging jedoch nicht dazwischen. Er wußte, welche Not Poe litt.

»Wenn es denn sein muß«, sagte Ewers. »Aber machen Sie schnell. Wir werden im Château erwartet.«

Poe stellte sich vor, Ewers befände sich in einem anderen Land. Seine Stimme war schwach, der Herzschlag des Mädchens laut. Mit routinierter Lässigkeit nahm sie seine Hand und zog ihn an der Laterne vorbei in eine Seitengasse.

»Auf dieses Delikt steht eine hohe Strafe«, klagte Ewers.

Doch Poe ließ sich nicht beirren. Es war längst Liebe. Er bekam den Mund nicht zu, seine Schneidezähne waren ihm im Weg. Gurrend versuchte er das Mädchen zu besänftigen. Seine wilde Miene schien ihr keine angst zu machen.

»Beeilen Sie sich, Poe. Beißen Sie die Hure, und damit Schluß.«

Poe brachte Ewers mit einer unwirschen Handbewegung zum Schweigen. Es zog ihn in die Dunkelheit, auf die Knie. Durch seine dünnen Hosen spürte er das Pflaster. In den Fugen hatten sich harte Eiskrusten gebildet. Das Mädchen sank in seine Arme und küßte ihn sanft auf Wange und Mund. Sie schmeckte wie Feuer. Von seinen Gefühlen übermannt, zerrte er ihren Kopf in den Nacken und setzte seine Lippen an ihren pulsierenden Hals. Alte Wunden rissen auf, als seine Fangzähne ihre zarte Haut durchdrangen. Süßes Blut sickerte in seinen Mund, umspülte seine Zunge.

Er trank, begierig und erregt. Das Kind wand sich in seiner Umarmung. Während er saugte, erkannte er sie. Sie hieß Gilberte, doch ihre Familie nannte sie nur Gigi. Er sah, wie man ihren Vater erschossen hatte, wie ihre Mutter davongelaufen war. Er sah sie in den Armen anderer, sah sie andere Vampire säugen. Ihr kurzes Leben war eine herrliche Tragödie. Ihr Blut war die reinste Poesie.

»Vorsicht, sonst bringen Sie das kleine Biest noch um«, warnte Ewers, legte Poe eine Hand auf die Schulter und zog ihn von ihr fort.

Widerstrebend ließ Poe von der quellenden Wunde ab. Obgleich das Blut des Kindes ihn noch immer wärmte und ergötzte, war er von Scham und Reue überwältigt. Sein Gesicht war tränenüberströmt.

»Wenn sie stirbt, ist hier der Teufel los«, sagte Ewers.

Poe blickte in das Gesicht des Mädchens. Ihre Miene war ausdruckslos und leer, doch er spürte ihren Haß, ihre Verachtung. Gigi lag kalt in seinen Armen. Sie war nicht tot, doch ihr Verstand hatte sich vorübergehend verflüchtigt, in den Tiefen ihres Körpers verkrochen, während sie die unwürdige Behandlung über sich ergehen ließ.

»Verflucht«, keuchte Ewers. »Das ist Ihre Schuld, Poe.«

Plötzlich packte Ewers die Blutgier. Poe hatte vergessen, daß auch der Deutsche ein Vampir war. Seine Augen waren blutunterlaufen, seine Züge vergröberten sich. Stumpfe Fangzähne sprossen aus seinem ernsten Gesicht.

»Sie könnten wenigstens achtgeben, ob jemand kommt«, kommandierte Ewers.

Gigi hatte keine Angst. Nur seine immense Willenskraft und Ewers' unablässiges Genörgel hatten Poe davor bewahrt, die Hure völlig auszubluten. Er fragte sich, ob Ewers sich ebensogut würde beherrschen können wie er. Auch in Poes Vergangenheit war es zu ungewollten Tragödien gekommen. Mit der Zeit wurden alle Vampire zu Mördern, und Poe befürchtete, daß sie früher oder später sogar Gefallen am Morden finden würden.

Ewers stürzte sich auf das entsetzte Kind und riß den Kragen von ihrem blutüberströmten Hals. Er war ein Barbar, der sie mit Gewalt herauszugeben zwang, was Poe ihr sanft entlockt hatte.

Der Deutsche trank von dem sich windenden Mädchen. Er lag mit seinem ganzen Gewicht auf ihr. Sein Rücken hob und senkte sich. Ein verirrter Lichtstrahl erfaßte zwei Knöpfe über seinen Rockschößen, und sie blitzten auf wie blinde Augen. Poe spielte mit dem Gedanken, Ewers einen gespitzten Holzpflock in den Rücken zu stoßen und sein totes Herz zu spießen.

Dieses Mädchen würde überleben, heute nacht. Dafür würde Poe schon sorgen. Andere Mädchen, in anderen Nächten, würden sterben.

Während er so fraß und praßte, machte Ewers Geräusche wie ein Schwein. Sein Gesicht war blutverschmiert. In der Dunkelheit wurde das Rot zu Schwarz. Zum Glück war Gigi ohnmächtig geworden. Aus den klaffenden Wunden an Hals und Brust rann Blut.

Poe faßte Ewers an den Armen und zerrte ihn von ihr fort. Ein Krampf durchzuckte Ewers' Körper, und er verlor das Bewußtsein. Poe wälzte ihn von ihr herunter. Er ließ ihn links liegen und kümmerte sich um das Kind. Ihr Herzschlag ging schwach, aber regelmäßig. Sie würde wieder zu Kräften kommen. Er wiegte das Mädchen, sein Durst war gelöscht. Ihre Verbindung löste sich, Erinnerungen verschwanden im Nichts, trotzdem wollte er sie noch ein wenig hüten. Nur in diesen kurzen Augenblicken fand er Ruhe, inneren Frieden.

Kalte Zweifel nagten an seiner flüchtigen Zufriedenheit. Ewers wischte sich das Gesicht ab und stand auf. Schnaubend und polternd brachte er seine Kleider in Ordnung, mit pointierten kleinen Gesten. Trotz seines Zorns war er selbstgefällig und blasiert wie immer.

»Sie sind wie ich, Poe. In uns wütet ein unstillbares Verlangen, aus dem wir unsere schöpferische Kraft gewinnen.«

Das Kind stöhnte, während es aus den Tiefen des Schlafes an die Oberfläche des Bewußtseins trieb.

»Sie und ich haben nichts gemein«, erwiderte Poe ungerührt.

Ewers verstieß diesen Gedanken und versuchte sich zu konzentrieren. Er war noch etwas wacklig auf den Beinen. Gigis Blut war schwer und satt. Auch Poe bestürmten bislang ungekannte Gefühle, eine gefährliche Heiterkeit, gepaart mit der Angst vor einem gähnenden Abgrund des Grauens. Scharlachrote Funken tanzten an den Rändern seines Blickfelds.

»Wir werden im Château erwartet«, insistierte Ewers. »Wir müssen schnellstens ein Fahrzeug requirieren.«

Poe ließ Gigi zu Boden sinken. Sie rollte sich zusammen wie eine Katze. Er brachte ihren Kragen in Ordnung. Ewers war so stürmisch zu Werke gegangen, daß sich ihr Hemd und ihre Kinderschürze nicht mehr knöpfen ließen, doch Poe sorgte dafür, daß sie züchtig bedeckt war.

»Wir stehen in der Schuld dieses Kindes, Ewers.«

Ewers fischte aufgebracht in seiner Westentasche und warf eine Münze aufs Pflaster. Poe hob sie auf und schob sie dem Mädchen in die Hand. Im Halbschlaf schloß sie die Finger um den Schatz.

Sie überließen Gigi ihrem Schicksal und kehrten zum Bahnhof zurück. Vor dem Eingang wartete ein Wagen, der Fahrer saß hinter dem Lenkrad, und ein Offizier hielt sich bereit. Als er Poe und Ewers erblickte, schlug er die Hacken zusammen und salutierte schneidig.

»Ich bin Oberst Theo von Kretschmar-Schuldorff. Es ist mir eine außerordentliche Ehre, den berühmten Schriftsteller Mr. Edgar Allan Poe kennenzulernen.«

Der Offizier sprach akzentfrei Englisch. Ein scharfsinniger Neugeborener.

»Nun, er steht vor ihnen«, sagte Ewers auf deutsch.

Poe schüttelte dem Offizier die Hand. Kretschmar-Schuldorff ließ den Blick zur Seite schnellen, um die Neuankömmlinge in Augenschein zu nehmen. Poe hatte sich mit einem Taschentuch gesäubert, doch Ewers war über und über mit geronnenem Blut befleckt. Der Offizier hatte sich bereits eine Meinung gebildet, behielt sie jedoch pflichtgemäß für sich.

Ewers stürmte davon, um seine Koffer von dem zukünftigen Zuchtmeister zurückzufordern. Kretschmar-Schuldorff half Poe in den Wagen. Der Oberst brachte ihm dieselbe Ehrerbietung entgegen wie einer alten Dame, über deren grauenhaften Gestank man Stillschweigen bewahrt.

Die Wirkung von Gigis Blut war verflogen. Poes roter Durst war gelöscht, und langsam kehrte die graue Wirklichkeit zurück. Das Donnern der Artilleriegeschütze und der Pesthauch des Todes waren überwältigend.

»Ich habe den Namen meines Stiefvaters abgelegt«, erklärte Poe dem Offizier, »und nenne mich nur noch Edgar Poe.«

Kretschmar-Schuldorff nahm sich vor, daran zu denken. Für ihn und seinesgleichen waren Namen und Dienstgrade ebenso wichtig wie Orden und Uniformen. Er war ein Ulane im Dienst der Luftwaffe. Viele tapfere Kavalleristen hatten in diesem Krieg das Roß gegen das Flugzeug eingetauscht.

Ewers kehrte mit seinem Lakaien zurück, jeder von ihnen schleifte einen Koffer hinter sich her. In den schwarzen Augen des Gefreiten spiegelte sich dumpfer Groll.

»Wir hatten schon geglaubt, Sie hätten uns vergessen«, sagte Ewers schroff. »Was hat Sie so lange aufgehalten?«

Oberst von Kretschmar-Schuldorff unterdrückte ein Achselzucken, doch seine Augen verengten sich zu schmalen Schlitzen. Hanns Heinz Ewers machte sich den Deutschen nicht zum Freund.

»Der Krieg«, sagte er. Damit war alles erklärt.

16

Gebissene Kinder

»Die Wendung ›Gebissenes Kind scheut die Hauer‹ ist Ihnen offensichtlich unbekannt«, sagte Major Cundall.

»Unter den gegebenen Umständen hieße ›gebissen‹, daß wir auf etwas gestoßen sind.«

Cundall seufzte, doch sein Blut war in Wallung. Winthrop hatte den Geschwaderkommandeur durchschaut. Hinter der Maske des Zynikers verbarg sich ein wilder Kämpfer. Cundall hatte sich DSO und Ordensspangen gewiß nicht durch beißende Geistreicheleien verdient.

»Der Diogenes Club besteht also darauf, daß wir es ein zweites Mal mit Malinbois versuchen?«

»Sie haben es erfaßt«, erklärte Winthrop.

Wie durch ein Wunder war es gelungen, Albrights zerbrochene Platten zu entwickeln. Obgleich gezackte weiße Linien und blinde Flecken die Photographien verdunkelten, war das Schloß deutlich zu erkennen. Winthrop breitete die Bilder auf dem Bauerntisch aus. Die Vampir-Piloten scharten sich um ihn.

»Wir interessieren uns für diesen Turm«, sagte er.

Cundall warf einen Blick auf die fragliche Stelle. »Sieht aus wie ein Sprungbrett. Lassen die Luftpiraten des JG1 ihre Gefangenen etwa über die Planke gehen?«

Die Turmspitze war abgeschnitten. Ein Brett ragte daraus hervor. Ausgerechnet an dieser Stelle hatte die Platte den größten Schaden erlitten.

»Was ist denn das für ein Schatten?« fragte Bigglesworth. »Da unter dem Fleck. Ein Beobachter? Eine Geschützstellung?«

Auch der Diogenes Club hatte vor einem Rätsel gestanden. Winthrop tippte auf die Skala am Rand der Photographie.

»Wenn es ein Beobachter ist, dann muß er ein Riese sein«, sagte er. »Fünfzehn Fuß groß.«

»Ach was, das ist ein Wasserspeier, eine Chimäre«, meinte Courtney. »Der Hunne ist ganz wild auf Wasserspeier.«

»Bis das JG1 es mit Beschlag belegt hat, war Malinbois französisch.«

»*Plus de* Chimären auch *en France*«, versetzte Courtney. »Sie hätten mal die Mademoiselle aus Armentières sehen sollen, die ich bei meinem letzten Fronturlaub aufs Kreuz gelegt habe.«

Die Piloten brachen in bitteres Gelächter aus. Diesmal mußte Winthrop weniger Schabernack über sich ergehen lassen. Niemand verlor auch nur ein Wort über Spenser oder Albright. Er bemerkte das eine oder andere neue Gesicht und versuchte nicht daran zu denken, welche alten Gesichter fehlten. Die Alliierten zogen ihre Armeen zusammen und rüsteten sich für die Offensive des Feindes, die noch vor dem Frühling erwartet wurde. Cundall's Condors hatten die letzten Tage damit zugebracht, Beobachter vom Himmel zu holen.

»Ich fürchte, da werden wir bei Morgengrauen ein wenig Aufklärung betreiben müssen«, sagte Lacey voller Tatendrang. »Wenn wir *en masse* hinüberflögen, würde sich dem roten Kampfadler glatt das Gefieder sträuben.«

»Baron von Richthofen«, stöhnte Roy Brown. »Wir müssen ihn vom Himmel holen.«

»Wir müssen sie alle vom Himmel holen«, sagte Cundall nachdenklich. Im Grunde seines Herzens war er ein vorsichtiger Bursche. Vermutlich hatte er nur deshalb so lange überlebt.

»Der Diogenes Club besteht auf einer vollzähligen Streife«, sagte Winthrop. Es hätte ihn nicht gewundert, wenn der Kommandeur gegen diese neue Strategie gewesen wäre.

»Meinetwegen«, lenkte Cundall ein. »Courtney, suchen Sie sich einen Beobachter aus und nehmen Sie die Harry Tate.«

Der Pilot – ein Tasmanier, wie Winthrop inzwischen wußte – seufzte. Die RE8 war keine allzu beliebte Mühle. Man nannte sie auch »lahme Ente«, weil sie eine nahezu perfekte Zielscheibe abgab.

»Ich fliege an der Spitze des Verbandes. Nun haben Sie sich doch nicht so, Courtney. Ich werde das Kind schon schaukeln.«

Courtney faßte sich theatralisch an die Brust. Winthrop war froh, daß der Geschwaderkommandeur die Leute für seine Streife selbst aussuchte, statt diese Aufgabe an ihn zu delegieren.

»Da wir mit den A's beim letzten Mal so wenig Glück hatten«, sagte Cundall ungerührt, »werden wir es diesmal mit den B's versuchen. Bigglesworth, Ball, Brown, ihr seid dabei. Und zum Ausgleich und damit unser Buchstabensüppchen nicht so fade schmeckt, geben wir etwas Williamson dazu.«

Die Piloten stiegen in ihre Uniformen und mit Schaffell gefütterten Stiefel. Albert Ball, der Krüppel, schlängelte sich auf höchst unorthodoxe, aber effiziente Weise in seine Fliegerkluft. Roy Brown, der sauertöpfische kleine Kanadier, nahm einen kräftigen Schluck aus einem Krug Milch mit Rinderblut.

»Magenbeschwerden«, erklärte Ginger. »Er besänftigt sein Geschwür.«

Brown trank mit schmerzverzerrter Miene. Kein Wunder, dachte Winthrop, daß man in diesem Gewerbe Magengeschwüre bekam.

»Entschuldigung«, sagte Courtney, »aber mein fester Tanzpartner in der Harry Tate ist Curtiss Stryker, und der ist krank. Ich fürchte, er hat sich an jemandem gütlich getan, der damit nicht ganz einverstanden war.«

Allard schaute düster drein, in der angstvollen Erwartung, als Ersatz herangezogen zu werden. Statt dessen wandte sich Cundall diabolisch grinsend an Winthrop.

»Winthrop, mein edler Prinz, haben Sie schon mal im Zorn ein Lewis abgefeuert?«

»Ich weiß, an welchem Ende ich mich festhalten muß.«

»Das genügt.« Er deutete mit dem Daumen zur Decke. »Schon mal in der Luft gewesen?«

»Ich bin ein paarmal mit über den Kanal geflogen. Ich kann sogar ohne abzustürzen den Steuerknüppel halten.«

»Ein echter Veteran«, spöttelte Courtney.

»Prima«, sagte Cundall, »dann kotzen Sie uns wenigstens nicht alles voll. Möchten Sie uns auf dieser Tour begleiten? Schließlich veranstaltet der Diogenes Club den ganzen Zauber. Daß wir uns recht verstehen, Sie sind zu nichts verpflichtet. Ich dachte nur, der kleine Ausflug könnte Ihnen gefallen. Die Landschaft wirkt bei Sonnenuntergang sehr malerisch.«

»Mit dem größten Vergnügen«, sagte Winthrop mit fester Stimme. Er durfte seine Angst nicht zeigen.

»Braver Bursche«, befand Cundall. »Ginger, seien Sie doch so gut und besorgen Sie unserem Freund eine Kluft. Sein Blut ist warm, und so soll es auch bleiben.«

Kein Patrouillenflug konnte so schlimm sein wie das Warten auf die Rückkehr der Piloten. Wenn sie denn überhaupt zurückkehrten. Er verspürte den Drang, ein paar Zeilen aufs Papier zu werfen. Er zog sein Notizbuch und einen Bleistiftstummel hervor.

»Ihr Testament?« fragte Courtney.

»Nein, nur ein paar Notizen. Ohne Notizen lassen sich keine Erkenntnisse sammeln.«

»Wie Sie meinen, alter Knabe. Ich denke immer an die Leute, denen ich noch Geld schulde. Das hebt die Laune. Wenn ich in den Dutt gehe, werden einige dumm aus der Wäsche kucken.«

Winthrop dachte gründlich nach und schrieb: »Meine liebe Cat, wenn Du dies bekommst, stecke ich in ernsten Schwierigkeiten. Laß dich nicht unterkriegen. Ich liebe dich über alles. Edwin.«

Das war zwar schwach, aber es mußte reichen. Er bat Algy

Lissie um einen Umschlag und verschloß den Brief darin. Das war erledigt.

Ginger kehrte mit einer kompletten Fliegerkluft zurück. Winthrop fragte nicht, wer sie zuletzt getragen hatte. Wie ein diskreter Kammerdiener half ihm der Vampir beim Anziehen. Zunächst mußte er alle Dokumente aus seinen Taschen entfernen, für die sich der Boche im Falle seiner Gefangennahme interessieren könnte. Zwei enigmatische Depeschen vom Diogenes Club wanderten in einen Schuhkarton. Er behielt nur seine Zündhölzer, sein Zigarettenetui und ein Bild von Catriona.

»Hübsches Mädchen«, meinte Ginger. »Ein Hals wie ein Schwan.«

Mit leisem Schaudern unterschrieb Winthrop das Formular, das auf dem Kartondeckel klebte. »Ich schwöre bei meiner Ehre, daß sich weder an meinem Körper noch in meiner Maschine Briefe oder Papiere befinden, die dem Feind dienlich sein könnten.«

Winthrop zog zwei zerlumpte Wollpullover und ein wattiertes Pyjamaunterteil über Hemd und Hose. Dann kletterte er in seine Fliegeruniform, einen weiteren, mit Lammwolle gefütterten Einteiler aus Gabardine. Mit äußerster Sorgfalt machte Ginger sich daran, Winthrops Kopf zu mumifizieren: Erst ein Seidenschal um den Hals, dann eine großzügige Portion kalten Walfischtrans auf Stirn und Wangen, eine dicke Balaklavamütze, ein wasserdichter, hundsledener Nuchwang-Kopfschutz und schließlich eine Nachtflugbrille aus splittersicherem Glas. Schenkelhohe Stiefel und Stulpenhandschuhe aus Bisam komplettierten das Ensemble. Als Ginger sein Werk vollendet hatte, war Winthrop von Kopf bis Fuß umwickelt, ein dickbäuchiger Schneemann mit ausgestreckten Armen, der eher watschelte als ging.

»Es ist ziemlich heiß hier drin«, sagte er.

»Und da oben ist's arschkalt«, erwiderte Ginger. »Jetzt setzen Sie Ihr Kreuz hier drunter.«

Ginger legte ihm ein FS20 zur Unterschrift vor. Winthrop überflog das Formular und unterschrieb. Unter einer Auflistung der Gegenstände, die man ihm ausgehändigt hatte, stand: »Dieses Material ist Eigentum des British Commonwealth. Jeder durch Kampfeinsatz bedingte Verlust muß vom befehlshabenden Offizier beglaubigt werden.«

»Großartig«, meinte Ginger. »Wenn Sie abgeschossen werden, wird das RFC Ihre Witwen und Waisen um die Kosten Ihrer Unterwäsche angehen.«

»Ich bin nicht verheiratet«, sagte Winthrop und dachte an Catriona.

»Um so besser.«

»Gute alte Harry Tate«, sagte Courtney und tätschelte den Rumpf der RE8. Der zweisitzige Beobachtungsflieger machte in der Luft angeblich nicht viel her, deshalb hatte Cundall ihm fünf Sopwith Snipes als Wachhunde zur Seite gestellt.

Winthrop gab Dravot den Brief mit der Bitte, ihn an die Adressatin weiterzuleiten, falls es zu unvorhergesehenen Zwischenfällen kommen sollte. Der Sergeant nickte verständnisvoll und verkniff sich die Bemerkung, es werde schon alles gutgehen.

Courtney half Winthrop in die Beobachterkanzel. Es war nicht leicht, seinen dick vermummten Leib an dem schwenkbaren Lewis vorbei in den Korbsitz zu zwängen. Als er endlich saß, bohrten sich die Griffe des MGs schmerzhaft in seine Brust.

Der Pilot zog sich an der Maschine hoch und spähte in Winthrops Kanzel. Er zeigte ihm, wie man den Sutton-Sicherheitsgurt anlegte: vier Riemen für Schultern und Schenkel, die in der Mitte verbunden waren und von einer Federklemme zusammengehalten wurden. Wenn man auf die richtige Stelle schlug, ging die ganze Konstruktion entzwei und ermöglichte die rasche Flucht. Auch wenn es in einer Höhe von 6500 Fuß kaum sichere Zufluchtsorte gab. »Ein guter Rat noch, alter Freund. Wenn Sie eine Maschine mit Malteserkreuzen unter den Tragflächen vorbeifliegen sehen, halten Sie fünfzig Yards vor. Schießen Sie nämlich auf den Rumpf, ist der Boche längst weg, wenn die Kugeln ihr Ziel erreichen.«

»Und wenn er direkt auf mich zukommt?« fragte Winthrop.

»Dann stopfen Sie ihm die Schnauze mit Blei und beten Sie. Der Hunne hinter seinen beiden Spandaus hat nämlich genau dasselbe vor.«

»Wo ist der Kamerahebel?«

Courtney deutete auf einen Knebel.

»Ich sage Ihnen, wenn ich ein Photo mache, damit Sie die Maschine ruhig halten können.«

»Sie können mir sagen, was Sie wollen, aber ich bezweifle, daß ich sehr viel hören werde. Es ist verdammt laut da oben.«

Winthrop rief sich seine Kanalflüge ins Gedächtnis. Selbst an einem stillen Tag war das Tosen des Windes ohrenbetäubend. Und selbst im Hochsommer fiel das Thermometer rasch unter den Gefrierpunkt. Als er an die kolikartigen Magenstiche dachte, die seinen ersten Flug zu einem bitteren Elend hatten werden lassen, entfuhr ihm ein mächtiger Rülps. In der Luft blähten sich die Darmgase auf das Doppelte ihres gewöhnlichen Volumens. Courtney überging Winthrops Ungehörigkeit mit Stillschweigen, machte sich jedoch keine allzu großen Sorgen mehr um seinen Passagier.

»Na, wie geht es unserem neuen As?« erkundigte sich Cundall. Mit der Fliegermütze in der Hand inspizierte der Geschwaderkommandeur die RE8.

»Er wird der Hawker des Jahres 1918.«

Der Pilot wollte ihn necken. Im November 1916 war der mit VC und DSO hochdekorierte Major Lanoe Hawker der erfolgreichste britische Flieger gewesen. Manfred von Richthofen hatte ihn abgeschossen – das elfte Opfer des Roten Barons.

»Passen Sie gut auf ihn auf, Courtney.«

»Ihm wird kein Haar gekrümmt werden. Das gelobe ich bei der Ehre von Cundall's Condors.«

»Dann ist ja alles in Butter.«

Winthrop besaß ebensowenig Schneid wie Courtney. Doch die Flieger spielten ihre Rolle, so gut es eben ging.

Courtney duckte sich unter den Flügel, schwang sich ins Cockpit und zerrte am Knüppel. Die Schlagkraft von Winthrops schwenkbarem Lewis wurde durch das starr montierte Vickers des Piloten noch verstärkt.

Winthrop saß verkehrt herum, und so wandte er den Kopf, um Courtney bei seinen Vorbereitungen zuzuschauen. Der Pilot überprüfte Visier und Instrumente, wobei er »Up in a Balloon, Boys« summte. Nachdem er auf den Kompaß geklopft hatte, um zu sehen, ob die Nadel sich bewegte, vergewisserte er sich, daß der Höhenmesser auf Null stand und die Luftblase sich in der Mitte der Wasserwaage befand, die anzeigte, ob die Maschine ruhig in der Luft lag. Als Courtney sich die Schutzbrille anzog, tat Winthrop es ihm nach.

Die Snipes rollten, mit Cundall an der Spitze, in Pfeilformation über den Platz. Um ihn auf seine Lufttüchtigkeit zu prüfen, ließ Courtney den Motor mehrmals rotieren und öffnete dann erst den Benzinhahn. Die meisten Maschinenausfälle während des Fluges kamen durch eine Unterbrechung der Treibstoffzufuhr zustande. Ein Bodenmechaniker drehte an dem klappernden Propeller der RE8.

»Kontakt, Sir?« fragte er.

»Kontakt, Jiggs«, antwortete Courtney und betätigte mehrere Schalter, während der Mechaniker dem Propeller einen Stoß versetzte. Der luftgekühlte Daimler-Motor sprang sofort an, spie schwarzen Qualm und entfachte einen Wirbelwind, der an Jiggs' Haaren zerrte und im Umkreis von fünfzig Yards alles und jeden wie mit Peitschenschlägen traktierte. Der Pilot gab zwei Minuten Gas und erhöhte die Drehzahl, während Mechaniker die Seile ergriffen, die an den hölzernen Hemmkeilen unter den Rädern der RE8 befestigt waren.

Als Courtney mit dem Klang des Motors zufrieden war, gab er den Mechanikern ein Zeichen. Sie zogen die Hemmkeile heraus, und Jiggs salutierte forsch. Courtney erwiderte den Gruß mit einem Winken und manövrierte das ungeschlachte Flugzeug zu der Formation von Jagdmaschinen, die im Minutenabstand starteten. Als die RE8 sich schließlich in Bewegung setzte, waren die Snipes längst in der Luft.

Es gab einen Ruck, und ein heftiger Windstoß zwang Winthrop, sich umzudrehen. Ein Schwall eisiger Luft traf ihn ins Genick und blähte seine Fliegerkluft. Sein Blick wanderte das Rollfeld entlang zu den langen Schatten von Dravot und dem Bodenpersonal. Da fiel ihm ein, daß er den Mund geschlossen halten sollte, damit er sich nicht auf die Zunge biß. Die RE8 holperte ein paarmal auf dem eisenharten Feld, dann hob sie ab.

Das Rütteln hörte auf, und er war erstaunt, wie ruhig es jetzt dahinging. In der Luft gab es keine Schlaglöcher. Ein Schauder erfaßte ihn, als Courtney den Motor auf Touren brachte und die Maschine an Geschwindigkeit und Höhe gewann.

Das Bauernhaus und die Leute auf dem Feld verschwanden. Die Sonne war noch nicht untergegangen, und hier und da schimmerte gräulich harscher Schnee. Flaches Ödland raste unter ihnen dahin. Winthrop war trotz seiner Verkleidung durchgefroren bis auf die Knochen. Wenn er seine Kiefermuskeln auch nur ein klein wenig entspannte, würde er mit den Zähnen klappern bis in alle Ewigkeit.

Er war unablässig in Bewegung, drehte sich in seiner Kanzel, riß das Lewis mit herum. Das Gewehr steckte in einem Laufkranz, einer Schiene, die das Loch im Rumpf umrandete. Er wollte sehen, wohin sie flogen. Cundalls Snipe stand vor ihnen am Himmel wie ein Fixstern; die Wimpel an den Flügelstreben wiesen ihn als Staffelführer aus. Die anderen Maschinen, links und rechts von ihm, flogen in perfekter Formation. Ball und Bigglesworth bildeten die äußeren Enden der Pfeilspitze und waren Courtney nur ein kurzes Stück voraus. Es mußte eine Plage sein, die fixen kleinen Kampfflugzeuge dem Tempo der trägen Harry Tate unterzuordnen.

Allmählich gewöhnte er sich an die Kälte. Vampiren fiel das Fliegen leichter, doch auch als Warmblüter ließ es sich ertragen. Es hatte zweifellos etwas Erheiterndes. In diesem Jahrhundert würde der Himmel die Abenteurer locken wie seinerzeit die See. Es war ein Jammer, daß der Krieg diesen wunderbaren Zauber zunichte machte.

Unter ihnen, auf einer verwüsteten Landstraße, stand eine geschlechtslose Gestalt auf ein Fahrrad gestützt und winkte. Ein unbekannter, aber vertrauter Freund. Da Winthrop sich dem anonymen Menschlein irgendwie verbunden fühlte, versuchte er den Arm aus dem Cockpit zu strecken und zurückzuwinken. Die Wucht des Windes wirkte wie ein Hammerschlag.

Sie passierten eine tiefe Narbe in der Landschaft. Ihm wurde klar, daß es sich um die alliierten Linien handelte. Sie flogen über Niemandsland. Die Erde war geschunden und zernarbt wie nach Dutzenden von Erdbeben, als ob hundert Vulkane ausgebrochen und Tausende von Meteoren eingeschlagen wären. Yard für Yard waren tonnenweise Granaten niedergegangen. Sie passierten eine zweite Narbe, die deutschen Schützengräben, und befanden sich auf feindlichem Gebiet, im Land der Hunnen.

17

Die einsame Radfahrerin

Sie mußte fest in die Pedale treten, damit die Schöße ihres Überziehers sich nicht in den Speichen verfingen. Dank des jämmerlichen Zustands der Straßen an der Front fiel sie mindestens ein oder zwei Mal in der Stunde vom Rad. Doch als zähe Vampirfrau spürte sie die Stürze kaum. Die meisten blauen Flecken verblaßten binnen einer Minute. Kate hätte die Fahrt gewiß genossen, wäre der Geruch nach Tod und Asche nicht gewesen. Wenn das Leben zu Ende ging, verdarb das Blut im Nu, wie Kuhmilch an der Sonne. Der Gestank von ranzigem Blut hing in der Luft wie ein Miasma.

Die Wege waren schmal und mit Granattrichtern gepflastert. Sie schlängelte sich im Zickzack zwischen den Schlaglöchern hindurch. Von den alten Wegweisern waren zumeist nur noch Splitter übrig, und an ihrer Stelle befanden sich nun mit Draht im Gebüsch befestigte, bemalte Bleche. Wenn Bomben das Gebüsch beharkten, zeigten die behelfsmäßigen Schilder häufig in die falsche Richtung. Die Vorkriegskarten hatten mit der Wirklichkeit nichts mehr gemein. Alte Straßen lagen unter Schutt begraben, neue führten durch vereiste Felder. Millionen Tonnen von Granaten hatten den Verlauf vieler Flüsse aufs Geratewohl verändert.

Sie war auf der Suche nach Edwin und nach Maranique. Ihr journalistischer Spürsinn, oftmals feiner als ihre Vampirsinne, war geweckt.

Bei Sonnenuntergang brummte ein Schwarm Flugzeuge über sie hinweg. Sie war auf dem rechten Weg: Die Maschinen kamen aus der Richtung, in der sie den Flugplatz vermutet hatte.

Der Luftkrieg wurde inzwischen auf andere Art geführt.

Hier lag die Geschichte, die sie gewittert hatte. Der Fall Mata Hari hatte sie bewogen, den Himmel im Auge zu behalten. Edwin hatte sie darin bestätigt.

Sie bremste und stemmte einen Stiefelabsatz in den Boden. Dann blickte sie durch ihre dicke Brille gen Himmel, in der bangen Erwartung, schwarze Kreuze an der Unterseite der Flügel zu entdecken. Die blau-weiß-roten Zielscheiben des Royal Flying Corps (das demnächst mit dem Royal Naval Air Service zur Royal Air Force vereinigt werden sollte) verrieten ihr, daß sie auf dem rechten Weg war.

Die Piloten nannten ihre Maschinen »Kisten« oder »Mühlen«. Die komplizierten Konstruktionen aus Draht und Zelttuch waren so zerbrechlich, daß sie manchmal schon bei steifem Seitenwind in Stücke gingen, von schwerem Feuer ganz zu schweigen. Vermutlich waren sie nicht einmal in Friedenszeiten sicher. Die Zöglinge der Fliegerschulen des RFC wurden »Hunnen« genannt, weil sie mehr Flugzeuge zugrunde richteten als der Feind. Bei Übungsflügen kamen halb so viele Piloten ums Leben wie im Kampf. Die Erfindung der Gebrüder Wright war nicht der Weisheit letzter Schluß. Andererseits hatte ihr Vater geglaubt, das Fahrradfahren werde sie ins Grab bringen.

Sie winkte, konnte jedoch nicht sehen, ob einer der Piloten ihren Gruß erwiderte. Womöglich hatte diese Streife etwas mit ihrer Recherche zu tun. Wenn sie einmal Witterung aufgenommen hatte, schien plötzlich alles zusammenzupassen, und ein Dutzend beiläufige Bemerkungen und Zwischenfälle fügten sich zu einem Muster.

Die durch dickköpfige Esel wie Horatio Bottomley und seine blutdurstigen patriotischen Salbadereien in ›John Bull‹ verkörperte Tagespresse, in der Kate Reed *nicht* publizierte, bezeichnete die alliierten Flieger durchweg als »tapfer« und »unerschrocken«. Wenn man sie so in den Tod davonschweben sah, konnte man dem schwerlich widersprechen. Die Männer waren von unbändigem Kampfgeist erfüllt. Es war ein Jammer, daß Planer und Propagandisten so begierig waren, ihn durch Gemetzel und Blutvergießen zu brechen.

Die Streife passierte in Pfeilformation die Front, wie ein Entenschwarm, der zum Überwintern gen Süden fliegt.

Kates Mission barg ein gewisses Risiko. Ein Reporter auf der Suche nach der Wahrheit konnte leicht mit einem Spion verwechselt werden. Das Oberkommando hielt seine Fehler vor Presse und Öffentlichkeit ebenso gründlich geheim wie seine Kriegslist vor dem Feind. Wie Mata Hari war Kate gezwungen, ihre Verführungskünste zu benutzen, sich wohlgesinnte Offiziere warmzuhalten, zu suchen, wo sie nichts zu suchen hatte, die Spreu vom Weizen zu trennen. General Mireau, zum Beispiel, hätte sie mit Freuden pfählen lassen. Sie fragte sich, ob sein Jesuit sie immer noch verfolgte. Sie mußte auf der Hut sein: Weihwasser und klirrende Rosenkränze waren ein Witz, Silberkugeln hingegen ließen sich unmöglich mit einem Scherz abtun.

Sie trug die Armbinde einer Krankenschwester, die ihr Zutritt zu den meisten Militäreinrichtungen verschaffte. Hier, an der Front, freuten sich die Männer so sehr über den Anblick einer Frau, selbst wenn sie, wie Kate, mit ihren mageren Reizen geizte, daß sie unbehelligt ein Kasino oder Feldlazarett betreten konnte.

Im Osten explodierten Leuchtgranaten und warfen scharfgezackte Schatten. In den letzten Wochen war es vermehrt zu nächtlichen Kampfhandlungen gekommen. Die Deutschen gönnten den Alliierten keine Pause. Die Streife befand sich über Niemandsland. Kate wünschte den Fliegern alles Gute und trat in die Pedale.

In Maranique war das Geschwader Condor stationiert, ein Werkzeug des Diogenes Club. Soviel hatte sie amtlichen Verlautbarungen entnommen, noch bevor sie einen Blick auf Edwins Order hatte werfen können. Sie hatte einen Abend im Pariser Hauptquartier der Generalintendantur verbracht, Requisitionen und Marschbefehle zurückverfolgt und aus der

Verteilung von *matériel* und Männern die Geschichte des Geschwaders rekonstruiert. Der Name Charles Beauregard zog sich wie ein roter Faden durch die Papiere. Sie war nicht im mindesten erstaunt, wie oft seinen Wünschen stattgegeben wurde, selbst gegen den Willen hochrangiger Offiziere.

Die Straße war völlig verwüstet, Baum- und Rainhecken versengt, Felder durchackert und durchpflügt. Man hatte Bretterroste gelegt, doch auch die waren längst in tausend Stücken. Sie stieg ab und hievte sich das Fahrrad mühelos auf die Schulter. Sie konnte sich kaum entsinnen, jemals warmblütig und schwach gewesen zu sein, wenngleich sie es im allgemeinen vermied, ihre Vampirkräfte *coram publico* zur Schau zu stellen. Sie betrat den schlammigen Boden und watete weiter. Schon nach wenigen Schritten war sie bis über die Gamaschen im steinigen Morast versunken und zog ihre Füße mit obszönen Schmatzgeräuschen wieder heraus.

Obgleich alle Asse dem Geschwader Condor beigetreten waren, bedeutete dies für viele einen Karriereknick. Zählte man ihre vor dieser Operation erzielten Abschüsse zusammen, so hatten Cundall's Condors verhältnismäßig wenige Einzelsiege errungen. Für Ordensjäger – es war naiv zu glauben, die alliierten Piloten hätten nicht alle eine Bilanz wie der Baron vorweisen mögen – war dies gewiß frustrierend. Das Geschwader mußte eine Aufgabe von so großer militärischer Bedeutung zugeteilt bekommen haben, daß die propagandistische Wirkung messinggeschmückten Heldenmutes einstweilen keine Rolle spielte.

Bald fand sie so etwas wie eine Straße und stieg wieder auf ihr altes Hoopdriver. Das Herrenrad war angeblich zu groß für sie, doch sie kam gut damit zurecht. Ihre ersten Artikel waren, in den achtziger Jahren, in Zweirad-Zeitschriften erschienen. Manchmal sehnte sie sich zurück nach ihren warmblütigen Tagen, als das Recht der Frau, bei Radausflügen Pumphosen zu tragen, heftig umstritten war. Obgleich es ihr lächerlich erschien, die Jahre vor der Zeit des Schreckens zum sonnigen Idyll zu verklären, mußte sie sich eingestehen, daß ihr derlei vergessene Trivialitäten so etwas wie Trost geboten hatten.

Sie stieß auf ein Schild, das alle, denen die entsprechenden Papiere fehlten, zur Umkehr mahnte. Das einzige Papier in ihrer voluminösen Tasche war um eine Flasche Blutsorbet gewickelt. Sie behielt ihre Notizen im Kopf, wo sie ihr niemand nehmen konnte.

Die Straße war mit Pfosten markiert, die sie an Draculas geliebte Pfähle denken ließ. Die meisten waren nicht mit Totenköpfen, sondern zerbeulten Stahlhelmen bekrönt. Auf einem zweiten Schild stand, auf englisch und französisch (jedoch nicht auf deutsch): »Unbefugte werden als Spione betrachtet und erschossen.« Daran hatte Kate nicht den geringsten Zweifel. Bottomley vertrat die Ansicht, daß alle Kritiker des Krieges als Verräter hingerichtet werden sollten.

Eine von Kates Quellen, Colonel Nicholson, hatte den großen Blutsauger Bottomley im vergangenen September zu einer Frontbesichtigung begleiten müssen. Er meinte, die Versuchung, den Redakteur auf die Grabenstufe zu setzen und seinen Kopf mit einer Silberkugel zu durchlöchern, sei nahezu unwiderstehlich gewesen. Nachdem er bis auf viertausend Yards an die Front herangekommen war, hatte Bottomley die Rückreise ins gemütliche London angetreten, wo er sich damit brüstete, er habe »unseren glorreichen Jungs« im Schützengraben tapfer zur Seite gestanden. Der Gedanke an seinen Artikel verursachte ihr Übelkeit: »MEINE ZEIT IN DER HÖLLE! Ich war dabei – Uns gehört der Sieg – Ich schwör's bei Gott – Aus ist der Krieg!« Die meisten »glorreichen Jungs« hätten ihm mit Freuden ein Bajonett in den Bauch gestoßen, statt Artikel voller Sentimentalitäten wie: »Vom Generalfeldmarschall bis hinunter zum milchbärtigen Tommy im Schützengraben herrscht nur ein Geist – der Geist des unbedingten Optimismus und der Zuversicht« lesen zu müssen. »Wir haben ihm eine Gasmaske aufgesetzt, um ihn damit zu photographieren«, hatte Nicholson ihr erzählt, »und einen Augenblick lang wünschte ich, der Schlag möge ihn treffen.«

Nicht nur zwischen den Mittelmächten und den Alliierten herrschte Krieg, auch Alt und Jung, Politiker, Gassenprediger und todgeweihte Soldaten lagen in Fehde. Kate hatte allen Grund, Dracula zu verabscheuen, und erkannte die Notwendigkeit, seinen Ehrgeiz zu zügeln, doch auch in Britannien bekleideten finstere Gestalten hohe Ämter. Daß Männer wie Charles Beauregard und Edwin Winthrop nach wie vor im Dienste König Victors standen, bot wenig Anlaß zur Hoffnung.

Seit ihrer Wette hatte sie oft an Edwin denken müssen. Sie waren eine Verbindung eingegangen, die sie noch immer nicht durchschaute. Sie fragte sich, ob Edwin jemals an sie dachte.

Als sie auf einen erschöpften Wachposten traf, sagte sie schüchtern »Rotes Kreuz«, als handele es sich um die Tageslosung. Er salutierte und ließ sie passieren, ohne um ihre nicht vorhandenen Papiere zu bitten. Wenn die Geschichten über die Vergnügungssucht der Flieger stimmten, verkehrten hier vermutlich Frauen mit weitaus fragwürdigerem Ruf als sie.

Sie lehnte ihr Fahrrad gegen einen Schuppen. Sie war von Kopf bis Fuß mit Schlamm besudelt, und eine zolldicke Kruste bedeckte ihre Stiefelstulpen. Selbst ihre Brille war mit braunen Tupfen gesprenkelt. Schwerlich das geeignete Kostüm, um verschwiegenen Helden wohlgehütete Geheimnisse zu entlocken.

Der Flugplatz sah aus wie ein Bauernhof. Mit Wellblech verstärkte Scheunen dienten als Flugzeughallen. Obgleich die Dunkelheit noch kaum hereingebrochen war, wimmelte es geradezu von Militärbediensteten. Auf einem ehemaligen Viehhof machten sich zwei Mechaniker an einer Sopwith Pup zu schaffen, die unablässig Öl verlor.

Kate marschierte zielstrebig vorbei, als habe sie dringende

Geschäfte zu erledigen. Einer der beiden Männer pfiff ihr hinterher, ein sicherer Beweis dafür, daß er von seiner Liebsten seit langer Zeit getrennt war. Sie lächelte zurück, ohne die Zähne zu entblößen.

Da entdeckte sie das eigentliche Rollfeld. Die Streife, die sie gesehen hatte, mußte hier gestartet sein. Eine Handvoll Männer stand in der Nähe eines Bauernhauses – vermutlich ihr Quartier – versammelt und beobachtete den Nachthimmel.

Ihr schoß der Gedanke durch den Kopf, daß es fürchterlich sein mußte, auf die Rückkehr der Piloten zu warten, obgleich die Chancen eins zu hundert standen. Angeblich gewöhnte man sich nach einer Weile daran, daß die Kameraden im Kampf ihr Leben ließen. Diese zermürbende Ungewißheit konnte selbst die stabilsten Gemüter um den Verstand bringen.

Nach und nach zerstreute sich die Gruppe. Erst ging ein Mann davon, dann ein zweiter, dann der Rest. Sie blickten unsicher zu Boden und kämpften mit dem Drang, bis in alle Ewigkeit in den Himmel zu starren. Verlegen mit den Füßen scharrend, versuchten sie sich gegenseitig aufzumuntern und verschwanden wieder im Haus. Ein Grammophon krächzte »Arme Butterfly«.

Da sie sich ausnahmsweise wie ein Eindringling vorkam, überlegte sie, ob sie nicht lieber zu ihrer Sanitätseinheit zurückkehren sollte. Wenn sie sich nicht gerade als Schnüfflerin betätigte, half sie den Verwundeten. Die ernüchternde Arbeit rief ihr immer wieder ins Gedächtnis, weshalb sie die Wahrheit ans Licht bringen mußte.

»Miss«, sagte eine tiefe Stimme. »Darf ich fragen, was Sie hier zu suchen haben?«

Er hatte sich so leise angeschlichen, daß sie ihn trotz ihres feinen Fledermausgehörs nicht wahrgenommen hatte. Das wies ihn als berufsmäßigen Spion aus. Es war Sergeant Dravot, der Mordagent des Diogenes Club.

Sie breitete unterwürfig die Arme aus und versuchte ein spitzmäusiges Lächeln.

»Ich warte auf die Rückkehr meines tapferen Soldaten«, erwiderte sie im Tonfall einer Dirne.

Dravot richtete den Blick gen Himmel und sagte mit ausdrucksloser Stimme: »Ich auch.«

18

Höllische Heerscharen

Ganz in der Nähe explodierte etwas. Winthrop spürte einen heftigen Schwall heißer Luft. Die RE8 überflog quellende schwarze Wolken. Archie. Der Aufklärer zog steil nach oben, zu schnell für Winthrops Magen. Tief unter ihnen lag ein schwarzer Qualmteppich. Die Druckwellen der Explosionen trieben die RE8 in immer luftigere Höhen. Trotz des Flugabwehrfeuers hielt Courtney die Maschine ruhig.

Die mögliche Steighöhe der RE8 lag bei 6500 Fuß, wenngleich sie unter besonderen Bedingungen eine Gipfelhöhe von 13500 Fuß erreichen konnte. Archie brachte es nur selten auf über 4000. Dafür waren die Granaten Gott sei Dank zu schwer.

Plötzlich kam Winthrop der Gedanke, daß sie womöglich nicht allein am Himmel waren. In diesem Falle war er schlecht beraten, nach unten zu schauen. Die meisten Flieger wurden hinterrücks oder von oben abgeschossen. Er wirbelte herum, machte eine Dreivierteldrehung. Die Luft schien rein.

Sie flogen nach Osten, fort vom Sonnenuntergang. Der Abendhimmel war brandgerötet, ringsum brach die Dunkelheit herein.

Die RE8 legte sich in die Kurve, und Courtney folgte Cundalls Beispiel und vollführte eine Kehre wie im Bilderbuch. Sie nahmen Kurs auf Malinbois.

Der Flugwind peitschte sie mit Nadelstichen. Als Winthrop das Lewis loslassen wollte, stellte er fest, daß er die Hände nicht bewegen konnte. Er biß die Zähne zusammen und zwang sich zur Beherrschung.

Mit steifen Fingern tastete er nach dem Kamerahebel. Er mußte den Apparat genau justieren und gleichzeitig nach feindlichen Fliegern Ausschau halten. Selbst bei Tage wirkte ein gegnerisches Flugzeug in den endlosen Weiten des Himmels zuweilen wie eine winzige Mücke, bis es, Sekunden später, nahe genug herangekommen war, um einen tödlichen Schuß abzufeuern. Was ihm fehlte, waren Insektenaugen. Er fragte sich, ob es Vampire mit Rundumsicht gab.

Er wandte sich nach rechts und sah die Rückseite von Courtneys Fliegerhaube. Der Pilot hob die Hand und streckte den Daumen nach oben.

Hinter Courtney waren die Snipes zu sehen. Dahinter nichts als Finsternis. Langsam sank die Formation durch dünne Wolken. Der Schatten eines Turms ragte über der Landschaft auf. Winthrop kannte ihn von Zeichnungen und Photographien. Das Château du Malinbois.

Winthrops Arm versteifte sich. Er wußte nicht, ob er genügend Kraft besaß, den Kamerahebel zu ziehen.

Plötzlich schoß ein geflügelter Schatten an ihnen vorüber. Die RE8 ging in die Schräge und wich aus. Trotz des Lärms hörte Winthrop das Stottern von MGs. Er versuchte sich zu orientieren. Es war leichter, wenn er sich alles in Richtung seiner Füße als unten vorstellte, auch wenn die RE8 fast auf der Seite lag. Die Landschaft nahm etwa sechzig Prozent seines Gesichtsfelds ein. Äcker und Straßen schienen in der Luft zu hängen.

Er konzentrierte sich auf einen mit jungfräulichem Schnee bedeckten Acker, eine weiße Insel in einem schlammgrauen Meer. Ein schwarzer Fleck schnellte darüber hinweg, und Winthrop richtete den Lauf des Lewis auf einen Punkt in seiner Flugbahn. Als er abdrückte, traf ihn der Rückstoß wie ein Eselshuf. Er zog es vor, eine kurze Salve abzufeuern, statt nutzlos Munition zu verpulvern. Er wußte nicht, ob er etwas getroffen hatte.

Die Harry Tate zog steil nach oben und fand wieder in die Waagerechte. Zu seiner Überraschung war die Formation intakt. Dunkle Silhouetten näherten sich von unten und flatterten um die Enden der Pfeilspitze. Eine Reihe greller Lichtblitze zuckte vorüber. Leuchtspurgeschosse.

Die RE8 flog eine Schleife um das Schloß. Winthrop zog den Kamerahebel, wartete ein paar Sekunden und zog dann ein zweites Mal. Schatten glitten über den Aufklärer hinweg. Winthrop belichtete die letzten beiden Platten, vergaß die Kamera und ballte die Fäuste um die Griffe des MG.

Sie steckten mitten in einem Hahnenkampf, einem veritablen Luftgefecht. Weiß Gott, wie viele Flieger am Himmel kreuzten, halblaut fluchend um die Wette ballerten, ihre Mühlen durch widrige Winde manövrierten und um den Sieg oder eine weitere Nacht auf Erden beteten.

Sein letzter Brief war gänzlich unzureichend. Catriona hatte Besseres verdient als ein paar flüchtig hingeworfene Zeilen.

Ein Feuerball stach jaulend in die Tiefe. Er konnte das Emblem des Flugzeugs nicht erkennen. Unzählige Schatten bevölkerten den Himmel.

Verflucht noch mal, er würde sterben! Und zwar nicht in ferner Zukunft, als weißhaariger Greis im Kreise seiner Enkelkinder, sondern hier und jetzt. Er hätte sich verwandeln sollen. Doch auch Courtney würde sterben, obgleich er ein Vampir war. Bei einem Abschuß hatte selbst ein Nicht-Toter nicht die geringste Chance.

Sie pendelten hin und her, auf und ab. Nach allem, was er aus der armen, alten Harry Tate herauszuholen vermochte, mußte Courtney ein Genie sein. Er entwischte den erfahrensten Piloten, die der Boche zu bieten hatte. Cundall's Condors kämpften mit dem ersten Jagdgeschwader. Irgendwo dort draußen in der Dunkelheit war auch der Rote Baron.

Die Deutschen waren wendiger und schneller als die Snipes und erschienen dem bloßen Auge wie ein böser schwarzer Fleck. Je dunkler es wurde, desto mehr verschmolzen sie mit der Nacht. Winthrop bildete sich ein, die Snipes seien hell erleuchtet und zögen das Feuer des Feindes magisch an.

Unter ihnen war der Himmel, über ihnen war das Schloß. Courtney hatte die Maschine auf den Rücken gedreht. Winthrop saß verkehrt herum, und sein Lewis deutete schräg nach unten. Irgend etwas raste blitzschnell auf sie zu, wie ein mörderischer Fisch aus finsterer Tiefe, mit rotglühenden Augen. Mit seinen Flügelschlägen bewegte es gewaltige Luftmassen.

Leuchtspurgeschosse leckten am Heck der RE8. Winthrop erwiderte das Feuer, löste eine Salve nach der anderen aus. Angeblich bestand jede zehnte Kugel aus Silber. Da erkannte er, daß er nicht auf ein Flugzeug, sondern auf einen Gestaltwandler feuerte, ein Wesen mit mehreren Paar Fledermausschwingen.

Ein Wesen mit MGs.

Er dachte an den dunklen Schatten, der Albright aus seiner SE5a gerissen und getötet hatte.

Ein riesiger Schädel schoß, blutig grinsend und von Winthrops MG-Feuer unbeeindruckt, auf ihn zu. Das Fledermausgeschöpf flößte ihm solches Entsetzen ein, daß ihm vor Schreck das Herz versagte. Steif wie ein Stock hing er kopfüber in der Kanzel, unfähig, den Abzug zu betätigen.

Cat!

Er wußte nicht, ob er geschrien oder gebetet hatte. Mit einem Ruck drehte die Harry Tate sich wieder auf den Bauch. Winthrop sah zwei Snipes, die, Leuchtspurgeschosse spukkend, auf den Boche hinunterstießen.

Um dem Gefecht zu entgehen, zog Courtney steil nach oben. Winthrop richtete den Blick nach unten und sah auf und ab wogende Punkte. Die Unterseite der Maschine war von Einschußlöchern durchsiebt. Sein linker Fuß tat weh; ob er einen Treffer abbekommen hatte?

Er hatte seit seiner Militärausbildung keine Waffe mehr bedient. Als Stabsoffizier hatte er den Krieg in Konferenzen und vom Schreibtisch aus geführt. Mord und Totschlag waren ihm fremd.

Courtney trat den Rückflug an. Obgleich er es nicht wissen konnte, ging er vermutlich davon aus, daß Winthrop seine Photographien im Kasten hatte. Nun, da ihre Mission erfüllt war, lag es an ihm, sie heil nach Hause zu bringen.

Auch Red Albright hatte seine Photographien im Kasten gehabt.

Das Problem war, daß die deutschen Kreaturen, obgleich die Kampfflugzeuge eine größere Herausforderung und somit eine ausgezeichnete Gelegenheit zum ehrenhaften Sieg darstellten, nun die nichtswürdige Harry Tate vom Himmel holen mußten, damit die gesammelten Erkenntnisse nicht in die Hände der Alliierten gelangten.

Winthrop hörte noch immer Schüsse. Das Lewis war bedrohlich laut gewesen, und das Echo der Feuersalven hallte in seinem Schädel nach. Seine Finger waren völlig taub, trotzdem gelang es ihm, das leere Trommelmagazin vom Drehzapfen zu hieven und es durch das volle unter seinem Sitz zu ersetzen. Um sich zu vergewissern, daß der Gewehrlauf frei war, gab er ein paar Schüsse ab. Mit etwas Glück traf er vielleicht sogar eine flatternde Fledermausschwinge.

Kleine Risse in der oberen Rumpfbespannung knatterten im Flugwind. Das Fledermausgeschöpf hatte sie mit einem Kugelhagel eingedeckt. Das klebrige Zeug in Winthrops Stiefel mußte Blut sein. Wie lange es wohl dauerte, bis die Schmerzen unerträglich wurden?

Er blickte über den Heckflügel hinweg auf das Château du Malinbois. Der berühmte Turm war oben offen, und riesige Fledermäuse umkreisten die Spitze. Mit Schrecken erkannte Winthrop, wozu das ominöse Sprungbrett diente. Die fliegenden Gestaltwandler nutzten es zum Start, um Auftrieb zu bekommen.

Es befanden sich noch mindestens drei Snipes in der Luft. Der abgestürzte Feuerball war also einer seiner Kameraden gewesen. Unweit des Schlosses, wo die Maschine aufgeschlagen war, loderte ein helles Feuer.

Die Wesen waren ebenso schnell wie eine Snipe, doch weitaus wendiger. Als das Ding die RE8 von unten angegriffen hatte, war Winthrop von dem Anblick wie hypnotisiert gewesen. Jetzt erst kamen ihm die Einzelheiten zu Bewußtsein. Ein Zwillings-MG baumelte unterhalb des messerscharfen Brustbeins an einem Harnisch, den sich das Monstrum um den Hals geschlungen hatte. Mit seinen großen roten Augen konnte es im Dunkeln sehen. Menschliche Bosheit und Intelligenz ließen das Vampirwesen wie aus Füesslis ›Nachtmahr‹ erscheinen. Mit seiner Vermutung, bei dem Schatten auf Albrights Photographie handele es sich um eine Chimäre, hatte Courtney gar nicht so falsch gelegen.

Winthrop schlotterte vor Angst, und seine Augen weiteten sich in der Kälte. Er konnte keinen klaren Gedanken fassen. Er durfte nicht sterben, ehe er dem Diogenes Club den Stand der Dinge übermittelt hatte. Er durfte nicht sterben.

Albright war den ganzen Weg zurückverfolgt und erst über Maranique getötet worden. Das zeugte von gesundem Sportgeist. Den Abschuß hatte der Baron für sich verbucht. War das Fledermausgeschöpf, das den Angriff auf die RE8 geflogen hatte, womöglich Richthofen gewesen? Winthrop bezweifelte, daß er dann noch am Leben gewesen wäre. Sich einen lohnenden Sieg entgehen zu lassen, war nicht im Genre des Barons. Jemand wie er verspeiste Harry Tates zum Frühstück.

Bislang war das Glück oder die Vorsehung auf ihrer Seite. Winthrop schwor sich, nicht zu sterben. Er konnte unmöglich zulassen, daß Catriona seinen Brief bekam. Er mußte Beauregard Bericht erstatten. Und er wollte die Sache mit Kate Reed ins reine bringen.

Über dem Schloß explodierte etwas. Ein zweiter Komet raste zur Erde. Eine Snipe war abgestürzt. In der Formation war eine Lücke entstanden, wenngleich die anderen Maschinen schnell zur RE8 aufschlossen. Snipes brachten es auf eine Geschwindigkeit von 120 Meilen in der Stunde. Nichts, das auch nur im entferntesten menschliche Züge trug, hielt dieses Tempo über längere Strecken durch.

Leuchtspurfeuer schreckte ihn aus seinen Gedanken, und er wandte sich nach rechts und riß die Waffe mit herum. Allmählich ging ihm die Munition aus. MGs verbrauchten Unmengen von Patronen, und in der Maschine war kein Platz für mehrere Ersatzmagazine.

Eine riesige Fledermaus stieß mit starren Schwingen auf sie herab. Der deutsche Vampir hatte drei Flügelpaare, die durch eine Art Segelgarn zusammengehalten wurden. Ein menschlicher Dreidecker. Winthrop brachte das Lewis in Anschlag und leerte das Magazin. Pfeilschnelle Lichtfinger streckten sich nach dem Vampir, der ihnen jedoch spielend auswich. Die Leuchtspur erhellte seinen Bauch, und unter einem rötlichen Pelz kamen Gewehre zum Vorschein, die Läufe bodenwärts gerichtet. War das der Rote Baron? Er hielt die Arme wie ein Kunstspringer gestreckt, die ausgefahrenen Klauen liefen zu Speerspitzen zusammen. Einen Augenblick lang glaubte Winthrop, der Vampir wolle Holz und Bespannung der RE8 durchschneiden wie ein lebendes Messer.

Er hielt die Augen offen und dachte an Catriona, an ihren Duft und ihre Augen. Sie behauptete, ihr Haar sei hellbraun, doch er hielt es für rot. Er mochte rotes Haar. Meine Güte, wie absurd. Hier und jetzt den Löffel abzugeben.

Die Maschine machte einen Satz und wirbelte herum. Die Bespannung riß, und Streben knickten. Der Flugwind schlug ihm ins Gesicht. Das leere Trommelmagazin traf ihn am Kinn und stürzte himmelwärts. Da bemerkte er, daß das Flugzeug wieder auf dem Rücken lag. Er *roch* den tierischen Gestank der Fledermaus und umklammerte krampfhaft die Griffe des Gewehrs. Er drückte den Abzug, und das leere Lewis klickte. Etwas Langes, Ledriges, wie eine Peitsche, streifte seine Wange und ritzte ihm die Haut. Der Vampir hatte einen Schwanz. Das verfluchte Ding war eine Ratte mit Flügeln. Und dem Pour le Mérite, kein Zweifel. Dann war der Vampir verschwunden.

Plötzlich war er die Ruhe selbst. Die RE8 glitt sanft dahin, und der Wind war nur mehr eine kühle Brise. Sein Magen entkrampfte sich, und er schöpfte gierig süße Luft. Er konnte noch atmen. Er fühlte nichts. Selbst sein Fuß tat nicht mehr weh. War er tot? Und wenn nicht, warum nicht? Hatte der Boche die Harry Tate verschont? Wenn ja, warum?

Er wirbelte herum, um nach Courtney zu sehen. Seine Ruhe verwandelte sich in eisiges Entsetzen. Der Horizont verlief jenseits des oberen Flügels, ein winziges Stückchen Himmel über einer schwarzen Wüste. Mündungsblitze durchlöcherten die Finsternis jenseits des sich drehenden Propellers. Das Cockpit war leer, und Gurte und Leinwandfetzen flatterten im Flugwind.

Da sich mit dem Verlust des Piloten der Schwerpunkt der Maschine verlagert hatte, gewann die RE8 an Höhe. Hier oben war es ruhig und friedlich. Zwar dröhnte Winthrop nach wie vor der Schädel, doch das Tosen des Windes hatte sich gelegt. Es wurde immer noch geschossen, ein leises Stottern in der Ferne. Die Kämpfe fanden weiter unten statt. Die Harry Tate war außer Schußweite. Sofern der Motor nicht aussetzte, würde die Maschine immer weiter steigen, bis Winthrop die Atemluft ausging. Wenn sie abstürzte, würde er leblos in der Kanzel hängen und nicht das geringste spüren, nicht einmal den todbringenden Feuerball.

Einen Moment lang war er ganz entspannt. Seine Hände glitten von den Griffen des MGs und sanken schlaff in seinen Schoß. Die Angst und die Aufregung, die jeden Muskel, jede Sehne seines Körpers in stählernen Draht verwandelt hatten, verebbten. Das Brummen des Motors wiegte ihn in einen Traum.

Er dachte an den Duft von Catrionas regenfeuchtem Haar. Damit war es ein für allemal vorbei.

Ein Schatten fiel über die RE8. Eine riesenhafte Fledermaus hatte sich zwischen die Maschine und den Mond geschoben. Die Kreatur, die sich Courtney geholt hatte, war immer noch dort oben. Der Deutsche schlug gemächlich mit den Flügeln. Machte sich das Ungeheuer etwa über ihn lustig?

Die RE8 legte sich schräg, eine Tragfläche kippte nach oben. Ein paar hundert Fuß unter ihm zeichnete das Leuchtspurfeuer Zickzackmuster. Eine Snipe explodierte in einer orangefarbenen Flammenkugel. Die brennenden Trümmer flatterten zum Château du Malinbois hinunter, Glühwürmchen, die ein Märchenschloß umschwärmten.

Ein Schrei schwoll, quälend schrill, in seinem Kopf, gellte ihm in den Ohren, ließ seine Augen aus den Höhlen treten. Seine Lungen schmerzten, und er hatte einen Kloß im Hals. Da erst merkte er, daß er aus Leibeskräften schrie. Sein feuchter, warmer Atem beschlug die Innenseite seines Kopfschutzes und gefror in seinem Bart zu Eis.

Der Deutsche drehte ab und flog davon, überließ ihn seinem Schicksal. Hätte man Winthrop vor die Wahl gestellt, in einem Feuerball zur Erde zu stürzen oder ausgesaugt zu werden wie Red Albright, wäre ihm die Entscheidung schwergefallen.

Die RE8 besaß, anders als die Schulungsmaschinen, mit denen er den Kanal überquert hatte, nur einen Steuerknüppel, und der befand sich im Pilotencockpit, ein gutes Yard entfernt. Wäre das nutzlos gewordene Lewis nicht im Weg gewesen, hätte er höchstens neun Zoll überwinden müssen. Der Wind strich über die Querruder, und der Knüppel zitterte. Obgleich Courtney verschwunden war, hielt die Harry Tate den letzten Kurs des tapferen Piloten. Es grenzte an ein Wunder, daß die Maschine nicht sofort ins Trudeln geraten war. Dieses Wunder konnte nicht ewig währen. Ihm blieben allenfalls Minuten. Vielleicht auch nur Sekunden.

Er versuchte den Laufkranz zu umfassen, doch seine steifgefrorenen Handschuhe setzten sich zur Wehr. Er nahm all seine Kräfte zusammen und krümmte die Finger, bis er Halt gefunden hatte. Dann stützte er sich mit den Armen ab, hievte seinen Hintern aus dem Sitz und stemmte die Füße gegen den Innenrahmen, bis er aufrecht stand. Wenn er ausglitt, würde sein Stiefel die Bespannung durchstoßen, und er wäre gefangen wie ein Fuchs in der Schlinge.

Als er aufstand, verlagerte sich der Schwerpunkt der Maschine. Er beugte sich vor, und die Rumpfnase senkte sich. Seine Beine wurden schwerer, zogen ihn in die Kanzel zurück. Der Wind brandete gegen seine Brust, als stünde er bis zum Hals in stürmischer See. Die Ränder seiner Flugbrille bohrten sich wie Ausstechformen in das Fleisch rings um die Augen.

Eisige Luft zerrte erbarmungslos an seinem Agnostizismus, zerfetzte ihn wie hauchdünnes Packpapier. *Lieber Gott, so es denn einen Gott gibt, ich bitte dich, rette das Leben dieses deines Dieners . . .*

Eine Eisenstange traf ihn mitten ins Gesicht. Nein, keine Eisenstange, sondern der Lauf des Lewis. Blut strömte ihm aus Mund und Nase. Ein Brillenglas verwandelte sich in ein weißes Spinnennetz. Wäre sein Kopf nicht doppelt und dreifach vermummt gewesen, hätte ihn der Schlag womöglich bewußtlos gemacht und aus der Maschine geschleudert.

Er betete stumm und fluchte laut.

Die Harry Tate war kopflastig. Er sah die sirrenden Flügel des Propellers. Die Drehzahl des Motors sank beständig. Er konnte jeden Moment absaufen.

Winthrop umklammerte die Polsterung und zog die Beine aus der Kanzel. Die Tragflächen bebten. Ein dreieckiger Riß im oberen Flügel vergrößerte sich von Sekunde zu Sekunde. Schnee und Matsch peitschten vorüber.

Je tiefer die Maschine sank, desto mehr wurde sich Winthrop der Geschwindigkeit bewußt. In der Höhe waren die Instrumente die einzige Orientierungshilfe gewesen. Hier ließ sich das halsbrecherische Tempo danach einschätzen, wie schnell die Landschaft unter ihm dahinraste.

Er ritt die Maschine wie ein Pferd und stieß ihr die Knie in die Flanken. Catriona, die im Sattel groß geworden war, fand, er habe einen guten Sitz. Das Lewis war ihm im Weg. Fürchterliche Pausen unterbrachen das Brummen des Motors.

Hol's der Teufel, Edwin Winthrop wollte noch nicht sterben.

Er würde den segensreichen Knüppel zu fassen bekommen, die verflixte Harry Tate sicher nach Hause bringen, die anbetungswürdige Catriona ehelichen, ein verdammter Vampir werden, nach dem grauenhaften Hunnenland zurückkehren, das ekle Fledermausgeschöpf zur Strecke bringen, das Courtney auf dem Gewissen hatte, und das widerliche Blut des Kaisers trinken, aus der verfluchten Hirnschale des Grafen von Dracula.

Sein linkes Knie rutschte ab. Er verdrehte den Oberkörper. Seine Beine flogen nach hinten. Er krallte die Finger in gefirnißtes Leinen. Der Propeller drehte sich so langsam wie ein Windmühlenflügel. Blut wehte ihm aus Mund und Nase. Er hatte seinen Schal verloren. Seine Fliegerkluft füllte sich mit kalter Luft, er war ein menschlicher Ballon. Ob er sicher zu Boden schweben würde, wenn er losließ? Nein, wenn er losließ, würde er in der Finsternis in Fetzen gerissen. Der Himmel wimmelte von Ungeheuern. Der rote Baron war ihm noch immer auf den Fersen.

Mit der rechten Hand ließ er die Polsterung des Cockpits los und versuchte die Lehne des Pilotensitzes zu fassen. Beim ersten Versuch rutschte er an dem speckigen Leder ab, doch dann fanden seine Finger festen Halt. Die achtzehn Zoll bis zum Cockpit kamen ihm vor wie eine Meile. Schließlich hing er über dem Pilotensitz. Der Knüppel war zum Greifen nahe.

Noch durfte er ihn nicht berühren.

Sein Rücken vibrierte vor Schmerzen. Wahrscheinlich waren ihm die Trommelfelle geplatzt. Aus dem Blut an seinem Kinn war Eis geworden. Er hatte kein Gefühl mehr in den Beinen.

Die Erde unter der Harry Tate rückte beständig näher. Der Himmel war nicht mehr zu sehen.

Er hatte einen Stiefel unter den Rand des Cockpits geklemmt. Nun kauerte er über Courtneys Sitz – der Wind fuhr ihm durch die Beine – und blickte nach unten. Im Boden der Maschine klaffte ein langer Riß. Um ins Cockpit zu gelangen, mußte er das Unmögliche vollbringen. Er mußte loslassen und sein ganzes Vertrauen in die Schwerkraft setzen. Er wußte, daß er von der Harry Tate hinunter in den sicheren Tod gerissen würde.

Er dachte an Gott, Cat, Rache und das Vaterland. Und ließ los.

Die Lehne des Pilotensitzes traf ihn mit voller Wucht ins Kreuz. Er biß sich auf die Zunge und prellte sich die Ellbogen an der Einfassung des Cockpits. Seine Arme erschlafften, und er stieß versehentlich gegen den Steuerknüppel. Die treue Harry Tate ließ ihn im Stich und ging in eine scharfe Kurve. Quälend langsam, Naht um Naht, platzte die Bespannung von der oberen Tragfläche.

Er umklammerte den Knüppel wie König Artus das Heft von Excalibur und zog ihn nach hinten. Ein Fuß fand das Pedal unter dem Seitensteuerhebel, und er drückte es herunter und stellte die Querruder gerade.

Einmal hatte er bei ruhigem Wetter fünf Minuten lang eine Schulungsmaschine gesteuert. Doch hierauf war er nicht vorbereitet. Er hatte noch nie ein Flugzeug gelandet.

Er zerrte am Steuerknüppel, drückte das Ruder herunter und betete, die RE8 möge nach oben ziehen. Er konzentrierte sich auf die Wasserwaage und versuchte die Luftblase durch Willenskraft in Position zu zwingen. Ein Windstoß brachte den siechenden Propeller in Schwung, und der Motor räusperte sich hüstelnd. Er schien auf dem Wege der Genesung. Eine Bö trieb die Harry Tate nach oben.

Die Erde unter ihm bedeutete den sicheren Tod. Damit mußte Winthrop sich abfinden. Der Aufwärtsdrall war nur eine vorübergehende Laune der Natur. Ohne den oberen Flügel würde die Maschine früher oder später vornüberkippen und den Piloten unter sich begraben.

»Der Teufel soll dich holen, du verfluchter roter Baron von Richthofen, dich und deine verfluchten Fledermauskumpane.«

Das Problem war, zur Erde zu gelangen, ohne daß der Benzintank explodierte. Wider besseres Wissen lockerte er den Griff um den Knüppel und ließ das Ruderpedal kommen. Sein Fahrtmesser war kaputt, doch er spürte, daß er an Geschwindigkeit verlor.

Er mußte langsam, zugleich jedoch mit soviel Fahrt aufsetzen, daß die Maschine sich nicht überschlug. Die Aussichten, unweit der Front ein flaches, sicheres Fleckchen Erde zu finden – vorausgesetzt, er befand sich noch nicht über Niemandsland –, waren gleich Null.

Wie durch ein Wunder war er am Leben geblieben. Wie viele Snipes wohl noch am Himmel kreisten? Die Überlebenden des Kampfes mußten längst den Heimflug angetreten haben. Obgleich er insgeheim bezweifelte, daß Richthofens fliegendes Monstrositätenkabinett – welch eine passende Bezeichnung! – seine Beute hatte entkommen lassen. Die Deutschen waren dreist genug, ihn dieser Folter auszusetzen. Sie fanden es gewiß entsetzlich komisch, den Piloten aus einem Zweisitzer zu reißen.

Eine Geschoßgarbe verfehlte die Maschine nur knapp, und Winthrop lachte, während die RE8 sich schwankend und torkelnd fortbewegte. Er war hinter den Linien. Jenseits des Propellers lag die Heimat.

Er flog so langsam und so tief, daß man vom Boden auf ihn schießen konnte. Die Männer in den Schützengräben hatten nur ein paar Sekunden Zeit, auf ihn zu zielen. Die Sekunden verstrichen, er war noch am Leben und schnappte gierig nach Luft, die wie mit Glassplittern versetztes Eiswasser schmeckte.

Sein Lachen hallte durch die Nacht. Er versuchte es zu unterdrücken und dachte an zu Hause.

God Save the Queen ... Britannia Rules the Waves ... Dieu et mon droit ... Ich liebe dich, Cat ...

Die Räder schwebten nur noch wenige Fuß über dem Boden. Bombenexplosionen und Feuersäulen erhellten eine Landschaft, die wie der Mond mit Kratern und Löchern übersät war. Schon von oben hatte es übel ausgesehen, aus der Nähe aber wirkte es beängstigend. Wenn die RE8 hier landete, würde sie in Stücke gerissen, und der Aufklärer läge im Umkreis von hundert Yards über das Niemandsland verstreut. Was von ihm übrigbleiben würde, fände vermutlich bequem in einer Zündholzschachtel Platz.

Er richtete den Blick gen Himmel und sah dunkle Schatten kreisen. Ob der Baron ihn verfolgt hatte, um zu sehen, wie sein kleiner Scherz ausgehen würde? Winthrop hörte einen zweiten Motor. Es war also noch mindestens eine Snipe dort oben. Die Schlacht war noch nicht vorbei.

Er hatte keinen Zweifel, daß es sich bei dem Gestaltwandler, der Courtney getötet hatte, um Manfred von Richthofen handelte. Alles sprach dafür. Das rote Fell, der kalte, böse Blick. Kein anderer Boche konnte ein solches Monstrum sein.

Es war soweit. Seine letzten Augenblicke. Wenn er schon kein Vampir sein konnte, würde er seinen Mörder eben als *Gespenst* heimsuchen müssen.

Als er sich nur noch wenige Zoll über dem Boden wähnte, zerrte er am Steuerknüppel und zog die Rumpfnase nach oben. Die Räder berührten den Boden, doch das Heck bohrte sich in die Erde und wirkte wie ein Anker. Er wurde wie von der Hand eines Riesen in den Sitz geschmettert und durch das Cockpit geschleudert. Er glaubte, seine eigenen Knochen brechen zu hören. Mit lautem Kreischen ging die Harry Tate in Fetzen.

Erde spritzte ihm ins Gesicht. Die RE8 pflügte durch Niemandsland. Gerissene Seile peitschten jaulend durch die Luft.

Ein Holm schlitzte den Rumpf. Die untere Tragfläche knickte und riß ab. Winthrop schlug die Arme über dem Kopf zusammen und wartete auf den Todesstoß.

19

Schlacht in den Wolken

Unter ihnen rissen die Männer des JG1 die britischen Snipes in Stücke. Stalhein und Stachel waren zur Beobachtung des Hahnenkampfes eingeteilt.

Sie hatten sich, unmittelbar nach dem Sprung vom Turm des Château du Malinbois, in luftige Höhen aufgeschwungen und schwebten nun über der Schlacht. Falls ein Brite zu entkommen versuchte, stießen Stalhein und Stachel in die Tiefe, um der Flucht ein schnelles Ende zu bereiten. Eine wichtige und ehrenhafte Stellung, doch außerordentlich frustrierend für von unstillbarer Blutgier besessene Flieger.

Da Stalhein in dieser Höhe segeln konnte, nahm er nur hin und wieder seine Schwingen zu Hilfe, um die Position zu halten. Die Spannweite seiner oberen Flügel betrug etwa zehn Meter: die doppelte Länge seines Körpers, seinen Peitschenschwanz nicht mitgerechnet. Diese Spanne, die tragkräftige Stütze seiner verwandelten Gestalt, entsprach den Schultern und Armen seines Menschenkörpers. Zwischen Hüften und Handgelenken hatte er Membranen, die sich blähten und bauschten wie die Segel eines Schiffes. Die Muskeln, die sich um sein Brustbein-Ruder ballten, ermöglichten präzise Steuerung.

Die unteren Flügel bestanden aus verwandelten, mit Segeltuch verstärkten externen Rippen. Die kurzen, überaus praktischen Arme, die aus seinem Rumpf ragten und die an einem Harnisch um seinen Hals befestigten Parabellum-MGs bedienten, waren aus Fleisch und Knochen, die er nach Belieben wachsen lassen konnte. In dieser Gestalt zu fliegen, war zwar tückischer als eine von Tony Fokkers Jagdmaschinen zu steuern, doch Stalhein war wendiger und schneller als jedes Flugzeug.

Seine ledrige, mit dichtem Pelz bewachsene Haut schützte seinen Fledermausleib gegen die bittere Kälte. Siebenmeilenstiefel, so hoch wie seine Menschenbeine, waren an Knöcheln und Knien verhakt. Darüber hinaus trug er nichts als die Apparatur, die ihn zu einer fliegenden Waffe werden ließ. Verkeilte Hüftgelenke und verwachsene Wirbel schließlich machten sein Rückgrat unzerbrechlich.

Der Gestank von Schießpulver und brennendem Benzin, der mit dem Luftstrom herauftrieb, stach ihm in die großen, weiten Nüstern. Seine Ohren, riesige, mit einem wirren Adergeflecht überzogene Schneckenmuscheln, registrierten das Stottern der Maschinengewehre, das stockende Jaulen der würgenden Motoren, ja selbst die Rufe der Piloten.

Eine Snipe explodierte. Er sah, wie der siegreiche Udet auf dem Schwall heißer Luft nach oben segelte, auf samtenen Schwingen sanft dahinglitt. Stalhein hörte den erstickten Schrei eines britischen Piloten. Udet war mit Stalhein gleichgezogen.

Als die Beobachter gemeldet hatten, in Maranique sei ein Schwarm Flugzeuge gestartet und halte Kurs auf Malinbois, hatte Stalhein angenommen, Karnstein werde wieder eine ruhige Nacht anordnen. Das JG1 hatte den Kampf bislang gemieden, weil es noch nicht an der Zeit war, die Karten auf den Tisch zu legen. Kretschmar-Schuldorff, ein berufsmäßiger Geheimniskrämer, warnte in einem fort vor verfrühter Entfaltung zum Gefecht. Die Männer unter dem Kommando des Barons wären mit Freuden in die Schlacht gezogen, doch sie kannten ihre Pflicht. Wenn die Zeit gekommen war, würden sie dem Kaiser dienen, wie es sich für sie geziemte.

Die brennende Snipe verglomm noch in der Luft zu Asche. Udet vollführte eine Siegesrolle und wich mühelos einer Feuersalve aus. Noch zogen mehrere Briten ihre Kreise. Das JG1 spielte mit ihnen.

Nach reiflicher Überlegung war Karnstein zu dem Schluß

gelangt, daß es nunmehr an der Zeit sei, die kriegerischen Fledermäuse aus dem Sack zu lassen. Er befahl Baron von Richthofen, mit acht Fliegern aufzusteigen und die Streife zu vernichten.

»Laßt uns den Feind das Fürchten lehren«, hatte der Vampir-Älteste erklärt.

Richthofen hatte den Befehl gelassen aufgenommen, Stalhein und die anderen hingegen waren vor Begeisterung ganz aus dem Häuschen. Noch ehe er wußte, ob er zu den Auserwählten gehören würde, begann Stalhein die Gestalt zu wechseln und schwoll und dehnte sich in seinem Waffenrock, bis die Messingknöpfe absprangen.

»Nehmt euren Mann ins Visier«, instruierte Richthofen die Flieger, »und tötet ihn.«

Aus luftiger Höhe beobachtete Stalhein, wie das JG1 seinen Befehl ausführte. Richthofen hatte seinen Bruder auf das Flugzeug an der Spitze des Verbandes angesetzt und sich den Aufklärer reserviert. Ein Außenstehender hätte dies für Feigheit halten können, doch Stalhein verstand Richthofens Entscheidung. Für sich genommen, war die RE8 leichte Beute, zugleich jedoch war sie das wichtigste Ziel. Die Snipes hatten die Aufgabe, den Aufklärer zu decken, und das würden sie auch tun. Indem er die RE8 angriff, bot Richthofen sich auf dem Präsentierteller dar. Er mußte darauf vertrauen, daß seine Männer ihre Aufgabe erfüllten und ihm den Rücken freihielten.

Lothar von Richthofen schnappte sich seine Snipe, ohne zu schießen, sondern näherte sich dem Geschwaderkommandeur von hinten, riß ihm den oberen Flügel ab und wirbelte das Flugzeug durch die Luft. Wild um sich feuernd, trudelte die Snipe dem Erdboden entgegen. Lothar folgte dem abstürzenden Briten und zerrte den Piloten aus dem Cockpit. Stalhein hörte einen Schrei, als Lothars Kiefer den Schädel des Geschwaderkommandeurs zermalmten.

Der zur Untätigkeit verdammte Stachel heulte verzweifelt

auf. Seildicke Speichelfäden wehten aus seinem Haifischmaul. Seine irren Augen leuchteten wie flammende Sterne. Stalhein wußte, daß sein Kamerad sich nicht würde beherrschen können. Er dachte einzig und allein an Bruno Stachel, nie an das JG1, den Kaiser oder die Ehre seines Vaterlandes.

Groß und träge wie ein fliegender Pfannkuchen plumpste Emmelman auf seine Snipe. Er rammte seine Hauer in das Flugzeug und zerfetzte mit Zähnen und Klauen Leinwand und Metall. Für ihn war die Maschine die harte Schale einer Nuß und der Pilot ihr zarter, weicher Kern. Er pflegte unbewaffnet aufzusteigen. Sein riesiger, massiver Leib war nahezu unverwundbar und schwitzte verbrauchte Kugeln aus wie Blut und Wasser.

Das Gefecht würde vorbei sein, noch bevor Stalhein eingreifen konnte. Er war enttäuscht, doch seine Pflicht verlangte es, mit derlei Enttäuschungen zu leben. Dies war ein Gemeinschaftssieg.

Manfred von Richthofen machte die zweisitzige RE8 auf elegante Art und Weise kampfunfähig, indem er den Piloten aus dem Cockpit riß und den Beobachter seinem tödlichen Schicksal überließ. Es war eine nahezu künstlerische Geste und ein sicherer Beweis dafür, daß sich auch im eisigen Gemüt des roten Kampffliegers ästhetische Impulse regten. Träge über dem verlorenen Aufklärer schwebend, blickte Richthofen auf den entsetzten Beobachter hinab. Der Arme kam vor Angst fast um.

Schleichs Snipe war dem Baron dicht auf den Fersen und versuchte ihn mit einem Kugelhagel einzudecken. Wer auch immer diese Maschine flog, war ein Meister seines Fachs. Obgleich er seine Menschengestalt hinter sich gelassen hatte, wußte Stalhein um das stählerne Nervenkostüm, dessen es bedurfte, angesichts der unerwarteten Konfrontation mit den Fliegern des JG1 die Ruhe zu bewahren. Schleichs Snipe hatte sich von dem Schock erholt und kämpfte wie ein Löwe. Schleich flatterte einsam und mit zerfetzter Schwinge am

Himmel und versuchte verzweifelt, zu seinem Gegner aufzuschließen.

Zum Eingreifen war es noch zu früh, befand Stalhein. Sein Befehl lautete, sich aus dem Gefecht herauszuhalten, bis ein Brite Anstalten zur Flucht machte. Schleichs Snipe sackte erst ein wenig und zog dann steil nach oben, mit stotternden MGs. Richthofen tänzelte aus der Gefahrenzone. Zu Stalheins Erstaunen war die RE8 noch immer in der Luft. Der Beobachter hatte aufgehört zu schreien.

Stachel senkte den Blick und nickte grimmig. Seine pelzige Halskrause sträubte sich. Er sah aus wie ein riesiger Brüllaffe. Die Blutgier des braven Bruno war so groß, daß er die Befehle des Barons glatt in den Wind geschlagen hätte.

»Reiß dich zusammen, sonst kannst du deine Uniform an den Nagel hängen«, sagte Stalhein. In diesem Körper war seine Stimme so laut, daß sie alles andere übertönte. Obgleich es ihn nach Blut und einem Blauen Max gelüstete, schüttelte Stachel seinen kolossalen Kopf, blieb jedoch in Formation. Die Angst, seine Stellung zu verlieren, war größer als der rote Durst. Kein Flieger des JG1 hatte jemals seinen Abschied nehmen müssen. Stalhein konnte sich des Eindrucks nicht erwehren, daß General Karnstein auf einer dauerhaften Versetzung in den Hades bestehen würde. Durch Furcht und Pflichtgefühl, Blutgier und Ehre gebunden, waren die Flieger des JG1 Sklaven und Herren zugleich. Sie waren nicht nur Ritter der Lüfte, sondern auch Gladiatoren.

»Welch eine Verschwendung«, brüllte Stachel.

Görings Snipe heftete sich an das Heck der RE8, und der dicke Hermann schnaufte ihr mühsam hinterdrein. Unter der Last des Walspecks ächzend, der seinen verwandelten Wanst beschwerte, war Göring der langsamste Flieger des Geschwaders. Dennoch war er ein tödlicher Schütze, der seine Beute mit kurzen Salven und der Präzision eines Großwildjägers zur Strecke brachte.

Der Kampf verlagerte sich weiter nach oben und trieb Stachel und Stalhein durch dünne Wolken in immer luftigere Höhen. Als Mondlicht auf Stalheins Schwingen fiel, prickelte sein ganzer Körper. Neue Kraft schoß wie Elektrizität durch Nerven und Venen. Das war typisch für das Geblüt derer des englischen Vampirs Lord Ruthven, dem einstigen Freund und jetzigen Feind des Grafen, und Stalhein hatte keine Ahnung, weshalb auch er davon betroffen war. Es war bereits ein Teil seines *nosferatu*-Naturells gewesen, bevor Karnstein ihn der lieblichen Faustina vorgestellt und diese ihm etwas von Draculas Geblüt weitergegeben hatte.

Das Licht erfüllte ihn mit unbändiger Kraft. Die Kälte um die Augen und in den Ohren zerstreute sich. Der Mondschein stärkte ihn fast ebensosehr wie Blut. Wenn Wolken ihn des Lichts beraubten, wurde er teilnahmslos und träge. Seine Kraft wuchs und verging, wie die des sprichwörtlichen Werwolfs, mit der Lichtgestalt des Mondes.

Obgleich Stalhein das stotternde Motorengeräusch noch immer deutlich wahrnahm, war die RE8 nicht mehr zu sehen. Hätte er sich an der Stelle des Beobachters befunden, wäre er gewiß verrückt geworden, noch ehe die Maschine unten aufschlug. Görings Snipe folgte dem Aufklärer, der dicke Hermann rückte auf.

Nur Schleichs Snipe kämpfte unverdrossen weiter. Schleich lahmte im Flug; der Riß in seiner Schwinge vertiefte sich mit jedem Flügelschlag, er war zu groß, um sofort wieder zu verheilen. Der Rest des Schwarms flog im Windschatten der Snipe.

Schleichs Snipe steuerte auf Stalhein und Stachel zu. Stalhein sah das winzige, weiße Gesicht des britischen Piloten. Es war Bigglesworth, das As, das auch Erich von Stalhein zu seinen Siegen zählte. Daß am Ende seines Steigflugs Stalhein auf ihn wartete, war die Rache des Schicksals.

Stalhein winkte Stachel zurück. Diese Beute gehörte ihm. Da Stachel sich davon nicht beirren ließ, drängte Stalhein ihn mit der Schulter beiseite und ignorierte Stachels Wutausbruch.

Der sirrende Propeller von Schleichs Snipe zog steil nach oben. Bigglesworth feuerte aus seinem Zwillings-Vickers. Stalhein sah die Leuchtspur silbrig blitzen und stahl sich aus der Schußbahn. Stachel versuchte auszuweichen, doch eine der letzten Kugeln streifte seine Flügelspitze. Rasend vor Zorn, stürzte er sich auf den Briten. In seinem Schmerz schoß er übers Ziel hinaus, verschwand in den Wolken, fiel mehrere hundert Fuß.

Nun waren Stalhein und Bigglesworth allein. Seelenruhig umkreiste er die Snipe und warf einen Blick ins Cockpit. Der Kopf des Piloten schnellte herum, und das kraftspendende Mondlicht spiegelte sich in seiner Brille. Bevor er ihm den Garaus machte, wollte Stalhein seinem tapferen Widersacher Anerkennung zollen. Dies war ein lohnenswerter Sieg.

Die anderen Flieger hatten eine vage Formation gebildet und würden jeden Moment bei ihm sein. Er hatte keine Zeit, den Kampf gebührend zu genießen. Er nahm den Heckflügel der Snipe zwischen die Kiefer und schlug die Zähne in Holz und Stoff. Dann warf er den Kopf in den Nacken und riß dem Kampfflugzeug das hintere Ende ab. Er spuckte das trockene Zeug aus und bahnte sich, nach englischem Vampirblut dürstend, mit spitzen Klauen einen Weg zum Cockpit. Mit diesem Sieg würde er sich die Tapferkeit seines Rivalen zu eigen machen. Mit jedem Sieg gewann er neue Kraft. Dies war die Macht, die Faustina ihm durch Draculas geweihtes Blut verliehen hatte.

Mit erstaunlicher Gelassenheit wandte Bigglesworth sich um und richtete eine Faustfeuerwaffe mit großem Lauf auf ihn, eine Signalpistole. Stalhein lachte. Bigglesworth grinste. Die anderen Flieger waren überall. Bigglesworth schoß Stalhein in den Mund. Feuer explodierte auf seiner Zunge, und Flammen loderten um seine Schnauze, versengten ihm das borstige Gesichtsfell und verbrannten ihm die Augen. Der

Gestank war schlimmer als der Schmerz. Er spie die brennende Patrone aus, doch die zerfetzte Snipe war ihm entglitten. Sein Körper lechzte nach Blut. Sein Mund brannte noch immer, und vor Begierde schlug sein Herz wie eine Kriegstrommel. Er hatte den Sieg errungen, und nun *mußte* er sich nähren. Mehr noch als den Triumph, mehr noch als einen Orden, mehr noch als den Kampf brauchte er *Blut*!

Die Snipe geriet ins Trudeln und sank wie ein Bleigewicht. Sie hatte ihre Flügel verloren. Der Pilot wurde aus dem Cockpit geschleudert und stürzte in freiem Fall zur Erde. Bei einem Sturz aus dieser Höhe würde er in tausend Stücke gerissen und sein süßes Blut über einen Quadratkilometer verteilt.

Nur noch von einem Gedanken besessen, ging Stalhein in den Sturzflug und stach mit scharfen Krallen in die Tiefe. Um den Widerstand zu verringern, legte er die unteren Flügel an und durchschnitt die Luft wie eine Lanze. Der Flugwind pfiff um seine Schwingen. Vor seinen Augen tanzten Explosionen, während er sich auf den fallenden Piloten konzentrierte. Es hatte keinen Zweck. Bigglesworth war ihm entwischt.

Wenn er nicht rasch etwas unternahm, würde er sich mit dem Kopf voran in den gefrorenen Boden bohren und, wie sein Opfer, in Stücke gerissen. Er bemühte sich nach Kräften, die Herrschaft über die Luft wiederzugewinnen. Schließlich bremste er seinen Sturz, indem er die Flügel spreizte wie Segel. Es war, als würden ihm die Arme ausgekugelt. Sein Schwanz peitschte gegen seinen Bauch, während er in die Waagerechte zu finden versuchte. Endlich gelang es ihm, den Sinkflug zu beenden. Er ließ sich mit dem Luftstrom aufwärts treiben und suchte die schwarze Landschaft nach Lichtpunkten ab. Da er sich diesseits der Linien befand, war kein Feuerschein zu sehen. Er spitzte die Ohren, hörte jedoch keinen Aufprall. Sein Rivale lag irgendwo dort unten, mit zerbrochenen Knochen. Die Schlacht war vorbei, und Erich von Stalhein war enttäuscht. Er begann grollend zu knurren.

20

Wanderer zwischen beiden Welten

Der Knüppel glitt ihm aus der Hand. Ein Windstoß schüttelte ihn durch. Das gesamte Vorderteil der RE8 war abgerissen, weggebrochen. Ihm blieben nur noch wenige Sekunden. Der glühendheiße Motor war keine drei Fuß mehr entfernt. Wenn sich die Verkleidung löste, würde er ins Cockpit krachen und sein weiches Fleisch durchschlagen wie ein riesiges Geschoß.

Die Wucht des Aufpralls schleuderte Winthrop erst in seinen Sitz und dann Hals über Kopf in die Dunkelheit hinaus. Gefrorene Erdklumpen peitschten seine Brust und sein Gesicht. Er krallte reflexartig die Finger in den Boden wie in Eiderdaunen.

Das Tosen des Windes und das Knirschen der entzweigehenden Maschine gellten ihm noch immer in den Ohren. Irgend etwas fiel ihm auf den Rücken und preßte ihn noch tiefer in die Erde.

Die Flugbrille bewahrte seine Augen davor, in den Schädel getrieben zu werden, doch sein Kopfschutz ging in Fetzen. Erde überschwemmte Mund und Nase. Ein spitzer Holm bohrte sich durch die Fliegerkluft in seine Seite. Sämtliche Glieder schmerzten, als habe man ihn in den Bauch, die Nieren und die Weichen getreten. Der Tod war einen Herzschlag, einen Atemzug entfernt.

Cat, dachte er. *Bitte verzeih mir meinen dummen Brief . . .*

Er hob den Kopf und befreite Mund und Nase hustend von Dreck und Erde. Er atmete wieder. Einmal. Zweimal. Sein Herz schlug noch. Vielleicht würde er ja doch nicht sterben? Oder war er etwa schon tot?

All dies erinnerte ihn an die Schlachtfelder der Hölle, von

denen Catrionas Vater, Reverend Kaye, immer gepredigt hatte, als Winthrop noch ein Kind gewesen war. Erstickte Schreie, Feuersäulen und rabenschwarze Nacht.

Er ruckte und zuckte mit den Schultern und stieß den abgebrochenen Flügelrahmen von sich, der auf seinem Rücken lastete. Seine Fliegerkluft zerriß, als er das pfeilspitze Ende einer geknickten Strebe herauszog.

Frierend richtete er sich auf und spürte nichts als Schmerzen. Seine klappernden Zähne waren mit einer Kruste aus Blut und Unrat überzogen. Er hustete und spuckte aus. Plötzlich drehte sich ihm der Magen um, und er mußte sich übergeben. Endlich konnte er wieder richtig atmen. Er hatte keine Ahnung, welche Knochen gebrochen waren und welche nur schmerzten. Es ließ sich vermutlich leichter feststellen, welche Knochen *nicht* gebrochen waren.

Ein greller Lichtblitz flammte auf und versengte ihm die Augen. Heiße Glut schien sein Gesicht zu streifen und sich im Nu wieder zu verflüchtigen. Der Motor war explodiert, doch für ein rechtes Feuer reichte der geringe Treibstoffrest nicht aus. Flammen züngelten über die dunkle Silhouette, die sich als Rumpfnase der guten alten Harry Tate entpuppte. Die Maschine hatte sich gewissermaßen geopfert, um ihn heil zur Erde zu bringen.

Er mußte so schnell wie möglich fort, bevor es zu einer zweiten Explosion kam, doch er konnte sich nicht rühren. Obgleich er kniete, schien es, als seien seine Beine fest im Boden verankert. Sein hämmernder Puls beruhigte sich allmählich. Er betastete sein rußiges Gesicht und zerrte sich die Überreste seiner Brille herunter. Es war, als hätten die Wolken sich geteilt. Mattes Mondlicht senkte sich auf ihn herab. Er zog sich Fliegerhaube und Balaklavamütze vom Kopf und wischte sich mit dem wolligen Lappen das Gesicht. Dann setzte er die Haube wieder auf.

Das Niemandsland bot einen wahnwitzigen Anblick. Vor dem Krieg hatte Winthrop diese Gegend bereist. Damals hatte hier ein tiefer, kühler Wald gestanden. Nun waren die Bäume verschwunden. Der Boden war mit Kratern und Bombentrichtern gespickt und, bis auf zählebiges Gestrüpp, jeglicher Vegetation beraubt. Stacheldrahtrollen lagen wild verstreut. Die RE8 hatte das rostige Gewirr mit sich geschleift, und die Dornen hatten tiefe Furchen in den Boden gezogen.

Die Schlammwüste wimmelte von schmutzig-grauen Leichen. Nur wenige Fuß entfernt lag ein mit Fangzähnen bewehrter Totenschädel unter einer Pickelhaube. Da der Boche inzwischen andere Helme trug, mußte er sich seit der ersten Offensive hier befinden. Winthrop gab sich alle Mühe, Leichenteile, Uniformfetzen und freiliegende Knochen zu ignorieren. Diese seit vier Jahren hart umkämpften Felder waren mit Millionen von Toten besät.

Er tastete Arme und Beine ab, und obschon er schwere Prellungen *en masse* davongetragen hatte, schienen die meisten Knochen intakt. Eine Kugel hatte sich wie ein Wurm in seine Stiefelsohle eingegraben. Seine Socke stand vor Blut, doch der Schuß hatte ihn nur gestreift.

Als er aufstand, durchzuckte ein höllischer Schmerz sein rechtes Knie. Seine Kluft war aufgerissen, und das Pyjamaunterteil darunter hing in Fetzen, die Kniehosen hingegen klebten wie Pech an seinen Schenkeln. Er war noch ein wenig wacklig auf den Beinen, als ob er nach einem Monat auf See erstmals wieder Land betreten hätte. Er hatte sich rasch daran gewöhnt, daß er in der Luft nichts unter den Füßen hatte. Schwankend versuchte er ins Gleichgewicht zurückzufinden. Ihm schwirrte der Kopf, und er blinzelte und gähnte, um den Druck von seinen Ohren zu nehmen. Er bemühte sich nach Kräften, seinen Bezug zur Erde, zur Schwerkraft wiederherzustellen.

Eine Leuchtkugel explodierte über seinem Kopf. Das grelle Licht blendete ihn. Weiße Fühler streckten sich zur Erde wie die Tentakel einer Qualle. Höllenmaschinen wie diese dienten Nachtjägern zur Erhellung ihrer Ziele. Mit schleppenden Schritten suchte er Schutz im Schatten des zerbrochenen Rumpfs der RE8. Da ihm nach wie vor die Ohren brausten, konnte er nicht hören, ob geschossen wurde. Die Leuchtspur zischte zu Boden, und er war noch am Leben.

Er suchte den Nachthimmel nach Fledermäusen ab. Ob der Boche die Wrackteile nach Überlebenden durchkämmen würde? Ein absurder Gedanke. Da es äußerst unwahrscheinlich war, daß er noch lebte und die Landung im Niemandsland tödliche Gefahren barg, würde ihn selbst Richthofen in Ruhe lassen. Andererseits wußte er aus seiner Erfahrung mit Vampiren, daß der rote Durst der fliegenden Gestaltwandler geweckt war.

Er war nicht taub. Trotz des Brausens und Klingelns in seinen Ohren hörte er Motorengeräusche. Kein Zweifel, es war noch eine Maschine in der Luft. Eine Snipe. Er zerrte sich die Fliegerhaube vom Kopf und schüttelte den Schweiß aus seinem Haar.

Schüsse. Winzige Lichtpunkte am Himmel. In derselben Richtung, aus der das Motorengeräusch kam.

Obgleich er nicht viel sehen konnte, glaubte er eine tieffliegende Snipe zu erkennen, verfolgt von einer Kreatur aus Richthofens Fledermausstaffel.

Neuerliche Schüsse. Näher. Eine Maschine flog über ihn hinweg. Der flüchtige Umriß herabstoßender Flügel und Räder, eine matt im Mondlicht schimmernde Snipe. Er wandte den Kopf, um der Flugbahn des Kampffliegers zu folgen.

Ein stummer Schatten glitt vorüber und verbreitete lähmende Kälte. Wie ein Bewohner des Meeresgrundes beim Anblick eines Teufelsrochens zuckte Winthrop zusammen, als der Boche, auf seine Beute konzentriert, über ihn hinwegflog. Die Snipe steuerte mit zitternden Flügeln auf die britischen Linien zu. Sie gewann an Vorsprung, ließ den Deutschen hinter sich zurück. Der Gestaltwandler richtete sich in der Luft auf wie ein Falke und ließ Feuer vom Himmel regnen.

Winthrop konnte den Blick nicht von dem Schauspiel wenden. Die Geschoßgarbe streifte das Heck des Fliegers. Sofort geriet die Snipe ins Trudeln. Der Feuerball versengte ihm die Augen, noch bevor der Knall der Explosion sein Ohr traf.

Der Boche schwebte über der Absturzstelle, der Schein der Flammen färbte seinen Bauch blutrot. Ein grotesk geblähter weißer Wanst ragte unter den Rippen hervor, und ein wimmelndes Geflecht aus roten und blauen Adern durchzog den Membranbaldachin der Flügel. Winthrop hatte noch nie einen Vampir gesehen, der sich so weit von der menschlichen Gestalt entfernt hatte. Nicht einmal Isolde konnte sich mit diesem Scheusal messen. Richthofens fliegende Monstrositäten hatten Draculas Blut getrunken. Jetzt erst begriff er, was es mit Mata Haris Beichte auf sich hatte. Die Deutschen züchteten diese Ungeheuer systematisch heran.

Der Boche ließ sich auf der warmen Luft nach oben treiben und schwang sich in den dunklen Himmel auf. Langsam, mit mächtigen Flügelschlägen, kreiste der Vampir davon, zurück hinter die deutschen Linien.

Winthrop verwünschte den Mörder. Beim Absturz war ein Teil von ihm gestorben. Allmählich verebbte seine Panik und machte fischblütigem Kaltsinn Platz. So war das also, wenn man als Raubtier wiedergeboren wurde. Seine Prioritäten hatten sich verschoben. Ab sofort war es das Wichtigste, die Nacht zu überleben und unversehrt hinter die alliierten Linien zu gelangen. Beauregard mußte vom JG1 erfahren.

Ein schmerzhafter Schritt rief ihm seine Knieverletzung ins Gedächtnis. Er brauchte eine Krücke. Ein zerbrochener Propellerflügel der Harry Tate steckte im Boden. Er würde seinen Zweck erfüllen. Im Notfall war er spitz genug, ein Vampirherz damit zu durchbohren. Er polsterte die Bruchstelle mit seiner zerfetzten Fliegerhaube und schob ihn sich unter den Arm.

Die Snipe hatte sich auf dem Heimweg befunden. Nun zeigte ihm die brennende Maschine wie ein Leuchtturm die Richtung, die er einschlagen mußte. Er bezweifelte, daß der Pilot Verständnis für die Art und Weise haben würde, wie er sich seinen Flammentod zunutze machte, doch Schuldgefühle konnte er sich jetzt nicht leisten.

Es hatte keinen Sinn, nach den Kameras der RE8 zu suchen. Sie waren gewiß zu Bruch gegangen. Gegebenenfalls würde er Zeichnungen anfertigen müssen. Jedes Detail hatte sich in sein Gedächtnis eingebrannt.

Er stapfte los, schnurstracks auf das Feuer zu.

Alder, wo er aufgewachsen war, lag in der Tiefebene von Somerset. In den Feuchtgebieten teilten zumeist Gräben und nicht Hecken die Felder. Fremde, welche die kurze Strecke vom Dorfanger zur Kirche, wo Catrionas Vater als Vikar in Diensten stand, zu einem Spaziergang nutzen wollten, waren erstaunt, wenn die »Abkürzung«, die sie der kurvenreichen Straße vorgezogen hatten, in einem sumpfigen Irrgarten endete und sie gezwungen waren, ganze Felder zu umgehen, bis sie einen Brettersteg gefunden hatten, der sie trockenen Fußes über einen Graben führte. Es konnte über eine Stunde dauern, die Strecke zu bewältigen, für die eine Krähe kaum eine Minute brauchte. Im nächtlichen Niemandsland gab es ähnlich viele Fallen, Schlingen und Sackgassen.

Winthrop marschierte zielstrebig auf die ausgebrannte Snipe zu. Wenn die Dämmerung hereinbrach, würde er für jeden schießwütigen Scharfschützen der Deutschen eine erstklassige Zielscheibe abgeben. Seine ausgebeulte Fliegerkluft war so verdreckt, daß man sie leicht mit der grauen Uniform des Boche verwechseln konnte, was ihm am Ende womöglich die Kugel eines übereifrigen, törichten Tommies eintrug.

Selbst wenn undurchdringliches Drahtgewirr oder Granattrichter voller Wasser ihn am Fortkommen hinderten, bewahrte er ruhig Blut und fluchte nicht. Geduldig ging er den Weg zurück, den er gekommen war, und suchte sich einen anderen Durchschlupf.

Seine frisch reparierte Armbanduhr war schon wieder kaputt und zeigte dreiviertel acht. Es war vermutlich noch nicht einmal zehn. Luftkämpfe dauerten nur selten länger als ein paar Minuten, auch wenn die Überlebenden oftmals schworen, sie hätten über eine Stunde gekämpft. Es würde Stunden dauern, bis der Morgen graute.

Knirschend gab der Boden unter seinen Stiefeln nach. Er stand auf einem plattgewalzten Pferd, das vor ihm lag wie ausgerollter Kuchenteig. Vögel hatten ihm die Augen ausgepickt. Das tote Tier wimmelte von Ungeziefer. Ratten wanden sich unter ihrer Decke aus Pferdehaut und stoben quiekend auseinander. Er machte sich gar nicht erst die Mühe, die Ratten zu hassen oder zu erlegen. Sie waren schließlich auch nicht schlimmer als die menschlichen Aasfresser, die dieses Land unsicher machten.

Sein Knie tat höllisch weh. Die anderen Schmerzen waren vergleichsweise gering. Die Spitze der behelfsmäßigen Krücke bohrte sich in seine Achselhöhle. Er hatte kein Gefühl mehr in den Zehen und hoffte, die Kälte werde früher oder später auch sein Knie betäuben.

Granaten fielen, Gott sei Dank nicht allzu nah. Um die Deutschen von unerwünschten Ausflügen abzuhalten, deckten die Allierten das Niemandsland bei Nacht mit einem Bombenhagel ein. Angesichts der derzeitigen Lage hielt Winthrop die Logik dieser Strategie für äußerst zweifelhaft, obgleich er dankbar war, daß er keine Angst zu haben brauchte, hier draußen einem verirrten Späher zu begegnen. Selbst der verlottertste Boche trug Gewehr und Bajonett, und die einzige Waffe, über die Winthrop verfügte, war sein kostbarer Propeller. Sie waren so unvermittelt aufgebrochen, daß er vergessen hatte, seinen Revolver einzustecken.

Die Snipe lag vor ihm, die Bespannung war zu Asche verbrannt. Rotglühende Metallteile glommen in der Finsternis. Es war nicht mehr zu erkennen, um wessen Maschine es sich handelte.

Der verwegene Courtney war tot. Vom roten Baron geraubt und ausgesaugt. Auch Cundall war mit ziemlicher Gewißheit in den Dutt gegangen. Von den B's gar nicht zu reden: Ball, Biggleswortth, Brown. Und, damit das Buchstabensüppchen nicht so fade schmeckte, Bill Williamson. Das Geschwader Condor war so gut wie kampfunfähig.

Ein Granate pfiff vorüber und krepierte keine hundert Yards entfernt. Erde prasselte zu Boden und spickte sein Gesicht. Die brennende Snipe war eine Flammeninsel in der Finsternis. Ob ein Kanonier sie ins Visier genommen hatte?

Nach seiner Rückkehr würde Winthrop Vorschläge zu machen haben, die den Verlauf des Krieges, wie er glaubte, maßgeblich verändern würden. Mit diesem Ausflug hatte er das Recht erworben, von Sir Douglas Haig gehört zu werden. Er würde die Reporterin Kate Reed aufsuchen. Um die Wahrheit zu sagen, er hätte sie ohnehin aufgesucht. Er hatte eine Idee, und Kate Reed stand im Zentrum dieser Gedanken.

Mit ihrem roten Haar und ihrer scharfen Zunge war Kate der Vampir, in den sich Catriona einst verwandeln würde. Zierliche kleine Fangzähne in einem aufreizenden Überbiß. Die Augen hinter ihrer Brille zeugten von Intelligenz und Zähigkeit. Von all seinen Bekannten kam sie einem Vampir-Ältesten am nächsten. Und er brauchte einen Ältesten. Daran gab es keinen Zweifel. Ein Neugeborener würde seinen Zwecken nicht genügen. Die Kraft eines Vampirs war eine Frage des Geblüts. Der rote Baron und seine mörderischen Kameraden waren der lebende Beweis dafür.

Eine Fußangel schloß sich um seinen Knöchel, und spitze Dornen bohrten sich in seinen Stiefelschaft. Er wirbelte herum, riß seine Propellerkrücke in die Höhe und richtete sie auf das Ding, das ihn umklammert hielt.

Im Dunkeln hörte er einen Menschen krächzen. Winthrop sah große Augen in einem kohlschwarzen Gesicht. Und schimmernde weiße Zähne, ausgefahrene Vampirhauer, die unter den verschmorten Lippen zum Vorschein kamen.

Es wäre ein Gnade, mit dem Propeller zuzustechen.

Ein heiseres Röcheln drang aus dem versengten Schlund. Winthrop spürte eine zweite Hand, an seinem Knie. Die Kreatur versuchte, sich an ihm hochzuziehen, sich aufzurichten.

Es war der Pilot. Winthrop konnte das Gesicht beim besten Willen nicht erkennen. Das Röcheln erstarb, und der Pilot tätschelte ihm beinahe entschuldigend das Knie und ließ sein Bein dann los. Der Lumpenkerl rappelte sich mühsam hoch. Anhand seiner verkrüppelten Gestalt identifizierte Winthrop den Vampir als Albert Ball. Der Pilot hatte seinen zweiten Zusammenstoß mit Richthofens fliegendem Monstrositätenkabinett tatsächlich überlebt, wenn auch nur knapp. Die Fliegerkluft war mit seinem Fleisch verschmolzen und hatte sich in seine Knochen eingebrannt.

»Gütiger Himmel«, sagte Winthrop.

Ball verzog sein lädiertes, ledriges Gesicht zu einem Lächeln und streckte eine verrenkte Klaue aus. Winthrop ergriff die zarte Hand und drückte sie so vorsichtig wie möglich, um dem Piloten nicht die Finger abzubrechen. Trotz des Stulphandschuhs, der ihn davor bewahrte, Balls ölig schillernde Haut berühren zu müssen, spürte er die glühende Hitze in den Gliedern des Piloten.

»Wir müssen Sie nach Hause schaffen«, sagte Winthrop.

Zustimmend senkte Ball den kahlen Kopf. Die Fliegerhaube war an seinem Schädel festgeschmolzen. Eine Wolkenbank verdunkelte den Mond. Es herrschte tiefe Finsternis.

Schon allein hatte er kaum eine Chance gehabt. Nun mußte Winthrop versuchen, mit dem schwerverwundeten Ball hinter die Linien zu gelangen.

Das Schicksal meinte es nicht gut mit ihm.

»Kommen Sie, alter Knabe«, sagte er zu Ball. »Ich glaube, es geht hier entlang.«

Sie marschierten in die Richtung, aus der das Donnern britischer Geschütze drang.

21

Das Schloß

Mit preußischer Gelassenheit ließ Oberst Kretschmar-Schuldorff eine türkische Zigarette von seiner Unterlippe baumeln. Der Rauch, der das Coupé erfüllte, begann zu wabern, als sie die Straße zum Château hinauffuhren. Der Offizier saß Poe und Ewers gegenüber, und unter seinem Mützenschirm leuchteten scharfe Augen, aus denen vage Belustigung zu sprechen schien. Keiner der drei spiegelte sich in den dunklen Wagenfenstern. Trotz der schlechten Straße fand sich der Fahrer auch bei Nacht spielend zurecht. Poe bangte um Ewers' Gepäck, das auf dem Dach festgezurrt war.

»Wir bekommen nur selten Besuch auf Malinbois«, bekannte Kretschmar-Schuldorff. »Unsere Räumlichkeiten sind recht primitiv.«

Poe war gnädig gestimmt. Schlimmer als im Ghetto konnte es kaum kommen. Ewers hingegen, dessen Reizbarkeit beständig zunahm, schien nicht geneigt, eventuelle Ungelegenheiten klaglos hinzunehmen.

»Das Château ist sehr alt«, sagte der Offizier. »Als Cäsar Gallien eroberte, stand an seiner Stelle eine Festung. Teile des Gebäudes wurden bereits um die Jahrtausendwende errichtet. Für Vampire ist es von großem historischem Interesse. Es ist nämlich nach dem Sieur du Malinbois benannt, einem Ältesten, der im dreizehnten Jahrhundert vernichtet wurde.«

»Ein Sergeant am Bahnhof meinte, auf dem Schloß gehe es nicht mit rechten Dingen zu«, sagte Poe. »Es sei ein böser Ort.«

Kretschmar-Schuldorff zuckte die Achseln, ohne den Tabakrauch aufzuwirbeln. Ein sardonisches Lächeln begleitete seine scheinbar souveräne Geste.

»Wie Ihr berühmtes Haus Usher, meinen Sie? Wer wollte sagen, was böse ist? Die alten Vorurteile sitzen tief.«

»Der Bauer war kein echter Patriot«, schnaubte Ewers. »Man sollte ihn melden und unverzüglich degradieren.«

»Es gibt durchaus Patrioten, die für das Château du Malinbois nur wenig übrig haben«, sagte Kretschmar-Schuldorff. »Wer weiß, Herr Ewers? Womöglich werden auch Sie an unserem Schloß keinen Gefallen finden.«

Durchs Fenster sah Poe die Umrisse hoher, zerschossener Bäume am Straßenrand. Die Landschaft war unwirtlich und trostlos. Sie verströmte eine tausendjährige Atmosphäre der Einsamkeit und Ödnis, die durch die Zerstörung der vergangenen Jahre noch verstärkt wurde.

»In der Nähe des Schlosses liegt ein See«, sagte Kretschmar-Schuldorff, »der allerdings in nichts dem Pfuhl von Usher ähnelt. Ich halte es für äußerst unwahrscheinlich, daß unser Quartier einstürzen und uns in stinkenden Fluten ertränken wird.«

»Welch ein erhebender Gedanke«, kommentierte Ewers, doch sein Sarkasmus wirkte aufgesetzt.

»Als Geheimdienstoffizier bin ich zu erhebenden Gedanken geradezu verpflichtet. Schließlich kämpfen wir zuallererst für die Moral.«

Ewers sah aus, als habe seine Moral soeben ihren Tiefpunkt erreicht. Poe verspürte, gegen seinen Willen, Mitleid für den Deutschen. Er fragte sich, ob seine relative Heiterkeit vom Lebenssaft des warmblütigen Mädchens herrühren mochte, der seinen nicht-toten Leib durchströmte.

»Geben Sie gut acht, Herr Poe. Hinter der nächsten Ecke kommt das Château in Sicht.«

Der Wagen legte sich in die Kurve. Poe sah das Schloß mit dem Mond dahinter: eine schwarze Silhouette mit Türmen und Zinnen. Bis auf ein Licht, hoch droben im höchsten Turm, war alles finster.

»Ist das für uns?« erkundigte er sich.

Der Oberst schüttelte den Kopf. »Nein, für die Flieger.«

Sie fuhren am Ufer eines spiegelglatten Sees entlang. Daneben lag eine gerodete Fläche, die Poe für das Rollfeld hielt.

»Krachen sie mit ihren Flugzeugen denn nicht häufig gegen den Turm?«

Kretschmar-Schuldorffs Lachen klang melodisch. »Herr Poe, Sie werden außerordentlich überrascht sein.«

Er hatte die dunkle Ahnung, daß man ihm ein Geheimnis vorenthielt, und sein Durst war geweckt. Nur daß es ihn diesmal nicht nach Blut, sondern nach Wissen dürstete. Er hatte sich schon immer gern mit Rätseln, Chiffren und Mysterien beschäftigt. Zwar war er Journalist und Detektiv, doch ging er einem Geheimnis am liebsten in seiner Eigenschaft als Dichter auf den Grund. Hier waren seine deduktiven Fähigkeiten gefordert.

Ein Schloß, ein Geheimnis, Blut und Ehre. Alle Ingredienzen für eine phantastische Groteske oder Arabeske waren vorhanden.

»Sehen Sie da«, sagte Ewers und zeigte mit dem Finger.

Am dunklen Himmel waren noch dunklere Silhouetten zu erkennen, flügelschlagende Kreaturen, die sich fahl gegen den Mond abzeichneten.

»Fledermäuse?«

»Nein, Herr Poe. Keine Fledermäuse.«

Die Kreaturen flogen in Formation. Poe schätzte sie viel größer als gemeine Fledermäuse.

»Vampire?«

Kretschmar-Schuldorff nickte und steckte sich eine frische Zigarette an. Die Zündholzflamme spiegelte sich funkelnd in seinen amüsierten Augen.

Plötzlich wußte Poe, worum es sich bei diesen Wesen handelte.

»Gestaltwandler«, sagte er stolz. »Das sind Baron von Richthofens Flieger. Sie steuern keine Flugmaschinen. Sie lassen sich Flügel wachsen.«

»Genau.«

Ewers war erstaunt und wütend, weil man ihn nicht einweihen wollte. Poe erfaßte ein Gefühl von Glück und Begeisterung.

»Es ist ein Wunder«, sagte er. »Sie haben sich in Engel verwandelt.«

»Engel der Hölle, vielleicht. Noch bevor der Krieg zu Ende ist, könnten sie zu gefallenen Engeln werden.«

Die Formation flog eine Schleife um das Licht im Turm. Sie mußten riesig sein, mindestens zwei oder drei Mal so groß wie ein Mensch. Langsam mit den Flügeln schlagend, schienen sie eher zu segeln denn zu fliegen. Poe hätte es nicht für möglich gehalten, doch das Wunder offenbarte sich vor seinen Augen.

»Und all das durch die Weiterentwicklung angeborener Vampir-Eigenschaften?«

Kretschmar-Schuldorff nickte. »Tony Fokker hat der Natur ein wenig auf die Sprünge geholfen und eine Apparatur konstruiert, die ihre Lufttauglichkeit erhöht. Und Harnische für die MGs. Noch ist es keinem Vampir gelungen, sich Spandau-Zitzen wachsen zu lassen, um den Feind mit Blei zu säugen.«

»Noch?«

Kretschmar-Schuldorff zuckte die Achseln. Offensichtlich würde es früher oder später soweit sein.

Der erste Flieger vollführte eine Kehre, breitete die Schwingen aus wie Segel und setzte zum Anflug an. Er landete weich auf dem Turm und raufte die Schwingen wie einen Mantel um sich. Einer nach dem anderen gingen die Flieger nieder. Kleinere Gestalten umschwärmten die Vampire und bestätigten Poes Schätzung ihrer Größe.

»Wer wollte dem Glauben schenken? Und wenn er es mit eigenen Augen gesehen hätte, wer wollte dem Glauben schenken?«

»Dazu bedurfte es des Auges eines Dichters, Herr Poe. Aus diesem Grunde haben wir nach einem Dichter schicken lassen. Nun, da Sie es gesehen haben, ist es an Ihnen, den Rest der Welt zu überzeugen.«

Ein einzelner Flieger hinkte den anderen hinterdrein. Ein großer Riß klaffte in einer seiner Lederschwingen, und er hatte alle Mühe, sich in der Luft zu halten. Der lädierte finstere Engel verfehlte den Landeplatz, klatschte gegen den Turm und klammerte sich mit Haken und Klauen an das uralte Gemäuer. Mit baumelndem Schwanz und angelegten Flügeln kletterte der verletzte Flieger hinauf zu seinen Kameraden. Poe teilte seinen Schmerz, fragte sich, wie er sich fühlen mochte . . .

»Ich will mehr sehen«, sagte Poe. »Bringen Sie mich auf der Stelle dort hinauf.«

Kretschmar-Schuldorff winkte eifrige Wächter und verblüffte Posten beiseite und verschaffte ihnen freie Bahn durch das Château. Schneidige Ehrengrüße wurden entboten und Papiere vorgelegt.

Mit Poe an der Spitze stiegen sie die Turmtreppe hinauf. Ungeduldig erklomm er die steinerne Spirale. Der konsternierte Ewers folgte wortlos, wie eine Gouvernante, welche die übergroße Freiheit, die nachsichtige Eltern ihren Schützlingen gewähren, stillschweigend mißbilligt. Poe wollte die wunderbaren Geschöpfe sehen. Alles andere war unwichtig geworden.

Die Treppe wurde breiter und mündete in eine große, mit Steinplatten geflieste Kammer. Mondlicht stach durch pfeilförmige Fensterschlitze. An den Wänden hingen Leuchter mit brennenden Fackeln. Ein Vorhang bauschte sich leicht, und kalte Luft wehte herein. Ein strenger Tiergeruch durchzog den Raum.

Im Fledermausschatten eines Hünen kam er schlitternd zum Stehen. Der Flieger war noch größer, als er angenommen hatte. Poes Augen befanden sich auf gleicher Höhe mit den Stulpen eines Paars riesiger, gewichster Stiefel.

Er hob den Blick und sah einen mit lichtem Fell bewachsenen Körper, dessen menschlicher Ursprung deutlich zu erkennen war. Die angelegten Schwingen glichen einem bodenlangen Umhang aus lebendigem, beseeltem Samt. Vor der Brust hing eine Art Koller aus Segeltuch und Leder, an dem ein Zwillings-MG befestigt war. Aber das war noch nicht alles: Gurte zur Versteifung spitzer Stacheln, Seile zur Verspannung der Flügel. Aus den Achselhöhlen sprossen – praktisch, aber wenig elegant – muskulöse Arme mit dreifingrigen Händen zur Bedienung der MGs.

Als der Schädel sich verkleinerte, wurde aus einer enganliegenden Fliegerhaube eine weite Kapuze; auf erhöhten Plattformen bereitstehende Ordonnanzen zogen sie der Kreatur vom Kopf. Die feurigen Augen schrumpften, die Ohren zogen sich zusammen, ganze Zahnreihen glitten in Kieferscheiden zurück. Der gähnende rote Schlund ging zu, und es bildeten sich menschliche Lippen. Das Fell verschwand wie ein sich auflösender Schleier.

»Herr Poe«, sagte Kretschmar-Schuldorff, »das ist Manfred, der Baron von Richthofen.«

Poe war sprachlos.

Der rote Baron nahm wieder menschliche Gestalt an. Ordonnanzen umschwärmten ihn wie Domestiken, befreiten ihn von Stiefeln, Gurtwerk und Gewehren. Jetzt, da er schrumpfte, drohte sein Fliegerzeug ihn zu erdrücken und mußte vorsichtig entfernt werden. Die Ausrüstung wurde in Regalen verstaut.

Die beiden Burschen des Barons gingen zügig und geschickt zu Werke. Sie waren, wunderlicherweise, warmen Blutes.

»Diese Männer dienen dem Baron bereits seit Kriegsbeginn«, erklärte Kretschmar-Schuldorff. »Feldwebel Fritz Haarmann und Korporal Peter Kürten. Sie sind die Knappen unseres Ritters der Lüfte.«

Haarmann und Kürten versahen schweigend ihren Dienst.

Sie hatten vermutlich Angst vor ihrem Herrn und Meister. Hinter der Fledermausmaske kam Richthofens kantiges, blauäugiges Gesicht zum Vorschein. Poe kannte es von den Sahnke-Sammelkarten, die an deutschen Bahnhöfen verkauft wurden.

Die anderen Flieger strömten in die Kammer, ihre spitzen Schädel und bucklichten Rücken streiften die steinerne Decke. Dutzende von Männern standen bereit, um ihnen bei der Verwandlung behilflich zu sein. Es herrschte so rege Betriebsamkeit, daß nur Poe Zeit zum Nachdenken fand.

»Das ist Professor ten Brincken. Der Direktor unserer Forschungsabteilung.«

Kretschmar-Schuldorff deutete auf einen graugesichtigen, breitschultrigen Mann im schmuddeligen weißen Kittel. Knurrend verglich der Professor Messungen mit einer Zahlentabelle.

»Und das ist General Karnstein, der Kommandant des Schlosses.«

Ein vornehmer Ältester mit grauem Haar und pechschwarzem Bart überwachte die Arbeiten mit stolzgeschwellter Brust. Der Façon nach zu urteilen, mußte seine Uniform aus dem achtzehnten Jahrhundert stammen.

Richthofens Gesicht hatte seine menschliche Gestalt zurückgewonnen. Er war um die Hälfte geschrumpft und maß etwa acht Fuß. Skelett und Muskeln fügten sich in eine neue Ordnung. Während der Baron sich noch verwandelte, wischten Haarmann und Kürten mit großen, weichen Bürsten das abgestoßene Fell von seiner Haut. Der Flieger nahm eine rasche Umverteilung von Knochen und Gewebe vor und zog seine rudimentären Arme in den Rumpf zurück. Der Gestaltwechsel ging fließend und schmerzfrei, scheinbar mühelos vonstatten.

Es war die reinste Zauberei. Gespreizte Schwingen wurden zu Armen, das Leder faltete sich wie ein Fächer und streckte sich zu heller, glatter Haut. Richthofen verzog keine Miene, während die anderen Flieger das Knacken der Gelenke und die Neuordnung der Knochen mit Ach- und Wehgeschrei begleiteten. Ten Brincken – ein strenger, aber stolzer Vater – war sichtlich zufrieden.

Sanitäter umringten die Männer wie die Trainer eines Boxers, setzten ihnen Stethoskope an die Brust, studierten den Wundheilungsprozeß und machten sich Notizen. Ordonnanzen wie Haarmann und Kürten halfen den Fliegern in bequeme Kleidung. Die Männer krümmten sich zusammen, schrumpften auf normale Größe und fanden in ihre gewöhnliche Gestalt zurück.

Jetzt sahen sie alle menschlich aus. Wie Vampire zwar, doch durchaus menschlich. Dabei waren diese Männer, diese Flieger, Götter, Engel und Dämonen. Poe begriff, weshalb er hier gebraucht wurde. Weshalb ein unbedeutender Schmierant wie Hanns Heinz Ewers für diesen Zweck nicht taugte. Nur ein Genie wie Edgar Poe war in der Lage, diesem phantastischen Sujet gerecht zu werden.

In menschlicher Gestalt war Richthofen ein Mann von mittlerer Größe, mit einem blassen, aber hübsch geschnittenen Gesicht und kalten, ausdruckslosen Augen. Er schlüpfte in einen Schlafrock mit pelzbesetztem Kragen. Es war nicht zu übersehen, daß er große Kraft und ein noch größeres Geheimnis hatte, dessen wahres Ausmaß sich nicht einmal erahnen ließ.

»Manfred«, sagte Kretschmar-Schuldorff, »das ist Edgar Poe. Er wird mit dir an deinem Buch arbeiten.«

Poe streckte die Hand aus. Der Baron weigerte sich, sie zu schütteln, weniger aus Arroganz denn aus Verlegenheit. Der Held gebärdete sich wie ein zimperlicher Sängerknabe. Als Mann der Tat teilte er Hotspurs Verachtung für die Freuden und Vergnügungen des Lebens. Für einen Dichter war in seiner Welt kein Platz.

»Herr Baron«, stammelte Poe. »Nicht im Traum . . . «

»Ich pflege nicht zu träumen«, sagte Richthofen und

wandte sich ab. »Wenn Sie mich entschuldigen möchten, ich habe einen Bericht zu schreiben. Es gibt Leute, denen die Worte nicht so einfach aus der Feder fließen.«

22

Les Troglodytes

Im Niemandsland war es unmöglich, den Lauf der Zeit oder Entfernungen präzise zu bestimmen. Als Mündungsblitze die ausgebrannte Snipe erhellten, wurde das jämmerliche Ausmaß ihres Fortkommens sichtbar. Obgleich Stunden vergangen zu sein schienen, hatten sie nur kümmerliche hundert Yards zurückgelegt.

Er hatte befürchtet, Ball auf dem Rücken tragen zu müssen, doch trotz seiner schrecklichen Verletzungen kam der Pilot besser voran als er. Ball überwand Hindernisse, die Winthrop zu Umwegen zwangen. Der Lebenswille des Vampirs schien übermächtig. Es war, als ob die Flammen des Aufpralls alles bis auf das Wesentliche verschlungen hätten. Er kroch seitwärts wie eine Krabbe, wobei er die Hände ebenso geschickt benutzte wie die Füße, und wand sich über den Boden, als sei er dafür geboren. Durch Risse in seinem schwarzen Rückenpanzer aus verbranntem Fleisch und Stoff schimmerten Sehnen und Muskelstränge, die mahlten wie geölte Kolben.

Winthrop nahm sich vor, es Albert Ball gleichzutun, allen geistigen Ballast über Bord zu werfen und sich auf seine unmittelbaren Bedürfnisse zu konzentrieren. Er dachte zuviel an Catriona, an Beauregard, an Richthofen. Er durfte nur noch an Edwin Winthrop denken.

Lichtfinger streckten sich hinter ihnen in den Himmel. Wenn das die Dämmerung war, bewegten sie sich in die falsche Richtung, auf die deutschen Linien zu. Es mußte Mündungsfeuer sein. Kurz darauf waren Explosionen zu hören, in sicherer Entfernung.

Winthrop entdeckte einen französischen Helm, für den der rechtmäßige Besitzer bestimmt keine Verwendung mehr hatte, und löste ihn gleichgültig von einem formlosen Höcker im Schlamm. Der Adrian-Helm bot nicht nur Schutz, sondern ließ ihn im Dunkeln wie einen Soldaten der Alliierten erscheinen. Das verringerte die Gefahr, von den eigenen Leuten umgebracht zu werden. Dennoch würde ihn jeder brave Deutsche, der ihnen über den Weg lief, selbstverständlich ohne Warnung niederschießen.

Er bezweifelte, daß der Boche regelmäßig Nachtstreifen ins tiefste Niemandsland entsandte, doch wenn die erwartete Großoffensive tatsächlich bevorstand, gab es womöglich Schleichspähtrupps, die Karten und Pfade anlegten. Und nicht zuletzt etliche Deutsche, die ebenso umherirrten wie er, in blinder, schießwütiger Panik.

»Und da sind wir wie auf düst'rer Flur, hinweggetrieben in banger Ahnung vor Kampf und Flucht«, rief er sich einen Vers aus dem »Gestade in Dover« ins Gedächtnis, »da wo unkund'ge Heeresscharen tosen in der Nacht.« Matthew Arnold war einer der Propheten seiner Zeit.

Während Winthrop durch Leichenfledderei zu neuen Kleidern zu gelangen versuchte, krabbelte Ball in einen Bombentrichter. Winthrop kletterte über eine zerschossene Lafette, stützte sich auf seinen Propeller und suchte in der Dunkelheit nach Ball. Unter anderen Umständen hätte er einen Vampir wie Albert Ball als beunruhigend empfunden.

Ein Schauer lief ihm über den – dem Land der Hunnen zugekehrten – Rücken, und er rechnete damit, jeden Augenblick von einem Kugelhagel zersiebt zu werden, der dieser albtraumhaften Exkursion ein Ende machte. Plötzlich hellwach, sprang er in den Krater und folgte Balls Spuren den Abhang hinab. Seine Panik verflog. Er hatte keine Ahnung, was ihm einen solchen Schrecken eingejagt hatte.

Der Sprung belastete sein schlimmes Knie, und beinahe hätte er den Propeller verloren. Er fluchte laut und ausgiebig. Unklug für einen jungen Offizier, der auf eine Beförderung hoffte.

Der Trichter war tiefer als alle, an denen sie bislang vorbeigekommen waren. Unmittelbar unter dem Rand war es stockfinster, doch die schlammige Sohle schimmerte sanft im hellen Mondlicht. Eine zweite Leuchtgranate flammte auf. Zumindest konnten sie von hier aus das verfluchte Snipe-Skelett nicht sehen.

Ball hatte die Kratersohle erreicht und wartete auf Winthrop. Der Pilot stand auf und entwirrte seine Glieder wie der falsche Krüppel in *Der Wunderheiler*. Seine ausgestreckten Arme waren an Ellbogen und Handgelenken geknickt.

Da er außerhalb der Schußlinie beider Fronten lag, war der Trichter eine Oase der Sicherheit in einer Wüste der Gefahr. Als Winthrop schließlich neben ihm stand, holte Ball ein kupfernes Zigarettenetui aus einer Tasche seiner Fliegeruniform oder, besser, seiner Haut.

»Auch 'ne Kippe?«

Ball klemmte sich eine Virginia-Zigarette zwischen die bloßen Zähne und durchwühlte auf der Suche nach einer Zündholzschachtel seine Taschen. Winthrop nahm den ihm angebotenen Glimmstengel und zog seine Streichhölzer hervor.

»Danke, alter Freund«, sagte Ball, als Winthrop ein Zündholz anriß. »Meine sind bei dem Bruch verbrannt.«

Seiner verschmorten Lippen wegen verschluckte Ball fast jeden Konsonanten. Es fiel ihm nicht leicht, den Tabak in Brand zu setzen, doch nach ein paar kräftigen Zügen war es geschafft. Als er den Rauch ausatmete, sprangen seine verschmolzenen Nasenlöcher auf.

Winthrop sog den Rauch tief ein. Er schmeckte nach Leben.

Der Krater war voller vergessener Kriegstoter, die wild verstreut im Schlamm begraben lagen. Leichen aller Nationaliäten knirschten unter ihren Stiefeln. Der Trichter war ein Massengrab, das darauf wartete, mit Erde aufgeschüttet zu werden.

»Das ist dann wohl das sprichwörtliche dicke Ende.«

Ball blickte sich in dem Erdloch um. Die Flammen hatten seine Lider zerfressen. Winthrop sah die schwärmenden roten Muskelstränge rings um seine Augäpfel. Der Krater hatte einen Durchmesser von etwa dreißig Yards.

»Ich habe schon Schlimmeres erlebt. Letztes Mal bin ich über dem Gebiet der Hunnen abgeschossen worden und mußte mich durch ihre Schützengräben schlagen. Das war eine erheblich blutigere Angelegenheit als dieser kleine Ausflug.«

»Aber letztes Mal sind Sie doch von einem Flugzeug abgeschossen worden.«

»Freilich, aber Flieger ist Flieger.«

Winthrop schüttelte den Kopf. Es half nichts, darüber nachzudenken, was in der Luft geschehen war. Noch nicht.

»Wir müssen weiter«, sagte Ball und drückte seine Zigarette an der steilen Wand des Trichters aus.

Sie durchquerten die Kratersohle. Wenn er sich aufrichtete, schmerzte Winthrops Rücken. Er kreuchte und kauerte seit Stunden, um möglichst nicht aufzufallen.

Ball blieb stehen, reckte den Kopf und spitzte die Ohren wie ein Gefahr witternder Hund. Noch bevor Winthrop ihn fragen konnte, was los war, erhob sich ringsum tiefste Finsternis.

Sie waren von einem Wald lebender Vogelscheuchen umzingelt. Jäh elektrisierte Leichen stiegen aus ihren Gräbern oder lösten sich aus wirren Haufen. Waffen wurden auf sie gerichtet, und sie spürten die Berührung kalter Hände. Winthrop fühlte eine schmerzhafte Klaue an seiner Kehle und eine Bajonettspitze zwischen den Rippen. Wieder wußte er, daß nur Sekunden ihn vom Tode trennten. Fauliger Atem wehte ihm ins Gesicht. Hätte der Würgegriff um seine Kehle sich gelockert, wäre ihm wahrscheinlich schlecht geworden.

Er konnte die Uniform des Soldaten, der ihn festhielt, nicht sofort identifizieren. Schlammstarrende Lumpen klebten ihm am Körper, als sei der Mann ein Wilder aus den Dschungeln Afrikas. Um seine Schultern lag ein Umhang aus einem mit Zweigen und Laub besetzten Tarnnetz. Ein Halsband aus Patronenhülsen und Fingerknochen baumelte auf seiner Brust.

Ein Zündholz flammte auf, und Winthrop blickte in ein bärtiges Gesicht. Rote Augen glommen in einer Maske aus Schmutz und Kot. Scharfgezackte Vampirzähne knirschten, benetzt mit blutigem Speichel.

»Wer da? Freund oder Feind?«

Die Stimme gehörte einem Briten, jedoch keinem Offizier. Winthrop hätte schwören können, daß er aus dem Norden Englands stammte. Seine Angst ließ nach.

»Lieutenant Winthrop«, sagte er mit zugeschnürter Kehle. »Geheimdienst.«

Das Wesen lachte, und Winthrops Angst kehrte zurück. Der Würgegriff lockerte sich nicht. In den roten Augen brannten Bosheit und Hunger.

»Du kannst mir nichts vormachen«, sagte der tote Brite. »Du bist ein Wilddieb.«

Winthrop drohte langsam zu ersticken.

»Das Recht, auf diesem Anwesen zu jagen, ist ausschließlich der Herrschaft vorbehalten«, sagte der Soldat und wies in die mit Toten übersäte Wildnis. »Ich bin als ihr Vertreter eingesetzt.«

Ein zweiter auferstandener Toter trat hinzu, um den Fang zu inspizieren. Er befand sich außerhalb seines Reviers: Die Überreste einer österreichischen Uniform deuteten darauf hin, daß er von der Ostfront desertiert war, um hierher zu gelangen. Eine Gasmaske ohne Augengläser gab seinem Kopf das Aussehen einer großen Zwiebelknolle. Runenzeichen waren in das Leder geritzt, und über dem Filterrüssel prangte ein aufgemalter Schnurrbart.

»Ha, Schwejk«, rief Winthrops Peiniger, »uns ist ein Beamter des Geheimdienstes ins Netz gegangen.«

Schwejk lachte, dumpf und höhnisch. Unter der Maske blickten seine Augen verärgert hervor.

»Gut gemacht, Mellors. Vielleicht kann er uns einen geheimen Dienst erweisen.«

Schwejk sprach mit starkem ausländischem Akzent.

Die Meute trug nicht nur britische und österreichische, sondern auch deutsche, französische und amerikanische Uniformen. Zudem sah Winthrop manche Kluft, die die Ausrüstung verschiedener Kriegsparteien in sich vereinte. Ein goldhaariger Jüngling mit scharlachrot bemaltem oder verfärbtem Gesicht hatte einen französischen Waffenrock am Leib, einen deutschen Stahlhelm auf dem Kopf und einen amerikanischen Karabiner über der Schulter.

Winthrop und Ball wurden quer durch den Granattrichter gezerrt. Winthrops Propeller knickte weg. Er unterdrückte einen Schrei, als sein Knie von neuem explodierte. Er durfte sich nicht die geringste Blöße geben.

In der Wand des Kraters befand sich eine mit Netzen und Schutt getarnte Öffnung. Ein schmutziger Vorhang glitt beiseite. Sie wurden in einen Tunnel gestoßen.

»Das hier war früher ein Franzmanngraben«, erklärte Mellors, Winthrops Peiniger. »Dann war es ein Hunnengraben. Jetzt ist es unser Reich.«

»Wer sind Sie?« fragte Winthrop.

»*Nous sommes les troglodytes*«, antwortete ein Franzose.

»Ganz recht, Jim«, bellte ein Österreicher. »Wir sind Höhlenmenschen, Primitive . . . «

»Für dich immer noch Jules«, sagte der Franzose. »Daß ich dir das jedesmal erklären muß. Ich schreibe die Gedichte, er fügt die Fußnoten hinzu.«

»Wir haben uns einen Bau gegraben«, erklärte Mellors. »Hier unten gibt es keinen Krieg.«

Nach ein paar Yards war der abschüssige Lehmboden mit Brettern ausgelegt, und die Decke wurde von stabilen Grubenstempeln gestützt.

»Deutsche Wertarbeit«, sagte Mellors. »Immer um die Bequemlichkeit der Streitkräfte besorgt.«

Auf diese Bemerkung brachen die Männer in schallendes Gelächter aus. Insbesondere die Deutschen.

Sie waren Abtrünnige, Deserteure sämtlicher Parteien. Offenbar alles *nosferatu*. Winthrop hatte von solch degenerierten Kreaturen gehört, die sich, durch fortwährenden Fronteinsatz verrückt geworden, mitten im Kriegsgebiet verschanzten und wie Tiere um das nackte Überleben kämpften. Bislang hatte er diese Geschichte als Kriegslegende abgetan, wie die der Gespenster-Bogenschützen von Mons, der gekreuzigten Kanadier und der Russen mit Schnee an den Stiefeln.

»Wir bekommen nur selten warmblütigen Besuch«, sagte Mellors mit leicht spöttischem Unterton. »Es ist uns eine große Ehre.«

Winthrop glaubte den Singsang von Derbyshire in Mellors' Stimme zu vernehmen. Der Soldat war offenbar nicht ungelehrt, schien sich jedoch nicht anmerken lassen zu wollen, daß er eine Schulbildung genossen hatte. Auf seinen Schultern prangten schlampig angenähte Sterne. Womöglich war er wegen Tapferkeit im Felde vom Gemeinen zum Lieutenant befördert worden. Er durfte diesen unseligen Spitzbuben nicht unterschätzen.

Eingekeilt zwischen Jules und Jim, leistete Ball keinerlei Widerstand. Er sammelte seine Kräfte und suchte im stillen nach einem Ausweg. Winthrop wußte, daß er sich auf ihn verlassen konnte.

Der Gang wurde breiter und mündete in einen Unterstand, der einer steinzeitlichen Höhle ähnelte. In Ölfässern brannten Feuer, welche die tiefliegende Decke mit einer dicken Rußschicht überzogen. Derbe, aber eindrucksvolle Bilder von Raub, Mord und Vergewaltigung waren mit Stiefelwichse, Blut und Erde an die Wand geschmiert. Zu der *collage* gehörten Porträts von Kaiser und König, Abbildungen von Generalen und Politikern, Reklame aus der Berliner und Pariser Presse sowie persönliche Photographien verschollener Soldaten. Geliebte, Ehefrauen und Familien komplettierten das Inferno in Rot und Schwarz. Das Ganze wurde von einem vieläugigen, vielmäuligen Ungeheuer verschlungen, das den Krieg symbolisierte.

Ein scheußlicher Gestank von Verwesung, Blut und Exkrementen hing in der Luft. Selbstgezimmerte, mit den Habseligkeiten ihrer Bewohner geschmückte Särge standen an den Wänden aufgereiht. Erbeutete Waffen und Kleider lagen in losen Haufen überall verstreut. Vereinzelt waren auch Menschenknochen zu sehen, manche alt, manche bedrohlich frisch. Die Troglodyten vegetierten tagsüber in diesem Senkloch und kamen nur bei Nacht hervor, um sich von den Toten und Sterbenden zu nähren.

»Willkommen in unserem trauten Heim«, sagte Mellors, von überschwenglichen Gesten begleitet. »Wie Sie sehen, haben wir uns ein Utopia fernab des Wahnsinns an der Oberfläche geschaffen. Wir haben unsere Streitigkeiten beigelegt.«

»Hier gibt es weder Deutsche noch Franzosen, weder Briten noch Österreicher«, setzte Schwejk hinzu. »Alles Verbündete, alles Kameraden.«

Mellors ließ Winthrops Hals los. Als er sich vorbeugte, um würgend nach Luft zu schnappen, wurde er geschickt herumgewirbelt. Seine Hände wurden mit Stacheldraht gefesselt. Die Dornen bohrten sich in seine Haut und machten jede Gegenwehr zur Höllenqual.

»Und die Rangordnung ist aufgehoben«, sagte Mellors.

»Sie tragen aber noch immer Ihre Sterne«, wandte Winthrop ein.

Mellors grinste hämisch.

»Und deshalb, *Sir*, bin ich in Ihren Augen wohl schon ein *Offizier*. Und nicht etwa ein Emporkömmling mit Stipendium.«

»Ich hätte es wissen müssen«, stieß der klägliche Rest von

Albert Ball zwischen den blanken Zähnen hervor. »Ein bürgerlicher Gymnasiastenlümmel.«

Mellors brach in bitteres Gelächter aus. Balls Hohn und Spott setzten Winthrop in Verlegenheit. Er hatte Greyfriars besucht, hielt sich deshalb jedoch nicht für einen besseren Menschen. Gute Schulen brachten ebenso viele Schurken und Schwindler wie Missionare und Märtyrer hervor. Selbst Harry Flashman war ein Absolvent der Rugby School.

Nach allem, was geschehen war, schien es absurd, dem Wortstreit zweier grotesker Vampire über die Vorzüge ihrer alten Schulen lauschen zu müssen. Der in Nottingham geborene Ball unterschied sich seiner Herkunft nach nicht allzusehr von Mellors.

»Der wahre Feind des Soldaten ist nicht der Soldat auf der anderen Seite des Schützengrabens«, sagte Mellors, »sondern der aufgeblasene Lamettahengst, der ihn in die Schlacht und in den Tod schickt. Ob König oder Kaiser, ob Ruthven oder Dracula. Nichts als Schweine, einer wie der andere.«

»Wir sind brave Soldaten«, brüllte Schwejk. »Wir sind die Troglodyten!«

Mellors nahm seinen Tarnumhang ab und drapierte ihn über einen Sarg. Die längliche Brettertruhe war aus alten Munitionskisten zusammengezimmert.

»Sie sind nicht unser Feind«, sagte Mellors freundlich.

»Das freut mich. Dann können Sie uns ja weiterziehen lassen ...«

»Sie sind warmen Blutes und können uns nichts anhaben. Nur die toten Hände der alten Männer fügen uns Leid und Schaden zu. Diese verkalkten Narren mit ihren Titeln und Ehrenämtern, ihren Stammbäumen und Blutgeschlechtern, sie sind die Ungeheuer, die uns zu dem gemacht haben, was Sie vor sich sehen.«

Ball verdrehte die Augen. Auch er war gefesselt und wurde von zwei Höhlenmenschen hochgehievt. Dicht unter der Decke waren, farblich auf das fürchterliche Fresko abgestimmt, Eisenhaken in die Betonwand eingelassen. Ball baumelte, mit den Armen hinter dem Rücken, von einem der beiden Haken, seine Schultergelenke knackten. Er fauchte durch hervorsprießende Zähne.

»Dieser Mann hat gelitten«, sagte Mellors. »Das ist nicht zu übersehen. Aber warum mußte er leiden? Was braucht es ihn zu kümmern, welcher dünnblütige Schmarotzer über ein paar Yards morastigen Geländes herrscht?«

Ball demonstrierte echten Korpsgeist und schrie auf wie ein tollgewordenes Tier. Mit wütendem Knurren verfluchte er seine Peiniger.

Winthrops Hände wurden in die Höhe gerissen. Die Stacheln rissen sein Fleisch in Fetzen. Brennender Schmerz durchzuckte seine Schultern.

»Nein, mein Lieber, Sie sind nicht unser Feind, aber Sie könnten unsere Rettung sein. Wie Sie sehen, gehen unsere Vorräte zur Neige.«

Schwejks Kopf blähte sich hinter der Maske. Seine Augen traten, von Wolfshaar umwuchert, durch die Löcher.

Zwei Troglodyten hoben Winthrop hoch. Er ritzte sich die Handgelenke, als sie ihn auf den Haken hievten. Seine Peiniger ließen ihn los, und er scharrte mit den Fersen an der Wand. Sein Gewicht zog ihn nach unten, doch seine Füße reichten nicht bis zum Boden. Ein höllischer Schmerz traf ihn wie ein Peitschenhieb zwischen die Schulterblätter.

Ein Troglodyt, ein Schotte im Kilt, beschnüffelte sein geschwollenes Knie. Er zog ihm den Stiefel aus, riß Winthrops Beinkleider entzwei und ließ seine lange, sandpapierne Zunge über die Wunde gleiten. Winthrop hatte alle Mühe, seine Übelkeit zu unterdrücken.

Mellors streckte die Hand aus und kniff ihn in die Wange.

»Mit etwas Glück halten Sie sich ein paar Wochen«, sagte er.

23
Vermißt

Es war vielleicht das beste, wenn sie versuchte, so klein und harmlos wie ein Maulwurf zu erscheinen. Also spielte sie das Dummchen und klimperte hinter ihren Augengläsern kokett mit den Wimpern. So hatte sie schon ihre Kindheit überstanden. Dennoch konnte sie sich nicht recht vorstellen, daß Dravot auf diesen Trick hereinfallen würde. Wenigstens hatte man sie nicht verhaftet und in eine Zelle geworfen. Zwar hätte Dravot sie mit Freuden in den derzeit ungenutzten Schweinestall gesperrt, doch besaß er, ohne einen Offizier im Rücken, nur beschränkte Handlungsvollmacht.

In der Pilotenmesse war Kate der *dernier cri.* Zu einem anderen Zeitpunkt hätte sie dies gewiß zu ihrem Vorteil nutzen können. Piloten waren nervöse, schwatzhafte und ruhmredige Burschen. Wenn sie die Ohren offenhielt, ließen sich vielleicht neue Erkenntnisse gewinnen.

Dravot stand mit gesenktem Kopf im Schatten der niedrigen Decke und ließ Kate nicht aus den Augen. Selbst er hielt es für unwahrscheinlich, daß sie einen verräterischen Sabotageakt begehen könnte.

Da Major Cundall, der Geschwaderkommandeur, sich auf Streife befand, hatte ein krummnasiger Amerikaner namens Captain Allard das Kommando. Nachdem er mit stechenden Augen in Kates Herz gesehen hatte, überließ er sie den Fliegern als Maskottchen, während er überlegte, ob sie sofort oder erst bei Morgengrauen gepfählt werden sollte.

Kate stand in der Obhut dreier lächerlich junger Briten: Bertie, Algy und Ginger. Sie boten ihr Tierblut an, das sie dankend zurückwies. Sie kannte diese Sorte Männer. Sie scherzten ohne Unterlaß, wetteiferten gutmütig um ihre Gunst und markierten knabenhaften Schneid, indem sie ihre Rede mit allzu beiläufigen Bemerkungen über ihre Narreteien und Heldentaten würzten. Als Kate sich nach ihren Ansichten über den Krieg erkundigte, wurden sie verlegen, faselten etwas von »Pflichterfüllung, meine Liebe«, und sahen britische Institutionen wie Gurken-Sandwiches, Kricketpartien und den Linksverkehr bedroht, wenn man dem Kaiser und Dracula nicht umgehend das Handwerk legte.

Kate wußte nicht, wozu das alles gut sein sollte in der Welt, die sie sich wünschte, nach dem Krieg. Falls es ein »nach dem Krieg« je geben würde.

»Sagen Sie«, begann Algy, »sind Sie eine dieser netten Suffragetten?«

»Frauenwahlrecht und so'n Quatsch?« setzte Bertie hinzu.

»Das Wahlrecht gebührt jedermann. Aber wann hat Großbritannien das letzte Mal gewählt?«

Lord Ruthven hatte alle Wahlen auf unbestimmte Zeit verschoben, eine Regierung der nationalen Einheit eingesetzt und den nominellen Oppositionsführer Lloyd George zum Kriegsminister ernannt. Der Premierminister begründete sein Verbleiben im Amt damit, daß er das Land vor zwanzig Jahren sicher durch die Zeit des Schreckens geleitet habe. Seine Regierung mochte töricht, brutal und tyrannisch sein, dennoch war sie aus dem blutigen Albtraum des Dracula-Regimes hervorgegangen. Im Vergleich dazu war Ruthven eigentlich gar nicht so übel. Zumindest war er ein *britisches* blutgieriges Monstrum, und neben der feurigen, herrschsüchtigen Grausamkeit des früheren Prinzgemahls verblaßte er zu einem bescheidenen, unscheinbaren Männlein. Der Premierminister hatte während seiner gesamten Amtszeit kaum je eine klare Entscheidung getroffen. Seine Politik wurde vom Gebot der Unverbindlichkeit bestimmt. Ruthven wies jede Verantwortung von sich.

»Früher oder später wird sich die Lage normalisieren, meine Beste«, meinte Bertie. »Wir kämpfen auf der rechten Seite.«

Die gleichgültige Selbstzufriedenheit dieser tapferen Kinder erschien Kate geradezu tragisch. Es war kaum damit zu rechnen, daß sie den Krieg, geschweige denn den Frieden, überleben würden. Die durchschnittliche Lebenserwartung eines Fliegers an der Westfront betrug etwa drei Wochen.

»Keine Bange«, fuhr Bertie fort, »alles wird sich zum Besten wenden.«

Eine Sopwith Snipe hielt sich höchstens drei Stunden in der Luft. Dieser leidige Umstand bereitete den Männern von Maranique weitaus größere Sorgen als die Anwesenheit einer verirrten, verwirrten kleinen Journalistin.

Kate wußte, daß nur selten eine ganze Streife dem Feind zum Opfer fiel. Ein paar versprengte Überlebende kamen immer durch und hinkten mit qualmenden Motoren und versengten Flügeln heimwärts.

Da sie für Zerstreuung sorgte, war sie auf dem Flugplatz verhältnismäßig freundlich aufgenommen worden. Wären ihre Gefangennahme und die zwanglose Vernehmung nicht gewesen, hätten die Flieger immer wieder ihrer »Armen Butterfly« gelauscht, mit zum Zerreißen gespannten Nerven.

»Meine Tante Augusta war auch eine Suffragette«, sagte Algy. »Sie kettete sich an den Zaun vor den Houses of Parliament. Es goß wie aus Kübeln, und sie holte sich eine tödliche Erkältung. Wenn sie sich nicht verwandelt hätte, wäre sie daran gestorben. Sie wurde wieder jung, ließ den alten Onkel sausen und begann eine Laufbahn als Primaballerina. Das Thema Wahlrecht ist für sie endgültig passé. Jetzt will sie im Sadler's Wells *Das Frühlingsopfer* tanzen. Wenn mich nicht alles täuscht, hat sie was mit diesem Nijinsky. Sie wissen schon, der Lump, der beim *pas de deux* seine Gestalt zu wechseln pflegt.«

»Drei Stunden«, verkündete Allard mit eisigem Blick. »Die Streife ist verloren.«

Eine Zeitlang herrschte eisiges Schweigen. Das Grammophon wartete klickend darauf, aufgezogen zu werden.

»Gemach«, sagte Bertie schließlich. »Geben wir ihnen noch

ein paar Minuten Zeit. Der alte Tom und die anderen haben schon so manches Spiel in der Verlängerung gewonnen und sind mit Ach und Krach und Gottes Segen heil nach Hause zurückgekehrt. Kein Grund, im guten alten Wing Aufruhr zu stiften.«

»Die drei Stunden sind um. Wie gut die Männer auch sein mögen, ihre Mühlen machen das nicht mit.«

Allard war Amerikaner und gehörte offensichtlich nicht zum Club. Er hatte, selbst für einen Vampir, seltsame Augen. Plötzlich wurde Kate von neuem bewußt, daß sie dringend Nahrung brauchte. Ihr Herz war schwer wie ein Betonklotz.

Als der Captain den Telefonhörer abhob, sagte Algy: »Ich bitte Sie, das ist doch wirklich nicht nötig.«

Allard ignorierte ihn.

»Wing, Allard, Maranique«, sagte er, kein Wort zuviel. »Cundalls Streife wird vermißt. Wir müssen davon ausgehen, daß die Männer verloren sind.«

Am anderen Ende knarzte eine Stimme.

»Ja«, sagte Allard. »Alle.«

Ginger, Algy und Bertie waren angewidert. Es gehörte sich nicht, so etwas zu sagen, denn wenn man es laut aussprach, redete man das Unheil nur herbei. Wäre Allards rücksichtslose Offenheit nicht gewesen, hätten sie vergnügt und munter auf die Rückkehr ihrer Freunde gewartet, mit ein paar blauen Flecken und spannenden Geschichten von schwer erkämpften Siegen und tollkühnen Flugkunststückchen.

Allard legte den Hörer auf. An einer Schiefertafel waren die Seriennummern der Maschinen, die Namen der Piloten und die Anzahl ihrer Triumphe aufgelistet. Schon jetzt stand unter mehreren Spalten mit weißer Kreide das Wort »vermißt«. Eine Spalte wurde erst gelöscht, wenn der Verlust bestätigt war. Allard setzte »vermißt« unter die mit »Ball«, »Bigglesworth«, »Brown«, »Courtney«, »Cundall« und »Williamson« überschriebenen Spalten. Das Kratzgeräusch der Kreide fuhr Kate durch Mark und Bein.

»Vergessen Sie Courtneys Superkargo nicht«, sagte Ginger mit düsterer Stimme.

Mit einem Nicken gestand Allard sein Versäumnis ein, gab dem Piloten jedoch zugleich zu verstehen, daß er bereits daran gedacht hatte. Er schrieb einen neuen Namen an die Tafel. »Winthrop«.

»Irgend so ein Knabe vom Diogenes Club«, erklärte Bertie. »Armer Bursche. Gleich beim ersten Mal vom Himmel geholt zu werden.«

Kate wollte etwas sagen, besann sich jedoch eines Besseren. Dravot verzog keine Miene. Sie wußte, daß der Sergeant das Gefühl hatte – sofern er überhaupt etwas zu fühlen vermochte –, seine Pflicht vernachlässigt zu haben. Er sollte Charles' Protégé beschützen und hatte kläglich versagt. Dravot mußte bis ins Innerste getroffen sein.

Nun würde sich die Sache zwischen ihr und Edwin, die in Amiens begonnen hatte, nicht mehr ins reine bringen lassen. Was hatte er auch in der Luft verloren? Er war Stabsoffizier, einer jener Schreibtischhengste, die Blut und Feuer nur vom Hörensagen kannten.

»Es wird eine Heidenarbeit, die Bande zu ersetzen«, sagte Ginger und betrachtete die Tafel. Die Anzahl der »Vermißten« überstieg die der aktiven Piloten. »Wir werden vermutlich einen ganzen Schwarm Yanks anfordern müssen. Nichts für ungut, Allard. Aber mit der Gemütlichkeit ist es vorbei.«

»Merken Sie sich ihre Namen am besten gar nicht erst«, riet Allard.

Ginger war am Boden zerstört.

Kate hatte so viele sterben sehen, in der Zeit des Schrekkens wie auch jetzt im Krieg, daß es ihr nicht zustand, ausgerechnet diesen Verlust zu beklagen. Doch obgleich sie kein Recht dazu hatte, trauerte sie. Aus tiefstem, nach Blut lechzendem Herzen.

24

Stacheldraht und Fersengeld

Zu erschöpft, um wachzubleiben, und zu schwer verletzt, um Schlaf zu finden, hing Winthrop wie ein Sonntagsbraten an der Wand. Bis auf den stechenden Schmerz in Schultern, Hals und Knien war sein Körper gänzlich taub. Seine Wahrnehmung war getrübt, und seine Gedanken wanderten.

Ball und er sollten wohl doch nicht gleich tranchiert und aufgefressen werden. Die Troglodyten saßen auf ihren Särgen und unterhielten sich. Jeder von ihnen trug seine Geschichte vor wie ein Lehrer, der seine Klasse mit ihrem Lieblingsmärchen belohnt. Jules, ein Österreicher, berichtete, wie er von seiner Einheit getrennt worden war. Er hatte zahlreiche Gefahren überstanden, bevor er sich der Gruppe angeschlossen hatte. Jim, der Franzose, erzählte, wie er desertiert war, um dem Pfahl zu entrinnen, nachdem er eine Meuterei gegen General Mireau angezettelt hatte. Jim erinnerte sich voller Bitterkeit daran, wie sein patriotischer Eifer mit jeder neuen Ungerechtigkeit, Unterlassungssünde und Entgleisung nachgelassen hatte.

Winthrop verlagerte sein Gewicht. Messerscharfe Schmerzen spießten seine Schultern. Er unterdrückte ein Wimmern.

Er konnte den Deserteuren nicht folgen. Ihre langweiligen Geschichten von Entbehrung, Einsamkeit und Schrecken wurden immer wirrer. Vielleicht schmückten sie ihre Erzählungen von Mal zu Mal weiter aus, mit den beliebtesten Episoden aus den Geschichten der Gefallenen.

Obgleich es sich um eine Horde wilder Sozialisten handelte, herrschte in dieser Vampirgesellschaft eine strenge Hierarchie. Dafür, daß es laut Mellors keine Rangordnung mehr gab, fügten sich die anderen erstaunlich oft seinem Urteil. Es war an ihm, in Streitigkeiten zu vermitteln, die Vorgehensweise festzulegen oder die Glaubwürdigkeit einer bestimmten Anekdote zu beurteilen. Wäre Mellors nicht gewesen, hätten die Troglodyten Winthrop auf der Stelle in Stücke gerissen, statt ihn sich ordentlich einzuteilen.

Mellors war ihr Anführer und Schwejk sein heiliger Narr. Nachdem alle etwas zum Besten gegeben hatten, stand Schwejk auf und spielte eine Geschichte vor, die seine Zuhörer schon kannten, die Sage von der Gefangennahme der beiden verbrannten Männer, die vom Himmel gefallen waren, dem buckligen Ball und dem aufrechten Winthrop. Er äffte die beiden nach, und seine ausgezeichnete Imitation von Balls undeutlicher Stimme rief brüllendes Gelächter hervor.

In Balls schwarzem, versteinertem Gesicht glommen rote, wache Augen.

Als Schwejk seine Vorstellung beendet hatte, stand Mellors auf, ging zu den Gefangenen und inspizierte Winthrops geschwollenes Knie.

»Üble Verstauchung«, sagte er ohne eine Spur von Schadenfreude. »Aber es ist nichts gebrochen.«

Er löste den Schnürsenkel von Winthrops verbleibendem Stiefel und zerrte ihn herunter, dann zog er ihm die dicken, steifen Socken aus. Seit er an dem Haken hing, spürte Winthrop seine Füße nicht mehr, sondern sah sie nur noch als dicke, rote Klumpen.

»Das Blut ist in Ihre Füße geströmt«, sagte Mellors und stieß nach einem prallen Zeh. »Perfekt.«

Mellors ließ einen Dorn aus seinem Daumen sprießen und ritzte Winthrops Fuß. Der verspürte ein Kribbeln, als ein schmales Blutrinnsal hervorquoll.

»Freunde, es gibt für alle genug zu trinken. Stellt euch auf.«

Schwejk war als erster an der Reihe; er hob seine Gasmaske und nahm gierig einen kleinen Schluck. Winthrop fühlte etwas Warmes, Feuchtes an seinem Fuß. Und winzige, spitze

Stacheln. Einer nach dem anderen traten die Troglodyten vor, um sich an seinem Blut zu laben.

Zwar war er mit Vampiren vertraut, doch hatte er nie Blut gespendet. So hatte er sich das nicht vorgestellt. Dies war kein gemeinschaftliches Lusterlebnis. Insgeheim hatte er gehofft, die Aufmerksamkeit einer Ältesten auf sich lenken und ihr seinen Hals darbieten zu können. Kate Reed schien eine aussichtsreiche Kandidatin. Oder er und Catriona würden sich gleichzeitig verwandeln, in blutroter Umarmung voneinander trinken. Er dachte an Vorhänge, die sich sanft im Mondlicht bauschten, und winzige Nadelstiche in einem Meer lustvoller Unterwerfung.

Münder setzten sich an seine Füße, Zähne bohrten sich in seine Haut, und sein Lebenssaft sprudelte hervor. Je mehr Blut er verlor, desto erträglicher wurden die Schmerzen. Seine Arme waren eiskalt, seine Hände nutzlose Steingewichte.

Während sich die Troglodyten nährten, sah Mellors zu ihm hoch.

»Die Natur verlangt ihr Recht«, erklärte der Vampir. »Da hilft kein Jammern und kein Klagen.«

Wenn eine der Kreaturen Gefahr lief, einen über den Durst zu trinken, schritt Mellors ein und stieß sie zu den anderen zurück.

»Immer sachte, Raleigh. Nicht so gierig. Laß Voerman auch noch etwas übrig.«

Ein wildäugiger subalterner Brite machte einem jungen, langzüngigen Deutschen Platz. Der Meute eignete eine gewisse hündische Geschmeidigkeit. Sie waren vermutlich tapfere Kämpfer. Winthrop hatte ein Gefühl, als hätten eisige Rasiermesser seinen Fuß bis auf die Knochen freigelegt. Endlich war es vorbei.

Winthrop hing ausgedörrt und kalt an seinem Haken. Einer der Troglodyten holte einen Verbandstornister hervor und bandagierte Winthrops Füße. Danach nahm er sein Knie unter die Lupe, pulte Kies und Sand heraus und umwickelte es mit einem festen Feldverband. Als der Medikus sein Werk vollendet hatte, waren Mellors und er die einzigen, die noch nicht in ihren Särgen lagen. Die anderen hatten sich – gestärkt, doch nicht gesättigt – unter Brettern oder Decken verkrochen.

Mellors entließ den Arzt und überprüfte Winthrops Handgelenke. Da sein ganzes Gewicht auf dem Haken lastete, konnte er sich weder hochhieven noch auf andere Art befreien. Ball baumelte wie Dörrfleisch an der Wand; Rücken und Arme waren so verkrümmt, daß er aussah, als hinge er an einem unsichtbaren Kreuz. Seine freiliegenden Augen starrten ins Leere. Mellors zog sich zufrieden in seinen Sarg zurück und raffte seinen Tarnumhang um sich. Im Handumdrehen schlief er wie ein Toter. Winthrop kämpfte verzweifelt gegen seine Erschöpfung an. Sein Leib wog mehrere Tonnen und zog seine Seele mit hinab.

Ein scharfer Schmerz riß ihn aus seinem Halbschlaf. Ein Dorn stach in sein Handgelenk. Die Feuer waren heruntergebrannt und tauchten die Höhle der Troglodyten in höllisches, rotglühendes Licht. Die Kreaturen lagen reglos in ihren Särgen. Winthrop hatte keine Ahnung, wie spät und welcher Tag es war.

Irgendwo bewegte sich etwas. Da er den Kopf nicht wenden konnte, verdrehte er die Augen so weit wie möglich nach links und rechts. Hier oben konnten ihm die Ratten nichts anhaben.

Ball krümmte sich an seinem Haken. Winthrop sah die aufgerissenen Augen des Piloten und seinen roten Mund. Ball hatte sich hochgezogen, seine ohnehin verrenkten Arme noch weiter verrenkt, und preßte die Hüfte gegen die Wand. Er nagte an dem Seil um seine Handgelenke. Dann nagte er an seinen Handgelenken.

Als Ball sah, daß Winthrop wach war, nickte er ihm schweigend zu. Mit spitzen Zähnen zerrte er an seinem Handgelenk, bis unter der verbrannten Haut blutrotes Fleisch zum Vorschein kam. Er kaute an weißen Sehnen und blanken Knochen. Je tiefer seine Hauer drangen, desto mehr Vampirblut tropfte zu Boden. Schwejk schnaubte im Schlaf. Aus Angst vor einem Angriff hielt Ball einen Moment lang inne, dann setzte er seine Bemühungen fort.

Winthrop kam sich nutzlos vor. Er wußte nicht, was tun. Ball hatte sich alles Fleisch vom Handgelenk genagt. Seine skelettierte, von blasser Haut umhüllte Hand ballte sich zur Faust. Die Schlinge hatte sich gelockert, aber nicht gelöst. Silber schimmerte zwischen den Litzen. Dies war der erste Krieg, in dem Reepschläger Seile fabrizierten, die ausschließlich zur Fesselung von *nosferatu* dienten.

Ball umklammerte den Haken mit der rechten Hand. Seine rotgefärbten Zähne verkeilten sich zu einem schiefen Grinsen, seine Wangenmuskeln mahlten angestrengt, während der Pilot all seinen Mut zusammennahm und aus Leibeskräften zog. Er unterdrückte ein Stöhnen, als sich das Seil zwischen den Knochen seines linken Handgelenks verfing. Die Faust öffnete sich wie ein Seestern und streckte ihre toten Finger von sich. Eine Arterie platzte. Ball zog ein zweites Mal, die Knochen brachen, und die Hand fiel mit einem feuchten Klatsch zu Boden. Aus dem Stumpf quoll Blut. Endlich frei, baumelte Ball am Haken und verknotete vor lauter Schmerz die Beine.

Selbst Winthrop roch das satte Vampirblut. Die schlafenden Troglodyten wurden unruhig, ihre Nüstern zuckten, das Wasser lief ihnen im Mund zusammen, und sie kratzten mit scharfen Klauen an den Deckeln ihrer Särge. Als Ball den Haken losließ, stürzte er nicht etwa mit einem Bums zu Boden, sondern rutschte leise an der Wand hinab. Einen Augenblick lang befürchtete Winthrop, sein Kamerad habe sich so sehr verausgabt, daß er beim Aufprall das Bewußtsein verloren hatte.

Ball hielt sich mit der gesunden Hand den Stumpf. Blut sikkerte zwischen seinen Fingern hervor. Schamhaft senkte er den Schädel und leckte sich die Wunde, trank von seinem eigenen Saft, wie Isolde im Théâtre Raoul Privache. Obgleich dies unter Vampiren als pervers galt, verschaffte ihm sein Blut sichtlich Erleichterung.

Ein Troglodyt setzte sich kerzengerade auf, und pfahldicke Fangzähne sprossen ihm aus dem Maul. Es war Plumpick, ein irrer Schotte mit sanften Augen. Geschmeidig wie ein Panther ließ Ball seinen Stumpf vorschnellen und stieß ihn Plumpick in die Brust. Der scharfgezackte Knochen drang zwischen die Rippen und bohrte sich ins Herz. Die Augen des Deserteurs erloschen, und seine Zähne zerbröckelten wie Zuckerwerk. Das Gewicht des toten Blutsaugers ließ Ball vornüberkippen, so daß er auf Plumpicks Sarg zu liegen kam.

Kurzentschlossen ballte Ball die rechte Faust um seinen linken Arm, brach ihn am Ellbogen entzwei, machte sich los und ließ seine Unterarmknochen in Plumpicks Herz zurück. Der Schotte zerfiel schneller, als er erwartet hatte.

Winthrop krümmte sich an seinem Haken und versuchte, sich rücklings an der Wand hinaufzuschieben. Er wußte, es war hoffnungslos, Balls Bravourstück wiederholen zu wollen.

Ball schlich still und leise durch die Höhle, schlängelte sich zwischen den Särgen hindurch und baute sich vor Winthrop auf. Ein Nicht-Toter wie er, der über ungeheure Kraft verfügte, hätte Winthrop ohne weiteres bei den Hüften packen und ihn von seinem Haken befreien können. Wenn er beide Arme gehabt hätte.

Es war ein kompliziertes Unterfangen. Ball ließ seinen Arm zwischen Winthrops Beine gleiten, schob ihm den Handteller unter den Hintern und stemmte ihn hoch. Dann richtete sich der kleine Krüppel mühsam auf, bis Rückgrat und Arm eine stabile Stütze bildeten.

Endlich gab der Haken Winthrops gefesselte Gelenke frei. Die Arme plumpsten ihm auf den Rücken, und er fiel mit voller Wucht auf Ball, der unter seinem Gewicht zusammensackte und vorwärts taumelte. Winthrop landete Hals über Kopf im Dreck. Seine Hände brannten wie Feuer, und seine bandagierten Füße schmerzten.

Inzwischen regten sich auch andere Troglodyten. Unerschrocken schaufelte Ball eine Handvoll rotglühender Asche aus einer Feuertonne und warf sie in Schwejks Sarg. Das Nest aus Stroh brannte im Nu. Der Böhme bäumte sich japsend auf und atmete beißenden Rauch.

Winthrop wand sich wie ein Wurm und verdrehte die Handgelenke, um sich von dem Stacheldraht zu befreien. Das verfluchte Zeug löste sich in Form einer Spirale und hinterließ schorfige Stigmata an den Gelenken. Er suchte seine Stiefel, zog einen von ihnen an, sprang dann, ohne auf den Schmerz in seinem Knie zu achten, auf und schlüpfte in den anderen.

Ball hielt die Troglodyten mit einem brennenden Holzscheit in Schach. Auch Mellors war jetzt auf den Beinen, seine Miene verriet Unwillen und Belustigung.

Winthrop und Ball standen mit dem Rücken zu dem Tunnel, durch den sie gekommen waren. Wenn sie kehrtmachten und das Weite suchten, würden sich die Troglodyten auf sie stürzen und sie in Stücke reißen. Doch wenn sie blieben, wo sie waren, würde Balls Fackel bald verlöschen.

Mellors fauchte Flüche im Dialekt von Derbyshire. Zu Winthrops Überraschung zahlte Ball es ihm mit gleicher Münze heim. Schwejk wälzte sich im Staub und versuchte die Flammen zu ersticken, die seinen Wanst beleckten. Seine Totenkiste brannte noch immer.

Winthrop faßte die Gelegenheit beim Schopf. Er rammte den erstaunten Ball von hinten mit der Schulter und stieß den Troglodyten Vampir und Fackel vor die Füße. Die Höhlenmenschen wichen erschrocken zurück. Winthrop drängte sich an ihnen vorbei, ergriff den brennenden Sarg, schleuderte ihn in die Luft und ließ feuriges Stroh zu Boden regnen.

Ball hatte sofort begriffen und legte die Fackel an den ersten besten Troglodyten, Raleigh. Im Nu stand seine schmutzstarrende Uniform in Flammen, und lodernde Zungen leckten an seinem struppigen Bart und seinen langen, wirren Zotteln. Der Vampir stieß einen schrillen Schrei aus. In blinder Qual kollidierte er mit seinen Kumpanen, stolperte über Särge und trug das Feuer weiter.

Das Netz unter der Höhlendecke ging in Flammen auf. Lohen züngelten über das Fresko. Die papiernen Bestandteile der *collage* verpufften blitzartig zu Asche. In einer Ecke explodierte eine Kiste, die darin verstauten Patronen platzten. Winthrop gab Fersengeld und zerrte Ball hinter sich her. Sie liefen ins Freie.

25

Schimpf und Schande

»Ihnen ist hoffentlich klar, daß ich Sie nach dem DORA standrechtlich erschießen lassen könnte«, sagte Beauregard zu Kate, und es war ihm durchaus ernst. Nach dem Defence of the Realm Act besaß jeder ordentlich eingesetzte Günstling Ruthvens das verbriefte Recht, über Leben und Tod eines Zivilisten zu entscheiden. »Wirklich, was *haben* Sie sich nur dabei gedacht? Falls Sie sich überhaupt etwas gedacht haben.«

Obwohl es in dieser Jahrmarktsbude wahrhaftig wichtigere Dinge zu erörtern gab, vertat er seine Zeit damit, zu hofmeistern wie ein vergrätzter Oberlehrer. Kate blickte zu Boden und rümpfte ihr winziges Näschen.

»Als büßende Magdalena können Sie bei mir keinen Blumentopf gewinnen, Miss Reed. Schließlich *kenne* ich Sie seit der Zeit, als Sie so grün hinter den Ohren waren, wie Sie die Warmblüter glauben machen wollen. Sie werden dieses Jahr fünfundfünfzig, mein totes Mädchen.«

Sie setzte ein schüchternes Lächeln auf, das die Spitzen ihrer Fangzähne entblößte.

»Für Ihr Verhalten gibt es keine Entschuldigung«, schloß Beauregard.

Während er der Reporterin eine Gardinenpredigt hielt, spürte er Dravots kalten, tiefsitzenden Zorn. Der Sergeant hätte Kate mit Freuden den Hals durchgeschnitten und ihren Kopf als Fußball zweckentfremdet.

Die Messe in Maranique war leer. Die restlichen Piloten hatten sich bei Tagesanbruch in ihre Särge verkrochen. Nur Allard, der stellvertretende Geschwaderkommandeur, war geblieben, um sich Beauregards Fragen zu stellen. Auf einer Schiefertafel stand unter den Namen der Piloten, die ausgerückt und nicht zurückgekommen waren, das Wort »vermißt«.

So wütend Beauregard auf Kate auch war, sein Zorn auf Winthrop kannte keine Grenzen. Wie konnte er es wagen, aufzusteigen und abgeschossen zu werden? Mit ihm verzeichnete der Diogenes Club, nach Spenser, bereits den zweiten Verlust in diesem noch jungen Jahr. Dieser Einsatz schien den Männern den Verstand zu rauben.

Allard hatte sich zum Schutz gegen die Sonne, die durchs Fenster fiel, einen Schal um den Kopf geschlungen und seinen breitkrempigen Hut tief ins Gesicht gezogen. Nur seine stechenden Augen und die vorspringende Nase waren zu sehen.

»Und es gibt wirklich keine Hoffnung?« fragte Beauregard.

»Ich habe mit allen Stellungen entlang der Linien telephoniert«, sagte Allard. »Ich dachte, die eine oder andere Maschine sei vielleicht weiter westlich abgestürzt. Aber dem war leider nicht so. Major Cundalls Streife ist verloren.«

Beauregard schüttelte den Kopf und schalt sich einen Narren. Er allein trug die Schuld am Tod der Männer.

»Vielleicht sind sie gefangengenommen worden?« wandte Kate ein.

»Die Deutschen haben die Siege für sich reklamiert«, sagte Allard. »Sie haben die Seriennummern. Also werden sie vermutlich auch bestätigt. Sie reklamieren Abschüsse, keine Gefangenen.«

»Geht das immer so schnell?«

»Nein, normalerweise dauert es einen Tag, aber in diesem Fall besteht nicht der geringste Zweifel. Die RE8 hat Manfred von Richthofen für sich verbucht. Bei Morgengrauen haben die Deutschen ein Paket mit persönlichen Gegenständen abgeworfen. Courtneys Uhr und Zigarettenetui.«

Eine düstere Stimmung machte sich breit.

»Von Winthrop war nichts dabei?«

Allard schüttelte den Kopf.

»Dann ist wohl nicht mehr sehr viel übrig von dem Burschen.«

Sein totgeborener Sohn wäre vermutlich zu einem Mann wie Edwin herangewachsen. Und hätte er gelebt, so wäre er jetzt wahrscheinlich tot, wie Edwin dem Krieg anheimgefallen. Beauregard dachte an Pamela, die bei der Niederkunft gestorben war und nicht hatte mit ansehen müssen, wie die Welt zugrunde ging. Und er dachte an Geneviève, die, auf ewig zwischen Leben und Tod gefangen, möglicherweise zuviel wußte.

Kate war außer sich. Wenn die Namen der Toten ausgestrichen wurden, war die Schnüffelei kein Spiel mehr. Es war merkwürdig: Sie entrüstete sich seit so langer Zeit über das sinnlose Sterben, daß dies unmöglich ihre erste Begegnung mit dem Tod sein konnte. Sie hatte die Zeit des Schreckens miterlebt. Sie arbeitete als Krankenschwester. Sie hatte Dutzende sterben sehen.

»Ich werde mit Mrs. Harker sprechen. Sie können von Glück sagen, wenn Sie auf den Hebriden Armeedecken zählen dürfen.«

»Ich habe es nicht besser verdient«, gestand Kate.

Beauregard war enttäuscht. Er hatte nicht damit gerechnet, daß sie nachgeben würde. Für gewöhnlich konnte man sich auf ihre Streitbarkeit verlassen. Wie so oft in letzter Zeit war er müde und erschöpft. In seinem Alter hätte er diesem grausamen Spiel ein für allemal den Rücken kehren sollen. Doch wie üblich setzte England sein Vertrauen in ihn . . .

Sofern man den spärlichen Berichten und den deutschen Siegesmeldungen Glauben schenken durfte, hatten Cundalls Leute das Château du Malinbois erreicht und waren vom fliegenden Monstrositätenkabinett überrascht worden. Es war zu einem Massaker gekommen. Sechs neuerliche Siege für Richthofens Mörderschwadron.

»Aber Charles, ich dachte, wir seien im Besitz der Luftherrschaft?«

Commander Hugh Trenchard vom Royal Flying Corps verfolgte die Strategie der bewaffneten Luftaufklärung. Theoretisch war der Himmel über Frankreich für den gemeinen deutschen Flieger so gefährlich, daß die kaiserliche Luftwaffe als Beobachtungsinstrument untauglich war.

»Ja, Kate. Im großen und ganzen schon. Trotzdem haben wir im Kampf zwischen Cundall's Condors und dem ersten Jagdgeschwader den kürzeren gezogen.«

»Dem Feind ist gelungen, was Sie seit Kriegsbeginn versuchen, nämlich seine besten Flieger, seine übelsten Mörder, in einer Einheit zusammenzufassen.«

»Sie sind anscheinend bestens informiert«, sagte er.

»Hatte das Geschwader Condor nicht den Auftrag, Erkenntnisse über die Frühlingsoffensive zu sammeln?«

»Was Sie nicht sagen, eine Frühlingsoffensive! Womöglich können Sie mir sogar das genaue Datum nennen, an dem Dracula und Hindenburg ihren Angriff ansetzen wollen?«

»Seien Sie doch nicht kindisch, Charles. Es weiß schließlich jeder, daß der Feind demnächst eine Offensive startet. Selbst Bottomley, und der ist davon überzeugt, der Krieg sei längst gewonnen und über Berlin flattere der Union Jack.«

»Ich bitte um Verzeihung. Sie müssen mich entschuldigen, aber ich bin schrecklich müde . . . «

Kate ignorierte seinen Sarkasmus und fuhr fort. »Wenn das Geschwader Condor Erkenntnisse gewinnen soll, dann dient das JG1 ganz offensichtlich dazu, diese Informationen geheimzuhalten.«

Allard brach in bitteres Gelächter aus. »Nicht unbedingt. Richthofen befehligt einen Zirkus. Eine Varietétruppe, ein Tingeltangel. Ein Kampfflieger hat auf den Krieg nur wenig Einfluß, ganz gleich, wie viele Siege er erringt. Ein unbewaffneter Aufklärer hingegen, dem eine scharfe Aufnahme der feindlichen Abwehrstellungen gelingt, kann eine ganze Schlacht entscheiden. Ein Flieger-As ist viel zu sehr damit beschäftigt, seine Abschußbilanz zu verbessern, um einen Blick nach unten zu werfen.«

Kate verzog nachdenklich das Gesicht und machte eine wegwerfende Geste. Wenn sie die Gewalt über ihr Mienenspiel verlor, wirkte sie trotz ihrer Brille überaus anziehend. In ihren warmblütigen Tagen war sie Pamelas beste Freundin gewesen. Manchmal benutzte Kate eine Formulierung seiner verstorbenen Frau, und das verwirrte ihn. Es war, als ob die tote Pamela durch ihre nicht-tote Freundin zu ihm spräche.

»Bei allem Respekt, Captain, aber es kann doch nicht allein um Schlagzeilen gehen. Dafür ist das alles viel zu kompliziert. Das JG1 verfolgt ein geheimes Ziel, ebenso wie das Geschwader Condor.«

Allard schwieg.

»Ich finde, Sie sollten jetzt Ihre Sachen packen«, sagte Beauregard.

Kates Wangen röteten sich. »Ich bin nicht verhaftet? Und werde nicht gepfählt?«

»Sie würden gern als Märtyrerin sterben, nicht wahr?« fragte Beauregard. »Für welche Sache? Das Banner Draculas?«

Das war nicht nett: Im Lauf der Jahre hatte sie sich oft genug in Gefahr begeben, um ihre Opposition gegen Dracula unter Beweis zu stellen. Und doch ärgerte er sich über sie.

»Gewiß nicht für Lord Ruthven und seine Freunde und Genossen. Für die Wahrheit, vielleicht. Sie wäre es womöglich wert, dieses mein Vampirblut zu vergießen.«

»Ach, lassen Sie mich doch in Frieden, Kate. Nach solchem Theater steht mir wahrhaftig nicht der Sinn.«

Plötzlich schlang Kate zu seinem Erstaunen die Arme um ihn und preßte ihr Gesicht an seine Brust. Sie hielt ihn fest umklammert, ohne ihn jedoch zu erdrücken. Manchmal wußte sie ihre Kraft wohl zu dosieren.

»Es tut mir leid, Charles«, sprach sie in seinen Kragen, so leise, daß Allard und Dravot sie nicht hören konnten.

Seine Bißwunden brannten. Er drückte Kate an sich. Er

mußte an die Arme einer anderen Vampirfrau denken: Bisweilen erinnerte Kate ihn auch an *sie*. Ihm war, als gäbe es auf der ganzen Welt nur eine Frau mit einem Dutzend Masken, die ihn immerzu anlachte.

Dravot war aufgesprungen, um die Reporterin von Beauregard zu trennen und ihr die Arme auszureißen wie einem Brathähnchen die Flügel. Beauregard bedeutete dem Sergeant, sich nicht vom Fleck zu rühren.

»Dennoch werde ich Mina Harker veranlassen, Sie zu versetzen.«

»Ich weiß«, sagte sie und tätschelte ihm die Brust, »denn das ist Ihre Pflicht. Sie müssen Ihre Pflicht erfüllen und ich die meine. Pflichterfüllung. Der Fluch unserer Generation. Schließlich sind wir die letzten Viktorianer.«

Ihm war nicht nach Lachen zumute. Die Verluste der vergangenen Nacht waren zu schrecklich, um sie mit einem Achselzucken abzutun.

»Captain Allard, würden Sie Miss Reed zu ihrer Sanitätseinheit zurückbringen lassen? Auf möglichst unbequeme, unwürdige Weise?«

Allard meinte, er könne einen Karren besorgen.

»Wir stellen ihr am besten einen Wachposten zur Seite. Falls sie auf die Idee kommt, einen Fluchtversuch zu unternehmen.«

Allard nickte. Er hatte einen guten Mann in petto.

»Ich erweise Ihnen einen großen Gefallen, Kate. In etwa einer Stunde werden wir Mr. Caleb Croft aus Downing Street Nummer zehn Bericht erstatten. Da er in den achtziger Jahren Preise auf Ihren Kopf auszusetzen pflegte, werden Sie sich an diesen Gentleman gewiß erinnern. Hat man Sie eigentlich von *allen* Vorwürfen der Anstiftung zum Aufruhr freigesprochen?«

Kate machte große Augen, die durch ihre Brille noch größer wirkten, und ein schelmisches Grübchen erschien auf ihrer Wange.

»Ich kann mich gut an Mr. Croft erinnern. Leitet er eigentlich immer noch die britische Ochrana?«

»In Großbritannien gibt es keine Geheimpolizei«, erklärte Beauregard. »Offiziell.«

»Auf Wiedersehen, Charles. So entgeht uns beiden etwas.«

Kate verließ die Messe. Dravots Blick folgte ihr.

»Sie dürfen sie nicht aus den Augen lassen«, wandte sich Beauregard an Allard. »Sie ist intelligenter, als sie aussieht.«

Allard nickte. Er hatte die Andeutung verstanden.

»Der Wachposten darf auf keinen Fall Warmblüter sein. Stellen Sie ihr am besten einen Homosexuellen oder einen Mönch zur Seite. Wenn ich es recht bedenke, würde ich Kate Reed nicht einmal einem Mönch anvertrauen.«

Die Müdigkeit lastete auf Beauregards Schultern wie ein schwerer Mantel. Er hatte keine Ahnung, was Croft von ihm verlangte, doch es war gewiß nichts Angenehmes. Sie waren sich seit der Zeit des Schreckens spinnefeind. Crofts Abteilung hätte den Diogenes Club am liebsten aufgelöst. In gewissen Regierungskreisen hielt man das Treiben von Smith- Cumming, Beauregard & Co. für die anachronistischen Lausbübereien großmäuliger Knaben, die den harten und grausamen geheimen Kriegen des zwanzigsten Jahrhunderts nicht gewachsen waren. Diese Narren hatten keinen Schimmer, wie hart und grausam die geheimen Kriege des neunzehnten Jahrhunderts gewesen waren.

Er hatte Spensers Angehörigen noch nicht geschrieben. Nun würde er einen Beileidsbrief an Winthrops Familie aufsetzen müssen.

»Sir«, sagte Dravot.

Obgleich der Sergeant keine Miene verzog, wußte Beauregard, daß er eine schlimme Niederlage zu verkraften hatte. Dravot pflegte keine Offiziere zu verlieren.

»Die Schuld liegt nicht bei Ihnen, Danny. Wenn überhaupt, dann liegt sie bei den Toten. Major Cundall hat Winthrop gefragt, ob er mitkommen wolle. Und der wackere Bursche hat ja gesagt.«

Dravot quittierte Beauregards Ausführungen mit einem knappen Nicken. Dann holte er zögernd einen Brief hervor.

»Lieutenant Winthrop hat mir das gegeben.«

Beauregard nahm den Brief an sich. Die Adresse lautete: Catriona Kaye, Altes Pfarrhaus, Alder, Somerset. Ihm blutete das Herz, wenn er sich Catriona Kaye vorstellte. Und wenn er sich vorstellte, was in dem Brief stand.

Er war von Haß erfüllt. Von diffusem, allumfassendem Haß. Es genügte nicht, den Krieg zu hassen; er mußte jede Schraube, jedes Zahnrad der Maschine hassen, die Winthrop und eine Million anderer junger Männer verschlungen hatte. Und nicht zuletzt auch ihn selbst.

»Ich werde dafür sorgen, daß der Brief seine Empfängerin erreicht«, versicherte er Dravot.

26

Ein Platz an der Sonne

In den Tunnels herrschte Dunkelheit, doch an ihrem Ende war Licht. Die Sonne stand am Himmel. Er preschte auf den schwachen Schimmer zu. Ball stolperte ihm hinterdrein, machte unermüdlich Boden wett. Die Troglodyten waren zu sehr mit dem Feuer beschäftigt, um die Verfolgung aufzunehmen.

Winthrop spürte sein schlimmes Knie. Der Notverband, den man ihm angelegt hatte, war erstaunlich fest. Auch in seine Füße kehrte nach und nach Gefühl zurück. Er ignorierte den Schmerz.

Er hörte Schüsse, konnte sich jedoch nicht vorstellen, daß sie ihnen galten. Eine zweite Munitionskiste war explodiert. Irgend etwas heulte wie ein Tier.

Die Tunnelöffnung war nur noch wenige Yards entfernt. Winzige Lichtdolche durchlöcherten den Tarnnetzvorhang. An der Sonne wären sie sicher. Die Troglodyten waren Neugeborene, zu schwach, um bei Tageslicht zu überleben.

Genau wie Albert Ball. Das fiel ihm ein, als er den Netzvorhang beiseite stieß. Doch für einen Kurswechsel war es zu spät. Winthrop wankte mit letzter Kraft ins Freie, stolperte und stürzte in seiner ganzen Länge auf den zernarbten Boden des Bombentrichters. Nach all der Dunkelheit drohte ihm das sanfte, milchige Licht die Augen zu versengen. Er blinzelte, und bald ging es ihm besser.

Es war ein schöner, ruhiger Tag. Kaum Bombardement. Zwar herrschte nach wie vor schneidende Februarkälte, doch die Wolken hatten sich verzogen, und die Sonne strahlte.

Ball schoß aus der Tunnelöffnung und fiel wie erschlagen in den Schlamm. Seine Glieder krümmten sich, weil die Sehnen sich verkürzten, so daß er wie ein verknöcherter Pompejaner aussah. Rauchfetzen stiegen von seinem Körper auf. Seine Züge verzerrten sich und erstarrten in einem Schrei, der zu einem röchelnden Seufzer verkümmerte. Er schlug sich schützend die Hand vor das Gesicht.

Winthrop rappelte sich hoch und riß den Vorhang von der Tunnelöffnung. Er breitete ihn über Ball, hüllte den Vampir in kühlen Schatten. Sofort beruhigte sich das Flieger-As. Balls Überlebenschancen waren gering. Winthrop hatte selbst an trüben Tagen schon Menschen in Flammen aufgehen sehen. Vampire waren zwar unsterblich, aber von gebrechlicher Konstitution. Man mußte schon ziemlich viele Jahre auf dem Buckel haben, bevor man an der Sonne spazierengehen konnte.

Im Dunkel des Tunneleingangs glommen rote Augenpaare. Ein grausiges Lachen wehte über das Niemandsland. Als Winthrop seinem Kameraden auf die Beine half, spürte er die Hitze im Körper des Vampirs.

»Herrlicher Tag«, sagte Mellors. Er stand im Dunkeln und verfolgte den Todeskampf seiner Beute. »Perfektes Wetterchen, um ein paar Waldhühner zu schießen.«

Der Rauch biß Winthrop in der Kehle. Er mußte Ball in den Schatten bringen.

Im Tunneleingang brachte Mellors einen Revolver in Anschlag. Winthrop stieß Ball beiseite und sprang ihm hinterdrein, um aus der Schußbahn zu gelangen. Mellors feuerte, und ein knappes Dutzend Yards entfernt spritzten Staub und Erde auf. Er konnte nicht auf sie zielen, ohne ins todbringende Sonnenlicht hinauszutreten.

Vor Einbruch der Nacht würden sich die Troglodyten nicht ins Freie wagen. Doch bei Tage würde Ball nicht sehr weit kommen. Er biß zitternd die Zähne zusammen, um nicht zu explodieren. Winthrop malte sich aus, was geschehen würde, wenn es den Vampir zerfetzte. Er war Ball so nahe, daß er von Kopf bis Fuß mit Knochensplittern gespickt würde. Auf diese Weise würde ihm wenigstens die Gnade eines raschen Todes zuteil.

Ganz in der Nähe stand ein Mauerrest, Überbleibsel eines nicht zu identifizierenden Gebäudes. Im Schatten der Mauer herrschte tiefe, kühle Dunkelheit. Winthrop konzentrierte sich, nahm seinen ganzen Mut zusammen und zerrte Ball über den Boden. Obwohl Ball nicht stehen konnte, wurde er ihm nicht zur Last.

Die Mauer würde ihnen Schutz vor den Schüssen aus der Tunnelöffnung bieten, doch um dorthin zu gelangen, mußten sie offenes Gelände überqueren. Mellors feuerte ein zweites Mal, mit der Präzision eines geübten Jägers. Das Geschoß riß einen Fetzen Fleisch aus Balls verkohlter Hüfte. Die Kugel mußte aus Blei gewesen sein, da die Wunde den Piloten nicht weiter zu behindern schien.

Bevor der Anführer der Troglodyten auf ihn zielen konnte, war Winthrop hinter die Mauer gehechtet und prallte mit dem Rücken gegen bröckelnde Ziegel. Dunkelheit umhüllte sie, und Ball brach zusammen. Er streckte die verbliebene Hand nach seiner Wunde, doch sein Arm wollte sich nicht beugen wie gewünscht. Winthrop inspizierte den klaffenden, rotgähnenden Spalt. Fleisch und Haut ballten sich über gebrochenen Rippen. Ein winziger Trieb, der aus dem Stumpf von Balls verlorenem Arm hervorsproß, endete in einer Knospe, die mit der Zeit zu einer neuen Hand erblühen würde. Er bot seine ganze Heilkraft auf, doch seine Wunden waren zu zahlreich und zu tief.

Obgleich sie sicher hinter die Mauer gelangt waren, hatte sich ihre Lage um keinen Deut verbessert. Vor Einbruch der Dunkelheit konnten sie nicht weiterziehen. Und dann würden die Troglodyten keine Sekunde zögern, sich auf sie zu stürzen. Doch Ball allein zurückzulassen, erschien Winthrop undenkbar.

Querschläger knallten gegen die Mauer und zerrten an den lockeren Ziegeln. Ein paar gezielte Schüsse, und die Mauer würde sie unter sich begraben. Winthrop kramte sein Zigarettenetui hervor. Er steckte sich zwei Glimmstengel in den Mund, zündete sie mit seinem vorletzten Streichholz an und schob Ball eine davon zwischen die zerschlagenen Zähne. Kopschüttelnd sogen sie den Rauch in ihre Lungen.

»Das ist doch kompletter Wahnsinn. Verschwinden Sie und holen Sie Hilfe.«

Winthrop hustete.

»Andererseits würde die Rettungsmannschaft es wohl kaum rechtzeitig schaffen«, sagte Ball. Sein verbranntes Gesicht hatte zu bröckeln begonnen, und darunter kam sein rußgeschwärzter Schädel zum Vorschein. Ein Auge war zerplatzt und geronnen.

Von Erschöpfung übermannt, sackte Winthrop zusammen. Er rutschte an der Wand hinab und ließ den Kopf hängen. Er war am Ende seiner Kräfte. Er hatte Blut verloren und war übel zugerichtet. Und abgesehen von der kurzen Zeit, die er, wie ein zum Trocknen aufgehängtes Kleidungsstück, bewußtlos an einem Haken baumelnd verbracht hatte, war ihm seit fast zwei Tagen kein Schlaf vergönnt gewesen. Außerdem hatte er seit über vierundzwanzig Stunden nichts gegessen.

»Ich habe mir immer Kinder in Finsternis gewünscht. Ich wollte die Gabe weiterreichen.«

In seinem derzeitigen Zustand war Ball schwerlich eine gute Reklame für die Gabe des Vampirismus. Sein linkes Bein war abgestorben, mehrfach gebrochen, und zerfiel langsam zu Hautflocken, Fleischstaub und Knochensplittern.

»Wenn ich den dunklen Kuß nicht empfangen hätte, wäre es aus mit mir gewesen, als Lothar von Richthofen mich vom Himmel schoß. Ich bin meiner Zeit vorausgeeilt. Und jetzt hat sie mich eingeholt.«

Winthrop wollte dem Flieger widersprechen.

»Nein, alter Freund. Ich weiß, daß es mit mir zu Ende geht. Ich werde von Minute zu Minute weniger, und den kläglichen Rest von Albert Ball zu retten, ist die Mühe nicht wert.«

»Ich kann auch nicht mehr. Ich bin erledigt.«

Eine Kugel prallte von den Ziegeln ab und pfiff jaulend durch den Bombentrichter.

Der Pilot legte eine Hand auf seinen Schenkel, der unter seinen Fingern zerbröckelte. Die Haut löste sich auf wie verbranntes Papier, die Muskeln zerfielen zu Asche, und die Knochen zerkrümelten wie ein Stück Kreide. Ein leichter Windstoß verwehte den Staub.

»Ich bin am Ende, Winthrop.«

Sein Kiefer hing schief in den Gelenken. Aus seinem Mund trat Blut.

»Wer hat Sie verwandelt?«

Die Muskeln über seinen Wangenknochen zuckten wie Mollusken. Sein lippenloses, fleischloses Gesicht verzerrte sich zu einem schwachen Lächeln.

»Ein Mädchen auf Brighton Pier.«

»Eine Älteste?«

Winthrop dachte an die tausendjährige Isolde.

Ball schüttelte den Kopf. Kopfhaut und Fliegerhaube waren zu einer morschen, brüchigen Masse verschmolzen. »Nur eine Neugeborene. Ein ›Künstlermodell‹. Sie nannte sich Mildred.«

Winthrop konnte sich Mildred lebhaft vorstellen.

»Es gibt Vampire, die sich selbst nach einer Enthauptung gänzlich regenerieren können.«

Balls Kehlkopf schnarrte bei dem Versuch zu lachen.

»Es steht Ihnen frei, es zu probieren, aber ich bezweifle, daß Sie daran große Freude hätten. Ich glaube, ich bin von mäßigem Geblüt.«

Der sterbende Vampir setzte sich auf, und sein Bauch legte sich in Falten. Winthrop neigte den Kopf, um besser hören zu können. Ball streckte die Hand aus und und krallte die Finger in Winthrops Schulter.

»Es gibt nur eine Möglichkeit, wie ich weiterleben kann«, flüsterte Ball.

Winthrop glaubte zu verstehen und löste seinen Kragen. Er hatte nichts dagegen, Ball von seinem Blut trinken zu lassen.

»Dafür ist es längst zu spät.«

Balls Zähne wackelten. Einen oder zwei hatte er bereits verloren. Seine violett verfärbte Zunge war geschwollen. Er ließ Winthrops Schulter los, ritzte sich mit einem dicken, spitzen Fingernagel die Kehle und durchtrennte die Halsschlagader. Seimiges Blut quoll aus der Wunde. Es ähnelte eher einem Gelee denn einer Flüssigkeit.

»Zehren Sie von meiner Kraft, Winthrop. Von dem lächerlichen Rest, der mir geblieben ist.«

Sein Magen sträubte sich bei dem Gedanken. Das Vampirblut verströmte einen strengen Geruch. Ein verirrter Sonnenstrahl ließ es in pulsierendem Violett erstrahlen.

»Es wird Ihnen neue Kraft verleihen. Sie werden einen Teil von mir mit sich nehmen.«

Eine Wolke schob sich vor die Sonne.

»Die Nacht rückt näher, Freunde«, brüllte Mellors.

Das Auge des Fliegers leuchtete. »Machen Sie schnell, Winthrop.«

Die Entscheidung war getroffen. Winthrop zog Ball oder das, was von ihm übrig war, an sich. Als er spürte, wie die letzten Knochen des Piloten brachen, tauchte er die Zunge in das mäandernde Rinnsal. Was er da schmeckte, war nicht das salzige Aroma, das er kannte. Was er da schmeckte, war kein Menschenblut. Ein liebliches Prickeln, wie von Sorbet, betäubte seine Zunge, und er leckte gierig an der Wunde, schlürfte zähes, süßes Naß.

Ball schauderte in Winthrops Armen, doch sein klebriges Blut hörte nicht auf zu fließen. Da plötzlich zerfiel Ball zu Staub. Ein übler Geschmack überschwemmte Winthrops Mund, als der wirkliche Tod eintrat. Balls Asche sank zu Boden.

Hustend versuchte Winthrop, den klumpigen Sirup bei

sich zu behalten. Sein Verstand war klar und ungetrübt wie von einer Gabe Riechsalz. Seine Sehschärfe wuchs ins Unermeßliche, und er nahm Dutzende winziger Bewegungen wahr. Es war ein Gefühl wie der leichte Rausch nach ein oder zwei Gläsern Champagner.

Ball sah aus, als sei er bereits seit Jahren tot. Er verdorrte. Sein Kopf schrumpfte zu einem mit dünnem Pergament umhüllten Totenschädel und löste sich vom Rumpf.

Zum Vampir konnte nur werden, wer Vampirblut trank, während ein Vampir sich an ihm labte. Was er mit Ball getrieben hatte, reichte nicht aus, um ihn zum Neugeborenen zu machen. Er unterschied sich in nichts von jenen alten Narren, die Vampirblutsalze zu sich nahmen, um ihre Zeugungskraft wiederherzustellen. Dennoch fühlte er sich wie verwandelt. Der Schmerz in seinem Knie verschwand, und die Schrunden an seinen Handgelenken heilten. Seine Erschöpfung war wie weggeblasen, und sein Hunger war gestillt.

»›Komm, ernste Nacht, du züchtig stille Frau, ganz angetan mit Schwarz‹«, zitierte Mellors.

»*Romeo und Julia*, nicht schlecht für einen bürgerlichen Gymnasiastenlümmel.«

»Wer von euch hat das gesagt?«

Es war merkwürdig: als hätte Albert Ball durch Edwin Winthrop gesprochen. Winthrop dachte an den Flug zurück. Doch es waren nicht seine Erinnerungen, sondern die des Vampirs.

»Wir beide, Mellors, und einen schönen Tag noch.«

Winthrop stand auf und trat in die Sonne, die Mauer zwischen sich und der Tunnelöffnung. Das grelle Licht tat zwar nicht weh, doch seine Gesichtshaut spannte wie bei einem leichten Sonnenbrand.

»Ach, es ist Winthrop, der Beobachter. Haben Sie etwa vor, sich aus dem Staub zu machen und Ihren Kameraden im Stich zu lassen? Da sieht man, wes Geistes Kind er ist, der lautere Herr Offizier.«

»Ball ist tot«, sagte Winthrop zweifelnd.

Keine Antwort. Dann sprengte ein Schuß einige Ziegel aus der Mauer.

Winthrop nahm Albert Balls Schädel und wickelte ihn vorsichtig in das Tarnnetz. Das Bündel hatte die Größe eines Fußballs. Er wollte es mit sich nehmen, so weit ihn seine Füße trugen. Das war er dem Vampir schuldig.

Winthrop klemmte sich das Bündel unter den Arm, hastete zur Trichterwand und kletterte nach oben. Links und rechts von ihm bohrten sich Pistolenkugeln in die Erde. Da bekam er einen heftigen Stoß in die Seite.

»Ein sauberer Treffer«, brüllte Mellors.

Winthrop wälzte sich über den Rand des Kraters, rollte auf der anderen Seite hinunter und blieb in der wüsten Ebene liegen. Als er seine Hüfte untersuchte, stellte er fest, daß der Schuß des Anführers der Troglodyten seine weite Fliegerkluft durchschlagen hatte, ohne seine Haut auch nur zu streifen.

»Das war wohl nichts«, brüllte er zum Abschied.

Mehr noch als im Krater mußte Winthrop auf der Hut sein. Nun war er den Scharfschützen beider Parteien ausgeliefert. Im Niemandsland war alles, was sich bewegte, zum Abschuß freigegeben. Ein Bombenangriff war im Gange. Winthrop hatte Glück: Die Briten bearbeiteten den Boche. Granaten sirrten in ziemlicher Höhe über ihn hinweg und gingen unweit der Hunnengräben nieder. Das würde die deutschen Schützen eine Weile auf Trab halten.

Er fühlte einen Steuerknüppel in der Hand, Wind im Gesicht, den Nervenkitzel eines Sturzflugs. Einen Augenblick lang sah er einen blauen Sommerhimmel, durchkreuzt von flammenden Leuchtspurgeschossen. Er roch brennendes Kastoröl, das aus dem Motor einer Sopwith Camel wehte. Winthrop schüttelte Balls Erinnerungen ab und ging in die Hocke. Nachdem er einige Sekunden so verharrt hatte, rappelte er sich mühsam hoch.

Niemand schoß auf ihn. Alles war seltsam ruhig. Er war ein winziger, unbedeutender Punkt auf dem Schlachtfeld namens Europa. Niemand würde ihn bemerken.

Er ließ den Bombentrichter und die Troglodyten hinter sich. Bei Tage waren die Pfade zwischen Drahtverhau und Schottergruben gangbarer als bei Nacht. Er flitzte von Dekkung zu Deckung, lief im Zickzack auf die Linien zu.

Seit die Richthofen-Kreatur auf die Harry Tate herabgestoßen war, hatte Winthrop zum ersten Mal das Gefühl, daß er die nächsten Minuten unbeschadet überstehen würde. Womöglich hatte er sogar ein langes, wenn auch nicht allzu glückliches Leben vor sich. Doch zunächst mußte er Beauregard von der Fledermausstaffel berichten. Und dann mußte er noch einmal in die Luft.

Er rannte, schmeckte die pulverschwangere Brise und stellte sich vor, wie er abhob und in die Wolken aufstieg, um sich mit den schwarzen Himmelsrittern zu duellieren.

Er sah eine Mauer aus gesprenkelten, mit Stacheldraht bekrönten Sandsäcken. Die Schützengräben waren zum Greifen nahe.

Er dachte an die Rechnung, die er zu begleichen hatte.

Mit neugefundener Behendigkeit sprang er in die Höhe, segelte über den Rand des Grabens und stürzte krachend zu Boden. Er zog die Beine an, landete auf allen vieren wie eine Katze und stand auf.

»Heiliges Kanonenrohr«, sagte ein erschrockener Tommy.

Winthrop reichte dem Soldaten das Bündel und bat ihn, darauf achtzugeben.

»Wenn Sie die Güte hätten, mich zu einem Feldtelephon zu bringen, ich muß dringend Meldung machen.«

Der Infanterist blickte auf das Bündel, das sich langsam löste. Ein knochiger Schädel kam zum Vorschein.

»Heiliges Kanonenrohr«, sagte der Tommy immer wieder. »Heiliges Kanonenrohr.«

Dritter Teil
Jägerlatein

27

Der rote Kampfflieger

Richthofen empfing ihn erst am späten Nachmittag. Es gab keinen Grund für diesen Aufschub. Der Junker hatte es sich einfach zur Gewohnheit gemacht, Vasallen warten zu lassen. Poe nahm an, daß der Pilot sich keinen Pfifferling um ihre Zusammenarbeit scherte. Er tat nur mit, weil General Karnstein es befohlen hatte. Für Kaiser und Vaterland war Manfred von Richthofen bereit, sich von Edgar Poe verewigen zu lassen. Auch wenn diese Aussicht einem Unsterblichen wahrscheinlich wenig Reiz bot.

Das Privatquartier des Barons war zwar nicht eben spartanisch eingerichtet, hätte jedoch kaum vermuten lassen, daß hier ein großer Krieger hauste. In der Mitte stand ein aufgeräumter Schreibtisch, an dem Richthofen knappe, präzise und ermüdende Berichte über seine fliegerischen Großtaten verfaßte. Nach der Lektüre zahlloser derartiger Dokumente wußte Poe, weshalb man den Baron nicht mit der Abfassung seiner Memoiren betrauen konnte.

Da niemand ihn aufgefordert hatte, sich zu setzen, durchstreifte er das Zimmer. Über dem Kamin stand eine Reihe funkelnder Pokale. Die blankpolierten Dinger zogen Poe in ihren Bann. Jede Trophäe trug eine winzige Plakette mit einer formelhaften Inschrift: eine Zahl, der Name eines alliierten Flugzeugs, noch eine Zahl, ein Datum. *11. VICKERS. 1. 23.11.16.* Die erste Zahl stand für die Gesamtzahl seiner Siege, die zweite zeigte an, wie viele Opfer der Abschuß gefordert hatte. Jeder zwanzigste Pokal war doppelt so groß wie die anderen.

Es waren an die sechzig Stück. Das konnte nicht stimmen. Richthofen hatte um die achtzig Abschüsse erzielt.

»Die Silberknappheit. Anfangs hatte der Fabrikant noch eine Sondergenehmigung, aber dann wurden die Bestimmungen verschärft.«

Richthofen war hereingekommen, ohne daß Poe etwas gehört hatte, keine geringe Leistung. Er stand in menschlicher Gestalt vor ihm, ruhig und gedrungen. Nichts an diesem ganz und gar gewöhnlichen Soldaten erinnerte an einen Gott, und doch konnte Poe das, was er im Turm gesehen hatte, nicht vergessen. Im Innern des Barons nistete ein himmlischer Lederengel, der vollkommene Vampir.

»Der Händler bot mir Hartzinn als Ersatz, aber ich beschloß, auf protzige Souvenirs zur Erinnerung an meine Siege fortan zu verzichten. Ich weiß, was ich wert bin. Trophäen sind banal und ordinär.«

Poe berührte einen der Pokale. Seine Finger brannten.

»Echtes Silber?«

»Ich hätte diesen unnützen Tinnef längst zum alten Eisen geben sollen. Silberkugeln in meinen MGs wären mir entschieden lieber als die Silberbecher in meiner Stube.«

Nur wenige Vampire umgaben sich mit echtem Silber. Das zeugte von Tollkühnheit und Wagemut. Hätte Poe eine dieser Trophäen in die Hand genommen, so wären seine Finger auf der Stelle zu Staub zerfallen.

Richthofen trat neben ihn und betrachtete die Becher. Jeder von ihnen stand für einen oder mehrere Tote. Göring, der Registrator von Richthofens Zirkus, hatte Poe das Zustandekommen der »Bilanz« erläutert. Es zählten ausschließlich die Siege über gegnerische Flugzeuge, nicht die Anzahl der toten oder abgeschossenen Piloten. Ein Flieger konnte auch einen Sieg erringen, indem er sein Opfer in ein Kriegsgefangenenlager schickte. Nur wenige von Richthofens Silberbechern trugen eine Null. Seine Siege endeten für den Gegner in den meisten Fällen tödlich. Oswald Boelcke, der die Kampfregeln für Jagdflieger formuliert hatte, zog es vor, auf den Motor des Feindes zu zielen und den Piloten lebend davonkommen zu lassen. Richthofen ging dem Gegner immer an die Gurgel. Ein Sieg ohne Blutvergießen war für ihn kein Sieg. Nur ein tödlicher Abschuß zählte.

»Ich habe nichts vergessen. Ich erinnere mich noch an die kleinste Einzelheit. Schließlich habe ich zu jedem Sieg einen Bericht geschrieben.«

Boelcke hatte den wirklichen Tod gefunden, wenn auch nicht im Kampf: Sein Flugzeug war in der Luft mit der Maschine eines Kameraden kollidiert.

Der Baron ließ sich an seinem Schreibtisch nieder, nahm selbst im Sitzen Haltung an und wies auf einen Sessel. Poe sank hinein. Angesichts der Korrektheit des Barons kam er sich doppelt schäbig vor. Richthofens Uniform war makellos geplättet und mit ihren messerscharfen Bügelfalten und der knappsitzenden Jacke jederzeit zur Musterung bereit. Poes Hosen waren an den Knien nahezu durchgescheuert. Die Knöpfe an seinem Rock paßten nicht zusammen.

»Na, dann wollen wir mal, Herr Poe. Fangen Sie an. Mit Ihrem Buch.«

»Mit *unserem* Buch, Herr Baron.«

Richthofen machte eine wegwerfende Handbewegung. Er hatte die kurzen Nägel und dicken Finger eines Cowboys, nicht die schlaffen, schwächlichen Extremitäten eines aristokratischen Faulenzers und Müßiggängers.

»Ich mache mir nicht allzuviel aus Literatur. Und Literaten. Eine Cousine von mir ist eine unziemliche Bindung mit einem englischen Schriftsteller von widerlichem Ruf eingegangen. Ein gewisser Mr. Lawrence. Haben Sie von ihm gehört?«

Poe verneinte.

»Dem Vernehmen nach ist er ein schrecklicher Bursche, verroht und vertiert.«

Wo anfangen? Vielleicht war jetzt die passende Gelegenheit, den wunderlichen Juden Freud zu bemühen. »Erzählen Sie mir von Ihrer Kindheit, Herr Baron.«

Richthofen hob zu einem Vortrag an. »Ich wurde am 2.

Mai des Jahres 1892 geboren. Mein Vater war mit seinem Kavallerieregiment in Breslau stationiert. Unser Familiensitz war ein großes Gut in Schweidnitz. Ich wurde benannt nach meinem Onkel Manfred Albrecht, einem Offizier der kaiserlichen Garde. Mein Vater war Major Albrecht Freiherr von Richthofen. Meine Mutter Kunigunde war eine geborene von Schickfuß und Neudorff. Ich habe zwei Brüder, Lothar und Karl Bolko, sowie eine Schwester, Ilse . . . «

Poe fuhr schüchtern dazwischen. »Ich habe Ihre Personalakte gelesen. Erzählen Sie mir etwas *über* Ihre Kindheit.«

Richthofen wußte offensichtlich nichts zu sagen. In den verschwommenen Tiefen seiner Augen spiegelte sich abgründige Verwirrung.

»Ich verstehe nicht recht, was Sie von mir wollen, Herr Poe.«

Poe empfand unwillkürlich Mitleid für den mitleidslosen Helden. Der Baron war, auch wenn er es niemals zugegeben hätte, ratlos. Ihm schien etwas Entscheidendes zu fehlen.

»Woran erinnern Sie sich? An einen Ort, ein Spielzeug, einen Zeitvertreib . . . ?«

»Mein Vater schärfte mir ein, daß ich anders sei als die Söhne der Bauern, die das Land bestellten. Sie seien Slawen und für einen Preußen somit Menschen zweiten Ranges. Unsere Familie war germanischer Herkunft, eine der ersten, die sich in Schlesien ansiedelte.«

»Hatten Sie selbst auch das Gefühl, anders zu sein?«

Poe dachte an seine eigene Kindheit, die Entfremdung von seinen Mitmenschen als Amerikaner in England.

Richthofen schüttelte den Kopf. »Nein. Ich hatte dasselbe Gefühl wie heute. Ich bin ich. Und daran gab und gibt es keinen Zweifel.«

Er saß da, als hätte er einen Ladestock verschluckt.

»Was war Ihre erste Leidenschaft?«

»Die eines jeden Knaben. Die hohe Jagd.«

Richthofen war immer noch ein Jäger. Ob es zu einfach

war, ihn als Jäger abzutun, dessen Seele weder Licht noch Schatten kannte?

»Mit meiner Flinte schoß ich drei der zahmen Enten meiner Großmutter. Als Trophäe rupfte ich jeder eine Feder aus. Damit lief ich zu meiner Mutter, und die schalt mich gehörig aus. Meine Großmutter hingegen zeigte Verständnis und belohnte mich.«

»Sie konnten also, wie George Washington, nicht lügen?«

»Wieso hätte ich lügen sollen? Ich wollte meine Beute präsentieren.«

»Sie fanden nichts dabei zu töten?«

»Nein. Sie?«

Die Augen des Barons waren glasklar. Blauer Frost glänzte in seinem Blick. Poe dachte an Eissplitter in den Gewässern des Richthofen-Gutes in Schlesien.

»Sie sind in Berlin zur Schule gegangen, auf eine Kadettenanstalt?«

Richthofen nickte knapp. »Wahlstatt. Ihr Motto lautete: ›Lerne erst zu gehorchen und dann zu befehlen.‹«

»Sehr deutsch.«

Nicht einmal der Anflug eines Lächelns.

In West Point war Poe todunglücklich gewesen, weil sein Stiefvater ihm die Barschaft vorenthalten hatte, die er brauchte, um es seinen Kameraden gleichzutun.

»Sie haben Wahlstatt sicherlich geliebt?«

»Im Gegenteil, ich habe die Schule gehaßt. Sie war eine Kreuzung aus Kloster und Gefängnis. Da mich der Unterricht nicht interessierte, tat ich nicht mehr als nötig. Jede Anstrengung erschien mir sinnlos, und so lernte ich nur wenig. Infolgedessen war ich bei meinen Lehrern nicht allzu beliebt.«

»Aber Sie haben gelernt zu befehlen?«

»Ich habe gelernt zu gehorchen.«

»Sie kommandieren dieses Jagdgeschwader.«

»Ich gebe nur Befehle weiter. Karnstein ist der Kommandant.«

Es war wie die Vernehmung eines Kriegsgefangenen. Richthofen gab nicht mehr als nötig preis. Eine Lektion, die er in Wahlstatt gelernt hatte.

»Wollten Sie sich schon als Kind verwandeln?«

»Ich wuchs auf in der Gewißheit, daß ich in meinem achtzehnten Lebensjahr verwandelt würde. So ist es Sitte. Lothar hat sich ebenfalls in diesem Alter verwandelt. Und wenn er das Mannesalter erreicht hat, wird auch Karl Bolko sich verwandeln.«

»Wie ging die Verwandlung vor sich?«

»Auf die übliche Art und Weise«, erwiderte Richthofen schroff.

»Verzeihen Sie, Herr Baron, aber ich bitte meine Ignoranz mit Nachsicht zu betrachten«, schmeichelte Poe und bändigte seinen Zorn, indem er sich das Flügelwesen ins Gedächtnis rief, das im Innern dieses kalten Fisches lauerte. »Ich habe mich zu einer Zeit verwandelt, da der Übergang vom Mensch zum Vampir selten und schmerzhaft war. Ich habe Bekanntschaft mit dem Grab geschlossen und wurde als Geschöpf der Nacht geächtet.«

»Ich bin nicht gestorben. Meine Verwandlung ging unter hygienischen Umständen vonstatten. Das Ergebnis war zufriedenstellend.«

Die meisten neugeborenen Vampire schilderten ihre Transformation in demselben halb stolzen, halb verschämten, doch immer gänzlich aufgeregten Ton, in dem die jungen Burschen aus Poes warmblütigen Tagen von ihrem ersten Bordellbesuch berichteten. Richthofen hingegen schien diese wunderbare Metamorphose nicht mehr zu bedeuten als ein gewöhnlicher Zahnarztbesuch.

»Sie haben sich 1910 verwandelt. Von welchem Geblüt sind Sie?«

»Vom allerfeinsten. Meine Familie hält eine Älteste in Diensten, Perle von Mauren. Sie hat uns ihr Geblüt vererbt.«

Dies war durchaus nicht ungewöhnlich. Seit Dracula in

Deutschland weilte, war die Ausbreitung des Vampirismus streng reglementiert. Theoretisch stand jeder Vampir innerhalb der k.u.k.-Monarchie unter der Schirmherrschaft des Grafen. Ohne Draculas Erlaubnis konnte niemand neu geboren werden. Nur der Hochadel hatte von Geburt ein Anrecht auf Verwandlung. Viele aristokratische Familien pflegten enge Beziehungen mit von Dracula persönlich anerkannten Ältesten. Frauen wie Perle von Mauren waren Beraterinnen, Mätressen oder Gouvernanten.

»Welche Gefühle hegen Sie für Ihre Mutter in Finsternis?«

»Gefühle? Weshalb sollte ich Gefühle für sie hegen?«

»Schließlich entstammen Sie einem bedeutenden Blutgeschlecht.«

»Nein, eigentlich gehöre ich zwei Geschlechtern an. Professor ten Brincken hat mir zu einem Blutpaten verholfen. Ich bin auch von Draculas Geblüt.«

Es war keine Prahlerei, sondern eine nüchterne Feststellung.

»Haben Sie sich sehr verändert?«

»Ich bin trotz allem Manfred von Richthofen geblieben. Die meisten dieser Pokale habe ich gewonnen, bevor ich zum Gestaltwandler wurde.«

»Das heißt, Sie haben ein Kampfflugzeug gesteuert?«

»Ein Kampfflugzeug ist im Grunde doch nichts weiter als ein MG mit Flügeln. Jetzt bin ich meine eigene Waffe, meine eigene Maschine. Wie ein Jäger aus der Vorzeit.«

»Haben Sie manchmal das Gefühl, zu früh gestorben zu sein?«

»Ich bin nie gestorben.«

»Nein, aber das warmblütige Dasein birgt Annehmlichkeiten, die uns verwehrt sind. Sie haben sie aufgegeben, noch ehe Sie wirklich Gelegenheit erhielten, sich mit ihnen vertraut zu machen.«

»Der Krieg stand bevor. Es war meine Pflicht, mich zu verwandeln. Deutschland brauchte Vampire von auserlesenem Geblüt.«

Vielleicht war diese gefühllose Gestalt nur eine Maske, und der Hüne, den Poe gesehen hatte, war der *echte* rote Kampfflieger. Dieses Interview glich dem Versuch, mit dicken Handschuhen Stecknadeln von einem Marmorfußboden zu picken. Sobald man glaubte, man habe es geschafft, verschwanden sie unter einer Kommode.

»Nach Ihrer Verwandlung haben Sie sich den Lanzenreitern angeschlossen.«

»Dem Ersten Ulanen-Regiment. 1914 zog ich an die Front, aber mit den Lanzenreitern war es aus. In diesem Krieg ist kein Platz mehr für die Kavallerie.«

»Also haben Sie Ihr Pferd gegen ein Flugzeug eingetauscht?«

»Ich ließ mich zur Nachrichtentruppe versetzen und trat als Beobachter in die deutschen Luftstreitkräfte ein. Ich beschloß, Pilot zu werden. Diese Position bietet eine bessere Chance, sich auszuzeichnen.«

»Und Sportgeist zu beweisen?«

Richthofen dachte einen Augenblick nach und nickte dann. In wenigen Minuten hatte er mit monotoner Stimme sein ganzes Leben ausgebreitet, bis zu dem Punkt, an dem er die Berufung gefunden hatte, der er seinen Ruhm verdankte. Poe hielt nichts als die nackten Tatsachen in Händen, die er ebensogut den offiziellen Unterlagen hätte entnehmen können, sowie ein paar winzige Einblicke in Richthofens Biographie, die auf ein wunderliches Menschenschicksal deuteten. Aus dem Leben des Barons ließe sich eine treffliche Tragödie machen. Doch Dr. Mabuse hatte ein ganz anderes Buch im Sinn.

»Sie haben vom Sterben gesprochen, Herr Poe. Wie ich bereits sagte, bin ich niemals wirklich tot gewesen. Aber rückblickend habe ich den Eindruck, daß ich nicht in dem Moment wirklich geboren wurde, als ich den Mutterleib verließ oder Perles Vampirblut trank, sondern als ich meinen ersten Sieg errang. Das war als Beobachter. Ich schoß einen Franzosen ab.«

Poe sah auf die Trophäen.

»Nach diesem Pokal werden Sie vergeblich suchen. Das Flugzeug ging auf der falschen Seite der Linien nieder. Der Abschuß wurde nicht bestätigt.«

»Macht Ihnen das zu schaffen?«

Richthofen zuckte die Achseln. »Ich sage immer: Ehre, wem Ehre gebührt. Schließlich ist ein Offizier ein Mann von Wort.«

»Weshalb sind Sie Pilot geworden?«

»Um unabhängig zu sein. Mir gingen immer wieder Abschüsse durch die Lappen, weil mein Pilot zu ungeschickt war, um mich in eine günstige Schußposition zu bringen.«

Zu Beginn des Krieges waren die – für die Bordgeschütze verantwortlichen – Beobachter die eigentlichen Jäger gewesen. Piloten bekleideten den Rang eines Chauffeurs oder Treibers. Erst nachdem Boelcke seine berühmten Dikta niedergelegt hatte, fand die Kunst des Luftkriegers allgemeine Anerkennung.

»Der Traum vom Fliegen ist so alt wie die Menschheit.«

Richthofen zeigte sich wiederum unbeeindruckt. »Wie ich, glaube ich, bereits bemerkte, pflege ich nicht zu träumen.«

»Für einen Mann, der mit dem Wunderbaren auf so vertrautem Fuße steht, machen Sie einen erstaunlich besonnenen Eindruck.«

Der Baron wußte keine Antwort.

»Die Welt, in die Sie hineingeboren wurden, hat sich bis zur Unkenntlichkeit verändert. Erst Dracula. Dann der Krieg . . .«

»Ich habe keinen Einfluß auf den Lauf der Welt. Ich habe nur mich selbst. Und ich habe mich nicht verändert. Im Gegenteil. Ich bin meinem wahren Ich sogar noch näher gekommen.«

28

Der Mond ist aufgegangen

»Sie sind ein Engel, Miss Reed«, sagte Dr. Arrowsmith, während er mit sanftem Druck die Handpumpe betätigte. »Ich wollte, wir hätten Dutzende von Ihrer Sorte.«

Sie war benommen, als falle sie in Vampirschlaf. Die Hohlnadel in ihrer Armbeuge war eine eisige Zecke. Ein grauer Nebelschleier trübte ihren Blick, und sie hatte schwarze Flekken vor den Augen. Sie hatte kein Gefühl mehr in den Zehen, und ihre Finger kribbelten. Ihr Blut schoß durch einen Gummischlauch, füllte die Ventile der pulsierenden Pumpe und verschwand durch einen zweiten Schlauch im Arm des Patienten.

Spendervampire wurden im Militärhospital von Amiens hochgeschätzt. Die stärkende Wirkung ihres Blutes war beachtlich.

Arrowsmith, ein warmblütiger Amerikaner, dessen vorzeitig gealtertes Gesicht von Sorgenfalten gezeichnet war, strich Kate sanft übers Haar. Obgleich er sich nichts anmerken ließ, konnte ihm ihr Frösteln unmöglich entgangen sein.

»Wir haben Sie genug geschröpft«, sagte er und ließ die Pumpe ruhen. »Der Krug geht so lange zum Brunnen, bis er bricht.«

Kate wollte ihm sagen, er solle weitermachen. Sie war ja noch nicht einmal bewußtlos. Ihr Körper konnte das Blut binnen einer Stunde regenerieren, insbesondere wenn sie frische Nahrung zu sich nahm.

Der Patient auf der anderen Liege – ein amerikanischer Captain namens Jake Barnes – war, wie eine Mumie, von Kopf bis Fuß mit Binden umwickelt, bis auf einen Zoll entblößter Haut, in der eine Transfusionsnadel steckte. Barnes war ein Neugeborener, dessen regenerative Fähigkeiten noch nicht weit genug entwickelt waren, um die Wunden heilen zu lassen, die er erlitten hatte. Während eines Bombenangriffs war er im Drahtverhau steckengeblieben und in einen Hagel von Blei- und Silberkugeln geraten. Es war kaum noch etwas von ihm übrig.

Ihr Blutstrom verband sich mit dem seinen und quälte sie mit Momentaufnahmen aus seinem Leben. Sie spürte das Brennen der Silberkugeln in den Eingeweiden, eine ganze lange Nacht hindurch. Erst nach Stunden hatten seine Kameraden ihn geborgen. Die Hoffnungslosigkeit hatte ihm den Verstand geraubt. Seine Verzweiflung durchströmte ihren Körper wie ein Gift.

Arrowsmith zog ihr vorsichtig die Nadel aus dem Arm und preßte seinen Daumen auf die offene Vene. Die winzige Wunde verheilte im Nu. Der Arzt inspizierte die Stelle.

»Nichts mehr zu sehen. Ein kleines Wunder.«

Arrowsmith hatte nur wenig Erfahrung mit Vampiren. In Amerika gab es verhältnismäßig wenige Nicht-Tote. Barnes war während der Überfahrt noch Warmblüter gewesen und hatte sich erst in Paris verwandelt. Er glaubte, als Vampir habe er bessere Chancen, den Krieg zu überleben. Kate dachte voller Abscheu an die geistlose Cancan-Nymphe, die ihn verwandelt hatte. Sein neues Leben hatte sich Barnes vermutlich anders vorgestellt. Sein Kiefer war zerschmettert, von silbernen Granatsplittern durchlöchert, der Wundbrand breitete sich aus. Er würde sich in naher Zukunft kaum selbst ernähren können, sondern war auf Bluttransfusionen angewiesen. Er war, in vielerlei Hinsicht, kein Mensch mehr.

Der Doktor versorgte seinen Patienten. Barnes konnte nicht sprechen. Seine Augen funkelten zornig und gequält durch die Schlitze in seiner steifen weißen Maske. Seit ihrer Bluthochzeit wußte Kate, daß Barnes den wirklichen Tod herbeisehnte. Ob sie seinen Wunsch den Ärzten übermitteln sollte, die erbittert um sein Leben kämpften?

Sie versuchte sich aufzusetzen. Ihr Kopf, ein zentnerschweres Bleigewicht, zwang sie in die Kissen zurück. Sie war schwächer, als sie angenommen hatte. Sie schob die Füße über den Rand der viel zu kurzen Zelttuchliege und versuchte sich hochzurappeln.

Arrowsmith war besorgt. »Seien Sie vorsichtig, Miss Reed. Sie sind noch nicht soweit. Versuchen Sie, nicht zu sprechen. Ruhen Sie sich aus. Für heute haben Sie genug geleistet. Sie haben diesem Mann das Leben gerettet.«

Sie öffnete den Mund, brachte jedoch kein Wort heraus. Das war im wesentlichen ihr Problem. Der Krieg machte sie sprachlos.

Sie wußte, daß sie nicht so denken durfte, doch mit Edwin Winthrops Tod hatte ein verheißungsvoller Anfang ein abruptes Ende gefunden. Aus ihrem kleinen Tête-à-tête hätte durchaus etwas werden können. Und jetzt hatten sie nicht nur keine Vergangenheit, sondern auch keine Zukunft mehr, und das stimmte sie traurig.

Enttäuscht und erschöpft hatte sie sich dem Roten Kreuz zur Verfügung gestellt. Als Blutmilchkuh konnte sie Gutes tun, ohne handeln, ohne denken, ohne Anteil nehmen zu müssen.

Bei Kriegsbeginn, als auf beiden Seiten unzählige Vampire kämpften, galten nicht-tote Soldaten noch als siegreich und unverwundbar. In Fortsetzungsromanen fielen *nosferatu*-Horden über Europa her und errichteten Tyranneien mit tausendjährigen Ältesten an der Spitze. Während im Sommer 1914 Armeen mobil machten und Diplomaten taktierten, fand *Als Vlad kam*, Sakis fiktive Schilderung der Rückeroberung Britanniens durch Draculas blutsaugerische Ritter, in Bahnhofsbuchhandlungen reißenden Absatz. Inzwischen war Hector Hugh Munro alias »Saki« wirklich tot, ein deutscher Scharfschütze hatte den Royal Fusilier erschossen.

Kate sah an die schmutziggraue, blutbespritzte Decke. Sie war zu hoch, um die Flecken fortzuwischen. Zischende Glühbirnen baumelten an Messinglüstern, die Kabel rankten sich um wachsbedeckte Kerzenhalter. Vor dem Krieg war das Hospital ein Amtsgebäude gewesen.

Im europäischen Patt, als sich der Bewegungskrieg in einen Stellungskampf verwandelt hatte, erwies sich, daß Vampire weder siegreich noch unbezwingbar waren. Dennoch überlebten sie Verletzungen, an denen jeder warmblütige Soldat gestorben wäre. Für die Nicht-Toten war dies ein fürchterlicher Fluch. Denn selbst mit einem »Heimatschuß« gelang es nur wenigen Vampiren, sich eine Verletzung beizubringen, die nicht tödlich, aber doch so schwer war, daß sie ihnen eine ehrenhafte Entlassung mit anschließender Heimreise bescherte. Abgesehen von dem einen oder anderen Jake Barnes wurde ein Vampir, der von seinen Verletzungen genesen war, reaktiviert und an die Front zurückgeschickt. Viele zogen es vor, warmblütig zu bleiben und ihr Glück zu versuchen. Der Krieg war eine Pest, die das Land mit Feuer und Silber überschwemmte und der Hunderttausende von Neugeborenen und Warmblütern zum Opfer fielen.

Mit Kates Blut in den Adern würde selbst Jake Barnes in hundert Jahren wieder in die Schlacht ziehen können.

Sie wurde im Rollstuhl in den Wintergarten geschoben. Sanftes Mondlicht fiel auf eine Reihe von Krankenbetten. Der matte Schein galt als bewährtes Stärkungsmittel für schwerverwundete Vampire. Kate spürte nichts davon.

Sie hätte mit Freuden weiter Blut gespendet, doch Arrowsmith hatte es ihr verboten. Sie wollte nicht allein gelassen werden, mit sich und ihren Gedanken. Sie wollte sich nützlich machen.

Neben Barnes' mumifizierter Gestalt saß Lieutenant Chatterley, der Kates Blut bereits am Vorabend bekommen hatte. Auch er war ein seltener Fall von Heimatschuß: Seine untere Körperhälfte fehlte. Obgleich frische Knochentriebe aus den Stümpfen seiner Beine sprossen, waren sie tot. Zwar würde sein Körper *peu à peu* nachwachsen, doch würde er ihn nie wieder gebrauchen können. Er suchte in den mondhellen Fensterscheiben des Wintergartens nach seinem nicht vorhandenen Spiegelbild.

»Guten Abend, Clifford«, begrüßte sie den Engländer.

Er sah sie fragend an. »Kennen wir uns? Waren Sie eine der Schwestern?«

Sie schüttelte den Kopf.

Ein nervöses Zucken zerrte an Chatterleys Mundwinkel. »Dann sind Sie . . . *die Älteste*?«

»Ich? Eine Älteste? Mitnichten. Wäre ich am Leben geblieben, wäre ich jetzt vermutlich noch nicht einmal tot.«

Chatterley würde ihr sein Leben und seine toten Beine nicht danken. Wie Barnes war er von Bitterkeit erfüllt. Er wandte sich ab und kehrte das Gesicht dem Mond zu. Bruchstücke seiner Erinnerungen spukten ihr im Kopf herum. Von Barnes hatte sie nur Eindrücke aus jüngster Zeit erhalten, von seiner Verwandlung und Paris. Chatterley hingegen hatte ihr lebhafte Bilder hinterlassen; ein Förderturm, der sich über einem kleinen Wald erhob, ein prächtiges Landhaus und riesige Felder.

Kate war so müde, daß sie seine Ablehnung kaum wahrnahm. Sie konnte es niemandem recht tun.

Eine hübsche, warmblütige Krankenschwester schwirrte um Barnes und Chatterley herum. Keiner der beiden zeigte Interesse.

»Wir haben Ihnen eine Katze besorgt«, wandte die Schwester sich an Kate.

Kate war zu erschöpft, um Dankbarkeit zu heucheln. Eine Katze würde ihren roten Durst zwar lindern, aber nicht löschen. Andererseits führte eine Katze ein Leben ohne Schmerz und Leid. Sie würde trinken können, ohne Höllenqualen zu schmecken.

»Danke.«

»Gern geschehen, Miss.«

Die Schwester machte einen kleinen, aber tadellosen Knicks. Bestimmt war sie in Friedenszeiten Dienstmädchen gewesen. Kate sah die verheilten Bißwunden an ihrem Hals.

Vor ihrer Verwandlung hatte Kate nur Mr. Frank Harris je gestattet, sich von ihr zu nähren, und daran war sie gestorben. Was sie anging, so hatte sie damals den dunklen Kuß empfangen und Harris nicht allein als Speis und Trank gedient. Nun glaubte sie, sich ebenso zu fühlen wie die kleine Krankenschwester, wenn ihre Vampirliebhaber sie zur Ader ließen. Ausgedörrt und leer.

»Besuch für Sie, Miss . . . «

Kate war in Wachträumen versunken. Im dichten Nebel der achtziger Jahre, wo sie Karpatischen Gardisten eine Nase drehte und Flugblätter verteilte . . .

Sie bewegte sich wie ein altes Weib, mit morschen Knochen und steifen Gliedern. Da sie sich nicht umdrehen konnte, sah sie nur ein schemenhaftes Spiegelbild in den mondhellen Fensterscheiben. Neben der Schwester stand ein Mann in Uniform, der sich auf eine Krücke stützte.

Die Schwester wendete den Rollstuhl. Der Besucher trat ins fahle Licht. Sein Anblick ging ihr wie ein Silberstich durchs Herz.

»Miss Maus«, sagte Edwin, »Sie machen ein Gesicht, als ob Sie ein Gespenst gesehen hätten.«

29

Der Flug des Falken

»Gewäsch«, schimpfte Ewers und tippte auf den Aktendeckel mit Notizen. »Nichts als hohles, leeres Gewäsch.«

Man hatte ihm auf Malinbois ein Zimmer zur Verfügung gestellt, einen winzigen, aus Granit gehauenen Würfel. Er hatte Schreibtisch und Stuhl, Bleistift und Papier bekommen. Jeden Abend mußte er ein Antragsformular ausfüllen und einen abgebrannten Stummel vorweisen, ehe ihm eine frische Kerze ausgehändigt wurde.

Poe saß, mit gelöstem Kragen. Ewers stand mit gesenktem Kopf im Schatten der niedrigen Decke.

»Ich hatte mir ein erstes Kapitel erhofft«, sagte Ewers naserümpfend, »und einen Entwurf zu dem gesamten Buch.«

Poe hatte sich weitaus mehr erhofft. Eigentlich hätte der schmale Band, den Dr. Mabuse von ihm haben wollte, bereits zur Hälfte vorliegen müssen.

»Hatten Sie Gelegenheit, sich mit dem Baron zu unterhalten?«

Die Frage überraschte Ewers. Da ihm die Flieger Angst einflößten, ging er ihnen aus dem Weg.

»Er ist nicht sehr gesprächig«, sagte Poe.

Ewers konnte seinen Zorn nur mit Mühe unterdrücken.

»Hat Ihnen Richthofen die Mithilfe verweigert? Hat er Ihnen ein Interview verwehrt?«

»Nein, aber . . . wie Sie bereits sagten, er ist hohl und leer. Da ist beim besten Willen nichts zu holen.«

Immer wenn er vor einem weißen Blatt Papier saß, blickte Poe in die graublauen Augen des Barons.

»Sie sind doch angeblich berühmt für Ihre Phantasie. Wo es nichts zu holen gibt, müssen Sie eben etwas erfinden.«

Dieser Auftrag wurde allmählich zur Plage. Wunder und Mirakel waren in unerreichbare Ferne gerückt.

»Richthofen ist ein seelenloser Mensch, wenn Sie so wollen«, meinte Poe. »Seine Zurückhaltung hindert mich am Fortkommen.«

»Ich werde Karnstein davon unterrichten. Er wird Richthofen befehlen, Ihnen Rede und Antwort zu stehen.«

»Ich bezweifle, daß Befehle etwas nützen werden. Das Problem ist nicht, daß mir der Baron nicht helfen will, sondern daß er mir nicht helfen *kann.* Das Denken liegt ihm nicht. Ich habe das Gefühl, daß er die dunklen Seiten seiner Existenz verdrängt hat. Anders hätte er vermutlich gar nicht überleben können. Er leidet unter der unausgesprochenen Angst, daß er abstürzen wird, wenn er nach unten blickt . . . «

»Das ist doch küchenpsychologisches Gefasel, Poe. Der Mann ist ein Held. Jeder Held hat eine Geschichte. Sie müssen Sie nur finden.«

Ewers richtete sich zu voller Größe auf, um auf Poe herabzublicken. Beim Hinausgehen stieß er sich den Kopf am Türsturz.

Da Poe inzwischen zum festen Inventar des Schlosses gehörte, konnte er sich unbemerkt unter die Flieger mischen, die in der Halle ihren Tag verbrachten. Vielleicht würde er von seinen Kameraden etwas über das Leben des Barons erfahren. Bestimmt kannte jeder von ihnen Anekdoten und Histörchen, die seiner Geschichte etwas Farbe gaben.

»Als Registrator muß ich gegen mich selbst besonders streng sein«, erklärte Hermann Göring. »Mein Sieg ist zwar bestätigt worden, aber ich darf keinen Abschuß für mich reklamieren. Ball ist nicht beim Absturz umgekommen, sondern erst bei Morgengrauen gestorben. Was die Einzelheiten angeht, halten die Briten sich bedeckt. Wie es scheint, war er verwundet. Die Sonne hat ihm den Rest gegeben.«

»Eigentlich habe ich ein Anrecht auf den Abschuß«, forderte Lothar von Richthofen. »Wenn ich ihn damals nicht zum Krüppel geschossen hätte, wäre er bei Sonnenaufgang längst in Sicherheit gewesen.«

»Seid doch froh, daß Ball hinüber ist«, sagte Erich von Stalhein. »Er war ein gefährlicher Bursche. Ohne ihn ist es am Himmel sicherer.«

Poe hielt es für unvorstellbar, daß diesen Wesen am Himmel überhaupt etwas gefährlich werden konnte. In ihrer verwandelten Gestalt waren sie die unangefochtenen Herrscher des Urwalds der Lüfte.

»Ich fürchte, dein Abschuß ist auch noch nicht bestätigt worden«, wandte sich Göring an Stalhein. »Die Snipe haben wir entdeckt, aber der Leichnam des Piloten war nicht aufzufinden.«

»Bigglesworth ist ohne seine Maschine abgestürzt. Es freut mich, daß unsere Schuld endlich beglichen ist.«

Auf beiden Seiten entschied die Anzahl der gewonnenen Luftgefechte über Rangfolge und Ansehen der Piloten. Obwohl sich manche Flieger betont gleichgültig gaben, richteten sich aller Augen auf Görings Schiefertafel mit der Tabelle ihrer Kämpfe, Abschüsse und Siege. Die Bilanzen der Flieger des JG1 waren beachtlich, wenngleich keiner von ihnen auch nur annähernd so viele Silberpokale errungen hatte wie der Baron.

«Manfred war erneut erfolgreich«, verkündete Göring, was niemanden erstaunte. »Ein nützlicher Sieg. Captain Courtney.«

»Was ist mit dem Beobachter?« fragte Theo von Kretschmar-Schuldorff.

»Die Briten haben ihn nicht als vermißt gemeldet.«

Der Geheimdienstoffizier war beunruhigt. Aus Theos Sicht hatte der Hahnenkampf nur stattgefunden, um zu verhindern, daß den Alliierten geheime Informationen in die Hände fielen.

»Er kann das Niemandsland unmöglich überlebt haben. Er muß tot sein. Wie Albert Ball.«

»Da kennst du die Briten aber schlecht, mein lieber Hermann. Der Anstand erlaubt es ihnen nicht zu lügen, deshalb enthalten sie uns gewisse Dinge vor. Wer war dieser Beobachter?«

Göring zuckte die Achseln. »Da er nicht als vermißt gemeldet wurde, ist sein Name nirgends verzeichnet.«

»Wenn er entwischt ist, wissen die Briten alles über euch.«

»Niemand weiß *alles* über uns«, bemerkte Lothar.

Theo zog nervös an seiner Zigarette und dachte nach. »Da sie ihn nicht als Überlebenden gemeldet haben, möchten die Briten uns womöglich glauben machen, daß er seine Informationen weitergegeben hat, damit wir unsere Karten offenlegen.«

»Es wird Zeit«, mahnte Stalhein. »Wir müssen los.«

»Gleich, gleich . . . «, widersprach Theo. »Dies ist ein raffiniertes Spiel und erfordert eine ruhige Hand.«

»Ich habe das Wrack der RE8 überflogen«, sagte Göring. »Es hat bestimmt keine Überlebenden gegeben. Die Briten versuchen uns vorzugaukeln, sie wüßten um unser Geheimnis. Typisch Tommy.«

Poe entdeckte seltsame Umrisse in den Rauchwolken, die Theos Kopf umhüllten. Der Offizier verlor sich buchstäblich in einem Nebel von Gedanken. Poe versuchte seinen Überlegungen zu folgen. Er war froh, daß seine deduktiven Fähigkeiten ihn nicht verlassen hatten, und kam hinter das Geheimnis, just als Theo zu der zwangsläufigen Folgerung gelangte.

»Nein«, entschied Theo. »Der Beobachter hat den Absturz überlebt und ist mit heiler Haut davongekommen. Die Tatsachen lassen gar keinen anderen Schluß zu.«

Die Flieger waren verblüfft.

»Da komme ich nicht mehr mit, Theo«, sagte Lothar.

»Der Beobachter ist ohne jeden Zweifel tot«, beharrte Göring.

Theo entließ lächelnd einen Rauchring in die Luft. »Poe, hätten Sie die Güte, diesen Abc-Schützen unseren Gedankengang kurz zu erläutern?«

Es war Theo also nicht entgangen, daß auch er die Lösung gefunden hatte. Poe war erstaunt. Die Flieger stellten ihre Stühle im Halbkreis auf, wie Kinder in Erwartung einer spannenden Geschichte.

»Der Schlüssel ist das Schicksal Albert Balls«, erklärte Poe. »Die Briten behaupten, daß er erst lange nach dem Absturz gestorben sei, bei Sonnenaufgang, ein ganzes Stück vom Wrack entfernt. Im Niemandsland, zwischen den Fronten, während eines Bombenangriffs.«

Göring schnaubte. »Das habe ich Ihnen doch gesagt. So steht es im Protokoll.«

»Wer hat den Absturz beobachtet?«

»Nur ich, sonst niemand. Ich hätte Ball zu gern den Rest gegeben und ihm das Blut ausgesaugt. Aber da die Maschine brannte, hielt ich es für unklug, eine Landung zu versuchen.«

»Standen Sie nicht kürzlich erst in Verbindung mit dem britischen Geheimdienst?«

Göring fletschte die Zähne, und seine spitzen Wildschweinhauer kamen zum Vorschein. »Du emporgekommener Hund, ich werde dich auspeitschen lassen . . . «

»Er hat recht, Hermann«, versuchte Theo den Registrator zu besänftigen. »Irgend jemand hat den Briten einen detaillierten Bericht deines Sieges über Albert Ball gegeben. Das kann nur der Beobachter aus der RE8 des Barons gewesen sein.«

Poe sprang ihm bei. »Er hat den Bericht an seine Vorgesetzten übermittelt, ergo muß er überlebt haben und hinter die britischen Linien zurückgekehrt sein.«

Des Rätsels Lösung stand im Raum. Theo wedelte mit seiner Zigarettenspitze, und die Rauchwolke zerstob.

Lothar stieß einen Pfiff aus. »Das wird Manfred aber *gar* nicht freuen. Seine kleinen Scherze gehen nur selten nach hinten los.«

Daß der Baron einen Fehler begangen hatte, bereitete den Fliegern sichtliches Vergnügen. Sie schienen dies zum Beweis dafür zu nehmen, daß der rote Kampfflieger aus dem gleichen Holz geschnitzt war wie sie selbst. Letztlich war auch Manfred nur ein Mensch.

»Der Baron hätte Pilot *und* Beobachter töten müssen«, bestätigte Theo. »Das könnte weitreichende Konsequenzen haben.«

»Trotzdem gibt es keinen Beweis dafür, daß der Beobachter noch lebt«, sagte Göring. »Ich halte das für äußerst unwahrscheinlich.«

»Es gibt zwar keinen Beweis, aber ich bin davon überzeugt. Genau wie Herr Poe.«

Die Flieger betrachteten ihn mit einer Mischung aus Verachtung und Bewunderung.

»Wie ich höre, finden Sie meinen Bruder unzugänglich und verschlossen. Können Sie sich vorstellen, was es bedeutet, ein Leben lang an Manfreds Leistungen gemessen zu werden?«

Lothar von Richthofen lehnte sich gegen eine Zinne. Ein leichter Wind verwehte seinen Fliegerschal, so daß sein lässig getragener Blauer Max zum Vorschein kam. Mit seinem strahlendweißen Gebiß, seiner mattschimmernden Mütze, den schwarzen Kniehosen und Lederstiefeln und der weiten, karminroten Uniformjacke im russischen Stil kam er dem Bild eines verwegenen Helden entschieden näher als sein Bruder.

»Selbst wenn die Götter der Schlacht es so wollen und Manfred fällt, werde ich nie der rote Baron sein. Ich werde auf ewig der Bruder des roten Barons bleiben. Zwar habe auch ich meine Orden und meine Abschußbilanz. Trotzdem fliege ich nur in seinem Schatten.«

Obgleich der Nachmittag bewölkt war, trug Poe eine getönte Brille mit Bügelklappen. Ein winziger Vogelschrei in der Ferne erschien ihm lauter als das nahe Tosen des Krieges.

Für seine Ohren war das Schloß ein lebendiges Wesen aus ächzendem Stein und atmendem Holz.

»Er und ich sind grundverschieden«, sagte Lothar. »Auch als noch warmes Blut in seinen Adern floß, war Manfred kalt und gefühllos wie ein Fisch. Da ich mein – aller Voraussicht nach recht kurzes – Leben in den Dienst meines Vaterlandes gestellt habe, halte ich es für mein gutes Recht, meinen Gelüsten nachzugeben und meinen Trieben freien Lauf zu lassen. Als Dichter werden Sie verstehen, was ich meine. Aber ich bezweifle, daß Manfred je bei einer Frau gelegen hat, es sei denn, um sich von ihr zu nähren. Aber selbst zu diesem Zweck zieht er seine geliebten Hunde vor. Und seine gefallenen Widersacher.«

Lothar war das genaue Gegenteil seines Bruders. Er schilderte seine Heldentaten in bunten Farben und machte noch aus dem langweiligsten Aufklärungsflug eine der sieben Reisen Sindbads. Eher spielend als erzählend gab er in der Großen Halle packende Berichte seiner Luftgefechte zum besten. Die anderen Flieger hingen an seinen Lippen und verschlangen gierig jedes Wort, jede Wende seines Kampfes. Lothar von Richthofens Erinnerungen hätten sich ohne weiteres zu einer heroischen Autobiographie zusammenfügen lassen.

»Er ist ein guter Soldat«, gab Poe zu bedenken. »Er fliegt nach Vorschrift, kämpft nach Vorschrift . . . «

»Sie meinen die heiligen Dikta Oswald Boelckes?« fragte Lothar stirnrunzelnd. »Manfred betrachtet sie als seine Bibel, als Anleitung zum Überleben, zum Sieg. Was seine soldatischen Fähigkeiten betrifft, da bin ich mir nicht so sicher. Ich fliege hart am Wind. Während ich mich immer wieder in die Nesseln setze, erfüllt Manfred seine Pflicht und tut nicht mehr als nötig. Aber ob er tatsächlich der bessere Soldat ist, wage ich zu bezweifeln.«

»Ich verstehe nicht recht.«

Lothar beobachtete einen Falken, der über einem Taubenschwarm seine Kreise zog. Ob er die Taktik des räuberischen Fliegers studierte?

»Fragen Sie Theo, ob Manfred ein guter Soldat ist. Diese Sache mit der RE8. Wissen Sie, was er getan hat?«

»Er hat den Piloten in der Luft aus der Maschine gerissen und ausgeblutet.«

»Und den Beobachter allein zurückgelassen. Der Mann hatte nicht die geringste Chance, das Flugzeug in seine Gewalt zu bekommen. Stellen Sie sich seine Panik, seine Angst vor, als die RE8 ins Trudeln geriet. Versuchen Sie seine Ohnmacht, seine Hilflosigkeit nachzuempfinden.«

Ein Gefühl, als ob man lebendig begraben worden sei. Poe hatte den Zustand längst beschrieben, als er ihn bei seiner Verwandlung erstmals am eigenen Leib erfahren hatte.

Die stinkende, qualvolle Enge ging ihm nicht mehr aus dem Sinn. Nein, das war ein weitaus langsamerer Tod. Mit dem Flugzeug abzustürzen war wie in einer Totenkiste zu erwachen, die in den Ofen eines Krematoriums geschoben wird.

»Auf Manfred hatte die Angst dieses Mannes eine fast ebenso belebende Wirkung wie das Blut des Piloten. Er *labt* sich daran wie an den kriecherischen Schmeicheleien seiner Bewunderer. Insgeheim ist er entzückt, daß Sie seine Memoiren schreiben.«

»Ich hatte nicht den Eindruck.«

Lothar verzog den Mund zu einem wölfischen Grinsen. »Sie täuschen sich. Er kennt Sie, Poe. Wenn auch nur wegen der *Schlacht von St. Petersburg*. Die Wahl ist nicht umsonst auf Sie gefallen.«

Der Falke schlug eine der Tauben. Poe hörte das kleine Genick deutlich knacken. Eine Flut von Eindrücken brach über ihn herein. Leise Geräusche aus der ganzen Umgebung. Die Wellen, die ans Seeufer plätscherten. Schritte auf überfrorenem Rasen.

»Ja, der britische Beobachter kann unmöglich überlebt haben, aber im Krieg ist das Unmögliche an der Tagesordnung. Aus Sicherheitsgründen sollte man versuchen, seinen Gegner sooft wie möglich umzubringen. Es war seine *Pflicht*, den Beobachter zu töten. Es war der *Hauptzweck* dieser Mission. Doch statt ihn mit einem sauberen Schuß vom Himmel zu holen, machte Manfred sich einen Spaß daraus, ihn zu foltern. Sein Vergnügen, seine Befriedigung, seine Bilanz . . . all das war ihm wichtiger, als seinen Auftrag zu erfüllen. In diesem Fall könnte das für uns alle bittere Konsequenzen haben.«

»Das wird Helden sicher häufig vorgeworfen.«

»Auch ich bin ein Held, mein lieber Poe«, sagte Lothar und stemmte die Hände in die Hüften, ein tödlicher Adonis. »Aber ich muß Ihnen recht geben. Wir alle tragen diesen unmenschlichen Zug in uns. Zumindest wir vom ersten Jagdgeschwader. Aber Manfred ist anders. Er ist kein Mensch mehr, er ist eine Waffe. Ich liebe ihn, weil er mein Bruder ist, aber ich würde niemals mit ihm tauschen, nicht um seine Bilanz und nicht um seinen Ruhm.«

Der Falke schwang sich in immer luftigere Höhen empor. Poe und Lothar folgten seiner Bahn und wandten den Kopf, um den Vogel nicht aus den Augen zu verlieren.

»Manfred *mordet*, Poe. Das ist sein Beruf. Das ist sein *Leben*.«

30

Auferstanden von den Toten

Trotz des Widerspruchs der Schwester unternahm Kate mit Edwin einen Spaziergang über das Krankenhausgelände. Es war kurz nach Tagesanbruch, und der Mond stand noch am Himmel. Da sie getönte Augengläser trug, konnte ihr die Sonne nur an strahlenden Sommertagen etwas anhaben. Das wäßrig-blaue Dämmerlicht des französischen Winters war kühl wie eine Neumondnacht.

Edwin hielt ihre schlaffe Hand mit festem Griff umklammert. Er hatte sich verändert. Und sie wahrscheinlich nicht minder.

Er hatte ihr nicht allzuviel von den Geschehnissen in Malinbois erzählt, nur daß er als Beobachter aufgestiegen war und sich nach dem Abschuß durch einen feindlichen Flieger zu den britischen Linien durchgekämpft hatte. Obgleich seine zögerliche Preisgabe der Einzelheiten zu einem gut Teil auf den Diogenes Club zurückging, der seine Geheimnisse sorgsam zu hüten pflegte, erschien Edwin ihr fremd. Als ob auch er ein Geheimnis hütete. Dies war nicht der Edwin Winthrop, den sie kannte.

»Ich besuche die Fliegerschule. Der Diogenes Club hat mich an die neue Truppe ausgeliehen. Geschulte Geheimdienstleute werden dringend gebraucht.«

Das Royal Flying Corps wurde vom Heer abgekoppelt und zu einem eigenständigen Verband, der Royal Air Force, umgestaltet. Edwin hatte seine Offizierssterne abgelegt.

»Ich hatte angenommen, daß Sie nach Ihrer letzten Tour nie mehr in ein Flugzeug steigen würden.«

Seine Miene war wie versteinert, und seine Gedanken blieben ihr verschlossen. »Ich habe dort oben noch etwas zu erledigen, Kate. Ich muß noch einmal in die Luft.«

Als die Sonne durch die Wolken brach, zuckte Edwin merklich zusammen, und seine Augen verengten sich zu schmalen Schlitzen. Sie wußte sofort, weshalb.

»Ich muß einen Dämon vom Himmel holen.«

Sie traten in den Halbschatten eines kahlen Baumes.

»In Ihren Adern fließt Vampirblut«, sagte sie.

Er nickte. »Es stammt von dem Piloten, mit dem ich abgeschossen wurde. Albert Ball.«

Sie hatte von Ball, einem hochdekorierten Flieger-As, gehört.

»Hat er Sie auch zur Ader gelassen?«

Er schüttelte den Kopf. »Ball starb, bevor ich ihm helfen konnte. Ich erfüllte ihm seinen letzten Wunsch und trank von seinem Blut. Er glaubte wohl, auf diese Weise durch mich weiterleben zu können.«

»Und jetzt werden Sie Pilot?«

Sein Blick war durchdringend. Obgleich er sich nicht verwandelt hatte, keimte die Macht der Bezauberung in ihm.

»In der Luft weiß ich genau, was ich zu tun habe. Ich weiß nicht, ob ich ein Naturtalent bin oder ob Ball mir diese Fähigkeit vererbt hat, aber meine Lehrer halten mich für einen wahren Wunderknaben. Das habe ich bestimmt von Ball. Oder die Flammen haben mir die Furcht aus dem Leib gebrannt.«

Kate wußte nicht, was sie von diesem neuen Edwin halten sollte.

Am frühen Vormittag hatten sie sich in Edwins Quartier in einem kleinen, ausschließlich von Briten bewohnten Hotel zurückgezogen. Sein winziges Zimmer lag im vierten Stock, unmittelbar unter dem Dach. Die Decke war so steil, daß Kate sich vorkam wie in einem Zelt. Schwere Schutzvorhänge verdunkelten ein Giebelfenster. Durch die Ritzen sickerte Tageslicht herein.

Kate saß mit einem Kissenstapel im Rücken auf dem schmalen Bett. Edwin stand mit gesenktem Kopf im Schatten der niedrigen Decke.

Sie war schwächer, als sie angenommen hatte. Die Wanderung im Morgengrauen hatte sie so viel Kraft gekostet, daß sie sich kaum rühren konnte. Edwin hingegen wirkte wie elektrisiert, seine Gedanken und Bewegungen waren schneller als die ihren, als sei sie die träge, gefügige, warmblütige Närrin und er der raubgierige Vampir, der ihre Abwehr zu durchbrechen versuchte. Vielleicht war das der Albert Ball in ihm. Und das verzweifelte, geschundene Heimatschuß-Opfer in ihr.

Edwin kniete nieder und nahm ihre Hand. Etwas von seiner Lebenskraft ging auf sie über. Zu den zahlreichen Eigenschaften ihres Geblüts gehörte auch eine leichte Veranlagung zum psychischen Vampirismus, der Fähigkeit, Energie zu schröpfen, ohne Blut zu trinken. Sämtliche Bekannten von Frank Harris hatten ihn, lange vor seiner Verwandlung, für einen ermüdenden Gesellen gehalten.

»Edwin, ich möchte keineswegs impertinent erscheinen, aber Sie sind mit einer Frau allein in Ihrem Zimmer.«

Er wich ihrem Blick aus.

»Ich dachte, Sie seien verlobt?«

Auf dem winzigen Nachttisch lag ein nach unten gekehrter Bilderrahmen mit einer Armbanduhr darauf.

»Für Catriona bin ich tot. Der Krieg hat uns in lebende Tote verwandelt. Und das werden wir auch bleiben, bis er zu Ende ist.«

Ohne ihre Hände loszulassen stand er auf und setzte sich neben sie. Sie hörte das mächtige Schlagen seines Herzens. Ihr schwindelte der Kopf, und sie mußte daran denken, wie sie dem Zauber ihres Vaters in Finsternis erlegen war. Die Küsse von Frank Harris waren süßsauer. Ein neuer Geschmack verdrängte die Erinnerung.

Edwin küßte sie schüchtern und nahm ihr die Brille ab. Sie entwand sie seinen Fingern, legte sie neben seine Uhr und glitt mit den Nägeln über die Rückseite des Passepartouts der unsichtbaren Photographie. Sein großes Auge war ganz nah, ein verschwommener, feuchtglänzender Fleck. Edwin preßte seinen Mund auf ihre Lippen.

Ohne daß ein Tropfen Blut vergossen wurde, trank jeder aus dem Mund des anderen. Seine Zielbewußtheit traf sie wie ein Windstoß ins Gesicht und fuhr ihr durch das Haar.

Ein Teil von ihr floß in ihn zurück. Es war, als ob ein Stromstoß sie durchzuckte. Mit einem Hauch von Schuldbewußtsein sah sie das Bild eines Mädchens vor sich, das sie für Catriona hielt. Eine große, grauäugige Grazie mit weißem Kleid und Strohhut auf dem Kopf. Das Bild verblaßte. Ein glühender Pfeil traf sie ins Herz. Ihre Vampirkraft kehrte zurück, und sie schloß Edwin so fest in die Arme, daß er kaum noch Luft bekam.

Sie lösten sich voneinander und entledigten sich ihrer Kleider. In den vergangenen dreißig Jahren hatte sich die Mode Gott sei Dank geändert. In ihren warmblütigen Tagen war das Ausziehen – selbst wenn man seine ganze Konzentration auf diese leidige Pflicht verwandte – ebenso kompliziert gewesen wie das Zerlegen eines Gewehrs.

Edwins nackter Körper sah aus wie eine Karte: Ozeane aus blasser Haut, Kontinente aus bläulich-schwarzen Flecken, Atolle aus Schwielen, Inseln aus Striemen, begrenzt von rotglänzenden Narben. Ein Weltreich der Blessuren. Als sie seine Wundmale mit Zunge und Fingerspitzen berührte, schauderte er.

Er streichelte ihre Schultern, ihre Brüste, ihren Bauch, bedeckte sie mit Küssen. Seine Schnurrbartspitzen kitzelten. Zwar waren die winzigen, von Kinderspielen oder Fahrradstürzen herrührenden Wunden ihrer warmblütigen Tage schon bald nach ihrer Verwandlung verschwunden, doch war sie immer noch mit Sommersprossen gesprenkelt wie ein Ei.

Unbeholfen rutschten sie auf der Matratze hin und her, bis sie schließlich nebeneinander lagen. Kate kauerte mit dem

Rücken zur Wand, und Edwins Hüfte ruhte auf der Bettkante. Sie rückten immer näher zusammen. Sie spürte seine Wärme vom Scheitel bis zur Sohle. Ihr Herz lechzte nach seinem Blut.

Sie unterdrückte ihren triebhaften Instinkt und umfaßte mit sanften Fingern sein Geschlecht. Die Hitze seines drängenden Blutes pulsierte in ihrer Hand. Plötzlich schob er sich auf sie und drang unvermittelt in sie ein. Sie streckte die Arme über den Kopf und umklammerte das Bettgestell. Obgleich sie die Lider geschlossen hielt, hatte sie die Bilder, die Edwins Erinnerung entsprangen, deutlich vor Augen. Gesichter und Befürchtungen.

Ihre Erregung wuchs. Ihre Fingernägel wurden zu Klauen, die sich um die Messingpfosten krümmten. Ihre Hauer sprossen aus den Kieferscheiden und preßten ihre Lippen auseinander. Sämtliche Zähne waren nadelspitz. Es war nicht ungefährlich, sie zu küssen.

»Vorsichtig«, sagte sie.

Ihre Zungenspitzen berührten sich flüchtig. Ihre Arme schienen sich in Flügel zu verwandeln, von kühlen Luftströmen getragen. Ein tiefer Abgrund tat sich unter ihnen auf, doch sie segelten sicher dahin. Ein Tropfen seines Blutes hätte genügt, um ihr Gehirn zur Explosion zu bringen. Sie wäre in einem Feuerball zur Erde gestürzt. Sie versuchte den Mund zu schließen und unterdrückte einen Schrei.

Edwin nahm ihr rechtes Handgelenk und löste ihre Finger vom Kopfende des Bettes. Ihre Klauen kreischten über das Messing.

»Ganz vorsichtig.«

Er küßte ihre Finger, berührte ihre Dornenklauen mit der Zunge. Ebenso sanft, wie sie seinen Penis genommen hatte, nahm er nun ihren Zeigefinger und führte die Spitze an ihre Kehle. Sie erlebte einen unglaublichen Höhepunkt. Ihre freie Hand ballte sich zur Faust und zerquetschte eine Messingstange.

Edwin ritzte ihr mit ihrem eigenen Fingernagel die Haut und stach in eine der verästelten blauen Adern an ihrer Brust. Scharlachrotes Blut quoll hervor, und er schloß die Lippen um die Wunde und saugte wie ein kleines Kind.

Warme Schmerzenswogen umspülten sie. Sie war hilflos, spürte ihn von Kopf bis Fuß. Sie versuchte ihn vor ihrem Blut zu warnen. Doch er trank ohne Rücksicht. Er ließ sie mit beängstigender Entschlossenheit zur Ader. Sie hatte sich von ihm verführen lassen. Das hatte sie nicht gewollt.

Edwin verschlang ihr Blut in großen Schlucken, als er sich nicht länger zurückhalten konnte. Er preßte sie an sich und verströmte sich in ihr. Die sich ausbreitende Wärme genügte nicht, um ihren roten Durst zu stillen.

Da sie tot war, konnte Kate auf diese Art kein Kind empfangen. Nur indem sie ihr Geblüt vererbte, konnte sie Nachkommen zeugen. Vielleicht würde es ihr dennoch gelingen, zur Mutter ihres Liebhabers zu werden.

Fleischlich vereint lagen sie beieinander und tauschten Körperflüssigkeiten aus. Panik verfinsterte Kates Gedanken. Edwin wurde ihr von Sekunde zu Sekunde schwerer. Der Schlaf drohte ihn zu übermannen.

Sie befreite sich von seinem drückenden Gewicht. Die Wunde in ihrer Brust schloß sich im Nu, und alles, was zurückblieb, war ein Blutstropfen an ihrem Busen. Keine Narbe. Edwins Lippen waren rot von ihrem Vampirsaft.

Sie schüttelte ihn.

»Edwin, wenn du dich verwandeln willst, muß ich dein Blut trinken, um die Vereinigung zu vollziehen.«

Er stöhnte und legte sich schützend die Hände um den Hals. In seinem Brusthaar klebte Blut.

»So ist es zu gefährlich.«

Sie hatte keine Kinder in Finsternis. Sie war noch nicht lange genug nicht-tot, um solch eine Verantwortung auf sich zu nehmen. Dafür wußte sie noch viel zu wenig über ihren Zustand. Trotzdem hatte sie sich wie ein dummes, warmblütiges Gör von ihrer Leidenschaft fortreißen lassen, mit dem Erfolg, daß sie sich jetzt, in diesem ungünstigen Augenblick, für oder gegen die Mutterschaft entscheiden mußte.

Edwin schlug die Augen auf.

Sie wollte ihn zur Ader lassen bis zum letzten Tropfen, ihn trinken, bis sein Herz versagte, über seinen Leichnam wachen und ihn neugeboren ins Mondlicht locken.

»Bitte verzeih mir, Edwin, aber du läßt mir keine Wahl.«

Ihre Kieferknochen sprangen aus den Gelenken, und sie riß den Mund weit auf wie eine Schlange. Rings um die Sporne ihrer Schneidezähne sprossen ihr neue Hauer aus dem Maul. Sie schmeckte ihren blutgesalzenen Speichel.

Edwin streckte die Hand aus und versuchte Kate mit gespreizten Fingern abzuwehren.

»Nein«, sagte er mit schwacher Stimme, »nein, Miss Maus.«

Sie war hin und her gerissen zwischen Vernunft und Verlangen, gefangen zwischen ihrem Blutdurst und Edwins zurückkehrender Kraft.

»Du wirst dich nicht verwandeln«, nuschelte sie durch ihre Hauer.

Er schüttelte den Kopf. »Du darfst mich nicht zum Vampir machen. Ich will mein eigener Herr sein. Bitte, Kate . . . «

Er fiel in Ohnmacht. Das Blut pochte in seinen Adern, sein Herz schlug laut und regelmäßig. Sie wollte aufheulen vor Verzweiflung. Er hatte den Wolf in ihr geweckt, und doch verbot er ihr, von seinem Blut zu trinken. Das Zimmer verschwamm ihr vor den Augen, wie ein Spiegelbild in einem aufgewühlten Teich. Seine Erinnerungen an Fliegerei und Feuersbrünste machten ihr nach wie vor zu schaffen. Sie setzte ihre Brille auf und versuchte den Wolf aus ihrem Herzen zu verbannen.

Sie erhob sich von dem schmalen Bett. Edwin streckte sich lächelnd aus. Sie zitterte, schwach und frierend, als habe sie einem Patienten Blut gespendet. Doch dieser Fall lag weitaus komplizierter.

Er würde bestimmt Verständnis dafür haben, wenn sie im Schlaf über ihn herfiel. Wenn er sich erst einmal verwandelt hatte, würde er ihr vermutlich sogar danken. Doch sein entschiedenes »Nein« stand dem im Wege.

Ihre Knie gaben nach. Sie sank in eine Ecke, zog die dünnen Beine an die Brust und raffte ihre Kleider um sich. Sie baute sich ein Nest und versetzte sich in Schlaf. Eisenbänder schlossen sich fest um ihr durstendes Herz.

31

Dichterhelden

Ein Flüstern erfüllte das Château du Malinbois, ein Raunen und Tuscheln hallte durch die Gänge und Gemächer, stach durch die Ritzen zwischen den gewaltigen Steinquadern. Poes Sinne vibrierten vom Gemurmel der Lebenden und Toten, dem Scharren und Schnattern der Ratten im Gemäuer. Er versuchte sie zu überhören, diese unentwegte Flut von Worten, Worten, Worten ...

Theo von Kretschmar-Schuldorff brachte ihm einen Überrock aufs Zimmer.

»Die Kälte in dieser Festung spüren selbst die Toten«, erklärte der Offizier.

Poe nahm das Geschenk dankend an. Der Überzieher war zwar einige Zoll zu lang, aber von guter Qualität, mit zwei Reihen goldglänzender Knöpfe. Die Rangabzeichen hatte man entfernt.

»So, Eddy. Jetzt sind Sie zur Musterung bereit.«

»Ich war ein guter Soldat, Theo. Ich bin schon in den Krieg gezogen, als Sie noch nicht geboren waren. Vor meiner Verwandlung wurde ich, zum Lohn für meine Leistung, vom Gemeinen zum Sergeant befördert. Als Neugeborener war ich Offizier der Konföderierten.«

»Ich wußte gar nicht, daß auch Dichter gute Soldaten abgeben können. All die Vorschriften und Verordnungen ...«

»Ich trat in die Armee ein, um mich vom Schreiben zu erholen. Und der Krieg um die Unabhängigkeit der Südstaaten war ein Krieg der Dichter, in dem Träumer und Idealisten gegen Puritaner und Manufakturbesitzer kämpften. Genau wie dieser Krieg ein Krieg der Dichter ist.«

Theo zeigte sich erstaunt über Poes Bemerkung.

»Wir kämpfen für die Zukunft, Theo. Graf von Dracula verkörpert Glanz und Gloria der Vergangenheit, ohne sich davon blenden zu lassen. Unter seinem Banner wird sich die Welt verändern. Die Verwandlung in einen Vampir ist der Inbegriff der Modernität.«

Der Offizier zuckte die Achseln. »Sie sind ein echter Patriot.«

»Einem Ehrenmann bleibt gar nichts anderes übrig.«

Theo schlenderte durchs Zimmer und versuchte einen Blick auf die Papiere auf dem Schreibtisch zu erhaschen. Poe beugte sich instinktiv nach vorn, wie ein Schuljunge, der seine Kameraden bei einer Prüfung am Abschreiben zu hindern sucht. Der Offizier mußte unwillkürlich lachen. Poe richtete sich auf und lehnte sich zurück.

»Dann haben Sie also angefangen? Ewers hat sich schon beschwert, Sie ließen sich gar recht viel Zeit.«

Ewers war in Theos Achtung nicht gestiegen.

»Ich habe angefangen«, erklärte Poe.

»Und? Wird es eine spannende Geschichte von Blut und Ehre?«

»Wir werden sehen.«

»Unser Held ist eine wunderliche Kreatur, nicht wahr?«

»Wir alle sind wunderliche Kreaturen.«

»Sie würden einen hervorragenden Geheimdienstoffizier abgeben, Eddy. Sie sind so verschwiegen. Genau wie unser roter Baron.«

Nach tausend fehlgeschlagenen Versuchen war es Poe schließlich gelungen, einen wirren Wust von Worten zu einem ersten Kapitel zu ordnen. Da er über die eigenen Aussagen des Helden keinen Zugang zu Richthofen hatte finden können, hatte er auf persönliche Eindrücke und Erinnerungen zurückgegriffen und zunächst seine Ankunft im Château du Malinbois geschildert, sein erstes Zusammentreffen mit den wunderbaren Wesen des Himmels und der Finsternis.

»Bald werden Sie von neuen Ruhmestaten zu berichten haben. Die anderen haben mich überstimmt.«

Theo hatte sich dafür stark gemacht, das JG1 sporadisch ausschwärmen zu lassen, weil es den Alliierten mehr angst machte, wenn sich das Gerücht langsam verbreitete. Er hielt die Gestaltwandler für eine ähnlich verheerende Waffe wie Giftgas und vertrat die Ansicht, daß das Geschwader dem Feind moralisch weitaus größeren Schaden zufügen könne als im Felde.

»Nicht mehr lange, und wir werden unsere Karten offenlegen müssen.«

»Eine Frühlingsoffensive?«

Theo zuckte die Achseln. »Das am schlechtesten gehütete Geheimnis in der Militärgeschichte. Wie tarnt man eine Million Soldaten? Die Briten und Franzosen werden entlang ihrer Linien fünf Meter dicke Wälle errichten und jede Menge Yankees in ihre Stellungen werfen.«

»Wälle kann man überfliegen.«

Das Flüstern klang ihm noch immer in den Ohren. In jedem Winkel waren Verschwörungen im Gange. Jeder plante ein Komplott, gegen alle anderen. Allianzen wurden geschlossen und gelöst, Pläne ausgetüftelt und verworfen, Treueschwüre geleistet und verletzt. Wenn die Kaiserschlacht zum Sieg führen sollte, mußten die Mittelmächte zu einem eisernen Hammer geschmiedet werden. Die Bewohner dieses Schlosses waren instabile Atome, die unablässig durcheinanderwirbelten und kollidierten.

»Wie ich höre, werden wir hohen Besuch bekommen. Und Sie werden sich im Zentrum des Geschehens befinden.«

Es war ein erhebender Moment. Poe tat einen schwindelerregenden Blick in den Mahlstrom der Geschichte.

»Heute abend müssen Sie auf den Turm kommen. Der Baron geht auf Beute aus.«

»Da sind Sie ja«, rief ten Brincken, als Poe das Gewölbe betrat. »Gut.«

Der Professor hatte sein Mißtrauen abgelegt und sich davon überzeugen lassen, daß Poes Buch seinen Ruf befördern werde. Er hatte die Angewohnheit, sich mit druckreifen Sentenzen an den Dichter zu wenden.

Trotz Theos Überrock (der, wie er inzwischen wußte, der Garderobe eines toten Offiziers entstammte) war Poe durchgefroren bis auf die Knochen. Da er unausgesetzt von mörderischen Winden gepeitscht wurde, war der Turm eine arktische Falle. Die Fugen zwischen den Steinquadern waren vereist. Jeden Morgen kletterten mit Vorschlaghämmern bewaffnete Soldaten ein eigens zu diesem Zweck errichtetes Gerüst hinauf und schlugen die Eiszapfen herunter, die sich über Nacht gebildet hatten.

Baron von Richthofen stand, in Habachtstellung und menschlicher Gestalt, in der Mitte der steingefliesten Kammer. Poe entbot ihm einen Ehrengruß, der jedoch unerwidert blieb. Der Flieger trug einen langen, wattierten Morgenmantel. Es wimmelte von Wissenschaftlern. Ten Brincken bellte Anweisungen wie ein abtrünniger Priester, der die Messe so schnell wie möglich hinter sich zu bringen versucht. Die Kollegen des Professors waren ein halb der mittelalterlichen Mystik, halb der Moderne verhafteter Haufen. Dr. Caligari, der Nervenarzt, war ein Born absonderlicher Praktiken und geheimnisvoller Theorien. Schäbig gekleidet lauerte er im dunklen Schatten und machte sich in runenhafter Schrift Notizen.

»Wenn Sie die Güte hätten«, wandte sich ten Brincken an Richthofen, »sich zu verwandeln.«

Richthofen nickte knapp, zog den Morgenmantel aus und stand da wie ein nackter Siegfried. Er schloß die Augen und konzentrierte sich. Seine Ordonnanzen gingen mit der Ausrüstung des Nachtkriegers in Stellung. Kürten ächzte unter dem Gewicht der Gewehre des Barons.

Richthofen begann zu wachsen. Seine Schultern wurden breiter, seine Wirbelsäule länger. Muskeln schwollen wie nasse Schwämme. Adern blähten sich wie Feuerschläuche unter Druck. Fell bedeckte seinen Körper und überzog die ledrige Haut mit einem dichten Pelz. Knochen dehnten, streckten sich und fügten sich in eine neue Ordnung. Sein Gesicht verfinsterte sich. Rings um die Augen und den Unterkiefer sprossen Hornstacheln aus seinem Schädel. Fledermausohren schossen hervor. Der Baron schlug die Augen auf, seine Pupillen waren groß wie Fäuste. Das kühle Blau war unverkennbar, die Verbindung zwischen Mensch und Übermensch. Richthofen streckte die Arme aus. Die Gelenke wurden dürr und sehnig, und Vorhänge aus Leder fielen und wuchsen zu Schwingen zusammen.

Ten Brincken sah auf seine Taschenuhr. Sein strubbelköpfiger Gehilfe Rotwang vermerkte eine Ziffer auf einem Formular.

»Der Prozeß geht von Mal zu Mal schneller vonstatten, Herr Poe. Bald wird es nur noch einen Lidschlag dauern.«

Kürten und Haarmann halfen Richthofen in seine Stiefel, erklommen eine Leiter und hängten ihm seine Gewehre um den Hals. Da seine Arme zu Schwingen geworden waren, ließ der Baron sich neue Arme wachsen. Sie wirkten weitaus weniger rudimentär als bei der letzten Verwandlung des Fliegers, sondern sahen wie die von Leder umhüllten Arme eines Menschen aus. Die beweglichen, vierfingrigen Hände umfaßten die Griffe der Gewehre. Die Läufe ragten senkrecht in die Höhe.

»Seine Gestalt entwickelt sich mit jeder neuen Verwandlung«, erklärte ten Brincken. »Das Ideal, nach dem wir streben, ist in greifbare Nähe gerückt.«

Poe hörte das vergrößerte Herz Richthofens schlagen, ein mächtiger Puls.

»Früher oder später wird dies der wahre Manfred von Richthofen sein. Seine menschliche Gestalt ist dann nur mehr eine Maske, eine Verkleidung, in die er nach Belieben schlüpfen kann.«

»Könnte er sich denn nicht dauerhaft verwandeln?«

Ten Brincken schüttelte den Kopf und grinste wie ein Gorilla. »Nichts ist von Dauer, Herr Poe. Die Gestalt dieser Geschöpfe wird immer fließend bleiben. Sie werden sich den Bedingungen der Umgebung anpassen, in der sie kämpfen werden.«

Der Baron legte, noch immer in Habachtstellung, die Flügel an und blickte durch die Öffnung in der Turmspitze. Die Sterne am Himmel funkelten wie Rasierklingen. Das Tarnnetz wehte herein. Ein starker Wind fegte über den Fußboden des Turmzimmers. Die Wissenschaftler umklammerten widerspenstige Notizen. Poe schauderte in seinem Überzieher.

Ten Brincken und Rotwang umkreisten den Flieger, Beschwörungen murmelnd. Außerstande, sich der Anziehung der Kreatur zu widersetzen, trottete Poe den beiden hinterdrein. Manfred von Richthofen war kein Mensch mehr. Er verströmte einen strengen Tiergestank, der Poe in die Nase stach und ihm die Tränen in die Augen trieb. Der starke Moschusgeruch brannte wie Pfeffer auf der Zunge.

Poe suchte krampfhaft nach Vergleichen: eine gigantische Chimäre, eine kriegerische Bestie, ein mörderischer Engel, ein germanischer Halbgott. Nichts von alledem traf zu. Wie hatte der Baron sich ausgedrückt? »Ich bin ich und weiter nichts.«

Die Wissenschaftler wichen zurück, und Poe stand allein zu Füßen des Giganten und hob den Blick. Das Tarnnetz vor der Öffnung wurde beiseite geschoben, und Richthofen marschierte zur Absprungrampe. Seine Schritte ließen die Steinfliesen erzittern. Poe hielt sich im Schatten seiner Schwingen.

Richthofen zog Kopf und Schultern ein, zwängte sich durch den Mauerspalt und ging auf der Rampe in Stellung. Seine Brust schwoll, und die kühle Nachtluft blähte seine Flügel.

Poe scherte sich nicht um den Wind und folgte dem Baron.

Die Rampe ragte ins Leere. Unter ihnen lag ein Meer von Finsternis. Nur die sich im See spiegelnden Sterne ließen erkennen, wie hoch sie über der Erde waren. Mündungsblitze markierten die wenige Meilen entfernten Schützengräben. Trotz des donnernden Bombardements waren immer wieder spitze Schreie zu hören.

Richthofen trat an die Kante der Absprungrampe und breitete die Schwingen aus wie schwarze Segel. Kürten, der durch ein Seil um die Hüfte mit Haarmann verbunden war, damit er nicht von der Rampe geweht wurde, verriegelte die Haken an den Stiefeln des Barons und kettete die Beine bis zum Knie zusammen. In großen, an den Schenkeln des Fliegers befestigten Ledertaschen steckten zusätzliche Trommelmagazine. Auf dem Kopf hatte er einen Panzerhelm mit Aussparungen für die abstehenden Ohren. Die meisten Kameraden des Barons trugen Schutzbrillen, wenn sie die Gestalt gewechselt hatten, doch Richthofen verachtete derlei Bequemlichkeiten. Seine Augenhöhlen hatten sich halbkugelförmig vorgewölbt und boten ihm natürlichen Schutz.

Poe stemmte sich gegen den Wind und näherte sich dem Baron. Theo mahnte ihn zur Vorsicht. Ewers betete, daß Poe vom Sturm davongetragen und im Wald verschüttgehen möge.

Der Baron wandte sich um, öffnete den Mund und entblößte seine ellenlangen Hauer. Sein Schlund war eine rote Wunde in dem mit schwarzem Pelz bewachsenen Gesicht.

»Ich habe Hunger, Dichter«, sagte er. »Wie geht gleich dieser Kinderreim: ›*I smell the blood of an Englishman*‹?«

Poe war perplex. Er hatte nicht damit gerechnet, daß der verwandelte Baron noch sprechen konnte. Seine Stimme hatte sich kaum verändert.

»Im Falle eines Falles schreiben Sie meinen Nachruf.«

Als er die Schwingen spreizte, drehten sich Richthofens Schultergelenke. Er kippte vornüber und ließ sich stocksteif von der Rampe fallen. Der Rückstoß zwang Poe in die Knie.

Der Baron tauchte in die Tiefe und schraubte sich dann langsam zu den Sternen empor. Er ließ sich reglos auf dem Luftstrom treiben, schwang sich allein durch Willenskraft in immer größere Höhen auf. Ein gelegentlicher Flügelschlag genügte.

Als Poe sich aufzurichten versuchte, traf ihn ein eisiger Windstoß. Zitternd glitt er aus, fiel hin und rutschte auf die Kante zu. Der Baron hatte ihm Windschatten geboten. Nun war Poe allein auf der Rampe, und der Sturm drohte ihn fortzureißen. Vorsichtig stand er auf und fand festen Halt. Richthofen hatte die Schützengräben fast erreicht. Feuerschein färbte seinen Bauch fahlrot. Er segelte rasch und elegant dahin.

Theo zog Poe in den Turm zurück.

»Sie müssen vorsichtiger sein, Eddy. Ich hätte allergrößte Schwierigkeiten, Mabuse Ihren Verlust zu erklären.«

Poe zitterte immer noch.

Die Wissenschaftler steckten die Köpfe zusammen, füllten Formulare aus und erörterten unwichtige Dinge. Die Ordonnanzen schafften Ordnung. General Karnstein stand an der Stelle, wo sich der Baron verwandelt hatte, und blickte auf Richthofens Morgenmantel hinunter. Kürten fischte das Kleidungsstück wie ein Kammerdiener vom Boden und klopfte es ab.

Theo schlug die Hacken zusammen und salutierte. Karnstein erwiderte den Ehrengruß.

»Manfred ist ein tapferer Bursche«, sagte der Älteste. »Lassen Sie uns beten, daß er wohlbehalten zurückkehrt.«

»Wollte ich mir Sorgen machen, so würde ich um Baron von Richthofens Opfer bangen. Er ist schließlich unbesiegbar.«

Karnsteins Gesicht war eine graue Maske, hinter der sein wahres Alter zum Vorschein kam.

»Kretschmar-Schuldorff«, sagte er mit matter Stimme, »niemand ist unbesiegbar.«

32

Wege zu Kraft und Schönheit

Kate erwachte in der dröhnenden Finsternis ihres Schädels. Wie immer, wenn sie zwei oder drei Tage durchgeschlafen hatte, waren ihre Augen mit einer dicken Grusschicht überzogen. Der Faden, der sie an einen ewigjungen Leichnam kettete, war seit ihrem Tod beständig dünner geworden. Ihr Körper war ein Hotel, das sich wegen eines unvorhergesehenen Wettereinbruchs oder einer internationalen Krise urplötzlich geleert hatte. Und nicht mehr ihr Zuhause.

Heftiges Sodbrennen verriet ihr, daß sie dringend Nahrung brauchte. Sehr dringend sogar. Ihre geschwollenen, scharfgezackten Hauer fühlten sich an wie zerbrochene Murmeln. Geifer floß ihr aus dem Mund, lebensnotwendige Flüssigkeit. Sie schluckte würgend Speichel.

Ihre Augenkruste barst. Es war Nacht, und sie befand sich nach wie vor in Edwins Zimmer. Sie war nur mit ihrem Kleid und einem Leintuch bedeckt. Die behelfsmäßigen Schlafgewänder verströmten einen strengen Geruch. Sie hatte keine Brille auf.

Ein Mann saß auf dem Bett. Seine brennende Zigarrenspitze glomm in der Dunkelheit wie eine ferne Sonne. Seine Silhouette war in sich zusammengesunken.

»Edwin«, krächzte sie. Ihre trockene Kehle schmerzte.

Die Silhouette drehte eine Lampe hoch. Es war Charles. Im harten Schatten des grellen Lichts wirkte sein Gesicht furchtbar gealtert.

»Ach, Kate, was haben Sie bloß wieder angestellt?«

Ein stechender Schmerz durchbohrte ihr das Herz, als ob ein eingefleischter Anhänger van Helsings sie mit einem glühenden Eisenpflock aus ihrer Mattigkeit gerissen hätte.

»Edwin ...«

Charles schüttelte den Kopf.

»Winthrop ist nicht mehr der alte. Er hat sich verändert. Er hat sich sogar *sehr* verändert, wenn auch vielleicht nicht, wie Sie es sich erhofften.«

Das war nicht nett! Charles traf mutwillige Unterstellungen und zog falsche Schlüsse. Die Schuld wurde ungerecht verteilt. Die Stimme wollte ihr nicht gehorchen. Sie konnte sich nicht rechtfertigen.

»Ich dachte, wir waren uns einig, daß Sie Frankreich ein für allemal verlassen würden?«

Kate trommelte sich mit den Fäusten auf die Brust. Es war ihr peinlich, daß Charles sie in diesem Zustand sah. Denn sie war nicht nur schwach, sondern auch nackt.

»Sie sind eine jämmerliche Kreatur«, sagte er.

Charles drückte seine Zigarre in einer Untertasse aus und stand auf. Seine Gelenke krachten wie bei einem alten Mann, und er zog den Kopf ein, damit er sich nicht an der Decke stieß. Er hockte sich neben sie und ächzte leise, als seine Knie den Fußboden berührten. Unter dem Nachttisch stand eine Emailleschüssel. Charles fand einen feuchten Waschlappen und säuberte ihr damit das Gesicht, wischte ihr den getrockneten Speichel aus den Mundwinkeln und den Grus aus den Augen. Als er zufrieden war, nahm er ihre Brille vom Tisch, klappte sie auf und setzte sie ihr auf die Nase.

Plötzlich konnte sie alles im Zimmer klar erkennen, und sie befiel ein leichter Schwindel. Aus der Nähe betrachtet, waren die winzigen Falten um Charles' Augen tiefe Furchen.

»Durst«, sagte sie zögernd. Das Wort war selbst ihr unverständlich. Sie hätte sich ohrfeigen können. Sie mußte sich in die Gewalt bekommen. »Durst«, sagte sie noch einmal, klar und deutlich.

Endlich hatte Charles verstanden und griff nach dem Wasserkrug neben der Schüssel.

Sie schüttelte den Kopf. »*Durst.*«

»Kate, Sie stellen unsere Freundschaft auf eine harte Probe.«

Sie konnte ihm nicht sagen, was sie meinte. Sie konnte nicht erklären, weshalb ihr roter Durst sie so sehr quälte. Sie hatte zuviel Blut verloren, an Arrowsmiths Heimatschuß-Patienten, an Edwin . . .

Er berührte sie am Hals. Ein Funke sprang über. Charles begriff. Das hatte er von Geneviève gelernt.

»Sie sind ja halbverhungert. Völlig ausgeblutet.«

Er hielt ihr die Lampe vors Gesicht. Sie blinzelte, während er sie interessiert beschaute.

»Was erblicken meine trüben Augen? Eine graue Strähne, Katie«, sagte er mit gespielter Schadenfreude. »Sie sehen aus, als hätten Sie sich nie verwandelt. Jammerschade, daß Sie sich nicht selbst betrachten können.«

Kate hatte kein Spiegelbild. Auf Photographien war sie nicht zu erkennen. Die wenigen Porträtskizzen, die es von ihr gab, hätten eine Fremde darstellen können. Vor ihrer Verwandlung war sie für ihre Schönheit nicht eben berühmt gewesen.

»Wenn Sie sich nicht verwandelt hätten, wäre eine bezaubernde Frau aus Ihnen geworden«, schmeichelte Charles.

»Ich sehe aus wie ein Maulwurf, Charles. Mit zerzaustem Haar und Sommersprossen.«

Er lachte, denn er hatte nicht damit gerechnet, daß sie einen vollständigen Satz herausbringen konnte.

»Sie sind zu bescheiden. Mädchen, die man seinerzeit für weitaus hübscher hielt als Sie, sind zu fetten, mißgelaunten Frauenzimmern herangewachsen. Sie hingegen wären mit dreißig erst erblüht. Ihr Gesicht hätte an Ausdruck nur gewonnen.«

»Unsinn.«

»Woher wollen Sie das wissen, Kate?«

»Als wir alle noch am Leben waren, haben Sie um die Hand

der reizenden Penelope angehalten und das häßliche Maulwurfsgesicht Kate gar nicht beachtet.«

Ein alter Schmerz zerfurchte seine Stirn. »Junge Männer irren sich gelegentlich.«

»Ich war bis über beide Ohren in Sie verliebt, Charles. Nachdem Sie Ihre Verlobung mit Penny bekanntgegeben hatten, habe ich tagelang geweint. Das trieb mich in die Arme von Frank Harris. Und Sie sehen ja, was er aus mir gemacht hat.«

Sie fuhr sich mit den Fingern durch das strähnige Haar und kämmte Staub und Dreck heraus.

»Ich wollte, ich könnte Ihnen länger als ein paar Minuten böse sein, Kate.«

Mit durchgedrückten Knien stand er auf und setzte sich auf einen Hocker. Sie wich erschrocken zurück, preßte sich das Leintuch an die Brust und stemmte den Rücken gegen die Wand.

»Was ist hier passiert?« wollte er wissen.

»Wie geht es Edwin?«

Als gewohnheitsmäßiger Geheimniskrämer zögerte er mit der Antwort.

»Sie zuerst.«

»Er hat mein Blut getrunken.«

Er nickte.

»Aber ich habe ihn nicht angerührt.«

Er schüttelte den Kopf.

»Er hoffte wohl, sich die Kraft eines Vampirs aneignen zu können, ohne sich verwandeln zu müssen.«

»Ist so etwas möglich?«

»Ich weiß nicht. Fragen Sie einen Wissenschaftler oder Ältesten. Oder befragen Sie Ihr Herz.«

Charles stellte sich nicht dümmer, als er war. Geneviève hatte ihm einen Teil ihrer Kraft vererbt. Durch Liebe, dachte Kate. Oder Osmose.

»Was ist . . . aus ihm geworden?«

Charles machte sich Sorgen um seinen Protégé. Nur deshalb hatte er bei ihr gewacht.

»Er erfreut sich bester Gesundheit. Er hat seine Flugprüfung bestanden und wird fortan als Vertreter des Diogenes Club mit dem Geschwader Condor fliegen. Er hat sich eine einzigartige Position geschaffen und alles unternommen, ihr gerecht zu werden.«

»Aber Sie machen sich dennoch Sorgen?«

»Wie ich Ihnen bereits sagte, hat er sich verändert. Ich gestehe das nur ungern, aber er macht mir angst. Er erinnert mich an Caleb Croft.«

Wieder zerriß ein wilder Schmerz ihr fast die Brust. Rippenspeere umschlossen ihr Herz wie eine Knochenfaust. Sie schlang die Arme um sich und versuchte ihre zuckenden Glieder zu beruhigen.

Charles löste seinen rechten Manschettenknopf, schob sich den Rockärmel über den Ellbogen und krempelte sein Hemd auf. Sie schloß die Lippen über ihren schmerzenden, vorspringenden Hauern und schüttelte den Kopf. Ihr Herz lechzte nach Blut.

»Bin ich Ihnen womöglich ein zu alter Jahrgang, Mademoiselle Connaisseuse? Am Ende gar schon sauer geworden?«

Seit seiner Zeit mit Geneviève hatte Charles niemandem mehr sein Blut geopfert. Das wußte Kate mit Sicherheit.

Er setzte sich auf den Boden und zog sie auf seinen Schoß. Als sie seine Wärme spürte, erkannte sie mit Schrecken, wie kalt sie war, wie nah am Tod.

»Es geht nicht anders, Kate.«

Er bot ihr die Innenseite seines Handgelenks. Winzige, längst verheilte Male ließen erkennen, wo Geneviève ihn einst gebissen hatte.

Für eine Vereinigung, wie Kate sie sich in ihren Kindertagen gewünscht hatte, war es ein für allemal zu spät, doch sein

Blut würde ihr Überleben sichern. Und Überleben hieß neue, ungeahnte Perspektiven.

»Danke für Backobst«, sagte sie. Er lächelte.

Sie nahm seine Hand und leckte ihm mit langer, rauher Zunge das Handgelenk. Ein heilender Wirkstoff in ihrem Speichel sorgte dafür, daß die Wunde binnen einer Stunde wieder verschwand. Charles' Lächeln wurde breiter. Er wußte, was nun kommen würde.

»Nur zu, mein liebliches Geschöpf«, sagte er mit sanfter Stimme. »Trink.«

Sie nahm eine Hautfalte zwischen die oberen und unteren Schneidezähne. Ihre Hauer trafen krachend aufeinander. Blut überschwemmte ihren Mund.

Der Geschmack des roten Saftes war wie eine Explosion. Stromstöße durchzuckten ihren Körper, stärker als beim herkömmlichen Liebesakt. Die Zeit schien außer Kraft gesetzt: Charles' Blut prickelte ihr auf der Zunge, kitzelte ihren Gaumen, rann ihr durch die ausgedörrte Kehle und löschte ihren brennenden Durst.

Kate unterdrückte einen wollüstigen Schauer und mahnte sich zur Selbstbeherrschung. Hätte sie von seinem Hals getrunken, hätte sie mehr über Charles erfahren. Das Handgelenk war so weit von Herz, Seele und Kopf entfernt, daß nur Gefühle zu ihr durchdrangen. Seine Gedanken und Geheimnisse hingegen blieben ihr verborgen.

Sie löste die Lippen von der frischen Wunde und sah ihm ins Gesicht. Er lächelte gequält. Unterhalb des Kinns pochte ein Puls, ein lockender blauer Finger. Sie krallte die Hände in seinen Rock. Wenn sie auf ihn kletterte, konnte sie vielleicht von seiner Quelle trinken.

Der Geruch des Blutes stach ihr in die Nase. Das schmale Rinnsal, das sein Handgelenk befleckte, zog sie magisch an. Sie trank und ließ sich fallen . . .

. . . sie war in einem Traum versunken, Blut wärmte ihr die Kehle, verklebte ihr den Mund.

»Danke, Charles«, keuchte sie und leckte weiter.

Er strich ihr zärtlich übers Haar. Als sie das Gesicht an sein Handgelenk preßte, verrutschte ihre Brille. Er rückte sie wieder gerade.

Sie hatte ihm zwar nicht sehr viel entnommen, doch die Kraft seines Geistes hatte sie gestärkt. Sie fühlte sich nicht länger fremd in ihrem Körper. Die Schmerzen hatten nachgelassen. Sie hatte ihre Gliedmaßen in der Gewalt. Ihre Muskeln waren erfreulich biegsam und elastisch.

Sie schmiegte sich an Charles, während er sein Hemd herunterkrempelte und den Manschettenknopf aus seiner Westentasche fischte.

Er hielt die Lampe in die Höhe und betrachtete ihr Haar.

»Die grauen Strähnen sind verschwunden. Rostrot.«

Um ein Mindestmaß an Anstand zu wahren, preßte sie sich ihr Kleid an die Brust und stand auf.

»Jammerschade«, sagte Charles. »Älter haben Sie mir besser gefallen.«

Sie ohrfeigte ihn mit ihrem Ärmel.

»Solche Frechheiten muß ich mir nicht bieten lassen, Mr. Beauregard.«

»Wenn Sie wütend werden, merkt man, daß Sie Irin sind.«

Sie errötete. Wenn sie frische Nahrung zu sich genommen hatte, wurde sie rot wie ein Landarbeiter.

Charles wollte aufstehen, doch es ging nicht. Sie hatte vergessen, daß er nach dem Aderlaß vorübergehend geschwächt sein würde. Sie half ihm auf.

»Na bitte, Väterchen«, neckte sie. »Sie sollten sich nicht so verausgaben. In Ihrem Alter.«

Sie hauchte ihm einen Kuß auf die Wange, warf alles Schamgefühl über Bord, schlängelte sich in ihr schmuddeliges Kleid und raffte es um ihre Hüften. An der Rückseite befanden sich Haken und Ösen.

»Würden Sie mir behilflich sein, Charles? Diese Knöpfe bringen mich noch um.«

»Ich bezweifle, daß es etwas gibt, das Sie umbringen könnte, Kate.«

33

Der Mörder

»Mein Vater unterscheidet zwischen Sportsmännern und Schützen. Der Schütze jagt ausschließlich zum Vergnügen. Mein Bruder ist im Grunde seines Herzens ein Schütze. Lothar liebt die Fliegerei und die Gefahr. Der Sportsmann hingegen jagt ausschließlich, um zu töten. Wenn ich meine Beute aufgespürt habe, bringe ich sie umgehend zur Strecke. Jeder Abschuß macht mich stärker.«

Wider seine Natur bemühte Baron von Richthofen sich aufrichtig um eine Erklärung. Theo trottete ihnen schweigend hinterdrein. Poe wußte, daß er daran dachte, wie der Baron mit seiner Beute gespielt hatte, statt sie umgehend zur Strecke zu bringen. Der Tod von Albert Balls Beobachter nagte nach wie vor an Theos Herz.

»Wenn ich einen Engländer abgeschossen habe«, fuhr Richthofen fort, »ist mein Jagdeifer etwa eine Viertelstunde lang gestillt. Dann kehrt der Drang sofort zurück ...«

Sie gingen am Seeufer entlang. Der Himmel war bedeckt. Alle drei Vampire trugen große Schirmmützen und dunkle Brillen. Von seinem nächtlichen Beutezug gestärkt, war der Baron mitteilsamer als bei früheren Interviews. Theo hatte Poe auf die Idee gebracht, daß Richthofen sich außerhalb des Schlosses womöglich als gesprächiger erweisen würde. Zwischen vier Wänden eingesperrt zu sein war für einen Jäger wie ein vorzeitiges Begräbnis.

Ein Tier spürte ihnen nach. Poe hörte es im hohen Gras leise rascheln. Es war ein kleiner Hund. Der Baron hatte ihren Verfolger ebenfalls bemerkt und warf alle paar Schritte einen gierigen Blick in seine Richtung.

Während seines dreistündigen Fluges in der vergangenen

Nacht hatte Richthofen viermal zugeschlagen und einen RE8-Aufklärer, eine französische Spad, eine Sopwith Camel und einen britischen Beobachtungsballon erbeutet. Sechs Männer, darunter vier Vampire, hatten den Tod gefunden, und die Abschußbilanz des Barons hatte sich um drei Siege erhöht. Ballons wurden getrennt gezählt. Der Franzose, Nungesser, hatte eine hohe Abschußbilanz gehabt. Dieser Sieg, den der Baron in seinem offiziellen Bericht über Gebühr gewürdigt hatte, sollte als einer seiner größten in die Geschichte eingehen.

»Wie würden Sie Ihre nächtlichen Leistungen beurteilen?«

»Die Jagd hat sich gelohnt. Ich habe mit einer Ausnahme von allen meinen Opfern getrunken.«

»Was ist Ihnen wichtiger, der Aderlaß oder das Töten?«

Poe bereute seine Frage sofort. Sie erregte das Mißtrauen des Barons. Zunächst hatte Poe angenommen, Richthofen mit solchen Vorstößen tatsächlich verblüffen zu können; nun wurde ihm klar, daß Richthofen lediglich seine Worte abwog, um die Aufmerksamkeit der Luftwaffen-Zensoren nicht zu erregen.

Der Hund, ein triefäugiger weißer Beagle, kam zwischen den Grashalmen hervor und tappte auf sie zu. Der Köter war bestimmt ein Leichenfledderer.

»Nur der Sieg zählt«, antwortete Richthofen nach einer Weile.

»Und was verstehen Sie unter einem Sieg?«

Der Baron wandte sich ab und ließ den Blick über das spiegelglatte Wasser schweifen.

»Und was verstehen Sie unter einem See, Herr Dichter?«

Es war ein unscheinbarer See. Trübe, aber nicht versumpft, nicht schön, aber auch nicht häßlich. In der Nacht, als Richthofen Balls Beobachter hatte davonkommen lassen, war hier ein britischer Kampfpilot niedergegangen. Die Flieger hatten die Wrackteile mit einem Netz herausgefischt und an der Trophäenwand im Schloß befestigt. Der Leichnam des Piloten war verschollen geblieben.

»Das kann ich Ihnen nicht sagen, aber ich kann Ihnen sagen, was mir der Aderlaß, das Blut einer schönen Frau bedeutet ...«

»Frauen«, schnaubte der Baron.

Theo unterdrückte ein Grinsen und blickte auf.

»Ich will mich nicht rechtfertigen«, sagte Poe. »Auch wenn ich, der Not gehorchend, in den Krieg zog, so bin ich doch kein Mörder aus Passion.«

»Mein Bruder behauptet, die Liebe sei ihm wichtiger als der Kampf. Aber er macht sich etwas vor.«

»Für mich ist der Akt des Vampirismus eine zärtliche Vereinigung, ein Ausweg aus der Einsamkeit, eine Bekräftigung des Lebens im Tode ...«

»Das ist mir zu hoch, Herr Dichter. Haben Sie etwa noch nie getötet?«

Poe schämte sich. Bleiche, tote Frauen spukten ihm im Kopf herum. Zähne, Augen und unendlich langes Haar.

»Doch«, gestand er, »ich habe getötet. Insbesondere als Neugeborener. Damals wußte ich noch nicht, was mit mir geschehen war.«

»Ich bin ein Neugeborener. Ich bin erst seit acht Jahren ein Vampir. Professor ten Brincken hat mir versichert, daß ich mich fortlaufend verändern werde.«

»Aber werden Sie auch immer mehr zum Mörder?«

Richthofen nickte knapp. Er zog eine Pistole aus einem Lederhalfter und gab einen wohlgezielten Schuß ab. Die Kugel durchbohrte den Schädel des verdutzten Beagle. Er bäumte sich auf, dann schoß Blut aus seinen Ohren, und er brach tot zusammen.

»Lächerliches Vieh«, stieß Richthofen schaudernd hervor. Aus irgendeinem unerfindlichen Grund war ihm das harmlose Tier ebenso widerlich wie eine pestverseuchte Ratte.

Die beiläufige Tötung erfüllte Theo mit Schrecken. Der Schuß hallte von allen Seiten wider, ein Generalangriff auf Poes empfindliche Trommelfelle. Ein Entenschwarm brach aus dem Schilf. Der Geruch des Hundeblutes kitzelte Poes roten Durst. Obgleich er das Tier widerwärtig fand, erinnerte es ihn an Gigis süßen Duft. Auf Malinbois wurden den Fliegern manchmal warmblütige Frauen zur Verfügung gestellt. Poe lechzte nach Blut.

»Ich töte für mein Vaterland«, sagte Richthofen. »Ich erfülle meine Pflicht.«

»Wer weiß, welche Veränderungen Sie in den kommenden Jahrhunderten durchmachen werden? Vielleicht wird Ihr Vaterland Sie irgendwann von Ihrer Pflicht entbinden. Und auch Sie werden lernen zu lieben.«

Traurig, kalt und kreidebleich sah Richthofen ihm in die Augen. »Für mich gibt es keine kommenden Jahrhunderte. Ich bin ein toter Mann.«

Poe blickte verwirrt zu Theo.

»Wenn mich nicht alles täuscht, haben Sie sich verwandelt, ohne gestorben zu sein. Haben Sie mir das nicht selbst erzählt?«

Der Baron verzog angewidert das Gesicht. »Davon spreche ich nicht, Herr Dichter. Ich bin wirklich und wahrhaftig tot. Alle Angehörigen des JG1 sind tot und machen lediglich vorübergehenden Gebrauch von ihrem Leichnam. Ich halte es für äußerst unwahrscheinlich, daß wir den Krieg überleben werden.«

Theos Lippen wurden zu einem schmalen Strich. Er stieß Rauch durch die Nase und warf den Zigarettenstummel in den See.

»Nungesser. Du hast sein Blut getrunken. Du denkst seine Gedanken.«

Die winzige Glut der Zigarette zischte.

»Ich kann durchaus selbständig denken, Kretschmar-Schuldorff. Aber du hast recht. Der Franzose war wie ich. Er wußte, daß er tot war. Für ihn war jeder Abschuß eine Gnadenfrist. Als ich ihn tötete, war er nicht im mindesten erstaunt. Er hatte keinen Zweifel, daß ihn früher oder später der

Tod ereilen würde. Das wußte ich in dem Moment, als ich ihm die Gurgel durchbiß und sein Blut trank.«

»Betrachten Sie Ihre Opfer als Kameraden?« fragte Poe.

»Das Tragische am Krieg ist, daß er unter Gleichen ausgetragen wird. Wir Flieger haben mehr gemein mit denen, die wir bekämpfen, als mit denen, für die wir kämpfen. Ich werde aller Voraussicht nach in der Luft sterben. Mein Lehrer Oswald Boelcke ist durch einen albernen Unfall ums Leben gekommen. Wir alle, die man uns Helden schimpft, wir alle werden sterben. Wir werden brennend vom Himmel stürzen. Nur die Etappenschweine werden überleben.«

Poe dachte an Göring, der die Abschußbilanzen aufstellte, an Ewers, der seine Vorgesetzten um eine Beförderung anging, an ten Brincken, der Messungen durchführte, an Kürten und Haarmann, die die Geschütze ihres Herrn und Meisters pflegten. Und er dachte an Edgar Poe, der sich dazu herabließ, Propaganda zu verfassen.

»Professor ten Brincken behauptet, er könne Sie unbesiegbar machen.«

»Er läuft uns mit Greifzirkel und Stoppuhr hinterdrein und schwatzt dummes Zeug von Messungen und Wissenschaft. Er ist nie in der Luft gewesen. Er hat nicht die geringste *Ahnung.* Dort oben gibt es keine Wissenschaft.«

»Sondern?«

»Sie sind der Dichter. Verraten Sie es mir.«

»Ich kann nicht über etwas schreiben, das ich nicht kenne.«

Richthofen nahm die dunkle Brille ab. Trotz der Sonne schrumpften seine Pupillen nicht. Sein Gesicht war wie in Marmor gehauen.

»Dort oben, am Nachthimmel, führen wir Krieg. Ewigen Krieg. Und zwar nicht nur gegen die Briten und Franzosen, sondern gegen die Luft. Am Himmel sind wir unerwünscht. Er tötet Vermessene wie uns. Er packt die Boelckes und die Immelmanns, die Balls und die Nungessers, und schleudert sie zur Erde. Der Himmel wird nie unsere Heimat sein.«

Er sprach, ohne aufzublicken.
»Und nach dem Krieg?«
Zum ersten Mal, seit Poe ihn kannte, lachte der Baron. Es war ein kurzes Bellen, wie das Brechen eines Zweiges.
»›Nach dem Krieg?‹ Es gibt kein ›nach dem Krieg‹.«

34

Eine Immelmann-Kehre

Zwischen ihnen herrschte eine unausgesprochene Waffenruhe: Kate von der Front fernzuhalten, stand nicht mehr zur Debatte.

Charles wollte sie in seiner Nähe haben, weil er großen Wert auf ihre Meinung legte. Dank ihrer Verbindung, die immer schwächer wurde, je mehr ihr Blut das seine absorbierte, wußte Kate, daß sie ihm Trost bot. Es betrübte sie, daß er sie nicht ihrer Verdienste wegen in die Pläne des Diogenes Clubs einweihte, sondern weil sie diesen wackeren alten Mann an andere Frauen erinnerte, die Frauen seiner Jugend: seine verstorbene Gattin Pamela, die bewundernswerte Geneviève.

Während sie im offenen Wagen nach Maranique gefahren wurden, döste Charles, entkräftet und erschöpft. Sie hatte eine Decke über seine Knie gebreitet und versuchte ihn aufrecht zu halten. Im Schlaf hatte er einen Arm um sie gelegt.

Wer war sie in seinen Träumen? Da sie Frank Harris, die Zeit des Schreckens und dreißig Vampirjahre überdauert hatte, wußte sie, daß sie einen festen Charakter besaß. Doch Charles' Geisterfrauen waren bedrohlich. Sie lief Gefahr, zu einer der Phantomschwestern zu werden, die ihn heimsuchten. Dazu zählten, neben Pamela und Geneviève, Penelope, Mrs. Harker, Mary Kelly, die alte Königin und Mata Hari. Außer Pamela, die schon vor der Ankunft Draculas gestorben war, allesamt Vampire.

Die Persönlichkeit eines Vampirs war von Natur aus instabil und wandelbar. Da er sich in einem fort von anderen ernährte, wurde er zu einer Melange der Wesenszüge seiner Opfer und verkümmerte innerlich, verlor seinen eigentlichen

Charakter. Kates Schwestern in Finsternis verdorrten im Geiste, bevor sie körperlich verfielen.

Seit ihrer Verwandlung war Penelope, Charles' Verlobte, wie ausgewechselt. Inzwischen lebte sie völlig zurückgezogen, empfing junge, warmblütige Besucher, und klammerte sich aus Leibeskräften an ein Leben im Tod, das sie von ganzem Herzen haßte.

Kate wußte, daß sie stark war. Nach all den Jahren war sie immer noch nicht-tot, immer noch sie selbst, immer noch bei Sinnen. Wahrscheinlich sogar mehr denn je. Wenn sie sich nicht verwandelt hätte, wäre sie heute, anders als Charles vermutet hatte, eine verrückte alte Jungfer, eine wunderliche Tante in Hosen.

Sie fuhren auf der Straße, die sie in der Nacht von Edwins Verschwinden entlanggeradelt war. Wieder war der Himmel milchigweiß. Doch diesmal ging die Sonne auf, nicht unter. Wieder waren Flugzeuge in der Luft. Drei Camels auf dem Weg zurück zum Rollfeld. Da sie nicht von der Front kamen, hatten sie auch keine Angriffsstreife geflogen. Sie vollführten Flugkunststückchen, was nicht gern gesehen wurde, schlugen Purzelbäume in der Luft, wobei einer den Kreis noch enger zu ziehen versuchte als der andere. Auf zwei Piloten, die der Feind vom Himmel holte, kam ein dritter, der bei Schulungs- oder Vergnügungsflügen sein Leben ließ. Zwei Camels verfolgten die dritte und versuchten sie, wie Falken, die sich ihrer Beute näherten, zur Landung zu zwingen.

Einige wenige Vampire konnten sich Schwingen wachsen lassen und fliegen. Kate gehörte leider nicht zu ihnen. Als sie nach oben blickte, spürte sie den Ruf des Himmels. Wie gern hätte sie eine dieser Maschinen geflogen. In ihren Kindertagen war sie von derselben gräßlichen Penelope, der Charles die Ehe versprochen hatte, erbarmunglos gepiesackt worden, als sie gestand, sie wolle sich wie ein Knabe kleiden und zur See fahren. Nun verspürte sie erneut den kindlichen Impuls, den sie dank ihrer Verwandlung im Herzen bewahrt hatte.

Um ihre Verfolger abzuschütteln, ging die Camel in den Sturzflug über und trudelte auf eine Gruppe knorriger Bäume zu. Kate glaubte, der Pilot habe die Kontrolle über seine Maschine verloren. In ihrer Angst rüttelte sie Charles wach und deutete gen Himmel.

»Verdammter Narr«, sagte er.

Es war kaum zu glauben, aber das Kampfflugzeug streifte die Baumwipfel (Kate hörte Zweige brechen, sah sie zu Boden fallen) und zog dann steil nach oben. Kate pfiff. Der Pilot faßte seine Kameraden von hinten und roch ihnen an der Hose. Wenn er aus dieser Position gefeuert hätte, wäre es aus mit ihnen gewesen.

»Das muß Edwin sein«, sagte Charles.

»Aber das sieht nach einem erfahrenen Flieger aus. Und Edwin ist Anfänger.«

»Ein erfahrener Flieger wüßte, wann er Angst zu haben hat.«

Um aus einem Luftkampf als Sieger hervorzugehen, mußte man den Gegner von schräg unten attackieren, aus derselben Position, die Edwin gegen seine falschen Feinde eingenommen hatte. Selbst ein Zweisitzer mit schwenkbarem Heckgeschütz war machtlos gegen einen Angreifer, der von schräg unten kam. Die Taktik des Hahnenkampfes, die sich in den vergangenen drei Jahren entwickelt hatte, lief darauf hinaus, sich hinter das Zielobjekt zu setzen.

»Fliegt wie ein Hunne, der Bursche«, sagte der Fahrer mit einem Hauch von Verachtung in der Stimme. »Ein neuer Stern am Fliegerhimmel. In zwei Wochen bekommt er das Victoria-Kreuz, und in vier Wochen ist er tot.«

Edwins Beute flog in entgegengesetzte Richtungen davon: Während der eine Edwins Manöver imitierte und seine Maschine trudeln ließ, hielt der andere auf die Wolken zu.

»Bei einem echten Hahnenkampf wären sie ihm trotz seines sagenhaften Sturzfluges entwischt.«

Charles schüttelte den Kopf. »Bei einem echten Hahnenkampf hätte er sie abgeschossen, bevor sie ihm entkommen wären.«

Plötzlich war ein leises, stotterndes Geräusch zu hören.

»Himmel, Arsch und Wolkenbruch«, fluchte der Fahrer. »Der Bursche hat auf seinen Kameraden geschossen.«

Die Camel, die auf die Wolkenbank zuhielt, war jedoch offensichtlich nicht getroffen.

»Das wird irgendein Knallkörper gewesen sein«, meinte Kate.

»Wohl kaum, Miss.«

Die andere Maschine bremste ihren Sturzflug und zog wackelig und unsicher nach oben, doch Edwin war ihr noch immer auf den Fersen. Wieder war ein stotterndes Geräusch zu hören.

Winzige Stichflammen schlugen aus dem Höhenleitwerk der Camel.

»Diesmal hat er ihn getroffen«, sagte der Fahrer.

Sie hielten vor dem Haupttor von Maranique. Der Wachposten ließ Charles' Wagen passieren, ohne zu salutieren. Zwar war er ein hochrangiger Beamter der Regierung, doch er trug Zivil. Bei der Wache handelte es sich um denselben Corporal, der Kate beim letzten Mal hereingelassen hatte.

Der Wagen erreichte das Bauernhaus, just als die Camels sich dem Rollfeld näherten. Captain Allard stand, mit langem schwarzem Mantel und breitkrempigem Hut, vor der Tür und blickte in den Himmel, umringt von einem Kader von Piloten, unter ihnen ihre alten Freunde Bertie und Ginger. Allard schwieg verbissen, während die anderen hitzig debattierten. Kate konnte sich denken, worum es ging. Vor dem Bauernhaus stand ein zweiter Stabswagen mit Chauffeur. Sie witterte hochgestellte Persönlichkeiten und überlegte, was es damit auf sich haben mochte.

Als die Sonne aufging, landeten die Camels. Edwin setzte als erster auf und rollte schnurstracks auf die Flugzeughallen zu. Obwohl Haube und Brille sein Gesicht verhüllten, wußte sie sofort, daß dies der Mann war, der von ihrem Blut getrunken hatte. Eine heiße Nadel durchbohrte ihr das Herz und rief ihr ins Gedächtnis, daß sie mit ihm noch nicht fertig war.

Die zweite Maschine plumpste mit qualmendem Höhenleitwerk zu Boden. Ein Rad verfing sich in einer Ackerfurche, und das Flugzeug drehte sich unbeholfen um die eigene Achse, bis es hinkend zum Stillstand kam. Der erzürnte Pilot sprang aus dem Cockpit, riß sich Haube und Handschuhe herunter und rannte über das Feld. Da seine großen Stiefel zwar die Füße wärmten, ihn jedoch am Laufen hinderten, wirkte er so tapsig und tolpatschig wie ein Kintopp-Komiker.

Während die dritte Camel zu einer weichen Landung ansetzte, stürzte der wütende Pilot der zweiten Maschine unter einem schier endlosen Schwall von Flüchen auf Edwin zu, der sich seelenruhig die Brille auf die Stirn schob.

Kate half Charles über das Feld. Allard und die anderen Piloten mischten sich ein.

»Du hast mich angeschossen, du kaltschnäuziger Schweinehund! Was zum Teufel hast du vor? Den Krieg für die Hunnen gewinnen?«

»Sachte, Rutledge«, sagte Ginger. »Laß Winthrop doch erst einmal erklären.«

Rutledge, ein Vampir mit kleinen Hörnern und wildem Schnurrbart, war ein neues Gesicht.

»Ich höre . . . ?«

Rutledge sah zu Edwin hoch. Der Pilot löste seinen Schal und nahm Kopfschutz und Brille ab. Schwarze Rußringe zeichneten die Konturen kalter Augen.

»Er hätte den Sieg davongetragen«, wandte sich Edwin an Allard. »Deshalb habe ich es vorgezogen, ihn ins Visier zu nehmen.«

»Du verfluchter Tölpel, du hättest mich umbringen können!«

»Ich habe dich lediglich markiert. Ich habe dich nicht abgeschossen.«

Der zum Richter bestellte Allard dachte nach.

»Allard, wenn ich Rutledge hätte abschießen wollen, dann hätte ich ihn abgeschossen.«

Allards brennende Augen schienen direkt in Edwins Herz zu blicken.

»Stimmt«, sagte Allard.

Rutledge wollte widersprechen. Er hieb mit der Faust gegen den Rumpf von Edwins Flugzeug. Die Bespannung bebte. Der Pilot war der Hysterie nahe.

»Captain, er hat auf mich geschossen! Ein Engländer hat auf mich geschossen!«

»Er sagt die Wahrheit. Er wußte, daß er Sie nicht töten würde.«

»Er hat Staatseigentum beschädigt.«

»Das kostet ihn einen Tageslohn.«

Edwin nahm Allards Urteil an. Zwischen dem stellvertretenden Geschwaderkommandeur und dem neuen Piloten herrschte stillschweigendes Einvernehmen.

Rutledge stürmte davon. Edwin hievte sich aus dem Cockpit und baumelte wie ein Affe an der Querstrebe des oberen Flügels.

»Eine bockige Kiste, diese Camel. Ganz anders als die Pups, auf denen wir gelernt haben. Der Vogel muß erst eingeflogen werden. Aber die Steuerung ist traumhaft.«

Allard nickte.

Der dritte Pilot, ein amerikanischer Vampir, war gelandet und gesellte sich zu ihnen. Er war vor Aufregung ganz blaß, wirkte jedoch eher erschöpft als aufgebracht.

»Lockwood, es tut dir hoffentlich leid, daß du mit einem Kameraden wie Rutledge auf mich losgegangen bist«, sagte Edwin.

Lockwood zuckte die Achseln. »Ich fand die Idee nicht schlecht.«

Der Amerikaner ging davon. Edwin nahm seine Haube ab.

»Hallo, Beauregard«, begrüßte er die Neuankömmlinge. »Miss Reed.«

Miss Reed!

Kates irisches Blut geriet in Wallung, doch sie war vermutlich nicht die einzige, die der neue, bessere Edwin Winthrop pausenlos zur Weißglut trieb.

»Wie hat Ihnen die Vorstellung gefallen?«

»Sie fliegen, als seien Sie dafür geboren.«

»Ich *bin* wie neu geboren, Beauregard.«

Edwin ließ sich wie ein Zirkusakrobat zu Boden fallen und richtete sich auf. Er war noch immer warmen Blutes, und doch lag der Scharfsinn des Vampirs in seinem Lächeln, sprach kaum verhohlene Kälte aus seinen Augen.

Sie kannte diesen Blick: von den warmblütigen Domestiken, die manche Älteste zum Frondienst preßten, indem sie ihnen Blutstropfen zu trinken gaben und die Verwandlung in einen Vampir in Aussicht stellten. Doch Edwin war kein Vampir-Sklave. Und ihrer schon gleich gar nicht.

»Du fliegst wie Ball«, sagte Bertie. Es war eher eine nüchterne Betrachtung als ein Kompliment. Der neue Pilot nahm es widerspruchslos hin. Er hatte etwas von Albert Ball, und er hatte etwas von Kate Reed. Dennoch war er ganz Herr seiner Sinne. Er hegte die felsenfeste Überzeugung, daß letztlich alles einzig und allein an Edwin Winthrop lag.

»Trotzdem hättest du lieber nicht auf den guten Rutledge schießen sollen«, meinte Ginger. »Solche Spielchen drücken die Moral der Truppe. Wer weiß, vielleicht riecht dir eines Tages ein Hunne an der Hose, und Rutledge ist weit und breit der einzige, der den Knilch vom Himmel holen kann.«

»Das halte ich für äußerst unwahrscheinlich.«

Obgleich Bertie und die anderen Edwin bewunderten, akzeptierten sie ihn nicht als ihresgleichen. Sie trauten ihm nicht über den Weg. Womöglich stellte er seine eigenen, unergründlichen Interessen über die des Geschwaders. Kate konnte es ihnen nicht verdenken.

»Ich würde es begrüßen, wenn wir uns kurz besprechen könnten, Winthrop«, sagte Beauregard. »Sie, ich und Kate. Ich möchte etwas klären.«

»Geht es um etwas Persönliches?«

»Wenn Sie so wollen.«

Jiggs, der Mechaniker, öffnete die Motorverkleidung von Edwins Maschine und fluchte, als ihn ein Schwall öliger Hitze anwehte.

»Ich muß in einer Stunde Streife fliegen. Ich bin der einzige Warmblüter im Geschwader. Wir haben zuwenig Leute für Tagesflüge.«

Kate fragte sich, wie warm Edwins Blut tatsächlich war.

»Es dauert bestimmt nicht lange.«

»Einverstanden.«

35

Hoher Besuch

Im Schloßhof stand ein langes, schwarzes Auto. Sechs Motorräder mit uniformierten Kradbegleitern bildeten einen zinnenbewehrten Schutzwall um den Wagen.

»Hoher Besuch«, sagte Theo.

Die Morgensonne machte Poe benommen, und es kostete ihn einige Mühe, sein Entsetzen zu verbergen. Er wußte aus Erfahrung, daß hoher Besuch zumeist nichts Gutes zu bedeuten hatte. Seine Geschäfte mit amerikanischen und europäischen Verlegern endeten jedesmal mit Streit, Vertragsbruch und Ranküne, während seine derzeitigen Gastgeber vermutlich dazu neigten, mit Holzpflöcken und Silberkugeln Kritik an seinem Werk zu üben.

Adlerwimpel schmückten das Verdeck des Wagens. Die Kradbegleiter waren elegante junge Neugeborene. Ihre schwarzledernen, zweifellos militärischen Uniformen sah Poe zum ersten Mal. Wahrscheinlich gehörten sie zu einer neuen Einheit, einer Unterabteilung von Kaiser Wilhelms Luftstreitkräften oder Dr. Mabuses Geheimpolizei.

In einem deutschen Utopia würden alle Untertanen prachtvolle Uniformen tragen. Latrinenwärter würden aussehen wie Feldmarschälle. Feldmarschälle würden unter dem Gewicht von Messing und Medaillen stöhnen.

Poe war sich schmerzlich bewußt, daß er der einzige Zivilist auf Malinbois war. Selbst Ewers trug die schmucke Uniform eines Kavallerieoffiziers, die ihm als Reservist einer obskuren Truppe zustand.

Poe hätte sich am liebsten hinter Richthofen versteckt.

Den Arm zum Gruß erhoben, öffnete einer der Kradfahrer den Fond der Staatskarosse. Ein insektoider Ältester kroch aus dem finsteren Wageninnern. Mit ihm entwich ein übelkeiterregendes Miasma. Ordonnanzen beschirmten die dürre Kreatur mit einem schwarzen Baldachin. Ihr Rattengesicht lag im Schatten, und ihre schmutzigweißen Augen schnellten hin und her, während sie sich steif aufrichtete.

»Das ist Graf von Orlok«, erklärte Theo. »Er zählt zu Draculas engsten Beratern.«

Nur die ältesten der Ältesten sahen derart gräßlich aus. Orlok trug einen mottenzerfressenen Überzieher, der von zahllosen Knöpfen, Haken und Ösen zusammengehalten wurde. Er hatte einen Buckel, Spinnenfinger, Nagezähne und eingefallene Wangen; eine Pelzmütze bekrönte seinen kahlen, aufgeschwollenen Schädel, und seine Hände waren zu Gichtklauen verkrümmt. Poe hatte noch nie einen so abstoßenden Vampir gesehen. Ein Exemplar wie dieses würde selbst ten Brincken nicht vermessen und klassifizieren können. Orlok war ein Dämon aus der Hölle, kein Geschöpf der Wissenschaft.

»Ich dachte, wir hätten noch ein wenig Zeit«, murmelte Theo.

Poe wollte seinen Freund um eine Erklärung bitten, doch Theo verstummte jäh. Er hatte schon zuviel gesagt.

Im Schutze seines Sonnenbaldachins sah Orlok sich um. Seine Augen wanden sich in ihren Höhlen. Poe versuchte gerade zu stehen. Richthofen nahm unwillkürlich Haltung an, zur Musterung bereit.

General Karnstein kam, flankiert von Dr. Caligari und ten Brincken, durch das Portal. Im Gefolge des Generals tummelten sich mehrere Flieger, die sich hastig in erste Garnitur gezwängt hatten. Das den Helden üblicherweise zugestandene Recht auf Individualität war vorübergehend außer Kraft gesetzt.

Der General grüßte den Grafen, der knurrend mit der Klaue winkte. Der Älteste zog es offensichtlich vor zu schweigen.

Die kleine Ausflugsgesellschaft, die sich am Seeufer ergangen hatte, schloß sich Karnsteins Kader an. Baron von Richthofen nahm seine standesgemäße Position an der Spitze des Geschwaders ein. Theo setzte sich links von ihm hinter den General. Poe hatte sich eben neben Theo gestellt, als jemand – Hanns Heinz Ewers, wer sonst? – vor ihn trat und ihm die Sicht nahm.

Der größte Kradbegleiter erwiderte Karnsteins Gruß und schob sich die Motorradbrille auf die Stirn. Er war ein stattlicher neugeborener Preuße mit gestutztem Schnurrbart, starrem Lächeln und Schmissen im Gesicht.

»Hardt vom Generalstab«, stellte er sich vor.

Der Neugeborene war Orloks Sprachrohr. Er trug einen langen Mantel und eine Schutzhaube aus schwarzem Leder. Hardt sah sich im Schloßhof um, dann richtete er den Blick gen Himmel.

»Das also ist der Schlupfwinkel unserer Ritter der Lüfte. Ich bin bei der Marine. U-Boot-Flotte.«

Karnstein nickte.

»Sie haben ein beeindruckendes Quartier, Herr General. Und eine ebenso beeindruckende Bilanz. Welcher von Ihren Männern ist unser roter Kampfadler?«

Karnstein wies auf den Baron. Der trat vor und salutierte. Hardt erwiderte den Gruß und schüttelte Richthofen die Hand.

»Es ist mir eine Ehre«, sagte Hardt. »Sie sind ein Held.«

»Ich erfülle nur meine Pflicht.«

Poe konnte die Augen nicht von Orlok lassen. Der Älteste wirkte nachgerade zerbrechlich, als ob seine langen Finger jeden Moment knicken und zerbröckeln könnten. Wenn ihn ein Sonnenstrahl getroffen hätte, so wäre er im Nu zu Staub zerfallen. Dennoch steckte eine Kraft in ihm, die über Jahrhunderte gewachsen war. Die Verzweiflung, mit der er sich ans Leben klammerte, mußte unfaßbar groß sein. Die Uralten waren unergründlich.

Ewers wandte sich an Hardt. »Darf ich fragen, ob Dr. Mabuse Zeit gefunden hat, sich mit meinem Bericht zu beschäftigen?«

»Sie sind . . . ?«

»Hanns Heinz Ewers.«

»Der Doktor wird Ihre Beschwerde mit der gebührenden Sorgfalt erwägen, Herr Ewers. Aber Sie haben sicherlich Verständnis dafür, daß dringendere Angelegenheiten seine Zeit in Anspruch nehmen.«

Ewers senkte den Kopf und knabberte wütend an seiner Unterlippe.

»Haben Sie seinetwegen solche Schwierigkeiten, Herr Edgar Allan Poe?«

Poe konnte sich die heimtückischen Verleumdungen, die Ewers dem Doktor übermittelt hatte, lebhaft vorstellen. Der Deutsche setzte offenbar alles daran, sein Ansehen zu untergraben. Poe zuckte hilflos mit den Schultern. Hardt musterte ihn von oben bis unten.

»Herr Ewers behauptet, Ihr guter Ruf sei gänzlich unverdient«, sagte Hardt mit einem süffisanten Lächeln.

Poe versuchte den festen Blick des Neugeborenen zu erwidern.

»Ganz im Gegenteil«, widersprach er, in der Hoffnung, sein Unbehagen hinter markiertem Schneid verbergen zu können, »und er wäre noch viel besser, würde ich nicht fortwährend von abgefeimten Plagiatoren geplagt. Wenn meine Werke tatsächlich so überschätzt sind, weshalb lassen sich dann so viele Schmierfinken dazu herab, sie nachzuahmen?«

Ewers funkelte ihn böse an. Poe hatte nicht gewußt, wie sehr der Deutsche ihn beneidete.

»Wir sind mit Herrn Poes Arbeit hochzufrieden«, fuhr Richthofen dazwischen.

Hardt runzelte sardonisch die Augenbrauen. Auch Poe war überrascht.

»Sie glauben also, Ihr Mitverfasser sei seiner Aufgabe gewachsen?«

»Ohne den geringsten Zweifel.«

Hardt bedachte Ewers mit einem abschätzigen Lächeln und einem kaum merklichen Achselzucken.

»Tja, mein lieber Ewers, damit ist das Thema wohl vom Tisch. Unser Kampfadler muß es schließlich am besten wissen. Ich danke Ihnen, daß Sie uns von dem Vorgang unterrichtet haben, aber Ihre Sorge ist ganz offensichtlich völlig unbegründet.«

Ewers wurde rot vor ohnmächtigem Zorn. Die Adern an seinen Schläfen weiteten sich und pulsierten. Baron von Richthofen hatte Poe soeben vor dem sicheren Tod bewahrt. Oder doch zumindest vor dem Verlust seiner Stellung. Ewers hatte versucht, ihn zu eliminieren.

»Wollen wir nicht hineingehen?« schlug Hardt vor. »Graf von Orlok hält sich nach Sonnenaufgang nur ungern im Freien auf.«

Karnstein trat beiseite. Die Flieger standen vor dem Eingang zur Großen Halle Spalier. Von seinen motorisierten Leibwächtern flankiert, schleppte Orlok sich im Schatten des Baldachins über das Kopfsteinpflaster. Hardt nahm den spitzen Ellbogen des Grafen und half ihm auf die erste der drei Stufen zum Portal.

Plötzlich blieb Orlok stehen. Der stumme Vampir hielt an alten Traditionen fest. Er trat nur über eine Schwelle, wenn man ihn dazu aufgefordert hatte.

»Graf von Orlok«, sagte Karnstein, »willkommen im Château du Malinbois. Bitte fühlen Sie sich wie zu Hause.«

Orlok rieb die Fingernägel aneinander wie eine Zikade ihre Beine. Hardt half ihm die Treppe hinauf. Im Halbdunkel des Schloßportals schüttelte der Älteste die Kradbegleiter ab. Der Verwesungsgeruch von Orloks alten Kleidern war so stark, daß Poe in dem schmalen Flur, der in die Große Halle führte, fast erstickte.

Karnstein folgte Hardt und Orlok die Treppe hinauf und wies den Weg in die Halle. Poe hielt sich dicht hinter ihnen, gefolgt von Theo und Ewers. Bei der Vorstellung, daß Ewers daran dachte, ihn meuchlings zu erdolchen, lief ihm ein Schauder über den Rücken.

Richthofen ließ den Ältesten den Vortritt und drängte sich zwischen Poe und Theo. In der Tür wandte er sich noch einmal um und warf Ewers, der auf der untersten Stufe stehengeblieben war, um seinen Ärger zu verdauen, einen haßerfüllten Blick zu.

»Ewers«, sagte Richthofen, »ich wäre Ihnen äußerst dankbar, wenn Sie sich um Ihre eigenen Angelegenheiten kümmern und meinen Biographen künftig in Frieden lassen würden.«

»Aber Herr Baron, ich . . . «

Poe stand hinter dem Baron und sah nur dessen ordentlich ausrasierten Nacken. Ewers befiel lähmendes Entsetzen. Plötzlich hatte Richthofen spitze Ohren, und seine Kieferknochen verformten sich. Als er sich kurz darauf umdrehte, wirkte er ebenso kühl und gleichgültig wie sonst. Poe dankte Gott, daß er dem Baron während der vergangenen Sekunden nicht hatte ins Gesicht sehen müssen. Eine blutige Träne rollte Ewers über die Wange. Die Angst saß ihm noch in den Gliedern.

Sie ließen Ewers im Schloßhof zurück und gesellten sich zu Orloks Abteilung, die soeben die Wand voller Trophäen bestaunte, während General Karnstein die Siege der einzelnen Flieger aufzählte.

»Höchst eindrucksvoll«, rief Hardt. »Graf von Orlok bewundert die Verdienste des JG1. Ebenso wie sein schätzenswerter Vetter Graf von Dracula.«

»Es wird meinen Männern eine große Ehre sein«, sagte Karnstein. »Sie sind Neugeborene. Nur wenige ihrer Art sind auserwählt, eine so hehre Mission zu erfüllen.«

Poe schien etwas Wichtiges versäumt zu haben. Von welcher Mission sprach der General?

»In Anbetracht der Bedeutung dieser Stellung«, sagte Hardt, »hat Berlin beschlossen, sie offiziell umzubenennen. ›Château du Malinbois‹ klingt für unseren Geschmack ein wenig zu . . . *französisch*. Ab sofort soll sie, zu Ehren der Helden des JG1, Schloß Adler heißen.«

Orlok strich an der Trophäenwand entlang und kratzte sich mit seinen Spinnenklauen das Kinn, während er die Andenken betrachtete. Obgleich er mit seinen riesenhaften Rattenohren selbst die winzigen Geräusche hören mußte, die Poe den Verstand zu rauben drohten, tat er, als würde er kein Wort verstehen. Hardt war lediglich eine grinsende Maske, eine tanzende Marionette. Orlok hielt die Fäden in der Hand.

»Nun, sofern Ihr Geheimdienstoffizier abkömmlich ist . . .«

Theo trat forsch und schneidig vor. Mit einem Mal war seine Unbekümmertheit verflogen. *Dieser* Oberst Kretschmar-Schuldorff würde seinen Posten bis zum Jüngsten Tag verteidigen.

» . . . lassen Sie uns über die Sicherheitsvorkehrungen sprechen, die getroffen werden müssen, damit unser Oberbefehlshaber seinen besten Männern einen Besuch abstatten kann.«

General Karnstein weinte helle, heiße Freudentränen. Die Flieger waren, mit Ausnahme des stoischen Richthofen, bestürzt, verwirrt, entzückt. Selbst diese Kreaturen empfanden Rührung. Der große Kommandeur besuchte Malinbois. Nein, Schloß Adler. Manchmal wagte Poe den Namen kaum zu denken.

Dracula.

36

Die im Dunkeln

»Man könnte meinen, mir stünde eine elterliche Standpauke bevor. Sie schauen so ernst, so böse.«

»Sie haben es vielleicht noch nicht verstanden, aber ich bin gewissermaßen Ihre Mutter«, sagte Kate, »und Charles ist Ihr Vater. Er hat Sie in diese geheime Welt gebracht. Und es ist Ihre verdammte Pflicht, sich dessen würdig zu erweisen.«

Edwin grinste verständnislos. Sein stahlharter Blick wollte nicht zu seinem unbeschwerten Lächeln passen. Er hatte seine Gedanken mit einer Mauer umgeben; in Anbetracht ihrer Vereinigung fiel es ihm bestimmt nicht leicht, so unergründlich zu erscheinen.

»Auch wenn ich Rutledges Hintern nicht mit Kugeln hätte spicken dürfen, habe ich ihm höchstwahrscheinlich das Leben gerettet. Er war nachlässig dort oben, unvorsichtig. Das wird ihm kein zweites Mal passieren. Die nächste Kiste, die ihm an der Hose riecht, ist keine Camel. Lockwood hat das sofort begriffen.«

Sie standen im Flugzeugschuppen, zwischen zwei Reihen von Maschinen. Charles stützte sich schwerfällig auf seinen Stock. Ein paar Yards weiter flickte Jiggs das Heck der Camel, die Edwin »markiert« hatte. Ein strenger, öliger Motorengeruch hing in der Luft.

Zwischen zwei Flugzeugen eingekeilt, sah Kate, daß Edwin begonnen hatte, sich zu verwandeln. Seine Bewegungen wirkten geschmeidiger. Seine Miene wirkte kälter. Seine Zunge stieß bei jedem Zischlaut gegen spitze Zähne und verursachte ein leichtes Lispeln.

»Sie haben Kate geschröpft«, sagte Charles.

Edwin starrte leicht verschämt auf den harten Lehmboden

des Schuppens. Dann hob er erbost den Blick und sah den beiden ins Gesicht.

»Ich habe auch Sie geschröpft, Beauregard. Und Albert Ball. Und viele mehr. Wir alle schröpfen andere. Nur so können wir wachsen, reifen.«

Er würde nahezu rohes Fleisch verschlingen und in rotem Saft ertrinken. Und er würde einen unstillbaren Appetit entwickeln, Energie verbrennen wie ein Rotationsmotor. Er würde ewig Hunger leiden.

»Ist Ihnen denn nicht klar, in welche Gefahr Sie sich begeben, Edwin?« fragte Kate.

»Mit Verlaub, Miss Reed, aber Sie sind ein *Vampir*. Da steht es Ihnen schwerlich zu, mir eine Strafpredigt zu halten, weil ich andere schröpfe.«

Der mit eigener Klaue beigebrachte Schnitt an ihrem Hals begann zu schmerzen. Obgleich sie gänzlich verheilt war, pochte die Phantomwunde, prall vor Blut.

»Edwin, Sie wissen nicht, wovon Sie sprechen. Sie sind kein Vampir.«

»Ich möchte mich auch nicht verwandeln, Kate. Ich möchte nicht sterben. Ich muß meine Pflicht erfüllen, und das kann ich am besten, wenn Ihr Blut in meinen Adern fließt. Es tut mir leid, wenn ich Sie verletzt oder verärgert habe, aber es gibt Wichtigeres als uns beide.«

Er sah durch das offene Tor des Flugzeugschuppens in den Himmel.

»Dort oben haust ein Ungeheuer. Ich habe geschworen, es zu vernichten. Das bin ich Ball schuldig.«

»Sie müssen sich entweder läutern oder aber vollständig verwandeln. Ich weiß, wie es jemandem ergeht, der zwischen Leben und Nicht-Tod gefangen ist. Sie verkennen die Risiken für Leib und Seele.«

Edwin appellierte an Charles. »Beauregard, Sie wissen, daß die Risiken nebensächlich sind. Auf uns kommt es nicht an. Was zählt, ist einzig und allein die Pflicht.«

Kate wand sich innerlich. Ihre Blutsverbindung zu Edwin und Charles erwachte. Sie spürte die unterschwellige Rivalität zwischen den beiden Männern.

»Ihnen geht es nicht um Pflichterfüllung, Edwin. Ihnen geht es um Rache.«

Mit einem Mal war Edwins Miene wie versteinert.

»Mein Blut in Ihren Adern hat Ihren Verstand verwirrt und Ihre guten Absichten zunichte gemacht.«

»Richthofen muß fallen.«

»Richthofen wird fallen. Früher oder später. *Dracula* wird fallen. Aber das liegt nicht allein an Ihnen. Das müssen wir gemeinsam unternehmen. Sie werden Ihren ärgsten Feinden immer ähnlicher. In diesem Spiel geht es nicht um ein paar edle Springer und Millionen entbehrlicher Bauern. Hier geht es um unzählige Menschen, sowohl Warmblüter als auch Vampire.«

»Das klingt wie ein Zitat aus einem Ihrer Leitartikel, Miss Maus.«

Sie war wütend. »Ich versuche Sie vor einem großen Irrtum zu bewahren. Wahrscheinlich sogar vor Wahnsinn und wirklichem Tod. Sie sind durch die Hölle gegangen und schieben die Schuld nun einem jungen Hunnen in die Schuhe, statt sie den alten Männern beider Parteien zuzuschreiben, die Millionen Unschuldiger abgeschlachtet haben, weil es ihnen einfacher erschien, als das friedliche Zusammenleben zu sichern. Der Machtwille einer kleinen Minderheit hat uns alle ans Messer geliefert und tut es noch.«

»Sie reden wie ein Bolschewik.«

»Das soll mir recht sein. Ich kämpfe für die Revolution, und das gleiche gilt für Charles.«

»Ich verstehe nicht, was das mit mir zu tun hat.«

»Das ist es ja gerade. Es betrifft uns alle. Sie hingegen denken nur an sich.«

Einen Augenblick lang herrschte eisiges Schweigen. Kate war vor Zorn rot angelaufen. Edwin, den sie fast gewonnen hatte, zog sich in den Schutzpanzer zurück, der seinen Schädel umhüllte.

»Wollten Sie nicht etwas Wichtiges mit mir besprechen, Beauregard? Ich habe nämlich eine Angriffsstreife zu fliegen.«

Charles – der jetzt älter, grauer und gebeugter wirkte, als er tatsächlich war – dachte nach und sagte: »Ich glaube, Sie sind nach Ihrer Verwundung zu früh in den aktiven Dienst zurückgekehrt.«

»Ich bin gesund. Mehr als gesund.«

Edwin beugte die Knie und sprang. Er flog zwanzig Fuß weit durch die Luft und umfaßte einen Querbalken. Seine Stiefel baumelten über ihren Köpfen. Diese Art der Prahlerei hätte Kate eher bei kaltherzigen Neugeborenen vermutet, die mit Warmblütern nichts zu schaffen haben wollten und sie am liebsten wie Vieh gehalten hätten. Die davon überzeugt waren, ihr Vampirismus mache sie zu darwinistischen Aristokraten, Herrschern der Erde. Den Ungeheuern. Edwin ließ sich fallen wie eine Katze und richtete sich kühl und gelassen auf. Aus seinen Augen sprühte knabenhafter Stolz über sein gelungenes Bravourstück.

»Anfangs ist es wie ein Rausch«, erklärte Kate. »Man neigt zu Euphorie und Übermut.«

»Das stimmt nicht, Beauregard. Ich war vorsichtig. Ich habe eine lebende Waffe aus mir gemacht.«

Kate wußte, daß Charles geneigt war, ihm zu glauben. Der Diogenes Club durfte sich glücklich schätzen, eine grausame, behende Kreatur wie diese zu seinen Mitgliedern zu zählen. Doch Charles war redlich und anständig genug, diese Überlegung außer acht zu lassen.

»Ich kann es mir nicht leisten, Sie zu verlieren, mein Junge. Kate ist seit über dreißig Jahren ein Vampir. Ich muß auf sie hören.«

»Aber das ist doch *lachhaft*«, sagte Edwin und wandte sich ab. Sein breites Grinsen wirkte nahezu hysterisch. »Ich kann dem Spuk ein Ende machen. Wir müssen das JG1 vernichten. Wir müssen den Boche daran hindern, noch mehr dieser Kreaturen zu züchten.«

Kate spitzte die Ohren. Noch mehr dieser Kreaturen zu *züchten*?

»Ich hatte recht. Sie werden unvorsichtig. Sie haben sich verplappert.«

Edwin rollte wütend mit den Augen.

»Weshalb streiten wir uns eigentlich? Kämpfen wir nicht alle für dasselbe Ziel?«

Charles dachte nach. »Kate, Sie müssen mir versprechen, daß Sie ohne meine Zustimmung kein Wort über das JG1 verlauten lassen. Andernfalls könnten Sie in größte Schwierigkeiten geraten.«

Kate hatte angebissen. »Einverstanden, aber worum geht es überhaupt?«

»Das sind Gestaltwandler«, sagte er. »Richthofen und seine Kampfgenossen. Sie steuern keine Flugmaschinen. Sie lassen sich Flügel wachsen.«

»Grundgütiger!«

»Sie sind Nachkommen Draculas. Er ist ihr Blutpate. Sein Lebenssaft hat sie zu Ungeheuern gemacht.«

Nun war es an Kate, ein Geheimnis zu bewahren. Endlich begriff sie, was es mit Mata Haris Lebensbeichte auf sich hatte.

Edwin entschuldigte sich nicht dafür, daß er die Wildkatze aus dem Sack gelassen hatte.

»Ich werde anregen, Sie einstweilen von Ihren Pflichten zu entbinden, Edwin. Sie brauchen dringend ärztliche Betreuung«, sagte Charles.

Edwin widersprach nicht.

»Er will doch nur Ihr Bestes, Edwin.«

Er sah sie an und behielt seine Gedanken für sich.

»Nicht schlecht«, meinte Kate. »Es hat mich Jahre gekostet, diesen Kniff zu meistern.«

»Sie sind eine schlechte Lügnerin. Sie werden rot wie Lackmuspapier.«

Das klang fast wie der alte Edwin.

»Ich habe dennoch vollstes Vertrauen zu Ihnen«, sagte Charles. »Sie werden einer unserer besten Männer sein. Wenn Sie sich von dieser Infektion erholt haben.«

Sie ließen ihn im Flugzeugschuppen zurück. Während Kate dem armen Charles ins Freie half, gesellte Edwin sich zu Jiggs, der lustlos im Motor einer Camel stocherte, um mechanische Probleme zu erörtern.

Edwin hatte seinen Standpunkt nicht halb so energisch verteidigt, wie sie es erwartet hatte, und das bereitete ihr Sorgen. Vampirblut war zäh und widerspenstig. Insbesondere das ihre. Ob die Wirkung langsam nachließ?

An der Sonne fuhr Charles zusammen wie ein Vampir. Hoffentlich hatte sie ihn nicht zum Invaliden befördert.

»Lassen Sie sich von mir verwandeln, Charles. Das ist das mindeste, was ich für Sie tun kann.«

Er schüttelte den Kopf. »Jetzt nicht, Kate.«

»Aber Sie sind ganz anders als Edwin. Sie haben Rückgrat und Charakter. Sie könnten einer von uns werden, ohne dem Wahnsinn anheimzufallen. Wenn Menschen wie Sie sich nicht verwandeln, werden die Ungeheuer die Oberhand gewinnen.«

»Sie verwirren mich, Kate. Erst behaupten Sie, Ihr Blut sei giftig, und nun wollen Sie mich dazu überreden, es zu trinken.«

»Und Sie sind doch wie Edwin. Wenn Sie sich einmal etwas in den Kopf gesetzt haben, kann nichts auf der Welt Sie davon abbringen.«

»Ein ... Esel ... schilt ... den ... anderen ... Langohr ...«

Jedes Wort bereitete ihm Mühe.

»Schwachköpfe seid ihr, allesamt.«

»Wer? Wir Warmblüter?«

»Nein. Ihr Männer.«

Charles lachte.

Sie standen vor dem Bauernhaus. Charles stieß mit seinem Stock die Tür auf und ließ Kate den Vortritt. Dann trat auch er ein.

Captain Allard saß mit einem breitkrempigen Hut, der sein Gesicht beschirmte, an seinem Schreibtisch und wühlte in Papieren. In dem Lehnsessel zu seiner Linken hockte ein fischäugiger Zivilist in grauem Anzug. Mit eisigem Schaudern erkannte Kate Mr. Caleb Croft.

»Sie müssen Winthrop von der Liste streichen, Captain Allard«, sagte Charles. »Er ist noch nicht wieder bei Kräften.«

Allard sah Croft von der Seite an.

»Der Diogenes Club wird Ihnen bestimmt einen geeigneten Ersatz zur Verfügung stellen.«

Crofts Augen schnellten hin und her, ein angedeutetes Kopfschütteln.

»Wir können auf Winthrop unmöglich verzichten, Mr. Beauregard.«

Die Ablehnung verblüffte Charles. Es fehlte nicht viel, und ihm wäre der Kragen geplatzt.

»Das ist zu riskant, Croft. Der Bursche ist eine Gefahr für sich und seine Kameraden.«

Croft schwieg. Er hatte die Haut einer Echse und verströmte eine animalische Brutalität.

»Es steht zuviel auf dem Spiel, um ein solches Wagnis einzugehen.«

Zwei Egos prallten aufeinander. Croft, der seinem Gegenüber durch bloßes Einatmen die Energie entziehen konnte, stieß eine feuchte, unsichtbare Wolke aus. Er stammte aus dem späten achtzehnten Jahrhundert. Man munkelte, daß er damals zum Tode durch den Strang verurteilt worden sei. Die Narbe, die der Strick zurückgelassen hatte, verbarg er hinter einem hohen Kragen. Nun war er Lord Ruthvens eiserne rechte Hand.

»Ich fürchte, ich habe Ihnen eine traurige Mitteilung zu machen, Mr. Beauregard«, sagte Croft, jede Silbe ein hohles Krächzen. »Mycroft Holmes ist tot. Damit hat die Herrschende Clique ihre Beschlußfähigkeit verloren.«

Charles war wie vor den Kopf geschlagen. Mycroft war sein Gönner gewesen.

»Infolgedessen ist Ihre Arbeit hier vorläufig beendet.«

Croft zog ein Schreiben aus seiner Innentasche.

»Der Premierminister hat mich ermächtigt, Sie abzulösen. Sie haben sich einen Urlaub redlich verdient.«

Charles' Gesicht war so grau wie Crofts Jackett. Ihm stockte das Herz. Einen Augenblick lang fürchtete Kate ernstlich um sein Leben.

»Hören Sie sich doch wenigstens an, was ich über Winthrop zu sagen habe«, bat er.

»Er ist ein wertvoller Soldat. Ohne ihn hätte Captain Allard größte Mühe, seine Mission zu erfüllen. Ihre Besorgnis in Ehren, aber der Lieutenant wird im aktiven Dienst verbleiben.«

»Er wird sogar befördert«, sagte Allard.

»Auf Ihre Empfehlung, wenn mich nicht alles täuscht«, setzte Croft hinzu.

Charles war am Boden zerstört. Kate überlegte, ob sie ihn stützen sollte, damit er nicht stürzte. Nein. Er würde es ihr schwerlich danken.

»Noch etwas, Beauregard«, sagte Croft. »Es würde Ihrem makellosen Führungszeugnis gut zu Gesicht stehen, wenn Sie den Flugplatz von Maranique als letzte Amtshandlung vor Ihrer Enthebung zum Sperrgebiet für Journalisten erklären ließen.«

Croft blickte Kate aus tiefen, toten Augen an und verzog die Lippen zu einem unheimlichen Lächeln, das seine grünbemoosten Fangzähne entblößte. Während der Zeit des Schrekkens, als der Premierminister zwischen den Revolutionären und dem Banner Draculas schwankte, hatte Croft befohlen, sie bei Ergreifung unverzüglich hinzurichten. Aufgrund einer

Verwechslung hatte die Karpatische Garde in der Great Portland Street eine andere Frau gepfählt.

»Was halten Sie davon, Miss ... Reed – nicht wahr? – persönlich nach Amiens zu begleiten, Beauregard?«

Charles ballte hilflos die Fäuste um seinen Stock und machte auf dem Absatz kehrt. Kate hatte ein deutliches Bild vor Augen: Charles stellte sich vor, wie er seine Silberklinge zog und damit Crofts Herz durchbohrte.

»Guten Tag, Miss Reed«, krächzte Croft. »Und auf Wiedersehen, Mr. Beauregard.«

Gemeinsam verließen sie das Bauernhaus. Die Morgenluft war eisig. Wolken dräuten. Lärmend jagte ein Schwarm Camels vorüber und stieg auf in einen Himmel voller Gefahren.

37

Herr der Welt

Graf von Dracula hatte, in Absprache mit Hindenburg und Ludendorff und unter der direkten Schirmherrschaft von Kaiser Wilhelm und Kaiser Franz Joseph, den großen Sieg der Mittelmächte geplant. Bald würde die Kaiserschlacht beginnen, der kompromißlose Vorstoß der deutschen Heere, verstärkt durch eine Million von der Ostfront abgezogene Männer, gegen die alliierten Linien und dann, nach dem großen Durchbruch, weiter nach Paris. Wenn Paris fiel, wäre Frankreich vernichtet, Großbritannien überrascht und Amerika verschreckt. Die alliierten Feiglinge würden auf der Stelle kapitulieren. Dann würde sich der Graf vermutlich den arrivierten Bauernherrschern des neuen Rußland widmen und sich für kommende Kriege rüsten.

Das frischgetaufte Schloß Adler sollte Dracula bei diesem kühnen Unterfangen als Gefechtsstand dienen. Von seiner Brut fliegender Halbgötter flankiert, würde der Vater des europäischen Vampirismus den Triumph seiner Armeen vom höchsten Turm des Schlosses aus verfolgen.

Poe stand ganz im Banne dieses feierlichen Augenblicks. Bei Sonnenuntergang stieg er aufs Dach und lauschte dem Lärm, der durch die Gänge und Gemächer hallte, als bislang unbewohnte Kammern geöffnet wurden. Ein Konvoi von Lastwagen war eingetroffen, ihre mächtigen Räder hatten die Straße zum Schloß breit- und plattgewalzt. Tüchtige Ingenieure spannten Telephon- und Telegraphenleitungen.

Eine Gruppe Uniformierter errichtete mühsam eine Funkantenne. Schon erhob sich eine neue Stahlkonstruktion auf dem uralten Gemäuer, bekrönt mit einem umgekehrten Haken.

Die Uniformen erinnerten ihn an andere Soldaten in Grau, an eine andere gerechte Sache. Als er vor über fünfzig Jahren an der Spitze seiner Kompanie in Gettysburg einmarschiert war, hatte Poe dieselbe Erregung verspürt. Auch dies ein kompromißloser Vorstoß, auch dies ein Wendepunkt. Damals hatte die Geschichte eine falsche Richtung eingeschlagen. Diesmal würde es anders kommen. Mit Männern und Munition beladene Züge rasten quer durch Europa. Von seinem Ausguck sah er segmentierte schwarze Schlangen sich winden übers weite, in Dämmerrot getauchte Land, hörte er das Rattern der Räder auf den Gleisen. Deutschland wurde von Minute zu Minute stärker.

Die letzten Tage hatte er mit Schreiben verbracht. *Der rote Kampfflieger* war nicht die anonym verfaßte Autobiographie, die Mabuse in Auftrag gegeben hatte (Edgar Poe konnte seine Stimme nicht an eine andere fesseln, nicht einmal an die Manfred von Richthofens), sondern eine biographische Skizze, die allmählich auszuufern drohte, sich in Ideen und Philosophien verzettelte und die Politik von Staaten und Nationen mit der Beschaffenheit des Universums in Verbindung brachte. Seit *Heureka* hatte er kein so weites Feld mehr beakkert.

Er mußte seine ganze Konzentration aufbieten, um das Thema seines Buches nicht aus den Augen zu verlieren. Bei der Arbeit wurde ihm klar, daß dies die letzte Möglichkeit war, seinen durch den naiven Dogmatismus der *Schlacht von St. Petersburg* ruinierten Ruf wiederherzustellen. Seine Finger waren voller dunkler Tintenflecken. Seine Manschetten waren schwarz gesprenkelt. Indem er über eine bessere Welt und bessere Menschen schrieb, indem er sie bis in die kleinsten Einzelheiten schilderte, konnte er die Wirklichkeit seiner Vision einen Schritt näherbringen. Sein bis an den Rand des Wahnsinns getriebener Verstand mußte sich dieser Anforderung gewachsen zeigen.

»Eddy?« Theo trat ins Freie und stellte zum Schutz gegen

den Wind, den Poe gar nicht bemerkt hatte, den Kragen hoch. »Haben Sie einen Augenblick Zeit? Ich habe etwas Dringendes mit Ihnen zu besprechen.«

Seit Orloks Ankunft hatte Theo tausend Pflichten. Mit Hilfe des ewig grinsenden Hardt wachte der Älteste über alle geheimdienstlichen und sicherheitstechnischen Belange. Es konnte gar nicht genug Inspektionen und Kontrollen geben. Nachdem man in den Akten einiger Männer, von Karnsteins persönlichem Adjutanten bis hinunter zur Putzkolonne des Schlosses, winzige Verfehlungen entdeckt hatte, waren die Schuldigen auf der Stelle entlassen worden.

Theo gab sich in letzter Zeit, wie alle, übertrieben förmlich. Die Flieger trugen Paradeuniform, schmückten sich mit ihren Orden und mußten dicke Bücher mit militärischen Verhaltensregeln auswendig lernen. Theo trug einen Überzieher mit Pelzkragen über seiner makellosen Garnitur. An seinem Waffenrock hing ein Eisernes Kreuz, das er im aktiven Dienst in Belgien errungen hatte. Er hielt eine große, flache Schachtel unter dem Arm.

»Um es gleich vorwegzunehmen, von Ewers haben Sie nichts mehr zu befürchten.«

Seit seinem Auftritt vor Orlok hackte Ewers mißgelaunt »Berichte« in die Schreibmaschine und betrieb seine Beförderung.

»Der Baron hat die Angelegenheit persönlich bereinigt.«

Poe wagte nicht, sich auszumalen, was das zu bedeuten hatte.

»Nun, wie Sie wissen, wird unser kleines Nest in Kürze einem hochfliegenden Vogel Unterkunft bieten. Aufgrund seiner Erfolge waren dem JG1 bislang gewisse Freiheiten vergönnt, die nunmehr als unpassend empfunden werden.«

Theo hatte ihm offenbar eine unangenehme Mitteilung zu machen.

»Wenn ich recht verstehe, so haben Sie in der Armee der Konföderierten den Rang eines Colonels bekleidet?«

»Ich habe mich vom Gemeinen hochgedient. Unter dem Namen Perry.«

Theo hielt die Schachtel wie ein Tablett. Als er sie öffnete, verwehte eine Bö dünnes Papier.

»Obgleich der leidige Umstand, daß unser erklärter Feind, die Vereinigten Staaten von Amerika, sich die Konföderation zur Gänze einverleibt hat, die Sache, wie Sie sicher verstehen werden, erheblich kompliziert, sind Sie allem Anschein nach durchaus berechtigt, dies zu tragen.«

In der Schachtel lag, ordentlich gefaltet, die Uniform eines Obersturmbannführers der Ulanen. Poe nahm die Ulanka an sich. Sie war von feinster Qualität, mit zwei Reihen goldschimmernder Knöpfe. Theo salutierte.

»Jetzt haben wir den gleichen Rang, Oberst Poe.«

Er versuchte, sich an das unentwegte Salutieren zu gewöhnen. Seit er seinen Rang zurückerhalten hatte, mußten ihn die meisten Bewohner von Schloß Adler grüßen, und er war verpflichtet, die Geste forsch und schneidig zu erwidern.

»Als wir den Westturm öffneten, wurde der Schmutz von Jahrhunderten aufgewirbelt«, sagte Göring. »Wir mußten Emmelman hineinschicken. Er hat alles gefressen, was dort kreuchte und fleuchte, und den Dreck zu einem großen Teil gleich mit.«

Emmelman war der Kobold des Geschwaders, der keine menschliche Gestalt mehr annehmen konnte, eine unförmige Masse aus wimmelnden Wurmfortsätzen, die sich bedrohlich durch die schmalen Gänge schleppte. Selbst diese Kreatur steckte in einer makellosen Uniform.

Die Große Halle wurde renoviert. Die Trophäenwand blieb unberührt, dafür hatte man überall elektrische Lampen installiert, die den Schatten aus dem Gewölbe vertrieben. Jahrhundertealte Spinnweben wurden rücksichtslos verbrannt. Die Putzkolonne mästete sich an den Arachniden, die sie als Zubrot zu ihrem mageren Sold betrachtete.

»Haben Sie das Ungetüm im Hof gesehen?« erkundigte sich Göring bei Poe. »Ihr Lauf ist größer als ein Fabrikschornstein. Die Ingenieure behaupten, damit könne man ohne weiteres Paris treffen.«

Rings um das Schloß waren Batterien aus dem Boden gewachsen. Hauptsächlich Flugabwehrkanonen. Das JG1 rüstete sich für Luftgefechte nahe der Heimat. Albert Balls glücklichem Beobachter sei Dank wußten die Alliierten jetzt, womit sie es zu tun hatten. Mit schweren Angriffen wurde gerechnet.

»Sie müssen alles aufschreiben. Dies ist die vorderste Front der Geschichte.«

Poe stand rangmäßig über Rittmeister von Richthofen. Er hatte Angst, daß dies den Flieger dazu bewegen könnte, sich ihm gegenüber gänzlich zu verschließen. Während der letzten Wochen war es ihm erstmals gelungen, dem Helden Gedanken und Gefühle zu entlocken. Nun würde er sich womöglich wieder in sein Schneckenhaus zurückziehen. Notfalls würde er den Baron eben per *Befehl* zum Reden zwingen müssen.

In den vergangenen Tagen hatte Richthofen, an der Spitze seines Rudels, fortwährend Nachteinsätze geflogen und seine beispiellose Bilanz auf nahezu hundert Siege erhöht. Laut Tagesbefehl durfte kein alliiertes Flugzeug, das Erkenntnisse über die Truppenbewegungen in Verbindung mit der Kaiserschlacht gesammelt hatte, hinter die feindlichen Linien zurückkehren. Zudem holte das JG1 Dutzende von Ballons vom Himmel, was die Zahl der alliierten Beobachter erheblich dezimierte. Doch die Strapazen schienen dem Baron nichts auszumachen. Im Gegenteil, das Übermaß an Feindesblut ließ ihn derart aufschwellen, daß er allmählich Fett ansetzte. Er dachte schneller und war mitteilsamer als sonst.

»Ballons interessieren mich nicht«, sagte er.

»Weil sie nicht als Siege zählen?«

Zu Beginn ihrer Zusammenarbeit hätte Poe es nicht gewagt, diese Vermutung auszusprechen. Inzwischen jedoch kannte er den Freiherrn gut genug, um sich einen Spaß mit ihm erlauben zu können.

»Die Ballonjagd ist unsportlich. Und gefährlich. Wie Sie wissen.«

Das JG1 hatte seinen ersten Verlust erlitten, durch Flugabwehrfeuer. Ernst Udet war beim Angriff auf einen Ballon von einer verirrten Silberkugel getroffen worden, hatte menschliche Gestalt angenommen und war leblos vom Himmel gefallen.

»Ihr Vater in Finsternis wird bald hier eintreffen.«

»Ich kenne Dracula bereits.«

Das Zusammentreffen von Graf und Baron war auf einer millionenfach verkauften Sahnke-Karte für die Nachwelt festgehalten. Im Gegensatz zu Richthofen hatte Dracula kein Spiegelbild und erschien auf Photographien als leere Uniform. Auf der Karte schüttelte ein steif posierender Baron einer Gestalt die Hand, deren Kopf, ein majestätisches Profil, nachträglich eingezeichnet worden war.

»An meinem fünfundzwanzigsten Geburtstag, kurz nach meinem fünfzigsten Sieg, wurde ich nach Berlin zitiert. Dort lernte ich Hindenburg, Ludendorff, den Kaiser, seine Gemahlin und Graf von Dracula kennen. Die Kaiserin ist eine nette alte Dame, sehr großmütterlich.«

»Und die anderen?«

Richthofen zögerte. Er wußte, daß es seine Pflicht und Schuldigkeit war, seine Vorgesetzten zu loben.

»Unser Kaiser überreichte mir ein Geburtstagsgeschenk, eine lebensgroße Büste von sich selbst, aus Bronze und Marmor. Eine überaus typische Geste, wie ich finde.«

Bei dieser Untertreibung mußte Poe unwillkürlich grinsen. Es erstaunte ihn, daß der Baron überhaupt Kritik zu äußern wagte.

»Was haben Sie damit gemacht?«

»Ich habe sie meiner Mutter nach Schweidnitz geschickt,

für meine Trophäensammlung. Beim Transport brach eine Schnurrbartspitze ab. Ich könnte niemals etwas Unvollkommenes ausstellen.«

»Und die anderen?«

»Hindenburg und Ludendorff hielten Vorträge und bestürmten mich mit technischen Fragen, deren Beantwortung mir in vielen Fällen schwerfiel. Als Hindenburg erfuhr, daß wir in Wahlstatt denselben Schlafsaal hatten, geriet er in nostalgische Schwärmerei. In all der Zeit hatte sich wohl kaum etwas verändert, auch wenn er mit der Schule weitaus glücklichere Erinnerungen zu verbinden schien als ich.«

Hindenburg mußte Wahlstatt besucht haben, kurz nachdem Poe in West Point gelitten hatte.

»Meine Erinnerungen an die Kadettenanstalt sind mit den Jahren keineswegs rosiger geworden.«

»Das wundert mich nicht.«

»Und Dracula?«

Poe rief sich seine kurze Begegnung mit dem Grafen ins Gedächtnis. Und wie beeindruckend er sie gefunden hatte.

»Er ist von gewaltiger Statur und besitzt eine enorme Anziehungskraft. Seine geistige Präsenz ist überwältigend, er regiert mit unsichtbarer Faust. Er hat seine Nachkommen zu Sklaven gemacht.«

»Neugeborene, die von Ältesten verwandelt wurden, sind ihnen häufig eng verbunden.«

»Bei ›Tantchen‹ Perle war das anders. Sie ist fromm und bescheiden und weiß, was sich für sie geziemt. Aber da Draculas Blut in meinen Adern fließt, bin ich an ihn gekettet. Seine Gegenwart ist wie ein Sturmwind, der an den Gliedern zerrt und den Verstand in Stücke zu reißen droht. Er kann nichts dafür, so ist er nun einmal. Aber wie soll ich ihm nach Kräften dienen, wenn ich werde wie die Kreaturen, die ihm seit Jahrhunderten zur Seite stehen? Seine Frauen und Lakaien.«

»Ist einer Ihrer Kameraden . . . «

»... ihm jemals begegnet? Ich hoffe, daß wir uns als so stark erweisen werden, ihn lang genug zu überdauern, um seinen Willen zu erfüllen.«

Abends wurde ihm eine warmblütige Frau namens Marianne vorgestellt. Ein Zug hatte eine ganze Anzahl von ihnen nach Schloß Adler verbracht, um jene Flieger, die keinen aktiven Gefechtsdienst leisteten, zu nähren und die anderen zu belohnen. Der Hals der Frau war nicht allzu verschorft, wenngleich sie ihr fortgeschrittenes Alter mit *rouge* zu übertünchen versuchte und sich so gefügig leiten ließ, daß sie Vampiren bereits seit geraumer Zeit zu Diensten stehen mußte.

In ihrem Blut fanden sich Spuren der anderen, die sie zur Ader gelassen hatten. Poe spürte kaum etwas von ihrem Leben. Ihr Gedächtnis war nahezu aufgezehrt, verbraucht. Dennoch linderte sie seinen roten Durst.

Als sie in Schlaf gesunken war, trank er ein zweites Mal aus den quellenden Wunden an ihrem Hals und ihrer Brust. Ihr Blut schärfte seinen Verstand und vertrieb die innere Unruhe, die er, wie die anderen Schloßbewohner, seit Orloks Ankunft verspürte.

Plötzlich riß jemand die Tür auf. Poe zog Marianne ein Leintuch über das Gesicht.

»Westturm«, sagte Theo. »Paradeuniform. In einer Viertelstunde.«

Frühnebel und dichte Wolken ließen die Landschaft wie den Meeresgrund aussehen. Poe und Theo gesellten sich zu General Karnstein. Die Flieger waren ausgezogen, Engländer zu töten, während das übrige Schloßpersonal in Reih und Glied, wie zur Parade, angetreten war. *Alle* trugen Uniform: Ten Brincken, Caligari und die anderen Wissenschaftler hatten ihre Reservekluft hervorgekramt, und selbst Graf von Orlok trug Pickelhaube und einen tressenbesetzten Frack.

Im Westen kamen die Flieger des JG1 in Sicht, eine Flucht

riesenhafter Fledermäuse in perfekter Formation. Richthofen bildete die Speerspitze, mit gespreizten Flügeln. Der Anblick der Kreaturen flößte Poe noch immer Ehrfurcht ein.

Mit scharfen Schwingen rissen die Flieger die dünne Wolkendecke in Fetzen und setzten zum Anflug auf Schloß Adler an. Der Baron ging auf einer steinernen Plattform nieder, beugte die Knie und nahm dann Haltung an. Seine Männer taten es ihm schneidig nach.

Die Ingenieure machten sich an dem in Stein eingelassenen Himmelshaken zu schaffen. Plötzlich senkte sich ein Schatten über das Schloß, und alle richteten den Blick gen Himmel. Ein riesiges, walförmiges Etwas sank langsam durch die Wolken. Eine fix zusammengetrommelte Kapelle stimmte den »Walkürenritt« aus Wagners *Ring des Nibelungen* an.

Hardt bellte Befehle, und Drahtseile fielen vom Himmel. Die Ingenieure hatten alle Mühe, die stählernen Peitschenriemen zu fassen. Ein Luftschiff hing bedrohlich tief über dem Schloß. Eines der Seile wurde an dem Haken befestigt, und eine Motorwinde sirrte.

In Frontnähe waren Zeppeline eine Seltenheit. Insbesondere ein Prachtexemplar wie dieses. Am Bug des pechschwarzen Rumpfes, unmittelbar vor der Führergondel, prangte das scharlachrote Wappen Draculas.

Alle reckten die Hälse. Alle bestaunten diese wundersame Flugmaschine, diesen Schlachtkreuzer der Wolken. Es war die *Attila*, das Flaggschiff der deutschen Luftflotte.

An der Unterseite öffnete sich eine Klappe. Eine Gestalt im Fledermausumhang trat aus der Gondel und schwebte sanft zur Erde. Sie trug einen mit Hörnern bekrönten Helm, der ihr Gesicht gänzlich verhüllte, und eine blankpolierte Rüstung. Dracula landete auf dem Turm, und alle salutierten.

Vierter Teil

DAS ENDE EINER LANGEN REISE

38

Angriffsstreife

Winthrop erwachte gegen zwei Uhr morgens. Er zog den Eimer unter seiner Pritsche hervor und erbrach sich. Seit Beginn seiner Verwandlung hatte er Schwierigkeiten, Essen und Trinken bei sich zu behalten. In fünf Minuten würde sein Wecker gehen. Trotz der Dunkelheit konnte er die Umrisse der Gegenstände deutlich erkennen. Alles schien tiefschwarz zu glühen. Wie eine Fledermaus spürte er es im Innenohr, wenn andere Kreaturen am Himmel kreisten.

Er schwang die Beine über die Pritschenkante, zog Fliegerkluft und Stiefel an und versuchte seine Angst zu unterdrücken. Dies war seine erste Nachtstreife seit . . . Seit dem ersten Mal.

Da er keine Nachteule war, brauchte Winthrop ein paar Stunden Schlaf. Die Vampire saßen unten und zechten. Die *anderen* Vampire? Ein heftiger Krampf durchzuckte ihn. Das flaue Gefühl im Magen verriet ihm, daß er noch immer warmen Blutes war. Die spitzen Zähne in seinem Mund verrieten ihm, daß auch er bald zu den Nicht-Toten gehören würde. Doch für derlei Bedenken war jetzt keine Zeit. Er mußte sich auf Pflicht und Vergeltung konzentrieren.

Das Ankleiden ging automatisch. Er knöpfte und verschnürte sich und stapfte dann nach unten, was der dicken Gelenkschoner und der schweren Stiefel wegen nicht ganz einfach war. Am Boden war er steif und unbeweglich. In der Luft hingegen war er flink und behende wie seine Camel. Die Kälte drang selbst durch den dicksten Stoff.

»Hallo«, sagte Bertie. Für ihn war der Krieg ein einziger Witz. Wer in den Dutt ging, war nur schnell auf eine Kippe vor die Tür verschwunden und würde jeden Moment wiederkommen. »Warm eingepackt?«

»Du hast deine Kluft geschnürt wie Ball«, bemerkte Ginger.

Winthrop hatte die Messe durch die niedrige Tür betreten und sich instinktiv an Balls Handgriffe geklammert, damit er nicht umfiel wie ein Klotz. Er bekam in einem fort zu hören, er täte dies und jenes wie Albert Ball: fliegen, schießen, kriechen, kämpfen.

Die für die heutige Spritztour eingeteilten Flieger waren bereits in ihre Monturen geschlüpft. Zwar befand sich auch der eine oder andere Veteran des alten Geschwaders Condor unter den Auserwählten, doch die meisten waren, wie Winthrop, Neuzugänge, hauptsächlich amerikanische Vampire, Einzelkämpfer, die nur ein Ziel vor Augen hatten.

»Mach's gut, alter Knabe«, rief Bertie, als Winthrop die Messe verließ. »Wir sehen uns bei Sonnenaufgang.«

Winthrop nickte vielsagend. Es hatte keinen Sinn zu leugnen, daß jeder Einsatz tödlich enden konnte. Er plante nie über den nächsten Flug hinaus.

Allard ließ die Männer wie zur Musterung antreten, um ein letztes Mal die Einzelheiten durchzugehen. Winthrop stellte sich neben Dandridge, einen Yank, der zwar ein unerfahrener Krieger, doch ein geschickter Jäger war. Der Älteste hatte jahrhundertelang unter Warmblütern gehaust und die Städte der Lebenden nach Beute durchstreift. Auch andere Neuzugänge – wie der tollkühne Severin, der unersättliche Brandberg und der idealistische Knight – waren alt, hatten sich bereits vor 1880 verwandelt. Mr. Croft war davon überzeugt, daß jeder, der so lange Zeit Verfolgungen erlitten hatte, den Instinkt zu töten und zu überleben in sich trug. Zwischen den Ältesten-Assen und Cundalls Zeitgenossen kam es immer wieder zu Spannungen. Keine offenen Auseinandersetzungen, nur kleinere Reibereien.

Da Winthrop kein Vampir war, saß er zwischen allen Stühlen. Von Allard wußte er, daß Croft ihn akzeptierte. Er war bereits mit Ältesten geflogen. Sie eigneten sich besser für Tagesflüge als die zarthäutigen Neugeborenen.

Allard löste sich aus dem Schatten und baute sich vor seinen Leuten auf.

»Ich habe neue Anweisungen erhalten«, sagte Allard. Hinter ihm stand Caleb Croft, schwach schimmerndes Grau in schwarzem Samt. »Heute nacht statten wir dem Château du Malinbois einen Besuch ab.«

Eiseskälte durchströmte Winthrops Adern. Erregung oder Angst konnte er sich jetzt nicht leisten. Er hatte gewußt, daß es so kommen würde.

»Oder, wie das deutsche Oberkommando es inzwischen nennt, Schloß Adler.«

Die Neuzugänge waren über Malinbois in groben Zügen unterrichtet. Winthrops Bericht über seinen Flug mit Courtney war die einzige verläßliche Information über die Gestaltwandler des JG1. Während Winthrop im Lazarett gelegen hatte, war Richthofens Fledermausstaffel wiederholt dabei gesehen worden, wie sie Beobachter und Späher jagte, Ballonfahrer abschoß und die Linien in geringer Höhe überflog. Nur Winthrop hatte den Kampf mit den geheimnisvollen Kreaturen überlebt.

Allard fuhr fort. »Richthofens Brut hat uns daran gehindert, gesicherte Erkenntnisse über die nächtlichen Truppenbewegungen der Deutschen zu gewinnen. Der Hunne bereitet eine Offensive vor und verstärkt seine Linien im Schutz der Dunkelheit mit Unmengen von Männern und Material. In diesem Sektor ist es bislang keinem einzigen Flugzeug gelungen, mit militärischen Informationen in seinen Heimathafen zurückzukehren. Uns sind weder Ballons noch Beobachter geblieben, die wir aufsteigen lassen könnten. Die Herrschaft des JG1 muß unter allen Umständen gebrochen werden. Zu diesem Zweck werden wir die deutschen Flieger in ein Gefecht verwickeln und beweisen, daß sie nicht unbesiegbar sind.«

Beim Anblick der betretenen Gesichter selbst der ältesten der Alten fing Allard urplötzlich, aus heiterem Himmel, an zu lachen. Es war kein aufmunterndes Lachen, sondern ein finsteres, unheimliches Kichern, das zu einem ebenso qualvollen wie gequälten Kreischen anwuchs. Winthrop bemerkte zum wiederholten Mal, daß Allard, selbst für einen verhältnismäßig jungen Neugeborenen, eine äußerst seltsame Figur abgab.

Die Piloten eilten zu ihren wartenden Flugzeugen. Winthrop saß in seinem Cockpit, noch bevor Allards Gelächter verklungen war.

Das Geschwader Condor war mit neuen Camels ausgestattet worden. Kaum zu bändigende Vögel, die es jedoch mühelos mit jeglicher *Maschine* aufnehmen konnten, die der Boche zu bieten hatte.

Allard bevorzugte eine sogenannte Vierfingerformation: Er selbst übernahm die Spitze, während die anderen links und rechts, über und unter ihm zurückblieben. Winthrop flog schräg über dem Geschwaderkommandeur, und Dandridge, in der Position des *high man*, hielt sich schräg über ihm.

Da der Boche keinen Treibstoff benötigte, war er gegen den gemeinen Todesschuß der Kampfflieger immun. Die Deutschen konnten nicht in einem Feuerball zur Erde stürzen. Dafür waren sie Vampire: Eine Silberkugel in den Kopf oder ins Herz erfüllte ihren Zweck. Jede zweite Patrone in den Trommelmagazinen seines Zwillings-Vickers war aus Silber. Ein zwanzigsekündiger Feuerstoß kostete hundert Guineas. Beide Kriegsparteien waren gezwungen, das Silber aus den amputierten Gliedmaßen und zerfetzten Leichen der Gefallenen zu bergen.

Winthrop ritzte Kreuze in die Spitzen all seiner Patronen. Was nichts mit der vermeintlichen Abneigung eines Vampirs gegen Kruzifixe zu tun hatte, sondern dafür sorgte, daß die

Kugeln beim Aufprall zersplitterten und in der Wunde explodierten. Bei einem Dutzend Tagesflügen in nur einer Woche hatte er sechs feindliche Maschinen abgeschossen und war damit zum As avanciert. Es freute ihn am meisten, wenn sie in einem Feuerball zur Erde stürzten. Er fand Geschmack am Kampfgetümmel und besaß Albert Balls sicheren Instinkt. Jetzt wollte er bei Nacht auf Raub ausgehen. Er wollte Richthofen zur Strecke bringen. Vielleicht würde das Balls Gier befriedigen.

Sein Magen verkrampfte sich von neuem. Er hatte gelernt, mit seinen Schmerzen zu leben, sie sich nicht anmerken zu lassen. Kate hatte ihn vor den Gefahren seines Tuns gewarnt. Wenn alles vorbei war, wollte er mit Kate ins reine kommen. Nein, er durfte nicht an Kate, Catriona oder Beauregard denken. Nur an das Hier und Jetzt.

Er umfaßte den Steuerknüppel und hielt die Maschine in der Waagerechten. Der Schmerz ließ nach. Der Nachthimmel war dichtbevölkert. Er brauchte sich nicht umzudrehen, denn er wußte, wo die anderen Camels waren. Das Bild der Vierfingerformation hatte sich in sein Gedächtnis eingebrannt.

Am Boden schlängelte sich eine Fahrzeugkolonne über das Niemandsland, die Männer und *matériel* hinter die deutschen Linien brachte. Er ignorierte sie. Dies war keine Aufklärungsstaffel. Dies war eine Angriffsstreife, eine Jagdgesellschaft.

Ein winziges Geräusch. Ein einsamer Hunne schoß auf gut Glück in den Himmel, auf die Camels. Winthrops Daumen lagen auf den MG-Knöpfen. Albert Ball riet ihm, ruhig Blut zu bewahren. Winthrop war hin und her gerissen zwischen Ball und Kate. Kein angenehmes Gefühl.

Die Streife nahm dieselbe Strecke, die Winthrop mit Courtney geflogen war. Vor ihnen lag das frischgetaufte Schloß Adler. Der Schlupfwinkel des roten Barons.

Den letzten Frontberichten zufolge war das JG1 in Richtung Amiens ausgeflogen und hatte eine Reihe geflickter

Ballons attackiert, mit denen man allenfalls Strohpuppen aufsteigen lassen konnte. Bei ihrer Rückkehr würden sie sich unversehens in ein Luftgefecht verwickelt finden. Die Gestaltwandler waren noch nie *angegriffen* worden. Das war ein leichter, doch nicht zu unterschätzender Vorteil.

Er *spürte* sie, noch ehe er sie sah. Er spitzte die Ohren. Ein Verband kehrte lautlos ins Schloß zurück. Sie segelten wie Fledermäuse, schlugen nur hin und wieder mit den Flügeln, glitten auf unbekannten Luftströmen dahin.

Auch Allard hatte den Boche gesehen. Er hob die Hand. Die vierfingrige Pfeilspitze wurde stumpf. Der Abstand zwischen den Camels wuchs, doch die Piloten blieben in Formation.

Nicht vergessen, *kurze* Stöße. Genau zielen, nicht wild durch die Gegend ballern.

Mit einem Mal war sein Verstand glasklar, und alle überflüssigen Gefühle und Gedanken fielen von ihm ab. Er war ein neuer Mensch, befreit von inneren Zwängen. Eins mit seinem Zwillings-Vickers.

Da sahen *sie* die Camels.

Allard näherte sich der Flanke des feindlichen Verbandes und schoß. Flammendes Silber explodierte in den Schwingen einer Kreatur. Der entsetzlich menschliche Schrei war lauter als das Trompeten eines Elefanten. Das verletzte Ungeheuer verließ die Formation. Seine Schwingen hingen in Fetzen, doch die Kugeln gingen ungehindert hindurch. Nur ein Treffer in Rumpf oder Kopf konnte ihm ernstlichen Schaden zufügen.

Winthrop sah, wie der Flieger in die Tiefe stürzte, die Schwingen umgestülpt wie ein vom Wind gepeitschter Schirm. Severin war dem verwundeten Vampir dicht auf den Fersen, juchzend und um sich schießend wie Bronco Billy. Der Älteste litt tödlichen Durst und scherte sich einen Teufel um die vorgegebene Taktik. Wenn seine Magazine leer waren, würde sich der Gegner fangen und auf ihn stürzen.

Die beiden Verbände kreuzten sich. Winthrop witterte den Moschusgeruch der Gestaltwandler und spürte den Eishauch ihrer Schwingen. Im Zickzackflug versuchte er, einen vorbeihuschenden Schatten ins Visier zu nehmen. Fast hätte er gefeuert, ließ es dann aber doch bleiben, um die wertvolle Munition nicht zu vergeuden.

Auch die Deutschen schossen nicht. Vermutlich hatten sie ein gut Teil ihrer Feuerkraft an die Ballonattrappen verschwendet. Viele Flieger hatten die Angewohnheit, ihre Magazine auf dem Rückflug in die feindlichen Schützengräben zu entleeren, um sich von dem Ballast der Restmunition zu befreien.

Eine Schwinge nahm sein gesamtes Blickfeld ein, und er drückte die MG-Knöpfe. Grelle Blitze versengten ihm die Augen, als das Vickers losging. Die Schwinge verschwand, und er nahm die Daumen wieder von den Knöpfen.

Die Salve, nur wenige Augenblicke lang, hatte ihm fast das Trommelfell zerrissen. Instinktiv schoß er ein zweites Mal, Sekundenbruchteile *bevor* von neuem eine Schwinge an seinem Propeller vorüberflatterte. Diesmal flog der Gestaltwandler direkt in seine Schußbahn und wurde, kreischend, durch die Luft gewirbelt. Eine Reihe von Löchern erschien in seinem Schwingenvorhang. Er hatte dem Flieger ohne Zweifel ordentlich eins auf den Pelz gebrannt.

Er schmeckte Blut. Es war sein eigenes, vermischt mit dem von Ball und Kate. Seine Zähne waren korallenspitz. Ein Vorgeschmack auf das Vampirdasein, der ihm nicht recht gefallen wollte.

Wieder eine Salve. Wieder daneben. Das Fledermausgeschöpf vollführte einen perfekten Immelmann und schwang sich zur Mondsichel empor. Dandridge war ihm dicht auf den Fersen und traktierte es mit wohlgezielten Feuerstößen. Der Boche beendete die Kehre und spreizte die Schwingen. Dandridge hatte ihn erwischt. Rote Rinnsale sickerten in schwarzen Pelz.

Der Gestaltwandler ließ sich ein wenig sinken, faßte Dandridge von unten, heftete sich wie ein Neunauge an den Bauch der Camel und schlang, den Schwanz wie eine Peitsche schwingend, die Flügel um den Rumpf. Der Rahmen der Maschine brach, und der Motor geriet ins Stottern. Der Propeller bohrte sich in das Gesicht des Deutschen und blieb stecken.

Winthrop war entsetzt.

Die Camel ging entzwei. Dandridges oberer Tragflügel brach ab und wurde fortgerissen wie ein Papierdrachen im Sturm. Der Gestaltwandler ließ das Flugzeug los. Das zerdrückte Wrack der Camel stürzte zur Erde, der Wind pfiff laut durch die Verspannung. Im freien Fall entleerte Dandridge sein MG.

Die Kreatur, die Dandridge getötet hatte, hielt sich nur mit Mühe in der Luft. Sie hatte zahlreiche Treffer abbekommen, und die Schrunde, die der Propeller geschlagen hatte, war tief. Ihre Schwingen hingen in Fetzen. Aus ihren Wunden wehten dunkle Blutgirlanden.

War das der rote Baron?

Winthrop hatte das verstümmelte Monstrum im Visier. Er feuerte, ließ Blei und Silber vom Himmel regnen. Dann stieß er hinab und faßte die Kreatur von oben. Einen Augenblick lang befürchtete er, sie könne sich an die Unterseite seiner Camel heften und das Manöver wiederholen, mit dem sie Dandridge zur Strecke gebracht hatte.

Das Blut kochte ihm in den Adern. Die Stunde der Wahrheit war gekommen. Als er zu einer Kehre ansetzte, um einen erneuten Angriff zu wagen, sah er, daß Allard sich auf seine Beute stürzte. Das Ungeheuer nahm seine ganze Kraft zusammen und flog Allard entgegen. Mit einem einzigen Schuß jagte der Geschwaderkommandeur dem Monstrum einen Klumpen Silber in den Schädel. Der Flieger war sofort tot. Er schrumpfte auf menschliche Größe und stürzte, von schweren MGs hinabgezogen, in freiem Fall zur dunklen Erde.

Die Kreaturen ließen sich also doch vernichten.

Allard hatte ihm den Sieg entrissen, und Winthrop streifte suchend umher. Er befand sich im Herzen des Hahnenkampfes. Camels und Gestaltwandler bevölkerten den Himmel, feuerten aus allen Rohren, zerfetzten Tragflächen und Lederschwingen. Eine Camel (Rutledge, dachte Winthrop) explodierte in einem Feuerball. Ein heftiger Schwall heißer Luft erfaßte seine Flügel und drängte ihn zurück.

Unter ihnen lag das Schloß. Und darüber hing ein riesenhaftes Etwas, das einen dunklen Schatten auf das Land warf.

Rutledge war keinem Flieger des JG1 zum Opfer gefallen. Flaksperrfeuer pfiff ihnen um die Ohren. Schloß Adler war von Geschützen umringt. Archie explodierte unter Winthrop, ein Feuerteppich in der Nacht. Rauch trübte die Gläser seiner Brille und biß ihm in den Augen.

Eine Fledermaus kam auf ihn zu, und Winthrop drehte ab. Er nahm eine Hand vom Steuerknüppel, zerrte sich die rußverschmierte Brille herunter und ließ sich den eisigen Flugwind ins Gesicht wehen.

Er hob den Blick und erkannte, daß ein Zeppelin über dem Schloß stand wie ein gigantischer Ballon. Er schwebte in dünner Luft über der möglichen Steighöhe jeglicher Schwerer-als-Luft-Maschinen. Nur echte Ungeheuer konnten in dieser Höhe überleben, wo die Kälte das Blut in den Adern stocken ließ und aus wollenen Fliegerkluften eisklirrende Kettenpanzer machte.

Allard gab das Signal zum Rückzug. Die Gestaltwandler landeten auf ihrem Turm und verschwanden hinter dicken Mauern.

Winthrop war um seinen Abschuß betrogen worden. Womöglich war der rote Baron längst tot. Allards Sieg. Halb wahnsinnig vor Wut, hielt Winthrop auf Schloß Adler zu. Ein Vampir ging auf der Landeplattform nieder, zog den Kopf ein und zwängte sich ins Schloß.

Um sich einzuschießen, feuerte Winthrop eine Salve ab.

Die Kugeln prallten jaulend gegen harten Stein. Von den Schüssen aufgeschreckt, wirbelte der zwischen Menschen- und Fledermausgestalt gefangene Flieger herum und stellte die Ohren auf. Winthrops nächste Salve traf ihn in die Brust und schleuderte ihn rückwärts gegen die Schloßmauer. Scharlachfarbene Fontänen brachen durch sein lichtes Fell. Ein sauberer Treffer. Mitten ins Herz.

Sein siebter Sieg. Ein Sieg, der zählte. Ein Ungeheuer.

Nein, offiziell würde er doch nicht zählen. Als seine Mordgier gestillt war, fiel Winthrop ein, daß er Allards Rückzugsbefehl mißachtet hatte. Sein Abschuß würde unter keinen Umständen bestätigt werden. Zudem hatte er den Gegner am Boden beschossen und nicht in der Luft. Er hatte seinen Vorteil schamlos ausgenutzt.

Dennoch, für ihn zählte der Sieg. Eines der Ungeheuer war tot.

Das Ganze hatte nur wenige Sekunden gedauert. Er fügte sich wieder in die Formation, schräg über Allard. Zwischen Brandberg, Lockwood, Knight und Lacey.

Sie jagten davon. Das Archie war jetzt zu weit entfernt, um ihnen noch etwas anhaben zu können. Die Gestaltwandler hatten sich zurückgezogen. Das Luftschiff flog zu hoch, um seine Geschütze auf sie zu richten.

Vierzehn hatten das Schloß angesteuert. Fünf kehrten zurück.

Winthrop hatte Dandridge und Rutledge sterben sehen und geahnt, daß Severin sein Duell verlieren würde. Nun fiel ihm auch der Gestaltwandler mit dem Stück Menschenfleisch zwischen den Zähnen wieder ein, der den Kopf geschüttelt hatte, so daß das Blut nach allen Seiten spritzte. Auch dies mußte ein Pilot gewesen sein.

Die anderen waren gestorben, ohne daß er es überhaupt bemerkt hatte. Neun Männer für zwei Ungeheuer. Der Luftkampf hatte höchstens zwei oder drei Minuten gedauert.

Die fünf Camels hatten die aufgehende Sonne im Rücken.

Die hereinbrechende Dämmerung senkte sich über Winthrop wie eine schwere Decke, besänftigte sein Blut und verzehrte seine Kräfte. Sie überflogen die Linien.

39

In vorderster Front

»Ihre Kiste pfeift ja auf dem letzten Loch«, sagte Colonel Wynne-Candy. »Mein Fahrer wird sich darum kümmern.«

Kate, die mit den Eigenheiten eines Verbrennungsmotors nicht vertraut war, dankte dem Offizier, dessen Stabswagen im Schlamm am Straßenrand feststeckte. Er hatte gehalten, um ihre Ambulanz vorbeizulassen, und litt nun an den Folgen seiner Galanterie.

Seit dem frühen Morgen fielen fast unablässig Bomben. Der Feind hatte schwere Geschütze aufgefahren und beharkte die alliierten Schützengräben. Die Parole an der Front lautete: Kopf einziehen!

Sie blickte in den bedeckten, schiefergrauen Himmel. Im Osten färbte Mündungsfeuer die düsteren Wolken rot.

»Es ist doch nicht etwa jemand in der Luft?«

Der pausbäckige Colonel, der diesen Rang zu seiner großen Freude auch nach seiner Verabschiedung am Ende des Burenkrieges hatte behalten dürfen, war beileibe nicht der unbedarfte Schwachkopf, für den er sich ausgab. Kate zuckte schaudernd die Achseln. Für gewöhnlich bereitete es ihr keine Schwierigkeiten, ihre Gedanken in Worte zu fassen, doch die Geschichte mit Edwin ging ihr viel zu nahe, um sich verständlich zu erklären.

»Jetzt, wo Richthofen nicht mehr ist, wird der Bursche da oben sehr viel sicherer sein.«

»Der rote Baron ist tot?«

»Das wurde heute morgen über Fernsprecher durchgegeben. Es ist aber noch nicht offiziell. Bislang hält sich der Boche bedeckt, aber unsere Lauscher im Hunnenland haben so etwas flüstern hören. Wie es scheint, ist die alliierte Luftherrschaft wiederhergestellt.«

Kate fragte sich, ob Edwin enttäuscht war. Er hatte eine lebende Waffe aus sich gemacht, um die Kreatur zur Strecke zu bringen, die seinen Kameraden getötet hatte. Oder war es ihm am Ende vielleicht doch gelungen, den roten Baron zu bezwingen? Nein, *das* hätte sie im Blut gehabt.

»Eigentlich jammerschade, finden Sie nicht auch?« meinte Wynne-Candy. »Mit seinem Tod ist der Krieg ein wenig farbloser geworden. Richthofen war etwas, für das es sich zu schießen lohnte.«

Auf das es sich zu schießen lohnte, dachte sie.

Ein paar hundert Yards entfernt schlug jaulend ein Geschoß ein und krepierte. Kate und Wynne-Candy duckten sich, als feuchter Dreck zu Boden regnete.

»Der ging übers Ziel hinaus«, sagte der Colonel. »Vollkommen harmlos.«

Ein qualmender Krater markierte den Aufschlagpunkt. Hinter den Linien gab es mehr Bombentrichter als sonst.

»Wenn es so weitergeht, könnte das unsere Versorgungslinien gefährden.«

»Ganz recht, Miss.«

Wynne-Candys Fahrer, ein schmuddeliger Cockney, raunte dem Colonel leise etwas zu.

»Das darf doch wohl nicht wahr sein!«

Wynne-Candy war entsetzt.

»Es tut mir außerordentlich leid, Miss, aber ein überaus unsportlicher Hunne hat offenbar auf Ihren Wagen geschossen.«

Der Fahrer steckte den Finger durch ein Loch in der Motorhaube.

»Vermutlich ein Versehen. Jeder anständige deutsche Offizier, der einen seiner Männer dabei erwischt, wie er aus dem Hinterhalt auf einen Krankenwagen ballert, würde den Kerl sofort erschießen lassen.«

Der Fahrer meinte, der Motor sei unversehrt. Man müsse die Amublanz nur einmal gründlich waschen, dann werde sie laufen wie geschmiert.

»Nicht leicht, in dieser Gegend seine Siebensachen sauberzuhalten«, sagte Wynne-Candy und ließ seinen Blick über die morastige Ebene schweifen. »Und nun fahren Sie, Miss. Die Jungs an der Front erwarten Sie bereits.«

Ihr drei Nummern zu großer Khakimantel, ihre zerzauste, schlammstarrende Frisur und die tiefe Verwirrung, in der sie sich befand, würden sie schwerlich als Engel durchgehen lassen.

Sie wünschte dem Colonel Lebewohl und stieg wieder in den Krankenwagen. Als die Armee diese Vehikel bestellt hatte, war man davon ausgegangen, daß sie von sechs Fuß langen Kerls gefahren würden. Damals hatte sich noch niemand vorstellen können, daß man eines Tages alle verfügbaren Kräfte an die Front beordern und eine zierliche Vampirfrau den Posten des Chauffeurs ausfüllen würde. Sie hatte drei Kissen unterm Hinterteil und mußte sich nach vorne beugen, um an das Lenkrad zu gelangen, das unermeßlich weit entfernt schien. An den Fußpedalen befestigte Holzklötze brachten jene in Reichweite ihrer zu kurzen Beine.

Alles an dem Krankenwagen klapperte. Sie sah durch die verschmierte Windschutzscheibe in den Himmel. Selbst wenn der rote Baron gefallen war, zogen dort oben noch immer wilde Ungeheuer ihre Kreise. Edwin zerrte an ihr wie ein Zahnschmerz. Es würden Monate vergehen, bis sie ihre alte Kraft zurückgewonnen hatte. Sie hatte das Gefühl, nur noch ein halber Mensch, ein Schatten ihrer selbst zu sein.

Wie jeder anständige Viktorianer warf sie sich in die Pflicht. Wenn möglich, hätte sie sogar zur Waffe gegriffen und wäre in die Schlacht gezogen. Geneviève hatte sich im Laufe ihres langen Lebens des öfteren als Knabe ausgegeben und sich als Soldat verdingt: mit der heiligen Johanna gegen England, mit Drake gegen die Spanier, mit Buonaparte gegen die Russen. Geneviève hatte einfach *alles* gemacht. Ohne es zu wollen, gab sie anderen Frauen unablässig das Gefühl, minderwertig zu sein. Mit »anderen Frauen« meinte Kate sich selbst.

Heute, 1918, durfte Kate, obgleich sie stärker war als viele Männer, nur einen Krankenwagen fahren. Den nächsten Krieg würden Männer *und* Frauen, Vampire *und* Warmblüter führen. Wenn sie überlebte, würde Kate auch an diesem Krieg teilnehmen. Und am nächsten. Und am übernächsten.

Richthofen tot. Sie wollte der Geschichte auf den Grund gehen. Das wäre eine phantastische Nachricht.

Die Straße senkte sich, und links und rechts erhoben sich Erdwälle. Sie hatte das Labyrinth der Schützengräben erreicht. Wellblech klapperte unter dem Gewicht des Krankenwagens. Die Hauptstraße war gerade breit genug. Da fortwährend alte Zufahrten verschüttet und neue gesprengt wurden, mußte sie jedesmal, wenn sie hierher fuhr, eine andere Strecke nehmen.

Eine weitere Granate explodierte, außer Sicht und doch ganz nahe. Kleine Klumpen prasselten auf das Dach des Führerhäuschens. Nur Erde, kein Schrapnell.

Trotz aller Rückschläge war sie immer noch Reporterin. Sie wollte versuchen, mehr über den roten Baron zu erfahren. Sie dachte an die Musketiere von Maranique: Bertie, Algy und Ginger. Die drei würden ihr Rede und Antwort stehen. Sie waren so naiv, daß sie dem Kaiser während des Waffenstillstands 1914 vermutlich Weihnachtskarten geschrieben hatten.

Sie war fast am Ziel. In der Nähe befand sich eine Sammelstelle für Verwundete, die man auf Tragen gebettet hatte. In letzter Zeit hatte es keine nennenswerten Verluste mehr gegeben. Die Deutschen bereiteten ihre Offensive vor, ein veritables Stahlgewitter. Die rückwärtigen Stellungen waren wie ausgestorben, da die Alliierten sämtliche in Frankreich stationierten Männer und Geschütze an die Front beordert hatten.

Das heutige Bombardement diente vermutlich einzig und allein dem Zweck, die Alliierten zu zermürben. Die Offensive – die sogenannte Kaiserschlacht – rückte beständig näher.

Sie zerrte an der Bremse, und die Ambulanz kam ruckartig zum Stehen. Auf alles gefaßt, sprang sie aus dem Wagen und versank bis über die Gamaschen im quatschenden Morast. Die unter einem Zeltdach aufgebauten Tragen waren vollständig belegt. Sie hatte Platz für fünf Patienten, während nicht weniger als fünfzehn Männer darauf warteten, nach Amiens verbracht zu werden.

Der befehlshabende Offizier war Captain Tietjens, ein anständiger Kerl, den Jahre im Schlamm gezeichnet hatten. Trotz der dicken Schmutzschicht erkannte er Kate sofort und erbot sich, ihr eine Tasse Tee zu holen. Die Vampire an der Front pflegten das Gebräu mit einem Schuß Rattenblut zu süßen.

»Nein, danke«, sagte sie, um die mageren Vorräte nicht weiter aufzuzehren. »Ich habe ein Paket mit Schleichware unter dem Sitz. Etwas Tee, ein halbwegs genießbares Stück Brot, eine Tüte Pfefferminzbonbons. Und ein paar andere Sachen.«

Sie reichte ihm die Kostbarkeiten, für die sie ihr letztes Geld gegeben hatte. Sie war ein Vampir, sie konnte sich selbst versorgen. Tietjens ließ das Paket verschwinden: Er würde es an die verteilen, die es nötig hatten.

Ein Großteil der Verwundeten war Amerikaner. Immer neue Yanks wurden herbeigeschafft, um der Offensive Einhalt zu gebieten. Die meisten waren bereits im Einsatz.

Neben einer Trage kniete, bucklig wie ein altes Weib, ein Infanterist und hielt die Hand eines verwundeten Kameraden. Der Junge auf der Trage war allem Anschein nach nur noch ein Torso: Unterhalb der Hüfte war die Decke glatt, von süßem Blut durchtränkt. Zu ihrer großen Verlegenheit sprossen ihre Fangzähne hervor.

Der Freund des Verwundeten blickte sie an. Er schien viel zu benommen, um sich vor ihr zu fürchten. Es war Bartlett, der Soldat, der in Amiens mit ihr angebändelt hatte. Er hatte sich verändert. Seine brennende Begierde war wie weggeblasen: Er war zugleich ein hilfloses Kind und ein verrückter alter Mann. Sie las seine Erinnerungen. Sie wollte, sie hätte sich dem entziehen können.

»Verflucht«, stieß sie hervor.

Eddie Bartlett hatte binnen weniger Wochen einen tausendjährigen Krieg durchlebt. Abgesehen von dem Halbmenschen auf der Trage war Eddie der einzige Überlebende der Kameraden aus dem Café in Amiens. Er war praktisch der letzte der Gruppe, die zusammen nach Europa gekommen war.

Sie wollte Bartlett ihre Hilfe anbieten. Er konnte alles von ihr haben, ihren Körper, ihren Saft, wonach auch immer ihm der Sinn stand. Sie wollte Gutes tun.

Tietjens und sie mußten die Tragen allein in den Krankenwagen hieven. Bartlett ließ die bleiche Hand seines Freundes nur widerstrebend los, um ihnen zu helfen.

»Halt durch, Apperson«, flehte er ihn an. »Immer feste *parlay-voo*, Sportsfreund.«

Vorsichtig schoben die drei den ersten Verwundeten – einen amerikanischen Sergeant mit einem Verband aus Lumpen um die Augen – in die Ambulanz. Als Private Apperson an die Reihe kam, war der Junge tot. Tietjens sah Kate achselzuckend an.

Ein ohrenbetäubendes Pfeifen erfüllte die Luft. Zu ihrem Erstaunen streckte Tietjens die Hand aus und berührte ihr Haar.

Sie wollte sich eben dafür entschuldigen, daß sie ihren besten Hut zu Hause gelassen hatte, als das Pfeifen explodierte. Die Druckwelle brachte Tietjens aus dem Gleichgewicht und riß ihn von den Füßen. Sie wurden gegen den Krankenwagen geschleudert. Auf die Detonation folgte Hitze. Und Unmengen von Erde. Ganz in der Nähe war eine Bombe eingeschlagen. Sie sah, wie langsam eine Grabenwand einstürzte und die verbleibenden Tragen mit den Verwundeten unter sich begrub.

Tietjens zog etwas aus Appersons Bettzeug hervor, beraubte den Toten.

Kate wankte in Richtung der Verwundeten. Die nächste Granate explodierte, und sie wurde erneut zu Boden gerissen. Ihr Rücken schmerzte, und sie wußte, daß sie getroffen war. Tietjens war dicht hinter ihr.

Der Offizier stülpte ihr Appersons Stahlhelm über den Kopf. Sie hatte sofort begriffen und zurrte den Kinnriemen fest. Der Rand ruhte auf ihrer Brille und drückte sie auf ihre Nase.

Sie wühlte mit den Händen wie ein Tier und versuchte die lockere Erde vom Gesicht eines hustenden, warmblütigen Infanteristen zu schaufeln. Je mehr Dreck sie beiseite schaffte, desto mehr sackte nach. Es war kein Platz, ihn aus dem Erdrutsch zu befreien.

Während sie noch grub, sprossen ihre Klauen hervor. Sie krallte sie tief in die Erde. Ihre Fangzähne schnitten ihr schmerzhafte Kerben in die Lippen. Sie war zu einem gemeinen Ungeheuer verkommen. Der Junge sah sie panisch an und setzte sich verzweifelt zur Wehr, weil er glaubte, sie wolle ihm ans Leder. Als er den Mund aufriß, fiel Erde hinein und erstickte seinen stummen Schrei. Sie versuchte ihm zu sagen, daß sie ihm bloß helfen wolle, brachte jedoch außer Knurren und Fauchen nichts heraus.

Plötzlich begann es von neuem zu pfeifen, lauter und konzentriert. Sie blickte zu dem schmalen Himmelsstreifen über dem Graben empor und sah Dutzende funkensprühender Rauchfahnen.

Die Wucht der Explosion schleuderte sie in die Höhe. Die Ambulanz war voll getroffen worden. Kate schmeckte Blut. Der Wagen wurde in die Luft katapultiert und sprang in tausend Stücke, ließ kreischendes Metall und Leichenteile vom Himmel regnen. Hundert Tonnen Schlamm spritzten auf und prasselten hernieder. Kate kniff die Augen zu und schloß den Mund, als kühle Grabeserde sie verschüttete und zu Boden preßte. Urplötzlich war es totenstill.

40

Drachentöter

Winthrop saß auf Albert Balls Stuhl und starrte ins Leere. In der Messe war es voll, aber ruhig. Cundalls neugeborene Männer spielten Karten. Mehrere Älteste tollten mit einer pummeligen kleinen Französin und entlockten ihr spitze Schreie. Sie nannte sich Cigarette und wanderte, wie ein Glimmstengel im Schützengraben, von Mund zu Mund.

Seit Ginger das Gerücht verbreitet hatte, Richthofen sei wirklich tot, fühlte sich Winthrop wie ein exorzierter Geist. Es gab keinen Grund mehr, beim Geschwader Condor zu verbleiben, und doch er war hier festgenagelt. Noch floß das Blut von Ball und Kate in seinen Adern, und sein roter Durst – schlimmer, sein roter *Hunger* – wuchs von Minute zu Minute, er lechzte geradezu nach rohem Fleisch.

Sein Magen war immer noch empfindlich. Er konnte nur wenige Bissen Kurzgebratenes bei sich behalten, und auch das nur, wenn es in Blut schwamm. Wenn ihm übel wurde, erbrach er beängstigende Mengen roten Hackepeters.

Obgleich er die verschorften Hälse von *filles de joie* wie Cigarette äußerst verlockend fand, hätte er es niemals über sich gebracht, warmes Menschenblut zu trinken. Er wollte, er hätte sich von dem bewußtseinstrübenden Infekt befreien können, der in seinem Körper tobte und seinen Geist in einem Meer von Rot versinken ließ.

Wenn er Kate doch nur noch einmal küssen und alles ins reine bringen könnte.

Ein Schatten fiel auf ihn. Allard war eingetreten.

»Unser Sieg ist bestätigt worden. Die Deutschen haben ihn offiziell bekanntgegeben.«

»Ihr Sieg«, widersprach Winthrop. »Sie haben den Boche erledigt.«

»Es war ein Richthofen, aber nicht *der* Richthofen.«

Ein Stromstoß durchzuckte Winthrops Adern.

»Wir haben Manfred von Richthofens Bruder Lothar abgeschossen. Auch kein Kostverächter. Vierzig Siege.«

Der rote Baron war noch am Leben. Der Zweck, zu dem Winthrop sich verwandelt hatte, war noch nicht erreicht.

»Ich weiß, was in Ihnen vorgeht, Edwin. Sie freuen sich. Sie wollen sich diesen Fang nicht entgehen lassen.«

Winthrop versuchte gar nicht erst, den Amerikaner mit Parolen wie »Einer für alle, alle für einen!«, »Kämpfen bis zum letzten Mann!« oder »Der Sieg ist unser!« hinters Licht zu führen.

»Sie werden den Adler noch früh genug vor die Flinte bekommen«, sagte Allard. »Wenn nicht sogar weitaus fettere Beute.«

Winthrop schauderte.

Cigarette schrie kichernd auf. Allard warf dem Mädchen einen mißbilligenden Blick zu. Sie saß auf Alex Brandbergs Schoß. Seine Lippen klebten an ihrer Brust.

Winthrop entschuldigte sich, ergriff die Steigbügel, die man für Albert Ball an den Balken befestigt hatte, und stand auf.

»Ich brauche frische Luft«, sagte er.

Es war der 20. März, laut Kalender Frühlingsanfang. In Frankreich herrschte trübes Winterwetter. Winthrop stand vor dem Bauernhaus, sog gierig kalte Luft in seine Lungen und versuchte sich zu konzentrieren. Sein Vampirblut war also doch zu etwas nütze. Seine Entschlußkraft kehrte zurück. Dennoch fühlte er sich geschwächt. Immer wenn er sich zu geistigen Höhenflügen aufschwingen wollte, um Klarheit über Ball und Kate *et cetera* zu gewinnen, war er wie gelähmt. Seine Gedanken kreisten nur mehr um Mord und Rache. Alles andere verschwand in einem roten Nebel. Was unterschied ihn von den Troglodyten? Oder von gemeinen Schlächtern in Uniform?

Zwei Burschen zwängten sich mit einem langen Bündel durch die Küchentür. Winthrop witterte Blut. Das Bündel war die ohnmächtige Cigarette. Die Männer lehnten sie neben ihrem Fahrrad gegen einen Zaun.

Winthrop trat näher. Die Burschen wischten sich angewidert die Hände ab und zogen sich zurück. Das Mädchen trug einen Schal um die Schultern. Zwischen ihren Brüsten steckte eine Rolle Banknoten, so dünn wie eine Zigarette. Der Regen benetzte ihr Gesicht mit einem Tränenschleier. Ihre blutunterlaufenen Augen sprangen auf. Sie griff nach dem Geld und schob es tiefer in ihr Mieder.

Er machte keine Anstalten, ihr zu helfen. Sie würde es ihm ohnehin nicht danken. Mit geübten Fingern inspizierte Cigarette die Bißspuren an Hals und Brust. Als sie die ausgefransten Wundränder betastete, zuckte sie zusammen. Dann legte sie sich den Schal um wie einen Notverband. Die Wolle war mit geronnenem Blut besudelt. Das Mädchen rappelte sich mühsam und mit gemessener Würde hoch, wie ein Betrunkener, der so tut, als sei er nüchtern. Sie hielt sich mit einer Hand am Zaun fest, bis sie gerade stehen konnte, und bedachte Winthrop, das Bauernhaus und den Flugplatz mit einem verächtlichen Blick. Dieses Mädchen haßte den Boche kaum mehr als die alliierten Flieger, die sie für Geld zur Ader ließen.

Der Regen schmeckte nach Blut.

Cigarette stieg auf ihr Fahrrad und strampelte davon. Sie brachte ihre Röcke außer Reichweite der Speichen und beugte sich tief über den Lenker. Ob sie eine Familie zu ernähren hatte? Einen Mann? Kinder? Oder war sie nichts weiter als eine Schlachtenbummlerin, die den Soldaten überallhin folgte?

Sein plötzliches Interesse für das Mädchen bereitete ihm Unbehagen. Da wurde ihm klar, daß dies die Kate in ihm sein mußte. Der Regen spülte all seine Bedenken fort. Nur ein Narr blieb freiwillig im Regen stehen.

Bei Sonnenuntergang rief Allard zur Einsatzbesprechung. Winthrop wußte sofort, daß es um etwas Ernstes ging. Die Tafel mit dem Dienstplan des Geschwaders war leer. An der Wand hing eine große Karte der Umgebung. Und neben dem Captain hockte Mr. Caleb Croft. Seine Miene war unergründlich.

Winthrop saß auf Balls Stuhl, zwischen Bertie und Ginger.

»Mr. Croft hat Ihnen etwas mitzuteilen«, sagte Allard.

Das war ungewöhnlich. Winthrop konnte sich nicht entsinnen, daß der Geheimagent jemals ein Wort gesprochen hatte.

Croft stand auf, beugte sich ein wenig vor und sagte: »Gentlemen, Konflikte, von denen Sie bislang nichts wußten, sind im Gange. Ein geheimer Krieg, wenn Sie so wollen. Wir haben den Feind übertölpelt. Wir haben seine Luftritter gewähren lassen. Wir haben Männer wie Richthofen zu Legenden stilisiert, haben den Feind ermutigt, sein Vertrauen in sie zu setzen, ihren Wert zu überschätzen. Eine verlustreiche, aber – wie Sie gleich sehen werden – entscheidende Strategie.«

Croft krächzte, Winthrop schäumte. Man konnte diesen Mann beim besten Willen nicht sympathisch finden. Er schien andeuten zu wollen, daß die Alliierten wackere Männer wie Albert Ball und Tom Cundall geopfert hatten, nur um den Boche in dem Glauben zu belassen, seine mordenden Gestaltwandler seien unbesiegbar.

»Wie Sie wissen, ist das JG1 auf Schloß Adler stationiert. Bei Ihrer letzten Streife haben Sie entdeckt, daß ein Luftschiff über dem Schloß vertäut liegt.«

Um diese Neuigkeit hatte es großes Aufhebens gegeben.

»Solche Maschinen wagen sich nur selten an die Front. Es handelt sich um das Flaggschiff der feindlichen Luftflotte, die

Attila. Von dieser Stellung aus wird ihr Oberbefehlshaber den Verlauf ihrer geplanten Offensive beobachten.«

Winthrop mußte an den schwarzen Rumpf des Schiffes denken.

»Sie meinen, Dracula ist in dem Zeppelin?« fragte Lacey.

Croft fuhr, sichtlich verärgert über die abrupte Unterbrechung, fort. »Auf dieses Endspiel haben wir spekuliert. Wir haben Dracula aus seinem Schlupfwinkel gelockt. Wir haben ihn in unsere Reichweite gebracht.«

Plötzlich begriff Winthrop, was Allard mit »fettere Beute« gemeint hatte. Es waren fast so viele Adler am Himmel wie Spatzen. Und über ihnen schwebte ein Drache, der *dracul.*

»Wenn der Feind zum Angriff übergeht, ist es Aufgabe dieses Geschwaders, den Zeppelin abzuschießen. Wenn wir der Bestie erst einmal den Kopf abgeschlagen haben, wird ihr Körper rasch verfaulen. Diese Mission bedeutet den Sieg der Alliierten.«

»Alles schön und gut, mein Bester«, sagte Algy, »aber mit unseren Kisten können wir dem verfluchten Zeppelin noch nicht mal an der Hose riechen. In der Höhe gefrieren uns die Augäpfel zu Eis.«

»Er wird zu uns herunterkommen. Lord Ruthven weiß um seine Arroganz. Graf von Dracula liebt dieses Spielzeug, diese Flugmaschine. Er wird es aus der Nähe sehen wollen, wenn seine Truppen die Linien durchbrechen. Inmitten seiner Leibgardisten, seiner gestaltwandlerischen Asse, fühlt er sich sicher. Diese kindische Überheblichkeit ist sein Ende und sein Untergang. Und ihr, Männer, werdet Dracula den Garaus machen.«

»Ich wollte schon immer mal 'nen Zeppelin vom Himmel holen«, sagte Bertie. »Verdammt unsportliche Mühlen, diese Zeppeline. Bombardieren Zivilisten und so 'n Mist.«

»Hier geht es nicht um Sport«, widersprach Croft. »Hier geht es um den Krieg. In diesem Fall sogar um Mord. Täuschen Sie sich nicht.«

»Und was ist mit unseren Freunden vom JG1?«

»Bringen Sie sie um, wenn es die Umstände erfordern und erlauben, aber führen Sie um Himmels willen keinen Privatfeldzug gegen sie.«

»Und nach Draculas Tod ist alles vorbei?«

»Dies ist sein Krieg. Ohne ihn werden die Mittelmächte zusammenbrechen.«

»Und wer soll dann kapitulieren?«

Croft zuckte die Achseln. »Der Kaiser. Ohne Dracula ist er ein hilfloses Kind.«

Ruthvens Intimus klang durchaus überzeugend, doch seine Stimme war hohl, sein Horizont begrenzt. Croft hatte gesagt, es gehe nicht um Sport, andererseits sprach er von Endspielen, als sei die Welt ein Schachbrett. Aus der Luft, in der Luft wußte Winthrop, daß es keine Ordnung gab. Ohne Kopf würde die Bestie womöglich wüten, bis alles Leben im Dschungel ausgerottet war. Und die Schlammwüste Europa würde ein Kontinent der Troglodyten, der Höhlenmenschen werden. Doch daran durfte Winthrop jetzt nicht denken. Er dachte nur noch an die Jagd, die Jagd auf Flugdrachen und Adler.

Das Telephon klingelte, und Allard preßte sich den Hörer ans Ohr. Der Captain lauschte, nickte, legte auf.

»Es ist soweit«, verkündete er.

41

Kaiserschlacht

Sie bekam keine Luft. Dabei atmete sie nur aus Gewohnheit und nicht aus Notwendigkeit. Ein harter, schwerer Gegenstand lastete auf ihrer Brust. Sie hatte kein Gefühl mehr in den Gliedern. Stechende Schmerzen in der Schulter deuteten auf Silber hin.

Kate blinzelte im Dunkeln. Zum Glück schützte die Brille ihre Augen vor dem Dreck. Seit ihrer Verwandlung, der sie die Fähigkeit zur Nachtsicht verdankte, hatte sie keine so tiefe Finsternis mehr erlebt. Leise, kaum hörbare Geräusche zerfraßen die Grabesstille. Schreie, Explosionen, Motoren, Schüsse, MG-Salven.

Sie war seit Jahren tot, und an ihrem Zustand hatte sich nichts geändert.

Ein Schmerz durchzuckte ihre Schulter und ihren rechten Arm hinab in ihre Hand. Sie ballte ihre Klauen zur Faust und bohrte die Fingernägel ins weiche Fleisch des Daumenballens. Es war nicht leicht, sich durch die Erde zu boxen. Sie konnte nicht zum Schlag ausholen. Ihr ganzer Arm tat weh. Ihre verletzte Schulter sprang aus dem Gelenk. Sie mußte die Lippen fest zusammenpressen, um einen Schmerzensschrei zu unterdrücken.

Ihr Erdsarg bekam einen Riß, so daß sie den Arm bewegen konnte. Sie streckte die Hand aus und krallte die Finger in den Dreck. Ihre Klauen stießen gegen einen Toten, und sie packte einen Arm des Leichnams, zog aus Leibeskräften daran und versuchte ihren Körper hochzustemmen. Die Schmerzen waren schier unerträglich, doch das Ding auf ihrer Brust wollte sich nicht von der Stelle rühren.

Wenn sie jetzt in Schlaf fiel, konnte sie Jahre, wenn nicht

sogar Jahrhunderte bewußtlos überdauern. Vielleicht würde sie in einem Utopia erwachen, in dem die Menschheit Kriege nicht mehr nötig hatte. Oder in einer Zukunft, in der Dracula als Autokrat über eine wüste Erde herrschte. Doch Schlafen hieß, sich vor der Verantwortung für die Gegenwart zu drükken.

Ihre Faust brach durch die Oberfläche. Sie spürte kühle Luft und streckte die Finger.

Der Gegenstand auf ihrer Brust war ein Balken oder ein schweres Trümmerteil des Krankenwagens. Aber was es auch war, es ließ sich nicht bewegen. Sie preßte sich noch tiefer in die Erde, um sich losstrampeln und wie ein Wurm nach oben wühlen zu können.

Ach, wenn ihr Vater das noch hätte erleben dürfen!

Mit gekrümmten Schultern grub sie eine Mulde in den weichen Boden unter ihrem Rücken. Alles war klatschnaß. Durch ihre Anstrengungen wurde aus fester Erde lockerer Schlamm.

Plötzlich packte jemand ihren Arm. Sie ergriff die Männerhand und zog die Fingernägel ein, um ihren Retter nicht zu stechen. Sie versuchte, ihn sich vorzustellen. Ein höllischer Schmerz betäubte ihre Hand, als ihr eine Metallspitze – kein Silber – durch die Haut ins Fleisch getrieben wurde. Ihr Retter stieß ihr ein Bajonett in den Leib. Ein durstiger Mund schlürfte mit rauher Katzenzunge Blut aus ihrer Hand.

Sie schnappte nach einem Gesicht, bekam einen Schnurrbart zu fassen, versuchte ihre Nägel in einen Schädel zu krallen. Der Mann, der ihr das Blut stahl, richtete sich auf, und sie wurde aus dem Dreck, ans Licht, gezerrt. Der schwere Gegenstand rutschte von ihrer Brust und stieß gegen ihre Hüfte. Dann steckte sie wieder fest. Ihre Schulter tat so weh, daß sie glaubte, er wolle ihr den Arm ausreißen. Schließlich lag auch ihr Gesicht frei, und sie schrie.

Ihre dreckverschmierte Brille war wie durch ein Wunder heil geblieben, und es dämmerte bereits. Trotzdem schien das

Licht entsetzlich grell. Ihre Augen brannten. Und in ihren Ohren gellte ungeheurer Lärm.

Den Leichenfledderer fest umklammernd, stand sie auf und schüttelte sich, um ihre Kleider von Erdklumpen zu befreien. Schlamm und Stoff bildeten eine dicke, kalte Lehmschicht.

Sie ließ ihren Gefangenen los. Ihre Hand war knorrig und geschwollen, pralles Fleisch über wuchernden Knochen. Ihre Finger hatten sich zu sechs Zoll langen Ruten mit drei Zoll langen Klingen ausgewachsen. Bei dem Gedanken daran schrumpfte die Hand wieder zusammen. Die bittere Not hatte ungeahnte gestaltwandlerische Fähigkeiten zum Vorschein kommen lassen.

Hätte der neugeborene Soldat eine deutsche Uniform getragen, so hätte sie ihn auf der Stelle umgebracht und sein Herz verspeist. Doch es war nur ein verwirrter Tommy, der aus einem Dutzend Wunden blutete und mit ihrem Saft besudelt war. Der Soldat wich zurück, stürzte davon und ließ Kate allein auf einem Schlammhügel zurück. Sie war noch immer aufgebracht und kämpfte mit dem roten Durst, den das Blutbad geweckt hatte.

Langsam gewöhnten sich ihre Augen an das Licht, und sie erkannte Teile ihres Krankenwagens und die einstige Befestigung des Grabens. Alles war mit Leichenteilen übersät. Vermutlich befanden sich auch Tietjens und Bartlett unter den Toten. Der Schützengraben war nicht mehr. Die Wucht der Explosionen hatte ihn zum Einsturz gebracht. Sie stand ungeschützt zu ebener Erde und sah die Abzugsgräben nahegelegener Stellungen. Ein Großteil des Systems war noch intakt. Es wimmelte von Männern, die in die Quartiere oder an die Front einrückten.

Ein Granatsplitter steckte in ihrer Schulter, und sie zog ihn heraus. Sofort ließen die Schmerzen nach.

Ringsum schlugen Bomben ein. Da ihr der Schreck noch immer in den Gliedern saß, konnten die Explosionen sie nicht weiter erschüttern. Sie drehte sich um und nahm die Front in Augenschein. Zwar gab sie eine perfekte Zielscheibe ab, dafür aber hatte sie einen bemerkenswerten Blick. Von ihrem Hügel aus sah sie die von hektischer Betriebsamkeit erfüllten Schützengräben der Alliierten, das Drahtgewirr im Niemandsland und das Mündungsfeuer der deutschen Geschütze. Selbst die Befestigungsanlagen der feindlichen Stellungen waren deutlich zu erkennen. Schaurige Musik – Wagner? – rieselte vom Himmel. Stählerne Ungeheuer krochen durch das Niemandsland. Darüber schwebte ein Leviathan der Lüfte.

Stalhein war erneut als Beobachter abkommandiert. Diesmal wurde er, in menschlicher Gestalt, zum Dienst an Bord der *Attila* bestellt.

Die gepanzerte Gondel war ein Kommandeurskonklave, ein Kabinett der hohen Tiere, die ihre Untergebenen zu einer wahren Grußorgie animierten. Der Kapitän des Zeppelins war Peter Strasser, ein fanatischer Anhänger der Schwerer-als-Luft-Luftfahrt, der zu Beginn des Krieges Bombenangriffe auf London geflogen hatte. Über Strasser stand Ingenieur Robur, der Leiter der Marine-Luftschiffer-Abteilung und große Architekt und Propagandist dieser Maschinen. Und über ihnen allen stand Graf von Dracula, der, ein Stück abseits von seinen schwarzledernen Gardisten, in der Führergondel wachte und die Schlammschlacht durch die Sichtluken verfolgte. Zum Glück war für Graf von Zeppelin, Feldmarschall Hindenburg und den Kaiser kein Platz mehr gewesen. Ihre Orden wogen so schwer, daß die *Attila* Mühe gehabt hätte, Einsatzflughöhe zu erreichen.

Mit Ausnahme von Stalhein und Dracula hatten alle Mann an Bord festumrissene Aufgabenbereiche. Stalhein, der die Eiseskälte in seiner menschlichen Gestalt am ganzen Körper spürte, hatte das Gefühl, zurückgehalten zu werden. Das JG 1 würde schon bald zum Einsatz kommen.

Strasser saß in seinem Sessel und bellte Befehle in ein Sprachrohr. Seine tüchtige Mannschaft hastete wie eine Horde uniformierter Affen durch das verwirrende Durcheinander von Hebeln und Verstrebungen.

Ein langer Schatten fiel auf das in Dämmerrot getauchte Land.

Wie es sich für ein so großes und erhabenes Schiff geziemte, war die *Attila* mit einer Orgel ausgestattet. Robur saß am Manual und suchte sich Melodien aus *Lohengrin* zusammen. Die Musik wurde durch am Schiffsrumpf befestigte Schalltrichter verstärkt.

Mit ungewohnter Zurückhaltung näherte sich Stalhein der Sichtluke, einem kreisrunden, etwa drei Meter breiten, in den Boden der Gondel eingelassenen Fenster. Sie war das Auge der *Attila.* Der Oberbefehlshaber der deutschen Streitkräfte wachte, die Pranken auf ein Messinggeländer gestützt, über den Verlauf der Schlacht. Im Kunstlicht wirkte sein trauriges Gesicht fahlgrau und leicht geschwollen. Stalhein hatte erwartet, Dracula, der unsterbliche Kriegsfürst, werde angesichts des Blutbades frohlocken.

Er hatte erwartet, die Gegenwart des Grafen werde sein Blut in Wallung bringen. Dracula war Stalheins Vater in Finsternis. Sein durch die Älteste Faustina vererbtes Geblüt hatte ihn zum Gestaltwandler werden lassen. Er war einer der unzähligen Nachkommen des Grafen. Doch Stalhein bewahrte ruhiges Blut. Er fühlte sich auch nicht genötigt, vor seinem Herrn und Meister auf die Knie zu fallen. Er trat neben Dracula und blickte durch die Luke in die Tiefe.

Die sinkende Sonne bot genügend Licht, um deutlich sehen zu können. Panzerverbände krochen durch den Schlamm, die erste Welle hatte die Schützengräben der Entente schon fast erreicht. In den tiefen Furchen, die ihre Ketten hinterließen, rückten Männer vor. Von hier oben wirkten die Soldaten wie Ameisen. Die Panzer sahen aus wie große Käfer, die sich mühsam einen Weg über winzige Hindernisse bahnten. Im ganzen Niemandsland explodierten Feuerbälle. Dies würde unzählige Menschenleben kosten.

Die erste Panzerreihe spie Feuer, und mächtige Flammenstrahlen spritzten in die gegnerischen Gräben. Obgleich er gegen den Feuertod immun war, befiel Stalhein ein kalter Schauder. Dieser Krieg hatte findige Köpfe wie Robur dazu getrieben, Waffen zu entwickeln, mit denen man einen Vampir ebenso mühelos auslöschen konnte wie einen Warmblüter mit Pistole oder Schwert. Teile des gegnerischen Grabensystems wurden zu reißenden Feuerströmen, die neue Grenzen in die rußgeschwärzte Landkarte Europas brannten.

Die *Attila* schwebte über feindlichem Gebiet, außer Reichweite der Flugabwehrkanonen. Alle noch intakten schweren Geschütze wurden zur Abwehr der Bodenoffensive gebraucht. Die wertvollen Granaten waren zu schade für nutzlose Schüsse ins Blaue.

Ein Steuermann reichte dem Grafen, furchtsam und von Scheu ergriffen, eine Note. Der dachte gründlich nach und nickte dann. Der Unterführer salutierte zur Bestätigung, und Strasser brüllte neue Befehle in sein Rohr.

Dunkle, rundliche Gegenstände fielen aus Klappen an der Unterseite der Gondel und stürzten zur Erde. Sich pilzförmig ausbreitende Flammenteppiche ließen erkennen, wo die Bomben eingeschlagen hatten. Die Augen des Grafen waren rote Kugeln, blind vor Blut. Sein aufgedunsenes Gesicht glühte im Feuerschein. Er wandte sich an Stalhein.

»Gott ist mit uns«, sagte Dracula.

Ringsum schossen Feuersäulen in die Höhe. Kate wurde klar, daß sie auf ihrem Hügel ein leichtes Ziel bot. Dennoch war sie so fasziniert, daß sie sich nicht vom Fleck rühren konnte. Außerdem erachtete sie es als ihre Pflicht, die Stellung zu halten, zu berichten, was sie gesehen hatte. Sie mußte einfach hinschauen.

Dies war die deutsche Frühlingsoffensive, die Kaiserschlacht. Obgleich von Haig bis hinab zum Karrengaul niemand bezweifelt hatte, daß sie kommen würde, hatte sie die Alliierten überrascht.

Als die Nacht hereinbrach, explodierten Leuchtgranaten über den Schützengräben. Das grelle Magnesiumlicht blendete sie. Die Panzer hatten die Wüste aus Stacheldraht und Leichenteilen umgepflügt und eine Schneise für die Infanterie geschlagen.

»Was ist denn das für ein Vollidiot da oben?« rief jemand. Kate wurde klar, daß sie gemeint war. »Sofort hier runter mit dem Trottel, bevor wir ihn in Einzelteilen aufsammeln müssen!«

Ein Mann, dem der Gestank von Jahren im Schützengraben anhaftete, riß sie von den Füßen und zerrte sie in ein Loch, halbvoll mit lockerer Erde.

»Ich werd verrückt! Ein Weibsbild«, sagte der Soldat.

Sein Zugführer fluchte. Kates Rot-Kreuz-Armbinde war schlammbedeckt. Sie rieb sie mit dem Ärmel sauber.

»Sie ist Krankenschwester, Sir.«

»Na bravo.«

»Ich glaube, sie ist tot.«

Die Fangzähne ragten ihr aus dem Mund. Sie spürte, wie ihr Kiefer sich zu einem Haifischmaul verzerrte.

»Jammerschade«, meinte der Zugführer.

»Nein, Sir«, erwiderte der Soldat. »Nicht tot, *tot*. Sie wissen schon, ein Vampir.«

Der ganze Zug war warmen Blutes. Manche Regimenter bestanden auf lebendem Kanonenfutter.

»He, Miss Blutsauger«, sagte der Zugführer und gab ihr einen Stupser. Er war fortgeschrittenen Alters, um die dreißig. »Noch alle Knochen beisammen?«

»Mein Name ist Kate Reed. Ja, ich bin unverletzt.«

»Captain Penderel, zu Ihren Diensten. Betrachten Sie sich als zwangsrekrutiert.«

Jemand reichte ihr einen Spaten mit blutigen Handabdrükken darauf.

»Sehen Sie den Dreck da? Hauen Sie nur tüchtig rein.«

Penderels Männer griffen zu den Schaufeln und legten sich ins Zeug. Der Graben war eingestürzt, und ein großer Haufen Erde blockierte den Durchgang. Aus rückwärtigen Stellungen herbeigeschaffte Verstärkung staute sich im Flaschenhals. Sie konnten sich erst ins Kampfgetümmel stürzen, wenn eine Bresche in das Hindernis geschlagen war. Kate salutierte und fing an zu graben. Daß sie Reporterin geworden war, hatte ihrer Familie schon genug Schande bereitet; daß sie nun auch noch als Erdarbeiterin schuften mußte, durften ihre Eltern nie erfahren.

Sie schleuderte eine Schaufel Dreck über die Grabenböschung und rammte den Spaten wieder in die harte, versengte Erde. Plötzlich drang das Blatt in etwas Weiches. Ein Stück Fleisch brach aus einem im Todesschrei erstarrten Gesicht. Sie schrak zurück. Tommies sprangen herbei, suchten nach den Armen des Leichnams und zogen ihn aus der Wand. Der Tote war aus einem Stück. Mit einem kräftigen Hauruck warfen ihn die Tommies in die Höhe, aus dem Weg.

Mit der Beseitigung der Leiche war das Hindernis so gut wie überwunden. Ein Soldat konnte es auf allen vieren bequem passieren, ohne daß sein Stahlhelm über die Böschung ragte. Penderel lobte seine Leute und befahl ihnen, vorzurükken. Als er an Kate vorbeikam, salutierte er. Sie blieb mit der Schaufel in der Hand zurück.

»Der Hunne hat die Linien durchbrochen«, sagte Ginger. Er war der Telegraphist des Geschwaders. »Die ganze Sache ist ein ziemlich böser Reinfall.«

Die Schlacht war in vollem Gange. Der Himmel über den Schützengräben brannte. Winthrop konnte das Donnern der Geschütze und die massenhaften Schreie der sterbenden Soldaten selbst hier, auf dem meilenweit entfernten Flugplatz, deutlich hören.

Sämtliche Piloten des Geschwader Condor trugen Fliegerkluft. Sämtliche Maschinen waren aufgetankt und standen auf dem Rollfeld.

Über dem Kampfgelände hing ein dunkler Schatten mit rotglühendem Bauch. Die *Attila.*

»Die Gaszellen sind riesig«, sagte Bertie. »Ein paar Brandbomben, und das Schiffchen geht in Flammen auf. Wie ein Ballon.«

»Es ist hundertmal größer als ein Ballon«, mahnte Allard den Piloten. »Um einen solchen Knallfrosch zu entzünden, braucht es einen großen Funken.«

»Ob er wirklich da oben ist?«

Winthrop hatte geglaubt, Dracula würde eine verräterische Aura von Unheil und Verzweiflung verströmen.

»Der Geheimdienst hat bestätigt, daß sich Graf von Dracula an Bord der *Attila* befindet«, wandte sich die graue Eminenz an Captain Allard. »Ihre Stunde ist gekommen.«

»Sollten wir nicht lieber die Bodentruppen bombardieren?« gab Alby zu bedenken. »Unsere Jungs beziehen bestimmt eine gehörige Tracht Prügel.«

Croft warf dem jungen Flieger einen vernichtenden Blick zu. »Für uns zählt nur die *Attila.*«

Winthrop hatte erstmals das Gefühl, daß Allard schwankte. Im Zweifel würde er seinen Befehlen Folge leisten.

Wenn Dracula dort oben war, konnte Richthofen nicht weit sein. Winthrop vibrierte bis in die letzten Fasern seines Körpers. So mußte es einem Vampir zumute sein. Sein Blut pochte, lechzte nach dem Sieg. Heute nacht, soviel stand fest, würde es zur Entscheidung kommen.

Die Piloten scharten sich um Jiggs, reichten ihm Briefe und Souvenirs. Winthrop stand mit leeren Händen da. Er hatte Catriona nicht geschrieben, daß er noch lebte. Bei Morgengrauen würde das vielleicht auch nicht mehr nötig sein. Letztlich war dies wahrscheinlich die menschlichere Lösung.

Die erste Camel kreiste bereits über dem Feld und wartete darauf, daß der Verband sich formierte.

Ausrüstungsgegenstände wurden auf Lastwagen verladen. In ganz Maranique war niemand ohne Arbeit. Wenn diese Mission beendet war, befand sich der Flugplatz womöglich schon in Feindeshand. Falls dann noch Treibstoff übrig war, würde das Geschwader nach Amiens ausweichen. Es würde kein Tropfen Treibstoff übrigbleiben. Das Geschwader Condor würde kämpfen, bis es nicht mehr kämpfen konnte.

Winthrop hievte sich in seine Maschine und machte es sich hinter dem Steuerknüppel bequem.

»Kontakt«, brüllte er.

Jiggs warf den Propeller an. Die Camel setzte sich langsam in Bewegung und schwang sich in die Luft. Obgleich die Sonne längst versunken war, stand das Land in hellen Flammen.

Kate hetzte Penderels Leuten hinterdrein. Weitere Verstärkung war ihr dicht auf den Fersen. Sie brauchte nur dem Klappern des Feldgeschirrs zu folgen, um den Weg zur Front zu finden. Die Gräben waren teilweise überdacht und wurden zu Tunnels, spärlich erhellt von Kerzenstummeln in Blechnäpfen.

Sie benutzte den Spaten als Sense, um Hindernisse aus dem Weg zu räumen. Sie war nur noch ein Tier, das sich von seinem Instinkt leiten ließ. Sie wollte sich ins dichte Kampfgetümmel stürzen.

Als sie aus einem Tunnel in den Hauptgraben einbog, stand sie plötzlich vor einer fünfzehn Fuß hohen Wand aus durchweichten Sandsäcken. Männer stemmten Leitern dagegen, doch die oberen Sprossen waren gebrochen.

Ein ohrenbetäubendes Knirschen peinigte sie bis ins Mark.

Mahlende Panzerketten rissen erste Sandsäcke in Fetzen. Der motorisierte Moloch steckte fest in Schlamm und Stacheldraht. Die Soldaten feuerten aus allen Rohren auf den walzeisernen Rumpf des Panzers. Die Kugeln spickten das Metall mit Dellen. Der Panzer schleppte sich schlingernd ein Yard weiter, bis die große flache Nase über die Böschung ragte und einen Schatten auf die sich windenden Soldaten an der Grabensohle warf.

Aus dem Innern des Ungetüms drang Rauch. Kate hustete, fürchtete Gas. Die Kanone des kriegerischen Monstrums schwenkte herum. Kate stürzte sich in den morastigen Abgrund des Grabens. Eine Granate schoß über die Bresche hinweg und krepierte in der Tunnelöffnung. Der Schütze hatte auf die Stelle gezielt, wo sie eben noch gestanden hatte.

Der Blitz erhellte den Panzer, ließ jeden Bolzen, jede Schraube sichtbar werden. Der Panzer glich einer Festung, mit Schießscharten und Zinnen. Granatsplitter und Feuer spritzten nach allen Seiten. Die Getroffenen sanken schreiend zu Boden und wälzten sich in ihrem Blut.

Kate wollte töten.

Der Schwerpunkt des Tanks verlagerte sich über die Grabenböschung hinaus. Die Nase kippte nach vorn, drohte die Männer, die im Matsch umherkrochen, zu erdrücken. Die Ketten fraßen sich in die rückwärtige Wand, fanden mahlend Halt und zogen die Maschine in die Waagerechte. Nun konnte sie über den Graben hinwegrollen wie über einen Riß im Asphalt. Die Männer feuerten auf ihren eisengrauen Bauch, als sie den Schlammpfuhl überquerte.

Kate ging in die Hocke wie ein Frosch, stieß sich mit all ihrer Vampirkraft vom Boden ab und sprang mit ausgefahrenen Klauen in die Höhe. Sie landete neben dem Panzer und streckte die Hand nach der laufenden Kette. Ein Zipfel ihres Mantels verfing sich in den surrenden Rädern, und das Monstrum riß sie an sich. Sie würde zermalmt werden wie in einer Mühle, doch ihr zerschundener Körper würde dieses Ding zum Stillstand bringen. Was als Schlachtruf in ihrer Brust begonnen hatte, endete als Todesschrei.

Poe hatte Theo heute abend mit seinem Manuskript beehren wollen, doch die Ereignisse hatten sie überholt. Es begann damit, daß die *Attila* vom Schloß ablegte, das Signal zum Start der Offensive. Entlang der Linien rollten Panzer aus getarnten Stellungen, und Männer pflanzten Bajonette auf, um zum Angriff vorzubrechen. Die Mittelmächte stießen mit aller Kraft nach vorn und überrollten die Entente. Dies würde den Sieg bedeuten.

Sie standen auf dem Turm und verfolgten die Vorbereitungen der Flieger auf die Schlacht, die ringsumher zu hören und in einiger Entfernung auch zu sehen war. Obgleich sie ihnen inzwischen fast vertraut vorkam, bot die Verwandlung der Flieger noch immer einen überwältigenden Anblick.

Poe und Theo sahen zu, wie Richthofen die Gestalt wechselte. Der Tod seines Bruders hatte in ihm anscheinend weder Zorn noch Rührung wachgerufen. Sein Panzer, den Poe durch geschicktes Fragen ansatzweise aufgebrochen hatte, war wieder hermetisch verschlossen und ließ keinerlei Gemütsregung nach außen dringen.

Richthofens ernstes Gesicht verschwand unter dichtem Fell. Poe hatte geglaubt, der Flieger habe sie gar nicht bemerkt, doch als Haarmann und Kürten beiseite traten, verbeugte er sich vor seinem Biographen und schwang eine Flügelspitze wie ein Höfling seinen Umhang. Poe sagte Richthofen Lebewohl. Der Baron sprang, gefolgt von seinen Kameraden, vom Turm. Die Flieger umschwärmten die *Attila*.

Theo sah zu, wie seine Kampfgenossen in der Nacht entschwanden. Seine Augen funkelten im Schatten seines Mützenschirms.

»Es sieht so aus, als ob unsere Arbeit hier beendet wäre«, sagte er schließlich. »Ab morgen werden wir nicht mehr gebraucht.«

Ten Brinckens Jünger hatten ihre Akten eingepackt und bereiteten sich auf den Rückzug vor. Karnstein war an die italienische Front versetzt worden. Und Schloß Adler wurde zum Hauptquartier des Grafen umgebaut. In dem Maße, wie das Schloß an militärischer Bedeutung gewann, verlor es an wissenschaftlichem Wert. Berichte wurden geschrieben und verschickt. Das Experiment war beendet.

»Morgen werden sie den Krieg gewonnen haben, Theo.«

Theo zuckte die Achseln. »Zu diesem Zweck hat Dracula sie schließlich erschaffen. Aber wie Manfred schon sagte: Es gibt kein ›nach dem Krieg‹. Sie sind Werkzeuge der Eroberung und nicht der Herrschaft.«

»Eroberungen wird es immer geben.«

»Mein lieber Eddy, für einen Mann von so bemerkenswerter Weitsicht sind Sie bisweilen erschreckend blind.«

Poe war schockiert.

Obwohl nicht nur das Bodenpersonal, sondern auch einige Wissenschaftler zurückgeblieben waren und Orlok durch die leeren Gänge schlich, wirkte das Schloß nun, da das JG1 verschwunden war, wie ausgestorben. Die Flieger umschwirrten die *Attila* wie Motten das Licht. Dank seiner scharfen Augen konnte Poe ihre winzigen Gestalten selbst im Labyrinth der Nacht deutlich erkennen.

Im Schlußkapitel hatte er Richthofens Reaktion auf den Verlust seines Bruders beschrieben. Es war, als ob beide Richthofens den Tod gefunden hätten und er verflucht sei, weiter über Gottes Erdboden zu wandeln.

»Armer Manfred«, sprach Theo Poes Gedanken aus. »Er ist trotz allem treu wie ein Hund.«

»Ich gäbe viel darum, wenn ich bei ihnen sein könnte, Theo.«

Theo sah ihn an und verzog den Mund zu einem schiefen

Lächeln. »Da sich jetzt ohnehin niemand mehr um uns kümmert, können wir tun und lassen, was wir wollen. Unten steht eine Junkers J1 mit vollem Tank. Was halten Sie von einer kleinen Spritztour?«

»Sie können fliegen?«

»Nur mit einem Flugzeug.«

In der Ferne stiegen Feuersäulen auf. Poe dachte an den Himmel über der Entscheidungsschlacht.

»Ich bin noch nie mit einem . . . «

»Ein schweres Versäumnis für einen Propheten der Zukunft.«

»Wie Sie meinen.«

Theo grinste, sein lebhaftes Temperament kehrte zurück. »Der Rabe hat Flügel.«

In ihren letzten Augenblicken hätte Kate am liebsten ihren Frieden mit Gott und der Welt gemacht. Doch das blieb ein frommer Wunsch.

Da immer mehr Stoff in die Panzerkette gezogen wurde, schloß sich ihr Mantel wie eine Zwangsjacke um ihren Körper. Je näher sie den todbringenden Zahnrädern kam, desto stärker wurde der Gestank von Schweröl und Wagenschmiere. Plötzlich blieb der Motor im Innern der Maschine stehen, und sie hing an der Außenseite des Panzers wie am Kreuz. Ein mechanisches Versagen, eine verirrte Kugel oder die Hand Gottes hatte sie gerettet. Fürs erste.

Sie konnte eine Hand bewegen. Sie ballte die Finger und formte die Nägel zu einer Messerspitze, stieß ein Loch in das straffe Schulterstück des Mantels und riß. Nähte platzten, sie war frei. Sie stürzte und bekam im letzten Augenblick die Felge eines blockierten Rades zu fassen. Ihre mit Widerhaken bewehrten Fingernägel kratzten über öliges Metall, doch sie verbiß sich ihren Schmerz. Hand über Hand zog sie sich hoch und kletterte auf den Tank. Der eben noch von Flammenzungen beleckte Stahl war heiß.

In dem rollenden Käfig steckten Feinde. Ob Warmblüter oder Vampire, sie waren voll von pulsierendem Blut, das sie zum Leben brauchte. Ein Gewehrlauf schob sich durch einen Schlitz und zielte in ihre Richtung. Sie wirbelte herum, um aus der Schußbahn zu gelangen, und packte die Waffe. Mit einem Ruck zog sie das Ding heraus – worauf eine Lawine deutscher Flüche aus dem Bauch des Molochs drang – und warf es hinter sich.

Sie blickte durch den Schlitz und knurrte wie ein Tier. Sie witterte die Angst der Panzerfahrer, hörte die im Innern ihrer wirkungslosen Wunderwaffe gefangenen Männer panisch scharren. Sie würden im Feuer geröstet werden.

Plötzlich hatte sie ein Paar Stiefel vor der Nase. Vermutlich das einzige Paar gewichster, musterungsbereiter Stiefel in ganz Europa. Sie sah zu dem Soldaten hoch, der ruhig und gelassen auf dem Panzer stand und keine Miene verzog, als seien die Blei- und Silberkugeln, die ihm um die Ohren pfiffen, nichts weiter als Hagelkörner. Er trug die Uniform der Vereinigten Staaten, doch dieser Vampir war älter als die Neue Welt.

Seine Stiefel lösten sich auf, zerflossen zu weißlichem Nebel. Sie hatte von dem Kniff zwar schon gehört, ihn aber nie gesehen. Der Vampir verwandelte sich in ein schwach leuchtendes Gespenst. Mit seinem Körper verschwanden auch Ausrüstung und Kleider, sie waren ebenso ein Teil von ihm wie sein ergrautes Haar. Ein Querschläger streifte den Panzer. Kate wollte in Deckung gehen, doch der Anblick des Ältesten ließ sie erstarren. Eine menschenförmige Wolke schwebte über dem Schlitz. Sie wurde lang und schmal und stieß wie durch einen Schornstein ins Innere des Panzers.

Markerschütternde Schreie drangen durch die dicken Stahl- und Eisenplatten. Eine Pistole wurde abgefeuert, und die Kugel prallte jaulend durch den engen Raum. Aus der Schießscharte platzte ein roter Regen, der ihr Gesicht mit einem warmen Blutschleier benetzte. Der Saft erregte ihre Sinne, und sie leckte sich gierig das Gesicht und verschlang das Grauen, das darin brannte.

Ohne auf die Wiederkehr des Ältesten zu warten, sprang sie vom Rücken des kriegerischen Ungeheuers und spürte festen Boden unter den Füßen. Als sie sich umdrehte, sah sie, daß das Niemandsland kein Niemandsland mehr war. Endlose Ketten grauer Uniformen marschierten in Reih und Glied durch die stockfinstere Nacht und kletterten über ihre gefallenen Kameraden hinweg, eine Flut von Menschen, die auf die alliierten Schützengräben zuhielt.

Etwa dreißig Yards entfernt ging ein Maschinengewehr los und mähte eine erste Garbe von vorrückenden Truppen nieder. Sofort schloß sich die Lücke. Der zweite Feuerstoß tötete noch mehr Männer. Dann wurden die Artilleristen überwältigt und zum Schweigen gebracht. Die nicht-toten Soldaten rissen die Schützen in Stücke, Blut spritzte nach allen Seiten. Die Münder der Deutschen troffen rot.

Der Älteste schwebte über dem Panzer und nahm wieder menschliche Gestalt an, sein hübsches Gesicht strotzte vor Blut.

Ein Schuß traf Kate, doch es war nur ein Bleigeschoß. Die Kugel durchschlug ihre Wade. Die Wunde verheilte in Sekundenschnelle. Der Knall gellte ihr noch in den Ohren, als der Schmerz längst abgeklungen war.

Ein zweiter Tank spie einen brennenden Benzinstrahl nach den Alliierten und ließ Feuer zu Boden regnen. Die Männer ringsumher räumten das Feld, fielen zurück, fielen.

Der Älteste trieb auf den zweiten Panzer zu. Da er seine Gestalt völlig in der Gewalt zu haben schien, mußte er uralt sein. Älter als Dracula oder Geneviève. Älter als das Mittelalter. Womöglich sogar älter als das Christentum. Wie es ihm wohl gelungen war, so lange unentdeckt zu bleiben? Er mußte zahllose Namen haben.

Der Flammenwerfer richtete sich auf und spie von neuem

helles Feuer. Der Strahl traf den Ältesten mitten in die Brust. Er brannte wie ein Schmetterling. Jahrhunderte auf ewig unbekannten Lebens wurden in einer achtlosen Sekunde ausgelöscht, von einer grausamen Errungenschaft der modernen Welt in funkensprühende Fetzen gerissen.

Jemand packte ihren Arm und rettete ihr jämmerliches Leben, indem er sie mit sich zerrte, einer von unzähligen Männern, die der Front den Rücken kehrten.

»Nimm die Beine in die Hand, Kamerad«, riet jemand.

42

Die Nacht der Generale

Im Hauptquartier in Amiens schrien alle durcheinander. Zwei Dutzend Telephone waren besetzt, und die Stabsoffiziere beeilten sich, wichtige Neuigkeiten von den Stellungen entlang der Front weiterzugeben. Mit Rateaus bewaffnete Lieutenants schoben Modelle über einen Kartentisch von der Größe eines Tennisplatzes. Unablässiges Bombardement ließ die massiven Mauern erzittern. Die halbe Stadt stand in Flammen. In den Außenbezirken fielen in einem fort Granaten. Dic Bcreitschaftsstellungen entlang der Ausfallstraßen wurden in Windeseile besetzt. Dies war die große Offensive, auf die alle gewartet hatten.

Erschöpft von einer weiteren stürmischen Fahrt über den Kanal und betrübt über Mycrofts Begräbnis, wurde Beauregard von kopflosen Strategen in eine Ecke abgeschoben. Es war reiner Zufall, daß er sich so nah am Geschehen befand. Man hatte ihn ins Hauptquartier bestellt, um Mr. Caleb Croft eine Liste der Agenten des Diogenes Club zu überreichen, die hinter den feindlichen Linien operierten. Es war seine wahrscheinlich letzte Amtshandlung in diesem Krieg. Danach durfte er in sein Haus im Cheyne Walk zurückkehren und seine Memoiren schreiben.

Croft wurde direkt aus Maranique erwartet. Das Geschwader Condor war am Himmel, ein rotbemalter Holzpfeil auf dem Kartentisch. Ein Rateau schob den Pfeil in Richtung des schwarzen Ovals, das die *Attila* darstellte. Die Klötzchen, die die alliierten Truppen symbolisierten, bildeten ein wirres Durcheinander, das vermutlich ihre tatsächliche Postierung widerspiegelte. Die Mittelmächte hatten so viele Männer in die Attacke geworfen, daß dem Hauptquartier die dafür vorgesehenen schwarzen Klötzchen ausgegangen waren. Um den Mangel auszugleichen, malte ein subalterner Offizier mit schwarzer Stiefelwichse Malteserkreuze auf Papierstreifen.

Beauregard rieb sich die müden Augen. Der Pulverdampf von hundert Zigaretten hing in dichten Schwaden über der Karte. Die Luft im Kommandoraum war zum Schneiden.

Field Marshal Sir Douglas Haig telephonierte mit Lord Ruthven und preßte sich den Hörer an die Brust, während er einem Kurier Befehle zubellte, der sie einem Telephonisten übermittelte, der den Offizieren im Felde Bescheid gab, die ihren Leuten sagten, was sie tun sollten. Haig hatte einen vagen Plan. Er ließ sich von dem Vorstoß nicht entmutigen. Seine roten Augen leuchteten wie Glühbirnen. Seine nadelspitzen, scharfgezackten Zähne ritzten seine Unterlippe und besudelten sein Kinn mit seinem Blut. Schäumend vor Begeisterung erteilte er Befehle.

Winston Churchill, der aus London entsandt worden war, um dem Blutvergießen beizuwohnen, stürzte sich in Hemdsärmeln, mit gelöstem Kragen und in den Nacken geschobenem Zylinder in den Trubel. Einen brennenden Zigarrenstummel im Mundwinkel brüllte er Zahlen und Fakten durch den Raum. Er mußte sich vor kurzem erst genährt haben, denn er war aufgebläht wie ein Ballon, seine Finger glänzten wie rote Würste, und die Adern an seinen Schläfen pochten wild.

General Jack »Blackjack« Pershing, der Kommandeur des amerikanischen Expeditionskorps, konnte es kaum erwarten, endlich mitspielen zu dürfen. Er stand mit einer Anzahl amerikanischer Truppenklötzchen in jeder Faust an einem Ende der Karte wie ein besessener Spieler, der soeben mit Taschen voller Jetons an den Roulettetisch getreten ist. Neben ihm stand »Monk« Mayfair, ein fleischfressender Affenmensch, der aussah, als habe man einem von Moreaus Versuchskaninchen eine Generalsuniform angezogen und einen Cowboyhut aufgesetzt.

Beauregard konnte sich des Eindrucks nicht erwehren, daß es Vampiren wie Haig, Churchill und Pershing Vergnügen bereitete, den langweiligen und zermürbenden Grabenkrieg auf diese Art und Weise zu beenden. Sie waren trunken vor Erregung. Berichten zufolge waren die Linien an über einem Dutzend Stellen durchbrochen. Deutsche Kavallerieeinheiten galoppierten im Gefolge der Panzer ins Getümmel.

Eine Gestalt in Grau trat ein. Croft überflog die Karte mit einem süffisanten Lächeln. Infolge eines aktuellen Berichts näherte sich der Pfeil des Geschwaders Condor dem Oval der *Attila.*

Croft ignorierte Beauregard. Seit seiner Beförderung existierte der Diogenes Club für ihn nicht mehr. Beauregard spürte die Namensliste in der Innentasche seines Jacketts. Er hatte das ungute Gefühl, daß die Agenten, die er und Smith-Cumming so sorgfältig eingeschleust und aufgebaut hatten, von ihrem neuen, weitaus rücksichtsloseren Brotherrn buchstäblich preisgegeben werden würden.

Haig ließ den Premierminister warten und brüllte: »Der verdammte Narr soll sich zurückziehen«, in ein anderes Telephon.

»Es ist unglaublich«, verkündete der Field Marshal den Anwesenden und Lord Ruthven. »Der verfluchte Froschfresser weigert sich, den Rückzug anzutreten. Mireau läßt seine Leute von Panzerketten zermalmen, während wir über völlig intakte Auffangstellungen verfügen. *Le* Rückzug, *ce n'est pas français.* Kein Wunder, daß seine Leute ihn am liebsten pfählen würden.«

Ein blaues Klötzchen, das Mireaus Divisionen symbolisierte, wurde von der Karte gewischt und flog in eine Ecke. Ein schwarzes Klötzchen trat an seine Stelle.

»Es sieht so aus, als wäre das Problem Mireau gelöst, Herr Premierminister. *C'est la guerre.*«

Ein Schauder ergriff Beauregard. In diesem Raum konnte man leicht den Eindruck gewinnen, der Krieg werde mit Karten, Spielzeug, Klötzchen und Rateaus geführt. Der Fußboden war mit ausrangierten Klötzchen übersät, die von den Offizieren achtlos zertrampelt wurden. Jedes von ihnen stand für hundert oder mehr Verluste.

Der Feind hatte offenbar die Absicht, von drei Seiten vorzurücken, mit Paris als Angriffsziel. Mit Panzern, Flugzeugen und Langstreckenbombardements wollten Draculas Streitkräfte die Alliierten daran hindern, in Auffangstellungen zurückzuweichen, und die Mannschaften und Unteroffiziere so sehr in Panik versetzen, daß sich der strategische Rückzug in eine kopflose Flucht verwandelte.

»Am Ende entscheidet die Truppenstärke«, sagte Haig. »Und in dieser Hinsicht ist uns der Feind eindeutig unterlegen.«

Wenn sich die Alliierten erst einmal zurückgezogen hatten, würde ein tödlicher Regen auf die vorrückenden Deutschen niederprasseln. Auf fremdem Terrain, nachdem sie sich noch dazu vier Jahre lang in Tunnels versteckt gehalten hatten, wäre es ein Klacks, ihnen mit Mörsern, MGs, Bomben, Minen, Flammenwerfern und schweren Geschützen den Garaus zu machen. Beide Parteien warfen alle Bedenken über Bord, gingen mit Schmiedehämmern aufeinander los und versuchten den anderen dort zu treffen, wo es am wehesten tat.

»Der Feind verfügt möglicherweise über eine Million Männer«, wandte Churchill ein. »Eine Dampfwalze aus Eisen, die ganz Europa überrollt.«

»Wir haben mehr als eine Million«, erklärte der Field Marshal. »Wir könnten die Amerikaner in die Schlacht werfen.«

Pershing entblößte die Fangzähne und jauchzte: »Die Yankees kommen!«

Mayfair hoppelte zum Telephon, nahm mit einem behandschuhten Fuß den Hörer ab und gab den amerikanischen Stellungen grunzend Befehle durch. Pershing schleuderte verzweifelt Yankee-Klötzchen auf die Karte, wie ein vom Glück verlassener Spieler, der seine Pechsträhne zu überwinden versucht, indem er den Einsatz mit jeder neuen Umdrehung des Rades erhöht. Mayfair raunzte weiter Einsatzbefehle in den Hörer.

Granattreffer ließen das Gebäude erzittern. Staub rieselte von der Decke auf den Tisch. Beauregard klopfte sich die Schultern ab. Winthrop befand sich beim Geschwader Condor, mitten im dichtesten Kampfgetümmel.

»Wir graben uns ein und schlagen zurück«, verkündete Haig. »Wir werden diese verfluchten schwarzen Klötzchen im Handumdrehen von der Karte fegen.«

43

Der Untergang der Attila

Die Landschaft erstreckte sich unter der Sichtluke wie ein reichverzierter Teppich. Es gab keine klaren Linien mehr, nur noch wirre Muster aus Ameisen und Flammen. Die Offensive versprach ein glänzender Erfolg zu werden. Von der Front trafen in einem fort Funksprüche ein. Der Widerstand des Feindes schien erschöpft, Angriffsziele wurden zerstört, Befestigungen durchbrochen. Die Armeen des Kaiserreiches rückten unaufhaltsam vor.

»Morgen bei Sonnenuntergang sind wir in Paris«, versprach Strasser seinem Oberbefehlshaber.

Dracula schwieg.

Die *Attila* setzte zum Sinkflug an. Nachdem ein gut Teil der feindlichen Geschützstellungen zerstört oder erobert war, konnte sich das Luftkriegsschiff bedenkenlos dem Boden nähern. Nach jeder Bestätigung befahl Strasser eine Verminderung der Flughöhe. Der Blick durch die Luke ließ immer neue Einzelheiten erkennen. Die wimmelnden Ameisen wurden zu Menschen, zu Lebewesen, die kämpften, litten, starben.

Der Geruch des Krieges sickerte ins Gondelinnere, was bei Stalhein nicht ohne Wirkung blieb. Seine Nase stülpte sich zur Schnauze aus. Vampirhauer brachen durch sein Zahnfleisch. Ein dünner Flaum sproß unter seinem Waffenrock. Seine Ohren wurden spitz wie die einer Fledermaus, und sofort konnte er besser hören.

Stalheins Verwandlung jagte Strasser, einem Neugeborenen, einen fürchterlichen Schrecken ein. Stalhein kannte diese Sorte nur zu gut. Wie alle Luftschiffer hielt Strasser Flugzeuge für unerwünschte Gäste am Firmament. Zudem beunruhigte ihn der Gedanke, daß es Menschen gab, die sich Flügel wachsen lassen konnten. Wie Graf von Dracula und Ingenieur Robur träumte er davon, als Herr der Welt in einer kugelsicheren Gashülle friedlich über der Erde zu schweben, riesige Löcher in die Wolken zu reißen und gelegentlich mit großer Geste die eine oder andere Bombe abzuwerfen. Kreaturen, die sich in geringerer Höhe tummelten und tollten, waren nichts weiter als lästige Insekten.

Stalhein hatte dem Kapitän nur einen Moment lang in die Augen sehen müssen, um ihm sein Geheimnis zu entlocken. Wenn er die Gestalt gewechselt hatte, konnte er die Gedanken seines Gegenübers lesen. Er mußte sich zusammenreißen, damit seine Wirbelsäule nicht hervorbrach. Wenn er sich vollständig verwandelt hätte, wäre er aus seiner Uniform geplatzt.

Durch die Seitenluken sah Stalhein seine Kameraden vom JG 1, die Ehrengarde des Dämonenfürsten. Sie fielen rings um die *Attila* in Formation. Brodelnde Furcht wallte gen Himmel. Für die Entente mußte die Ankunft der *Attila* und ihrer Begleiter dem Jüngsten Gericht gleichkommen. Angesichts der Erhabenheit des Schauspiels würden sich viele der Sache Draculas anschließen. Und viele andere würden den Verstand verlieren.

Sie hatten die Schützengräben hinter sich gelassen und schwebten nun über Gelände, das sich noch vor einer Stunde in Feindeshand befunden hatte. Die *Attila* war auf gleicher Höhe mit der ersten Welle vorrückender Panzer. Jedes Fleckchen Erde, auf das der Schatten des Luftkriegsschiffes fiel, gehörte Deutschland.

Ein junger Steuermann salutierte schneidig und meldete die Sichtung gegnerischer Flugzeuge. Stalheins Blick wanderte von der Bodenluke zum Panoramafenster. Eine riesenhafte Fledermausgestalt schwebte vor dem Bug der *Attila*. In seiner rechtmäßigen Position an der Spitze des Verbandes regierte Baron von Richthofen die Lüfte wie ein Drachen.

Der Nachthimmel war feuerrot. Stalhein sah die feindlichen Flugzeuge herannahen, winzige Punkte in der Finsternis. Geschwader Condor, die einzige gegnerische Staffel, die dem JG1 gefährlich werden konnte. Richthofen fieberte der Auseinandersetzung mit den Männern, die seinen Bruder auf dem Gewissen hatten, bereits seit Tagen entgegen.

»Jetzt werden Sie sehen, daß dieses Luftschiff unbezwingbar ist«, sagte Ingenieur Robur und rieb sich die Hände. »Diese englischen Lords sind schön dumm, wenn sie glauben, uns besiegen zu können. Wir werden das Ungeziefer wie mit der Fliegenklatsche vom Himmel holen.«

Dracula nickte gravitätisch.

»Tiefer gehen«, befahl er. »Ich will mir die Schlacht aus der Nähe ansehen.«

Winthrops Mund schmerzte und war voller Blut. Seine Zähne spalteten ihm fast den Kiefer. Der Vampir in ihm erwachte, färbte sein Gesichtsfeld rot. Er zerrte sich Brille und Kopfschutz herunter, riß die Augen auf und ließ sich den Flugwind ins Gesicht wehen. Gierig sog er die eisige, rauchschwangere Luft in seine Lungen und atmete den Brandgeruch des Krieges. Seinen Nachtaugen entging nichts. Ball und Kate flüsterten mit leiser Stimme auf ihn ein, trieben ihn in die Arena.

Die *Attila* war riesig. Ihr Eindringen in den französischen Luftraum war eine Beleidigung, doch Winthrop machte sich nichts aus dem Zeppelin oder seinem Passagier. Sein Interesse galt einzig und allein der Kreatur, die dem Luftkriegsschiff voranflog, dem roten Baron. Heute nacht würden sie Richthofen zur Strecke bringen.

Die Schlacht zog rasch unter der Sichtluke vorbei. Stalhein sah punktgroße Mündungsblitze, als MGs das Feuer auf die *Attila* eröffneten. Die Erde rückte immer näher, so daß man einzelne Scharmützel erkennen konnte. Ein Panzer walzte über ein Bauernhaus, einen Haufen zerschossener Ziegel, hinweg. Infanteristen krochen auf eine Geschützstellung zu, Stielhandgranaten explodierten in der Nähe des Ziels.

Dracula stand mit hinter dem Rücken gefalteten Händen im Bug der Führergondel und betrachtete das Schauspiel. Er verzog keine Miene, als die Camel-Staffel ausschwärmte und den gesamten Himmelshorizont mit Punkten spickte.

Der Kapitän redete auf Robur ein, der sich auf seine Steuerknüppel stützte und unwirsch den Kopf schüttelte. Die beiden Luftschiffer waren geteilter Meinung. Zögernd und beklommen erteilte Strasser seiner Mannschaft weitere Befehle.

Stalheins kraftstrotzende Unterarme platzten aus den Nähten seiner engen Ärmel.

Die erste Camel feuerte. Winzige Blitze zuckten rings um die Propeller. Sie waren zwar noch außer Schußweite, doch die Briten zogen es vor, sich bemerkbar zu machen, ehe sie zum Angriff übergingen. Stalhein respektierte das, obwohl er es für töricht hielt.

Die Flieger links und rechts des Zeppelins rückten zu Richthofen auf.

Plötzlich war ein lautes Krachen zu hören. Die Luftschiffer wirbelten herum. Stalheins Waffenrock war im Rücken geplatzt. Er schüttelte die Fetzen ab und atmete tief durch. Seine Flügel fingen an zu wachsen, Hautfalten sprossen aus seinen Achselhöhlen und wucherten an den Unterseiten seiner Arme entlang.

Die *Attila* hatte die deutschen Truppen hinter sich gelassen. Die Straßen wimmelten von britischen und amerikanischen Soldaten auf dem Rückzug.

Strasser besprach sich rasch mit Reitberg, dem ersten Bordschützen. Wichtige Stellungen sollten vernichtet werden. Derlei Aktionen würden den Rückzug der Entente im Handumdrehen in eine Flucht verwandeln. Reitberg wankte, unverständliches Zeug vor sich hin murmelnd, über einen Laufgang zum Bombenschacht.

Eine Camel, die ihrer Staffel gleichsam als Sturmkolonne

vorausflog, führte einen ersten Schlag gegen den Zeppelin. Zwei Flieger nahmen sie von oben und unten in die Zange und feuerten, was ihre Spandaus hergaben. Der Motor des Flugzeugs zerbarst in einem Feuerball, der Stalhein die Augen versengte. Die Flieger wichen flügelschlagend vor der Explosion zurück, und die brennende Maschine trudelte dem Erdboden entgegen.

Strassers Männer brachen in laute Beifallsrufe aus, doch Roburs finsterer Blick brachte sie schlagartig zum Schweigen. Für einen Luftschiffer ziemte es sich nicht, die Taten ordinärer Flugzeugkutscher zu bejubeln. Strasser ging noch einmal zu Robur und packte ihn am Ärmel.

»Wir fliegen zu tief«, beharrte der Kapitän, »zu nah am Boden.«

Der Ingenieur schüttelte Strasser ab, doch seine Zweifel blieben. Robur, ebenfalls ein Zeppelin-Fanatiker, wußte um die Grenzen seiner Konstruktion.

Dracula wandte sich halb zu ihm um und machte ihm ein Zeichen. Noch tiefer. Strasser wollte widersprechen, doch einen Befehl des Grafen in Frage zu stellen war undenkbar. Zu keinem klaren Gedanken fähig, trat er zurück, und Robur riß das Kommando an sich und erteilte die entsprechenden Befehle. Die Steuerleute nahmen Haltung an, zogen Hebel und Drähte, die einen Teil des Traggases entweichen ließen, so daß die *Attila* weiter an Höhe verlor. Strasser rang verzweifelt die Hände.

Stalhein ging um die Sichtluke herum. Obgleich er kaum größer war als in seiner menschlichen Gestalt, hatte er sich in ein fliegendes Ungeheuer verwandelt, halb Mensch, halb Fledermaus. Um das Gleichgewicht nicht zu verlieren, spreizte er die Schwingen.

Er trat neben Dracula und beobachtete, wie seine Kameraden die Camels in einen Hahnenkampf verwickelten. Eine Maschine nach der anderen explodierte, und ein glühender Trümmerregen ging über der Landschaft nieder.

Robur machte es sich in seinem Sessel am Orgelmanual bequem und genoß seine Autorität. Die Luftschiffer hatten solchen Respekt vor dieser lebenden Legende ihrer Profession, daß sie seinen Anordnungen widerspruchslos Folge leisteten. Strasser hatte nichts mehr zu melden.

Plötzlich prallte etwas gegen das Fenster, und ein Sprung verunzierte das dicke Glas. Keine Handbreit von Draculas Kopf entfernt steckte eine verformte Kugel in der Scheibe, ihre Spitze glänzte silbrig. Obgleich der Graf die Achseln zuckte, sah Stalhein, daß seine Schultern leise bebten. Der Oberbefehlshaber verknotete die Finger hinter dem Rücken, um zu verbergen, daß seine Hände zitterten.

Irgend etwas stimmte nicht. Dracula hatte keine Angst. Dracula war die gestaltgewordene Angst.

Strasser wartete auf den Befehl, mit dem Aufstieg zu beginnen. Es war höchste Zeit, in frostigere Gefilde auszuweichen und den bevorstehenden Sieg aus sicherer Höhe zu verfolgen.

Dracula blickte in die brandgefleckte Finsternis hinaus.

»Noch tiefer«, sagte er.

Winthrop hatte eigentlich damit gerechnet, daß die *Attila* aufsteigen würde, sobald die Camel-Staffel in Sicht kam. Allard hatte die Condors angewiesen, den Bauch des Zeppelins zu attackieren, und sie eindringlich vor der dünnen Luft und der schneidenden Kälte gewarnt, die eine Decke bildete, über der ein Luftschiff sicher aufgehoben und ein Flugzeug rettungslos verloren war.

Statt dessen hielt die *Attila* sich dicht über dem menschenübersäten Boden und bombardierte die zurückweichenden Truppen. Nur ein Wahnsinniger hätte sich mit einer Million Gallonen entflammbaren Gases in die Nähe eines Feuergefechts gewagt. Dracula war dieser Wahnsinnige.

Winthrop zog seine Camel steil nach oben und verließ die Formation. Allards Plan, Motor und Treibstofftanks von unten unter Feuer zu nehmen, war undurchführbar.

Er überflog die Hülle des Zeppelins in so geringer Höhe, daß sein Fahrwerk die weiten Bahnen versteifter Seide streifte. Eine Bombe hätte ausgereicht, den Leviathan zu vernichten. Doch die Camel war kein Bomber.

Obwohl er wußte, daß er seine oberen Flügel einer schrecklichen Belastung aussetzte, drückte Winthrop die Maschine und preßte beide Daumen auf die MG-Knöpfe. Sein Zwillings-Lewis beharkte den Rücken der *Attila* und riß ihr eine Doppelreihe winziger Löcher in die Haut. Das war ungefähr so wirkungsvoll, wie Moby Dick mit Hutnadeln zu spikken. Brandmunition brauchte ein festes Ziel, um explodieren zu können. Die kleinen Kugeln durchschlugen die leere Hülle, ohne Schaden anzurichten.

Winthrop jagte über die *Attila* hinweg und stellte das Feuer ein. Dann flog er eine rasche Wende, um einen neuerlichen Angriff anzusetzen. Eine riesenhafte Fledermaus war ihm dicht auf den Fersen gewesen. Jetzt hielt er direkt auf sie zu. Schüsse krachten. Die Kugeln pfiffen ihm um die Ohren.

Stalhein sah die Gesichter der Entente-Soldaten, die, von dem Bombenhagel unbeeindruckt, in den Himmel feuerten. Die Geschosse prallten jaulend von der Führergondel ab.

Gewehrfeuer konnte der *Attila* nichts anhaben. Die Gondel war gepanzert und die Hülle groß genug, um eine Million mikroskopisch kleiner Wunden zu verkraften, bevor sie platzte und in Flammen aufging.

Doch eine Sprenggranate, eine Minenbombe nur . . .

Reitberg, der über den schaukelnden Laufgang wankte, geriet ins Straucheln, stürzte und klammerte sich an die Verspannung. Blut sprudelte aus seinem Kragen. Eine verirrte Kugel hatte seine Halsader getroffen. Der Bordschütze fiel vom Laufgang kopfüber auf die Sichtluke. Die Scheibe zitterte, ging aber nicht entzwei. Schmale Blutrinnsale flossen über das Glas und ließen es erblinden.

»Wir müssen höher«, brüllte Strasser aufgebracht und sah

Dracula flehentlich an. Der Kapitän konnte das Schiff nur in Sicherheit bringen, wenn der Graf seinen Befehl rückgängig machte. Dracula stand reglos wie eine Statue im Bug der Führergondel und beobachtete den Hahnenkampf. Strasser blickte hilfesuchend zu Robur. Der Ingenieur war so sehr mit der Steuerung seines Meisterwerkes beschäftigt, daß er den Zweifeln seines Untergebenen keinerlei Beachtung schenkte.

Wie durch ein Wunder war Winthrops Maschine heil geblieben. Der Rumpf hatte den einen oder anderen Treffer abbekommen, doch Winthrop selbst war unverletzt. Der Gestaltwandler, dem er sich gegenüber sah, war nicht der rote Baron, sondern kleinere Beute.

Winthrop legte die Camel auf die Seite und eröffnete das Feuer. Er schwirrte an dem Flieger vorbei und zerfetzte ihm mit einer gezielten Salve die Schwingen. Die Kreatur geriet ins Trudeln, der Wind fing sich in ihren Flügeln und renkte ihr die Schultern aus. Da er den Deutschen nicht mehr sehen konnte, nahm Winthrop an, daß er ihn abgeschossen hatte.

Er flog schnell, sauste um den ungeheuren Rumpf des Luftschiffs und verlor die Schlacht allmählich aus den Augen. Als er seine Trommelmagazine austauschte, hatte er einen Moment lang das Gefühl, mit dem Zeppelin allein zu sein. Dann umrundete er die massige Gashülle der *Attila* und sah, wie die Condors und das JG1 sich in einem Chaos aus heißem Stahl und Feuer einen Kampf auf Leben und Tod lieferten. Flugzeuge explodierten wie Kometen.

Ein riesenhafter Feuerdrache torkelte flügelschlagend aus der Schußbahn einer Camel. Anhand seiner Größe erkannte Stalhein ihn als Emmelman. Flammen leckten an seinem unförmigen Leib und zerfraßen seinen Schwingenbaldachin. Strasser schnappte erschrocken nach Luft, als er Emmelman auf das Schiff zustürzen sah. Wenn er auf eine Gaszelle traf, war die Bombe geplatzt.

Eine Camel stieß auf Emmelman herab. Der änderte den Kurs und tauchte in die Tiefe. Der Pilot, der sich an die Fersen des Fliegers geheftet hatte, war unwissentlich zum Retter der *Attila* geworden.

»Das ist doch der nackte Wahnsinn«, kreischte Strasser und wankte auf die Hebelwand zu. »Wir müssen höher.«

Dracula sah ihn von der Seite an, Flammen loderten in seinem Blick.

Hardt, die rechte Hand des Grafen, brachte seine Pistole in Anschlag und schoß dem Kapitän ins Bein. Strasser schrie auf, stolperte und schlug mit ausgestreckten Armen hin.

»Wir behalten unseren Kurs bei«, sagte Hardt. »Wir sind doch schließlich alles tapfere Soldaten, oder?«

Völlig von Sinnen befahl Robur seiner Mannschaft, die *Attila* auf Kurs zu halten. Er setzte sich ans Orgelmanual und entrang den Pfeifen schaurige Akkorde.

Strasser rollte sich zu einer Kugel zusammen. Die Steuerleute scharten sich um den Kapitän und halfen ihm auf die Beine. Als er endlich stand, verlor er das Bewußtsein.

Emmelman schlug auf dem Boden auf und explodierte.

Aus den Baumkronen schoß eine Feuersäule empor. Winthrop zog seine Mühle steil nach oben und sah sich um. Zu seinem Entsetzen hatte er sich in ein Ungeheuer verwandelt. Doch nur ein Ungeheuer konnte den roten Baron bezwingen.

Obgleich sie ihnen zahlenmäßig unterlegen waren, holten die Gestaltwandler mehr Camels vom Himmel als sie Verluste erlitten.

Brandberg überholte ihn. Ein Fledermausgeschöpf hatte die Klauen in die Heckflosse seiner Camel geschlagen und arbeitete sich wie mit einem Büchsenöffner zum Piloten vor. Die Maschine geriet ins Trudeln und riß den Vampir mit sich in die Tiefe. Eine zweite Feuersäule stach gen Himmel. Eins zu eins unentschieden.

Die Flugabwehrkanonen schwiegen. Kein Archie weit und breit. Die Offensive hatte die Linien überrollt. Sie waren tief in ihr ehemaliges Heimatgebiet vorgedrungen. Doch darüber konnte Winthrop sich jetzt keine Gedanken machen. Er mußte seine Beute aufspüren und zur Strecke bringen.

»Meine Herren«, sagte Hardt, »Sie haben Ihrem Kaiser einen Dienst erwiesen, den man Ihnen nie vergessen wird.«

Dracula hatte sich abgewandt. Roburs irre Musik hallte durch die Führergondel.

»Unser Tod wird der gerechten Sache zum Sieg verhelfen.«

Ein Kugelhagel prasselte gegen die Fenster. Ein Windstoß drückte die Scheiben ein, und ein Glasregen ging nieder. Stalheins Flügel zuckten nervös. Es war an der Zeit, sich in die Luft zu schwingen. Hardt entbot seinen Gefährten einen letzten Gruß.

Auf der Suche nach Richthofen schlug Winthrop einen Bogen um den Hahnenkampf im Schatten der *Attila.* Er stieg steil in den dunklen Himmel und warf einen Blick nach unten.

Eine winzige Flammenzunge leckte an der Führergondel des Zeppelins. Eisige Winde brachten sie blitzschnell zum Erlöschen.

Eine Camel zog mit Winthrop gleich. Anhand der Wimpel erkannte Winthrop den Piloten als Allard. Ein Gestaltwandler verfolgte den Geschwaderkommandeur. Winthrop jagte ihm eine Feuersalve in die Brust, und er sank, fand langsam wieder in die Waagerechte. Sollte ein anderer Pilot den verwundeten Vampir vom Himmel holen. Für ihn gab es nur einen Sieg, der zählte. Ob er bestätigt wurde, spielte keine Rolle. Winthrop genügte es zu wissen, daß er sein Ziel erreicht hatte.

Allard ließ die *Attila* links liegen und flog einen weiten Kreis. Dann schwenkte er herum, näherte sich ihr von neuem, als sei der Luftschiffrücken eine Landebahn, und feuerte seine Signalpistole ab. Die Leuchtrakete versengte die Außenhaut des Zeppelins und wies Allard mit violettem Flackerschein den Weg. Als er begriff, was der Geschwaderkommandeur vorhatte, zog Winthrop am Steuerknüppel und gewann an Höhe. Allards Camel streifte die Seidenhülle mit den Rädern und wurde von der um sich greifenden Signalflamme erfaßt. Die Maschine kippte vornüber, die Tragflächen gaben nach, und der Propeller fraß sich in die Seidenhaut. Im Rükken der *Attila* klaffte ein Riß, und Allard fiel hinein. Aus dem Loch in der Zelle strömte Gas.

Allards Motor setzte aus. Im Innern des Schiffes wurde geschossen. Mündungsblitze schimmerten durch die Seide, als Allard die Magazine seines Zwillings-Lewis leerte. Dann ein violetter Funke, als der Geschwaderkommandeur, in einem Meer von entflammbarem Gas versinkend, eine zweite Leuchtrakete abfeuerte.

Der Aufprall ließ die *Attila* erzittern. Robur schrie angesichts der Schändung seines geliebten Schiffes wütend auf und ließ die Hände auf die Tasten niedersausen. Ein lauer Wind orgelte wimmernd durch die Pfeifen, begleitet vom Knarren und Krachen zahlloser Metallstreben.

Hardt stand über der Sichtluke, wo der tote Reitberg lag, und trat das Glas mit schwerem Stiefel aus dem Rahmen. Die Scheibe ging in Stücke, und Reitberg fiel zur Erde wie eine leblose Puppe.

Stalhein war zwischen den bröckelnden Wänden der Führergondel eingesperrt. Er wollte frei sein und fliegen.

Dracula schenkte der Panik noch immer keine Beachtung.

Hardt salutierte und trat lächelnd durch das Loch. Er sank wie ein Stein. Die anderen Leibgardisten Draculas taten es ihm zögernd nach. Manche sprachen ein Gebet, die meisten schwiegen dumpf.

Strasser, trotz seiner Schmerzen hellwach und konzentriert, zerrte vergeblich an den Steuerhebeln. Zu viele Verbindungsdrähte waren gerissen. Die Orgelpfeifen ächzten.

Die erste Explosion erschütterte das Luftschiff, und ein fauliger Geruch machte sich in der Gondel breit. Dann folgte die zweite Explosion.

Ein Feuerball durchbrach die Außenhaut der *Attila* und zerfetzte sie wie einen Lampion.

Winthrop fühlte heiße Luft aufsteigen.

Er wollte wegsehen, brachte es jedoch nicht fertig. Das Luftschiff knickte in der Mitte ein. Eine Stichflamme stülpte das Innere einer Gaszelle nach außen. Das splitternde Höhenleitwerk kippte himmelwärts. Im Feuerschein erkannte er die Umrisse von einem guten Dutzend Fliegern, die verzweifelte Anstrengungen machten, dem Sog des riesenhaften, rettungslos verlorenen Schiffes zu entgehen.

In Bugnähe flog eine weitere Zelle in die Luft. Winthrop sah, wie die Flammen Camels und Gestaltwandler mit Haut und Haar verzehrten. Er war die Ruhe selbst. Richthofen würde sich nicht so einfach übertölpeln und vernichten lassen. Der rote Baron gehörte ihm, ihm ganz allein. Die nächste Zelle explodierte.

Das Loch im Gondelboden gab den Blick frei auf den taghell erleuchteten Wald. Die *Attila* war eine brennende rote Sonne. Die Flammen breiteten sich ringsum aus, züngelten die Laufgänge entlang, schossen an den Seilen empor und jagten die Steuerleute vor sich her.

Ein Teil der Besatzung war Hardts Beispiel gefolgt. Stalhein sah, wie die Männer in den Baumwipfeln hundertfünfzig Meter unter ihm zerschmettert wurden. Wenn einer von ihnen überlebte, wäre es ein wahres Wunder. Er harrte tapfer seiner letzten Pflicht.

Strasser trat, ruhig und gelassen, von den Steuerhebeln zurück, fuhr sich mit den Fingern durch das Haar und setzte seine Mütze auf. Er rührte sich nicht von der Stelle. Er war wild entschlossen, mit seinem Schiff unterzugehen.

Robur ließ von der Orgel ab und sah seinem treuen Gefährten ins Gesicht. »Wir hätten gewonnen«, sagte er. »Wenn die verfluchten Insekten nicht gewesen wären.« Er meinte nicht den Krieg zwischen Entente und Deutschem Reich, sondern den Krieg zwischen Flugzeugen und Zeppelinen.

Dracula stand auf. Stalheins großer Augenblick war gekommen. Mit der Hitze unter seinen Schwingen kämpfend, rappelte er sich mühsam hoch und schlang von hinten die Beine um den Grafen. Dann schleppte er sich und seine Last in den ramponierten Bug der Gondel und sprang durch die zerschossene Luke.

Eine Ratte verließ das sinkende Schiff. Eine geflügelte Gestalt mit einem Bündel zwischen den Beinen.

Winthrop ließ das Wesen unbehelligt ziehen. Er war auf wichtigere Beute aus.

Er durchstreifte den Himmel.

Draculas Gewicht zog Stalhein in die Tiefe, und die schwarze Gashülle der *Attila* hing über ihnen wie ein Feuerbaldachin. Der Ingenieur traktierte, von wilder Raserei ergriffen, ein letztes Mal die Tasten und entlockte seiner Orgel irrsinnige Klänge.

Stalheins Spannweite nahm zu, und Dracula wurde ihm leichter. Sie hielten direkt auf den Wald zu.

Die *Attila* war verloren, eine Kette brennender Ballons stürzte zur Erde. Die Gondel krachte hundert Meter hinter ihnen in die Bäume.

Stalhein beschleunigte, entkam den Flammenfingern nur um Haaresbreite.

Der Hahnenkampf, unterbrochen durch den Untergang der *Attila*, ging weiter. Die Überreste beider Parteien hatten jede Hoffnung aufgegeben, dieses Gefecht lebend zu beenden, und lieferten sich eine tödliche Schlacht. Er hielt nach einem Landeplatz Ausschau. Wenn er seine Pflicht erfüllt hatte, wollte er seinen Kameraden in der Luft zu Hilfe eilen.

Ein Flugzeug näherte sich ihm von oben. Obgleich er unbewaffnet war, hatte er im Zweikampf durchaus eine Chance. Er hätte Dracula absetzen und dem Piloten den Kopf abreißen können. Doch er durfte seinen Führer nicht im Stich lassen.

Auf einen Blick erkannte er, daß ihm keinerlei Gefahr drohte. Es war eine deutsche Maschine, eine zweisitzige Junkers J1. Der Aufklärer würde ihm Deckung bieten.

Sie hatten den brennenden Wald hinter sich gelassen. Vor ihnen erstreckte sich schnurgerade eine Straße. Spiegelglatte Seen warfen den Feuerschein zurück. Stalhein spreizte die Schwingen, ließ sich vom Nachtwind bremsen statt vorantreiben, und setzte zur Landung an. Sie schlugen auf dem Boden auf, der Graf entglitt ihm, und er rollte in einem wüsten Durcheinander aus Armen, Flügeln und Beinen über ein Feld.

In der sicheren Annahme, daß er sich alle Knochen gebrochen hatte, drehte er sich um und versuchte sich zu orientieren. Im Gegensatz zur ruhigen Luft war der Erdboden schwankend und unsicher. Er hob und senkte sich wie das Deck eines Schiffes in sturmgepeitscher See.

Die Junkers kreiste wie ein Schutzgeist über ihm.

Stalhein sah, wie Dracula aufstand und seine Uniform abklopfte. Er begriff noch immer nicht, weshalb die *Attila* geopfert worden war, weshalb ein Luftschiff Selbstmord begangen hatte. Der Graf baute sich vor Stalhein auf und blickte zu ihm herab. Sein Gesicht war völlig ausdruckslos, doch Stalhein erkannte sofort, daß er benommen war. Bei jedem anderen hätte man derlei als Frontneurose abgetan. Bei Dracula war das undenkbar.

Das Feld war keineswegs verlassen. Männer schrien, auf englisch. Schüsse krachten. Stalhein fuhr zusammen.

Er blickte auf und sah, daß Dracula verwundet war. Seine Brust war blutgetränkt.

»Sterben«, verkündete er theatralisch, »wirklich tot sein . . .«

Sie waren von Schattenmännern umzingelt. Die Junkers beharkte vergeblich, mehrere hundert Fuß entfernt, das Feld. Silber schimmerte im Licht. Aufgepflanzte Bajonette nahten.

Der Graf versuchte immer noch zu sprechen.

»Armer Béla«, murmelte er, kaum verständlich. »Der Vorhang fällt.«

Die Klingen sausten hernieder, stachen in den reglosen Vampir, durchschlugen Hals und Rippen. Stalhein konnte seinem Herrn und Meister nicht helfen. Seine Flügel waren geknickt, und er hatte sich ein Bein gebrochen. Wenige Minuten nur, und seine Knochen wären wieder heil. Doch diese wenigen Minuten blieben ihm nicht mehr.

Der Feind riß Dracula in Stücke und verstreute ihn über das Feld. Da bemerkten sie den abgestürzten Flieger. Schaudernd vor Entsetzen beim Anblick seiner traurigen Gestalt, traten sie näher. Silberspitzen gruben sich in seine Brust. Die britischen Soldaten empfanden beinahe Mitleid, als sie ihm das Herz durchbohrten.

44

Kagemusha Monogatari

Croft entfernte das schwarze Oval der *Attila* eigenhändig von der Karte. Ein triumphierendes Lächeln spielte um seine Lippen.

»Gentlemen«, verkündete er, »Dracula ist tot. Man wird uns seinen Kopf in Kürze überbringen.«

Beauregard hörte diese Worte nicht zum ersten Mal. Auch Vlad Tepes hatte man nach seinem Tod angeblich enthauptet und den Kopf dem Sultan überbringen lassen. Und doch hatte er überlebt.

Crofts Nachricht ging in der allgemeinen Hektik unter. Haig und Pershing machten sich die Ehre streitig, mit den Leichen ihrer Soldaten die Breschen in den Schützengräben geschlossen zu haben. Der Hörer des Telephons, das sie mit dem Premierminister verband, baumelte, zwitschernd wie ein kleiner, kranker Vogel, an seinem Kabel.

Mireau war tot, und die Franzosen zogen ihre Truppen zusammen. Die Amerikaner stellten sich gegen die deutsche Offensive: milchbärtige Rekruten gegen schlachtgestählte Veteranen oder, besser, beherzte junge Männer gegen ergraute, kampfesmüde Krieger. Und die Briten hatten sich eingegraben.

Auf dem Dach des Hauptquartiers krepierte eine Granate. Ein Stück Gips fiel von der Decke und bestäubte Croft und Churchill mit einer dünnen Puderschicht, so daß sie aussahen wie Schreckgespenster. Leberfarbene Lippen und feuerrote Augen bildeten die einzigen Farbtupfer in ihren kreidebleichen Masken. Subalterne wurden mit Eimern ausgesandt, um den Dachstuhlbrand zu löschen.

»Es ist offensichtlich, daß große Verluste und schwere

Niederlagen hätten vermieden werden können«, freute sich der geisterhafte Croft, »wenn der Diogenes Club seine Verantwortung für den geheimen Krieg beizeiten abgetreten hätte.«

Die deutsche Offensive war wie eine Welle, die auf breiter Front gegen die Bollwerke der britischen Auffangstellungen brandete und schäumte.

Churchill dachte angestrengt nach.

»Sie können auf keinen Fall so weitermachen«, sagte er schließlich. »Ohne die *Attila* werden sie den Überblick verlieren. Früher oder später wird es zum Chaos kommen.«

Comte Hubert de Sinestre, ein zynischer General, meldete, daß Dracula gesichtet worden sei.

Croft merkte auf. »Die *Attila*?«

»Nein«, sagte de Sinestre. »Dracula führt seine Kavallerie in voller Rüstung in die Schlacht. Er reitet einen schwarzen Hengst und schlägt wild mit seinem Silberschwert um sich. Hier, an der linken Flanke. Wo der tapfere Mireau den Tod fand.«

Der Offizier schien andeuten zu wollen, daß die Deutschen einen neuerlichen Vorstoß unternommen hatten.

Croft war beunruhigt. »Wir wissen mit Bestimmtheit, daß sich der Graf an Bord des Luftschiffes befand. Bodentruppen haben ihn getötet.«

Der französische Vampir zuckte die Achseln. »Der englische Geheimdienst ist für sein Mißtrauen berühmt. Colonel Dax, ein überaus verläßlicher Offizier, hat sich für die Richtigkeit der Meldung verbürgt.«

»Dracula war an Bord des Schiffes. Das entspricht ganz seiner Natur.«

»Der Graf erweist sich als außerordentlich mobil«, fuhr Churchill dazwischen. »Ich habe soeben eine Depesche von Captain George Sherston von den Royal Flintshire Fusiliers erhalten, die besagt, daß Dragulya höchstpersönlich einen Bajonettangriff auf die rechte Flanke geführt hat, wobei er von

Silberkugeln durchsiebt wurde. Wiederum ein Grund zum Feiern, Mr. Croft?«

Croft zerquetschte das *Attila*-Oval in seiner Hand.

»Wir haben es offenbar mit einer Armee von Doppelgängern zu tun«, folgerte Beauregard. »Als nächstes wird der Graf in Piccadilly auftauchen, mit einem Strohhut auf dem Kopf.«

»Eine mittelalterliche Taktik«, sagte Churchill und ballte eine feiste Hand zur Faust. »Imitatoren, um die Truppen zu vereinen, um Feuer auf sich zu ziehen.«

»Der echte Dracula war an Bord des Zeppelins. Ich habe das bereits bestätigt.«

Crofts gräuliches Gesicht verfärbte sich allmählich grün. Seine Hände zuckten nervös.

»Der Kavallerie-Dracula liegt am Boden«, sagte de Sinestre. »Von MG-Feuer in Stücke gerissen. Der Angriff ist niedergeschlagen. Mireau ist gerächt.«

»Das genügt nicht«, meinte Churchill. »Wir müssen ihn und alle seine Zwillinge vernichten.«

»Er ist tot. Wirklich tot«, beharrte Croft.

»Er wird sich an einem sicheren Ort aufhalten«, überlegte Beauregard. »Vermutlich in Berlin. Das Ganze war ein Ablenkungsmanöver.«

»Nein«, versetzte Croft. Seine Finger schlossen sich um Beauregards Kehle. »Ich habe recht, und Sie haben unrecht.«

Sein Gesicht, halbverfault unter der straffen Haut, kam näher, geisterbleich und grün, mit Gipsstaub überpudert. Beauregard packte die Handgelenke des Vampirs und versuchte, sich aus seinem Würgegriff zu befreien.

Die Offiziere gaben sich alle Mühe, die beiden Streithähne zu trennen.

»He da«, schnauzte Haig, »sofort Schluß damit, ihr beiden. Hier wird nicht gerauft. Wir befinden uns im Krieg, falls Ihnen das entgangen sein sollte.«

Croft ließ ihn los und stieß ihn von sich. Beauregard schnappte hustend nach Luft und lockerte den Kragen, der seinen mit blauen Flecken übersäten Hals umschloß. Der Mann in Grau beruhigte sich, sackte kraftlos in sich zusammen. Beauregard hatte keinen Zweifel, daß die Karriere des Vampirs in Kürze einen schweren Rückschlag erleiden würde.

Haig und Pershing wurden sich einig und pflasterten die Straße nach Amiens mit britischen und amerikanischen Klötzchen. Schwarze Klötzchen, verstärkt durch mit Kreuzen markierte Papierstreifen, rückten beständig näher.

Das Bombardement dauerte an. Ein Ende war nicht abzusehen. Bei jedem Einschlag hüpften die Klötzchen über den Kartentisch. Telephonverbindungen wurden gekappt und wiederhergestellt.

Alle blickten auf den Tisch. Die Klötzchen lagen heillos durcheinander.

Bei dem Gedanken an die schrecklichen Verluste ging Beauregard ein Stich durchs Herz.

»Menschheitsdämmerung, ach, Menschheitsdämmerung . . . «

45

Dem Morden ein Ende

Das Wrack der *Attila* brannte taghell. Das Land jenseits des Waldes wimmelte von den Schatten der alliierten Soldaten, die sich nach Amiens zurückzogen. Die Straßen waren mit Lastwagen verstopft, und die Männer wateten durch Felder.

Die ungeheure Hitze, die der Untergang des Zeppelins freisetzte, versengte Winthrop das Gesicht. Er suchte den Himmel über und unter der Camel nach gegnerischen Fliegern ab. Wut und Enttäuschung nagten an seinen Eingeweiden. Womöglich war er der einzige Überlebende des Hahnenkampfes, der letzte von Geschwader Condor und JG1. Und würde nie erfahren, was aus Richthofen geworden war.

Das wäre ein noch schlimmeres Los, als in einem Feuerball zur Erde zu stürzen. Nein. Nichts war schlimmer, als in einem Feuerball zur Erde zu stürzen. Nichts war schlimmer als Allards heldenhaftes Opfer, Brandbergs Bruch oder der Tod der vielen Dutzend Männer an Bord der *Attila.* Er mußte den Verstand verloren haben.

Der Albert Ball in ihm bedrängte Winthrop, seinen Widersacher aufzuspüren und zu vernichten. Doch allmählich kamen ihm Zweifel. Das lag nicht so sehr an der Kate Reed in ihm. Sie war nicht sein Gewissen. Er vermißte sein altes Ich, den Knaben, der er gewesen war, bevor der Krieg einen Mann aus ihm gemacht hatte. Den Menschen, der er gewesen war, bevor der Krieg ein Ungeheuer aus ihm gemacht hatte. Er schuldete Catriona, und nicht zuletzt auch Beauregard, eine Erklärung.

Sein leidenschaftliches Verlangen, mit dem Baron ins reine zu kommen, hatte ihn zum Monstrum werden lassen. Dieser neue, wunderliche Edwin Winthrop war kaum weniger abstoßend als Isolde, die sich auf offener Bühne Adern zog, oder die Fledermausstaffel des JG1, die dämonischen Ungeheuer des Kaisers.

Der eisige Flugwind rüttelte ihn wach, läuterte ihn. Er öffnete den Mund und sog die kalte Luft in seine Lungen. Dann umfaßte er den Steuerknüppel und zog die Camel steil nach oben. Je höher er stieg, desto weiter entfernte er sich von dem blutigen Gemetzel. Er wollte die Erdatmosphäre durchbrechen und den Krieg mit seinem ewigen Kreislauf von Töten und Getötetwerden ein für allemal hinter sich lassen.

Da sah er den Flugdrachen, der sich dicht über den ausgebrannten Baumkronen bewegte und entschlossen auf sein Ziel zuhielt, einsam wie ein freßgieriger Hai. Die Wimpel des Geschwaderkommandeurs flatterten von seinem Fußgelenk. Richthofen. Der Flackerschein des Feuers färbte den Baron blutrot.

Winthrop hoffte, daß Richthofen der letzte seiner Art war. Er hatte so viele Gestaltwandler vernichtet, daß der Anblick seinen Reiz verloren hatte. Sie bluteten und starben wie jedes andere Lebewesen.

Seine Zweifel ertranken in einer roten Flut. Seelenruhig ließ er die Camel sinken. Es grenzte an ein Wunder, doch er hatte noch Munition. In Bauchlage konnte der Gestaltwandler nicht schießen. Von hinten war Richthofen leichte Beute.

Der Baron war auf der Hut. Seine spitzen Fledermausohren mußten hochgradig empfindlich sein. Der Boche versuchte aufzusteigen und sich auf den Rücken zu drehen, so daß er die Camel ins Visier nehmen konnte, doch Winthrop zwang ihn mit einer kurzen Salve – schließlich brauchte er die Kugeln für den Abschuß – abzudrehen und in den Wald hinabzustoßen.

Winthrop zog nach oben, hielt sich wenige Fuß über den Wipfeln und beobachtete, wie der Baron sich einen Weg durch das verkohlte Astwerk bahnte. Obgleich er unglaublich behende war, bremsten ihn die dichtgedrängten Stämme. Er schien durch den Wald zu schwimmen. Das Feuer griff von der *Attila* auf die verdorrten Bäume über. Dichte Rauchwolken quollen gen Himmel, brannten Winthrop in den Augen, wirbelten um seinen Propeller.

Wenn der Baron im Wald gelandet wäre, hätte er die Nacht leicht überstehen können. Er hätte nur auf die vorrückenden Deutschen warten müssen und wäre als Kriegsheld nach Schloß Adler zurückgekehrt. Doch ein Manfred von Richthofen würde das Duell mit ihm nicht scheuen.

Das Wäldchen war nicht allzu groß. Winthrop ließ die Bäume hinter sich und flog über eine weite Ebene, die in einiger Entfernung zu einer flachen Hügelkette anstieg. In den Hügeln gab es alliierte Stellungen. Dorthin wollten die fliehenden Soldaten sich zurückziehen. Dort würden sie die deutsche Offensive niederschlagen. Oder den Krieg verlieren.

Winthrop wendete seine Maschine, just als Richthofen den Wald verließ und sich in den Himmel schwang, ein urzeitliches Ungeheuer mit Waffen aus dem zwanzigsten Jahrhundert. Der Baron schoß, und Winthrop erwiderte das Feuer. Ein leuchtender Kugelhagel pfiff ihm um die Ohren. Plötzlich ertönte ein fürchterliches Krachen. Winthrop hatte Angst, sein Propeller könnte etwas abbekommen haben.

Sie stürzten aufeinander los und entgingen nur knapp einem Zusammenstoß. Winthrop spürte den Wind unter den Schwingen des Barons.

Wie es wohl war, ein solches Monstrum zu sein?

Er ging in eine enge Kurve. Da der Baron weitaus wendiger war als er, mußte Winthrop das Letzte aus seiner Maschine herausholen.

Richthofen hatte nichts. Nichts, für das es sich zu kämpfen lohnte. Nichts als die sinnlose Anhäufung immer neuer Siege. Er war ein Kriegsmönch, der sein Leben ganz dem Vaterland gewidmet hatte. Das war seine größte Schwäche.

Winthrop wollte Richthofen nicht zum Opfer fallen. Doch

er mußte nicht mehr töten. Er wollte nicht mehr töten. Trotzdem schoß er mit seinem Zwillings-Lewis auf das Fledermausgeschöpf, das erbarmungslos auf ihn herabstieß.

Der Baron wich der Geschoßgarbe aus. Er flog so dicht an ihm vorbei, daß Winthrop sein verwandeltes Gesicht deutlich erkennen konnte. Mit seinen blauen Menschenaugen und dem gefrorenen Fledermausgrinsen wirkte es wie eine tragische Maske, aus deren Mund ein Rinnsal roten Blutes troff.

Ein zweites Flugzeug war am Himmel. Es hielt sich dicht über den Bäumen und kam langsam, aber sicher näher. Ein zweisitziger Aufklärer. Winthrop hatte das Emblem am Rumpf sofort erkannt. Ein Hunne.

Die Camel befand sich schräg hinter dem Baron. Um Munition für die todbringende Salve zu sparen, gab Winthrop nur noch Einzelschüsse ab. Er beschleunigte und trieb Richthofen vor sich her.

Die Fledermaus flog Zickzacklinien, konnte sich aus dem Trichter, in den Winthrop sie gedrängt hatte, jedoch nicht befreien. Seine Munition ging zur Neige. Wenn der Baron noch länger außer Treffweite blieb . . .

Sie schwebten über freiem Feld, auf halber Strecke zwischen Wald und Hügeln, tief genug, um die wandernden Soldaten aufzuschrecken. Die Männer schrien und johlten, als Richthofen und Winthrop über sie hinwegschwirrten. Der Flugwind riß ihnen die Mützen vom Kopf. Gewehrläufe ragten gen Himmel, Schüsse krachten.

Verfluchte Idioten. Beide Parteien flogen so schnell, daß eine für den Vordermann bestimmte Kugel ohne weiteres seinen Verfolger hätte treffen können.

Der Aufklärer würde versuchen, der Camel auf die Pelle zu rücken, doch davor hatte Winthrop keine Angst. Das Jagdflugzeug konnte dem Aufklärer jederzeit davonfliegen und hatte zudem einen längeren Atem.

Vor ihnen explodierte eine Minenbombe, und die Feuersäule warf Richthofen aus der Bahn. Mit mächtigen Flügelschlägen schwang der Baron sich in den Himmel. Winthrop zog am Steuerknüppel und hatte ihn rasch eingeholt.

Der Mond brach durch die Wolken, als würde sich ein riesenhaftes Auge auftun.

Winthrop bemühte sich, das Tempo zu halten, als er bemerkte, daß er Richthofen im Visier hatte. Er brauchte bloß noch auf die MG-Knöpfe zu drücken . . .

Seine Daumen waren gefrorener Stahl.

Vor ihnen blitzte Archie auf. Die Geschütze in den Hügeln legten einen Bombenteppich. Der Baron hielt direkt auf das schwere Flakfeuer zu.

Von den Explosionen ringsum abgelenkt, drückte Winthrop zu spät auf die MG-Knöpfe. Ein Silberstrahl schoß aus den Läufen seines Zwillings-Lewis. Rote Wunden explodierten in Richthofens Fell. Winthrop hatte den Baron markiert.

Er hielt die MG-Knöpfe gedrückt, doch sein Magazin war leer.

Richthofens gespreizte Schwingen senkten sich wie ein gigantischer Theatervorhang, der den ganzen Himmel zu verhüllen schien. Winthrop wußte, daß er wehrlos zwischen dem Roten Baron und dem Boche-Aufklärer hing. Wenn sie gemeinsam auf ihn losfuhren, bedeutete das seinen sicheren Tod. Aber vielleicht hatte es doch auch sein Gutes: zu sterben, statt mit dem Risiko zu leben, sich in ein noch übleres Monstrum zu verwandeln.

Wilde Mordlust brannte in den Augen der Kreatur. Der Baron war drauf und dran, seine Bilanz mit Edwin Winthrops Tod zu krönen.

Winthrop preßte instinktiv die Daumen auf die MG-Knöpfe. Sein Zwillings-Lewis klickte, leer . . .

Dennoch erlitt Richthofen einen Treffer nach dem anderen, als ob Winthrop mit Geisterkugeln auf ihn feuern würde. Von blutigen Einschußlöchern durchsiebt und verzweifelt mit den Flügeln schlagend, wirbelte der Baron durch die Luft.

Winthrop traute seinen Augen nicht.

Die Flugabwehr hatte Richthofen erwischt. Urplötzlich aus seinem Jagdfieber gerissen, wurde Winthrop klar, daß das Archie für ihn ebenso tödlich war wie für den Hunnen, und er zog die Camel steil nach oben, über den sterbenden Flieger hinweg. Während er sich in den Himmel schraubte, sah er Richthofen zitternd in der Luft stehen, wie von der geballten Wucht der Kugeln an ein unsichtbares Kreuz genagelt.

Die gespreizten Schwingen hingen in Fetzen. Sein Körper schrumpfte, seine MGs wurden zu Bleigewichten. Die tote Kreatur stürzte mit verrenkten Gliedmaßen zur Erde und versank in einem Meer von Feuer und Finsternis.

Schlagartig kam Winthrop zur Besinnung, und er fragte sich, was er unter fremdem Himmel verloren hatte.

46

Walhalla

Als sie wieder festen Boden unter den Rädern hatten, war Poe nicht mehr der alte. Sein erster Flug war ein einziger Albtraum gewesen. Von allen irdischen Fesseln befreit, war er in einen Strudel des Chaos geschleudert worden, einen Mahlstrom des Schreckens, der seine Vision mit sich gerissen hatte.

Die *Attila* war verloren, und eine mächtige Flammenwolke verschlang den Vater des europäischen Vampirismus. Baron von Richthofen war tot, sein zerschossener Leichnam hatte sich noch in der Luft zurückverwandelt. *Der rote Kampfflieger* war unvollendet; er würde mit einem Nachruf anstelle eines Schlußkapitels erscheinen müssen. Die Offensive hatte die Front durchbrochen, doch um welchen Preis?

Theo ließ das Flugzeug auf der kleinen Landebahn am Seeufer ausrollen. Der Schatten von Schloß Adler zeichnete sich drohend gegen den dunklen Himmel ab. Nirgendwo war Licht zu sehen. Das Schloß wirkte wie ausgestorben. Die Maschine kam ruckartig zum Stehen, und die Räder versanken in der grasbewachsenen Erde.

Die plötzliche Ruhe, die Gelassenheit, die ihn mit einem Mal befiel, bereitete Poe Unbehagen. Sein Gesicht war mit einer Kruste aus getrockneten Tränen überzogen.

Theo sprang aus seinem Cockpit, riß sich Fliegerhaube und Handschuhe herunter und warf sie achtlos fort.

Was nun?

Das Portal stand einen Spaltbreit offen. Als er eintrat, wußte Poe, daß Schloß Adler unbewohnt war. Noch bis vor kurzem war es von hektischer Betriebsamkeit erfüllt gewesen. Jetzt hallten seine Schritte klappernd durch die kahlen Räume. Die Stellung war verlassen.

Theo schien nicht weiter erstaunt. »Orlok ist vermutlich auf dem Rückweg nach Berlin, um seinem Herrn und Meister Meldung zu erstatten. Dracula wird wissen wollen, ob seine Machenschaften zum Erfolg geführt haben.«

»Dracula? Aber der kann unmöglich noch am Leben sein. Er ist mit der *Attila* untergangen!«

Theo schüttelte verdrossen und angewidert den Kopf.

»Das war ein Betrüger, einer von vielen armseligen Narren in Verkleidung, um die Entente zu übertölpeln. Er diente als Zielscheibe und hat seinen Zweck erfüllt. Der Feind war so sehr damit beschäftigt, ihn vom Himmel zu holen, daß er darüber glatt vergessen hat, sich für die Bodenoffensive zu rüsten.«

»Und wer war er? Der Vampir an Bord der *Attila*?«

»Ein ungarischer Schauspieler. Ein Leinwandheld aus Lugos. Ein direkter Nachkomme Draculas. Der darauf gedrillt war, als sein Doppelgänger zu fungieren. Und es gab noch mehr von seiner Sorte. Alles in allem ein gutes Dutzend.«

»Aber . . . die Besatzung der *Attila*, das Luftschiff selbst?«

»Nichts als Schall und Rauch, die Szenerie des grandiosen Schauspiels . . . «

»Und wer steckt hinter diesem Komplott?«

Theo wies auf ein großes, wenig künstlerisch, doch sehr martialisch wirkendes Porträt. Graf von Dracula neben dem Kaiser, in lamettastrotzender Paradeuniform, mit nadelspitzen Schnurrbartenden.

»Die beiden.«

Auch Hanns Heinz Ewers war zurückgeblieben. Jemand hatte sich die Mühe genommen, ihm eine Kugel in den Kopf zu jagen, wenn auch nur eine aus Blei. Er preßte die beiden Hälften seines Schädels zusammen, damit der Riß verheilen konnte.

Poes Gedanken überschlugen sich. Er hatte Ruhm und Ehre gesucht und Mörder und Halunken gefunden.

Theo warf einen teilnahmslosen Blick auf Ewers' Wunden und attestierte dem Vampir eine gute Überlebenschance.

»Wer war das?« fragte Poe.

»Nur ein Flieger . . . ist hierher zurückgekehrt«, antwortete Ewers mit schmerzverzerrter Miene. »Göring. Er wollte Ihr Manuskript, Poe.«

»Der Registrator«, sagte Theo. »Das leuchtet ein. Solange Aufzeichnungen existieren, werden sie den Krieg gewonnen haben. Die Deutschen haben zu viele Helden. Die Buchhalter müssen sie ausmerzen. Göring, Mabuse, Dracula. Allesamt Buchhalter, keine Soldaten. Denken Sie nur an den Grafen und seine geliebten Eisenbahnfahrpläne. Glänzende Ruhmestaten verkommen in den Händen dieser Börsenmakler und Finanzbeamten zu blassen Zahlen.«

»Und mein Manuskript? Wo ist es?«

Ewers versuchte ein Lächeln. »Göring wollte es nach Berlin schaffen. Um es zu veröffentlichen. Das mußte ich verhindern.«

Ewers verdrehte die Augen in Richtung seiner Kopfverletzung.

»Ich weiß auch nicht, weshalb ich meine grauen Zellen daran verschwendet habe, Ihr Werk vor seinen Verlegern zu retten. Sie sind mir auf den Tod zuwider, aber ich würde alles darum geben, wenn ich Ihre Fähigkeiten besäße, so verbraucht und verkümmert sie auch sind. Nennen Sie es meinetwegen Neid. Deshalb habe ich versucht, Ihr Buch zurückzuhalten. Aus Neid.«

Der Verwundete fummelte ungeschickt am Kragenknopf seines zu engen Waffenrocks. Theo half ihm, seine Kleider zu lösen, damit er Atem schöpfen konnte. Mit Poes Handschrift bedeckte Seiten quollen hervor.

»Sie sind ein großer Schriftsteller, Herr Poe. Das muß ich Ihnen lassen. Aber Sie sind vollkommen verrückt. Ich habe

Ihnen vermutlich einen Gefallen erwiesen. Göring hat nur die ersten drei Seiten Ihres Manuskripts, ergänzt durch einige meiner Erzählungen. Solide Arbeit, aber vergebene . . .«

Ewers verlor das Bewußtsein. Theo stand auf, seine Hände waren blutverschmiert. Poe hatte sein Entsetzen abgeschüttelt und versuchte krampfhaft, die Zusammenhänge zu ergründen. Endlich hatte er die fehlenden Steine des Puzzles in der Hand.

Poe und Theo standen am Seeufer und warteten auf den Sonnenaufgang. Der Schlachtenlärm hatte sich hinter die Linien, in feindliches Gebiet, verzogen.

»Helden machen ihnen angst, Eddy. Diesen armseligen Gestalten mit ihren armseligen Büchern. Sie dürsten nach Ruhm und laben sich daran wie wir an fremdem Blut. Ihr Buch sollte ein Denkmal werden, ein glanzvolles Monument zum Ansporn immer neuer unerschrockener Helden. Sie werden verglühen wie Kometen und elendig krepieren, während die Buchhalter sich weiterhin durch die Jahrhunderte schleimen. Millionen sind in diesem Krieg gestorben. Anonyme Opfer. Das hat Dracula aus uns gemacht. Nichtssagende Namen in einem Buch der Toten.«

Poe betrachtete sein Manuskript. In diesem Buch schwelte der Funke des Genialen. Es war ein Traum, eine Erleuchtung. Die Geschichte dieses wackeren Ritters der Zukunft würde in Generationen junger Knaben den Wunsch wachrufen, ihrem deutschen Vaterland zu dienen wie dereinst Manfred von Richthofen.

»Dracula schert sich einen Dreck um die Richthofens, Eddy. Um die Großen, Tapferen und Besessenen. Er umgibt sich lieber mit Leuten wie Göring, blödsinnigen Bürokraten des Todes.«

Poe ließ die ersten Seiten des Manuskripts auf den See hinauswehen. Als sie auf der glatten Wasseroberfläche schwammen und die Tinte zu verlaufen begann, ging ihm ein Stich durchs Herz. Dies waren vielleicht die letzten Worte seines Genius, die letzten Worte, die er jemals schreiben würde. Er versank in dumpfem Brüten.

Theo legte ihm tröstend die Hand auf die Schulter. Plötzlich sprang Poe auf und warf die Blätter in die Luft. Sie bauschten sich zu einer weißen Wolke, schneiten auf den See herab, ballten sich zu nassen Klumpen und trieben noch ein paar Yards übers Wasser, ehe sie in die Tiefe gerissen wurden. Poe zog seinen Rock aus, ließ den Daumen über die frischerworbenen Rangabzeichen gleiten und warf das Ding dann in den See, wo es unter einem Teppich aus Papier verschwand.

»Hiermit nehme ich meinen Abschied«, sagte er.

Poes Rockärmel baumelten wie die Arme einer Leiche. Eine unbekannte Strömung in der Mitte des Sees zerrte den Mischmasch aus Manuskript und Mantel in ihren bodenlosen Schlund. Das tiefe, düstere Gewässer schloß sich langsam, lautlos über dem Fragment des *Roten Kampffliegers.*

»Bleiben Sie hier, die Franzosen werden früher oder später wiederkommen«, sagte Theo. »Dann können Sie ein neues Buch schreiben. Ein hellsichtiges Buch, das der Wahrheit zu ihrem Recht verhilft.«

»Die Wahrheit interessiert mich wenig, Theo.«

Der Offizier zuckte die Achseln. »Das wundert mich nicht.«

»Was haben Sie jetzt vor?« fragte Poe.

Ehe er sich umwandte und dem Schatten des Schlosses den Rücken kehrte, verzog Theo den Mund zu einem verschmitzten Lächeln und sagte: »Ich werde kämpfen, Eddy. Kämpfen für mein Vaterland.«

47

Nachwehen

Mit leeren Magazinen und fast leerem Tank hielt Winthrop nach einem geeigneten Landeplatz Ausschau. Maranique war vermutlich längst in deutscher Hand und kam somit nicht in Frage, deshalb suchte er nach einer der Auffangstellungen bei Amiens. In der Aufregung hatte er die Orientierung verloren.

Er richtete sich nach den Sternen und flog nach Osten. Unter ihm eilte Verstärkung in Richtung Kampfgebiet. Endlose Schlangen von Soldaten auf dem Rückzug ließen sie vorbei oder gruben sich ein, um Front zu machen. Zumindest hatte man ihm das Hunnenland nicht einfach unter den Rädern weggezogen wie einen Teppich. Auch wenn er nicht zu landen und sich zu ergeben brauchte.

Nun, da ihn Ball und Kate verlassen hatten, konnte er endlich wieder klar denken, als sei er soeben aus einem bösen, aber überwältigenden Traum erwacht. Und doch war er erschöpft, vergessene Wunden quälten ihn, und er spürte den Verlust. Ohne Balls Hilfe war er leider nur ein mäßiger Pilot.

Der Steuerknüppel zitterte in seiner Hand. Noch bis vor wenigen Minuten war er ein fester Bestandteil seiner Maschine gewesen. Jetzt saß er auf dem Rücken einer bockbeinigen Bestie, die alles daran setzen würde, ihn abzuwerfen, sobald er auch nur die geringste Schwäche zeigte. Der Motor hustete, und die Verspannung ächzte.

Er geriet in Versuchung, einfach am Steuerknüppel zu ziehen und in die Nacht, ins Nichts emporzufliegen. Er war nur mehr ein Schatten seiner selbst, weder der Mensch, der er einmal gewesen war, noch das Ungeheuer, in das er sich verwandelt hatte.

Doch sein Lebenswille war stärker. Er faßte tastend nach dem Knüppel und drückte die Maschine, bis die Blase in der Wasserwaage sich in Position befand. Er war fest entschlossen, das nächste durchgehende Stück Straße oder Wiese als Rollfeld zu benutzen. Doch im Augenblick wimmelte der Erdboden von Menschen. Das jahrelange Patt schien aufgehoben, und der Bewegungskrieg ging weiter.

Links unter ihm brannten vertraute Lichter.

Funkensprühende Signalfackeln markierten eine Piste. Hoffentlich war der Kommandeur der Truppe so klug gewesen, die Landebahn räumen zu lassen. Der Treibstoff reichte nicht, um eine Schleife zu fliegen und das Gelände zu sondieren. Also hielt er auf die violetten Lichter zu und zog die Camel herunter.

Die Räder holperten durch hohes Gras. Die Maschine prallte vom Boden ab, und die Rumpfnase kippte nach vorn. Winthrop wußte, daß sich die Camel überschlagen und ihn kopfüber in die Erde rammen würde.

Jaulend riß ein Draht und peitschte ihm ins Gesicht. Die Maschine konnte jeden Augenblick koppheister schießen. Mit einem gezielten Schlag auf den Sicherheitsverschluß löste er seinen Gurt und wurde aus dem Sitz katapultiert. Der Steuerknüppel traf ihn in den Bauch und zwischen die Beine. Die Tragflächen knickten weg. Dann plötzlich drehte sich alles im Kreis, und er schlug mit dem Schädel auf. Zentnerschwere Trümmer begruben ihn unter sich.

Schreie drangen an sein Ohr. Stechender Benzingeruch stieg ihm in die Nase.

Leblos wurde er aus dem Wrack gezerrt. Er hörte, wie der Treibstoffrest mit lautem Krachen explodierte, und spürte einen Schwall warmer, ölgetränkter Luft. Flammenpfeile regneten vom Himmel.

Der Tod streckte die Hand nach ihm aus, schloß die Finger um sein Herz und seine Seele, doch er entriß sich seinen Klauen und schrie aus Leibeskräften vor lauter Freude über sein neugewonnenes Leben. Er rang nach Atem, und starke Arme setzten ihn auf.

Als er die Augen öffnete, sah er seine Camel lichterloh brennen.

»Wetten, das machst du so schnell nicht wieder«, sagte jemand.

Sie war mit den Verwundeten auf einen Lastwagen verfrachtet worden. Schon nach wenigen Meilen über ausgefahrene Straßen waren die meisten von ihnen dahin. Kate hatte zwar mehrere Treffer, aber keine Silberkugel abbekommen. Der Matsch an ihren Kleidern war getrocknet, und der steife, schmutzstarrende Stoff umhüllte sie wie eine Mumie. Ihren erbeuteten Stahlhelm hatte sie verloren.

Sie war benommen, ihrem Körper merkwürdig entrückt. Sie hätte ohne weiteres in die Finsternis davonflattern und einen lebenden Leichnam hier zurücklassen können. Ob er ohne sie weiterexistieren würde? Vielleicht wurden Vampire auf diese Art und Weise zu hirnlosen, vom Durst getriebenen Ungeheuern?

Der Knabe in ihren Armen nannte sie Edith. Sie versuchte ihn trotzdem zu trösten. Blut sickerte durch seine Feldverbände, doch sie wollte es nicht trinken. Zum ersten Mal seit ihrer Verwandlung war ihr der Appetit auf Blut vergangen.

Geneviève hatte ihr einmal gesagt: »Wir Vampire trinken Blut nicht aus Notwendigkeit, sondern zum Vergnügen.« Kate hatte es satt, Geneviève nachzueifern. Es war an der Zeit, sich dem zwanzigsten Jahrhundert zu stellen. Statt die kommenden fünf Wochen damit zu verplempern, ihr Haar von Schmutz und Dreck zu säubern, würde sie es stutzen und zu einem Bubikopf frisieren lassen. Die Schlammaske, die ihr Gesicht bedeckte, wurde rissig und begann zu bröckeln.

Der Lastwagen hielt am Straßenrand, um Verstärkungen passieren zu lassen. Britische Tanks rollten donnernd in die Schlacht gegen die deutschen Panzer. Ein Zug milchbärtiger

Amerikaner rief dem Leichenwagen im Vorbeifahren ein paar aufmunternde Worte zu und warf Zigarettenpäckchen auf die Ladefläche.

Obwohl sie keine Zündhölzer hatte, schob Kate sich einen Glimmstengel zwischen die Lippen. Der herbe Geschmack des Virginiatabaks versetzte sie in einen sanften Rausch.

Da sie im dichten Kampfgetümmel gesteckt hatte, konnte sie nicht wissen, was geschehen war. Die deutsche Offensive hatte die Linien auf breiter Front durchbrochen, und die Alliierten warfen stille Reserven in die Schlacht. Es gab zwei Möglichkeiten. Sie würden den Krieg entweder gewinnen oder verlieren.

Der Lastwagen verließ die Straße und holperte über ein Feld, ächzte über noch kaum befahrene Bretterroste.

In einem Wäldchen loderte ein großes Feuer, ein Zeppelin war abgestürzt. Kate reckte den Hals und sah, wie das riesige Rippenskelett des Schiffes in sich zusammenstürzte und in einem Flammenmeer versank. Die Hitze riß Ediths jungen Mann aus seinen Fieberträumen, und der Knabe wandte neugierig den Kopf.

»Die ganze Gegend ist ein einziges Inferno«, sagte er.

In der Zeltstadt am Rande des Flugplatzes tummelten sich etliche Soldaten, Flieger aus vorgeschobenen Stellungen, die ebenfalls den Rückzug angetreten hatten. Winthrop suchte sich ein halbwegs trockenes Fleckchen Gras und ließ sich nieder. Jemand gab ihm eine Zigarette und Feuer. Er wollte wissen, ob außer ihm noch jemand vom Geschwader Condor mit heiler Haut davongekommen war. Alle nickten, doch niemand konnte Namen nennen.

Die Piloten standen über den Platz verstreut, in verschwitzten Fliegerkluften, mit Rußringen um die Augen. Manche litten stumme Qualen, die meisten waren zu Tode erschöpft. Der stellvertretende Sergeant Chandler, ein Amerikaner in nagelneuem Arbeitszeug der Royal Air Force, hatte die Aufgabe, ein Register der Männer und Maschinen zu erstellen, die ihren Einsatz unbeschadet überstanden hatten.

»Sind Sie Warmblüter?« erkundigte er sich bei Winthrop.

Der dachte kurz nach und bejahte dann.

»Gratuliere«, sagte Chandler. Im Gegensatz zu den meisten seiner Schäfchen war der Sergeant kein Vampir. »Gratuliere wärmstens.«

»Ich gehöre zum Geschwader Condor. Haben Sie sonst noch jemanden aus meiner Truppe auf Ihrer Liste?«

Chandler sah in seinen Papieren nach.

»Ein Glückspilz namens Bigglesworth, der schon vor Wochen abgeschossen wurde, ist heute abend hier aufgetaucht. Er hat sich zu Fuß hinter die Linien durchgekämpft.«

»Grundgütiger!«

»Sonst niemand. Aber geben Sie die Hoffnung nicht auf. Hier herrscht ein heilloses Durcheinander.«

Plötzlich brachen die Männer in erstickte Beifallsrufe aus. Eines der Zelte hatte Telephon, und soeben war eine gute Nachricht eingetroffen.

»Haben wir's den Schweinehunden heimgezahlt?« fragte Chandler einen grinsenden jungen Piloten.

»Nein, viel besser. Richthofen ist tot. Der Abschuß ist amtlich. Die Aussies haben ihn erwischt. Schweres Archie.«

»Einer von unseren Jungs hätte ihn runterholen sollen«, sagte ein britischer Geschwaderkommandeur. »Ein Pilot. Als Rache für Hawker, Albright und Ball.«

»Ball geht nicht auf Manfred, sondern Lothar von Richthofens Konto.«

Schon wurden die Tatsachen verdreht. Winthrop hatte dem Baron kurz vor dem Ende eine Ladung auf den Pelz gebrannt. Er hätte den Abschuß für sich reklamieren können. Doch er zog es vor zu schweigen und spitzte die Ohren.

»Man munkelt, daß er mit militärischen Ehren bestattet werden soll. Von wegen Sportgeist und so.«

»Man sollte ihm den Kopf abschneiden, ihm das verdammte Maul mit Knoblauch stopfen und ihn dann mit dem Gesicht nach unten und einem Silberpflock durchs finstere Herz an einer Wegkreuzung verscharren.«

»Findest du das nicht ein bißchen übertrieben?«

Winthrop hörte nicht mehr hin. Für ihn war dieser Krieg beendet.

Kate fühlte sich so weit wiederhergestellt, daß sie ihren Platz einem Verwundeten abtreten wollte, der ihn nötiger hatte als sie. Also überließ sie Ediths jungen Mann sich selbst und hüpfte von der Wagenpritsche.

Sie war noch etwas wackelig auf den Beinen.

Bei jedem Schritt ergoß sich ein Sturzbach trockener Erde aus ihren Kleidern. Sie hätte hundert Jahre ihres Lebens für ein heißes Bad gegeben. Während die ersten Sonnenstrahlen in den Himmel sickerten, drängte sie sich durch die Menge und schnappte Klatsch, Gerüchte, Neuigkeiten auf.

Die meisten waren sich einig, daß der deutsche Vorstoß zum Stillstand gekommen sei. Die einen meinten, die Alliierten hätten den Boche in eine Falle gelockt und ihn aus rückwärtigen Stellungen beschossen und vernichtend geschlagen. Die anderen glaubten, die Deutschen seien so tief in das Gebiet des Feindes vorgestoßen, daß die Soldaten den lieben Gott einen frommen Mann sein ließen, tatenlos durch die Gegend streiften und die reich bestückten Offiziersmessen der Alliierten plünderten. Nach Jahren des Hungers und der Blockaden wurde der Duft von frischem Brot dem Hunnen zum Verhängnis.

Kate fragte sich, ob sie es jemals fertigbringen würde, über die vergangene Nacht zu schreiben.

Sie lief ziellos vor sich hin. Es ging das Gerücht, daß Richthofen den Tod gefunden habe. Damit war der Fall erledigt.

Bei Tagesanbruch suchten die Piloten in den Zelten Schutz. Winthrop rollte seine Fliegerkluft zu einem Kissen zusammen und streckte sich auf der Wiese aus. Die Frühlingssonne schien ihm ins Gesicht. Das Schlachtgetöse hatte sich verzogen.

Chandler teilte ihm mit, daß drei seiner Kameraden des Geschwader Condor auf einem anderen Hilfsflugplatz gesichtet worden seien: Cary Lockwood, Bertie und Ginger. Sie waren also doch nicht vollständig vernichtet worden.

Ob vom JG1 noch jemand lebte? Aber das spielte keine Rolle. Ihr Anführer war tot. Der Schrecken war gebannt.

Winthrop konnte Richthofen nicht länger hassen. Falls die Alliierten den Baron mit militärischen Ehren bestatteten, würde er sich als Sargträger zur Verfügung stellen oder freiwillig über dem Hunnenland aufsteigen und die Glücksbringer des Gestaltwandlers abwerfen. Das, so hoffte er, wäre sein letzter Flug.

Das Rollfeld und die helle Sonne erinnerten ihn an ein früheres Leben. Cricket in Greyfriars. Frühlingsspaziergänge mit Catriona. Er mußte einiges in Ordnung bringen. Ein wilder Schmerz in seinem Knie erinnerte ihn an das Niemandsland. Manches würde nie in Ordnung kommen.

Kate entdeckte einen kleinen, munteren Bach. Alle Scham beiseite lassend, streifte sie ihre schlammstarrenden Kleider ab, breitete sie im Bachbett aus und beschwerte sie mit Steinen.

Sie blickte an sich hinunter und sah den mit Blut und Dreck verschmierten Körper einer Wilden. Ihre notdürftig verheilten Wunden waren mit einer dicken Schorfschicht überkrustet.

Eine Reihe von Soldaten pfiff und johlte im Vorübergehen. Da sie frisch aus Paris eingetroffen waren, hatten sie in den Folies-Bergère zweifellos Besseres zu Gesicht bekommen.

Sie setzte sich in den Bach und badete im sonnenwarmen, buntglitzernden Naß. Dann sank sie nach hinten wie Ophelia und ließ ihr Haar im Wasser treiben. Staub und Erde lösten sich von ihrer Haut und wirbelten davon. Sie schloß die Augen und versuchte zu vergessen.

Die warmblütigen Männer hatten starken Tee gebraut. Da es keine Becher gab, trank Winthrop aus einem Napf. Endlich war ein zweiter Angehöriger seines Geschwaders eingetroffen. Jiggs, der Mechaniker, mit einer unglaublichen Geschichte von einem glänzenden Paar deutscher Stiefel, denen er nur um Haaresbreite entkommen war.

Die Offensive war allem Anschein nach gescheitert. Das Gerücht vom Tode Draculas machte die Runde, war jedoch ebenso schnell wieder verschwunden, wie es aufgekommen war.

»Der Himmel hat uns eine Wassernymphe beschert«, sagte Chandler. »Bei den Hilfshangars droht eine Badenixe zu ertrinken. Sie trägt Ohrringe, sonst nichts.«

Ein langgezogener Pfiff riß sie aus ihren Träumereien. Sie öffnete die Augen und stützte sich auf die Ellbogen. Am Bachufer stand ein Mann mit den Händen in den Taschen.

»Sieh mal einer an, Miss Maus«, sagte Edwin. »Die Sonne bringt Ihre Sommersprossen hervorragend zur Geltung.«

Sie schloß die Augen und ließ den Kopf wieder ins Wasser sinken.

48

England ruft

Er nahm keine Anrufe entgegen. Beauregard saß in seinem Haus im Cheyne Walk. Der Schreibtisch war mit ungeöffneten Briefen übersät. Sein Diener Bairstow hatte sie, wie jeden Morgen, fein säuberlich dort ausgebreitet.

Sein Blick fiel auf einen schmalen, mit blaßvioletter Tinte adressierten Umschlag. Er war versucht, ihn aufzureißen, befürchtete jedoch, von neuem in einen Strudel der Empfindungen gestürzt zu werden, dem er nur mit knapper Not entronnen war. Geneviève zog den Ärger magisch an, und das schon seit Jahrhunderten. Er liebte sie wahrscheinlich immer noch. Unnützer Gefühlsballast. Briefträger und Boten hatten Dienstsachen mit dem Stempelaufdruck »DRINGEND« überbracht. Auch sie waren ungeöffnet.

Da er keine Zeitung las, schilderte Bairstow ihm den Kriegsverlauf in groben Zügen. Daß Caleb Croft seines Amtes enthoben worden war, verschaffte ihm wenig Befriedigung. Ruthven hatte unzählige Männer seines Schlages in petto, die mit Freuden an seine Stelle getreten wären.

Dracula war in Berlin gesehen worden. Nach einer Auseinandersetzung mit dem Kaiser hatte er den Palast wutentbrannt verlassen. Hindenburg war zum Oberkommandierenden der Heere aufgestiegen, die nach ihren jüngst erlittenen Schlappen zerstört und demoralisiert am Boden lagen. Dracula hatte die Verantwortung für das endgültige Scheitern der Kaiserschlacht auf sich genommen. Wie es schien, hatte die Opferung seiner Doppelgänger unter den Mannschaften und Offizieren zu großer Verwirrung und noch größerem Moralverlust geführt. Mitteralterliche Taktiken taugten eben nicht für dieses Jahrhundert. Doch Draculas Entmachtung war vermutlich nur von kurzer Dauer. Unkraut verdarb nicht.

Er sah sich alte, gerahmte Photographien an. Die Kamera verwandelte all ihre Opfer in Vampire, konservierte ihre Jugend für die unbekannte Zukunft. Auf einem Bild posierte die unsterbliche Pamela am Fluß, umringt von einer Schar kleiner Mädchen in Matrosenanzügen. Im Hintergrund war unscharf ein Boot zu erkennen. Die Mädchen waren Penelope, Kate, Lucy und Mina. Warmblütig und leicht zerzaust, wußten sie noch nicht, was einst aus ihnen werden würde.

Auch Mrs. Harker hatte ihm geschrieben. Wie eh und je mischte sie sich ungefragt in anderer Leute Dinge. Sie versuchte ihn zu neuen Taten zu bewegen.

Bairstow trat ins Zimmer, eine Visitenkarte lag auf seinem Zinntablett. Das Silber hatten sie bereits vor Jahren den Kriegsanstrengungen geopfert. Beauregard hob abwehrend die Hand, doch ein langbeiniges Spinnentier in Grau stieß den Bedienten brüsk beiseite.

»Beauregard, was bilden Sie sich eigentlich ein? Haben Sie auch nur den leisesten Schimmer, wie viele dringende Angelegenheiten meine ungeteilte Aufmerksamkeit erfordern? Statt dessen bin ich gezwungen, mich wie ein gemeiner Krämer persönlich hierher zu verfügen, um Ihnen eine Antwort zu entlocken!«

Ruthven war sichtlich erregt. Von Churchill wußte Beauregard, daß das Kabinett gespalten war. Lloyd George hatte sich als außerordentlich halsstarrig erwiesen. Die Stellung des Premierministers war zwar befestigt, aber keineswegs sicher.

Lord Ruthven war nicht allein gekommen. Er befand sich in Begleitung von Smith-Cumming, dessen Bein vollständig nachgewachsen war.

»Der Diogenes Club hat seine Pforten neuen Mitgliedern geöffnet«, verkündete Smith-Cumming.

»Crofts Leute haben uns nur Ärger eingebracht«, wetterte der Premierminister. »Seine schwachköpfigen Attentatsphantastereien hätten uns beinahe den Sieg gekostet. Das Vaterland braucht kluge Köpfe.«

»Mycrofts Platz als Vorsitzender der Clique ist frei geworden«, sagte Smith-Cumming. »Und nur ein Mann kommt als sein Nachfolger in Frage, Beauregard.«

Er betrachtete die beiden Vampire, den untüchtigen Ältesten und den grundsoliden Neugeborenen. Ruthven hielt das Staatsruder fest in der Hand, obgleich seine Gegner sich gegen ihn verschworen hatten. Smith-Cumming war ein wackerer Mann. Und, Blutsäufer hin oder her, wackere Männer waren selten.

Mycroft hatte viel Gutes aus der Vergangenheit in dieses unsichere Jahrhundert herübergerettet. Ohne ihn gingen eitle, selbstsüchtige Gecken wie Ruthven oder Croft in ihrem sinnlosen Machtstreben über Leichen.

»Beauregard, bitte«, flehte der Premierminister.

Während der Abwesenheit von Croft und dem Diogenes Club wurde der britische Geheimdienst von einem Schulmeister geleitet, der Chiffreschriften in Abbildungen von Schmetterlingen zu verstecken pflegte. Die Ergebnisse waren entsprechend dürftig.

»England braucht Sie, Beauregard«, beharrte Ruthven. »*Ich* brauche Sie.«

Aber braucht England Lord Ruthven? dachte Beauregard.

Er warf einen verstohlenen Blick auf das Photo seiner Frau. Pamela schien ihn zweifelnd anzusehen. Sie hätte ihm geraten, standhaft zu bleiben.

»Nun gut«, sagte Beauregard. »Ich nehme Ihr Angebot an.«

Smith-Cumming klopfte ihm auf den Rücken. Ruthven gönnte sich ein Lächeln der Erleichterung.

»Unter bestimmten Bedingungen.«

»Ich bin mit allem einverstanden«, winkte der Premierminister ab.

»Wir werden sehen«, meinte Beauregard.

49

Gute Vorsätze

Ehe sie ihn ziehen ließ, mußte er seine Schuld begleichen. Zu diesem Zweck nahmen sich Kate und Edwin ein Hotelzimmer in Calais. Sie hatten sich geliebt, und nun ließ sie ihn sanft zur Ader. Er schmeckte anders als zuvor. Von seinem roten Durst war nichts zurückgeblieben. Sein Blut wärmte sie, schenkte ihr neue Kraft.

Leicht benommen sank Edwin in Halbschlaf, während sie sich zärtlich an ihn schmiegte. Sie war erhitzt, und die Sommersprossen auf ihrer Brust stachen wie Nadelspitzen.

Sie hatte Anspruch auf ein wenig Liebe. Ihr Leben lang war sie dazu entweder zu schüchtern oder zu beschäftigt gewesen. Diesmal war alles anders. Diesmal hatte sie den Soldaten, eine Weile wenigstens, für sich, auch wenn er danach zu seiner Pfarrerstochter zurückkehren würde. Falls Catriona die Frau war, für die Kate sie hielt, hatte sie nichts dagegen einzuwenden. Sie befanden sich in Frankreich. Sie befanden sich im Krieg. Hier galten andere Regeln.

Sie ließ die Zunge über ihre Zähne gleiten. Sie war satt, und ihre Hauer hatten sich in den Kiefer zurückgezogen.

Edwin suchte ihre Nähe, murmelte den falschen Namen. Auch das war sie gewohnt. Jeder Mann, der ihre Nähe suchte, meinte eigentlich eine andere.

Morgen würden sie den Kanal überqueren. Aber morgen war noch weit. Kate legte den Kopf auf Edwins Brust und preßte ihre Lippen auf seinen Hals. Seine Erregung war geweckt. Ihr Haar strich über sein Gesicht. Er nahm sie bei den Hüften und zog sie auf seinen Schoß. Sie begann an seinem Hals zu saugen, biß ihn jedoch nicht.

In England war plötzlich alles anders zwischen ihnen. Edwin schien von einer merkwürdigen Nervosität befallen, die während der Überfahrt beständig zunahm. Schleichende Melancholie ergriff von ihr Besitz. Obgleich sie wußte, was geschehen würde, war sie nur ungenügend darauf vorbereitet.

In ihren gemeinsamen Nächten hatte er ihr einiges von seiner Zeit beim Geschwader Condor erzählt, insbesondere von seinem letzten Flug. Obwohl er offiziell keinerlei Ansprüche erhoben hatte, wußte sie, daß er seinen Teil zum Abschuß Manfred von Richthofens beigetragen hatte. Sie versprach ihm hoch und heilig, ihn in ihren Berichten nicht als Helden zu feiern.

Die vergangenen Wochen konnte ihnen niemand nehmen. Niemand außer ihnen würde je begreifen, wie sie zu solchen Ungeheuern, solchen Bestien hatten werden können.

Es war eine wunderschöne, mondhelle Frühlingsnacht. Unter anderen Umständen wäre dies ein romantischer Bootsausflug gewesen. Edwin stand gedankenverloren an der Reling und sah nach Frankreich hinüber. Für ihn, für alle Überlebenden kam das europäische Festland einem Friedhof gleich.

Manchmal verstummte Edwin, und dann wußte sie, daß er in den Abgründen seiner zerrissenen Seele unwiederbringlich Verlorenem nachspürte. Sie hatte keine Ahnung, ob er gebrochen oder nur angeschlagen war. Er wurde von Minute zu Minute distanzierter, kühler. Noch war ein letzter Rest Vampir in ihm, und ein Eismantel umschloß sein Herz.

Keiner von ihnen hatte seinen Frieden mit dem Krieg gemacht.

Charles wartete an der Victoria Station. Auf sie *beide*. Einen Augenblick lang befürchtete Kate, er könne Polizeibeamte bei sich haben, um sie verhaften und nach Devil's Dyke verbringen zu lassen. Sie entdeckte Sergeant Dravot in der Menge.

Charles schüttelte Edwin die Hand, und Edwin stammelte eine Entschuldigung, die Charles lächelnd beiseite wischte. Er wußte, daß Edwin nicht mehr er selbst gewesen war.

»Sie haben Urlaub«, sagte Charles. »Und den werden Sie vermutlich im West Country verbringen wollen.«

»Erst einmal muß ich von den Toten auferstehen.«

»Da Sie nach wie vor unter den Lebenden weilen, dürfte Ihnen das nicht allzu schwerfallen«, meinte Kate.

»Sie haben leicht reden. Sie sind Miss Catriona Kaye schließlich keine Erklärung schuldig.«

»Sie auch nicht, Edwin. Glauben Sie mir, sie wird keine Erklärung fordern. Sie wird froh sein, daß sie ihren Liebsten wiederhat.«

Ihr Edelmut war geradezu beängstigend. Sie schüttelte Edwin die Hand und warf ihm einen flüchtigen Kuß zu. Alles ging sehr freundschaftlich vonstatten. Ihre Augen füllten sich mit heißen Tränen, doch sie weigerte sich standhaft, ihnen nachzugeben.

Wie die Pfarrerstochter wohl mit dem Heimkehrer zurechtkommen mochte? Kate wußte, daß Catriona am meisten würde leiden müssen, da er von den tiefen Wunden, die der Krieg geschlagen hatte, trotz allem niemals vollständig genesen würde.

»Ich werde Ihre Laufbahn aufmerksam verfolgen«, sagte sie mit erhobenem Zeigefinger. »Also benehmen Sie sich ordentlich.«

»Ich habe das ›Cambridge Magazine‹ abonniert, damit ich weiß, was in Ihrem klugen Köpfchen vorgeht.«

Edwin ließ ihre Hand los, warf sich seinen Kleidersack über die Schulter und ging davon.

Charles legte ihr die Hand auf die Schulter. Sie hatte vergessen, daß er wußte, wie ihr zumute war.

»Er ist zu jung für Sie«, sagte Charles.

»Wer ist das nicht?«

»Sie wissen sehr wohl, daß es überall auf dieser Welt weit ältere Geschöpfe gibt als Sie.«

Sie wandte sich zu Charles um. Er war die Ruhe selbst. Trotz der geheimen Kriege, in die er maßgeblich verwickelt gewesen war, hatte er sein Gleichgewicht wiedergefunden. Das machte ihr Mut.

Edwin verlor sich im Gedränge der Soldaten und ihrer Liebchen. Das Band zwischen ihnen war zerbrochen.

Dravot ließ Edwin ziehen. Er blieb bei Charles.

»Und, werden Sie jetzt nach Rußland reisen, um sich um die bolschewistische Revolution verdient zu machen?« fragte Charles.

Sie schüttelte den Kopf. »Nicht, solange es für mich hier ausreichend zu tun gibt. Die alten Männer sind noch nicht am Ende. Es wäre eine Sünde, sie ausgerechnet jetzt in Ruhe gewähren zu lassen. Den Krieg und die Irland-Frage nicht zu vergessen. Gräfin Markowitz und Erskine Childers haben mich gebeten, einem Home-Rule-Komitee beizutreten.«

»Ich möchte nichts mehr davon hören. Am Ende stehen wir uns als Feinde gegenüber.«

Sie strich über sein Revers. »Das will ich doch nicht hoffen, Charles.«

»Ruthven ist immer noch an der Regierung, obwohl das Kabinett sich gegen ihn verbündet hat. Und Dracula wurde zwar degradiert, fungiert aber nach wie vor als enger Berater des Kaisers.«

Kate überdachte seine Worte.

»Der rote Durst wütet in ganz Europa, in ganz Amerika, ja, auf der ganzen Welt. Und aus diesem Grund müssen wir die mörderischen Horden bekämpfen, aus diesem Grund müssen wir den toten Händen das Steuer entreißen.«

Charles lächelte. Er sah jünger aus als sonst. Kate wußte, daß er eine große Zukunft vor sich hatte. Edwin war tot am Wegesrand zurückgeblieben, für sie und vermutlich auch sich selbst verloren. Doch Charles marschierte wacker weiter.

Neuzugänge – Freiwillige und Rekruten mit noch unblutigen Händen – traten aus dem Glied und drängten sich vorbei, um den Fährzug zu besteigen. Die unschuldigen Gesichter der Warmblüter und Vampire erfüllten Kate mit Trauer. Für diese Knaben war der Krieg ein Fest des Feuers und der Ehre. Solange solche Lügen herrschten, würde auch der Wahnsinn weitergehen.

»Ich sollte Sie festnehmen lassen«, meinte Charles, »bevor Sie noch mehr Dummheiten anstellen.«

Sie überlegte, worüber sie als nächstes schreiben sollte. Über den Krieg, die alten Männer, die Regierung. Sie wollte schreiben und spotten, kritteln und mäkeln, bis ihre Stimme selbst den Trommelschall der Chauvinisten und das Palaver der Politiker verstummen ließ. Sie konnte unmöglich die letzte Priesterin der Wahrheit sein. Die Menschen würden auf sie hören. Der Stein würde ins Rollen kommen.

»Dummheiten?« entgegnete sie. »Mein lieber Charles, wenn Sie sich da mal nicht gewaltig irren.«

NACHBEMERKUNG UND DANK DES AUTORS

Der Leser möge dies als Nachtrag zu der ohnehin schon viel zu lang geratenen Dankesliste im Anhang zu *Anno Dracula* betrachten. Folgende Bücher waren mir bei der Arbeit an *Der rote Baron* eine nützliche Hilfe: *The Imperial War Museum Book of the First World War* von Malcolm Brown, *Vampire: The Encyclopaedia* von Matthew Bunson, *Richthofen: A True History of the Red Baron* von William E. Burrows, *Reel America and World War I* von Craig W. Campbell, *Voice Prophesying War: Future Wars 1763–3749* von I.F. Clarke, *The Encyclopedia of Science Fiction* von John Clute und Peter Nicholls, *The Transylvanian Library: A Consumer's Guide to Vampire Fiction* von Greg Cox, *Lugosi: The Man Behind the Cape* von Robert Cremer, die englische Übersetzung von Lotte H. Eisners *Die dämonische Leinwand*, *Rites of Spring: The Great War and the Birth of the Modern Age* von Modris Eksteins, *A Nation of Fliers: German Aviation and the Popular Imagination* von Peter Fritzsche, *The Great War and Modern Memory* von Paul Fussell, *The Blue Max* von Jack D. Hunter, *A War Imagined: The First World War and English Culture* von Samuel Hynes, *The Camels Are Coming*, *Biggles in France*, *Biggles Learns to Fly* und *Biggles Flies East* von Captain W. E. Johns, *Richthofen: Beyond the Legend of the Red Baron* von Peter Kilduff, *From Caligari to Hitler: A Psychological History of the German Film* von Siegfried Kracauer, *Sagittarius Rising* von Cecil Lewis, *1914–1918: Voices and Images of the Great War* von Lyn MacDonald, die englische Übersetzung von Gustav Meyrinks *Der Golem* (mit einer Einführung von Robert Irwin), *The Extraordinary Mr. Poe* von Wolf Mankowitz, *The Pocket Encyclopaedia of World Aircraft in Colour: Fighters, Attack and Training Aircrafts 1914–1919* und *The Pocket Encyclopaedia of World Aircraft in Colour: Bombers, Patrol and Reconaissance Aircraft 1914–1919* von Kenneth Munson, *Winged Warfare: The Literature and Theory of Aerial Warfare in Britain 1859–1917* von Michael Paris, das Drehbuch zu *The Life and Death of Colonel Blimp* von Michael Powell und Emeric Pressburger, *Imaginary People: A Who's Who of Modern Fictional Characters* von David Pringle, die englische Übersetzung von Manfred von Richthofens *Der rote Kampfflieger* (mit einem Vorwort von Norman Franks), *Edgar A. Poe: Mournful and Never-ending Remembrance* von Kenneth Silverman, *The Monster Show* von David J. Skal, *Snobbery With Violence* von Colin Watson, *The Fossil Monarchies: The Collapse of the Old Order 1905–1922* von Edmond Taylor, *Queen Victoria's Children* von John Van Der Kiste, *The First of the Few Fighter Pilots of the First World War* von Dennis Winter, *The Annotated Dracula* und *A Dream of Dracula: In Search of the Living Dead* von Leonard Wolf sowie

Winged Victory von V. M. Yeates (mit einer Würdigung und einem Vorwort von Henry Williamson).

Für ihre Vermittlung von historischen, kulturellen und flugtechnischen Daten und Fakten bin ich Eugene Byrne, Mark Burman und Tom Tunney zu Dank verpflichtet.

Für anderweitige Unterstützung danke ich Gail Nina Andersen, Cliff Burns, Susan Byrne, July Davis, John Douglas, der Dracula Society, Martin Fletcher, Christopher Frayling, Gabriela Galceran, Kathryn Greene, Antony Harwood, André Jacquemetton, Peter James, John Jarrold, Stephen Jones, John Phillip Law, Paul McAuley, Thomas Mohr, Bryan und Julia Newman, Sky Nonhoff, Jenny Olivier, Quelou Parente, Marcelle Parks, Stuart Pollak, Adam Simon, Mandy Slater, Richard Stanley, Jean-Marc Toussaint, Caroline Vié, Nick Webb und Linda Ruth Williams.

Kim Newman
Islington 1995

Kim Newman, wurde 1959 geboren und wuchs in Somerset auf; lebt als freier Schriftsteller und Filmkritiker in London. Bisher im Haffmans Verlag erschienen: *Anno Dracula.*